Ullstein

Meinen Kindern

Wolfgang Lohmeyer

Der Hexenanwalt

Roman

Ullstein

ein Ullstein Buch
Nr. 23879
im Verlag Ullstein GmbH,
Frankfurt/M – Berlin

Ungekürzte Ausgabe

Umschlagentwurf:
Vera Bauer
unter Verwendung eines
Gemäldes von Frans Francken
d. J., 1607
Bildarchiv Preußischer Kulturbesitz

Taschenbuchausgabe mit
freundlicher Genehmigung des
Autors

Printed in Germany 1996
Druck und Verarbeitung:
Ebner Ulm
ISBN 3 548 23879 3

August 1996
Gedruckt auf alterungsbeständigem Papier mit
chlorfrei gebleichtem Zellstoff

Die Deutsche Bibliothek –
CIP-Einheitsaufnahme

Lohmeyer, Wolfgang:
Der Hexenanwalt : Roman / Wolfgang Lohmeyer. – Ungekürzte
Ausg. – Frankfurt/M ; Berlin :
Ullstein, 1996
(Ullstein-Buch ; Nr. 23879)
ISBN 3-548-23879-3
NE: GT

Vom selben Autor
in der Reihe
der Ullstein Bücher:

Die Hexe (30390)

Erstes Buch

Der Gehorsam

Peine

Ich armer elender Sünder bekenne vor Euer Ehrwürdigkeit anstatt Gottes und der Jungfrau Maria und aller Heiligen, daß ich so lange und viele Jahre der verführerischen, verdammlichen, greulichen, ketzerischen Lehre, die man die lutherische nennet, beigewohnt und unter dem schrecklichen Irrtum gestecket; ich bin auch zu ihren greulichen Sakramenten gegangen und habe allda nichts anderes empfangen als ein schlecht gebackenes Brot, auch nichts anderes als einen schlechten Wein . . .

Aus der sogenannten »Jesuitenbeichte« der Protestanten, die im Lande bleiben wollten.

Herr Jobst von Wendt, bischöflich hildesheimscher Drost zu Peine, riß den Türkensäbel von der Wand. »Ganz unerhört! Ein unverzeihlicher Mißgriff!« Im Kerzenschein blitzte die gekrümmte Klinge über dem Kopf des Herrn von Rittersbach. Der Amtmann duckte sich.

»Sind Sie des Teufels, Wendt?! Bin ich Ihr Pascha Suleiman – oder wie der Kerl hieß?«

Der Drost ließ die Waffe sinken. Ein Lächeln der Erinnerung verschönte sein feistes Antlitz. »Mit seinem eigenen Säbel erschlug ich ihn!« Und wieder einmal sah er sich als jungfrischen Kornett in Gran, der Donaufestung, ließ sich von verwitterten Haudegen auf die noch schmalen Schultern klopfen, und der Oberst in Person belobigte ihn, den Helden in Christo, den Paschatöter, dem der türkische Bluthund erlegen war, dieser Erbfeind und Jungfrauenschänder.

Aber, ach! Man ließ nicht die Becher läuten im illuminierten Saal hoch über dem Donaustrom. Man saß auf Schloß Peine im Niedersächsischen Kreis, saß bei Kerzenschein im schmucklosen Drostengemach, sah nicht aufs Türkenlager hinab, nur auf den Marktplatz mit Rathaus und Galgen, roch nicht Blutdunst noch würzigen Kaffeeduft, allenfalls Jauche und Mist.

»Weshalb echauffieren Sie sich, lieber Wendt?« sagte der Amtmann. »Es war eine harte Entscheidung, ohne Zweifel. Aber unser durchlauchter Kurfürst zu Bonn wollte gewiß ein Exempel statuieren.«

»Ein Exempel!« höhnte Wendt. »Einen protestantischen Pfarrer zum Tode verurteilen! Schandbar verrannt nenn' ich das!« Zornig wischte er ein Papier vom Tisch, hob es gleich wieder auf und drückte es dem Amtmann in die Hand. »Und töricht dazu! Das ist das schlimmste. Höchst töricht dazu!«

»Zu Recht wird erkannt, daß der gewesene evangelische

Prediger Johannes Bissendorf wegen seiner lasterhaften, aufrührerischen, wider Gottes Gebot und unserere Polizei-Ordnung verfaßten Schandschriften mit dem Schwert vom Leben zum Tode hinzurichten ist. Seine Bücher und Schriften sind öffentlich mit dem Feuer zu verbrennen. Köln, den 7. März 1629.«

Rittersbach hob den Blick. »Der Sache nach ist gegen das Urteil nichts einzuwenden. Dieser Bissendorf hat den Jesuiten-Orden geschmäht. Wer das wagt, muß wissen, was er sich einhandelt. Der Sache nach ein gerechtes Urteil.«

»Der Sache nach, der Sache nach!« schimpfte der Drost. »Und wer denkt an *uns*? Wie bringen wir's hier in Peine mit den verbliebenen Ketzern zuwege, wenn das ruchbar wird? Hab' ich mich deshalb, ein siegreicher Streiter wider Türk und Antichrist, in dies Eulennest versetzen lassen, nur um der blutigen Rache der Lutheraner anheimzufallen? Bin schließlich nie seßhaft geworden auf dieser jammervollen Burg – anders als Sie, Rittersbach! Sie lieben ja Peine – oder? Kein Wunder auch! Sie haben's hier immerhin – ich frage nicht *wie* – zu sieben Häusern gebracht!« Er tastete an der Wand, bis er den Haken fand, und hängte den Säbel wieder an seinen Platz. »Soll Ihnen ja gegönnt sein«, brummte er. »Aber Ihr Kopf ist nicht härter als meiner. Passen Sie auf, bald regnet's Steine – auf uns! Nachts gibt's hier noch Lutheraner genug.«

In diesem Augenblick tat sich die Tür auf, und herein kam ein etwa vierzigjähriger Mann in der Soutane des Jesuiten-Ordens. Er kniff die Augen vor dem Kerzenschein, der Drost hofierte ihn an den Tisch. Befremdet sah der Amtmann in ein von zahllosen Falten und Fältchen durchzogenes, wie in Scherben zersprungenes Gesicht.

»Ein wenig geruht, Hochwürden?« fragte der Drost. Dann stellte er die Herren einander vor. Pater Adrian Horn sei nach beschwerlicher Wagenfahrt heute nachmittag, von Rutenberg kommend, auf Burg Peine eingetroffen und habe erst einmal ein Stündchen schlafen müssen. »Mein Gastfreund leitet das Jesuitengymnasium in Köln und reist in kurfürstlichem Auftrag. Übrigens war er Zeuge der Exekution auf Burg Steuerwald. – Aber nehmen Sie doch Platz, lieber Pater!« Jobst von Wendt eilte zur Tür und rief in die Küche: »Else! Maria! Bier!«

»Es blieb keine andere Wahl«, sagte der Pater aus Köln, während er sich an der Tafel niederließ. »Meine Ordensbrüder in Hildesheim haben diesen lästerlichen Prädikanten über zwei Jahre lang in Kerkerhaft gehalten und mehrmals gütlich zum Widerruf ermahnt. Leider vergebens. In seinen Schriften hat er unseren Bischöfen angeraten, dem Heiligen Vater – ich zögere! – den Hintern zu küssen! Zur Rede gestellt, wollte er's freilich nur in sensu spirituali verstanden wissen, sozusagen gleichnishaft. Und in einem seiner Traktate heißt es gar – ich zögere wiederum! –, ein Christenmensch bedürfe des Papstes nicht, weil niemand ihm geistlich zu befehlen habe als Christus. Unleidliches Ketzerzeug!«

Ein Mädchen kam und setzte die Krüge auf den Tisch.

»Es blieb also keine andere Wahl«, wiederholte der Pater. »Dieses störrische Haupt mußte fallen!«

Der süffige Broyhan vom Ratskellerwirt Achilles, nach hannoverschem Rezept dunkel eingesottenes Bier, vermochte Wendts erregtes Gemüt kaum zu besänftigen. Zwar hatte er seinerzeit den Suleiman Pascha mit dessen eigenem Krummschwert erschlagen, aber das war in redlichem Kampf geschehen. Jedoch sich vorzustellen, wie ein protestantischer Prediger, im Talar womöglich, auf dem Richtblock sein Haupt verliert, das kam ihn schwer an. Er ging ja nicht einmal zum Marktplatz, wenn ein Wegelagerer gehängt wurde, obwohl der Dienst es von ihm verlangte. Das überließ er dem Amtmann.

»Wir sind hierzulande ganz gut fertig geworden mit den Lutheranern«, sagte Rittersbach. »Wir machen das auf unsere eigene Art. Wenn man bedenkt, daß das Kaiserliche Restitutions-Edikt gerade erst einen Monat alt ist, dann sind wir ihm sogar um ein gutes Jahr voraus! Alles, was das Edikt verlangt – Rekatholisierung und Rückgabe des kirchlichen Besitzes, den der Passauer Vertrag vor achtzig Jahren den Evangelischen zugesprochen hatte –, all das haben wir schon längst erledigt.«

»Allein aus Peine sind letztes Jahr vierzig Familien und zwanzig ledige Leute ausgewandert«, sagte der Drost und strich sich den Schaum vom Kinnbart.

»Und wieviel kehrten zurück?« fragte der Pater.

»Zwei.«

»Wurden katholisch?«

»Ja«, sagte der Drost. »Sie erhielten auch ihre Güter zurückerstattet.«

»Und wenn jetzt noch einer heimkehrt?«

»Wenn jetzt noch einer kommt, kann er gleich wieder gehen. Sein Besitz ist verfallen. Wer jetzt noch kommt, bleibt ein Bettler.«

»Verdienstvoll geregelt«, lobte der Pater. »Sagen Sie«, er nippte am Krug, »es wirkt hier in Peine ein Ordensbruder von mir, auch aus Köln. Der Pater Fridericus Spee von der Gesellschaft Jesu.«

Der Amtmann nickte. »Sehr erfolgreich!«

»Mein Auftrag gebietet mir, zu prüfen, ob dieser Priester das Vertrauen rechtfertigt, das Kurfürstliche Durchlaucht in ihn setzt. Wo treffe ich ihn?«

»Ich zeig' Ihnen, wo er wohnt.« Der Drost erhob sich und ging zum Fenster, der Pater folgte ihm. Sie blickten über die Ringwälle, hinter denen sich der Wassergraben verbarg, auf die unterm Mond fahl schimmernde Stadt.

»Gleich jenseits der Mauer sehen Sie den Marktplatz. Links ist das Rathaus, und zwei Häuser daneben, im Eckhaus, wohnt Pater Spee mit seinem Socius. Morgen ist Sonntag Misericordiae, da liest er die Heilige Messe in der Jakobikirche. Sie können ihn nicht verfehlen.«

Sie setzten sich wieder. Der Jesuit schien nur noch am Bekehrungswerk des Paters Spee interessiert zu sein. Dem Drost lag viel daran, daß der Vertrauensmann des Kurfürsten Gutes über Peine berichtete. So kam er ins Rühmen:

»Ihr Ordensbruder macht es anders als unsereiner. Ich

zeigte Ihnen sein Wohnhaus. Aber manchmal frage ich mich: Wohnt er dort überhaupt? Kommt ja kaum aus dem Sattel, der Mann. Reitet von Peine nach Woltorf, von Woltorf nach Meerdorf, von Meerdorf nach Stederdorf . . . Predigt, argumentiert, überzeugt. Stärkt die Wankelmütigen, ermutigt Zaudernde, überlistet Heimtückische, ermuntert die Faulen, hat Mitleid mit den Schwachen – und dies, dies vor allem: hat Nachsicht mit läßlichen Sündern.«

»Wie ist das gemeint?« Pater Horn blickte streng.

»Wenn ich nur an den ehemals lutherischen Prediger von Woltorf denke, Tilmanus Walkeling. Ein versoffenes Faß. Sie nennen ihn nur den ›tollen Herrn Tyle‹. Verheiratet, wie all diese Ketzerprädikanten. Der war bereit, sich bekehren zu lassen – will nicht einmal sagen aus Bequemlichkeit. Der Pater hat ihn *überzeugt*, wie er das immer macht. Der wäre also gern katholisch geworden, dieser Lutherpfarrer Tyle – aber Pfarrer, wenngleich nun katholisch, das wäre er *auch* gern geblieben. Aber wohin mit der Frau? In die Wüste? Da rät ihm der Spee: Quartier sie ins Nachbarhaus um, und wenn's denn mal sein muß, besuch sie in Gottes Namen!«

»Wenn's denn mal sein muß?« Der Amtmann verschluckte sich fast. »Und in Gottes Namen! – Ist doch gut, nicht?«

Indigniert schob der Pater den Krug von sich und stand auf. »Ich danke für Ihre Gastfreundschaft, Herr Drost. Ich möchte zu Bett.«

»Frühstücken Sie mit uns!« sagte Jobst von Wendt. Er entnahm dem Leuchter eine Kerze und schritt voran. »Wenn Sie zeitig aus den Federn sind, werden Sie Pater Spee schon vor der Messe treffen, hier bei uns. Ich laß ihm ausrichten, daß er Besuch hat.«

Pater Friedrich Spee, der Ordensmann von der Gesellschaft Jesu, war es gewohnt, in einer winzigen Zelle zu arbeiten, zu beten und zu schlafen; so galt ihm das Eckhaus am Markt als eine respektable Unterkunft. Kaufmann Bösen hatte ihm und dem Laienbruder Theodatus Dyant die beiden oberen

Stockwerke vermietet. Vom Fenster aus konnte man auf den Marktplatz sehen und noch weiter bis zur Burg, deren Herren nun schon seit einigen hundert Jahren die Stadt bald beschirmten, bald argwöhnisch belauerten.

In der Frühe dieses 29. April 1629, des Sonntags Misericordiae, im elften Jahr des großen Krieges, kniete Friedrich Spee vor dem Kruzifix und verrichtete seine Morgenandacht. Dann streifte er das Nachtgewand über den Kopf und wusch sich in der Nebenkammer; die alte Beschließerin hatte am Vorabend Schüssel und Krug gefüllt. Nachdem er Brust und Rücken kräftig trockengerieben hatte, führte der Pater das Messer über den Wetzstein und begann vor dem Wandspiegel mit der Rasur, wobei er Oberlippen- und Kinnbart sorgfältig aussparte. Seit er mehr auf den Dörfern als in der Stadt lebte, mußte er auf den Barbier verzichten.

Schmal, blaß, elfenbeinfarben war sein Gesicht; in dem dichten schwarzen Haar zeigte sich an der rechten Schläfe eine graue Strähne. Dennoch sah man ihm seine achtunddreißig Jahre nicht auf den ersten Blick an. Der melancholische Ausdruck der großen dunklen Augen wurde oft genug aufgehellt vom Widerschein religiöser Inbrunst oder poetischer Begeisterung – und an Ironie, Mutterwitz und bissigem Spott fehlte es ihm auch nicht.

Er wunderte sich selbst, auch an diesem Sonntagmorgen vor seinem Spiegelbild, wie gesund er noch aussah, nach acht Monaten harter Glaubensarbeit im Niedersächsischen Kreis, der noch immer zu großen Teilen protestantisch war. Hermann Baving, der Rheinische Provinzial des Ordens, hatte sich, als er dem Kurfürsten vorschlug, den Pater Spee zur Mission nach Peine zu schicken, auf elegante Weise der Gegenwart eines jungen allzu oft durch Sonderwünsche – und Sonderansichten! – Ärgernis erregenden Bruders entledigen können. Die schweren Vorwürfe, die der Provinzial ihm wegen seines Protestes gegen die Verurteilung und Hinrichtung der Postmeisterin Katharina Henot gemacht hatte, konnte Spee ebensowenig verwinden wie das scheußliche Geschehen selber: diesen sich über Wochen hinziehenden aussichtslosen Kampf gegen einen bornierten Stadtrat und einen korrupten Bürgermeister und vor allem gegen Juristen und Geistliche – und seines eigenen Ordens: Männer, die sich als Wissenschaftler in Sachen Hexerei und Zauberei aufspielten und jedem albernen Gerücht Glauben schenkten. Es war eine Schande!

Er war nach Peine gegangen mit dem Laienbruder Dyant, einem hageren Eiferer, der eher lästig als nützlich war, und hatte versucht, seine Pflicht zu tun. Aber was in Köln geschehen war, ließ sich nicht vergessen: nicht das gräßliche Ende der schönen Postmeisterin, das er in seiner Hilflosigkeit nicht hatte verhindern können, und auch nicht das tragische Aufbegehren seines Schülers Philipp von Kronthal, der, in die »Hexe« mit aller Leidenschaft seiner achtzehn Jahre verliebt, nach einem unbedachten Befreiungsversuch aus der Stadt geflüchtet war. Man hatte nie wieder von ihm gehört. Am Schicksal beider Menschen fühlte der Pater Spee sich mitschuldig.

Er hatte die Rasur beendet, klopfte sich auf die Wangen und fuhr mit der Bürste übers Haar. Dann trat er ans Fenster.

Es war noch sehr früh. Der Marktplatz war fast menschenleer. Doch an seiner Ostseite, dort, wo der Galgen stand, und noch weiter zur Mitte, zum Eulenbrunnen hin, bemerkte Spee ein Rudel junger Leute. Obwohl er die Gesichter nicht erkennen konnte, kam es ihm vor, als gehörten sie nicht nach Peine. Es mochten zwanzig oder auch fünfundzwanzig Burschen sein, die sich zu Füßen des Galgens, andere auf dem Brunnenrand, etliche auch im Schneidersitz auf dem buckligen Pflaster niedergelassen hatten.

Für einen Augenblick bildete er sich ein, es habe sich herumgesprochen, wie seine Predigten die Gläubigen stärkten und Zweifelnde wieder glauben ließen, und da sei nun junges Volk von auswärts zur Heiligen Kommunion in Sankt Jakob gekommen. Dann aber lächelte er über seine Eitelkeit und vergaß die Burschen am Eulenbrunnen.

Aufs Frühstück mußte er vorerst verzichten; er hatte heute in Peine die Messe zu lesen. Er öffnete die Tür und rief nach der Beschließerin; sie sollte nicht auf ihn warten, da er gleich weiter nach Woltorf reiten wollte. In diesem Augenblick kam ein Mann die Treppe herauf, ein Bote von der Burg, und sagte: »Hochwürden, Sie werden vom Drost erwartet. Ein Ordensbruder aus Köln ist eingetroffen.«

Der Marktplatz mit seinen noch unbelaubten Ulmen, vom schwärzlichen Balkenwerk betagter Bürgerhäuser wie umzäunt, schlief noch in den Sonntagmorgen hinein. Auch die fremden Burschen unter dem Galgen rührten sich kaum. Sie hatten sich um einen der Ihren gelagert, der auf dem Beckenrand des Eulenbrunnens saß, die Beine baumeln ließ und auf sie einredete.

Als Spee an ihnen vorbeiging, sprangen sie wie nach Verabredung auf und machten einen tiefen Bückling. Einige schwenkten gravitätisch den Hut, andere brachen sogar in die Knie, als zöge das Tabernakel vorüber.

Sollte er sie ansprechen? Scherzhaft huldvoll danken? Die Verspottung war so offenkundig, daß er es vorzog, möglichst schnell auf die andere Seite des Platzes zu gelangen. Er sah sich nicht um und bog in die Gasse ein, die vom Marktplatz nach Norden zur Burg führte. Schon nach wenigen Schritten stand er vor dem Ringwall. Über die Zugbrücke ging er durchs Tor und auf den viergeschossigen Hauptbau zu. Ein Posten im Brustpanzer, den Kopf in der Eisenhaube, stieß salutierend die Pike auf die steinerne Schwelle.

Spee betrat das Altanzimmer. Bei Schinken und Brathuhn saß Herr Jobst von Wendt mit Amtmann von Rittersbach und einem Gast an der weißgedeckten Tafel. Auf den kristallenen Bierkrügen glitzerte die Sonne, vielfältig getönt von den bunten Scheiben des Altanfensters. Während Herr von Wendt sich die Hände am Tafeltuch abwischte und aufstand, wandte der Gast in der Soutane nur den Kopf.

»Adrian Horn!« rief Spee und bemühte sich, etwas von

freudiger Überraschung in seine Stimme zu legen. »Auf jeden war ich gefaßt – aber nicht auf Sie! Den Stellvertreter von Regens Kasen hielt ich für unabkömmlich.«

»Die Zeit der Stellvertretung ist vorbei«, sagte Horn mit Nachdruck; kein Lächeln verschönte sein Runzelgesicht. »Regens Kasen wurde vom Pater Provinzial seines Amtes enthoben. *Ich* bin der neue Regens des Gymnasiums Tricoronatum.«

»Und trotzdem auf Reisen?« fragte Spee. Die Nachricht bewegte ihn; nach Kasens Toleranz und Herzensgüte hatte die alte Schule nun ein strenges Regiment zu erwarten.

»Ich übernehme das Amt erst Anfang Juli«, sagte Horn. »Kurfürstliche Durchlaucht meinte, ich könne mich bis dahin auf andere, höchst ehrenvolle Weise auszeichnen, und schickte mich auf Inspektion.«

Spee versuchte die Erinnerung niederzukämpfen. Mit diesem Mann, der, wie er, Lehrer am Jesuitengymnasium in Köln gewesen war, hatte er erbitterten Streit gehabt. »Ich bin Ihr Feind«, hatte Horn gesagt. Und hatte die »Hexe Katharina« verflucht, hatte sie für alles Unheil und auch für den Tod des Schülers Ignaz Eller verantwortlich gemacht.

Horn setzte ein Gespräch mit dem Amtmann fort. Der Drost bat Spee an die Tafel und bot ihm zu essen an; die meisten Geistlichen nahmen es mit der Nüchternheit vor der Heiligen Meßfeier nicht allzu genau. Spee lehnte ab. Er hörte der Unterhaltung zu, an der sich auch der Drost wieder beteiligte:

»Ich hoffe doch, wenn unsere Bürger wirklich rebellieren sollten, sie werden meine Wohltaten nicht vergessen. Oder?« Unsicher sah Wendt den Amtmann an. »Haben Sie unsere glorreiche Armee instruiert?«

Rittersbach grinste. »Unser streitbares Dutzend hat Order, für alle Fälle. Ja, Sie haben richtig gehört, meine Herren Patres: Peine hat ganze zwölf Soldaten! Vielleicht sollten wir doch Oberst Blankhard in Hildesheim verständigen?«

Spee dachte an die fremden Gesichter unter dem Galgen. Er fragte, ob es Grund zur Beunruhigung gebe.

»Sie sehen uns in einiger Erregung, Hochwürden«, erwiderte Wendt. »Mein Gastfreund war Zeuge der Hinrichtung.«

Spee wußte nicht, was er meinte.

»Sie haben noch nichts gehört? – Lesen Sie!«

Der Drost griff nach dem Papier und reichte es dem Pater.

Spee war entsetzt. »Sie haben Bissendorf – enthauptet?«

Horn wurde aufmerksam. »Und?« fragte er scharf. »Wundert Sie das? Dieses Schandmaul mußte mit Gottes Hilfe zum Verstummen gebracht werden. Ein Lästerer und Diffamator war Bissendorf, ein Ärgernis. Ärgernisse reißt man aus, und wär's das eigene Auge.«

Spee brauchte nicht lange zu überlegen, was die Untat von Steuerwald – eine Untat, jawohl! – für Stadt und Land Peine, aber auch für sein Missionswerk bedeutete. »Einen protestantischen Pfarrer hinzurichten!« rief er. »Das ist eine Provokation, die wir uns niemals hätten erlauben dürfen. Ganz abgesehen davon, daß es unmenschlich ist!«

»Sie übersehen wohl, daß Kurfürstliche Durchlaucht persönlich die Begnadigung abgelehnt hat«, sagte Horn. »Ich wüßte also nicht, was es zu kritisieren gäbe. Im Hof von Burg Steuerwald hat ihn der Scharfrichter decolliert. Starb unbußfertig. Und noch im Sterben lächerlich. Schrie und weinte! Und das in Gegenwart Seiner Exzellenz des Herrn Weihbischofs und Generalvikariats! Würdelos.«

Jobst von Wendt bekreuzigte sich. »Der Herr sei seiner armen Seele gnädig.«

»Einem solchen Sünder gnädig zu sein, dürfte selbst dem Allmächtigen nicht leichtfallen«, sagte der Jesuit grimmig. »Dieser Mann versperrte sich jeder besseren Einsicht. Noch immer hätte er widerrufen können. Aber er blieb verstockt bis zuletzt. Nun . . .« Horn sah Spee an und akzentuierte seinen Satz: »Man weiß allerdings, daß lutherische Prädikanten – auch vorgeblich bekehrte! – mehr von ihren Krebsweibern als von der Mutter Gottes halten!«

Spee begriff, daß Adrian Horn die Feindseligkeit noch nicht begraben hatte. Aber was bedeutete das schon angesichts der gefährlichen Reaktion, die Bissendorfs Hinrichtung zur Folge haben mußte!

»Wenn das die Peiner erfahren, die Telgter, die Woltorfer . . . Dann habe ich hier acht Monate umsonst gearbeitet!« Er bebte vor Zorn. »Sechsundzwanzig Dörfer habe ich bekehrt! Die Hälfte wird rückfällig werden!«

»Die Peiner haben es bereits erfahren«, sagte Rittersbach. »Heute nacht hat sich's herumgesprochen.«

»Die Mägde haben es mitbekommen und ausgeplaudert«, schimpfte der Drost.

»Ach was!« sagte der Amtmann und blickte fromm zur Decke. »Ein Pater soll es verraten haben, als er auf dem Weg zu uns im Gasthaus von Rutenberg eingekehrt . . .«

Horn fiel ihm ins Wort: »Sie haben ganz recht, Herr Amtmann. Ich selber habe dort berichtet, was in Steuerwald geschah. Sie hätten hören sollen, wie sich das Pack im Wirtshaus ereifert hat. Da habe ich gemerkt, wie man hierzulande noch immer gesinnt ist. Aber was kann uns Besseres geschehen, als daß sie rebellieren! So haben wir die Ratten aus ihren Löchern gelockt. Allerdings – eines ist mir kaum vorstellbar: Daß hier ein Priester, ein Jesuit noch dazu, acht Monate gewirkt haben soll. Nun . . .« Er legte beide Hände flach auf den Tisch, richtete sich auf und sah Spee streng in die Augen. »Deshalb bin ich hier!«

»Um mich zu kontrollieren? Wollten Sie das sagen, Bruder Adrian?«

»Im Auftrag des Kurfürst-Erzbischofs, allerdings. Ich habe durchaus den Eindruck, daß diese verrotteten Bauernprädikanten und Torfprediger hier noch immer das große Wort führen.« – »Wir haben sie doch alle ausgewiesen!« verteidigte sich Wendt.

Horn stand auf. »Man merkt, wie Sie gearbeitet haben. Eine Obrigkeit, die alle Protestanten ausgewiesen haben will, kriegt das Heulen und Zähneklappern vor einer protestantischen Rebellion.«

Die Tür sprang auf. Ein Soldat von der Torwache erschien und meldete atemlos: »Auf dem Marktplatz rotten sie sich zusammen. Sie brüllen: Rache für Bissendorf! Und noch Schlimmeres.«

»Auf denn zur Messe!« rief Horn. »Jetzt wollen wir uns einmal ansehen, Fridericus Spee, was Sie in diesen acht Monaten geleistet haben!«

Der Drost griff zum Säbel. Rittersbach, ein Hühnerbein in der Faust, schloß sich an, die Patres und der Soldat folgten. In der Stiegenhalle erwartete sie der Kastellan.

»Wo ist der Burgvogt?« rief Jobst von Wendt.

»Am Tor«, antwortete der Kastellan und öffnete die Tür zum Hof.

»Wieviel sind auf der Wachstube?« fragte Rittersbach.

»Vier Mann«, sagte der Soldat.

»Die anderen?«

»Je zwei auf Wache am Gröperntor, Stederdorfer und Rosentaler Tor.«

»Dann hol die vier von der Wachstube! Sie sollen uns begleiten!«

Der Drost befahl dem Burgvogt, der ihn unter dem Fallgitter erwartete, die Torflügel zu öffnen. Sie sahen sich einer gewaltig aufragenden Holzwand gegenüber: schwere, altersschwarze, mit Eisenbändern verklammerte Bohlen.

»Welcher Dummkopf hat die Brücke aufgezogen?«

Der Vogt bekannte sich schuldig. Das Volk habe die Burgfreiheit nicht mehr respektiert, Vorwitzige hätten sich auf die Zugbrücke gewagt.

»Runterlassen!« befahl der Drost.

Der Soldat drehte die Kurbel. Ächzend an ihren Ketten senkte sich die Brücke, gab erst ein Stück Himmel, dann Dächer und Fassaden frei und öffnete, als sie im Stützbalken auf der anderen Seite des Grabens einrastete, auch den Blick in die Schloßgasse, und die war menschenleer. Ungehindert sahen sie bis auf den Marktplatz. Dort war jetzt ein Haufe Volks versammelt, es flutete hin und her, machte ein Lärmen und Geschrei, als ob Kirchweih wär oder ein Galgenfest.

Rittersbach hielt nach seinen Soldaten Ausschau, und als sich keiner blicken ließ, machte er sich selber auf den Weg in die Wachstube. Der kommt so bald nicht wieder, dachte Wendt.

»En avant!« rief er. »Vielleicht wollen die glaubensstarken Patres mich begleiten? Hochwürden Spee muß zur Kirche!«

Den Säbelgriff in der Faust, den freien Arm exerziermäßig schwenkend, marschierte der Drost über die Brücke, die Jesuiten hinter ihm.

Aus den Fenstern des Haupthauses sahen Mägde und Diener, wie sie durch die menschenleere Schloßgasse schritten und sich am Eingang zum Markt in der Menge verloren.

Wo bleibt nur Peines brave Bürgerschaft? dachte der Drost und blickte sich angstvoll um. Gerempel und Gerangel bedrängte die drei, als sie über den Marktplatz wollten. Pöbel aus Wolfenbüttel, kein Zweifel. Und keiner greift ein! Habt ihr Schiß vor einem Schock landfremder Rüpel? Seid ihr nicht Bürger, habt ihr nicht Rechte und Pflichten? Läßt Peine sich Tumult und Aufruhr bieten? Peine, einst gebaut so feste, daß die Eule blieb im Neste – wie's im Liede heißt! Würdige Männer, Familien im Sonntagsstaat, stumm steh'n sie, dumm herum, wie an die Häuserwände gepappt! Überlassen den Braunschweiger Strolchen den Markt!

Nur mit Not zwängt sich der Drost, gefolgt von den Patres, über den Platz. Die Rüpel zupfen und puffen ihn, und vor der Rathaustreppe stellen sie ihm ein Bein. Er stolpert, zerrt am Säbel, kriegt das krumme Ding nicht aus der Scheide. Sie höhnen und hecheln um ihn herum – und, hol's der Saturn: Das sind nicht nur die Braunschweiger, das sind seine Peiner auch! Und was mögen sie wohl über ihn denken, die Peiner? Was denken sie über ihren Herrn Drost? Seht ihn euch an, denken die Peiner, seht ihn nur an in seiner Not, den Saufaus und Deputatverschlinger, den Bauernsultan, dem alle fronen, der alles kriegt, was er haben will: Ochsen und Schafe, Schweine und Hühner, Gänse und Butter, Käse und Hopfen – und alles frei! Frei Fischerei und freie Jagd, Flachs, Getreide und Feuerung – alles frei und umsonst! Nun hat er nichts mehr zu eigen als seine Angst. Und sind uns die Braunschweiger Rüpel auch ein rechter Greuel – für eins sind sie gut: daß sie den Drost ins Bockshorn jagen, ihn barmen und betteln lassen am Rathaustor; ein armer Sünder, der stolze Herr Drost, ein ärmlicher Wicht!

»Bürgermeister!« schreit der Drost. »Mach auf! Wir müssen beraten!«

Der Bürgermeister am Fenster im ersten Stock, auch er hat die Hosen voll, späht hinab. Und – ratsch! – zieht der Bürgermeister den Vorhang zu. – Da stolpert der Drost die Rathaustreppe wieder herunter – und da stehen sie nun, seine Peiner, stehn an die Mauern gedrückt, die Köpfe tief in den Krausen, den Hut im Gesicht. Und als er sie anschreit, klingt's wie ein Flehen: »Wehrt euch! Jagt sie zum Teufel, die Braunschweiger Okkupanten! Ich befehle es euch, die Obrigkeit! Ich!«

Keiner rührt sich. Sie grinsen. Sie wissen: Nur zwölf Polizeisoldaten hat Peine – und nicht einmal die! Denn wo ist sie geblieben, unsere stiftische Polizei? Im Schlosse wird sie geblieben sein, wo auch der Herr Amtmann geblieben ist, und der war noch nie ein Held. – Seht aber jetzt, was die Braunschweiger machen, die dreisten Hunde, was die sich erlauben! Wie sie dem fremden Pater die Soutane über den weißbehosten Hintern heben – und klopfen ihm drauf! Und auch den Spee kesseln sie ein und grölen im Chor:

»Ein Pater kam nach Peine,
o Pein, o Pein, o Pein!
Bald werden Ochs und Schweine
auch gut katholisch sein!«

Er schlägt ein Kreuz und geht weiter, einfach weiter, wahrhaftig, sie weichen zurück. Er greift seinem Ordensbruder ins Cingulum, zieht ihn mit sich – ja, wagt der's heut wirklich, die Messe zu lesen?! Die Braunschweiger, hinter den Priestern her, wiederholen den Vers, und schon tönt ein neuer hetzender Chor:

»Das Steuerwalder Blutgericht
nimmt uns den rechten Glauben nicht!
Herr, gib, daß uns dies Blut befrei
von Jesuiter-Tyrannei!«

Friedrich Spee geht seinen Weg zur Jakobikirche, um die Messe zu feiern. Diese johlende Horde beleidigt ihn nicht, ihr Spott geht ihm nicht unter die Haut. Er kennt diese Burschen nicht, sie sind nicht von hier, er hat sie nie gesehen, sich nie um sie bemüht. Er braucht sich nichts vorzuwerfen, nimmt ihnen ihr Spektakel nicht einmal krumm. Hätte man in protestantischen Landen einen katholischen Priester umgebracht – Spee wäre genauso empört wie diese hier. Er teilt sogar ihren Zorn auf die Hildesheimer, auch er verabscheut das Blutgericht.

Ihn schmerzt etwas anderes, und da weiß er sich einig mit dem Drost: daß Peine so lau, so schäbig fügsam ist! Daß Männer wie Hermann Hindelang – da steht er stämmig vor seinem Haus und glotzt an ihm vorbei! –, daß Frauen wie Hildegard, Bertram Gödekes stolzes Eheweib, die jeden Freitag zur Beichte kommt und Almosen spendet in Fülle –, daß sie und alle die anderen, die er längst für die Kirche gewonnen glaubte, sich ducken vor den Krakeelern. Wenn aber jene Burschen aus Braunschweig erst einmal begreifen, welche Macht sie in Wahrheit haben: Sie könnten Rathaus und Burg besetzen, könnten sogar dem Bischof ein Weilchen Paroli bieten, wie es in Paderborn einst der Wichart tat. – Was knurrt der Horn vor sich hin?

»Acht Monate Missionsarbeit! Und das ist das Ergebnis! Ihr Ergebnis, Spee!«

»Es sind keine Hiesigen, Horn! Es sind Braunschweiger, eingefleischte Protestanten! Zwar haben wir zwei den Bissendorf nicht umgebracht. Aber wir tragen das gleiche Kleid wie seine Ankläger!«

»Sehen Sie sich die Fratzen an!« zischte Horn. »Man wird

uns erschlagen. Nichts ist so widerlich wie aufgeputschter Pöbel.«

»Sie kennen sich aus«, sagte Spee. »Sie haben das schon einmal erlebt.«

»Ich? Noch nie! Der Herr bewahrte mich.«

»Und als Sie Katharina Henot zum Scheiterhaufen begleiteten? Wer stand in den Straßen, vom Domhof bis nach Melaten? Wer tobte und schrie nach Blut?«

»In Köln? Da ging's um den Vollzug der Gerechtigkeit! Wie können Sie das mit hier vergleichen? Damals galt es, eine Hexe unschädlich zu machen. Das war ein schlimmes Weib – Sie sollten's doch wissen! Hat Kinder gefressen, Schüler verhext. Mein armer Ignaz« – er schluckt –, »der Schüler Ignaz Eller, von ihr ermordet! In Köln, Spee, das war kein Pöbel. Das war das Volk in seinem heiligen Zorn!«

Spee will ihm – zum wievielten Male? – sagen, daß jene Postmeisterin Katharina unschuldig war. Aber da brüllt's ihnen wieder ins Ohr:

»Herr, gib, daß uns dies Blut befrei
von Jesuiter-Tyrannei!«

Ungeschoren läßt man sie nicht. Spees Rippen schmerzen, es hat Püffe und Hiebe gesetzt. Horn erging es nicht anders. Wo ist nur der Drost geblieben? Und Amtmann Rittersbach mit der Wache?

Endlich haben sie den wehrhaften Bau von Sankt Jakobus erreicht. Vor der Kirche, sieh an, hat sich das andere Peine versammelt: der glaubensstarke, auch im Herzen katholische Teil der Bürgerschaft. Nun also doch! Die treuen Schafe scharen sich um ihren guten Hirten.

»Laßt die frommen Väter in Ruhe!« rufen sie. »Ketzerpack!«

In der Kirche hatten sie lange ausgeharrt, die alten Katholiken. Konnten sich nicht erklären, wo der sonst so pünktliche Priester blieb. Hatten geduldig in ihren Bänken gehockt, versammelten sich endlich in Unruhe vor dem Portal.

»Laßt unsere Priester in Frieden! Landfremdes Gesindel!«

Mannhaft werfen sie sich den Aufrührern entgegen,

drängen sie gegen die Kirchhofsmauer, pauken die Gottesmänner heraus, bilden im Laufen ein schirmendes Spalier bis zur Pfarrei. Dann schlägt die Tür zu. Sie sind im Pfarrhaus, geborgen.

Nicht lange darauf erscheint der Drost. Auch der Bürgermeister, der Stadtschreiber, die Ratsherren. Sie hatten dem Herrn von Wendt endlich doch die Rathauspforte aufgetan, hatten nur eben warten wollen, bis die Hauptmacht der Schreier sich in die Breite Straße verzog. Dann schritt man hintendrein in schwarzer Amtstracht, würdevoll, mit weißer, gestärker Faltenkrause, wie sich's geziemt. Man hätte doch die Kirche nicht geschwänzt – was dachtet denn ihr?

Nun besprechen sie sich im Speisezimmer. Des greisen Stadtpfarrers einäugige Schwester schimpft mit dem kranken Bruder, der nicht im Bett bleiben will. Der Bürgermeister, ein listiger Graukopf, spät hinaus, die güldene Amtskette blinkt im gewölbten Fensterglas.

»Ohne Soldaten krieg' ich die Burschen nicht aus der Stadt. Herr Wendt, wo bleibt der Amtmann? Und seine Polizei?«

Der Drost macht ihm keine Hoffnung.

»Also dann: Heute kein Gottesdienst!« entscheidet der Bürgermeister. »Ich kann's nicht riskieren, es gibt mir sonst blutige Köpfe.«

Spee sieht es nicht ein. Soll der Hirte vor seinen Schafen davonlaufen? Auch Adrian Horn protestiert:

»Im Auftrag Seiner fürstlichen Durchlaucht, in Vollmacht auch der bischöflichen Stiftsregierung befehle ich, daß die Heilige Messe gehalten wird!«

Die Herren schütteln die Köpfe. »Was meinen Sie, Spee?«

»Mein Ordensbruder hat recht. Ich werde die Messe lesen.«

Er verläßt das Pfarrhaus und geht auf das Kirchenportal zu. Aber jetzt stehen die Protestanten wie eine Mauer davor und lassen den Knüppel um den Finger wirbeln: Hier kommt keiner rein! Der Pater spricht auf sie ein, die Kirchentreuen sammeln sich hinter ihm, man sieht nur seinen

Kopf, die gestikulierende Hand. Nun tritt er den Rückzug an. Die Menge läßt ihn enttäuscht passieren. Er kommt mit gesenktem Kopf. Geschlagen.

Im Pfarrhaus bekennt er: »Sie lassen mich nicht in die Kirche. Es sind jetzt viel mehr als vorhin auf dem Marktplatz. Ich habe Leute gesehen, die . . .« Er blickt auf Horn, dann führt er leise den Satz zu Ende: »Leute, die ich schon glaubte bekehrt zu haben. Nun halten sie's doch wieder mit den Protestanten. Sie sagen: Wenn man jetzt anfange, lutherische Pfarrer hinzurichten, sei kein Katholik mehr seines Lebens sicher.«

»Und davon lassen Sie sich düpieren«? ruft Horn. »Sie haben gehört, was ich angeordnet habe. Ich bestehe auf Durchführung! Sie feiern die Heilige Messe! Alles andere wäre feige Kapitulation!«

Spee schweigt. Sie sehen auf ihn. Er wiederholt: »Sie lassen mich nicht in die Kirche. Sie haben gesagt, wenn ich noch einmal käme, würden sie mich zusammenschlagen. Ich will ehrlich sein, Bruder Adrian: Ich habe Angst.«

»Einst wollten Sie in Indien missionieren – und jetzt haben Sie nicht einmal das Zeug zu einem kleinen Martyrium in Peine?! Und das bekennen Sie, ohne zu erröten, im Angesicht unseres Märtyrer-Apostels Jakobus?«

»Ich bekenne es«, sagte Spee.

Er hebt bedauernd die Hände und läßt die Enttäuschten stehen.

Im Stall des Pfarrhauses schürzt er die Soutane – er tut es ungern im Angesicht der Leute, es sieht ein wenig lächerlich aus. Dann schwingt er sich in den Sattel und reitet über den Kirchplatz. Hat da einer »Feigling!« gerufen? Er nimmt es hin.

In der Vorstadt hielt Spee auf einem niedrigen Hügel an, blickte zurück und nahm das Bild des von der Morgensonne mit kräftigen Schattenstrichen umrissenen Städtchens mit seinen Türmen und den kreisenden Flügeln der Mühle in sich auf. Mit schön gereihten Giebeln in Schiefergrau und

Ziegelrot, mit seinen weißgekalkten, von buntem Balkenwerk gemusterten Fassaden, mit Rathaus, Jakobikirche und hochgebauter Burg war Peine, sieht man von Tillys Einquartierung ab, vom großen Krieg noch unberührt geblieben. Spee lächelte, als er an das riesenhafte Köln dachte, wie es sich etwa vom Deutzer Ufer ausnahm. Und doch war ihm Peine mit seinen schon bröckelnden Wällen, seinem grützgrünen Wallgraben, in dem zwischen Wasserrosen die Enten schwammen, mit seinen oft allzu hingebungsvoll dem Broyhan zugetanen Handwerksmeistern und seinen zwölf nicht eben kriegerisch gesinnten Soldaten in den acht Monaten seines Wirkens weit mehr ans Herz gewachsen als jenes »deutsche Rom«, das seine geistlichen Oberen vermessen »Mariens Zwillingsschwester« nannten.

Er hatte sich mit der Niederlage vor Sankt Jakob abgefunden, sein Gemüt war erleichtert. Nicht weil ihn sein Gewissen freigesprochen hätte, sondern nur weil er sich mit jedem Hufschlag weiter von der Gefahr entfernte; er machte sich nichts vor.

In Woltorf warteten »seine« Bauern auf ihn. Er würde sie zusammenrufen, um ihnen den Wagen mit Saatgut zu zeigen, den Bruder Dyant aus Hildesheim mitgebracht hatte: vierzig Sack Weizenkorn. In Wahrheit hatte Spee das Korn bezahlt. Den Bauern würde er erzählen, es sei eine Spende der Hildesheimer Stiftsregierung. Hielten sie die bischöfliche Obrigkeit wirklich für so freigebig, dann konnte dies nur das Ansehen der Kirche heben. Kamen sie jedoch dahinter, daß *er* der Spender war, auch gut: Dann würden sie seine Ermahnungen zur Nächstenliebe nicht nur für fromme Sprüche halten. Es war ein wenig List dabei – warum auch nicht? Geschah doch auch dies, getreu dem Grundsatz der Jesuiten, zur größeren Ehre Gottes.

Er ritt über das flache, mit zerzausten Wacholderbüschen bestandene Heideland, das jetzt von einem niederen Wäldchen aus Erlen und Weiden verdrängt wurde. Vor den peitschenden Zweigen tief auf den Sattelknauf geduckt, ließ Spee den Hengst erst wieder antraben, als das Gehölz sich lichtete. Er spürte, wie der Boden unter dem Hufschlag bebte. Der aufgeschüttete, mit Bohlen und Steinen notdürftig befestigte Sandweg führte über mooriges Wiesenland, aus dem sich vereinzelt eine Föhre, eine im Morgenwind zitternde Birke erhob. Der Himmel färbte sich frühlingsblau, auf dem harten, weißflockig behangenen Sumpfgras glitzerte noch der Tau. Und während der Pater sein Tier wieder in bedächtigen Schritt fallen ließ, nahm er wahr, wie Gott auch dieser kargen Landschaft das Signum seiner Schöpferkraft verlieh: Wie er Flüsse und Bäche, Tümpel und Teiche und die glucksenden Quellen der Sümpfe aus winterlichem Arrest befreite und die schwarze Erde zu neuer Zeugekraft weckte. Da war das Wiesenland schon übersät mit Löwenzahn und Gänseblümchen und mit Sankt-Petri-Himmelsschlüsseln, der gelben Primula. Und rauschte nicht schon die flügelreiche Schar hoch in den Lüften? Die Kraniche kehrten wieder!

Nun sah er den schwarzen Streifen, der, seltsam glänzend, als wär's ein totes Gewässer, vor dem nächsten Waldstück ausgebreitet lag, und er roch den eigentümlichen Duft aus Moder und Brand. Zerfurcht von Pferdehuf und Wagenspuren, führte der Weg als schmutziggelbe Schneise durch das veraschte Moor, in dem sich keine Kreatur regte, kein Kiebitz kreischte, kein Wachtelkönig schnarrte. Nichts als verkohltes Gras. Doch kein Gedanke an Krieg und Feuertod. Kein Mansfeld, kein toller Christian hatte hier gewütet; der Torfstecher hatte die Woche zuvor den Streifen Moorland abgebrannt bis einen Zoll tief in den Boden hinein. Bald würde er in den Acker aus düngender Asche Buchweizen säen, billig gewonnene Nahrung in dieser Hungerzeit.

Spee hatte das Aschenland hinter sich. Er ritt über einen Sumpfstreifen, den der Torfbauer vor seinem Wald belassen hatte, damit ihm das Feuer bei ungünstigem Wind nicht Wald und Hütte fraß. Da war das Binsenmeer, waren die tükischen Inseln aus Schlamm, das Bebemoor, das unergründlich tiefe, in dem auf der Flucht vor einem marodierenden Dragoner erst unlängst ein Edelherr samt seinem Roß versunken war. Trübe blinkende Spiegel, Tümpel, nachtschwarze Kolke – und die ersten Stapel schwarzbrauner Placken, aus schwammigem Morast gestochen: unentbehrlicher Brand für Ofen und Herd. Das Wäldchen mit seinem niedrigen Strauchwerk und Brombeergestrüpp war im Sommer abseits des Weges fast unpassierbar. Jetzt noch kaum belaubt, gaben Erlen, Birken und Weiden den Blick auf eine Lichtung frei. Dort stand die Hütte des Torfstechers wie eine von Türmen und Vorwerken umgebene Burg; Wälle und Bastionen waren nichts als geschichteter Torf, hie und da zu schnellerer Trocknung mit Zweigen überdeckt.

Der Hengst hob den Kopf, wieherte, schnaubte. Spee sprang ab, konnte das Tier nur mit Mühe halten, es schien nach einem Schuppen zu streben, der wie ein Außenwerk am Rande der Lichtung stand. Spee klopfte dem Braunen beruhigend auf den Hals und band ihn, der widerwillig die Mähne schüttelte, an einen Baum. Dann zog er die Enden der Soutane aus dem Gürtel und strich sie glatt.

Der Torfstecher, dieser struppige Kauz, konnte nicht oft und eindringlich genug darüber belehrt werden, wie das Himmelreich zu gewinnen war. Hinnerk Wiemer war nicht ganz unbeschlagen, und konnte er auch nicht lesen: aus der Heiligen Schrift, wie Luther sie verdeutscht hatte, wußte er viele Verse herzusagen. Vor allem aber blieb er seinem Glauben treu, und das wollte etwas heißen; im Stift gab's Spitzel genug. Theodatus Dyant, des Paters Socius, hatte sich wiederum mit ihm angelegt. Spee solle ihn arretieren lassen, meinte er; der Mann sei ein Protestant von der hinterhältigen Sorte.

Der Torfstecher stand vor der Tür und hielt den Pater mit Reden auf, als wolle er ihm auf unauffällige Weise den Eintritt verwehren. Umständlich ließ er sich über einen Holländer aus, der es verstehe, aus Torf Papier zu machen, ein wenig braun und krumpelig zwar, aber drauf pinseln könne man immerhin. Nun sei er dem Rezept hinterher.

Und wenn ihm der erste glatte Bogen gelungen sein werde, dann ließe sich schon jemand finden, der ihm darauf den lutherischen Katechismus schriebe.

Spee blieb duldsam und hörte ihm zu. Er hatte längst wahrgenommen, daß sich im Hause was tat: Der hagestolze Torfstecher war nicht allein. Und endlich schien der Mann zu kapieren, daß er seine Gäste nicht länger verleugnen konnte. Er ließ den Pater eintreten.

Um den Tisch saßen zwei Männer und zwei Frauen mit kleinen Kindern.

»Gelobt sei Jesus Christus!« grüßte Spee.

Sie antworteten nicht.

Ein Säugling begann gottserbärmlich zu schreien. Der Torfstecher ging zum Herd, füllte Ziegenmilch in einen Becher und brachte ihn der Mutter.

Spee betrachtete ein fußmattengroßes Stück gepreßten Torfes, das über dem Feuerloch zum Trocknen aufgehängt war.

»Dein Papier?« fragte er.

Der Torfstecher nickte. »Es ist noch zu dick. Und zu rauh. Wird noch poliert.«

»Am Sonntag so früh schon auf Wanderschaft?« Betont launig wandte sich Spee an die Tischrunde.

Sie antworteten nicht. Der Ältere nahm der Mutter das schreiende Kind ab; sie stippte ein Stück Brot in den Becher und ließ den Säugling daran nuckeln. Das andere Kind, ein Mädchen von vier oder fünf, hob den Rock und nahm den Saum zwischen die Zähne. Der neben ihm sitzende Mann schlug ihm auf die Hand. Nun weinte auch das Mädchen.

Spee brauchte nicht auf Antwort zu warten. Er wußte, wohin diese Familie unterwegs war. Jetzt wußte er auch, wer die heimlichen Lutheraner aus Peine, Telgte und anderen Dörfern auf Schleichpfaden hinübergeleitete ins Braunschweig-Wolfenbüttelsche zum protestantischen Gottesdienst, zu Hochzeit und Kindstaufe. Die Straßen waren vor allem sonntags von Peineschen Posten bewacht; die trieben jeden zurück, der zur häretischen Messe wollte, und belegten ihn mit happigen Strafen. Aber ein Mann wie Hinnerk Wiemer kannte sich aus. Und hatte er seine Schützlinge auf braunschweigisches Territorium gebracht, dann konnte er beruhigt und um ein paar Mariengroschen reicher umkehren: Im Herzogtum Braunschweig-Wolfenbüttel hieß Pfarrer Angermann aus Siersse jeden Sonntags-Exulanten aufs herzlichste willkommen.

Als sei er sachverständig, betastete Spee das Torfpapier. Er merkte, daß sie seine Bewegungen verfolgten. Wären die weinenden Kinder nicht – wer weiß, was sie mit ihm anstellen würden. Weshalb war er überhaupt hier eingedrungen? Er überlegte: Schleich ich mich wieder davon, dann wird dieses Kind noch heute protestantisch getauft, und ich hab's zugelassen. Versuch ich, sie umzustimmen, lachen sie mich aus. Das wäre das Geringste. Droh ich aber mit Verrat an die Obrigkeit: Wer im Moor ersoffen ist, kann nicht mehr plaudern . . .

Er ging zum Tisch und berührte den Säugling an der Stirn. Er wußte selbst nicht, warum er es tat, aber das Kind vergaß augenblicklich zu schreien.

Der jüngere Mann sprang auf. »Keine Taufsprüche!« rief er böse. »Kein einziges Wort!« Er ballte die Faust. »Zeig deine Pfoten her, Pfaff!«

Spee ließ von dem Kind ab, das sofort wieder zu schreien begann. Er hob beide Hände, wie zum Beweis, daß er sie nicht heimlich mit Taufwasser benetzt hatte.

»Schaff uns endlich den Pfaffen vom Hals!« rief der Mann.

Hinnerk Wiemer drückte ihn auf die Bank zurück. »Reg dich nicht auf, er ist mein Gast. Und jetzt«, er wandte sich an den Pater, »wird es wohl Zeit. Ihr kommt sonst zu spät zur Messe.«

»Götzendienst!« murrte der Mann.

»Der Herr sei mit euch«, sagte Spee, als er mit dem Torfstecher die Hütte verließ. Sie antworteten nicht.

»Im Schuppen steht eine Stute – stimmt's?«

Der Torfstecher grinste.

»Wie lange treibt ihr das schon?« fragte Spee.

»Jedenfalls werd' ich's noch lange treiben«, sagte Hinnerk Wiemer. »Und Euch rate ich, der Obrigkeit nichts zu vermelden. Dann werdet Ihr mir auch weiter willkommen sein. Nur sonntags nicht, wenn ich Gäste habe . . .«

»Denk an dein Seelenheil«, sagte Spee und legte ihm die Hand auf die Schulter. »Gott befohlen!«

Der Hengst zerrte noch immer am Zügel. Keine Frage, daß im Schuppen eine Stute war. Mit der wollten die Protestanten noch heute ins Braunschweigsche; vielleicht sollten sie auch von dort zollpflichtige Ware über die Grenze bringen. Das kümmerte den Pater wenig. In diesen Zeiten mußte jeder sehen, wo er blieb.

Er freute sich auf den Sonntag in Woltorf. Vor allem auf den Abend.

Hatte er, unermüdlich missionierend, den Tag in einem abgelegenen Dorf verbracht, dann zog er es vor, dort auch zu übernachten. Die Stunde der einbrechenden Dämmerung, die Tischrunde unter dem Kienspan, wenn überm Torffeuer der Kessel singt, das Nachtmahl mit einer fremden Familie, die ihn zu Gast geladen hat, die Segnung der Speise – meist Graubrot mit Hirsebrei – und das gemeinsame Dankgebet: Wie bald ergab sich da Gelegenheit zu Besinnung und klärendem Gespräch.

Unter diesen Weilern und Flecken war Woltorf ihm am liebsten. Dort hatte er alle überzeugen können. Woltorf war ein katholisches Dorf geworden, nicht zuletzt dank der Unterstützung des Exprädikanten Tilmanus Walkeling, des »tollen Herrn Tyle«, wie sie ihn dort nannten.

Erfüllt von der Vorfreude auf die Predigt in der winzigen Kirche vor einer andächtigen, wenngleich zuweilen etwas begriffsstutzigen Gemeinde, hatte Spee den Wald erreicht, an dessen Ausgang er bereits den Worltorfer Kirchturm sehen würde. Die Sonne warf ein Gespinst aus Gold und Schattendunkel über Roß und Reiter, und zum Rhythmus des leichten Trabes begleitete ihn die Strophe aus einem Lied, das er vor einiger Zeit gedichtet hatte:

Gleich früh, wenn sich entzündet
der silberweiße Tag,
und uns die Sonn' verkündet,
was nachts verborgen lag,
die Lieb in meinem Herzen
ein Flämmlein stecket an,
das brennt gleich einer Kerzen,
so niemand löschen kann . . .

Der Hengst scheute. Mit aller Kraft riß Spee das Tier zurück, der unvermutete Halt schleuderte ihn auf den Pferdehals. Der Weg war versperrt. Von links, von rechts sind sie aus dem Dickicht gebrochen: zwei Reiter, Hüte tief in der Stirn. Das blinkende Rohr, die schwarze Mündung. Der Blitz. Es pfeift über seinem Rücken, die Kugel schlängt hinter ihm ins Gebüsch. Er läßt die Zügel fahren, haut dem Tier die Hacken in die Weichen, durchbricht, tief auf die Mähne geduckt, die Phalanx der Pferdeleiber, verspürt, als der Hengst sich hindurchzwängt, einen wütenden Schmerz am Schienbein – und dann sprengt er in wildem Galopp aus dem Wäldchen heraus. Federnder Boden, schwappender Sumpf, das todschwarze Wasser, schilfige Inseln, versinkende Strünke – und wieder pfeift's über seinen Kopf, und jetzt ist einer dicht hinter ihm, er hört es schnauben und schreien: »Stinkende Jesuitenbrut!« Jetzt Flanke an Flanke, die Schenkel berühren sich, er starrt in das wutverzerrte Gesicht, die grauen Stoppeln, der Speichelfaden über dem Kinn . . . Da wird ihm die Schulter wie von Feuer versengt – und furchtbar dröhnt es im Hirn, und wie ihn der Musketenschaft zum zweitenmal trifft, bricht ihm was ein im Schädeldach, springt ihm der Kopf auseinander, und alles wird dunkel, und auf die nachtschwarze Tafel schreibt eine Hand mit gleißender Tinte: GEWÜRM UND WILDE ROTT'. Und es denkt in ihm: Du bist doch im Sterben, bist schon mitten im Tod, und also bete du jetzt! Aber sein Sterbegebet überdröhnt der Vers wie Orgelton: GEWÜRM UND WILDE ROTT' . . .

Sie hatten also den Woltorfer Bauern am Sonntag Misericordiae eine unverhoffte Freude bereitet. In der Nacht war Theodatus Dyant, der Laienbruder, aus Hildesheim zurückgekehrt, vierzig Säcke Weizenkorn hinter sich auf dem Wagen. Bereits am frühen Morgen waren die Bauern und Häusler zum Pfarrhaus getrottet. Das war nicht viel mehr als eine mit Riedgras gedeckte Hütte; vier Kammern und eine Küche.

Ein ärmlicher Haufe schlich da heran; die meisten kamen barfuß übers bereifte Gras oder mit Lappen um die Sohlen; Hemden und Jacken schlotterten um die knochigen Leiber. Ausgepowerte Leute. Drei Mißernten hatten sie hinter sich, verschuldet waren sie bis über die Ohren ans Hochstift Hildesheim und die Stadt Peine – und einige standen auch noch beim Amtmann tief in der Kreide: Herr Werner von Rittersbach führte sich auf, als hätten sie ihm wie ein unterworfener Volksstamm Tribut zu leisten.

Sie tappten auf eine wunderselige Gesellschaft zu, die auf der langen Bank vor dem Pfarrhaus in blauen und grünen und prunkend roten Gewändern aufgereiht stand. Im ersten Sonnenstrahl glitzerten die Borten an Mänteln und Röcken, schimmerten golden Folterwerkzeug und Bischofsstab, Strahlenkränze und Mitra.

Tilmanus Walkeling, der katholisch gewordene Exprädikant, hatte den Lageplan aus dem Jahre 1543 entdeckt. Dem war zu entnehmen, wo Pfarrer Sussmann, Woltorfs letzter katholischer Priester, vor sechsundachtzig Jahren, als Peine mit seinen Dörfern protestantisch geworden war, die hölzernen Figuren vergraben hatte: zwei Ellen tief in der Erde, in Holzkisten, und gegen Nässe und Frost und den Zahn der Zeit mit Werg und Tüchern umwickelt. Walkeling hatte die Nothelfer ausgegraben, hatte sie gewaschen, geputzt, in Luft und Sonne gebadet und schließlich dem Volk als ein Auferstehungswunder zur Schau gestellt. Lächelnd hatte er seine Bauern in die Knie sinken sehen vor Sankt Cäcilie und Sankt Jakobus, vor Cosmas, Damianus und Sankt Andreas mit dem Marterkreuz.

Und da stand nun auch, als hätten ihn die Heiligen eigenhändig nach Woltorf gezogen, der Wagen im Hof, und unter der Plane lag in Säcken das goldene Korn für die Aussaat.

»Seht, was der Herr euch beschert!« hatte der mürrische Dyant geprahlt. Und: »Verdient habt ihr's nicht!« Und ließ nicht einmal durchblicken, daß Spee den Segen bezahlt hatte, brüstete sich vielmehr, was der Weg ihn selbst gekostet habe an Schweiß und Umsicht und Angst. Führte er doch durchs Schwiechardter Moor, diesen schwappigen Sumpfpfad entlang, diesen Irrlichtpfad der verlorenen Seelen. Dies alles tat Theodatus Dyant, der dienende Bruder, für euch!

So vertrieben sich die Woltorfer an diesem Sonntagvormittag die Zeit und liefen staunend, wie bei der Kirchweih, von Bude zu Bude, vom Kornwagen zu Sankt Cäcilie oder zum heiligen Andreas und wieder zurück zum Wagen – und die Plane gelupft, das Korn zwischen den Fingerkuppen gerieben und mit den Zähnen geprüft.

Tilmanus Walkeling holte nach, was Dyant unterlassen hatte. Während der Laienbruder auf dem Wagen hockte und die Kinder scheuchte, die auf den Säcken federn wollten, schnaufte der Prädikant, mit wimpernlosen Äuglein blinzelnd und, einer kranken Drüse wegen, aufgeschwemmt zum Erbarmen, zwischen den Bauern herum. Die hörten ihm willfährig zu, wie er den Pater einen heiligen Martin nannte, der sich nicht lange bei der Teilung aufhalte, sondern ihnen den Mantel unzerschnitten geopfert habe – also, ohne Metapher gesprochen: sein Gehalt fürs ganze Jahr! Auf daß sie Saatgut hätten, seine lieben Woltorfer Bauern.

Als der Hengst am Bohnhorstschen Hof das Dorf erreicht und in mäßigen Schritt verfällt, hängt der schwarze Mann noch immer mit dem Kopf auf dem Pferdehals, die Arme schlenkern zu beiden Seiten herab, und in die Mähne tropft das Blut aus der klaffenden Wunde.

So entdeckt ihn wenig später Tilmanus Walkeling, und mit ihm schreien die Woltorfer Bauern auf, die vor der Kirche den Pater erwarten, und der grämliche Katerkopf des Theodatus Dyant erscheint unter der Plane des Kornwagens – und dann sind alle um Pferd und Reiter herum, und es hebt die Stimme von Woltorf zu klagen an, denn Walkelings Weib in ihrem Entsetzen zieht den Glockenstrang so angstvoll aus der Hüfte heraus, als sei der Däne wieder ins Land gekommen.

Nun bleibt der Hengst vor dem Pfarrhaus stehen. Zu viert heben sie den Pater behutsam herunter. Er schlägt die Augen auf, und während sie ein paar Heilige von der Bank entfernen, um ihn dort zu lagern, greift er sich langsam an den Kopf, hält die Hand vor die Augen und sieht sein Blut. Das macht ihn vollends wach, er schiebt die ihn stützen wollen sanft von sich weg, steht frei, sein Gesicht ist noch bleicher als sonst, und, die Arme zur Seite gestreckt, als balanciere er auf einem Balken, geht er über die Straße zum Kirchenportal – und hier stehen keine Rebellen. Die Woltorfer verfolgen angstvoll seinen Weg, dunkles Blut blinkt im Bart und läuft von der Stirn als Rinnsal die Schläfe herunter.

Sein Schritt wird fester, nun schiebt er seine Bauern mit ausgebreiteten Armen vor sich her, treibt sie, wie eine flügelschlagende Glucke die Küchlein in die Kirche hinein.

Er ist doch schwer verwundet . . . von wem? . . . man muß ihn verbinden . . . er müßte ruhen . . . Aber sie denken es nur oder flüstern es der Nachbarin zu – und folgen ihm willenlos. Seht, er kniet vor dem Allerheiligsten, rafft sich auch wieder auf, greift mit beiden Händen nach dem Geländer, will die Stufen zur Kanzel hinauf, aber das zwingt er nicht mehr. So stellt er sich vor den Altar, greift hinter sich an den Tisch, hält sich fest.

»Ich bin der gute Hirte, spricht der Herr. Denn ihr wart wie irrende Schafe. Jetzt aber seid ihr hingewandert zum Hirten und Hüter eurer Seelen . . .«

Es läuft ihm das Blut schon in den Mund. Die Kirchentür

kreischt, und herein kommt Tilmanus Walkeling mit Weib und Kindern und hinterdrein auch der Dyant, das Antlitz verwüstet von Gram und Bitternis, und wie ein Weihrauchfaß baumelt der Topf voll dampfenden Wassers an seiner Hand.

»Platz da!« Die winzige Kirche ist überfüllt, sie stehen sogar im Mittelgang.

»Ich bin der gute Hirte. Der gute Hirte gibt sein Leben für die Schafe. Der Mietling aber, der nicht Hirte ist, dem die Schafe nicht gehören – er sieht den Wolf kommen, er verläßt die Schafe und flieht. Und der Wolf räubert unter ihnen und zersprengt sie. Der gute Hirte aber, wenn er ausgeharrt hat, trägt die Male des Wolfs an seinem Körper. Seht mich an . . .«

Er greift sich mit beiden Händen ins Gesicht, streicht über Augen, Nase, Lippen und hebt die Arme, daß er aussieht wie ein Gekreuzigter, und in seinen Handflächen steht das Blut wie aus Nagelwunden. Dann wendet er sich dem Altar zu und bricht in die Knie.

»Singt!« stöhnt er. »So singt doch endlich! Küster! Fang an!«

GEWÜRM UND WILDE ROTT' . . .

Er will, daß sie Gott loben und preisen. Mit schwacher Stimme läßt er, da alle vor Ergriffenheit schweigen und schlucken, die Weise hören: »Te Deum laudamus . . . Singt! Singt's auf deutsch! Großer Gott, wir loben Dich . . .«

Endlich fallen sie ein, zaghaft – darf man Ihn loben, den Herrn, wenn doch dem Pater so elend ist? Und seht nur: Jetzt fällt er kraftlos zur Seite, der stirbt uns noch weg! Jetzt ist Dyant bei ihm und der Prädikant und sein Weib mit dampfendem Wasser und einer Schüssel mit Eiern – wozu denn die Eier? –, und ein Kind hat die Schafschere mitgebracht.

»Großer Gott, wir loben Dich . . .«

GEWÜRM UND WILDE ROTT' . . .

Sie haben den Pater auf die Altarstufen gebettet. Tilmanus hatte den Dyant gescholten: »Bring kaltes, du Tropf! Was soll ich mit heißem, das hilft hier nichts!« Und Dyant lief und brachte kaltes Wasser. Walkeling taucht einen Lappen hinein, wringt ihn aus, tupft das Blut von Gesicht und Stirn. Dann hebt er Spees Kopf und sucht mit der anderen Hand die Wunde freizulegen. »Verdammt!« murmelte er und wendet sich zu Dyant um – aber der ist nicht mehr hinter ihm, wo ist Dyant geblieben?

»Das ist nicht nur die Schwarte . . .«, sagt Walkeling zu seinem Weib. Da der Pater wieder bewußtlos ist, riskiert er es und läßt sich die Schafschere reichen. Er schneidet die Haare über der Wunde, und dann sehen sie, sehen's mit Entsetzen, daß der Schädel gebrochen, eingebrochen ist – und wie neben Walkelings tastenden Fingern die blutige Hirnhaut pulsiert.

»Eierpamps, schnell!« fordert der Prädikant und legt, so fett und plump er ist, Spees Kopf unendlich behutsam auf den Läufer zurück. Seine Frau zerschlägt Eier über der Schüssel, vier, fünf, verrührt sie mit dem Finger. Walkeling schneidet noch einen Hautfetzen ab, dann fährt er in die Schüssel und schmiert eine dicke, blutstillende Schicht über das Schädelloch. Wo steckt nur der Dyant? Die Menge in der Kirche lobt Gott.

Den Hengst fanden sie nicht mehr an seinem Pflock, als sie aus der Kirche kamen. Da holte Tilmanus Walkeling seine marode Mähre aus dem Stall, seine Söhne sattelten sie, dann stieg er auf einen Schemel und rollte sich ächzend auf den Gaul, vorsichtig, daß er nicht zusammenbreche unter seinem fetten Herrn.

Der Stukenbauer hatte die Ochsen angeschirrt und den zweiräderigen Karren mit Stroh gepolstert. Sie luden den totenbleichen Pater auf und sagten es einer dem anderen weiter: daß seine Augendeckel zitterten und somit noch Leben sei in dem Mann, und schnaufen und stöhnen tat er ja auch ab und zu.

Walkelings Weib hockte sich neben ihn und nestelte am Verband, den Tilmanus nicht allzu kunstgerecht angelegt hatte. Der Prädikant ließ sich von seinem Ältesten die hochbetagte Donnerbüchse reichen, und während die Woltorfer sich mit Sensen, Forken und Dreschflegeln bewehrten, dem todwunden Pater gewappnetes Geleit zu geben, prüfte Walkeling Pulver und Blei und fluchte unchristlich auf Theodatus Dyant. Der wäre jetzt hilfreich gewesen und hätte das Bauernvolk, die heulenden Weiber zumal, mit seinem grämlichen Katergesicht zur Raison gebracht. Aber Dyant war weg, und Spees Hengst war weg, und – Walkeling pfiff durch die Zähne: Wenn das nicht irgendwie zueinander paßte . . .

Dann brachen sie auf, trieben einander zur Eile an, als Walkelings Weib rief: »Er blutet wieder!« Und diesmal kam es ihm nicht aus dem Schädel geflossen, das hinderte wohl der Eierpamps – jetzt näßte es durch den schwarzen Soutanenstoff an seiner Schulter, und so bemerkten sie, daß er auch dort verwundet war.

Die Ochsen zogen an. Auf seinen mannshohen Rädern quietschte und rumpelte der Karren über die Dorfstraße, am Bohnhorstschen Hofe vorbei, in die Wacholderheide. An der Spitze, auf seinem knochigen Roß, Tilmanus Walkeling. So konnte keiner sehen, daß ihm das Wasser in den Augen stand, denn was sein Weib ihm vom Wagen her über des Paters Befinden vermeldete, klang arg und ärger. Hinter dem Karren der ungeordnete Troß: verwegene Männer mit ihren Bauernwaffen, voll blinder Wut auf den Täter und willens, ihn an der nächsten Birke aufzuknüpfen, falls er, wovon sie überzeugt waren, hier noch herumspazierte.

Der Dicke weinte auch ein wenig um sich und die Seinen. Denn wenn es dem Herrn gefiele, den Pater Spee abzuberufen vor der Zeit – wie sollte Walkeling sich jener beamteten Bekehrer und Stiftskommissare erwehren, die ihm der Pater von Leib und Seele fernzuhalten wußte, weil sie nun einmal bei Walkeling nichts zu suchen hatten. Der war ja, anders als die meisten Konvertiten, nicht durch Drohungen oder um des Vorteils willen, sondern allein durch Spees sanfte Argumente katholisch geworden! Sollte der gute Pater heimgerufen werden, dann würden sich die hildesheimschen Spitzel auch in Woltorf einnisten, und wenn der Prädikant sich dann, wie er's gewohnt war, nächstens ins Nachbarhaus zu Ingeborg, seinem ihm lutherisch angetrauten Weibe, schlich – *jene* würden ihn notieren und vermelden.

Ganz windstill war's und doch hob sich der Rauch, der aus des Torfstechers Hütte stieg, nicht kerzengrad in die Luft, sondern wölkte breit hinterm Wäldchen hervor. Der Mann mußte eingeheizt haben!

Wie sie näherkamen über den kohlschwarzen Buchweizenacker und der Karren auf dem Bohlenweg durchs Sumpfland ratterte, qualmte und glutete es hinter den Bäumen. Und nun sahen sie: Des Torfstechers Hütte war nur noch ein schwarzes Gerüst, beflaggt mit tausend lodernden Wimpeln, und warf Balken um Balken ab in die wabernde Glut.

Tilmanus Walkeling hielt sein Pferd an, und der Ochsenkarren und der ganze Troß, alles blieb stehen. Um die brennende Hütte herum kam Theodatus Dyant getrabt auf des Paters Hengst. Und zum erstenmal sahen die Woltorfer den Laienbruder lachen, nicht eben gelöst und befreit, eher künstlich und ein wenig irr. Er deutete hinter sich – und dort war nun mit Prasseln und Zischen aber auch alles niedergebrochen – und schrie: »Das war das Mördernest! Und der Mörder schmort in der Asche!«

Da lobten und bewunderten sie ihn, nahmen ihn auf in ihren Zug, hinten stimmten einige das Te Deum an, und diesmal fielen sie gar nicht zaghaft – sieghaft fielen sie ein! Singend zogen sie über die Schützenwiesen, in der Vorstadt Gröpern liefen die Leute zusammen, am Tor fragte keiner nach Woher und Wohin, und nachdem Apotheker Johannes im Pfarrhaus sich prüfend über den todwunden Pater gebeugt hatte, träufelte er ihm den herzstärkenden Saft des Adonisröschens zwischen die Lippen, und der greise, kranke Pfarrer kam aus dem Bett gekrochen und gebot seiner Schwester, alles zur Letzten Ölung herzurichten.

Doch dann beschlossen sie, den Pater nicht aus seinem vielleicht wohltätigen Schlaf zu wecken, denn der Drost hatte bereits nach Hildesheim geschickt, um vom Kollegium den Medicus Johannes Wellinger zu erbitten.

Am Abend kam der Doktor. Er entfernte den Eierpamps des Walkeling, nicht ohne den Prädikanten zu loben: »Als erste Hilfe nicht übel. Früher goß man kochendes Öl in die Wunde. Heute streichen wir ein Digestivum aus Eigelb – bitte sehr, auch daran habt ihr gedacht! –, aus Rosenöl und Terpentin hinein. Obenauf fein gezupfte Seide, die bringt etwelche Fäulnis zum Stillstand.«

Dann jedoch, als er den Pater angesehen hatte, schnalzte er mit der Zunge. »Die pia mater lädiert, das ist sehr schlimm. Die dura mater, das ginge noch an – die Arachnoidea, auch Spinnwebhaut genannt, das wäre schon schlimmer. Die pia mater jedoch, die innerste Haut überm Hirn – und, wie ich sehe, fehlt sogar ein Stücklein von der Hirnschale! –: Ein so arg beschädigtes Leben zu salvieren, dazu bedarf's göttlicher Hilfe und meiner chirurgischen Kunst!«

Dennoch hatte Friedrich Spee eine ruhige Nacht. Spät abends war Pater Adrian Horn vom Schloß herübergekommen, hatte lange an seinem Lager gestanden und mit dem Herrn gehadert. Nun hatte Gott wahrhaftig diesen pflichtvergessenen Bruder, als wolle Er ihn, seinen gehorsamen Knecht Adrian Horn, verhöhnen, zum Märtyrer gemacht! Er wünschte Spee von Herzen baldige Genesung – denn stürbe er . . . Nicht auszudenken, wenn sie ihn seligsprechen würden!

Am nächsten Morgen brachten sie Friedrich Spee in einer gefederten Kutsche nach Hildesheim in die Infirmerie des Jesuitenkollegs, wo Doktor Wellinger weiterhin seine Kunst an ihm erprobte.

Die Täter wurden nie gefunden. Die jungen Burschen aus Wolfenbüttel, die gewiß verdächtig waren (wiewohl Spee sich später nur an einen *Graubart* erinnern konnte), waren schon gleich nach des Paters Ausritt aus Peine verschwunden. Offenbar waren sie in der Nähe des Rosentaler Tores über die bröckelnden Mauern geklettert und zur Grenze entwichen.

Als der Torfstecher Hinnerk Wiemer aus dem Braunschweigischen zurückkehrte und vor den schwelenden Trümmern seiner Hütte stand, entdeckte er einen verkohlten Menschenfuß. Er holte Hilfe aus Peine, sie legten den Aschenleib bloß, und es war ein altes, stadtbekanntes Weib gewesen, das im Wäldchen Frühlingskräuter gesammelt hatte. Wie sie in die Torfhütte gekommen war, ist nie aufgeklärt worden. Einige meinten, sie habe von Wiemers Selbstgebranntem genascht und dabei des Guten zuviel getan. Andere erinnerten sich, daß man sie schon lange für eine Hexe hielt, und da habe sie sich wohl gleich dorthin begeben, wo sie eines Tages doch geendet hätte: auf den Scheiterhaufen.

Auch Dyant wurde befragt. Aber der Laienbruder benahm sich absonderlich, gab nichts von seinem Wissen preis, und erst als Amtmann von Rittersbach ihn streng und obrigkeitlich verhörte, behauptete er, die Hütte bereits in Flammen gefunden zu haben, als er, um mit dem vermeintlichen Attentäter abzurechnen, dort angekommen war. Vielleicht aber stritt Dyant die Tat nur ab, um der Klage zu entgehen, die Hinnerk Wiemer wegen Brandstifterei gegen ihn angestrengt hatte. Nur wenige Wochen nach dem Unglückssonntag wurde der Laienbruder zurück nach Köln befohlen.

Hildesheim

Wenn die Hebammen die Kinder nicht töten, dann tragen sie, gleich als wollten sie etwas besorgen, die Kinder aus der Kammer hinaus, und sie in die Luft hebend, opfern sie dieselben den Dämonen.

Sprenger und Institoris
»Malleus Maleficarum« (Der Hexenhammer)

Den 18. Martii Anno 1628 ist die Lehnesche mit Vorzeigung der Instrumenten terriret, ihr etzliche Attesta vorgehalten und die Wahrheit darauf zu berichten vermahnet worden. Würde sie nun die Wahrheit benennen, so blieben ihre Glieder unzerrissen, im widrigen Fall aber wirde man den Ernst sehen lassen müssen, und hätte sie sich dann ein solches selbsten zuzuschreiben.

Hildesheimer Turmprotokoll

Pater Augustin Turrianus, Rektor des Hildesheimer Jesuitenkollegs, hatte Angst. Zwar lebte er ohnedies, wie sich's geziemte, in der Furcht des Herrn, und wer sich der in Demut überläßt, den kräftigt und beseligt sie, wie jeder weiß. Schlimm war jedoch, daß Augustin Turrianus sich vor den Menschen fürchtete. Und wie der große Kirchenvater Augustinus, dessen Namen er trug, fragte er sich in Angst und Einsamkeit: Gott ist gut, und Gutes hat Er erschaffen – wie hätte Er, der Gute, anders können? Wie also kam das Böse in Seine Schöpfung? Oder gibt es nichts Böses? Ist, was wir für böse halten, nur scheinbar böse, weil wir seinen wahren Sinn in Gottes guter Schöpfung nicht zu erkennen vermögen? Warum aber fürchten wir es dann? Und wie Augustinus schloß er weiter: Selbst wenn wir uns um nichts fürchten, so ist doch auch die Furcht, die das Herz *grundlos* beunruhigt und peinigt, ein Übel. Und dieses Übel wiegt um so schwerer, als in Wahrheit nichts vorhanden ist, was zu fürchten wäre . . .

Allerdings fiel es dem geplagten Rektor schwer, das Böse in der Welt als nicht existent anzusehen – und, wie der Kirchenvater ja zugibt: geholfen hätte es ihm auch nicht. Zu viele Dinge waren fürchtenswert. Augustin Turrianus fürchtete sich vor der Nacht wie vor dem beginnenden Tag. Vor Post aus Köln, aus Bonn, aus Rom. Vor dem katholischen Tilly ebenso wie vor dem lutherischen Dänenkönig. Er fürchtete eine Verschwörung der ihm anvertrauten Brüder, fürchtete sich vor der feurigen Bildkraft der ignatianischen Exerzitien – ja, selbst vor der Heiligen Messe, wenn er sie zelebrieren mußte. Konnte der Kelch nicht seiner Hand entgleiten, der Leib des Herrn zu Boden fallen?

Gar so grundlos waren des Turrianus Ängste nicht. Wann waren denn die Jesuiten schon einmal wohlgelitten gewesen in Hildesheim? Noch heute erzählte man sich Erschreckendes aus der Zeit um die Jahrhundertwende, als der städtische Pritschmeister einen heiteren Sinnes über die Schützenwiese spazierenden Frater unter dem Gejohl der Menge eine halbe Stunde lang verprügelt hatte. Die frommen Brüder waren in Hildesheim ersichtlich unter halsstarrige Leute geraten, die sich ohne äußerste Gewaltanwendung nicht accomodieren wollten. Aber Gewalt war nicht Sache der Gesellschaft Jesu.

Nah und treu blieb dem Rektor in seiner Einsamkeit die Angst. Was hatte er nicht alles ausstehen müssen in Erwartung des Urteils, als es um Kopf und Kragen jenes störrischen Lutheraners Bissendorf gegangen war. Sogar vor Spee, noch an seinem Krankenbett, hatte Turrianus geglaubt, sich rechtfertigen zu müssen: »Konnte ich ahnen, daß sie in Köln ein so grausames Verdikt fällen würden? Zahllose Tränen hab' ich vergossen, als ich in den Steuerwalder Turm mußte, den Delinquenten auf sein Ende vorzubereiten!« Von der Angst des Verurteilten sprach der Rektor nicht. Sollte er den leidenden Spee auch noch damit beschweren?

Turrianus, wär's allein seine Sache gewesen, hätte sich's schon zugetraut, den Blutbefehl aus Köln zu umgehen, nicht wahrzunehmen, mißzuverstehen – wozu war man Jesuit! Er hätte beim Provinzial der Rheinischen Provinz umständlich rückfragen können, ob es erlaubt sei, Bissendorf dem weltlichen Arm auszuliefern. Sogar den Pater General zu Rom hätte er behelligen dürfen – und das mochte dann mindestens drei Monate Aufschub für den Delinquenten bedeutet haben. Vielerlei wäre ihm noch eingefallen, den verirrten Prädikanten zu retten. Denn Turrianus war ebenso barmherzig, wie er stark im Glauben war. Doch ehe er dergleichen in die Wege leiten konnte, kam Johannes Pelking.

»Der Dortmunder kommt!« hatte es schon Tage zuvor geheißen. Sie nannten ihn so, obwohl Pelking zu Münster geboren war und in Paderborn die höchsten Kirchenämter bekleidete: das Amt des Weihbischofs, als Titularbischof von Cardica, wie auch das Amt des Generalvikars. »Der

Dortmunder« – dieser Ehrenname war dem standhaften Minoritenpriester verliehen worden, als er vor Jahren in jener protestantischen Stadt unbeugsamen Sinnes den katholischen Rechtsanspruch demonstriert hatte. Wie einst den heiligen Stefanus hätte man ihn gesteinigt – und eine Narbe auf seiner Stirn erinnerte daran! –, wären seine Getreuen nicht zur Stelle gewesen, um ihn eben noch zur rechten Zeit durch eine Hinterpforte aus der Stadt zu schaffen.

Johannes Pelking, der Dortmunder, dienstbeflissener Untergebener des mächtigen Osnabrücker Bischofs Franz Wilhelm von Wartenberg: Kurfürst Erzbischof Ferdinand zu Bonn hätte sich keinen Besseren als Vollstrecker seiner Bischofsgewalt im Hildesheimschen und Paderbornschen wünschen können.

Und so traf es sich: Kaum war das Bluturteil aus Köln in der Stadt angelangt, näherte sich, von der Ortschaft Lüdke kommend, mit glanzvollem Troß Johannes Pelking, vor wenigen Wochen durch kurfürstlich-erzbischöflichen Erlaß auch zum Generalvikar von Hildesheim ernannt, der die Diözese als Stellvertreter des Bischofs zu verwalten hatte.

Seit Augustin Turrianus dem Johannes Pelking begegnet war, fürchtete er sich nicht mehr vor diesem und jenem, was ihm bis dato Angst gemacht hatte. Ja, man darf sagen: Alles, was Rektor Turrianus an Angst zu leisten imstande war, erschöpfte sich, seit er Pelking kannte, in ehrfurchtsvoller Ansehung dieser erdrückenden Persönlichkeit. Der Weihbischof, mochte er nun in Hildesheim, in Paderborn oder sonstwo weilen, bündelte durch seine bloße Existenz des Rektors verstreute Ängste wie durch eine Linse und zog sie allein auf seine Person. Und dies, ohne daß bis dahin ein einziges böses, ja auch nur kritisches Wort über Pelkings Lippen gekommen wäre. Der Generalvikar war, so erklärt sich das wohl, ein derart makelloser Apostel der tridentinischen Reform, daß einem minder perfekt geratenen Katholiken wie Turrianus, die eigene Unwürdigkeit bedenkend, schon einmal das Heulen und Zähneklappern kommen konnte.

Was hätte, umgekehrt, ein Augustin Turrianus an diesem heiligmäßigen Manne Tadelnswertes finden können? Zu welcher Ansicht oder Weisung hätte ihm eine triftige Widerrede einfallen sollen? Johannes Pelking – man brauchte den erzenen Mann ja nur anzusehen! – war ohne Fehl.

Und war des Weihbischofs Gegenwart nicht stets hilfreich und hoch willkommen? Wie zum Zeichen seiner Unterwerfung – einer Unterwerfung, die der Jesuit Turrianus, welcher allein seinen Ordensoberen und dem Heiligen Vater Gehorsam schuldig war, gar nicht nötig gehabt hätte –, zum Zeichen demutvoller Botmäßigkeit also hatte Turrianus dem Generalvikar damals das Urteil des Kölner Gerichts auf den Schreibtisch gelegt. Und ohne den Kurfürstlichen Kanzler zu Hildesheim, der als weltliche Instanz allein zuständig gewesen wäre, auch nur informiert zu haben, hatte Pelking, seine Kompetenzen weit überschreitend, sogleich Ort und Stunde der Hinrichtung angeordnet.

Spätestens jetzt hätte Turrianus eine Widerrede wagen, und wenn nicht das, so doch eine Hand, zumindest eine Braue zum Einspruch heben dürfen! Jedoch der Rektor tat nichts dergleichen. Nicht weil er sich fürchtete – er war gelegentlich Manns genug, seine Furcht zu überwinden –, sondern, und das ist die Wahrheit: Es fiel ihm nicht ein!

Geholfen hätte es dem Bissendorf auch nicht mehr. Pelking, nicht nur streng, auch gewissenhaft, machte sich zwei Wochen später eigens nach Burg Steuerwald auf, um das Haupt des irrgläubigen Verleumders fallen zu sehen.

Dies war gerade erst ausgestanden, als sie dem Rektor vor nunmehr elf Wochen den todwunden Pater Spee ins Haus am Domhof getragen hatten! Und wiederum war des Fürchtens kein Ende. Denn sollte der fromme Bruder sterben: Würden die Oberen in Köln dann nicht ihm, Turrianus, die Schuld an seinem Martyrium geben? Weil er es verabsäumt hatte, ihn hinreichend vor der Rache der Protestanten zu warnen und zu schützen?

Nun aber hatte der Patient die Krisis überstanden, und es ließ sich absehen, wann das Kollegium wieder über Friedrich Spee würde verfügen können.

Elf Wochen. Die ersten drei im Wechsel von tiefer Bewußtlosigkeit zu schriller Todesangst. Von Träumen aus Blut und Feuer zu beseligtem Hinübergleiten auf einer Woge tiefen Einverständnisses mit Gott und Seiner Welt. Dann, langsam, ganz langsam, die mühevolle Neuerweckung der eigenen Person. Die überquellende Dankbarkeit für jene, die ihn trockenlegten wie ein Kleinkind, ihn wuschen und salbten und seine Verbände wechselten. Ihn um Hals und Hüfte faßten, mit ihm durch die langen Gänge, über die knarrenden Bohlen humpelten und ihn den Gebrauch seiner Gliedmaßen wieder erlernen ließen. Und immer wieder dieses willenlose Hingestrecktsein in Schweiß und Schwäche.

Jeden Tag um die Mittagsstunde saß Doktor Wellinger, Schüler des großen Ambroise Paré, Wundarztes des Königs von Frankreich, an seinem Lager: Doktor Johannes Wellinger, der die gelösten Teile des Schädels entfernt und durch ein Kupferplättchen ersetzt hatte – und dies, ohne eine einzige Hirnzelle zu beschädigen.

Denn Spee konnte denken, beten, träumen, sich erinnern.

»Sie haben in der ersten Zeit oft im Traum geredet und geschrien«, sagte Augustin Turrianus, als Spee vor ihm in seinem wohnlich ausgestatteten Arbeitszimmer saß. »Es konnte einem ganz ängstlich werden, wenn man Sie so hörte. Die Heiligen haben Sie angerufen. Eine vor allen anderen: Katharina.«

Spee richtete sich im Sessel auf. »Katharina?«

»Ja. Die heilige Katharina von Alexandria.«

»Nein«, sagte Spee. »Die ich anrief, war keine Heilige. Das war ein Mensch wie wir. Aber gelitten hat sie wie eine Märtyrerin.« Und als Turrianus nicht verstand: »Ich habe mich vor zweieinhalb Jahren in Köln für die Postmeisterin

Katharina Henot eingesetzt, die als Hexe angeklagt und verurteilt wurde. Sie ist – davon bin ich überzeugt – unschuldig gestorben.«

»Das gibt's doch nicht!« rief Augustin Turrianus.

»Das gab es eben doch«, sagte Spee ruhig.

Und nun war alles wieder Gegenwart:

Der stinkende Keller. Die Schöffen beim üppigen Foltermahl. Das zerschlagene Bündel Mensch, im Streckzug ausgereckt, die Arme verrenkt, die Knechte peitschen grelle Striemen auf die nackte Haut . . . Der Schöffe Romeßwinkel greift roh in die Lenden, drängt seinen Bauch an den zuckenden Leib . . .

Aufhören! Aufhören! Spee laufen die Tränen übers Gesicht.

Katharina Henot, Postmeisterin von Köln, ungeständig nach blutiger Folter erwürgt und verbrannt als Hexe auf dem Galgenberg zu Melaten, Mittwoch vor Pfingsten, den 19. Mai 1627 . . .

Was sagt Turrianus?

»Es darf Sie nicht wundern, lieber Bruder, daß wir Ihre Habseligkeiten ein wenig gesichtet und geordnet haben, ehe wir sie in den Asservatenschrank schlossen. Und da fiel uns auf, daß Sie offenbar an einer Schrift arbeiten, einem Tractatum, welches sich mit derlei Unholdinnen und ihren Prozessen befaßt. Sie treten also in die Fußstapfen des großen Bodin oder eines Delrio, Binsfeld und anderer verdienstvoller Hexenwissenschaftler. Besonders Pater Silvester hat sich dafür erwärmt. Er war Beichtvater bei unserem letzten Prozeß, als es um die dicke Lehnesche ging, eine geborene Tieling. Die hatte dem Herrn Rabente, einem angesehenen Bürger unserer Stadt, einen Krug Bier verhext. Aber das war natürlich nur der Anfang.«

Natürlich. So fängt es immer an. Auch bei Katharina Henot. Mit einem Krug Wein. Übelkeit, Krämpfe, Erbrechen, irre Tänze. Raupen im Obstgarten. Kindlein gewürgt, gesotten, verspeist. Pfarrer ermordet. Teufelshurerei auf dem Neumarkt . . .

»Pater Silvester hat sich für meine Arbeit interessiert? Haben auch andere darin gelesen?«

»Ich. Aber nur ein wenig. Es hätte – hätte ja auch eine Art Testament sein können. Und darum hätten wir uns ja kümmern müssen, gegebenenfalls . . . Oh, was waren Sie doch so krank, lieber Spee! – Nein, Ihre Schrift und was Sie sonst noch in Peine oder Woltorf liegen hatten, das ist seit vielen Wochen bei uns eingeschlossen. Ich habe mich schon gewundert, daß Sie nicht eher danach verlangt haben.«

Darüber wunderte sich auch Spee. Seine Schrift. Begonnen in Köln, drei Wochen nach der Hinrichtung der unschuldigen Katharina Henot: »Cautio Criminalis oder Rechtliche Bedenken gegen die Hexenprozesse.« In einem kühnen Anlauf hatte er zunächst die Frage aufgeworfen, ob es überhaupt Hexen, Zauberer, Unholde gebe? Es war ihm bewußt, was allein es bedeutete, eine solche Frage zu stellen. Sie implizierte ja den Zweifel, und das war gefährlich. Denn wie konnte man an einer Grundlage geltenden Rechts zweifeln? An einer Maxime, derzufolge seit rund einhundertfünfzig Jahren in Deutschland und Europa Hunderttausende als überführte Hexen und Zauberer den rechtmäßigen Flammentod gestorben waren! Da kam er, ein kleiner Jesuitenpater, und stellte, wenn auch nur im ganz geheimen, aber immerhin so kühn, daß er sie der Feder anvertraute, die Frage: Gibt es überhaupt Hexen und Zauberer?

Sodann, im 5. Kapitel, hatte er untersucht, ob man im Verfahren gegen ein »Sonderverbrechen«, wie es die Hexerei darstellt, »nach Gutdünken« vorgehen dürfe. Er hatte die Frage verneint: »Bei keiner Straftat, sei sie ein ›Sonderverbrechen‹ oder nicht, darf anders verfahren werden, als die gesunde Vernunft es zuläßt.« Hatte, noch kühner geworden, die Fürsten zu größter Sorgfalt und zur Beaufsichtigung ihrer Beamten ermahnt. Hatte endlich, im 10. Kapitel, für möglich erachtet, Gott könne es zulassen, daß Unschuldige Opfer eines Hexenprozesses werden . . .

Warum hatte ihm hier die Feder gestockt? Mußte er sich nicht der Worte jenes Kölner Hexenkommissars Glimbach erinnern, des Mannes, der die Hauptschuld an der Vernichtung Katharinas trug? Wie hatte der kleine, sommersprossige Kanonikus in einem seltsamen Anflug von Schwäche zu ihm gesagt?

»Wenn auch nur eine einzige als Hexe verbrannte Frau unschuldig war, dann könnte es sich auch um Hunderttausende handeln . . .«

Spee erhob sich. Er fühlte sich dem Ansturm dieser Erinnerungen noch nicht gewachsen. Der heilige Ignatius lehrte seine Jünger in strengen Exerzitien, mit den »Augen der Einbildungskraft« zu sehen; er hielt sie an, die Fähigkeiten der Phantasie, die mehr oder minder einem jeden zugeteilt sind, so zu entwickeln und dem eigenen Willen dienstbar zu machen, daß sie nicht nur jederzeit Selbsterlebtes erneut heraufbeschwören können, sondern auch imstande sind, Niegesehenes, Niegehörtes sinnenhaft zu erfinden. So durchlebt der Exerzitand die ganze Heilsgeschichte von der Geburt im Stall bis zum Kreuzestod, indem er aus den unzähligen Mosaiksteinchen, die ihm aus eigener Erfahrung zu Gebote stehen, ein durchaus neues, so noch nie geschautes Bild zusammenfügt: scharf gezeichnet, leuchtend in den Farben, deutlich in Bewegung, Lauten und Gerüchen, von allen Sinnen erschaffen und allen Sinnen zugänglich.

Wer sah je einen Toten wandeln? Und doch läßt Phantasie den Jesuiten Zeuge werden der Auferweckung des Lazarus. Wer sah die Sonne jäh erlöschen, sah Felsen sich spalten, einen riesigen Tempelvorhang zerreißen? Wem erschien ein Engel? Und doch erfahren die Schüler des Ignatius dies alles in immer wiederholten Übungen mit den Sinnen ihrer Einbildungskraft! Sie schreiten mit den Jüngern des Herrn vom Berge Sion zum Tale Josaphat und kennen jeden Pfad durchs staubgraue Gras unter den Ölbäumen des Gartens Gethsemane.

Wer seine Bilder – die erinnerten wie die erschaffenen – so zu rufen und zu bannen weiß, ganz wie die Stunde es von ihm verlangt, der ist ein König im Reich der Phantasie. Wer aber wie Friedrich Spee in seiner Rekonvaleszenz einen geschwächten Willen hat, ist seinen Bildern, wenn sie ihn jählings überfallen, ausgeliefert – und die grausigsten sind die hartnäckigsten.

»Ich kann mir wohl denken«, sagte Turrianus, der, so war zu hoffen, ebenso wie – vermutlich – Pater Silvester, nichts von Spees Text begriffen hatte, »daß Sie Ihre verdienstvolle Schrift gegen Hexen- und Teufelswerk bald abschließen wollen. Wenn Sie eines Tages wieder im Lehramt sind, wird Ihnen kaum Zeit dafür bleiben. Aber da hat's ja noch ein Weilchen hin. Erst einmal müssen Sie sich gründlich erholen. Und wissen Sie, was ich mir ausgedacht habe? Kennen Sie das Klostergut Falkenhagen?«

Spee verneinte.

»War ehemals ein Kreuzherrenstift. Wir haben es vor bald zwanzig Jahren übernommen und zwischenzeitlich verpachtet. Aber die Pächter taten nicht gut, sie haben in den ausgedehnten Waldungen wie die Wildsäue gehaust. Hunderte von alten Bäumen gefällt, das Holz zum Wucherpreis verhökert, so daß unser Orden das Gut wieder in eigene Regie nehmen mußte. Da schick' ich Sie hin, da wird's Ihnen gefallen! Ein Garten Eden!«

Spee bedankte sich. Also Falkenhagen! An der »Cautio« weiterschreiben – und ab und zu ein paar Verse. Der gute Turrianus hatte schon bisher alles nur Erdenkliche getan, um ihn gesund pflegen zu lassen, und noch immer ließ er sich etwas Neues einfallen.

»Sie sagten: Wenn ich erst einmal wieder im Lehramt sei . . . Heißt das: Sie schicken mich nicht mehr nach Peine zurück?«

»Wo denken Sie hin, Spee? Nicht nach Peine und überhaupt nicht mehr in die Bekehrungsschlacht! Eine so schwere Blessur genügt doch wohl für dieses Leben! Nein, lieber Bruder, ich könnte ja vor Angst um Sie kein Auge zutun. Wissen Sie was? Der Generalvikar kommt heute wieder nach Hildesheim. Ich spreche mit ihm. Wenn Pelking Ihnen eine Professur in Paderborn verschaffte – wie wäre denn das?«

Spee stand auf. Er lächelte. »Doktor Wellinger sagt, ich dürfe mich nicht aufregen. Aber wenn Sie mir so kommen! Eine Professur in Paderborn? Ich könnte mir nichts Schöneres wünschen.«

Daß er sein halbes Leben lang davon geträumt hatte, einmal in Indien missionieren zu dürfen, verschwieg er. Diese Hoffnung hatte ihm der Pater Provinzial in Köln vor einigen Jahren endgültig zerstört.

»Noch ist nichts beschlossen«, wehrte der Rektor ab. »Aber ich rede mit Pelking. Nehmen Sie doch wieder Platz!«

Aber nun hielt es Spee nicht länger. Er wollte mit sich alleine sein: Erholung in Falkenhagen, Professur in Paderborn – diese Überraschungen waren zu viel für sein in den vergangenen Wochen endlich zur Ruhe gelangtes Gemüt. Er wollte beten, wo ihn keiner sah, wollte Gott für so viel Gnade danken.

»Erlauben Sie, Pater Rektor, daß ich einen kleinen Weg in die Stadt mache?«

»Doch nicht allein?« fragte Turrianus bestürzt.

»Ich möchte Sie darum bitten.«

Der Rektor kämpfte mit sich. Bis zu diesem Tag hatte er Spee auf seinen kurzen Gängen stets von einem Ordensbruder, oft von mehreren, begleiten lassen. Hildesheim war zu geschwind katholisch geworden; zahlreiche Bürger bekannten sich noch immer in aller Offenheit zur lutherischen Lehre, und anders als in Peine oder auf den Dörfern, waren sie hier nicht so streng zu reglementieren. Die Braunschweiger Herzöge, überzeugte Protestanten, blickten argwöhnisch über die Grenze und waren mit Repressalien nicht kleinlich. Das Jesuitenkollegium fühlte sich zuweilen wie die Besatzung einer belagerten Burg – aber da mochten die frommen Väter, vom ängstlichen Turrianus inspiriert, wohl übertreiben. Manchmal dachten sie: Es wäre gut gewesen, wenn der Tilly, wie es Bischof Franz Wilhelm von Wartenberg dem Kurfürsten auch geraten hatte, in Hildesheim reinen Tisch gemacht hätte. Auf seine Art.

»Haben Sie noch nicht genug, Spee?« warnte der Rektor.

»Man kann auch mitten in der Stadt in einen Hinterhalt geraten. Viel lieber wärs's mir, Sie wandelten ein wenig im Kreuzgang auf und nieder. Unser Rosenstock steht in voller Blüte, dem macht die Dürre gar nichts aus. Und das mit siebenhundert Jahren, denken Sie nur! Aber Sie sind kein solches Gotteswunder, Spee; Sie sind ein krankes, gebrechliches Menschenkind. Ich habe Angst um Sie!«

Eine ängstliche Anwandlung des Augustinus Turrianus erschien Spee nicht so gewichtig, daß er von seinem Wunsch abgesehen hätte. Schweren Herzens ließ der Rektor ihn ziehen. Als er jedoch, kaum daß der Pater das Zimmer verlassen hatte, die Fensterklappe öffnete und ihm der Glutatem dieses Sommers entgegenschlug, bedauerte er, nachgegeben zu haben. Er sah den Pater über den Domhof gehen und hinter den Kurienhäusern verschwinden, barhäuptig der prallen Sonne ausgesetzt. Das geschundene Haupt ertrug noch kein Birett.

Das erste Mal allein in der Stadt! Nicht mehr gezwungen, aufmerksam der Rede seines Begleiters zu lauschen oder gar theologisch mit ihm zu disputieren . . . Wohltätig unterm Fuß den gewachsenen Boden zu spüren oder die Pflasterbuckel des Marktes . . . Im Schatten der Fachwerkfassaden mit ihren bunten Ranken, Bändern, Muscheln und Rosetten, mit frommen Sprüchen unter spiegelnden Fensterreihen, versunkenem Bürgerstolz nachzusinnen . . .

Am Hohen Weg, in der Dammstraße, in unzähligen Gassen und Gäßchen drängten sich die Stockwerke, vom steinernen Erdgeschoß mit seinen gespitzten Bogenfenstern aufsteigend, je höher, desto gewagter, zur Straßenmitte vor, bis das steilgegiebelte Dach ihren Übermut bändigte. Zinnengekrönte Treppentürme, Erker mit patinagrünen Helmen, Arkadengänge, auf kannelierte Säulen gestützte Lauben, Balkone mit bauchigen Balustraden brüsteten sich an Kreuzungen und Plätzen. Aus Speicherfenstern ragten altersschwarze Kranbalken, jüngere Häuser schmückten sich mit reichem Schweif- und Volutenwerk wie kleine

Paläste; die vornehmsten ließen sich von steinernen, in Mauernischen neben dem Eingang postierten Kriegshelden bewachen.

Und doch – Spee nahm es schmerzlich wahr: Dies war keine Stadt in Blüte oder Reife. An Mauern und Wänden löste sich in breiten Placken der Verputz, zahllose Fensterscheiben waren zersprungen, die dünnen Bleirahmen mit Lappen bespannt, die Traufen verbogen und abgerissen, viele Dächer nur noch lückenhaft, manche Häuser, ganze Straßenzeilen verwahrlost, Flure und Höfe mit Unrat überhäuft. In den Krämer- und Handwerkergassen war fast jedes zweite Gewölbe verödet. Selbst das Gold auf Rüstung und Helm der steinernen Wächter, auf kunstvoll geschmiedeten Gittertoren und vom Taubendreck verkrusteten Brunnenfiguren war blind geworden, und zwischen den Stufen der protzigsten Portale wucherten Taubnessel und Knöterich.

Es waren nur wenige Menschen unterwegs, und was sich sehen ließ, trottete verdrossen durch die den Atem beengende, von keinem Hauch bewegte heiße Mittagsluft.

Welch ein Gegensatz zum geschäftigen Köln, der Freien Reichsstadt, die, höchst wunderbar und dankenswert, der große Krieg noch stets umgangen hatte, als scheute selbst er, dem nichts heilig war, davor zurück, dies Juwel unter allen der Gottesmutter geweihten Städten zu besudeln. Auch Peine, das winzige Ackerbürgernest, wollte dem Pater noch gesünder scheinen als Hildesheim. Diese Stadt hatte sich seit der unseligen Stiftsfehde im vergangenen Jahrhundert und nach wiederholter Besetzung und Ausplünderung in den letzten Jahrzehnten nie mehr so recht erholt. Den Rest hatte ihr der Tilly gegeben, als er sich für Monate mit seinem Stab in der Stadt festgesetzt hatte und von ihren darbenden Bürgern ernährt worden war. Und kaum war er abgezogen, enthüllte sich, was seine Soldaten den Bürgern frei Haus geliefert hatten: Die Pest brach aus und raffte in wenigen Tagen über tausend dahin.

Spee wußte, daß er leichtsinnig handelte. Zwar hatte er

sich beim Verlassen des Kollegienhauses einigermaßen kräftig gefühlt, aber nachdem er, sich möglichst im Schatten haltend, eine Viertelstunde durch die Stadt geschlendert war, wurden ihm die Beine schwer, und in der Burgstraße zwang ihn ein gelinder Schwindel, sich auf einen Mauervorsprung zu setzen. Als er den Kopf auf die Hände stützte, beachteten ihn einige der Vorübergehenden; im allgemeinen nahm man einen Priester oder Mönch in dieser von zahlreichen Klerikern bewohnten Stadt schon gar nicht mehr wahr. Bald wurden ihm die spöttischen, nicht selten auch feindseligen Blicke lästig, er raffte sich auf und fühlte sich so weit erholt, daß er nicht an Umkehr dachte, sondern sein Ziel auf jeden Fall erreichen wollte.

Schon bei seinen früheren Besuchen in Hildesheim hatte es ihn immer wieder zur Basilika von Sankt Michael gezogen. Angesichts der sechshundert Jahre alten Klosterkirche des heiligen Bischofs Bernward, dieses gottseligen Künstlers unter den alten Kirchenfürsten, war ihm immer, als habe Gott durch diesen Bau die Menschen lehren wollen, wie eine Kirche, an der Er Wohlgefallen hätte, beschaffen sein müsse. Mittelschiff und Querschiff in ihren edlen Maßen, der kantige Vierungsturm, die runden Flankentürme, Säulen und Pfeiler im melodischen Wechsel – wenn Spee dieses gedankenklare Bauwerk betrachtete, enthüllte sich ihm an seinen Proportionen etwas vom Geheimnis des Weltenplans.

Diese wenigen Schritte den niederen Hügel hinan machen ihm schon wieder Mühe. Er fühlte sich zerschlagen und deprimiert; weder die Aussicht auf Falkenhagen noch auf die Professur in Paderborn, ja nicht einmal Sankt Michael erhob ihn über sein Elend. Vorsichtig führte er die Hand durchs Haar. Es war schnell und dicht nachgewachsen und verdeckte das über der Schädelwunde eingesetzte Kupferplättchen, das Meisterstück des Doktors Wellinger. Er spürte ein leichtes Brennen, als hätten sich die Haarwurzeln entzündet.

Schwer atmend betrat er den kühlen Kirchenraum, kniete

nieder, erhob sich mit Anstrengung. In den Bänken hockten einige Beter, ein Beichtstuhl schien besetzt zu sein, im Engel-Chor machten sich Benediktinermönche zu schaffen. Spee wandte die Augen zur flachen Holzdecke mit dem wunderbar gemalten Jessebaum, der, überwiegend in blauen und roten Tönen gehalten, die Geschichte des Menschen vom Paradies bis zur Königsherrschaft Christi erzählte. Doch als Spee andächtig den Blick von Feld zu Feld wandern ließ, wobei es ihn jedesmal ein wenig ärgerte, daß der selige Künstler seine Figuren dem Auge des Betrachters gleichsam auf dem Kopf stehend darbot, und als er bedachte, wie Gott das Geschlecht Isais gleich einem Baum gefällt, die Wurzel jedoch gesegnet hatte, so daß der Christusbaum wachsen und erblühen konnte – da verdunkelte ein wütender Schmerz die Bilderpracht. Seine Hand suchte Halt am Chorgestühl, er fürchtete, das Bewußtsein zu verlieren, aber es gelang ihm, sich unter diesem mörderichen Bohren wachzuhalten – und doch brach er zusammen, das Hinterhaupt mit den Händen schirmend, als müsse er einen Schlag abwehren.

Sein Sturz hatte einen jungen Mann aufgeschreckt, der vor dem Altar des heiligen Godehard eine Kerze entzündet hatte. Als er dem Pater die Hand auf die Schulter legte und sich zu ihm niederbeugte, konnte Spee sich schon wieder aufrichten. Sein Augenlicht kehrte zurück, er sah in ein offenes Knabengesicht, sah den blonden Flaum auf der Oberlippe, den besorgten Blick. Er entschuldigte sich für seine Schwäche und wollte gehen, aber der Junge nötigte ihn in die Bank, erkundigte sich nach den Vorzeichen und Merkmalen dieser Anfälle und stellte seine Fragen im Hildesheimer Platt so präzise, als sei er selber Arzt.

»Kommen Sie mit!« sagte er dann. »Es sind nur ein paar Schritte, ich führe Sie. – Wohin? Zu meiner Tante im Turm gleich hinter Sankt Michael. Sie müssen keine Treppen steigen, sie wohnt im Keller. Sie versteht was von Schmerzen, vielleicht mehr als Ihr Doktor. Kommen Sie mit, Hochwürden, sie wird Ihnen helfen, ich schwör's!«

Der Junge in seiner bestimmten Art erinnerte den Pater an seinen Lieblingsschüler, an Philipp von Kronthal. Dieser hier war kein Lateinschüler, vielleicht nur ein Handlanger oder Streuner, die Stadt war voll von jungen Leuten, die keine Arbeit fanden; die Werber der Liga und des Wallenstein wußten das.

Als Spee wieder auf seinen Füßen stand, war ihm klar, daß er aus eigener Kraft nicht zum Kolleg finden würde. Seine Knie zitterten, und der bohrende Schmerz im Hinterhaupt war einem anhaltenden Druck gewichen, als habe man seinen Kopf in einen Schraubstock gezwängt.

»Ich sehe doch, wie schwindelig Ihnen ist«, sagte der Junge mit der brüchigen Stimme des Fünfzehnjährigen. »Ihre Augen schwirren hin und her.«

Spee mußte trotz Schmerz und Schwäche lächeln. »Und deine Tante wird es ihnen verbieten?«

»Warten Sie's ab!«

Spee wandte nichts mehr ein, als der Junge ihn am Ellbogen packte und Schritt für Schritt den Kirchhügel hinab bis zu einem ausgedienten Turm der alten Stadtbefestigung geleitete. Hier, hinter mit Brettern verschlagenen Fensterscharten, hatte sich ein armes Volk seine dürftigen Behausungen eingerichtet.

Der runde, efeubewachsene Turm wuchs aus einem quadratischen Sockel. Unter einem weit ausgreifenden Vordach aus schimmeligem Stroh, über ein Trümmerfeld aus Holzscheiten, Topfscherben, Faßdauben und Kisten gelangte man zum Eingang. Auf einem Bündel aus Lumpen und Werg saß ein Mann, den nackten Oberkörper an einen Schubkarren gelehnt, den abgegriffenen Hut auf die Nase gezogen. Eine Katze wälzte sich wohlig im Sand zu seinen Füßen und kümmerte sich nicht um die Hühner, die rings um den großen Misthaufen pickten. Es war, trotz aller Anzeichen der Unordnung und des Verfalls, ein Bild mittäglichen Friedens.

Als der Junge ihn unter das vor der Sonne schützende Dach geführt hatte und gleich darauf im Turmeingang verschwunden war, meinte Spee ein wie aus Brunnentiefe kommendes Seufzen und Stöhnen zu hören – doch dann war wieder nichts zu vernehmen als das Gackern der Hühner und das Summen der Schmeißfliegen.

Nach einer Weile kehrte der Junge zurück. »Sie wird gleich kommen«, sagte er.

»Ich habe es mir überlegt«, sagte Spee. »Es geht mir schon viel besser. Es ist unnötig, deine Tante zu belästigen.«

Er wollte den Jungen nicht kränken. Aber es schien ihm absurd, sich von einem alten Kräuterweiblein besprechen zu lassen.

»Warten Sie!« sagte der Junge. »Warten Sie! Bitte! Es dauert bestimmt nicht lange!«

Er zupfte den Pater am Ärmel, war ihm behilflich, sich auf eine Kiste zu setzen. Der Schläfer am Karren schob den Hut zurück, blinzelte und gähnte.

Da hörten sie den Schrei. Zaghaft ansetzend wie zur Erprobung, dann ein lungenstarkes Getön, wie aus verbeulter Trompete.

Der Junge grinste. »Wollen Sie noch immer gehen?«

Spee benötigte einige Sekunden, bis er begriff, daß er nicht an Siechtum und Wundenqual zu denken brauchte. Er lächelte und schlug langsam ein Kreuz.

»Wenn das Kind nämlich stürbe . . .«

»Es hört sich nicht so an«, sagte Spee.

». . . und Sie hätten ihm nicht einmal die Nottaufe gegeben . . .« – »Ich dachte, es gehe um meine Kopfschmerzen«, sagte der Pater.

Der Alte am Schubkarren rappelte sich auf und entfernte sich schimpfend. In das unterirdische Gebrüll fiel der Hahn ein und spreizte die Flügel.

Sie mußten dann noch eine halbe Stunde warten. Endlich erschien im Turmeingang eine schlanke, stattliche Person in Rock und Bluse, die nackten Arme lösten am Rükken das Schürzenband. Das bräunliche Gesicht unter dem Kopftuch gehörte einer jungen Frau; die großen, blaugrünen, den Besucher intensiv musternden Augen waren von den schwarzen Wimpern wie mit Kohlestift umrissen.

Skeptisch, aus purer Neugier – oder auch nur, weil die Frau ihm gefiel, folgte der Pater ihr mit dem Jungen die Wendelstiege hinunter in einem geweißten Kellerraum. Noch dampfte es aus dem Zuber, in dem das Kind gebadet worden war. Nun lag es schon an der Brust der Mutter. Die hob ihnen, auf eine Pritsche gebettet, das im Kerzenschein schweißnaß glänzende Gesicht entgegen. Als sie den katholischen Priester erkannte, wandte sie sich mit angstvollem Blick der Hebamme zu und schüttelte mehrmals den Kopf, während sie das Neugeborene noch fester umschlang. Erst im Nebenraum trug der Junge zungenfertig Spees Beschwerden vor.

»Leg ihn hin, Barbara! Schmier ihn ein, und wenn er nicht stillhält – na, du weißt schon!« Er sah sich um und nahm einen Napf vom Wandbord. »Bockshornklee und Katzenkraut?«

Spee versuchte der Frau einzureden, sie werde nebenan nötiger gebraucht. In Wahrheit streckte sein Kopf schon wieder in der eisernen Klemme. Ihm war, als klaffe sein Schädel genau an der Bruchstelle auseinander und werde nun mit aller Gewalt zusammengepreßt. Und als die Frau ihm in die Augen sah, begriff er sofort, daß er ihr nichts vormachen konnte; es blieb ihm nichts übrig, als sich zu fügen. Er tat, was diese Barbara ihm befahl, und legte sich auf eine in die Wand eingelassene Bank. Sie bat ihn, näher an die Mauer zu rücken, und setzte sich neben ihn. Der Junge reichte ihr den Salbtopf. Mit kreisenden Fingerspitzen fuhr sie über Spees Hals die Schläfen hoch bis zum Haaransatz, und in die Stirn rieb sie den betäubend duftenden Kräutersud mit dem Handballen ein. Dann strich sie mit den Fingerspitzen beider Hände über die Stirn, von der Mitte bis zu den Schläfen, und, immer in der gleichen Richtung, noch tiefer, über die Brauen und endlich über die Lider. Er fühlte sich von der Nähe ihrer Augen und ihrer Brüste, die er auf seinem Leib spürte, nicht unkeusch bedrängt, sondern tief befriedet. Wie in den Schlummer gewiegt, schloß er die Lider, vergaß den Schmerz und schlief ein.

Erst als das Kind wieder schrie, erwachte er und fand sich allein. Dann kam Barbara aus dem Nebenraum, er richtete sich auf, empfand auf Stirn und Schläfen eine angenehme Kühle, und als sie sich wieder neben ihn setzte und ihm dem Puls fühlte, bekannte er, daß er schmerzfrei war.

»Wie kann ich Ihnen danken?«

»Kommen Sie wieder«, sagte die Frau. Sie hatte das Kopftuch abgenommen, ihr langes, schwarzes Haar glänzte seidig wie auf den Madonnenbildern der Italiener.

»Was bin ich Ihnen schuldig?«

Sie wiederholte: »Kommen Sie wieder!« – und als ihm das nicht genügte: »Verraten Sie niemandem, wo Sie waren. Ich bin katholisch, aber die Frau nebenan ist lutherisch. Wenn es eine Sünde war, ihr zu helfen, dann will ich's beichten.«

Er stand auf. »Gott hat auch dieses Leben gewollt. Es zu bewahren, kann nicht Sünde sein.«

Er legte seine Hand auf ihren Scheitel – und plötzlich dachte er: Sie hat auch an mir so etwas wie einen Segen wirksam gemacht. Kräutersegen . . .

Als er am Lager der Wöchnerin vorbeiging, fand er Mutter und Kind schlafend. Er blieb stehen und segnete sie.

»Und wenn sie aufwachen, sind sie katholisch«, sagte Barbara.

»Ja, wenn's so einfach wäre«, sagte er.

Auf der Bank vor dem Turm saßen sie noch für ein paar Minuten im Schatten. Er hörte ihr zu, wie sie von ihrem Leben erzählte. Ihr Mann war als Soldat der Liga in der Schlacht bei Lutter am Barenberg gefallen. Das war vor drei Jahren gewesen, und seither übte sie ihren alten Beruf wieder aus. Solange sie nur ihren Hebammenpflichten nachging, hatte sie nicht viel zu befürchten – es sei denn, ihr unterlief eine Totgeburt. Bisher hatte sie sich noch immer rechtfertigen können. Wichtig war, daß man das tote

Kindlein unversehrt vorweisen konnte. War es erst einmal unter der Erde, erhob sich nur allzu schnell der Verdacht, die Hebamme habe es aufgefressen oder im Kräuterkessel zu einem Liebestrank verkocht. Im Tiegel aber, auf der hauchdünnen, in Blasen sprudelnden Haut tanzten, so meinten die gelehrten Herren vom Stadtgericht, die »Hollen« herum.

»Die Hollen?«

»Man merkt, daß Sie kein Hildesheimer sind«, sagte die Hebamme. »Sonst würden Sie die Geisterchen kennen. Sie sind nicht größer als mein Daumennagel und durchscheinend wie ein blaues Flämmchen. Um sie sichtbar zu machen, schlägt man frische Eier in eine zinnerne Schüssel, die zuvor auf einer Leiche gestanden hat. Jeder Körper, den sie befallen, wird krank und siech. Kein Teufelswerk kann gedeihen, helfen die Hollen nicht mit.«

Und wieder wußte er nicht, ob sie das ernst meinte. Aber er wußte, daß die Herren vom Stadtgericht und die Professoren der Universitäten zu Helmstedt und Marburg die Hollen ernst nahmen, sehr ernst sogar, und daß ihre Gutachten schon viele Frauen aufs Gewölbe im Lilienturm gebracht und mancher sogar den Hals gebrochen hatten. Hexenkundige Brüder im Kolleg, Pater Silvester voran, hatten ihm von grauenhaften Tänzen im Steuerwaldschen Felde und vom heulenden Hexensturm auf dem nicht weit entfernten Blocksberg erzählt. Auch auf dem Hohen Weg und sogar auf dem Marktplatz machten sie dem Satan ihre Aufwartung.

Wie eine Frau, die unzweifelhaft Gutes tat, über Nacht in schweren Verdacht geraten, ja sogar der Hexerei bezichtigt werden konnte – die Einsicht also, wie bald Unschuld durch Angst und Mißtrauen der Nachbarn oder der Obrigkeit in tödliche Gefahr geraten kann: das erinnerte ihn heute schon zum zweitenmal an seine begonnene Schrift. Er beschloß, noch während dieser letzten Tage in Hildesheim die Arbeit an der »Cautio Criminalis« wiederaufzunehmen.

Barbara erzählte weiter, auch von ihren Erfahrungen als Heilkundige:

»Die Ärzte sind hinter uns her, sie dulden unsere Arbeit nicht. Aber zu uns kommen ohnehin nur einfache Leute, nur ganz selten mal einer wie Sie – und dann muß man ihn schon herbeischlepen, wie es mein Neffe getan hat. Arme Leute haben kein Geld, um den Arzt zu bezahlen. Wer krank wird, dem hilft nur der Bader oder die kundige Frau. Aber selbst wenn die Ärzte das arme Volk um Gotteslohn behandeln wollten – sie würden es nicht packen, es gibt doch viel zu wenig. Und doch dürfen wir nicht helfen. Die Bader lassen sie noch gelten, die Herren Doktoren, die nehmen ihnen das Gröbste ab. Auch gegen die armen Lullkebrüder, die Kranke ohne Entgelt pflegen, haben sie nichts. Aber wir . . .«

»Weshalb wollen die Ärzte euch nicht dulden?« fragte Spee.

Sie zögerte einen Moment. Dann sagte sie: »Weil wir Frauen sind.« Und das klang so, als sei eine weitere Frage nun nicht mehr nötig.

Die Turmuhr schlug vier. Er mußte vorhin fast zwei Stunden geschlafen haben. Sicher hatten die Brüder schon ausgeschickt nach ihm, suchten ihn in der ganzen Stadt. Er verabschiedete sich von Barbara, fragte nochmals, was er schuldig sei.

»Sie sind ja auch nur ein armer Mönch«, sagte sie.

Er widersprach. »Ich habe mehr, als ich verbrauchen kann.« Er drängte ihr eine Münze auf.

Sie hatte so viel nicht erwartet, und als er das Geldstück nicht zurücknehmen wollte, sagte sie: »Dann haben Sie im voraus bezahlt. Sie müssen also wiederkommen.«

Er nickte. Sie sah so gesund aus: ein braunes, glattes, zum Anschauen gemachtes Gesicht. Sie lachte und zeigte schneeweiße Zähne. Sie gefiel ihm mit ihren resoluten Bewegungen, ihrer rauben Stimme. Er dachte an die Worte des Hohen Liedes: »Gebräunt bin ich zwar, aber doch schön . . .«

Und darüber dachte er nach, als er sich mit leichtem Schritt über den Langen Hagen und das Treibe-Brückchen dem Marktplatz näherte. Er merkte gar nicht, daß er einen großen Umweg machte; er wollte doch zum Domhof zurück. Und gleichsam zur Rechtfertigung seines Wohlgefallens an dieser Frau redete er sich ein, daß sie ihn an seine Schwester Sibylle erinnere. Als einziger Junge mit drei Schwestern aufgewachsen, hatte er sich auch in späteren Jahren eine heiter-nachsichtige Sympathie für junge Frauen und Mädchen bewahrt, eine unbefangen brüderliche Neigung, die für einen Ordensmann nicht selbstverständlich war.

Und Barbara? Ihr dankte er es, daß er frei von Schmerzen war. Fürs erste einmal. Sie hatte es ihm unverblümt gesagt: Sollte die Besserung dauerhaft werden, müßte er wiederkommen. Er schüttelte den Kopf über sich. So einfach einzuschlafen – nur weil eine fremde, schöne, ja doch, eine schöne Frau es so will?

Kaum nahm er die vielen Menschen wahr, die sich trotz der ungebrochenen Hitze auf dem Marktplatz zusammengefunden hatten. Bürger und Hausfrauen drängten sich vor den Ständen, murrten über das klägliche Angebot und die gepfefferten Preise und zählten mit spitzen Fingern abgegriffene Münzen auf den Tisch. Nach drei Mißernten, nach Einquartierung, Plünderung, Brandschatzung – wen wunderte da die Teuerung! Andere scharten sich um Radschläger und Musikanten oder feilschten an der Fleischbank vor dem vielgeschossigen Knochenhaueramtshaus mit den Metzgern, während Hunde und Katzen sich um die Abfallkübel rauften.

Da klingen warnende Rufe von weit, von der Steingrube her. Eine vornehme Kutsche nähert sich auf der Rathausstraße dem Markt. An die Hauswand gedrängt, zieht der Bürger den Hut, macht die Frau ihren Knicks, das ist man der Obrigkeit schuldig. Der Wagen, von zwei Rappen gezogen, federt herbei, aus dem Kutschkasten neigt sich ein hoher Prälat und lädt den bärtigen Jesuiten ein, bei ihm

Platz zu nehmen. Bald erfährt man vom Nachbarn, wer das ist, dieser hohe geistliche Herr, und schon spricht sein Name sich weiter von Stand zu Stand und von Bude zu Bude, und dann weiß ein jeder: *Der Dortmunder* ist in der Stadt, und als er kurz auf dem Marktplatz halten ließ, hat er einen bleichen Jesuiten eingeladen, zu seiner Rechten zu sitzen: ein schlichtes Mönchlein neben solch großmächtigem Herrn!

Wo hab' ich den schon gesehen? dachte Spee, als er in der Kutsche des Generalvikars saß – zwar nicht zu seiner Rechten, wohl aber ihm gegenüber. Ein athletischer Fünfziger, der Kopf wie aus Erz gegossen. Der schmale Nasenrükken bildet mit den nur mäßig gebogenen Brauen ein lateinisches T. Tiefe Falten queren wie dreifache Schwingen die Stirn, die als ein Ehrenzeichen die Narbe des Dortmunder Steinwurfs trägt.

Spee hatte Muße genug, ihn zu betrachten. Nachdem ihn der Weihbischof aus der Menge aufgelesen hatte, war er in beharrliches Schweigen verfallen. Aber sein Blick blieb auf Spee gerichtet, und zuweilen schien er durch ihn hindurch in die Ferne zu gehen.

Ihr Weg führte nicht zum Kollegienbau, sondern durchs Hagentor aus der Stadt hinaus. Und als habe der hohe Prälat nur auf die wohltätige Schattenfahrt unter den Eichen der alten Hannoverschen Heerstraße gewartet, begann er zu reden. Dabei belebte sich das Erzgesicht; aus dem Weihbischof und Generalvikar von Paderborn und Hildesheim wurde ein geschmeidiger Weltmann: der erfahrene Diplomat, dem Fürstbischof Wartenberg zu Osnabrück immer neue, höchst heikle, höchst weltliche Missionen anvertraute.

»Ich hätte Sie schon längst an Ihrem Schmerzenslager aufgesucht, lieber Spee«, sagte Johannes Pelking, »wenn ich nicht eine Sache unseres Kurfürst-Erzbischofs vor dem Reichskammergericht zu Speyer hätte vertreten müssen. Was Sie in Peine vollbracht haben, wird Ihnen die Kirche niemals vergessen. Wehren Sie sich nicht ab! Es ist, trotz des

Krieges, eine feige, nichtswürdige Zeit, in der wir leben. Und die Diener der Kirche sind kleinmütig, wetterwendisch und schnell bereit zum Verrat. Wo fände sich heute ein heiliger Cyprian, ein Thomas Morus?! Aber – der Herr sei gelobt! – wir haben einen Pater Spee. Was Ihnen auf jenem Ritt zwischen Peine und Woltorf widerfahren ist, lieber Bruder, das stieß auch unserer heiligen katholischen Kirche zu, und – Sie verstehen mich? – ich preise den Herrn dafür! Denn nichts tat uns so bitter not wie ein Martyrium um des Glaubens willen. Ich wünschte, es hätte einen Mann aus meinem Orden getroffen. Nun, Gott hat es anders bestimmt. Was einem Minoriten nicht beschieden war: den Jesuiten zeichnete Er gleich dreifach aus: mit dem Erfolg seines Bekehrungswerkes, mit der Gabe des frommen Gesangs und, endlich, mit der Märtyrerkrone!«

Spee, in seiner Verlegenheit, suchte den durchdringenden Blick des ›Dortmunders‹ zu meiden; zugleich wollte er herausfinden, wohin die Fahrt ging. Aber die ungepflegten Gärten, die nur allzu oft brach liegenden Äcker, die von der Dürre des Sommers gebräunten Wiesen sagten ihm nichts. Die Sonne über dem Innerste-Fluß zu ihrer Linken verriet immerhin, daß sie nach Norden fuhren. In der Hoffnung, die Elogen aus dem Munde des hohen Vorgesetzten beenden zu können, die ihm ebenso peinlich waren, wie sie ihm schmeichelten, griff er das ihm weniger verfänglich scheinende Lob seiner Dichtkunst auf, die der Prälat als eine der drei göttlichen Auszeichnungen gerühmt hatte.

»Sie kennen meine Lieder?«

»Wer kennt sie nicht!« sagte Pelking. Und mit der geübten Stimme des Liturgen begann er zu singen. Als Spee ihm erstaunt und bestätigend zunickte, forderte er ihn auf, mitzuhalten, und sogar dem Kutscher klopfte er ermunternd auf den Rücken.

»Wohlauf, ihr holden Saitenspiel,
stimmt an die Silberzungen;
die Saiten stimmet an subtil,
stimmt an, was je geklungen . . .«

In einer Pause gelang es Spee, nach dem Ziel der Fahrt zu fragen.

»Die Bischofsburg«, sagte Pelking. »Wir sind schon auf dem Steuerwaldschen Feld.«

»Im Kolleg wird man sich Sorgen machen«, gab Spee zu bedenken.

»Ich habe Turrianus gesagt, daß ich Sie mitnehme, sofern es mir gelingen sollte, Sie aufzugreifen. Er erwartet Sie nicht vor dem Angelus.«

Während Spee noch darüber grübelte, was den Weihbischof wohl in Wahrheit bewogen haben mochte, gerade ihn so sichtbar auszuzeichnen, vertieften sich die Falten auf Pelkings Stirn. Er hatte keinen Blick für die Bauern am Wegrand, die demütig grüßten, als die Kutsche sie überholte.

Seine Augen ruhten auf Spee, als erwarte er von ihm die Antwort auf eine nicht gestellte Frage. Endlich brach er abermals das Schweigen, und die weitläufige Art, in der er sich scheinbar ganz unvermittelt über Probleme von höchstem politischen Rang ausließ, machte deutlich, daß ihn nicht nur die Sorge um geistliche Wohlfahrt und wirtschaftliches Gedeihen seiner Diözesen beschwerte: Nicht minder bedrückte ihn das Schicksal des Reiches, des Hauses Österreich vor allem, das sich nicht nur der Türken, der norddeutschen Fürsten und der ruhmsüchtigen Könige Dänemarks und Schwedens zu erwehren hatte, sondern auch das durchtriebene Frankreich fürchten mußte. König Ludwig und sein mächtiger Minister Kardinal Richelieu würden sich nicht scheuen, ein Bündnis mit evangelischen Fürsten einzugehen – und dies, obwohl sie zur gleichen Zeit die hugenottischen Ketzer im eigenen Lande blutig verfolgten! Und damit ihm das Haus Österreich nicht zu sehr erstarkte, empfahl der Franzose den deutschen Kurfürsten, als nächsten Kaiser einmal keinen Habsburger, sondern den Bayernherzog Maximilian zu erwählen. So sehr sorgte sich Frankreich um des Heiligen Römischen Reiches Libertät und um die uralten Freiheiten und Gerechtigkeiten der deutschen Fürsten, daß Ludwig XIII. zum nächsten Kurfürstentag eine stattliche Delegation ankündigte, um das Selbstbewußtsein der deutschen Herren zu stärken – und sie gleichzeitig nach Kräften zu entzweien. Von *dieser* Absicht allerdings ließ der König nichts verlauten.

Für Spee war das alles neu. Seit Wochen hatte er nichts mehr von den Weltläuften gehört, und auch in Peine hatte er sich weit mehr um die lokalen Verhältnisse kümmern müssen als um die Ränke der Mächtigen – zumal der Krieg sich mehr und mehr aus Deutschland entfernte. Es sah ja schon beinahe nach Frieden aus.

»Der Däne ist erledigt«, sagte Pelking. »Er sitzt nach wilder Flucht in seinem Schloß Rosenborg bei Kopenhagen und mag sich jetzt überlegen, ob er wirklich im rechten Glauben lebt. Jütland hat er verspielt; kein dänisches Segel wagt sich mehr von Seeland oder Fünen über den Sund. Ganz vergebens stellt der Schlick dort noch immer seine Späher an den Strand.«

»Wer ist Schlick?« fragte Spee.

»Wallensteins Feldmarschall in Jütland«, sagte Pelking. »Ein kluger Mann, dieser Friedländer. Der Tilly setzt sich in gut katholischen deutschen Landen fest, die schon dreifach ausgeplündert sind, so daß seine ligistischen Soldaten, weil sie ehrlich Hunger haben, rechtgläubigen Bauern die letzte Sau aus dem Stall rauben. Wenn es um Fourage geht, zählt keine Frömmigkeit; der Glaube stopft keine Mäuler. Aber die Kaiserlichen machen es schlauer: Die gehen in noch unberührtes Feindesland und holen sich dort, was sie brauchen. Feindesland zu plündern, ist immerhin etwas moralischer, als dem Freund die letzte Ration zu stehlen. Der Wallenstein hätte es gar nicht nötig gehabt, die Dänen über Flensburg hinaus zu verfolgen, die waren doch längst geschlagen. Aber es ging ihm um Brot und Beute, um Winter- und Sommerquartier. Und dort, zwischen Glückstadt und Skagen, ist auch heute noch einiges zu holen.«

»Sie werden nicht ewig dort bleiben können«, sagte Spee.

»Man zieht sie ja auch schon ab, sie werden bei Mantua gebraucht. Ein schöner langer Marsch von dort oben! Wir könnten jetzt in aller Ruhe das Decretum Caesareum Restituendis durchführen, und in wenigen Jahren wäre ganz Deutschland katholisch. Wenn nur der Mann im Norden nicht wäre.«

»Der ›Löwe aus Mitternacht‹?«

»Ich liebe solche bombastischen Titulaturen nicht, sie schaffen Legenden und schwächen den Widerstand noch vor der Schlacht. Aber soviel ist gewiß: Gustav Adolf landet eines baldigen Tages an der Ostseeküste. Der stellt sich gescheiter an als der törichte Däne! Und die protestantischen Fürsten werden ihm zufallen wie überreifes Obst. Dann aber gnade uns Gott.«

Burg Steuerwald, vom zweifachen Wassergraben umgeben, nördliche Schutz- und Trutzfeste der bischöflichen Regierung, Zuflucht vor den unbotmäßigen Hildesheimern – Steuerwald, um der Gewalt zu steuern, nicht selten auch Verwahrungs- und Hinrichtungsort, lag eine gute Fußstunde von der Stadt entfernt. Mißtrauisch betrachtete Spee das klobige Mauerwerk, den schmucklosen Mittelbau, den dreihundert Jahre alten Turm. Als der Wagen im Hof hielt, den nur eine alte Kastanie, aber kein grünender Busch zierte, fiel es Spee ein, daß hoch in diesem Turm hinter den vergitterten Fensterläden der lutherische Prediger Bissendorf eingekerkert war, bis man ihn endlich hier im Hof enthauptet hatte. Auf Urteilsspruch des Kurfürstlichen Gerichts zu Köln, letztlich aber auf Weisung des Weihbischofs Pelking, der Ort und Stunde anberaumt hatte.

»Bleiben Sie sitzen«, sagte Pelking und stieg aus der Kutsche. »Ich habe eine Kleinigkeit zu erledigen, es dauert nicht lange.«

Während der Bischof in das Hauptgebäude ging, in dessen Fensterscheiben sich die Sonne des späten Nachmittags spiegelte, spannte der Kutscher die Pferde aus und führte sie zum Brunnen. Kein Laut der Außenwelt drang in diesen tristen Hof, nur das Klirren der Eimerkette und das Schnauben und Schlürfen der Gäule war vernehmbar. Spee allerdings hörte auch den Trommelwirbel und das Aufsetzen der Hellebarden auf den Pflastersteinen, das Jammern und Schreien des unglücklichen Prädikanten, das Hohnlachen der Zuschauer. Er erinnerte sich an Pater Horns abfälligen Bericht, er vermeinte zu sehen, wie sie den Wimmernden schließlich an Armen und Füßen packten und zum Block schleppten: verleugnet von seinem Herrgott, im Stich gelassen von seinem falschen Glauben . . .

Sie dürften es nicht verbreiten, dachte Spee. Wer von uns weiß, wie er sich in der Todesstunde verhalten wird? Bissendorf war schwach – doch spotten sollte man nicht über sein Versagen. Wer darf sicher sein, daß Gott ihm Stärke verleiht?

Pelking kehrte zurück.

Sie hatten kaum das Tor passiert, da kam ihm, noch ehe Spee ihn wegen des Lutheraners ansprechen konnte, der Weihbischof zuvor:

»Ich mußte den Burgkaplan zur Ordnung rufen. Sehen Sie, das ist einer jener armseligen Pfaffen, von denen ich vorhin sprach. Der Mann verkündet aller Welt, dieser Bissendorf – der Fall ist Ihnen bekannt? – sei mannhaft gestorben mit dem Psalter in der Hand und seinem Glauben treu bis zum letzten Atemzug. Das Heldenlied vom braven Pfarrer Bissendorf . . . Und das sagt er, obwohl es sich längst herumgesprochen haben sollte, wie kläglich dieser Ketzer sich benahm. Es gibt so viele Leute, die noch immer nicht wissen, in welchem Schicksalskampf unsere Heilige Kirche sich befindet. Als habe sie nicht bereits mit hundert- und aberhunderttausend Toten für ihre Torheiten bezahlen müssen. Und dabei hat der große Krieg noch nicht einmal richtig begonnen!«

Des Weihbischofs ohne erkennbaren Bezug auf Bissendorfs Ende vorgetragene Beschwerde über die Ignoranten im Kirchenvolk ließ Spee aufhorchen. Und obwohl Pelking doch hinreichend deutlich gemacht hatte, daß es mit der Tapferkeit des Delinquenten nicht weit her gewesen sein konnte, erlaubte sich Spee dennoch die Frage:

»Wie starb Bissendorf?«

Die Antwort kam nicht gleich. Und ehe Pelking Auskunft gab – keineswegs verärgert, wie es schien –, schloß er für einen Moment die Lider, wie von Erinnerung überwältigt.

»Ich habe es mit eigenen Augen gesehen«, sagte er endlich mit verhaltener Stimme. »Der Herr schenke auch uns, wenn unsere Stunde naht, diesen Stolz, diese Würde.«

Er bemerkte Spees Betroffenheit. Er beugte sich vor und berührte sein Knie.

»Sie machen ein verstörtes Gesicht. Aber gerade Sie sollten wissen, worum es hier geht. So not unserer Heiligen Kirche ein Märtyrer tat und so dankbar wir dem Herrn für diesen Dorn aus Seiner Krone sein müssen, den Er in Ihr Haupt getrieben hat – so ungelegen käme uns ein protestantischer Schmerzensmann. Wäre es nach mir gegangen, ich hätte aus eben diesem Grunde Bissendorf gar nicht zum Tode verurteilt. Aber die Herren in Köln sind weit vom Kriegsschauplatz, die urteilen legalistisch, nicht nach der Opportunität. Um die schlimmsten Folgen zu verhüten, mußte dieses Sterben zumindest lächerlich gemacht, mußte seiner Würde, seiner märtyrerhaften Glorie entkleidet werden. Wem schade ich damit? Dem Andenken eines Lutheraners allenfalls. Gott der Herr, sofern Er sich des verstockten Sünders annehmen sollte, wird *ihn* meine fromme Lüge nicht entgelten lassen.«

Als Spee noch nicht überzeugt schien, wechselte der Generalvikar den Ton, fuhr ihn nachgerade an:

»Und da unterstellt man dem heiligen Ignatius und seinen Jesuiten, der Zweck heilige ihnen die Mittel! Sollte der Mann von Loyola das wirklich gesagt haben – Sie, sein Jünger, haben es wohl vergessen? Lernen Sie, Ihre moralischen Bedenken zurückzustellen, wenn es um erhabene Ziele geht! Der Aufgabe, die ich Ihnen übertragen möchte, werden Sie nur gewachsen sein, wenn Sie sich nicht allein als gehorsam, sondern auch als schlau und verschlagen erweisen. Wir leben in einem Fuchsbau, einer Schlangengrotte, einem Nest voll giftiger Skorpione. Wir leben in der *Welt* – nicht im Paradies.«

Da wußte Friedrich Spee plötzlich, an wen ihn dieser Kopf erinnerte. Das bronzene Taufbecken im Hildesheimer Dom wird von vier kauernden Männern getragen, deren jeder einen der vier Ströme des Paradieses darstellt. Dem Antlitz des Stromes Physon, des Stromes der Klugheit, in Bronze gegossen von der begnadeten Bildnerschule des heiligen Bernward, glich das Gesicht des Johannes Pelking. Und wie jener trug wohl auch er eine schwere Last auf seinen Schultern.

»Weil wir aber in einer vom Satan bedrohten Welt leben«, fuhr Pelking fort, »müssen wir doppelt Sorge tragen, daß, wer heute rechten Glaubens ist, auch morgen noch gut katholisch bleibt. In Peine haben Sie aus überzeugten Protestanten brauchbare Katholiken gemacht. In Corvey werden Sie aus Katholiken, die unsere Kirche in den Schmutz gezogen haben, wieder gehorsame Diener Christi machen.«

»Wie soll ich das verstehen?« fragte Spee.

»Jeder wirke an dem Platz, den Gott ihm bereitet hat! Ihr Platz wird das Kloster Corvey sein.«

»Rektor Turrianus wollte mich nach Falkenhagen schicken.«

»Auch dieser redliche Mann hat die Sturmzeichen der Zeit noch nicht erkannt. Er meint, Sie hätten erst einmal Erholung nötig, beschauliche Waldspaziergänge, Schmetterlingstanz und Hummelsgesumm. Nein, Spee, Sie sind nicht nur Dichter. Sie sind auch Soldat, Soldat Christi. Nicht umsonst nennt sich der Oberste Ihres Ordens General. Und ein Soldat, wenn seine Wunden verheilt sind, kehrt unverzüglich zu seinem Regiment zurück. Oder kennen Sie es anders?«

»Nein«, sagte Spee.

»Deshalb werden Sie nicht nach Falkenhagen, sondern nach Corvey reisen. Corvey ist ein Kloster. In der Abtei sind Mönche, Benediktiner, also gute Katholiken. Sollte man denken! In Wahrheit . . .« Pelking senkte die Stimme, der

Kutscher sollte nicht mithören. »Spee! Ich sende Sie in eine Löwengrube! Sie werden Zustände vorfinden, die Ihre schlimmsten Vorstellungen noch übertreffen. Diese Mönche sind verderbter als die Heiden. Sie leben im Stand der Todsünde – seit Jahren! Sie treiben Unzucht wie die Priester Baals und Ascharoths! Und seit sie keinen Führer mehr haben . . .«

»Wie?« fragte Spee. »Keinen Prior? Keinen Abt?«

»Sie hatten einen. Abt Heinrich von Aschebrock. Ein Faulpelz, ein Freßsack, ein Wollüstling! Schlimmer als ein Tier! Er hat die Abtei verdorben bis ins Mark. Sie lesen dort Schwarze Messen – wissen Sie, was das ist? Albigensertum! Manichäismus! Die Verhöhnung der Heiligen Dreifaltigkeit auf dem Altar des Fleisches!«

»Man hat ihn natürlich sofort abberufen, als das herauskam?«

»Gewiß. Die Congregation hat ihn abgewählt, seines Amtes enthoben, verjagt. Das war schon vor drei Monaten.«

»Und der neue Abt?«

»Das eben schmerzt uns! Unser Kurfürst-Erzbischof Ferdinand hatte sofort seinen Anspruch auf die Besetzung des Amtes angemeldet. Aber die Congregation hat sich nicht daran gehalten; sie hat einen anderen Abt gewählt, einen gewissen Brambach. Den jedoch erkennen *wir* nicht an. Dieser Abt ist auf seine Weise genauso schlimm wie der vorherige. Sehr anders – aber genauso schlimm! Aber ich versichere Ihnen: Christoph Brambach wird nicht Abt von Corvey bleiben! Ich entsende Sie, Spee, in die Abtei mit allen Vollmachten unserer Heiligen Kirche. Halten Sie sich in drei Tagen bereit. Sie waren durch Gottes Gnade Märtyrer, Sie sind mit Gottes Hilfe genesen, Sie werden mit Gottes Segen den Schweinekoben Corvey ausmisten, wie jener Herakles den Stall des Augias! Es ist ein Elend um unsere alleinseligmachende Kirche, Spee. Wissen Sie, was der Wallenstein unlängst gesagt hat? ›Ich sehe nicht ein, daß ich der Kirche ständig Abteien zurückerobern soll, solange sie nicht bessere Äbte hat.‹ Leider nur zu wahr.«

Als die bischöfliche Kalesche vor dem Kollegiumsbau hielt, erlaubte sich Spee, die Berufung nach Paderborn, die Turrianus ihm als Möglichkeit dargestellt hatte, zu erwähnen. Pelking legte sich nicht fest, aber er meinte immerhin: »Ein Mann, der sich in Corvey bewährt hat, wird auch Paderborner Studenten etwas zu sagen haben.«

Inzwischen waren die hochwürdigen Patres wie die Schuljungen auf die Straße gelaufen. Nur mit Mühe widerstand Turrianus dem Drang, ebenfalls vors Haus zu eilen. Er stand am Fenster und gab sich, gefällig hinunterwinkend, den Anschein hausväterlicher Erleichterung über die Rückkehr des verlorenen Sohnes. Als der Weihbischof den Pater Spee zwar aussteigen ließ, selbst jedoch keineswegs weiterfuhr, sondern ebenfalls aus der Kutsche kletterte, obwohl er sich doch schon vor zwei Stunden vom Hildesheimer Kollegium verabschiedet hatte, blieb Turrianus nichts anderes übrig, als nun doch die Treppe hinunterzueilen und dem hohen Herrn, der sie wider Erwarten noch einmal heimsuchte, an der Pforte die Ehre zu erweisen.

»Bringen sie uns Wein!« befahl Pelking und begab sich ohne Umstände ins Refektorium, wo er mit Turrianus an einem der langen blankgescheuerten Tische Platz nahm.

»Pater Spee wird Sie bereits in wenigen Tagen verlassen«, sagte der Weihbischof. »Ich schicke ihn nach Corvey.«

Als Spee im Obergeschoß seine Zelle betreten wollte, begegnete ihm Doktor Wellinger. »Endlich!« sagte der Arzt. »Wer hat Ihnen denn erlaubt, solche Ausflüge zu machen?«

»Ich hatte nur einen kleinen Stadtbummel vor«, sagte Spee. »Aber Sie haben recht, ich fühle mich schwach. Ich werde mich ein wenig hinlegen.«

Wellinger, der in dem dunklen Zellengang nach Spees Hand gegriffen hatte und seinen Puls fühlte, sagte: »Nach was riechen Sie eigentlich?«

»Nach Schweiß vermutlich«, sagte Spee verlegen. »Ich sagte ja, es war mir ein bißchen zuviel. Ich gehe zum Brunnen und wasche mich.«

»Schweiß?« sagte der Arzt. »Sie stinken – mit Verlaub! Und ich will Ihnen auch sagen, nach was.« Er schnupperte an Spees Stirn. »Katzenkraut – stimmt's? Ist noch was anderes dabei. Bockshornklee?«

»Kann sein«, sagte Spee.

»Wer hat Sie damit behandelt?«

»Behandelt ist zuviel gesagt. Mir ist unterwegs schlecht geworden. Eine Frau nahm sich meiner an. Es hat mir geholfen.«

»Sie lassen sich von alten Weibern behandeln?« fragte der Arzt. Er schien ernstlich ungehalten.

Spee versuchte auszuweichen. »Sie war durchaus nicht alt.«

»Ich kann nicht zulassen, daß Sie fremde Hilfe in Anspruch nehmen. Solange Sie in Hildesheim sind, bin *ich* Ihr Arzt.«

»Lieber Doktor Wellinger«, sagte Spee. »Wenn ich auf der Straße umfalle . . .«

»Sie sind umgefallen? Auf der Straße?«

»In einer Kirche. In Sankt Michael.«

»Und dort war jemand, der Sie mit Katzenkraut beschmierte?«

Spee erinnerte sich: Er durfte Barbara nicht verraten. »Ich weiß es nicht«, sagte er schroff. »Ich war bewußtlos!« Es tat ihm weh, sich mit dem Arzt, dem er sein Leben verdankte, wegen einer Lappalie herumzanken zu müssen.

Doktor Wellinger begriff, daß er keine weiteren Auskünfte zu erwarten hatte. Er wandte sich ab, blieb nach ein paar Schritten stehen und polterte, ohne sich umzusehen: »Wirklich schlimm, wie Sie stinken! Katzenkraut! Das mag dem alten Paracelsus genügt haben. Heutzutage ist die Medizin ein bißchen weiter!«

. . . und vermag doch meine Kopfschmerzen nicht zu lindern, hätte Spee am liebsten pariert. Aber er hütete sich, den guten Doktor noch mehr zu kränken.

Auch als er sich im Brunnenhof Wasser über den Kopf

laufen ließ, wurde er das Unbehagen nicht los. Ihm war, als habe er einen Fehler begangen.

Am Tag, der für die Abreise vorgesehen war, erwachte Spee mit heftigen Kopfschmerzen. Undenkbar, daß er die vielstündige Rüttelei auf der schlechten Landstraße nach Corvey aushalten könnte.

Seltsamerweise hatte er sich nach dem Frühstück mit seinen Schmerzen einigermaßen ausgesöhnt, obwohl sie keineswegs nachgelassen hatten. Immerhin erleichterten sie ihm den Entschluß, noch einmal die Hebamme aufzusuchen, an die er, auch während er schmerzfrei gewesen war, immer wieder hatte denken müssen. Wenn aber diese Barbara ihm wiederum helfen sollte, müßte er heimlich zu ihr gehen. Und wenn sie ihn, was zu erwarten war, abermals mit dieser aromatischen Essenz bestrich, durfte er dem Doktor nicht mehr begegnen. Denn dieser, sein verehrter Arzt, war schlicht eifersüchtig, und zwar so sehr, als habe er's mit einem konkurrierenden Kollegen von Rang zu tun – und es ging doch nur um ein Kräuterweib. Die Frau wird gewußt haben, weshalb sie mich um Verschwiegenheit bat, dachte Spee.

Er war froh, sie nicht durch eine unbedachte Bemerkung verraten zu haben. Aber als er im Turmkeller bei Sankt Michael vor ihr saß, begriff er, daß er sich kaum ungeschickter hätte verhalten können.

Am Vortag hatte er Doktor Wellinger, der gleich hinter dem Kolleg wohnte, seinen Abschiedsbesuch gemacht; der Arzt hatte ihn mit vielen guten Ratschlägen versehen, sich auch erboten, gelegentlich nach Corvey zu fahren, um die Schädelwunde zu versorgen. Im übrigen hatte er nicht erkennen lassen, daß jene Unterhaltung auf dem Zellengang ihn ernstlich gekränkt hatte. Doch als sie sich die Hände schüttelten, sagte der Doktor beiläufig, als sei ihm gerade noch ein letzter, wenngleich nicht besonders wichtiger Rat eingefallen: »Mit Katzenkraut und Bockshornklee sollten Sie sich nicht mehr behandeln lassen.« Und als Spee eine abwertende Geste machte, als habe er diese Methode längst als Scharlatanerie durchschaut, fügte Wellinger hinzu: »Aber dazu werden Sie, in Hildesheim zumindest, auch keine Gelegenheit mehr haben.«

Das klang unwiderruflich – auf eine befremdende Art.

Um so mehr fühlte Spee sich erleichtert, als er die Hebamme Barbara wohlbehalten in ihrem Keller antraf. Es brauchte allerdings nur wenige Sekunden, dann erkannte er, wie begründet sein Unbehagen gewesen war.

Sie hatte ihn mit einem angestrengten Lächeln begrüßt, ihm mit einem Tuch die Schweißtropfen von der Stirn gewischt und sich ihm gegenüber auf einen Schemel gesetzt.

»Ich weiß, daß Sie wieder Schmerzen haben, und ich werde sie Ihnen auch diesmal nehmen. Schade nur . . .«, sie stockte.

»Was ist schade? Ich sehe, daß auch Sie sich nicht wohl fühlen. Haben Sie Angst?« Und als sie nicht antwortete, sondern aufstand und nach dem Salbtiegel auf dem Wandbord griff, fragte er eindringlich: »Haben Sie Grund, Angst zu haben?«

Da sagte sie ihm, daß Syndikus Heidemann bei ihr gewesen war und sie vernommen hatte.

Spee erschrak. Doktor Wellinger mußte – es war kaum anders denkbar – im Rathaus vorstellig geworden sein. Und wenn er auch nichts anderes wußte, als daß in oder bei Sankt Michael eine noch junge Frau ärztliche Hilfe geleistet hätte, so konnten diese Indizien den kundigen Herren auf dem Rathaus doch hinreichend erschienen sein, die ihnen nicht unbekannte Frau zu verdächtigen.

»Sie werden mich auch als Hebamme nicht mehr dulden«, sagte Barbara. »Wovon ich dann leben werde, weiß ich noch nicht. Ich muß doch für den Jungen sorgen. – Legen Sie sich!«

Spee gehorchte. Sie bestrich Stirn und Augenlider mit der aromatischen Salbe. Er dachte: Ich höre, daß sie Beruf und Auskommen verlieren wird, weil sie mich behandelt hat –

und veranlasse sie zugleich, abermals gegen das Gesetz zu verstoßen. Er schloß die Augen. Die Schmerzen waren während seines eiligen Marsches zum Turm nahezu unerträglich geworden. Er konnte nicht mehr klar denken, er hatte nur diesen besänftigenden Duft wieder einatmen, diese zarten, kreisenden Finger auf seinen Schläfen spüren wollen. Aber jetzt, da er fast augenblicklich Linderung empfand, schämte er sich vor dieser Frau. Er erkannte, wie selbstsüchtig er war, und folgerte, daß er, er allein, schuldig wäre, sollte ihr etwas Ernstliches zustoßen.

»Seien Sie unbesorgt«, sagte er leise. »Ich werde mich um Sie . . .« Er sprach den Satz nicht zu Ende. »Um Sie kümmern?« Genau diese Worte hatte er damals in Köln schon einmal zu einer Frau gesagt. Und hatte doch nichts, nichts von dem Schrecklichen, das dann geschah, verhindern können. Dieser Satz war machtlos – oder gar unheilträchtig. Er mußte es anders sagen. Aber er kam nicht mehr dazu, er war eingeschlafen.

Dann standen sie plötzlich im Raum. Einige polterten noch hinterdrein, die Treppe herunter. Er riß die Augen auf: Bewaffnete! Sechs, sieben. Ein Mann in schwarzem Amtsgewand mit breitem fallenden Kragen aus weißer Spitze . . . Ein Wink an die Soldaten; sie packen die Hebamme, drehen ihr die Arme auf den Rücken. Drei andere machen sich im Keller zu schaffen, wischen Näpfe und Tiegel vom Wandbord, wühlen im Schrank, stochern im Herd, stülpen Töpfe und Eimer um. Spee ist hellwach, richtet sich auf. Keine Schmerzen mehr! Er sieht die Frau in der Gewalt der Schergen – Christus vor der Geißelung . . . Er steht auf, geht auf die Amtsperson zu, die gravitätisch, den Amtsstab in der Rechten, in der Mitte des Kellers steht. Wie der Pater auf sie zukommt, wächst die Person um einiges: »Keine Einmischung, Hochwürden! Ich bin Syndikus Doktor Heidemann. Dies ist eine Amtshandlung. Verdacht auf Hexerei!«

Und nun geschieht etwas, was nicht nur die Amtsperson

verwirrt – es erschreckt auch die Schergen so sehr, daß sie in ihren Verrichtungen innehalten. Spee reißt der Amtsperson den Amtsstab aus der Hand, schleudert ihn zu Boden, stampft mit dem Fuß auf, brüllt: »Ich kann es nicht mehr hören!« Und: »Lassen Sie die Frau in Frieden!« Mehr noch: »Im Namen des Weihbischofs! Ich verbiete Ihnen, diese Frau zu belästigen!«

Die Soldaten, bis auf die beiden, die Barbara festhalten, sind schon wieder die Treppe hinauf. Der Syndikus ist weiß geworden. Hastig bückt er sich nach seinem Stab, mißtrauisch aufblickend, als fürchte er, dieser zürnende Jesaia werde ihm eins übern Schädel braten. Er winkt den Soldaten, sie trollen sich alle drei, schwören wiederzukommen.

Erst als ihre Schritte nicht mehr zu hören sind, wird es Spee bewußt, daß er die Frau umschlungen hält, wie sie ihn. Daß Angst und Erlösung sie zueinandergetrieben haben, so daß sie sich umklammern wie ein Liebespaar. Sanft schiebt er sie von sich. Auf eine seit Jahren nicht gekannte Weise ist er mit sich zufrieden.

Weihbischof Johannes Pelking erhob sich aus den Knien. Er legte das mit bunten Edelsteinen verzierte Missale aufs Betpult unter das metallene Kruzifix mit dem Partikel vom Heiligen Kreuz und trat ans Fenster.

Er lächelte verächtlich, als er an die beiden aufgeregten Männer dachte, die ihn vor wenigen Minuten verlassen hatten. Nur allzu sichtbar war der eine darauf bedacht gewesen, seine weltliche Würde gegenüber den geistlichen Herren zu wahren – und doch schien er tief beeindruckt von Pelkings Gelassenheit. Es fühlte sich ja ein jeder, der dem Generalvikar zum erstenmal gegenüberstand, eigentümlich berührt von diesen erzenen Zügen, die keine unkontrollierte Emotion belebte. Ein Zucken des Mundes, ein Aufleuchten des Blicks wurden dem Partner, selten genug, wie eine gnädige Zuwendung gewährt. Wie bald mußte da ein kleiner eifernder Syndikus unterliegen! Und Rektor Turrianus? Ein flatterndes Vöglein, bemüht, dem hohen Prälaten willfährig, dem Herrn Stadtrat nicht zuwider – und zugleich dem beschuldigten Ordensbruder hilfreich zu sein.

Von solchen Leuten ließ der mächtige Mann, der einst den ketzerischen Rüpeln zu Dortmund die Stirn geboten hatte, seine Pläne nicht durchkreuzen. Und Gott, er hatte es soeben im Gebet verspürt, hieß diese Pläne gut.

Es klopfte. Spee trat ein.

Ohne ein Wort der Begrüßung ging der Weihbischof ihm entgegen, legte ihm die Hand auf die Schulter, machte mit ihm den Weg um den Schreibtisch herum und ließ ihn Platz nehmen.

»Sie wundern sich gewiß, daß ich noch in Hildesheim bin? Leider ist unsere hochwürdigste Äbtissin vorgestern im Herrn entschlafen – Sie haben es natürlich gehört. Und Sie wissen ja, daß die Zubereitungen für das Begräbnis in einem solchen Fall immer ein wenig heikel und langwierig sind. Nun, ich wußte mir die Zeit bis zum Tag der Beisetzung auf das angenehmste zu vertreiben: Ich habe den ganzen Nachmittag in Ihren Aufzeichnungen gelesen. Das soll ja wohl einmal so etwas wie ein ›Tugendbuch‹ werden? Sie wundern sich, woher ich die habe? Eben aus der Hinterlassenschaft unserer gottseligen Äbtissin; Sie hatten ihr unlängst eine Abschrift geliehen. Manches ist mir ein wenig zu eigenwillig, aber das läßt sich bereinigen. Vieles hat mich sehr beeindruckt. So stellen Sie einmal die Frage, wie es Menschen geben könne, die, weil sie nur ihren fünf Sinnen trauen, behaupten, das Heilige Sakrament sei nichts als Brot und Wein, während doch Gott der Herr eindeutig erklärt hat, es handle sich um den Leib und das Blut Christi. Sie haben da eine entwaffnende Antwort gefunden, Spee. Wie heißt sie?«

»Ich antworte: Wie kann man dem Geschöpf glauben – dem Schöpfer aber nicht?«

»Vortrefflich! Und weiter?«

»Sollte denn der allmächtige Gott eher trügen als die fünf Sinne des Menschen? Heißt es nicht die Sinne des Menschen über Gott erheben, indem man *ihnen* glaubt und nicht Gott, der diese Sinne doch erst erschaffen hat?«

»Das ist« – Pelking gewährte dem Besucher ein Stocken seiner Rede, als fehlten ihm, von Spees Gescheitheit beeindruckt, die rechten Worte –, »das ist genau jene Art der Argumentation, welche die Rhetoriker Ihres Ordens sogar den Dominikanern überlegen macht! Ich denke, es wird Ihnen nicht unlieb sein, daß die Kirche ein wachsames Auge auf Ihre geistlichen Extemporale hat. Sie wird Ihnen Lob spenden, wenn Sie es verdienen, und sie wird unnachsichtig tadeln, sollten Sie sich verirren.«

Jetzt kommt er aufs Thema, dachte Spee. Natürlich war ihm bewußt gewesen, was die Glocke geschlagen hatte, als er zum Generalvikar gerufen wurde. Er hatte sich einer Amtsanmaßung schuldig gemacht. Und er hatte nicht erwarten können, daß jener Syndikus den Affront ohne Rückfrage hinnehmen und schon gar nicht, daß der Weihbischof, dessen Autorität er mißbraucht hatte, ihm das durchgehen lassen würde. Im ersten Augenblick, als Pelking von seinen »Aufzeichnungen« sprach, hatte er sogar gefürchtet, der Weihbischof habe Einblick in seine begonnene Schrift gegen die Hexenprozesse genommen.

Pelking saß mit übergeschlagenen Beinen, er hatte den Stuhl zur Seite gerückt, der Schreibtisch trennte sie nicht mehr.

»Ich hörte, lieber Pater, daß Sie sich für eine bedrängte Frau eingesetzt haben.«

»Lieber Pater« – auch das war ungewöhnlich. Es war keine Frage, worauf diese höfliche Einleitung hinauswollte. Ade Corvey, ade Paderborn . . . Hier half nur noch ein mannhaftes Bekenntnis:

»Ja, Exzellenz, das habe ich getan.«

»Sie bedienten sich dabei – so hörte ich – auch meines Namens?«

»Ihres Namens und Ihres Ranges. Ich brauchte in diesem Augenblick eine Autorität. Ich bin nur ein kleiner Mönch; auf mich allein hätte eine städtische Amtsperson nie gehört.«

»Und da dachten Sie, der Weihbischof könnte Sie mit dieser Autorität ausstatten?«

»Ich setzte voraus, daß Sie an meiner Stelle nicht anders gehandelt hätten.«

Jetzt war er zu weit gegangen. Das war schon impertinent.

»Denn Sie setzten sich ja für eine gute Sache ein«, sagte Johannes Pelking, ohne die Stimme zur Frage anzuheben.

»So ist es.«

»›Im Namen des Weihbischofs‹ – so formulierten Sie, wenn ich zutreffend unterrichtet bin?«

»Ich gebe zu, es war . . .«

Pelking fiel ihm ins Wort: »Sie dürfen auch künftig ›im Namen des Weihbischofs‹ sagen, wenn Sie sich für eine gute Sache einsetzen. Auch in Corvey. Dort besonders. Ich ermächtige Sie ausdrücklich: Wenn Sie mit einem Machtwort bewirken können, daß Gutes geschieht, dürfen Sie immer sagen ›Im Namen des Weihbischofs‹. Nur – die Bedingung ist: Sie müssen auch sicher sein, daß Sie sich für eine gute Sache einsetzen. Dies festzustellen, liegt zunächst ausschließlich bei Ihnen. Später jedoch werde ich Ihre Entscheidung überprüfen. Sie werden morgen nach Corvey fahren, mit oder ohne Kopfschmerzen. Gott segne Sie!«

Wie betäubt ging Spee in seine Zelle zurück. Welch ein Mann! Wenn Gott unserer heiligen katholischen Kirche nur mehr solcher wahrhaft apostolischen Persönlichkeiten schenken wollte! Dieser Mann belud ihn – und das ängstigte Spee fast ebenso, wie es ihn beglückte – mit meinem überreichen Vorschuß an Vertrauen. Dieses Vertrauen war wie eine Last. Er würde sie tragen, freudig. Und nie ausnutzen.

Dann fiel ihm ein, daß er sich gar nicht erkundigt hatte, ob die Hebamme nun außer Verfolgung gesetzt war. Aber er beruhigte sich. Die Stadträte würden erfahren, daß er den Willen des Weihbischofs richtig interpretiert und daß er zu Recht in seinem Namen gesprochen hatte. Mit Pelking aber legte sich die Stadt Hildesheim nicht an.

Jütland

Viva la guerra e l'amor

Wahlspruch des Herzogs Franz-Albrecht von Sachsen-Lauenburg

Aber nachdem ihr Adler die Flucht ergriffen hatte, nistete sich der Habicht in ihre Eichwipfel ein und plagte die Vögel des Waldes jämmerlich.

Dänische Chronik

Die Bauern im Lande Thy und Vendsyssel sind ziemlich stark und empfindlich.

Warnung des Feldmarschalls Schlick an Oberstleutnant von Hatzfeldt

Regimentstagebuch

»Agger im dänischen Thy
den 12. Juni 1629

Auf Befehl Seiner Exzellenz des Herrn Feldmarschalls Heinrich Graf von Schlick, Oberbefehlshaber der Kaiserlichen Regimenter des Generalissimus Albrecht von Wallenstein, Herzogs von Friedland und Mecklenburg, haben sich die Regimenter Strozzi mit sieben Kompagnien zu Roß, Breuner mit zehn Kompagnien zu Fuß, Scherffenberg mit sechs Kompagnien zu Roß sowie das unsrige Kürassier-Regiment Seiner Durchlaucht des Herzogs Franz-Albrecht von Sachsen-Lauenburg unter dem Kommando des Herrn Oberstleutenants Melchior von Hatzfeldt hier, an der Westküste Jütlands, zwischen Agger, Stenbjerg und Vestervig, versammelt, um nach nunmehr zwei in Feindesland verbrachten Wintern zum Abmarsch gen Süden zu rüsten.

Auf die Besetzung Jütlands durch deutsche Armeen kann in Hinkunft verzichtet werden, weil, wie Feldmarschall Schlick unseren Offizieren zu erkennen gab, die Friedensverhandlungen mit König Christian erfolgreich verlaufen. Dem Dänen blieb keine Wahl: er mußte zu Lübeck sein Einverständnis mit den kaiserlichen Bedingungen erklären, was ihm nicht allzu schwer gefallen sein mag, da dieselben unverdient milde sind und dem König sein Land belassen.

Oberstleutnant von Hatzfeldt hat für die neun Kompagnien unseres Regiments Abmarsch für heute abend sieben Uhr befohlen. Als letzte hat soeben die 6. Kompagnie unter Rittmeister Ohrenstein Agger verlassen. Aller Kompagnien Ziel ist die Stadt Lemvig, welche sie nach sechsstündigem Nachtmarsch über die Dünen des Aggersands zu erreichen hoffen. Die Bagage auf einhundertzwanzig Wagen wird gemäß ausdrücklicher Order des Herrn Feldmarschalls erst morgen früh unter starker Bedeutung durch Convoi-Soldaten nachgeführt, da mit räuberischen Überfällen der dänischen Bauern zu rechnen ist. Auch unser Stabsquartier wird erst morgen aufgelöst.«

Leutenant Philipp von Kronthal legte die Feder weg, blies auf die noch feuchte Schrift, klappte das Regimentstagebuch zu und schlug es gleich wieder auf. Er blätterte zurück, verweilte da und dort, und als er von all den gravitätischen Militaria genug hatte, nahm er das Buch vom Stehpult, trat ans Fenster, überzeugte sich, daß es nach wie vor regnete, und setzte sich schließlich in einen der letzten noch brauchbaren Sessel. Er hörte, wie Rittmeister Korteck, der Regimentsadjutant, in der Halle die Meldung des zurückgekehrten Streifenführers entgegennahm: Pastor Bollerup Sörensen, der als Vertrauensmann der unruhigen Bauern galt und bis zum Abmarsch der Truppe vorsorglich gefänglich eingezogen werden sollte, halte sich nicht mehr im Pfarrhaus zu Agger auf. Rittmeister Korteck wünschte den Streifenführer samt Pastor zur Hölle, dann war es wieder still im Haus.

Der junge Mann lehnte sich zurück und schloß die Augen. Achtzehn von seinen zwanzig Jahren hatte er umsorgt dahingelebt: als Kind auf der heimatlichen Burg, später, nicht minder behütet, im Mauerfrieden des Tricoronatums, der Kölner Jesuitenschule. Gestrenge Lehrer in schwarzen Soutanen, ein freundlich polternder Regens, ein knitteriger Pater Horn, der nachsichtig weise Professor Spee. Schlafsaalgespräche, Dachbodenheimlichkeiten. Die immerwährende Angst vor der Sünde. Und die Postmeisterei. Die Seligkeit, aushilfsweise Briefe sortieren zu dürfen, wenn Katharina Henot zugegen war. Zu ahnen, was es mit der Liebe auf sich haben könnte. Augen, Stimme, die Provokation ihrer Brüste. Dann über Nacht ein Gerücht: Verdacht auf Hexerei. Satanische Denunziation und die Schlammflut falscher Beweise. Mitschüler Ignaz Eller, verdienstvoller Ketzerschnüffler, weiß guten Rat. Sie versuchen, die Bedrohte nach Holland zu schaffen, nach Oudewater, wo alle ›Hexen‹ einen Freibrief kriegen, der sie außer Verfolgung setzt. Zu spät. Wie sie's ihr freudig verkünden wollen, ist sie schon inhaftiert. Der unentrinnbare Ritus der Hexenprozesse nimmt seinen Lauf. Vom Frankenturm in die städtische Hacht, von der Hacht in den Folterkeller des Kurfürstlichen Gerichts. Dann der waghalsig-wahnwitzige Versuch, die schon Verlorene im letzten Moment zu befreien: Um Mitternacht stürmt Philipp mit einem Häuflein bezechter Studenten gegen eine hellebardenbewehrte Obrigkeit an. Mit Knüppeln dreschen sie auf die Wächter ein. Schon wälzt sich einer im Blut, Kamerad oder Wachsoldat? Er hat's nie erfahren. Katharina haben sie nicht befreit . . . Er sieht sich rennen, hetzen, die Mauer entlang, auf Groß Sankt Martin, aufs Mühlentor zu, erreicht das Fischkaufhaus, schlägt das Fenster ein, tappt im Finstern an Fässern und Tonnen vorbei, springt an der Rheinfront wieder hinaus, jagt am Ufer entlang, schnappt sich ein Boot, gleich haben sie ihn, sie rufen schon, sie schießen auf ihn, er treibt in die Mitte des Stroms, vorbei zieht in schwarzer barbarischer Pracht die nächtliche Stadt. Kugeln klatschen ins Wasser, vor ihm, hinter ihm. Er treibt an Mülheim vorüber, bei Worringen graut der Morgen, bei Benrath trägt's ihn ans Ufer. Durchnäßt, steifgefroren, die Augen vom wütenden Weinen geschwollen, taumelt er über nasse Wiesen zum Dorf. Hier ist Freiheit, ist Bergisches Land, hier kann ihm kein kölnischer Büttel was wollen.

Immer aufs neue in diesen zwei Jahren hat Philipp von Kronthal jene Nacht, in der ein Ehrsamer Rat von Köln die Postmeisterin Katharina Henot aus dem Hachtgefängnis in den Grevenkeller zu Folter und Tod überstellte, in der Erinnerung nacherlebt.

Er schlug sich durch. Vier, fünf Wochen lang zog er durchs Land. Bald bettelnd und streunend, bald auch, ein Adelssöhnchen, von Adligen ausgehalten, auch mal, den Adel verschweigend, beim Bauern zum Heuen und Melken. Bis er nach Würzburg kam. Hier qualmte der Tod. Fürstbischof Philipp Adolf von Ehrenberg läßt Hexen und Zauberer brennen. Nicht, wie in Köln, die eine erst, dann die andere und übers Jahr eine dritte. Hier gleich ein Dutzend, ein Schock – und Woche um Woche: viele hundert zuhauf. Arme wie Reiche, Bürger und Adel, Mönch und Prälat, Jungfrau und Vettel, Mägdlein und Knaben, Knecht und Kanzler. Es lag ein Dunst über der Stadt an solch hohen Tagen festlicher Brände und hing noch folgenden Tags über der Feste Marienberg und stach wie Schwefel in Augen und Nase, und was Wunder auch: Man brannte ja Bräute des Teufels.

Nur weg von Würzburg! Noch einen strammen Wandertag – dann ist er daheim auf Schloß Kronthal. Der Vater umarmt ihn, sie schluchzen beide ein wenig, er erzählt von Köln, von Katharina, beschwört, als der Vater das Haupt wiegt, den klugen Friedrich Spee, den Jesuitenprofessor, seinen Lehrer und Freund. Auch der war von Katharinas Unschuld überzeugt, hat gezweifelt auch an der Rechtmäßigkeit der anderen Hexenprozesse. Der alte Ritter will's nicht begreifen. Sein Sohn – von der Schule gelaufen um einer Hexe willen?

Sie trinken, saufen, brüllen sich an. »Meinst du am End, daß auch hierzulande Unrecht geschieht, hier bei uns im Würzburgisch-Fränkischen, wenn der Herr Philipp Adolf die Teuflischen brennt? Wie? Hältst es, was hör' ich, für – denkbar? Wie denn wohl das, mein Sohn? Lehrten sie euch in Köln auf der heiligen Schule, daß man Bischöfe Mörder heißen darf?!« – »Ja, ja und ja, Mörder!« schreit er den Vater an. Der wird ganz ruhig: »Bedenk dich, Bub, es *muß* doch Rechtens sein! Sie haben den Ratsherrn Gehring verbrannt und dem Domprobst seine Vögtin, den Edelknaben von Ratzenstein und den Apotheker zum Hirsch, das Göbel Babelin, Würzburgs schönste Jungfrau, dazu dem Rat Stolzenberger seine ganze Familie, ja, den Herrn Junker Fleischbaum sogar, denk an! Meinst, das dürfte man tun, wenn's nicht Rechtens wär und dem Herrgott nicht wohlgefällig? Sie konfiszieren den Reichen sogar das ganze Vermögen weg, verwenden's höchst sinnvoll zum Bau von Schlössern und Burgen. Meinst, der Fürstbischof baut sich ein Schloß aus unrechtem Gut?!«

So wird's nur ein kurzer Besuch daheim, ohne Abschied geht er davon: seine zweite Flucht. Und wohin er auch kommt: Sie brennen nicht nur in Würzburg. Es muß ja Schuldige geben an Krieg und Mißwuchs und Pestilenz. Sind's die Juden nicht, sind es die Hexen. Brennt ihr die Schädlinge aus, dann wächst euch das Korn, und der Sieche gesundet, und bald auch schalmeit sich der Friede ins Land!

Katharina . . . Stochern sie zu Köln auf dem Galgenberg in ihrem verbrannten Leib, harken die schwarzen Reste zusammen, grad so wie hier – wo bin ich denn heut? – in Quedlinburg vor dem Angertor?

In Stendal sagt er zu allem ja, als die Werber des Friedland ihn schnappen. Ein fahrender Schüler, ein Studierter? Dann dauert's kein halbes Jahr, und du bist Kornett, drei Monate drauf Leutnant! Topp! Und so kam's: vom Landstörz zum Wallensteinschen Kassierer, das nennt man Karriere. Er lernt Soldat. Wird Waffenmeisters Gehilfe. Lernt, was Küraß und Gewehr ist, Kaskett und Brassat, Culott und Cussal, Karabiner, Pike und Bandolier.

Die ersten Scharmützel. Hauen und Stechen. Nun, endlich, lernt er das Töten. Ist leichter als gedacht. Kornett ist er nun, wird stärker, gewandter mit jedem Tag, kann spucken und fluchen. Neunzehn Jahre.

1628, den 2. September, nehmen sie Wolgast, die Stadt am Baltischen Meer. Die ist nicht wie jene andere mit Ketten an den Himmel geschmiedet, die nicht! Da wird sich der Wallenstein schadlos halten für Stralsund, die Spröde, die sich dem Feldherrn verweigert hat.

Als es vorüber ist, trägt der Herr Regimentskommandeur mit noch zitternder Hand ins Tagebuch ein:

»Alles niedergehauen.«

Das ist sie, die Formel der Kriegsleut für »Ohne Pardon«. Gilt für Krieger und Bürger, für Weib und Kind. »Zu Wolgast alles niedergehauen.« Hingemetzelt wie's hirnlose

Vieh. In Blut und Mordbrennerei ist Philipp von Kronthal nun Mann geworden, fürwahr. Und indem sie allen den Tod angetan, trug er selbst eine Wunde davon: am Oberschenkel ein Loch, als hätten's die Hunde herausgefressen, und so tief, daß du's mit einer Zitrone nicht stopfst.

Sein Truppenteil zieht ohne ihn auf Flensburg, zuvor befördern sie ihn noch zum Leutnant. Er heilt sich in Anklam aus, sitzt nach drei Wochen schon wieder im Sattel. Der Oberstwachtmeister Sirot schickt ihn zum Sachsen-Lauenburgschen Regiment des Oberstleutnants von Hatzfeldt nach Jütland, hoch in den Norden, nach Hjörring, unweit der Jammerbucht. Der kann einen Regimentsschreiber brauchen, es fehlt im Heer an Studierten.

Mit einem Trupp Genesener und Neugeworbener bricht er auf, reitet Tage und Wochen über tischflaches Land, durch Gehölze, die einst Eichenwälder waren, wo nun zwischen Stümpfen krüppelige Kiefern wachsen oder ein mutwillig entfachter Brand verkohltes Dickicht hinterließ. Der ewige Westwind hat die Bäume um die alten Höfe so krumm gebürstet, daß sie ihr Zweigwerk wie schirmend über die Reetdächer recken, und zieht sich am Horizont eine Baumallee entlang, vermeint man in der Dämmerung, es marschiere dort eine Kolonne mit fliegenden Fahnen. – Manchmal reiten sie quer über die Dünen ans Meer. Sie schießen auf Möwen und Seeschwalben und verfehlen sie mit ihren ungefügen Büchsen. Dicht hinter dem Dünenland glänzen Süßwasserseen, dort scheuchen sie Graugans und Bleßhuhn aus dem Schilf. Am Skibstedt-Fjord sind sie selber das Wild, da werfen die Kugeln rebellischer Bauern den jüngsten Kornett aus dem Sattel.

Endlich langt der Trupp in Hjörring an, das liegt nicht weit vom Skagerrak. Dort meldet sich Philipp von Kronthal zur Stelle und bleibt mit dem Hatzfeldtschen Regiment ein halbes Jahr.

Im späten Frühjahr 29 zieht das Regiment aus der Provinz Vendsyssel wieder südwärts den Limfjord entlang zum Thy. Nun plündern sie auch dort die Bauern aus. Der Krieg hat den Krieg zu ernähren, so hat sie's der Friedland gelehrt, so halten sie's treulich bei Feind und Freund.

Dann nimmt auch das ein Ende. Morgen in aller Frühe geht's über den Aggerpaß nach Lemvig. Von dort über Holstebro, Herning, Vejle, Kolding nach Hadersleben. Zurück in die Heimat. Fürs erste.

Philipp stand auf, legte das Tagebuch aufs Pult und trat wieder ans Fenster. Die armen Kerls, die jetzt unterwegs waren! Man hätte auch noch einen Tag warten können. Das stürmte und platschte, heulte im Kamin! Sie hatten schon manchen Sturm überstanden an der jütischen Küste, wo der salzige West auch an Sonnentagen so ruhelos über die Dünen und Fjorde jagt. Ist aber zweierlei: ob man sich ins Quartier verkriecht oder, wie für morgen befohlen, mit einhundertzwanzig Bagagewagen über den Sand marschieren muß, zur Linken das tückische Wasser des Nissum Bredning, zur Rechten die wütende Meeresbrandung. Hilft aber nichts, es führt kein anderer Weg als über den Aggerpaß vom Thy ins mittlere Jütland, man müßte denn übersetzen, das dauert zu lange.

Nun war er mit seinen Gedanken wieder in Dienst und Pflicht, und das war gut. Er war Soldat geworden, um seine Jugend zu vergessen. Er hatte begriffen: Jenes satanische Verfahren, das ihm die geliebte Frau geraubt hatte, stellte, eben weil es grausam und mörderisch war, nichts anderes dar als eines der hunderttausend Exempel, mit welchen die menschliche Gesellschaft sich täglich aufs neue beweist, daß sie für ein friedsames Zusammenleben nicht geschaffen ist. Wie sich das mit der Güte Gottes verträgt, mochten die Pfaffen ertüfteln. Philipp war überzeugt, daß selbst Spee, der verehrte Lehrer, wäre er beim Blutbad zu Wolgast Feldprediger gewesen, mehr Tränen vergossen als Rosenkränze gebetet hätte. Anders als dieser nach Branntwein stinkende Regimentskaplan, den man zur Predigt aus Thistedts Hurenhaus prügeln mußte. Der lamentiert des Sonntags auf annektierter Lutherkanzel vom Gottesgericht und allen sieben Plagen Ägyptenlands, und unter der Woche kontribuiert er sich einen Fettwanst heran.

Philipp spuckte in die Ecke, zog die Feldbinde straff und stülpte sich den verschossenen Hut mit der hochgeschlagenen Krempe auf. In der Wachstube schrieb Oberstleutnant von Hatzfeldt einen Brief nach Köln an den Waffenhändler Hermann Heßling. Philipp konnte die Anrede lesen, als er, vor dem Tisch salutierend, Meldung über den ordnungsgemäßen Abschluß des Kriegstagebuchs erstattete. Es war erst drei Monate her, da hatte der Kommandeur einen Brief von Heßling bekommen und Philipp rufen lassen. Das Schreiben enthielt die Antwort auf eine Frage, die Hatzfeldt dem kölnischen Kaufmann auf Philipps Bitte gestellt hatte. »Traurige Botschaft für Sie«, hatte der Oberstleutnant gesagt. »Die Frau Henot ist in der Tat hingerichtet worden. Schon im Mai siebenundzwanzig.« So wurde Philipp nur bestätigt, womit er längst hatte rechnen müssen. Aber nun war es unwiderrufliche Wahrheit. Er hatte sich eingeschlossen und betrunken. Hatzfeldt, kein schlechter Vorgesetzter, beurlaubte seinen Leutnant für den folgenden Tag. Erst jetzt war Philipp erfahren und verbittert genug, um sich künftig in dieser Welt zurechtfinden zu können.

»Setzen Sie sich«, sagte der Kommandeur und blinzelte in die Kerze. Ohne Licht war an diesem trübseligen Juninachmittag schon nicht mehr zu schreiben. »Sie sehen, ich nehm' Ihnen Arbeit ab. Wenn ich den Heßling nicht von unserem Abmarsch benachrichtige, schickt er mir die angeforderten Sturmhauben, Arkebusen, was weiß ich, am Ende noch hierher! Da würden sich unsere Herren Rebellen freuen, wenn ihnen das Zeug in die Hände fiele!«

Die Inhaber der Wallensteinschen Regimenter mußten für ihre Ausrüstung vom Küraß bis zum Karabiner, von der Kniescheibe biß zum Kaskett aus eigener Kasse Sorge tragen. Dafür stand ihnen dann auch ein hoher Anteil an der Kriegsbeute zu.

»Hören Sie, Philipp«, der Kommandant legte die Feder beiseite, »es wird heute nacht noch hoch hergehen.«

»Daran zweifle ich kaum.« Philipp grinste. Sie würden ungeheuer saufen, und dann würden sie alles kurz und klein schlagen.

»Das meine ich nicht«, brummte Hatzfeldt. Er hielt den Kopf schräg, als lausche er in die Dämmerung. »Ich habe Nachrichten. Den Pastor Sörensen haben wir nicht erwischt. Der hat Lunte gerochen und wiegelt uns in irgendeinem vermaledeiten Fuchsloch die Bauern auf. Heut nacht ist die letzte Gelegenheit, sich an uns zu rächen. Das muß man bedenken. Und das Wetter spielt mit. Hören Sie nur!« Der Regen prasselte an die Scheiben. »Da kriechen unsere Wachtposten unter die Dächer, und bei dem Spektakel hören sie keinen Feind, und käm er mit Trommeln und Pfeifen. Verdammt, Kronthal, ich will nicht noch in der letzten Nacht ein Fischermesser in die Gurgel kriegen. Verkommenes Bauernpack, das! Generalpestilenz! – Aber ganz unter uns: Ich hab heut mal ein bißchen Bilanz gezogen, in Kontributionslisten gestöbert. Wir waren, der Himmel weiß es, nicht eben zimperlich hierzuland. Der Ohrenstein – um nur einen zu nennen von den Herren Rittmeistern: In dreißig Wochen hat er aus einem einzigen Kirchspiel mehr als elfhundert Taler erpreßt. Über tausend Tonnen Roggen, Gerste und Hafer. Dreißig Ochsen dazu!« Er zupfte an seinem blonden Kinnbart. »Ich hoffe, Sie gehen auch nicht ganz arm von hier weg?«

Philipp hob die Schultern. Er hatte hier nichts verloren und nichts gewonnen. Was sollte er auch mit Ochsen und Hafer? Nicht einmal Geld reizte ihn. Er hatte kein Zuhause, beabsichtigte auch nicht, so bald seßhaft zu werden. Vielleicht, wenn sein Vater tot sein würde und Burg Kronthal nicht abgebrannt, vielleicht lockte es ihn dann, auf seine alten Tage, dorthin zurück. Der Krieg würde noch lange dauern, und von Dänemark zog man nach Mantua in einen neuen Krieg, und war das bestanden, dann wartete wohl schon der Schwedenkönig auf würdigen Empfang.

Und weiter resümierte der Kommandant: »Noch letzte Woche hat Rittmeister Mettecoven in Thistedt dreihundert

Taler erpreßt, der Schwarzenberg gar vierhundert Lot an Silber. Oberst Bousmard hat zweihundert Ochsen über die legale Kontribution geschlachtet. In Lyngby haben sie vor acht Tagen dreißig alte Eichen umgehauen.«

»Was bringt ihnen das?« fragte Philipp.

»Nichts. Sie haben nicht einmal mehr Zeit, das Holz nach Holland zu verschieben. Aber, Kronthal, Sie sind doch lange genug Soldat. Es ist absolut sinnlos. Und grade drum macht es Spaß!«

Es war Nacht geworden, und Philipp mußte an die Luft. Im Hause des geflüchteten Barons, wo der Regimentsstab sich einquartiert hatte, in der großen Stube, die sie durch Niederreißen einer Wand noch erweitert hatten, war es ihm zu eng, zu stickig. Der Kommandeur und die meisten Offiziere hielten sich noch tapfer. Aber die Rittmeister Strahlkopf und Koeth lagen, wie man so sagt, unterm Tische, und Oberwachtmeister von Heyking, der morgen den Convoi führen sollte, faselte mit schwerer Zunge von der »Oase Mantua«, wo die Frauen bloßbrüstig unter Palmen wandelten und Freiwild wären »wie eine römische Göttin«. Die Ordonnanzen, als sie die Krüge nachfüllten, schien daß kaum zu beeindrucken, sie kannten Heykings Geprahl. Aber daß es in einen neuen Krieg gehen sollte, war nun auch für sie zur Gewißheit geworden; sie stießen einander heimlich an und machten lange Gesichter, und morgen würde das ganze Regiment wissen, daß es zwar nach Deutschland ging, aber nur durchmarschierenderweis. Des Kaisers Lande sind groß, sein Appetit ist noch größer, und unsere letzte Heimat ist dort, wo Majestät geruht, uns verbluten zu lassen.

Aber der Generalissimus! Was wird denn aus dem? Hatzfeldt, die Arme auf den Tisch gestemmt, hinter ihm an der Wand sein Wappen, ein doppelter Hausanker im goldenen Feld, bringt einen Toast auf den Friedländer aus, den Mecklenburger, wie er ihn vorzugsweis nennt, seit er das Herzogtum hat. Der war dem Kaiser und selbst den Kurfürsten, die ihn allesamt hassen, noch gut genug, den Dänen zu jagen – aber nun, da sie zu Lübeck den Frieden ausgehandelt haben? »Sie werden ihm den Laufpaß geben!« lallt Rittmeister Königseck. »Und uns dazu! Wir alle kriegen den Abschied!« Darüber sind sie in Streit geraten, der Heyking hat sogar blankgezogen, der Königseck glitt auf den Fliesen in einer Bierlache aus und schlug sich die Nase wund. Da trieb es Philipp in die Nacht.

Der Regen hatte nachgelassen, der Sturm nicht. Die Wolken, schwere Placken, schrubbten den Mond, der war wohlgerundet, und wenn sie ihn, selten genug, hervorlugen ließen, leuchteten auch die weißen Blütenmonde der Holunderbüsche auf. Philipp, selbst nicht mehr ganz nüchtern – der jüngste Leutenant mußte vor- und nach- und immer ex trinken –, legte, während er sein Wasser abschlug, das Gesicht in einen Blütenkranz und schnupperte nach dem süßen Duft. Die weißen Blüten, die schwarzen Beeren . . . der Salz- und Tanggeruch der Küste . . . die verschilften Seen, der Zug der Kraniche, uralte Eichenbäume, um die der weiße Flugsand immer höher wächst . . . Er war gerne in Jütland gewesen, hier hatte er Köln und Burg Kronthal und auch Wolgast vergessen, hier hatte er mit keiner Bluttat zu schaffen gehabt.

Seine Hand zuckte zum Degengriff. »Parole?« rief er.

»Salve Regina!« kam es aus der Nacht.

Dann stand der Lutz Keller vor ihm, der blutjunge Sattelknecht des Rittmeisters Fingerling. Was er so spät hier draußen treibe, herrschte Philipp ihn an.

Er mochte das Bürschlein – wie alt kam er sich gegen ihn vor! Etliche stellten ihm nach: ein Mädchengesicht, Haut wie Alabaster, ein Reiterbub »wie knackfrische Dänenbutter«, das sagte Rittmeister Fingerling, ehe sie ihn im Stall überraschten, als er den Burschen sodomistisch bedrängte. Das hätt ihn woanders Rang und Ehre gekostet, aber Hatzfeldt tat's gnädig ab, schickte ihn zwangsweis ins Feldbordell, »die rechte Lieb zu erlernen«. Aber es waren noch andere hinter dem Knaben her, und der lebte nicht schlecht.

Selbst Philipp kam's manchmal an, dem Jungen schönzutun. Er hatte seit Wolgast, als er mit ansehen mußte, wie sie die Weiber spießten, keine Frau mehr berührt.

Lutz hatte Angst. Nicht vor Philipp, nicht vor den Bauern. Vom Nachbarregiment seien einige heut abend noch in die Heide von Ydby geritten. Ja, dort wo die mächtigen Erdbuckel sind, runde Hügel, horizontweit verteilt, und drinnen ruhen riesige Leiber inmitten funkelnder Schätze . . .

»Sie rauben die Gräber aus! Aber sie werden sich rächen!«

»Die Toten?«

»Die Geister der heidnischen Fürsten!«

»Bist selber ein Heide, wenn du das glaubst!«

»Aber Herr Leutenant! In der Öde von Ydby! Die bringt doch ein jeder im schärfsten Trab hinter sich! Bei Nacht noch dazu! Wie es da geistert! Zwerge, Gespenster. Hexen!«

Da schlägt Philipp ihm auf den Mund. Weiß selbst nicht, warum. Das Wort, natürlich, das war's: Hexe – er kann's nicht mehr hören! Traurig sieht ihn der Junge an. Entgeistert, wahrhaftig, Philipp lächelt.

»Nimm's nicht krumm! Aber nichts mehr von Hexen!«

Der Junge nickt und fährt mit dem Handrücken über die Lippe. Hinter ihnen, im erleuchteten Haus, hören sie Hatzfeldt brüllen: »Sie werden ihn brauchen, den Mecklenburger, uns alle werden sie brauchen! Er kommt über See, der Löwe, verlaßt euch drauf, er wartet nur noch auf günstigen Wind, dann hebt er die Pfoten und tappt durch die See, der Löwe aus Mitternacht!«

»Komm mit mir, Lutz«, sagt Philipp. »Wir wollen auf die Düne. Rekognoszieren.«

Der Junge folgt ihm, versöhnt. Eben hat der Herr Leutenant ihn geschlagen – vielleicht, daß er jetzt mit ihm . . . Bei dem Sturm?

Auf dem Dünenkamm erkennt Philipp, daß er sich nicht getäuscht hat. Schon während sie durch den Sand aufwärts stapften, hatte er vermeint, einen rötlichen Feuerschein zu sehen.

»Da! Da!« schreit der Junge und klammert sich an Philipps Ärmel, zeigt nach unten, starrt auf die weißen Gischtflocken, die der Sturm aus den Wogenkämmen reißt und über den glattgewachsenen Strand jagt. Das gab es schon hundertmal zu sehen, aber in der Nacht – nun ja, es sieht schon seltsam aus, wie sie zerfledern und gleichsam sich selbst enteilen . . .

»Kleine weiße Geisterchen – wie?« spottet Philipp. Der Junge schweigt. Denn jetzt sieht auch er im Norden den Schein.

»Verdammt!« schreit Philipp gegen die Brandung. »Das können Bauernsignale sein! So melden sie einander, daß sie bereit zum Aufruhr sind. Wie weit ist das von hier?«

»Vielleicht zwei Stunden. Auf der Höhe von Lodbjerg, schätz' ich.«

Philipp kämpft mit sich. Er müßte zurück, müßte dem Kommandeur Meldung erstatten: Feuersignal, Bauernrebellion . . . Was wird dann geschehen? Hatzfeldt wird den Stab und den Troß alarmieren, jeden Zecher wird er am Kragen packen und rütteln, bis er ihm aufrecht bleibt. Da wird die Trommel gerührt, wird die Trompete schreien. Und dann fallen sie über die Bauern von Agger her, und mögen die auch friedlich in den Betten liegen, sie werden gemetzelt, alle, mit Weib und Knecht und dem Kind in der Wiege. Alles niedergehauen.

Es schüttelt ihn. Nun mahnt auch der Junge: »Wir müssen es melden.«

Meldet er's nicht – und die Bauern wären schon auf dem Wege hierher? Mit Äxten, Forken, Sensen. Es ist ein wildes Nordmännervolk, sie haben vor Zeiten sogar gegen England gekämpft, haben auch ihre Barone zum Teufel gejagt, selbst den Truppen des eigenen Königs haben sie zugesetzt . . . Soll Philipp die Seinen abschlachten lassen?

»Herr Leutenant! Wir müssen es melden!«

»Lauf zu! Melde dem Kommandeur, was du gesehen hast! Sag ihm – sag ihm, ich sei auf Patrouille geritten.«

Das ist die Lösung. Die Offiziere in ihrem Suff werden ihn

auslachen, den kleinen Reiterbuben. Oder er gibt ihnen – auch gut! – ganz andere Gedanken ein . . . Den großen Alarm jedenfalls bringt *der* nicht zustande!

Philipp aber wird sich sein Pferd nehmen und auf Patrouille reiten. Und wenn er weiß, was das Feuer bedeutet, kann er's immer noch melden.

Zwei Stunden von Agger, zwischen Eichen, mauerumfriedet und ganz verloren in den Wanderdünen, stand das turmlose Kirchlein von Lodbjerg, und auf der schönbemalten Kanzel stand Pastor Bollerup Sörensen, unter sich dicht gedrängt an die hundert bewaffnete Bauern, auch viele Weiber dabei. Der streitbare Lutheraner brauchte ihnen nicht vorzubeten, was sie gelitten hatten – und nicht allein unter den Kaiserlichen. Lang ehe die Wallensteiner in Jütland eingefallen waren, hatte Seiner Majestät Christians des Vierten zügellose Soldateska, nach vielerlei Verlust und Niederlage, schon nicht mehr zu unterscheiden gewußt zwischen Freund und Feind. Hatte im eigenen Land gehaust »wie Türke, Heid und Jud zusammen«, jedenfalls kaum respektierlicher als jetzt der Feldmarschall Schlick. Also daß die Kaiserlichen sich nur noch holen konnten, was der Calenberg und der Baudissin übriggelassen hatten, und dies war freilich noch immer genug. Aber schließlich, am Ende ihrer Besatzung, blieb ihnen nur das Letzte vom Letzten, und auch das noch verleibten sie sich ein. Ausgeraubt waren die Ställe, das Vieh auf der Weide geschlachtet, die Mühlen ohne Korn, die Äcker ohne Saat, Häuser ohne Hausbrand, Truhen ohne Tuch und Leinen, ohne Silber und Schmuck.

Nein, er brauchte seine Bauern nicht zu erinnern, der Pastor; er tat es aber doch. Und so scheuchte er die letzten Skrupel und Ängste aus ihrem verbitterten Gemüt:

»Frongeld, Strafgeld, Kontribution, Einbruch und Raub! So geht es nun seit zwei Jahren. Nicht den Kelch in der Kirche und keine erzene Glocke, ja, nicht das silberbestickte Band an der Wiege hat sie verschont, die Papistenbrut! In

Hjörring die Bürgerfahne vom Maste geholt, in Boller und Vjenneberg unser letztes Pulver gestohlen, den Bürgermeister von Aalborg nach Norwegen gejagt, zu Vreilev drei Bauern verhaftet, gestreckt und peinlich aufs schärfste befragt, zu Kolding gar acht Freiheitskämpfer *gerädert!* Und zugleich doch immer von euch verlangt, das Feld zu bestellen! Wo doch keine Saatgut vorhanden, keine Egge, kein Pflug! Und habt ihr euch auf die Äcker gewagt – schon kam eine fliegende Rotte daher, hat euch geprügelt, geprellt und gestäupt und eure Weiber geschändet! Zu Thistedt der Rittmeister Mettecoven, der gotteslästerliche Pfaffenknecht, hat es erst gestern beschworen: Anzünden will er die Stadt an ihren vier Ecken, so ihm die Bürger nicht auch den letzten Zinnkrug noch kontribuieren! Ihr aber wißt es«, schloß Sörensen, »es haben ein jedes Ding und eine jede Tat ihre Zeit und Weise, wie denn geschrieben steht beim Prediger Salomo. Es ist eine Zeit, geboren zu werden, und eine Zeit, zu sterben. Eine Zeit zu reden und eine Zeit zu schweigen, eine zu weinen und eine zu lachen. Heute, ihr Männer vom Thy, ist die Zeit, sich zu rächen! Bald haben wir Sonnenwende. Post nubila phoebus!«

Sie verstanden ihn. Auch das letzte, gerade das. Sie hatten gelernt, geduldig auf die Sonne zu warten, die Söhne des nordischen Nebels. Und Pastor Sörensen hatte vor Monaten schon den Spruch zur geheimen Losung erklärt: Die Sonne wird den Nebel bezwingen. So würden sie siegen!

Aber dann, als sie ihre Sensen und Forken grimmig gegen die von Balken getragene Decke schwenkten, die heimlich bewahrten Piken und Feuerrohre über die Schultern legten und im Fackelschein aus der Kirche in die Nacht drängten, den trunkenen Feind zu metzeln – da warf sich vor dem Glockengerüst ein klatschnasser Reiter vom Roß. Sie schlossen den Kreis um ihn, und er schrie: »Ein Schiff! Ein großes Schiff treibt auf den Strand! Kommt alle, kommt!«

Am Strande bei Lodbjerg im verfallenen Küstenfort waren

sie aus den Betten gefahren: die Fischerfamilie Torstenson und ein paar Bauern von Tolböl am Fladesee, denen die Kürassiere des Hatzfeldt das Dach überm Kopfe angezündet hatten, also daß sie hatten Notunterkunft suchen müssen im ehemals wehrhaften Mauerwerk. Vom Sturm schon lang um den Schlaf gebracht, spitzten sie nun zum Geläut hin die Ohren, denn wahrlich: *Den* Ton kannten sie und träumten von ihm manche Nacht: Schiffsglockengeläut in höchster Seenot – und gleich darauf drei Kanonenschüsse! Vielleicht aber auch, daß die alte Prophezeiung sich nun erfüllen würde: In Jütlands höchster Not werde ein Geschwader silberschnabeliger Schiffe übers Meer kommen, und in der »Schlacht von Vendsyssel« werde der Feind aus dem Lande gejagt?

Sie rannten zum Vorwerk, breitbeinig hielten sie stand dem Sturm – und schon schwankte es leuchtend heran durch die brüllende Nacht mit illuminiertem Achterkastell, als wär auf dem Schiffe ein Fest zugange. Aber es war ein Feuerbrand, der hinter den Fenstern glomm; und bald warf er seinen Flackerschein auch auf den Strand.

Nun wagte man ein verzweifeltes Manöver auf dem Schiff: Die Matrosen ließen ein Boot herab. Es saßen aber nur drei Männer darin, und kaum hatte der Kahn das Wasser berührt, verschlang ihn eine Woge, kieloben tanzte er auf dem Kamm der nächsten, die drehte ihn abermals um – nun saß keine Seele mehr drin! – und schleuderte ihn gegen die Bordwand, wo er zerschellte.

Hatte die Dünung das Schiff gebeutelt, der Weststurm es strandwärts getrieben – die Brandung schlug es nun vollends entzwei. Der Großmast war schon gebrochen, das Marssegel schlappte mittschiffs über Bord, die Stückpforten waren aufgesprungen, sie hielten dem Druck der rutschenden Kanonen nicht mehr stand.

Ein Ostindienfahrer, bewaffnet gegen Piraten? Ein Orlogschiff? Ein Holländer jedenfalls: Am Kreuzmast wehte die Flagge: rot-weiß-blau.

Endlich, mit Fackeln und Laternen, keuchten auch die

Verschwörer von der Lodbjergkirche heran. Da blickten die Leute vom Fort nicht eben freundlich, denn nun war der Segen zu teilen. Jedoch: Wenn das Schiff von Ostindien kam, brachte es genug für sie alle: Gewürze, Schmuck und schillernde Chinaseide, vielleicht war auch eine bräunliche Sklavin an Deck?

Ein Ostindienfahrer? So sah es nicht aus. Das spitze Heck, das enge Achterkastell – das ist eine schlanke Fleute, kommt aus Seeland vielleicht, auf Heimfahrt nach Rotterdam oder, andersherum, nach Kopenhagen?

Ächzend hatte das Schiff sich auf die Seite gelegt, die Brandung schlug bis hoch hinauf in den reich vergoldeten Heckpavillon. Das zischte und qualmte, und klatschend brach die schaumige Flut in die entglasten Fenster, schleppte im Rücksog Hausrat, Tischbeine, Krüge heraus, dicke Balken wirbelten auf den Wogenkämmen und schossen hinaus in die Nacht, und dann stießen und zerrten die Wellen das ganze Kastell entzwei, bald würde auch der Rumpf nur noch ein Spantengerippe sein.

Und die Menschen an Bord? Noch regten sich im Feuerschein Gestalten, suchten mühsam Halt auf den steilschrägen Planken, schrien auch wohl – aber wer hörte das, da selbst der Schrei der kreisenden Möwen nicht zu vernehmen war. Verzweifelt winkende Arme – langes, flatterndes Haar. Ein Weib. Eine Frau war an Bord!

Einige krempelten die Hosen hoch, tapsten ins Wasser. Vom Schiff flog ein Seil, man knüpfte ein zweites daran, schlang es um einen Pfahl. Allmählich schien sich die See zu beruhigen. Vom kleinen Hafen unter dem Vorwerk näherte sich ein Boot dem Wrack, das lag nur noch einen guten Steinwurf vom Ufer entfernt. Am Seil entlang hangelte sich als erste die Frau, ließ sich in Männerarme fallen, die setzten sie auf die Bootsbank, warfen ihr eine Jacke über die frierenden Schultern. Dann ließen sich vier Männer über den Schiffsrumpf gleiten, zwei weitere kamen übers Seil. Das waren schon alle, die überlebten.

Sie ruderten strandwärts, ließen die Schiffbrüchigen

erzählen, obwohl sie nicht viel verstehen konnten in Wind und Brandung. Jawohl, ein Holländer. Unterwegs von Rotterdam nach Kopenhagen. Der Kapitän mit zwei Offizieren, wohl betrunken, in der Kajüte verbrannt. Drei Passagiere hätten sich sofort ins Boot geflüchtet. Da wäre wohl Platz für ein Dutzend gewesen. Aber sie hätten ja nur an sich gedacht, Feiglinge die. Ein feiner Mijnheer aus Utrecht habe nicht einmal warten wollen, bis . . . Der das erzählte, warf einen Blick auf die frierende Frau und verstummte. Die saß vornübergebeugt, wie verkrümmt, das klatschnasse schwarze Haar verdeckte ihr Gesicht wie ein Witwenschleier.

Man brachte die Schiffbrüchigen aufs Vorwerk, wo sie sich an einem Feuer wärmen konnten. Man suchte nach trockenen Kleidern, Tüchern, Decken. Die Menge unten am Strand vertäute das Wrack noch fester, und einige fanden, als mit beginnender Ebbe Brand und Brandung sich legten, mit Booten und Seilen einen Weg hinüber und begannen die Beute zu bergen, die ihnen nach uraltem Strandrecht gehörte.

Auf dem schmalen Landstreifen zwischen dem Meer und der stillen, schilfumwachsenen Spiegelfläche des Fladesees band Philipp sein Pferd an einen gefällten Eichenstamm. Nur noch ein paar Dünenhügel, Dünenschluchten trennten ihn von Strand und Brandung. Er legte die Hand an den Degengriff, daß er nicht über die Waffe stolpere. Durch den lockeren Sand stapfte er aufwärts. Als er die Höhe erreicht hatte, vor sich die rückwärtigen Mauern des verfallenen Küstenforts, sprang ihm der Sturm ins Gesicht. Zwischen den Zinnen loderte vom Meer her ein Feuer. Was am Strande vor sich ging, war nicht auszumachen; der Hauptbau des Kastells versperrte ihm die Sicht. In den Aufruhr der Wellen mischten sich Rufe und immer wieder ein langgezogenes Knarren und Ächzen. Ein brennendes Schiff war gestrandet.

Philipp ahnte, vor welchem Schicksal dieser Schiffbruch

die Seinen bewahrt haben mochte. Jetzt hatten die Bauern von Lodberg und Tolböl was Besseres zu tun; an Rebellion war nicht mehr zu denken.

Vorsichtig robbte er über den Dünenkamm und kauerte sich in eine flache Mulde, von hier aus hatte er gute Sicht. Noch blieb das Wrack hinter dem Vorwerk verborgen, aber unter dem Mond, der die Wolken jetzt immer öfter bezwang, war eine kleine Völkerschaft unterwegs in gegenläufigen Strömungen: Die einen näherten sich, in die verrinnende Brandung patschend und tiefer in die Flut watend, einem unsichtbaren Ziel, andere kamen mit geschulterten Bündeln und Kisten, schleiften Säcke, Truhen, Stangen, Stühle und Tische hinter sich her. Sie überließen das aufgetürmte Gut der Obhut ihrer Frauen; die standen unbeweglich wie Gallionsfiguren, ihre Vogelaugen unter dem flatternden Kopftuch hielten Ausschau nach neuer Beute.

Philipps Auftrag, den er sich selbst erteilt hatte, war erfüllt. Er konnte zurückreiten und seinem Kommandeur melden (falls der noch fähig wäre, ihn anzuhören), daß ein Schiff gestrandet war und die Bauern sich darüber hergemacht hatten. Mehr wußte er nicht. Auch nicht, unter welcher Flagge es fuhr. Doch wenn er sich, um mehr zu erkunden, unter diesen Strandräubern blicken ließ, war er so gut wie tot.

Er mußte noch näher an die gemauerte Bastion herankommen, vielleicht, daß er dann ein paar Brocken aus der Unterhaltung der Schiffbrüchigen auffangen konnte. Er versuchte es, ließ sich die Düne hinunterrollen, schlich dicht an der hinteren Umfriedung des Forts entlang; jetzt trennte ihn nur noch die Mauer vom Lagerfeuer, das sie dort entzündet hatten. Das war kein Dänisch, was er da hörte! Das war Holländisch, ohne Zweifel. Eines von vielen Schiffen also, die zwischen Rotterdam und Kopenhagen pendeln. Von den calvinischen Generalstaaten durch den Skagerrak nach dem lutherischen Seeland. Man liebt sich nicht sonderlich, aber der Handel floriert.

Da huscht zwischen Zinne und Zinne eine Gestalt vorbei!

Eine Frau. Sie wirft im Laufen den Kopf zurück, ihr langes schwarzes Haar enthüllt das feine Profil. Er meint sich zu erinnern . . . An wen denn nur?

Er tastet sich an der Mauer weiter, rutscht immer wieder mit den Füßen am sandigen Steilhang ab, reißt sich den Nagel ein, als er in eine Fuge greift. Dann, an die Steine gepreßt, verharrt er atemlos. Dort, wo der Mauerkranz ganz zerfallen, zerbröckelt ist, übersteigt ihn die Frau, balanciert über das Geröll, macht noch ein paar Schritte über den Dünensand. Dann neigt sie sich vor und drückt die Hände an den Leib. Es ist mehr ein Würgen als ein Brechen.

Plötzlich überschreitet das Mondlicht ihn gnadenlos. Sie wischt den Mund, dreht sich um, sieht den Mann an der Mauer.

Und er sieht Giertchen Kessenich.

Und sie sieht ihn, erkennt ihn.

Er legt den Finger an die Lippen und flüstert: »Verrat mich nicht!«

Sie ist klein und zierlich. Hat schwarzes Haar, blaue Augen, einen olivfarbenen Teint. Die Tochter vom Buchhändler Kessenich aus der Lintgasse zu Köln! Couragiert wie damals – couragiert selbst noch in Not und Verlassenheit: Kaum erschrocken, geht sie auf ihn zu, der sich nicht aus dem Schutz der Mauer wagt, faßt ihn an den Schultern, legt für einen Herzschlag ihr Gesicht an seine Brust.

»Giertchen«, sagt er fassungslos. »Giertchen . . .«

»Soldat?« fragt sie. Er ist einen guten Kopf größer. Sie betastet die Schärpe, den Koller.

»Leutenant«, sagte er. Als ob's darauf ankäme.

Er kapiert es noch nicht. Giertchen Kessenich. Keine sechzehn war sie damals, als er mit seinem Schulfreund Ignaz Eller heimlich das Schiff im Mülheimer Hafen bestiegen hatte, wo die verfolgten Calviner ihre Morgenandacht hielten, ihre Ketzermesse, die verruchte. So streng dachte er damals – heute nimmt er's nicht mehr so genau.

»Es geht dir nicht gut?«

Sie schüttelte den Kopf. »Ich bin schwanger.«

Warum enttäuscht mich das? Ach was, ich find's nur – unziemlich. Schamlos. Gleich in der ersten Minute ein Frauengeheimnis *mir* – einem fast fremden Mann? Wirklich so fremd? Hab' doch einmal mit ihr geschlafen – im Traum. Aber davon ahnte sie nichts. Was hab' ich mir für Gewissensnot gemacht, dummer Bub, der ich war! Liebte Katharina Henot – und träumte brünstig von Giertchen Kessenich. Zwiefach mit Schuld beladen: Nicht nur sündhaft begierlich – auch noch untreu? Aber Pater Spee hat geschwiegen, nur gelächelt. Wie hat mich dies Lächeln befreit nach der schweren Beichte . . .

»Wo ist dein Mann?«

»Ertrunken.«

Vergeblich suchte er in ihrem Gesicht ein Zeichen von Trauer, von Verzweiflung. Und ich? Hab' ich nicht eben so etwas wie Freude empfunden?

Wer war ihr Mann? Wie kommt sie nach Holland? Warum ist sie nicht verstört, da doch der Vater ihres Kindes ertrunken ist? Was wollte sie auf See?

Was wird nun aus ihr?

Fragen, die er nicht stellt. Er weiß nur, daß dies ein seltsamer Zufall – mehr: eine Fügung ist. Einmal hat er mit ihr ein Schiff verlassen, damals hatte sie ihn aus Lebensgefahr errettet. Heute wird er sie von einem Schiff herunterholen: von einem gestrandeten Leben, wie's scheint.

»Komm!« Er faßt sie fest an der Hand. Wundert sich nicht, daß sie ohne Widerspruch folgt. Sie stolpern, springen, rutschen über die Dünen. Schon blinkt der See zu ihren Füßen. Kein einziges Mal sieht sie sich um. Das Pferd schnaubte. Er holt die Flasche aus der Satteltasche, läßt sie dran riechen: Rum. Sie wird verzichten? Da nimmt sie ihm die Flasche aus der Hand, setzt an, trinkt wie ein Mann. Er sieht sie vor sich auf dem Galvinerschiff: wie sie den verbotenen Laienkelch empfängt, ansetzt zu einem langen Zug. Die säuft ja, dachte er damals. Und: So trinkt man nicht Christi Blut!

Er rührt an ihren Ellbogen. »Es könnte deinem Kind schaden.«

»Ich will es nicht haben!«

Er hebt sie auf den Sattel. Sie reiten nach Agger.

Sie redeten wenig. Er erfuhr immerhin, wie sie nach Holland gekommen war. Als ein Ehrsamer Rat zu Köln alle Bürger calvinischen Glaubens aus der Stadt gejagt hatte – so Simon Pedius, den Zinngießer, so Gottfried Königshoven, den Schneider, und viele andere mit ihren Familien, so auch den Buchhändler Kessenich mit Frau und Tochter –, gelang es ihnen, nach Wochen des Herumirrens, ins Holländische, ins Land ihrer Glaubensgenossen, zu entkommen. Dort hatte Giertchen auf Drängen des Vaters, dem eine Geschäftsgründung mißraten war, den reichen Mijnheer van der Stoel, einen viel älteren, durchaus ungeliebten Gewürzkaufmann, ehelichen müssen. Der sorgte dafür, daß sie bald schwanger wurde, und als er sie aus Eifersucht auf eine Einkaufsreise für die Ostindische Kompagnie nach Dänemark mitnahm, brachte er sich als erster, und ohne auch nur nach seiner Frau zu rufen, vor der wütenden See in Sicherheit. So wähnte er.

Philipp verstand jetzt, warum sie keine Träne vergoß. Und ihr Kind? Nun, dachte er, wenn es erst da ist, wird sie's schon lieben.

Ehe die Herren Offiziere sich berauscht zur Ruhe gelegt hatten, war es ihnen, nach Lutz Kellers Meldung, doch noch eingefallen, ein paar zusätzliche Posten aufziehen zu lassen. Philipp wurde vor dem ersten Haus angerufen: »Parole?«

»Salve Regina!«

Der Soldat salutierte und grinste. Sieh an, der sonst so sittenstrenge Herr von Kronthal . . .

Er führt das Pferd in den Stall. Sie wartet vor dem Haus, in dem die Herren vom Stab ihre letzte Nacht in Agger verschnarchen; man hört's weit hinaus. Schwerfällig, tief erschöpft, läßt sie sich nieder auf den steinernen Stufen zum Portal. Ausschweifend duftet der Holunder.

Als Philipp zurückkommt, zittert sie vor Kälte. Er überlegt: Wo schaff' ich sie hin? Der alte Edelsitz, der ihnen als Regimentsquartier dient, ist wie ausgestopft mit Menschenleibern; die Gäste von heute abend sind gar nicht mehr in ihre Unterkünfte zurückgekehrt. Sogar auf den Tischen liegen sie, betäubt vom Abschiedssuff. Und in wenigen Stunden soll Aufbruch sein.

Er will sich noch einmal umtun im Haus, aber schon im Flur liegt Erbrochenes. In den Stall, auf den Heuboden, entscheidet er. Da ist es am wärmsten.

Als sie die Leiter hinaufklettern, er voran, verfehlt sie eine Sprosse, er greift hinter sich, erwischt ihren Arm, rührt auch an ihre Brust. Ihm werden die Knie weich. Was bin ich für ein Mann, denkt er.

Oben tasten sie sich über die knarrenden Bohlen durch die Finsternis, werfen sich erschöpft ins Stroh, kuscheln sich hinein mit geziemendem Abstand, aber doch so, daß einer des anderen Atem spürt.

Ein bißchen »Wie ist's dir ergangen?«, ein bißchen schläfriges »Weißt du noch?«. Da hat er nun eine kleine Frau Mijnheer, oder wie sie's dort nennen, und sie ist schwanger von einem ungeliebten Mann. Damals, vor zwei Jahren in Köln, war sie ein kesses Ding, eben Giertchen Kessenich, und hatte die beiden Jesuitenschüler verspottet – aber immerhin: Erst einmal hatte sie ihnen das Leben gerettet, als Philipp und Ignaz von Giertchens mordwütigen Glaubensgenossen im Rhein ersäuft werden sollten. Da war sie denen in die Parade gefahren – ein zürnender Erzengel ist nichts . . .

»Weißt du noch?« murmelte er. »Die Chinesen?«

Damit hatte sie die arroganten Jesuitenschüler aufgezogen. »Lernt erst einmal Chinesisch, eh ihr die Chinesen bekehrt!« Sie befahl ihnen, ihren Glaubensdünkel zu mäßigen.

»Hier bei uns Wallensteinern geht's auch ganz schön chinesisch zu«, warnt er, schon halb im Schlaf.

Im Morgengrauen erwachte er, sieht die mädchenhafte

Frau neben sich, betrachtete sie eine Viertelstunde. Dann wird das Verlangen übermächtig. Er nestelt ihr die Bluse auf, tappt mit seinen noch immer ungeschickten Burschenhänden über die nackten Brüste. Sie kommen ihm entgegen. Er sieht, wie ihr Mund sich verzieht – ein schmerzliches Lächeln, aber doch ein Lächeln.

Corvey und Paderborn

Mich packt immer wieder das Staunen, wenn ich bedenke, in was für verdorbene Zeiten wir geraten sind.
Alles ringsum ist erfüllt von Ehrabschneidung und Verleumdung.
Überall wird das Gift des leichtfertigen Aburteilens ausgestreut, und das ist jedenfalls um so schändlicher, je heimlicher und ungestrafter es geschieht, während die Obrigkeit schläft.
Die Zischeleien schleichen durch Häuser und Städte, eine gesellt sich zur anderen, bis sie allmählich stark genug geworden sind als ein offenes Gerücht aufzutreten, von dem aber dann keiner weiß, wer seine Urheber waren.
Und nicht einmal dann wacht die Obrigkeit auf, um nachzuforschen, wer den Pesthauch verbreitet hat – nein:
Auf das Brausen des bastardischen Geredes wappnet sie sich gegen alle die, welche dieses verbrecherische Geschwätz angeschwärzt hat, forscht nach, fängt sie, foltert sie und will sie um jeden Preis schuldig haben.
Eine Schande ist das!

Friedrich Spee
»Cautio Criminalis«

Corveyer Tagebuch

»Corvey, am 22. Juli 1629, dem Tag der heiligen Maria Magdalena.

Dank meinem Herrn und Gott, daß er mich wieder heil an Leib und Seele gemacht hat! Dank ihm und dem gehorsamen Vollstrecker seines Wilens, Johannes Pelking, der mir kein friedliches Refugium im Klostergut Falkenhagen zuwies, sondern mich nach Corvey zu den Benediktinern schickte, damit ich mich wiederum als Missionar bewähren kann. Nein, mir stockt die Feder nicht bei diesem Wort. Ist mir doch seit dem Tage meiner Ankunft, als sei ich unter die Heiden gefallen, oder doch wie Joseph unter die feindlichen Brüder, und der Brunnen, darein sie mich werfen werden, sei nicht mehr weit. Doch wie ich auch dem ungläubigsten Türken, so er nur vor dem Sterben zur Taufe bereit wäre, das Himmelreich prophezeien würde, so will ich auch diesen verirrten, verstockten, lasterhaften, ganz und gar leichtfertig-schwächlichen Toren im Mönchsgewand die Hoffnung nicht rauben, daß auch sie noch selig werden können.

Corvey, Pflanzstelle der ehrwürdigen Abbaye Royale zu Corbie in Frankreich! Welch stolze Geschichte, welch glänzende Reihe hochbegabter Äbte, wieviel dienende Treue unter der Regel des heiligen Benedikt! Ora et labora. Was aber finde ich hier vor? O Traurigkeit des Herzens, Betrübnis bis ins Mark! Wenn hier einer betete, so könnten's nur wortlose Schreie aus tiefstem Stand der Sünde sein. Und Arbeit? Erst wenn die Kühe vor Euterqual brüllen, macht Bruder Cosmas sich mit dem Eimerwägelchen auf, schüttet, betrunken, die Hälfte daneben und denkt nicht an den Hunger im Land.

In der ersten Nacht erwachte ich von Fiedeln und stampfenden Schritten, tappte durchs Dormitorium, dort schnarchten nur zwei oder drei, wo waren die anderen? Im

Kreuzgang tanzten sie um den Brunnen herum, betrunken natürlich, und junge Weiber aus Höxter dabei – ich schreib's nicht nieder, was ich dann noch sehen mußte. Auch ich bin nicht aus Stein gemacht, weiß, wie Begierlichkeit tut. Aber wer hat sie gezwungen, Mönch zu werden? Was sprangen sie nicht aus der Kutte vor den letzten Gelübden, wenn sie das Fleisch so sticht?

Und ich? Was alles traut der Weihbischof mir zu? Ketzer bekehren ist, fürcht' ich, ein Kinderspiel gegen das Werk, das er mich hier verrichten heißt. Denn der Ketzer, selbst er, glaubt an Gott, wenn auch auf falsche Weise. Aber diese? Diese verwahrlosten struppigen Gesellen haben sich offenbar verschworen, mich gar nicht wahrzunehmen. Spreche ich einen an, macht er auf dem Absatz kehrt oder schüttelt mit nachsichtigem Lächeln den Kopf, als sei ich ein im Geiste Verwirrter aus dem Hundsspital.

Ich muß behutsam sein, das vor allem. Muß Freunde suchen. Muß mich überwinden, ein wenig mit den Wölfen zu heulen nach paulinisch-apostolischer Art.

Fand die Nacht keinen Schlaf mehr. Kopfweh. Frau Barbara ist weit.

Wenn ich am allerschwächsten sein werde, wird Gott mir am allergewissesten beispringen.

Ich muß am ›Tugendbuch‹ weiterschreiben. Vielleicht fallen mir einige durchtriebene Methoden ein, die wilde Rotte zu zähmen. Gewürm und wilde Rott' . . . Der Herr hat mir schon aus schlimmerer Not geholfen.

Corvey, am 29. Juli 1629, dem 7. Sonntag nach Trinitatis.

Nach dem, was ich in den letzten Tagen erfahren mußte, hätte ich nie geglaubt, daß dieser verrottete Haufe einem Abt untersteht, mehr noch: daß dieser Abt auch zugegen ist! Freilich, Pelking hat es gesagt – und *wie* er es sagte! Und nun, nachdem er von einer Reise zurückgekehrt ist, sah ich diesen Abt, habe ihn gesprochen!

Ich war zum Gestade ausgerissen, wo der Weserstrom sich durch eine liebliche Flur wälzt, breit und prächtig behaglich.

Am anderen Ufer hockten Fischer mit der Angel, einige warfen von ihren Booten Netze aus; hier soll's, ehe der Krieg begann, von Hechten und Barschen gewimmelt haben.

Es war ein güldener Spätsommertag. Wollte Gott, mein Tugendbuch, das ich – der Herr kennt meine Eitelkeit – ›gülden‹ nenne, schenkte dem Leser solche Früchte, wie sie der uralte Birnbaum vor dem hinteren Mauertor trägt.

Erde, du furchtbare Mutter aller Kreaturen, wie schön bist du, wenn Frieden ist! Ihr feuchten Wiesen, ihr feisten Äcker mit Weizen und Roggen, Gerste und Hafer. Ihr vielhunderttausend Malter Äpfel und Birnen alle Jahr, Kirschen, Pfirsische, Zitronen, Quitten. Ihr Bäume und Stauden, Pflänzlein und Blumen, Kraut und Unkraut. Ihr tausend, abertausend Zentner Metall und Erz, Eisen, Kupfer und Zinn, Blei, Gold und Silber, edles und unedles Gestein, Kohle, Schwefel, Salz und all ihr wunderbaren Mineralien. Und ist doch alles, alles nichts gegen Gottes und seiner Engel Herrlichkeit!

Ich war also am Westufer. Nachdem kurz zuvor gut zwanzig von den drei Dutzend rüder Mönche zu erkennen gaben, daß sie mich nun doch wahrzunehmen geruhten, indem sie mein Predigen und Einreden verlacht, einige mich sogar gerempelt und bespien hatten, nahm ich mir die Freiheit, längs der Mauer, die von den Türmen der Abteikirche überragt wird, zu flanieren. Entspannt die Arme schlenkernd, bald einen Vers skandierend, bald stumm nur schauend, wie – es war am späten Nachmittag – die ersten Nebel stiegen. Wenn ich Gott – so dacht' ich zwischendurch – nur vier, nur drei von diesen Mönchen rückgewönne – ich wär's schon fast zufrieden. Fragt sich, ob Pelking *auch* . . .

So schlenderte ich dahin, da kommt um die entfernte Mauerecke mir ein Mönch entgegen. Nicht in würdeloser Hast, nicht affig tänzelnd, wie man's hier gewohnt ist, sondern gemessenen Schrittes wie ein Bildermönch, gesammelt, sinnend, den Kopf geneigt: benediktinisch. Johann Christoph Brambach, der Abt von Corvey!

Corvey, am 1. August 1629, Vincula Petri.

Ich stehe nun, da ich Brambach kenne, nicht an, ihn den bemerkenswertesten aller Klostergeistlichen zu nennen, die mir begegnet sind – und den unberufensten zugleich. Knapp über sechzig, wurde der Probst zu Marsberg vom Kapitel der Bursfelder Congregation nach Recht und Regel zum Abt von Corvey gewählt. Ein hochgelehrter Mann und, obwohl er bislang noch nie seine Kutte getragen hatte, ein überzeugter Jünger des heiligen Benedikt. Keine vier Tage sind vergangen, seit ich ihn am Ufer traf, und viele Stunden schon haben wir diskutiert. Er liest, betet, schreibt, denkt, redet, wenn er denn einen findet, mit dem sich reden läßt, lebt keusch und gottgefällig, schätzt den Wein und meidet blähende Speise. Den schon ganz weißen Bart trägt er wie eine weltliche Standesperson: über den Lippen gezwirbelt, unterm Kinn spitz auslaufend. Auch mein Vater, als er Amtmann auf Schloß Kaiserswerth wurde, frisierte sich so, und väterlich mutet mich auch Brambach an. Das Gesicht ist fein modelliert, die Haut erscheint blaß und an den Lidern wie transparent, die glatten Wangen aber sind jugendfrisch gerötet. Jung, unglaublich jung für einen Sechziger sind seine blauen Augen. Wie leicht spricht man doch von einem ›leuchtenden Blick‹. Wie aber soll man dann Brambachs nennen? Man sagt, Frauen, wenn sie eheliche Gemeinschaft gepflogen haben, bekämen glückliche Augen. Aus dem Glück der Vereinigung kommt auch dieses Mannes Blick. Er muß wahrhaftig schon hier auf Erden in Gott selig sein. Und seit ich ihm zuhören darf, weiß ich, daß es so ist.

Denn ich höre ihm zu. Er weiß so viel von allem, was diese Welt immer noch schön macht. Was dünken wir Theologen uns doch so gescheit, wenn wir unseren heiligen Thomas, unseren Aristoteles intus haben. Wie viele gehen mit verschlossenen Augen und um so höher erhobener

Nase durch Gottes irdischen Paradiesgarten. Brambach nicht.

Corvey, 3. August 1629, Iuventio Stephani.

Ich gedenke, morgen dem Abt ins Gewissen zu reden. Mit den Mönchen geht es nicht so weiter. Fast jede Nacht tanzen und huren sie, schweifen bis zum Morgengrauen nach Höxter aus, einige baden nackt in der Weser, manche verschwinden für Tage, kehren aber – was Wunder in dieser Zeit! – immer wieder zu unseren Fleischtöpfen zurück. Ein im Hirn etwas beschränktes, treuherzig dienendes Wirtschafterpaar kocht für die Mönche, auch für mich, und macht ihnen gelegentlich die Wäsche, sofern sie ihre schmutzigen Lumpen einmal ausziehen sollten. Keine Andacht, kein Chorgebet und – wahrlich unvorstellbar! – auch sonntags keine Heilige Messe! Kein Ketzer könnte sündhafter leben. Natürlich bitte ich allsonntäglich zum Tisch des Herrn, läute selbst die Glocke, spende dem Dienerpaar die Heilige Speise. Die Mönche in rätselhafter Verstocktheit lassen sich gar nicht erst blicken. –

Brambach glaubt entdeckt zu haben, auf welche Weise das Blut zum Herzen und wieder hinaus in all die Äderchen und Adern fließt. Er kennt die planetarischen ›Gesetze‹ eines Astronomen namens Kepler und hat sie mir interpretiert. Auch sie bestätigen, gleich einer jeglichen Pflanze, die sich nach dem ihr eingegebenen Muster entwickelt, wie auch in himmlischen Sphären die Dinge und Wesen Gottes Geboten gehorsam sind. Brambach gab mir auch ein Buch von Professor Adam Tanner, dem großen Ordensbruder aus Ingolstadt: ›Universalis Theologia Scholastica.‹ Teil I und II kenn' ich schon lange, diesen dritten noch nicht; er soll auch eine erstaunliche Meinung über die Hexenprozesse enthalten. Sogar auf die Bienenzucht versteht sich Brambach; er hat sich an den Uferauen ein Haus für sie bauen lassen und verbringt halbe Tage dort.

Jedoch er ist Abt, und die Mönche verkommen.

Corvey, am 5. August 1629, Oswaldi regis martiris.

Heute sprach ich mit Brambach und wurde still und klein. Wie konnte ich nur annehmen, der Zustand des Klosters und seiner Insassen könne ihm gleichgültig sein! Er gab sofort zu, daß Pelking nicht übertrieben hat: Aschebrock, Brambachs Vorgänger, hat schreckliche Dinge getan. Ohne Zweifel war er Manichäer, zumindest im Herzen ein Angehöriger jener Sekte, die der Heilige Vater im 13. Jahrhundert, zu des großen Bernhard Zeiten, in Béziers und anderswo ausrotten ließ. Aschebrock glaubte an die absolute Gleichberechtigung des Teufels mit Gott, und so diente er ihm in schaurig ähnlichen Formen: mit konfusen, gebetsartigen Anrufungen, mit heidnischen Räucher-Riten und Schwarzen Messen, bei denen er Kerzen auf nackte Leiber stellte – auch Frauen sollen dabeigewesen sein –, und vor diesen fleischlichen Altären ließ er die verführten Mönche niederknien. Ein Unhold, ein Verbrecher. Es dauerte lange, bis man dahinterkam; die Mönche waren verängstigt, und einige fanden Gefallen an diesen abgeschmackten Blasphemien. Bis er eines Tages, wohl von Fremden gewarnt, verschwand und seine schon halb zu Wölfen entarteten Schafe verstört in der Herde zurückließ.

Noch Schlimmeres wird Aschebrock nachgesagt: Er soll einige von ihm eigens Auserwählte mit den ekligen Wucherungen einer Getreidekrankheit gespeist haben, die gerade in dieser Gegend ganze Felder befallen hat. Der Genuß davon erzeugt teuflische, verführerische Bilder und Gelüste im Hirn und verleitet zu widerwärtigen Exzessen. Nicht nur, daß die bedauernswerten Opfer jenes unwürdigen Abtes damit ihre Gesundheit ruinierten (die meisten sollen gestorben, andere mit ihm geflohen sein) – sie verscherzten sich auch ihr Seelenheil, denn Aschebrock bot ihnen die mißratenen, von Brand befallenen Ähren wie eine heilige Hostie dar – eine unvorstellbare Scheußlichkeit!

›Wenn es nach unserem Weihbischof ginge‹, sagte Brambach, ›würden sie alle eingesperrt und grausam bestraft. Das will ich nicht. Sie sind nur verführt, ich kann sie nicht von heute auf morgen zu Engeln machen. So lasse ich sie eine Weile ihren natürlichen Gelüsten nachgehen, um sie die Unnatur, die Aschebrock ihnen aufgezwungen hat, vergessen zu machen. Ich war ein paar Jahre Obrist, so weiß ich Strategie auf lange Frist zu üben. Und hab' erfahren, was der Krieg aus dem Menschen machen kann, aus jedem. Das aber hat mich nachsichtig gegenüber dem Sünder werden lassen. Denn wäre auch nicht Krieg im Lande, es ist doch ein jeder Tag, im Frieden auch, voll niederzerrender Versuchung. Den Aschebrock, der ja von Adel ist, wird keiner ernstlich strafen, auch Pelking nicht. Sollen's die Mönchlein entgelten, was der vornehme Herr an ihnen gesündigt hat? Inzwischen sprech' ich nun doch mit jedem. Mit diesem heute, mit jenem morgen. Einige lungern schon wieder um die Sakristei herum, wo die geweihten Hostien auf sie warten. Mögen sie ruhig noch eine Weile lungern – ich warte, bis sie hungern und schreien nach dem Leib des Herrn. – Tun auch Sie, was Sie vermögen!‹

Ich war froh, daß er selbst es sagte. Denn Pelking hat mich hierhergeschickt als ein – ich scheue das Wort –, als ein Kommissar, wie Kurfürst Ferdinand seine Glaubenskommissare ins Land entsendet, die Häresien zu bekämpfen.

Ich fragte Brambach, was er von den Exerzitien des heiligen Ignatius halte. Er kennt und schätzt sie. ›Fangen Sie an!‹ sagte er. ›Beginnen Sie mit etwas Erquicklichem – nicht mit diesen schaudervollen Gemälden von Engelsturz und Höllenfeuer, sondern etwa mit jener Übung, die von Vögeln, Fischen und Bienen handelt, wie sie dem Menschen dienstbar sind. Sie werden merken: Diese Männer sind so dürr im Geist geworden, daß sie für jedes bunte Bildchen, das Sie ihrer Phantasie bereiten, dankbar sind!‹

Übrigens steht von Bienen nichts in den Exerzitien-Texten.

Corvey, am 10. August 1629, Laurentii martiris.

Wie doch ein jeder seine geheimen Lehrer hat! Denn die

wichtigsten stehen meist auf keiner Kanzel, hinter keinem Pult. Brambach, als wir, das Imkergitter vor Augen, die Bienen an ihrem Wabenwerk betrachteten, bekannte, daß ein Wanderer aus Mähren, dem er einst im böhmischen Riesengebirge begegnet war, seine Begriffe vom Umgang mit Menschen, vielleicht vom Menschen überhaupt, ganz neu geprägt und geordnet habe. Und dies, obwohl er überzeugter Protestant gewesen sei! Dieser Mann – er nannte sich Comenius – sei selbst noch sehr jung gewesen. Aber durch Vertreibung aus der Heimat und früh erworbene Weltläufigkeit – er lebte lange in Deutschland und Holland und soll jetzt Lehrer im polnischen Lissa sein – war er bald aus dem engen Zirkel seiner Herkunft herausgetreten und sah sich nun, wohin er auch kam und kaum daß er den Mund auftat, selbst als Mitte eines Kreises. Es gibt ja Menschen, die als Sonne Planeten um sich sammeln. Brambach war nur ein vorüberziehender Komet und doch für Tage oder Wochen in seinem Bann, und von seinem Licht hat er offenbar viel mitgenommen.

Wir sprachen über Erziehung. Ich sagte: ›Wäre ich Herr der Welt, es würde sich kein Dorf unterm Himmel finden lassen, wo ich nicht Sorge trüge, daß die Jugend nicht nur zu Gottes Ehre, sondern auch zu seiner Erkenntnis erzogen wird. Und wo nur vierzig Häuser stünden, sollte mir die Schule das einundvierzigste sein.‹

›Ja‹, sagte Brambach und erinnerte sich wohl an jenen Mann aus Mähren. ›Man darf aber über so viel Gotteslehre nicht vergessen, dem Menschen sein Handwerkszeug für diese Erde zu geben. Die Bienen brauchen nichts zu lernen, die wissen's von Geburt.‹

Wir beobachteten lange seine brummenden Völker. Und er lehrte mich viele ihrer bewundernswerten Verrichtungen zu begreifen.

Ich könnte versuchen, ein großes Bienen-Gedicht zu schreiben. Mir fehlen für meine Liedersammlung noch ein paar Strophen weltlicher Art; sie werden den Schöpfer nicht minder als die geistlichen loben.

Es ist übrigens nicht zu leugnen, daß Brambach zuweilen Ideen entwickelt, die ein strenger Zensor schwerlich noch rechtgläubig nennen würde. So, wenn er über die Schöpfungsgeschichte spricht und auf erstaunliche Widersprüche hinweist. Folgt man der Genesis – und wie sollte man das nicht? –, so ist der Mensch zweimal erschaffen worden: einmal, wie es das 2. Kapitel des Buches Mose berichtet, als Kreatur aus Lehm, als Adam aus Staub und Schmutz und Kot, wie es der große Papst Innozenz ausdrückte – und ein zweites Mal, wie es das 1. Kapitel erzählt: ›Gott schuf den Menschen nach Seinem Abbild, als männlich und weiblich erschuf Er ihn.‹ Da wird nicht von Adam und auch nicht von Eva gesprochen, die aus Adams Rippe erschaffen wurde. Brambach wies mich ausdrücklich darauf hin, als könne es mir eine Hilfe für mein Hexenbuch sein (ich gab ihm circa fünfzig Seiten zu lesen). Er meinte: Zumindest lasse sich aus dieser ›gleichberechtigten Schöpfung‹ nicht ableiten, daß, wie es die eifernden Verfasser des ›Hexenhammers‹ wahrhaben wollen, das weibliche Geschlecht von minderem Wert, also womöglich auch anfälliger für die Sünde sei. Nein: ›Männlich und weiblich erschuf Er den Menschen – nach Seinem Abbild‹ . . .

Brambach muß sich vorsehen. Obwohl es in der Heiligen Schrift steht, unwiderlegbar. So etwas sagt man nicht laut.

Corvey, am 15. August 1629, Assumptio Mariae.

Was Tanner in der 5. Quaestio unter dem Titel ›De iustitia‹ schreibt, ist so erstaunlich, daß ich's dreimal las. Zwar ist es schön verklausuliert, höchst listig eingefügt in Pro und Contra und von gelehrten Schleiern übersponnen. Doch kann dem wachen Leser nicht entgehen, was er meint:

Gewiß sei die Hexerei ein crimen exceptum, doch müsse man auch bei einem Sonderverbrechen darauf achten, daß keine Unschuldigen gefährdet werden! Ein erschütternder Satz. Und welcher Mut gehört dazu, ihn drucken zu lassen!

Er zweifelt auch, ob die Folter immer zur Erkennung der

Wahrheit führe, und hält es für äußerst bedenklich, Personen zu verhaften, die von einer Angeklagten aus Folterqual heraus beschuldigt wurden.

Ich stehe also nicht allein mit meinen geheimen Gedanken! Hätte ich das Buch nur in Köln schon gehabt – es hätte mir Argumente liefern und vielleicht sogar einen so selbstgerechten Verfolger wie den Hexenkommissar Glimbach beeindrucken, hätte am Ende Katharina Henot retten können . . .

Brambach, mit dem ich – welch ein Glück! – offen über diese Fragen reden kann, sagt mir heute allerdings, daß der große Tanner, diese Leuchte der Moraltheologie, Professor nicht nur in Ingolstadt, auch in Wien und Innsbruck, bereits Ärger mit hohen Richtern in Bayern bekommen habe. Einer soll sogar gesagt haben, den Tanner würde er selber recht gern auf die Folter spannen . . .

Gottlob höre ich hier nicht viel von Hexenprozessen. Vielleicht begnügt der Teufel sich mit den Kriegsgreueln, an denen kein Mangel ist. Mit meiner Schrift gegen die Prozesse kann ich mir unter diesen Umständen wohl noch etwas Zeit lassen.

Corvey, am 19. August 1629, 10. Sonntag nach Trinitatis.

Brambach hatte, wenn ich mich nicht sehr täusche, heute keine so ganz glücklichen Augen. Er hat ein Schreiben von hoher Stelle erhalten. Seine Wahl zum Abt wird nun ernstlich angefochten. Er wußte ja schon, was Pelking von ihm hält; auch ich machte kein Hehl daraus, daß der Weihbischof mich in dieser heiklen Sache ins Vertrauen gezogen hat. Nun aber ist Bonn wach geworden; der Erzbischof höchstselber beansprucht die Führung der fürstlichen Abtei! Das bedeutet, daß er einen Mann seiner Couleur als seinen Vertreter berufen wird – und der wird nicht Brambach heißen.

Ich bin zwischen die Fronten geraten: Pelking baut auf mich und meine ›Erfolge‹ (wie kläglich sind sie!), ermächtigte mich sogar, ›im Namen des Weihbischofs‹ zu reden, wo ich's für richtig halte – und Brambach, dem ich eher kritisch gegenüberstehen sollte, hat mein Herz gewonnen.

Mein Gedicht macht Fortschritte. Eine Bienenkunde in gereimten Versen. Ich kenne von deutschen Dichtern nichts Derartiges.

Den Brüdern Peregrinus und Martinus gab ich eine Einführung in die Exerzitien. Ganz wider die Regel, am Weserufer entlangspazierend. Sie zeigten sich – der eine halb voll Schnaps, der andere kaum minder übel aus dem Munde riechend – von der weisen Toleranz des heiligen Ignatius beeindruckt, besonders von diesem Satz: ›Wenn der Exerzitienlehrer sieht, daß der Exerzitand sich in Trostlosigkeit befindet oder daß er vom Bösen Feind versucht wird, so verhalte er sich gegen ihn nicht hart und rauh, sondern mild und sanft, indem er ihm die Trugwerke des Feindes der menschlichen Natur aufdeckt und ihm Mut und Kraft für die Zukunft einflößt.‹

Auch Brambach war begeistert von diesem Rat unseres Ordensgründers. ›Das müssen Sie Pelking zu lesen geben!‹ rief er.

Falkenhagen, am 8. September 1629, Nativitas Mariae virgine.

Drei Wochen sind vergangen seit meiner letzten Notiz – und höchst Bedauerliches hat sich in Corvey zugetragen. Alles spielte sich in einer einzigen Nacht ab; ich werde es in diesem Leben nicht vergessen. Mit Erschütterung lese ich, was ich in meiner letzten Tagebuchaufzeichnung in Corvey geschrieben hatte: ›Ich bin zwichen die Fronten geraten. Pelking baut auf mich – und Brambach hat mein Herz gewonnen.‹

Wie so sehr wahr! Und wie bitter schmerzhaft zugleich.

Ich trage in gedrängter Form nach, was geschah:

Drei Tage nachdem Brambach – jetzt wieder ganz der alte mit ›glücklichen Augen‹ – mir gesagt hatte, daß er nicht daran denke, das Amt, zu dem er rechtmäßig bestellt worden sei, aus freien Stücken aufzugeben, ging ich zeitig zu

Bett; ich fühlte mich nicht wohl. Vielleicht lag's daran, daß ich mehr durch Zufall in die Küche geraten war, wo unser Hausdienerpaar, assistiert von dem besonders gefräßigen Bruder Paulus, ein Schwein zerlegte. Die drei stießen sich nicht an dem, was mich würgen ließ: Schaben und Asseln krochen über den Tisch, ein wohl seit Tagen nicht geleerter Eimer quoll über von stinkendem Gekröse. Von den Speisen, die hier bereitet wurden, hatte ich drei Wochen lang gegessen! Jetzt wußte ich, warum Brambach sich vorzugsweise von Fisch und den Früchten seines hinter dem Bienenhaus gelegenen Gärtchens ernährte.

Ich lag also schon früh am Abend in meiner Stube, schlief auch bald ein. Als ich vom Wiehern eines Pferdes, das, wie sich's anhörte, im Hof unter meinem Fenster stehen mußte, erwachte, flog Fackelschein über die Zimmerdecke, und gleich darauf klirrte es von Rüstungen und Waffen, und vom Dormitorium her erhob sich ein grausamer Spektakel, als werde dort eine Kompagnie Türken niedergemacht. Ich schlüpfte in die Kutte. Von meinem Fenster aus konnte ich übers Tor des Abteigeländes in die große Lindenallee sehen, die schnurgerade zur Stadt Höxter führt. Auch dort wurden die Schatten der Nacht von vereinzelten Fackeln erhellt; es hatte den Anschein, als hätten sich dort Reisige um eine Kutsche geschart.

In Pantinen klapperte ich die Treppe hinunter und lief einem schnauzbärtigen Soldaten in die Arme, der mich in rüdem Bayerisch anfuhr, und bayerisch klang's auch ringsum. Das mußten welche von der ligistischen Einquartierung sein, die in Höxter schon seit Monaten die Bürger drangsaliert.

Mit ›Gelobt sei Jesus Christus‹ ließ ich den Kriegsknecht stehen und flatterte mit ungeknöpfter Soutane über den Hof zum Hauptbau. Dort, inmitten eines Geleits in schimmernden Panzern, stand *er*, der ›Dortmunder‹, wie ihn eingedenk ähnlicher Szenen achtungsvoll die Leute nennen, der Glaubensstreiter, der keinen noch so harten Zufall scheut, wenn's um die Heilige Kirche geht: Johannes Pelking.

Wir erkannten uns wohl im selben Moment. Während aus dem zu ebener Erde gelegenen Schlafsaal unsere armseligen Mönche von Kriegsknechten herausgezerrt, ja schlummertrunken fast getragen und mit Musketenstößen zu einer traurig schwankenden Reihe formiert wurden, ging der Weihbischof einen Schritt auf mich zu, gerade so weit, daß seine Hand meine Schulter erreichte, und zog mich an seine Seite, besser: zwei Fuß breit hinter sich und gab mir sozusagen einen Klaps, der wohl bedeuten sollte: Da bleib und mucks dich nicht; wir erledigen das schon. – Das taten sie. Unsere Mönchlein wurden mit Stricken aneinandergebunden; maunzend und blinzelnd – der Rauch der Fackeln stach in die Augen – schwankten sie noch eine Weile, dann wurden sie abgeführt, der Himmel weiß, welchem Schicksal entgegen.

Endlich brachten sie auch Brambach. Ungefesselt und freien Schrittes, akkompagniert von zwei Offizieren, kam er ums Eck des Wirtschaftsgebäudes. Sie hatten ihm wenigstens Zeit gelassen, sich anzukleiden. Aber auch er war verhaftet, kein Zweifel.

Daß dem Menschen in Augenblicken, wo wahrlich andere Worte oder gar befreiende Taten geboten wären, so oft nichts als curiosa im Kopfe spuken! Ich überlegte plötzlich – und, um ganz ehrlich zu sein: ich schämte mich zwar, und doch lachte es in mir bei dieser Vorstellung! –, ich überlegte: Was geschähe wohl, wenn du jetzt deine Stimme erheben würdest: ›Im Namen des Weihbischofs! Lassen Sie diesen Mann frei!‹?

Dabei war ich todtraurig, war tief bestürzt, sagte natürlich etwas ganz anderes, das wagte ich immerhin: ›Exzellenz! Dieser Mann ist an den Zuständen im Kloster nicht schuld. Sie wissen doch, es war Aschebrock!‹

Aber Pelking wandte sich nicht einmal nach mir um. Er nickte den Offizieren zu, auch Brambach schien er gar nicht wahrzunehmen, dann gab es ein allgemeines Aufsitzen, auch der Bischof stieg zu Pferde, die Fackeln wurden geschwenkt, und über den Kies der Klosterstraße marschierten sie durchs Tor. Mich ließen sie stehen. Ich folgte ihnen in einiger Entfernung, überzeugte mich, daß draußen wirklich eine Kutsche wartete und daß Brambach zum Einsteigen genötigt wurde.

Ich war allein im Kloster Corvey . . .

Zwei Tage lang habe ich mich dann mit Hilfe des Wirtschafterehepaars verpflegt (nicht ohne zum fassungslosen Erstaunen der beiden die Verlegung der Küche in einen blitzsauberen Raum anzuordnen). Dann kam der Bote aus Höxter mit der Anweisung des Generalvikars: Ich hätte mich sofort ›zur Erholung‹ ins Klostergut Falkenhagen zu begeben. Ein Pferd für mich brachte der Bote mit, so daß ich schon am nächsten Tag den Ort meiner Niederlage verlassen konnte. Denn versagt habe ich. Und auch diesen Vorwurf kann ich mir nicht ersparen:

Ich hätte nicht allein für Brambach plädieren sollen – der weiß sich schon selber zu verteidigen! –, ich hätte auch ein Wort für die Mönche einlegen müssen. Das wäre auch im Sinne des Abtes gewesen, der sich, der Erziehungsweisheiten jenes Böhmen eingedenk, so geduldig um die verlorenen Schafe bemüht hatte: ein wahrer Hirte im Geiste unseres Herrn Jesus, ein besserer vielleicht als Pelking. Ja, ich bekenne, daß ich mich eines Anflugs von Mißbilligung, des Zorns sogar, nicht erwehren kann, wenn ich an meinen Gönner denke.«

*

Diese Stadt Paderborn sei ein unfruchtbarer Weinberg, so hatte schon der weise Pater Wachtendonk geseufzt, als er am Ende des letzten Saeculums, erschöpft von mancher vergeblichen Bekehrungsmüh, die Augen schloß. Die frommen Gesellschafter Jesu in ihrer Residenz, die sich seit 1593 »Kollegium« nennen durfte, seufzten ihm nach: Vinea inculta et sterilis!

Ganz so ernst war es freilich nicht gemeint. Die Stadt war seit dem Sündenfall des Jahres 1604, da ein aufsässiger

Bürgermeister Wichart seine Rebellion wider den Fürstbischof mit dem Leben hatte bezahlen müssen, dem rechten Glauben treu geblieben – sieht man von vielerlei Versuchungen menschlicher Schwäche während der Herrschaft des tollen Herzogs Christian von Braunschweig ab. Der schändete die Gebeine des heiligen Liborius und ließ den kunstvollen Schrein des Schutzpatrons einschmelzen, um auf die Silberlinge, die er daraus gewann, die lästerliche Parole zu prägen: »Gottes Freund, der Pfaffen Feind.« Das waren finstere Zeiten, doch, gottlob, sie fanden bald ein Ende. Nicht allein, daß der häretische Herzog elendiglich zugrunde ging – es kehrten auch die Gebeine des Heiligen zurück. Und ein neuer Liboriusschrein ward erschaffen, weit schöner und kostbarer noch, als der erste war.

Seither, dank Tillys Sieg am Barenberge, keine Gefährdung durch unheilige Kriegsfürsten.

Aber die Pest!

Immer wenn er am einsam vor den Wällen, hinter hohen Ligusterhecken gelegenen Siechenhaus zu Sankt Georg vorüberkam, hatte Friedrich Spee dieses Bild vor Augen: Damals im Oktober des Jahres 26 war er auf einem Versehgang nach Wewer unterwegs. Da brachen plötzlich aus der dichten Hecke zwei Mönche heraus und rannten mit fliegenden Kutten, Stoßgebete keuchend, aufs Westerntor zu. Sie waren – und trugen es gleich in der Stadt herum – die ersten, welche der gräßlichen Erscheinung hatten standhalten müssen, genauer: die vor ihr ausgerissen waren: schwärzliche, stinkende Beulen, die sich über Nacht aus dem Fleisch eines Fiebernden gehoben hatten.

Wer nicht mit Blindheit geschlagen war, hätte schon vorher die Zeichen erkennen müssen. Ganz wie zu Wicharts Zeiten, als der Aufruhr gegen den rechtmäßigen Herrn von Paderborn begann, vernahm man in gewissen Nächten Lärm und Geschrei von Berittenen, als seien die Apokalyptischen unterwegs, und sie waren's ja auch! Die Feldpader, welche sonst rein und klar der Quelle entgegenströmt, nahm, nachdem sie einige Schritte geflossen war, schreckliche Veränderungen an: Wie von Schwefel, Blut und Feuer gefärbt, schimmerte, sprudelte und blitzte das Wasser: ein Grausen erregendes Zeichen.

Da machte sich auf aus der Stadt ein jeder, der anderswo auf Kost und Unterkunft rechnen konnte. Allen voran die Jesuiten. Friedrich Spee hätte eine Anstandsfrist von zwei, drei Tagen für angemessen gehalten, wenn man's denn schon den Kapuzinern überlassen wollte, den bedauernswerten Seuchenopfern die Tröstungen der heiligen Kirche zu spenden. Und auch jenes Arztes war mit Ehrfurcht zu gedenken, der, mit Pestmantel und Maske vermummt, sich der Bresthaften annahm und bald darauf zugrunde ging, nicht anders als seine Kranken.

So überstürzt hatten Spees erste Paderborner Jahre geendet, und wäre der Schwarze Engel nicht erschienen, wie sorglos und tief befriedigt von den Fortschritten seiner Studenten hätte Spee damals auch weiterhin sein Lehramt an der noch jungen Jesuiten-Universität ausüben können! Immerhin hatte er gerade noch den dreijährigen Philosophiekurs abschließen dürfen, mit Logik fürs erste, Physik fürs zweite Jahr und Metaphysik für 1626. Alles in allem war's eine schöne Zeit gewesen, und selbst Hermann Baving, damals Rektor des Paderborner Kollegs, hatte sich noch nicht als der allzu gestrenge Obere erwiesen, mit dem Spee nachmals in Köln, als Baving Provinzial geworden war, so manchen unerfreulichen Disput haben sollte. Vorerst allerdings hatten die leitenden Brüder den jungen Professor nach Speyer versetzt zur Ableistung seines Tertiats, und erst danach hatte man ihn nach Köln ans Tricoronatum berufen, den erkrankten Professor Fekenius zu vertreten.

Doch, doch, es war, in summa, eine ertragreiche Zeit in Paderborn gewesen, und nichts konnte Spee angenehmer sein als die Aussicht, noch einmal einem Ruf an die Academia Theodoriana Paderbornensis zu folgen. Seit Hildesheim, als Turrianus ihm diese Möglichkeit angedeutet und der Weihbischof sie nicht ausgeschlossen hatte, war Friedrich Spee auf die Wiederaufnahme seiner Lehrtätigkeit vorbereitet. In Corvey dann und schließlich in Falkenhagen, in diesen Monaten, die seiner Erholung hätten dienen sollen und die sich doch, läßt man ein paar dort entstandene Gedichte außer acht, als unfruchtbar erwiesen und bald sogar gefährlich verdüstert hatten, war ihm der inbrünstig vorgestellte Turm von Sankt Pankraz wie ein rettendes Seezeichen in Sturmesnot erschienen. Nur erst wieder in Paderborn sein, dann würde sich alles zum Guten wenden!

Am 15. Oktober des Jahres 1629 ging Spees Wunsch in Erfüllung: Er traf auf Weisung des Weihbischofs Pelking in der Hochburg des heiligen Liborius ein und fühlte sich zunächst einmal im Kreis der ihm durchweg fremden Patres verloren und verlassen wie nie zuvor in der einst so vertrauten Stadt.

Es waren eben andere Verhältnisse geworden, mittlerweile. Nicht allein, daß die Pest manch guten Bekannten, ob Kleriker oder Laie, dahingerafft hatte; auch der Lehrkörper hatte sich durch und durch verändert, auf nicht gewaltsame Weise. Viele Professoren waren in andere Kollegien und Residenzen versetzt worden, und der Rektor hieß nicht mehr Baving, sondern Christian Lennep.

Dieser würdige Feuerkopf aber schien von Spees Ankunft gar nicht erbaut zu sein. Und hatte doch zu seiner Begrüßung die gesamte Lehrerschaft im Kapitelsaal aufgestellt. Im Halbrund standen sie und blinzelten in die Oktobersonne, die durch die Fenster flutete, als Spee von Lennep eingeführt wurde.

Ein kraftstrotzendes Mannsbild, dieser Rektor, dem eine Rüstung besser angestanden hätte als diese Soutane, aber das ist töricht gedacht: Auch Gott braucht starke Streiter, und ihre Rüstung ist der Glaube. Ein Erzengel? Dazu war er zu fett. Ein Sankt Georg? Das eher. Ein Sünte Jürgen, wie die Paderborner sagen, der hoffentlich auch den Drachen im eigenen Blut erlegt hatte. Denn Christian Lennep, obschon in reifen Jahren, war ein Mann, der mit seinem mächtigen Körperbau, dem imposanten Haupt unterm weißen mönchischen Haarkranz, den bläulich durchbluteten Backen, den schwellend sinnlichen Lippen, dem prall gedoppelten Kinn, vor allem aber mit seinem gewaltigen Baß nicht nur manch einem Nönnchen, sondern auch nur als Beispiel genannt, der Äbtissin von Sittabadessan unkeusche Schauder über den Rücken jagen konnte. Das wußte Lennep und verhielt sich entsprechend: nämlich beherrscht. Auch die spitzesten Zungen wußten nichts Unwürdiges, schon gar nichts Beschämendes über ihn zu sagen – und er selbst gefiel sich in der Gewißheit, daß jedermann sich fragte, wie wohl ein solcher Kerl von Mann mit dem Bösen fertig würde, sollte dieser Erzfeind des Menschengeschlechts sich's einfallen lassen, ihn mit lockenden Lüsten zu versuchen. Derart üppig für Sünde und Laster ausgestattet, war Christian Lennep doch im Herzen ein blitzsauberer Mann. Er war nicht nur zu Sünden, die er verabscheute, sondern auch zum Herrschen gerüstet, und in diesem Punkte entsagte er nicht, zumal es ja um eine Art Gottesherrschaft ging, die er statthalterisch hierzulande auszuüben hatte. Rechtens und seinen Gaben nach wäre er der unangefochtene Herr von Paderborn gewesen. Aber da war noch Johannes Pelking.

Doch von diesem später. Vorab: Wie Lennep den Neuling willkommen hieß! Zunächst einmal rühmte er Spees Leistungen in seiner ersten Paderborner Zeit, wies darauf hin, wie er, von seinen fundierten Vorlesungen einmal ganz abgesehen, noch Kraft gefunden hatte, als Katechet in Sankt Pankraz apostolisch zu wirken, und wie es ihm gar gelungen war, einen querköpfigen Adligen wie den Herrn Walter von Imbsen so gründlich zu bekehren, daß der all seine Habe den Jesuiten vermachte. Und man denke an den ganz und gar verbohrten Herrn Heinrich Dietrich von und zu Niehausen aus Niesen bei Peckelsheim unweit Warburg, welchen unser begabter Missionspriester allein durch Briefe, zeitverschlingend langen allerdings, von seinem lutherischen Irrglauben erlöst hatte. Ja, und nun weile dieser wundersame Bruder wieder in ihrer Mitte!

»Daß er auch Verse schreibt, deutsche, die sich singen lassen, wer wüßte das nicht! Im neuesten Städtischen Gesangbuch sind etliche abgedruckt. Haben wir nicht alle zu Advent in der Erwartung des Herrn gesungen ›O Heiland reiß die Himmel auf‹?«

Bei diesem Hinweis wandte Professor Johannes Horrion sich dem neben ihm stehenden Pater Turck zu, aber hinter dessen starken Brillengläsern blitzte kein einverständiger Spott. Pater Horrion hatte vor dreizehn Jahren den Festprolog zur Gründung der Universität gedichtet; ein zweiter Poet im Lehrkörper konnte ihm kaum willkommen sein.

»Und wer von den älteren Brüdern erinnert sich nicht jenes leidigen Streitens mit dem Domkapitel, dem wir Jesuiten schon damals nicht recht genehm waren und das uns gerade in diesen Tagen wieder so viel Ärger macht? Da war es nun abermals Friedrich Spee, unser wiedergewonnener Bruder, der sänftigend vermittelte, dank seiner für einen Paderborner Jesuiten schon fast *zu* guten Beziehungen zum Domprobst von der Horst, der unseren Orden nun einmal nicht leiden kann!«

Lennep machte eine Pause und strahlte Spee an, als erwarte er eine Geste des Dankes für ein ganz ungewöhnliches Kompliment. Spee aber begriff, daß er hier verdächtig gemacht werden sollte, und wenn er's jetzt noch nicht bemerkt hätte, so wäre es ihm bei folgenden Sätzen Lenneps nur allzu deutlich geworden:

»Mancher von unseren lehrenden Brüdern wird sich gefragt haben, ob unser Neuling denn überhaupt die erfolgreiche Lehrbefähigung besitze. Immerhin soll er ja nicht nebenan in unserem Gymnasium kleine Knaben unterrichten, sondern als Universitätsdozent die Edelsten und Besten der Studenten, unseren Ordensnachwuchs nämlich, in die Geheimnisse der Moraltheologie einführen. Nun, ich habe nachgesehen: In seinen Papieren fehlen zwar einige Examina . . .«

Hier erhob sich ein Geraun, und Pater Horrion fand wieder einmal seine Theorie bestätigt, daß Gott die Gestirne gelegentlich zu Kundmachungen Seines Willens nutzt, denn just in diesem Augenblick zog sich die Sonne zurück. Wenn diesem nicht mehr jungen Mann Prüfungen fehlen, vom Doktorexamen ganz zu schweigen, dann – so murrte man – kann er doch niemals vollberechtigtes Mitglied der Fakultät werden! Ein gutes Dutzend der immer noch feierlich herumstehenden Professoren schüttelte die Köpfe, bis Lenneps Baß die Unmutsäußerungen überdröhnte:

»Dies aber darf uns nicht hindern, unserem Freund freudigen Herzens die Professur anzuvertrauen. Hat ihn doch kein Geringerer als unser hochwürdiger Weihbischof und Generalvikar Pelking zu uns entsandt und mit dem Lehramte beauftragt!«

Mehr brauchte er nicht zu sagen. Hatte man sich bisher aus Höflichkeit, um den Ankömmling nicht zu beschämen, mit Fragen und Protest zurückgehalten, so nahm man nun keine Rücksicht mehr. Den Neuling selbst vergaß man fast; der Mißmut richtete sich gegen Christian Lennep. Pater Eustachius machte sich zum Sprecher:

»Seit wann, Pater Rektor, hat der Generalvikar ein vakantes Lehramt der Jesuiten-Universität zu besetzen? Hat er wenigstens unseren Pater Provinzial zu Köln, dem diese Bestellung einzig zukäme, um seinen Konsensus gebeten?«

Doch die Vorstellung, der selbstherrliche Pelking könne sich's einfallen lassen, einen Jesuiten, und wär's der General zu Rom, um etwas zu bitten, war lächerlich.

Wie nun auch immer: Die so würdig gedachte Einführung des heimgekehrten Bruders verlor sich, ohne daß der Rektor noch einmal seinen Baß gebieterisch tönen ließ, in fakultätsjuristischem Geplänkel: Ob es Ausnahmen von der regelrechten Bestallung geben könne und wenn ja, wer sie zu genehmigen habe, und wenn sie genehmigt wären, ob für die Dauer oder nur für eine Warte- und Bewährungszeit. Spee stand herum, und keiner nahm sich seiner an, schon gar nicht Pater Horrion, der Poeta laureatus von Paderborn, der ihn nicht aus den Augen ließ, während er den Umstehenden in verfälschendem Pathos einen Vers aus Spees

Kirchenliedern zitierte. Dann aber trat ein zierlicher Mann mit schmalem, ausladendem Hinterhaupt an den Einsamen heran und schenkte ihm einen zwinkernden Blick durch dicke Brillengläser. Es war Pater Turck.

»Der Generalvikar verdrießt uns seit einiger Zeit«, erläuterte er. »Als Minorit mag er die Jesuiten nicht sonderlich, und als Oberster der Weltgeistlichen wiederum grenzt er die Freiheit auch aller anderen Orden ein. So hat er ihnen erst neulich die Domkanzel verboten. Die Situation wird im übrigen dadurch besonders delikat, daß der Generalvikar und Weihbischof letztlich auch den abwesenden Landesherrn vertritt. Wobei man allerdings ein weiteres nicht vergessen sollte: die gewichtige Stimme des Osnabrücker Fürstbischofs. Immerhin ist Herr von Wartenberg ein Vetter unseres Kurfürsten Ferdinand. Pelking aber ist auf Wartenberg eifersüchtig – wiewohl letztendlich auch mit ihm befreundet. Aber der hat es eben weitergebracht, ist Bischof geworden, regierender Herr. Das schafft der Dortmunder, ein Bürgerlicher aus bescheidenen Verhältnissen, nie!«

Es war nicht einfach, sich in Paderborn zu orientieren.

Beim Abendessen im Refektorium ließ man Spee die fehlenden Prüfungen nicht entgelten; während dienende Stipendiaten des Gymnasiums Teller und Krüge füllten, bezog man ihn, als der Wein die Zunge löste, brüderlich in die Gespräche ein. Tatsächlich handelte es sich nur um ein einziges, ein quasi Proforma-Examen, das er längst hätte ablegen können, dem er aber, und das war seine Schuld, keine große Bedeutung beigemessen hatte. Indes, mittlerweile kannte er sich zu gut in Kollegien, Lehrkörpern und verwandten Gremien aus, um nicht zu wissen, daß er in Paderborn den Makel der Unvollkommenheit nicht mehr verlieren würde.

Und wie hatte es eigentlich geschehen können, daß ihm selber nie Bedenken über die Rechtmäßigkeit seiner Berufung gekommen waren? Das hätte er sich doch selber einfallen lassen dürfen, was nun die anderen als triftigen Einwand vorbrachten: Wie kann ein Generalvikar, und genösse er höchstes Ansehen, in personellen Belangen der Gesellschaft Jesu allein entscheiden wollen, eines Ordens, der in direkter Linie dem Heiligen Vater untersteht!

Als Spee mit offenen Augen in seiner zellenartigen Stube auf dem Lager ruhte, wußte er sich seine Unbekümmertheit nicht anders als durch den eigentümlichen Zauber zu erklären, den die Persönlichkeit auf ihn – und wohl auch auf andere – ausübte. Und was das für ein Mann war, hatte er spätestens in Corvey begreifen müssen.

Am folgenden Morgen erwachte Spee von einem erbärmlichen Geschrei. Als er das Fenster öffnete, erkannte er, woher das Schreien kam, aus dem Gymnasialtrakt nämlich, und er hörte auch das Klatschen des Zuchtinstruments. Also schlug man in Paderborn!

Angewidert schloß er das Fenster. Da hatte im Kölner Tricoronatum dank Adam Kasen, dem gütigen Regens, doch ein anderer Geist geherrscht. Hier in Paderborn hatten sie vermutlich einen Zuchtmeister, denn Jesuiten verschmähen es – aus Stolz wie aus Weisheit –, den unbotmäßigen Schüler mit eigener Hand zu schlagen. Oder, wie Rektor Lennep, als Spee ihn später befragte, es zu interpretieren wußte: »Wir haben als Zuchtmeister eine Person angestellt, die nicht zum Orden gehört. Denn die Erbitterung, welche zugefügter Schmerz beim Schüler erzeugt und die sich gegen den unmittelbaren Urheber des Schmerzes zu kehren pflegt, auf uns selbst zu leiten, finden wir Jesuiten nicht ratsam.« Und als Spee fragte, ob sich die Erbitterung nicht auch gegen den Rektor richte, der die harte Strafe angeordnet habe, erwiderte Lennep mit majestätisch gehobenen Brauen: »Wenn ein Mörder Ihre Mutter erschlägt, kehrt sich Ihre Rache nicht gegen Gott, der die Tat geschehen ließ oder gar angeordnet hat, sondern gegen den Mörder!« Diese Antwort, in der Lennep seine Position mit der Gottes verglich, sollte Spee bald als exemplarisch für den Geist des Paderborner Kollegiums erscheinen.

Da der Unterricht erst am kommenden Morgen begann, blieb Spee Zeit, seinen Antrittsbesuch beim Weihbischof zu machen oder sich wenigstens beim Generalvikariat anzumelden. Pelking wohnte und hielt hof in einem palastartigen Haus, dessen oberstes Stockwerk von dem berühmten Bildhauer Heinrich Gröninger bewohnt wurde. Der hielt sich oft in Osnabrück auf, wo Fürstbischof Wartenberg des Meisters Künste für die Ausstattung seiner neuen Residenz »Sankt Petersburg« in Anspruch nahm. Die beiden unteren Etagen stellte Gröninger gegen dreihundert Taler dem Kurfürsten Ferdinand zur Verfügung, der sie seinerseits dem Weihbischof Pelking überließ. Das prächtige Haus entsprach seinem anspruchsvollen Lebensstil.

Zu seiner Enttäuschung hörte Spee, daß Pelking schon seit vierzehn Tagen auf Reisen sei und nicht vor Ablauf einer weiteren Woche zurückkehren werde.

Der freundliche Kaplan Zalusa, Pelkings Sekretär, dem der Jesuit mit den melancholischen Augen kein Unbekannter war, gab bereitwillig Auskunft. So erfuhr Spee, daß Pelking wieder einmal »in heikler Mission« unterwegs war. Ließ sich mittlerweile anderes von dieses Mannes Reisen denken, als daß ihr Anlaß »heikel« war?

»Er soll von der Grafschaft Pyrmont Besitz ergreifen«, sagte der Kaplan mit einer gewissen Feierlichkeit. »Im Auftrag des Kurfürsten. Sie ist ein altes Lehen der Kirche von Paderborn, sie gehört also uns, uns gehört sie. Aber da gibt's eine Komplikation: Der Tilly wünscht sich die Grafschaft zum Lehen. Nun, wir werden darüber befinden. Fürs erste einmal ist Pyrmont wieder kurkölnisch geworden, doch, das ist es.«

Besitz ergreifen. Das paßt zu Pelking, dachte Spee. Besitz ergreifen. Von Bissendorf. Vom Kollegium Hildesheim. Von Brambach. Von der Grafschaft Pyrmont. Und auch von mir?

Der liebenswürdig geschwätzige Kaplan fuhr fort: »Man wird dem Generalleutnant Tilly schon etwas mehr Satisfaktion als bisher geben müssen, doch, das wird man müssen.

Dem laufen schon die Offiziere weg, weil sie beim Wallenstein viel mehr Gewinn vom Kriege haben. Der Kaiser sollte das bedenken, er sollte es. Die Engländer werden auch schon wieder unruhig. Haben Sie gehört, daß sie unseren Kaiser auf ihre neblige Insel entführen wollen? Doch, das wollen Sie! Ein ungeheuerlicher Plan, der natürlich von diesem schändlichen Pfalzgrafen, dem wir den ganzen Krieg verdanken, ausgetüftelt wurde. Oder von seiner englischen Frau. Serenissimus wird sich in acht nehmen müssen, doch, das muß er. Gottlob ist das englische Kriegsvolk, das sich bei Stade aufhält, so schlecht und krank und matt, das stirbt weg wie die Fliegen. Kein Wunder: Die haben dort zur Fourage nichts als Bier und Brot! Nur Bier und Brot – wen schafft das nicht?!«

Das Wasserschloß Neuhaus, kaum eine Meile nordwestlich von Paderborn, mit seinen vier von Kuppeln gekrönten Rundtürmen, war eines der drei Bauwerke, die Fürstbischof Dietrich von Fürstenberg hatte errichten lassen und auf die er so stolz gewesen war, daß Heinrich Gröninger ihre fein gebildeten Modelle dem bischöflichen Grabmal im Dom hatte einfügen müssen: die Wewelsburg, südlich von Paderborn gelegen, das Theodorianum mit Jesuitenkolleg, Universität und Gymnasium, und eben Schloß Neuhaus, vor dessen von Rundbögen getragener Brücke der Kutscher den Wagen anhielt.

Spee bat ihn zu warten und schritt über die Brücke auf die beiden Wächter zu, die ihre Koppel und Gehenke zurechtzupften; es geschah selten genug, daß jemand kam. Denn seit Bischof Dietrich das Zeitliche gesegnet und Kurfürst Ferdinand auch das Bistum Paderborn übernommen hatte, war nur noch ein Trakt der ehemaligen fürstbischöflichen Residenz bewohnt von des Bischofs Verwandten, aber auch die weilten oft auswärts.

Wenn Spee an Schloß Neuhaus dachte, hatte er den Geschmack einer köstlichen Kaltschale auf der Zunge, die ihm dort vor Jahren von der Gattin des Drosten serviert worden war. Und bei diesem Besuch hatte er sogar eine adlige Dame lutherischer Konfession für den katholischen Glauben gewinnen können.

»Im Namen des Weihbischofs!« rief er mit gemäßer Betonung. »Ich wünsche den Abt von Corvey, Herrn Christoph Brambach, zu besuchen.«

Was konnte geschehen? Er hatte sich's auf der Fahrt überlegt: Entweder ließen die Posten ihn gleich herein – oder sie wollten eine Legitimation sehen. Da er nichts vorzuweisen hatte, würde er wieder umkehren müssen. Damit war nicht viel verloren, aber auch nichts riskiert. Hatte er nicht Vollmacht, wann immer er es für angebracht fände . . . Er fand, es sei nun angebracht. Bereits in Falkenhagen hatte er erkunden können, daß Schloß Neuhaus Brambachs Kerker war.

Einer der beiden schien ihn ohne Umstände einlassen zu wollen. Der andere knurrte:

»Laß dir was zeigen!«

»Haben Sie ein Papier?« fragte der erste.

Spee klopfte auf die Soutane.

»Schon gut, Hochwürden«, sagte der Posten und öffnete die ins Tor eingelassene Durchgangspforte. Der zweite Posten ging mit ihm und meldete in der Wachstube am Hoftor, der Pater wünsche im Auftrag des Weihbischofs den inhaftierten Herrn Brambach zu besuchen, den »ehemaligen Abt«, wie er, Spee mit einem tadelnden Blick streifend, betonte. Es rappelte sich ein weiterer Wächter auf und begleitete Spee zum Eingang eines der Rundtürme.

Doch nicht ins Verlies? Schmachtete der Abt in Ketten? Undenkbar! Ein Pelking wird auch bei seinen Gefangenen den Stand zu achten wissen.

Der Wächter schloß die umständlich gesicherte Tür auf, und dann ging es also nicht nach unten, sondern die Treppe hoch, bis sie nach wiederholten Windungen die Pforte zur Turmstube erreichten. Sie war nicht abgeschlossen. Nachdem er vorweg einen Blick in den Raum geworfen hatte, sagte der Wächter: »Er kommt uns schon nicht aus, der

Herr.« Und während er Spee eintreten ließ: »Eine Viertelstunde, nicht länger.«

Aus glücklichen blauen Augen, die noch größer geworden schienen, sah Brambach den Besucher an. Er hatte sich von seinem Lager in der nicht allzu karg eingerichteten Rundstube erhoben, umarmte den Pater und machte kein Hehl daraus, wie überrascht und erfreut er war. Spees Versuch, sein Verhalten bei der Festnahme zu entschuldigen, unterbrach er mit Fragen nach dem Befinden, und als Spee wiederum sich besorgt erkundigte, ob er genug zu essen bekomme, er sei so mager geworden, zwinkerte Brambach listig, nahm ihn bei der Hand und zog ihn, während er selbst sich wieder legte, auf einen Stuhl an seinem Bett.

»Ich bin ein bißchen schwach, das ist wahr. Aber ich werde gut ernährt, bekomme auch Bier und Wein nach Wunsch. Ich könnte sagen, meine Magerkeit sei die Folge ernster Gewissenserforschung. Mag sein, das auch. Aber wird man nicht mager, wenn man fast nichts zu sich nimmt? Meine Mahlzeiten ernähren die Ameisen und Frösche im Schloßgraben.«

»Sie werfen Ihr Essen zum Fenster hinaus?«

Brambach nickte. »Es fällt mir nicht leicht, denn es ist durchaus wohlschmeckend. Aber es hat natürlich seinen Grund. Doch das Ganze ist unappetitlich, reden wir von etwas anderem. Gewissenserforschung, ja. Ich habe mich eindringlich gefragt, weshalb ich so darauf beharre, der gewählte Abt von Corvey zu sein, da es mir doch nichts als Unannehmlichkeiten einbringt. Und da hat mir« – er griff vom Wandbord ein Büchlein, es war eine Ausgabe der Ignatianischen Exerzitien-Texte –, »da hat mir Ihr heiliger Ordensstifter einen großen Dienst geleistet. Hören Sie!« Er suchte die Stelle, fand sie nicht gleich und fuhr fort: »Nun, ich kann es auch mit meinen Worten sagen: Ignatius meint, man solle sich genau prüfen, ob man ein Amt oder eine kirchliche Pfründe nur um des eigenen Vorteils willen zu behalten wünscht. Wenn ja, solle man Gott darum bitten, er möge sorgen, daß man nicht mehr nach diesem Amt verlange. Ja, und nun kommt ein ›Es sei denn‹. Das möchte ich einmal ›das ignatianische Es sei denn‹ nennen, denn so ausgefuchst – Sie entschuldigen wohl – kann in unseres Herrgotts Kirche nur ein Jesuit sein. Da, jetzt habe ich's: ›Es sei denn, Gott regle meine Begierden und wandle meine erste, eigensüchtige Neigung derart um, daß der Grund, dieses Amt zu erwerben oder behalten zu wollen, einzig der Dienst, die Ehre und die Verherrlichung Seiner göttlichen Majestät sei.‹ Was sagen Sie dazu? Ich habe mich geprüft, und seit einigen Tagen bin ich überzeugt, daß Gott meine Begierden in diesem Sinne geregelt hat.«

»Sie sind ein Zyniker geworden«, sagte Spee etwas unangenehm berührt. »Aber ich sehe es Ihnen nach. Die Haft ist anders wohl kaum zu ertragen.« Er stand auf und sah sich in der Stube um. »Was hat Pelking mit Ihnen vor?«

»Ich dachte, Sie würden es mir vielleicht verkünden.«

»Er ist im Pyrmontschen und ahnt nicht, daß ich Sie besuche; er würde es wohl nicht gerne sehen. Ich habe mich einer List bedient.«

»Nehmen Sie keine zu schlechte Meinung von mir mit«, sagte Brambach. »Ich bin nicht der eitle, weltferne Mann, der sich allenfalls um seine Bienen sorgt und die ihm anvertrauten Menschen vergißt. Obwohl ich mir in der Tat Sorgen um meine Völker mache. Es geht auf den Winter, die letzte Brut ist geschlüpft, die Arbeiterinnen werfen die Drohnen aus dem Stock, und alles muß betreut und beobachtet werden. Was macht übrigens Ihr Gedicht?«

»Es ist fertig«, sagte Spee und setzte sich wieder. »Ich werde es Ihnen schicken, Sie müssen prüfen, ob alles seine Richtigkeit hat.«

Es entstand eine kleine Pause. Dann fragte Brambach leise: »Was ist aus meinen Mönchen geworden?«

Spee hob die Schultern.

»Ich weiß es«, sagte Brambach. »Pelking verkauft sie an den Kaiser.«

»Als – Soldaten?«

»Sie sollen gegen die Türken kämpfen. So erreicht unser Weihbischof zweierlei: Er macht aus in seinen Augen nutzlosen, unwürdigen Mönchen wackere Streiter Christi mit begründeten Aussichten auf einen heiligmäßigen Heldentod. Und er verwendet das Handgeld, das er erzielt, ebenfalls für einen Gott wohlgefälligen Zweck.«

»Sie sind *doch* ein Zyniker!«

»Mir scheint, Sie nehmen mehr Anstoß an der Art meiner Mitteilung als an ihrem Inhalt.«

»Entschuldigen Sie. Natürlich ist es furchtbar . . .«

»Auch diesen Satz sollten Sie noch einmal bedenken. Ist es *natürlich,* daß es furchtbar ist?«

Spee erhob sich. Dieser Dialog schmerzte ihn. Auf welch ganz andere Weise hatten sie sich am Weserufer unterhalten?

»Was können wir tun?« sagte er. »Was kann ich für Sie tun? Ich gehe sofort zu Pelking, wenn er wieder in Paderborn ist.«

»Es wird mir nichts nützen«, sagte Brambach. »Selbst wenn Pelking wollte, er könnte mich nicht entlassen. Am Kurfürstlichen Hof liegt eine Anzeige vor. Ich sei ein Ketzer.«

»Das ist unmöglich!« Spee war empört.

»Es ist so. Pelking hat es mir gesagt; er brachte mich ja höchstselber in der Kutsche nach Neuhaus. Glauben Sie, er hätte mich ohne eine so schwerwiegende Beschuldigung verhaften können, mich, den gewählten Abt von Corvey?«

»Das ist eine Bonner Intrige«, sagte Spee. »Und das haben . . .«, er führte den Satz nicht zu Ende.

»Das kann sehr gefährlich für mich werden. Vielleicht zieht man Sie noch als Gutachter heran, Jesuiten nimmt man gerne dazu. – Die Viertelstunde ist gleich vorbei. Sie sollen noch erfahren, weshalb ich mein Essen in den Graben werfe: Ich komme sonst nicht durchs Fenster.«

»Wie? Durch dieses?«

»Das wäre ein wenig zu hoch für mich. Nein: Wenn ich ein Bedürfnis habe, führt mich der Posten in den Turmkeller, den auch die Wächter als locus naturali necessitati benutzen. Das einzige Fensterchen dort ist nur unvollkommen mit einem Gitter geschlossen. Es führt in den Burggraben und ist eben nur ein Fensterchen. Um es zu erreichen, muß man durch den ganzen Haufen . . . Lassen wir das! Zuweilen sind größere Opfer für eine gelungene Flucht erbracht worden. Das Schlimmste: Ich war zu dick. Ich bin es immer noch. Es wird wohl noch einige Wochen brauchen.«

»Und man würde nicht bemerken, daß . . .«

»Der Posten bleibt vor der Tür stehen. Ich habe ihn von Mal zu Mal mehr davon überzeugt, daß ich von großer Leibesträgheit bin. Ich hoffe, diese Details stören Sie nicht allzusehr. Der menschliche Darm ist für die Paderborner Jesuiten sozusagen dialogfähig geworden, seit man damals bei der festlichen Einweihung des neuen Kollegienhauses feststellen mußte, daß die allzu gottseligen Baumeister die Abtritte vergessen hatten. Seither reißen die Witze nicht ab – nun, wem sag ich's!«

Spee war Brambachs Eröffnung peinlich – nicht der dubiosen Umstände wegen, unter denen die Flucht bewerkstelligt werden sollte. Er hätte am liebsten von diesem Plan überhaupt nichts erfahren.

»Und Ihre Hexenschrift?« fragte Brambach. »Ich glaube, ich kann noch ganze Abschnitte auswendig. Sie werden verstehen, daß ich mich in meiner derzeitigen Lage besonders mit den Wechselwirkungen von Obrigkeit und Dienst, von Befehl und Gehorsam beschäftigte – beschäftigen muß . . .«

Sie hörten den Posten die Treppe heraufkommen.

»Beten Sie für mich!« sagte Brambach. »Wenn ich nur bis Schlangen komme, das sind zwei Fußstunden von hier, bin ich gerettet. Dort gibt's mehr Lutheraner als Rechtgläubige. Die werden einen Ketzer willkommen heißen, auch wenn er etwas übel riechen sollte . . . Aber wie sagt Ihr Ignatius so treffend? ›Der Mensch ist eine eiternde Wunde, ein häßliches Geschwür.«

In der Folgezeit, nachdem Spee seine Arbeit aufgenommen und seine Vorlesungen mit einem Exkurs »Über die Sünde der Engel« eröffnet hatte, erwies es sich von Woche zu Woche mehr, daß er seinen Kollegen nicht genehm war. Nicht, daß sie ihn absichtlich fühlen ließen, er sei hier nicht willkommen, aber es war doch so, daß gelegentlich und immer wieder ein abschätzender Blick oder ein Verstummen im Gespräch, wenn er hinzutrat, ihn daran erinnern mußten, daß er ein Examen noch nicht abgelegt, wie ja auch die letzten Ordensgelübde noch nicht geleistet hatte, so daß er weder ein vollwertiger Universitätsprofessor noch ein der Gesellschaft auf Lebenszeit verschworener Jesuit war. In diesem Verhalten der Kollegen zeigten sich graduelle Unterschiede. Es war schon nicht leicht zu ertragen, wenn Pater Horrion ihn bei jeder Begegnung mit spättisch verzogenem Mund als ›Fürst der Verse‹ ansprach, aber schlimmer war es noch, wenn Pater Falkland, hochangesehener Scholastiker, sich vor jeder Diskussion im Kreise umsah, wobei er es kunstvoll vermied, Spees Blick zu begegnen, um dann vernehmlich zu seufzen: »Ja, wenn wir Fachleute unter uns wären, man könnte sich schnell verständigen . . .«

Spee war nicht ganz ohne Schuld an diesem Übelstand. Hätte er sich lernwillig, seiner Mängel bewußt, unterwürfig gezeigt – gewiß hätte man sich seiner wohlwollend angenommen. Da er aber sehr bald erkannt hatte, daß in diesem Kollegium weder Persönlichkeit noch besseres Wisen zählten, sondern nur pharisäerhafter Dünkel; da er überdies wiederholt jene Koryphäen der theologischen Wissenschaft bei fehlerhaften Schlüssen, ja faustdicken Schnitzern ertappte, setzte er bald selber die arrogante Miene auf – und in diesem Spiel war er geübt, es paßte zur offenkundigsten seiner läßlichen Sünden, zur Eitelkeit.

Mit seinen Schülern, Fünfzehn- bis Achtzehnjährigen, verstand er sich gut. Sie, deren Eltern sich mit ihrem späteren Eintritt in den Jesuitenorden einverstanden erklärt hatten, trugen bereits ein gewisses Elitebewußtsein zur Schau – schlichter ausgedrückt: Sie waren ganz schön eingebildet.

Da die meisten von Adel waren, fühlten sie sich ohnedies über die Bürgerlichen erhoben; aber die anderen, die aus braven Bürgerfamilien der Stadt und der weiteren Umgebung stammten, trösteten sich damit, daß sie auserwählt waren, dereinst dem ›adligsten‹ unter den Orden Christi, dem ›Sturmtrupp des Heiligen Vaters‹, anzugehören. Spee tat das Seine, ihnen den Dünkel auszutreiben. Die Bibel, mit der sich diese Theologiestudenten, wohl aus Angst, für lutherisch beeinflußt zu gelten, nicht annähernd so viel wie etwa mit den Kirchenvätern befaßten, half ihm dabei: so durch die Geschichte vom reichen Jüngling oder vom Scherflein der Witwe. Da wurde so manchem verzärtelten Knaben kläglich zumute, als er begreifen mußte, daß Jesus sich vorzugsweise um die Armen bemüht hatte und daß nirgendwo geschrieben stand, die Jünger seien von Adel gewesen oder hätten Liegenschaften und Pfründen besessen.

Die Paderborner Jesuiten besaßen deren reichlich, und zwar nicht nur ihr neues Gymnasiumsgebäude mit der goldenen Inschrift DEO ET PATRIAE über dem Tor und den dazugehörigen Grundbesitz. Ihnen zugesprochen waren auch das Beneficium des heiligen Martinus, die Benefizien des heiligen Fabian und Sebastian, das Beneficium des heiligen Bartholomäus sowie zahlreiche Spenden, Zuwendungen und Lieferungen in Naturalien von frommer oder verpflichteter Hand.

»Es ist zuviel, was wir besitzen«, sagte Friedrich Spee. »Es steht uns nicht zu und es steht uns auch nicht an.« Aber er vermied das Wort »Ordensprunk«, für das ihn in Köln der Pater Provinzial einmal heftig gerügt hatte.

Am Freitag, dem 9. November, wurde bekannt, daß Christoph Brambach aus der Haft in Schloß Neuhaus »unter unwürdigen Umständen« entflohen war. Man hatte sofort Streifen nach Lippstadt und Schlangen ausgesandt, aber seine Spur verlor sich in den Wäldern um Paderborn.

Spee war froh, daß er im Kolleg nichts von seinem Besuch

erzählt hatte. Der Weihbischof würde es noch früh genug erfahren. Die Vermutung, Spee könne dem Abt behilflich gewesen sein, lag immerhin nahe. Spee selbst gestand sich ein: Hätte ich von Brambachs Fluchtplan gewußt, ich wäre nicht nach Neuhaus gefahren. Aber er konnte dem Abt keinen Vorwurf daraus machen, daß er seine so mühsam durch Kasteiung gewonnene Chance genutzt hatte.

Im Frühling des Jahres 1630 erreichte die Stadt Paderborn eine Nachricht aus Soest, die Spee aufs tiefste beunruhigte, mehr noch: die ihn so entsetzte, daß er, als Pater Turck, selbst in großer Sorge, sie ihm vor dem Mittagessen zugetragen hatte, auf die Mahlzeit verzichtete und eine gute Stunde lang vor dem Kruzifix in seiner Zelle inbrünstig um Abwehr des Schreckens bat.

Es bewegte sich – so bildhaft hatte Pater Turck sich ausgedrückt – mit der Langsamkeit einer Schnecke, doch zugleich mit der Unwiderstehlichkeit der Gezeiten, von Werl kommend, ein reisendes Sondergericht auf sie zu, welches von keinem anderen als dem gefürchteten Werler Staatsanwalt Doktor Heinrich Schultheiß angeführt werde, der, mit exklusiven Vollmachten des Kurfürst-Erzbischofs Ferdinand ausgerüstet, von Stadt zu Stadt und Dorf zu Dorf Denunziationen sammle und die beschuldigten Frauen und Mädchen von der jeweils zuständigen Exekutive verhaften, verurteilen und verbrennen lasse, also daß sein Weg gleichsam durch eine feurige Spur gekennzeichnet sei.

Schultheiß. Das war kein Unbekannter. Als Staatsanwalt zu Werl war er ein hoher Justizbeamter. Als Verfasser einer fünfhundert Seiten starken »Instruktion, wie in Inqusitionssachen des greulichen Lasters der Zauberei zu prozedieren sei«, als »Mann der Praxis«, als einer, der die Aufspürung Verdächtiger und ihre Ausmerzung rationalisiert und somit zu hoher Vollkommenheit entwickelt hatte, mußte er eines Tages die allergnädigste Aufmerksamkeit zu Bonn erregt haben.

Und nun kam er dahergezogen mit seinem ambulanten

Gericht. Vor ihm fielen, fächerartig ausschwärmend, seine Unterkommissare in die Dörfer zwischen Werl und Soest, zwischen Lippstadt und Warstein ein, beurlaubten die örtlichen Rechtsträger mit fürstlicher Vollmacht und brauchten im allgemeinen nicht länger als zwei Tage, um ein Dorf »zauberfrei« zu machen. Mit Schauder erinnerte sich Spee an Männer wie den kölnischen Hexenkommissar Doktor Glimbach oder die schon damals herumziehenden Schöffen Blankenberg und Romeßwinkel – an den vor allem, der sich bei der Folterung Katharina Henots so abstoßend in seiner mörderischen Geilheit aufgeführt hatte.

Nun ging es wieder an. Nun war die begonnene Schrift »Cautio Criminalis«, auf die er seit Corvey keinen Blick mehr geworfen hatte, wieder bestürzend notwendig geworden. Nun war es Spee, als höre er die Stimme des mutigen Adam Tanner, der ihn aufforderte, sein Werk fortzusetzen.

Aber noch immer wollte Friedrich Spee seinen mühsam gewonnenen Frieden nicht ernstlich stören lassen. Hatte er in dieser Stadt nicht gerade genug um die Ohren? Die Vorbereitung auf seine Vorlesung – ein schwieriges Thema, »Die Sünde der Engel«. Das mißgünstige Kollegium. Das Stockregiment im Gymnasium. Den ihm keineswegs gewogenen Rektor. Die Sorge um Brambach – und um die Gunst des Weihbischofs . . .

Es mußte wohl noch ein weiteres geschehen, bis Friedrich Spee begriff, daß Gott ihn nicht nur zum Liederdichten in die Welt geschickt hatte.

Der Geruch hält sich über Jahrzehnte. Verkohlte Balken, brandiger Stein, vom Regen verwaschene Asche, ein süßlich-bitterer Hauch verbrannten Fleisches, menschlicher Exkremente. Keller, Gewölbe, Kamine – Schlupfloch lichtscheuer Gauner, aber auch Rastplatz Verfolgter, Gejagter, aus Haus und Heimat Vertriebener, versprengter, desertierter Soldaten: allerorts ungern gesehenen Volks. In dieser Ruinenlandschaft des großen Brandes von 1616, dem dreihundertfünfundsiebzig Häuser zum Opfer fielen – und über hundert Menschen dazu –, in diesem Totenfeld aus Mauerresten, Turmstümpfen, ragenden Schloten zwischen Giers- und Heiersstraße waren in all den Jahren nur wenige Häuser wieder aufgebaut worden. Es fehlte der Stadt und den Bürgern an Geld, und es war ja auch kurz nach dem Brand der Krieg gekommen. Im Sommer war hier alles von wucherndem Grün bedeckt, Falter und Hummeln tanzten über den Unkrautblüten, Kinder spielten mit Pfeil und Bogen und hölzernen Schwertern, und immer mal fand sich ein Ring, ein Kästchen, ein Knöchlein, ein zinnerner Krug.

Weiß getüncht, von einer aus Trümmersteinen erbauten Mauer umfriedet, nachgerade schamlos in seiner Untadeligkeit, hob sich der bald nach dem Brande neu erbaute Komplex des Kapuzinerklosters aus diesem Areal der Vernichtung. Mit Schutt gepflastert, führte ein Weg über eingeebnete oder zu sanften Hügeln zerfallene Häuser zum Domplatz. Bei Dunkelheit war es der einzige gangbare Pfad vom Kloster in die Stadt und zurück.

Hier, gegen zehn Uhr abends, in einer sternlosen, von Regenböen gepeitschten Aprilnacht, ging Friedrich Spee auf die bleichen Kapuzinermauern zu; aus einzelnen Fenstern des Klosterbaus fiel wärmendes Licht. Spee hatte den kurzen Text im Kopf: »Heute nacht am Stadelhof eine weiße Fahne. Kommen Sie! Große Not. Um Christi Barmherzigkeit willen, kommen Sie! Konrad.«

Der Zettel mit den gekritzelten Zeilen war in eine Falte seines Biretts gesteckt worden, das er heute morgen neben dem Weihwasserbecken am Domeingang abgelegt hatte. Er wußte nicht, wer Konrad war, er wußte aber, daß am Stadelhof kein Haus mehr stand, und er wußte auch, daß er hingehen mußte. Wenn es ihm bestimmt sein sollte, wieder eins über den Schädel zu kriegen, würde es wenigstens das letzte Mal gewesen sein; das könnte auch Doktor Wellingers Kupferplättchen nicht überstehen.

Natürlich ging er hin. Ein Priester, der um Christi Barmherzigkeit willen aus großer Not gerufen wird, darf nicht kneifen. Aber während er alles einpackte, was zu einem

Versehgang nötig war, zog er doch einen ins Vertrauen: den stillen, freundlichen Pater Turck, der noch immer der einzige im Kollegium war, der sich um ihn sorgen würde. Man sollte wissen, wo man ihn gegebenenfalls zu suchen hätte.

Zwischen Kloster und Stadtmauer führte einst die Straße Am Stadelhof entlang. Immerhin war der Schutt so weit geräumt, daß der Straßenzug erkennbar blieb. Auch standen hier noch zahlreiche Fassaden mit ihren Fensterlöchern; der Regenwind ließ die Läden in verrosteten Angeln quietschen und schlagen.

Mit angehobener Soutane stolperte Spee über den Trümmerhaufen. Er überblickte die Straße nach Norden und Süden, so weit die Dunkelheit es zuließ, und nun sah er die »weiße Fahne«: ein Lappen, der auf einen Stock gespießt war. Wie er näher herantrat, stieß ihm etwas in den Magen, es war der Holm eines großen Schubkarren, und auf dem Karren stand eine Kiste, länglich wie ein Sarg. Der Karren stand vor einer noch gut erhaltenen Mauer und erinnerte ihn an etwas. Als er durch das Mauertor trat, sah er sich einem doppelmannshohen Steinhaufen gegenüber. An seinem Fuß klaffte ein Höhleneingang, in dessen Tiefe ein schwacher Lichtschein glomm. Und schon wuchs ein Kopf, eine schmächtige Gestalt aus dem Höhlenloch. Es war der Junge aus Hildesheim, der ihn zur Hebamme geführt hatte.

Er faßte den Pater, ohne ein Wort zu sagen, am Ärmel, drehte sich um und zog ihn hinter sich her, ausgetretene Steinstufen hinunter, bis er in einem überwölbten Raum, vielleicht einem ehemaligen Weinkeller, vor einem Menschen stehenblieb, der auf einer hölzernen Lade lag, es konnte der Deckel der Kiste sein, die draußen auf dem Karren stand. Der Mensch, diese Frau schien ohne Leben.

War er geholt worden, die letzte Zehrung zu spenden? Er wußte nun, wen er vor sich hatte, und während er sein Versehkästchen abstellte, war ihm, als brächen in seinem Geist Stützen ein, als verschöbe sich die seit Jahrzehnten einigermaßen vertraute Ansicht der Welt – verzerrte sich, als habe man vor sein geistiges Auge eine vielfach gesprungene Brille geschoben. Mit einer Geste von grausiger Feierlichkeit hob der Junge das Tuch, mit dem der Körper verhüllt war, und hielt es hoch in seinen Händen, bis Spee sich endlich abwandte und seiner Tränen nicht mehr Herr wurde.

Er hatte einen weißen Frauenleib gesehen, der von Knuten, Peitschen, Stricken, von Folterinstrumenten aller Art so verwüstet war, daß die geschwollenen, kaum vernarbten Wunden der Striemen und Zangenbisse selbst die Konturen der Brüste kaum mehr erkennbar machten. An diesem Leib hatte Satan gewütet – ein Teufel aus Fleisch und Blut!

Spee kniete nieder. »Apage, Satanas, weiche!« betete er. Dann fuhr er zusammen. Sie schrie. Schrie ihn an mit weit aufgerissenen Augen, fand mühsam aus Kreischen und Weinen zu Worten, kaum verständlichen, er hörte, daß sie ihn Henker nannte, Folterknecht, Teufelsscherge . . .

Der Junge brachte sie zur Ruhe. Behutsam deckte er sie zu, dann flüsterte er unentwegt auf sie ein.

Auf den Knien rutschte Spee zu ihr hin, brachte sein Gesicht ganz nahe an das ihre, das ihm nun um so viel älter erschien mit seinen verquollenen Lidern, den körnigen Ringen um die Augen, dem Schweiß der Schwäche auf der Stirn.

»Es wird alles gut«, sagte er. »Ihr habt mich geholt, also wird alles gut. Wir werden überlegen. Wir werden eine Unterkunft und einen Arzt finden. Schlafen Sie jetzt!«

Und in Jammer und Scham bemerkte er, daß er ihr die Hand auf die gleiche Weise über die Stirn und Augenlider führte, wie sie es an ihm getan hatte, und ihr mußte es wohl auch gegenwärtig sein, denn plötzlich verzogen sich ihre Lippen, und er hoffte unsinnigerweise, es könnte ein Lächeln gewesen sein.

Während sie schlief, erfuhr Spee von dem Jungen, was in Hildesheim geschehen war. Sie saßen vor dem Kerzenstumpf einander gegenüber, den Rücken an die Wand gelehnt, die Arme um die Knie geschlungen, es war ja kaum Platz in dem Kellerloch.

Barbara hatte, nachdem der Weihbischof und auch Spee die Stadt verlassen hatte, einige Monate in Frieden leben können; auch den Winter hatte sie leidlich überstanden. Im März des folgenden Jahres jedoch war sie abermals von jenem Syndikus Heidemann aufgesucht und diesmal ohne Umstände verhaftet und in den Lilienturm gesperrt worden. Das Stadtgericht erhob Anklage wegen Hexerei. Sie leugnete, daraufhin wurde das Verfahren auf die übliche Weise fortgesetzt: Man zeigte ihr die Folterinstrumente und erläuterte ihre Funktion. Das war die sogenannte Territion, bei der viele Beschuldigte schon gestehen. Sie stritt alles ab. Dann begann man mit der Folter und setzte sie anderntags und auch am dritten Tag noch fort, und sie bekannte alles, was die Herren hören wollten.

Es fehlte nichts mehr für Urteil und Brand.

Da erreichte den Jungen in seinem Elend, im verwaisten Hebammenkeller, die Botschaft, er solle sofort »die schekkige Hex« vom Turm abholen; sie seien ausgewiesen, beide, aus der Stadt und sollten sich scheren, wo der Pfeffer wächst oder die Hollen auf dem Hintern Ringelreihn tanzen.

Diese Wendung der Dinge im letzten Augenblick vor der Hinrichtung war ganz und gar ungewöhnlich. Der schreckliche Hergang und der glimpfliche Ausgang mußten von zwei verschiedenen Instanzen bewirkt worden sein, anders konnte Spee sich's nicht erklären. Der Junge hatte von den Hintergründen natürlich keine Ahnung. Offenbar hatten nach der Abreise des Weihbischofs untere Ränge im Stadtrandgebiet geglaubt, freies Spiel zu haben. Später hatte dann wohl ein Oberer Angst vor neuem Verdruß mit dem mächtigen Mann bekommen und das leidige Streitobjekt, die Hebammenhex, lieber nicht aus der Welt, aber doch aus der Stadt geschafft.

»Und wie seid ihr hierhergekommen?« fragte Spee. »Weshalb überhaupt nach Paderborn?«

»Das fragen Sie?« sagte der Junge. »Weil man hier keine Jagd auf Hexen macht. Und natürlich: Weil *Sie* hier sind!«

Spee mochte dem Jungen nichts von der finsteren Zunft erzählen, die auf dem Wege war. Heute noch nicht. Die beiden mußten erst etwas zur Ruhe kommen. Auch der Junge sah schlimm aus. Zwar unversehrt, aber wohl nur am Leibe. Und der starrte vor Schmutz.

»Ihr wußtet, daß ich in Paderborn bin?«

»Sie haben zu Barbara davon gesprochen.«

»Als von einer Möglichkeit, ja. Aber von Hildesheim nach Paderborn, das sind – ich schätze – zwanzig Meilen. Da wart ihr mindestens zehn Tage unterwegs.«

»Mehr! So schnell ging das ja nicht. Die Barbara konnte doch nicht mehr laufen. Ich hab' sie in die Kiste gelegt und auf dem Handkarren gezogen. Wenn's bergauf ging, mußt' ich mir manchmal helfen lassen.«

»Und wovon habt ihr gelebt?«

»Wär die Barbara gesund, das wär kein Problem gewesen. Die hätte unterwegs ein paar Kranke geheilt – Kopfschmerzen und so –, das bringt immer gutes Geld.« Er schien einen Augenblick zu überlegen, ob es richtig wäre, mehr zu erzählen. Aber als Spee noch einmal fragte, auf welche Weise sie sich durchgeschlagen hätten in dieser Hungerzeit, packte er doch aus – in einem Ton forcierter Unbefangenheit, der Trotz und Aufmüpfigkeit verriet:

»Wie sollt' ich uns schon durchbringen? Gezeigt hab' ich sie!«

»Wen?«

»Die Barbara. Ich stellte mich auf den Dorfplatz und erzählte unsere Geschichte. Wir kämen von weit hinter Wien, seien geflüchtet aus der Gefangenschaft der Türken. Diese Heiden hätten sie so zugerichtet. Glaubte jeder. Wir Christen tun ja so was nicht. Dann hab' ich sie aufgedeckt als eine christliche Märtyrerin. Die Leute haben das heulende Elend gekriegt – und wir Geld und Brot, sogar Fleisch manches Mal.«

Das war ja nun ungeheuerlich. Der Bursche hatte aus einer als Hexe verdächtigen Person eine Blutzeugin des christlichen Glaubens gemacht!

Spee brauchte nichts zu sagen, Konrad las ihm am Gesicht ab, was er dachte.

»Sie können auch gleich wieder gehen! Wir sind nichts für Sie, ich hätt's mir denken sollen. Aber nun hören Sie schon noch zu Ende. Was wissen die Leute, wie weit Wien weg ist oder wo die Türken sind!? Sogar ein alter Kantor hat's uns abgenommen, das war in Bodenwerder. Er hat uns beherbergt, und abends hat er im Mondschein für uns ein paar Verse gedichtet. Die hab' ich dann in jedem Dorf gesungen.«

Und er begann mit der brüchigen Stimme des Heranwachsenden zu singen, rhythmisch betonte Alexandriner, und so wohtönend, so klagend-verloren, daß Spee eine Gänsehaut bekam:

»Seht an, wie dieses Weib vom Türkenhund zernaget,
daß keiner sie mehr freit, noch bräutlich sie befraget!
Um Christi willen hat sie Not und Wund gelitten.
Erbarmt euch, gute Leut, laßt euch nicht lange bitten!«

Spee blickte auf Barbara. Sie wälzte sich stöhnend auf die Seite. Das war die Frau, deren zielbewußte, dabei so fließend schöne Bewegungen ihn entzückt hatten. »Gebräunt bin ich zwar, aber doch schön.« Es waren nicht nur die sichtbaren Wunden, die sie quälten; man hatte ihr im Streckzug auch die Arme ausgerenkt und die Beine so lange mit Gewichten beschwert, bis sie aus den Gelenkpfannen gezerrt wurden.

Aber eine Hexe als christliche Märtyrerin? Er kam nicht darüber hinweg.

»Es ist einigermaßen schändlich«, murmelte er.

»Dann ziehen Sie mal weiter mit ihr, Herr Pater!« sagte der Junge. »Sie brauchen ja in Ihrer heiligen Einfalt nur zu sagen, sie sei eine gefolterte Hex, die entlaufen ist! Dann sind Sie die Frau bald los. Spätestens im übernächsten Dorf schlägt man sie tot.«

Spee wußte, daß der Junge recht hatte. Vorlaut war der schon in Hildesheim gewesen. Aber jetzt mußten das grausige Schicksal seiner Tante, die wie eine Mutter für ihn war, und die Verantwortung, die er trug, einen selbstbewußten Mann aus ihm gemacht haben. Und plötzlich mußte Spee wieder an seinen Kölner Lieblingsschüler Philipp denken, von dem er nie wieder gehört hatte. Er erhob sich etwas mühsam, die Beine waren ihm eingeschlafen.

»Habt ihr noch genug zu essen und zu trinken?«

Der Junge nickte. »Für morgen langt's.«

»Ihr müßt jetzt ein oder zwei Tage hier aushalten. Ich überlege inzwischen, was ich tun kann. Es wird mir schon etwas einfallen. Aber ich muß zur Bedingung machen, daß du damit aufhörst, deine Tante als christliche Märtyrerin auszugeben. Hörst du?«

Der Junge schob die Unterlippe vor. »Sie ist Märtyrerin! Und Christin ist sie auch. Also!«

»Du weißt, was ich meine.«

»Und wenn ich nicht aufhöre? Lassen Sie die Frau dann verkommen?«

Spee wandte sich dem Ausgang zu. »Bis morgen abend also. Spätestens übermorgen.«

Er wurde, als er in der noch finsterer gewordenen Nacht den Weg über den Trümmerschutt, wiederum am Kapuzinerkloster vorbei, zum Kolleg ertastete, das Bild nicht los: ein Dorfplatz, der zweiräderige Karren, dessen Holme gegen den Himmel weisen, auf der schrägen Ladefläche die sargähnliche Kiste, darin, von einem Tuch verdeckt, die Zerschlagene. Vor dem Karren der Junge, wie ein Jahrmarktsgaukler seinen schaurigen Vers singend, und dann, als gelte es ein Medusenhaupt zu enthüllen, der feierliche Griff nach dem Tuch. Und nun die Frau, fast nackt, in ihrer scheußlichen Entstellung den gierigen Blicken der Menge ausgesetzt. Und danach ging er wohl gar mit dem Klingelbeutel herum . . .

Christliche Märtyrerin!

Dennoch: In den schlaflosen Stunden, die nun folgten und in denen Spee sich den Kopf zergrübelte, wie er die beiden aus dem Trümmerloch herausholen könnte, schlich sich immer wieder ein ganz merkwürdiger Gedanke ein, und daran waren die letzten, fast triumphierend vorgebrachten Behauptungen des Jungen schuld: Sie ist Christin. Und sie ist Märtyrerin. Das letzte stimmte natürlich nicht, da man eben unter einem Märtyrer einen Menschen versteht, der um seines christlichen Glauben willen gemartert oder gar getötet worden ist. Man tut also gut, das Wort durch ›Gefolterte‹ oder ›Gequälte‹ zu ersetzen. Dann bleibt sie aber immer noch eine christliche Gefolterte. Eine gefolterte Christin. Und wenn sie – so Spees überraschender Gedanke – wenn sie trotz des ihr zugefügten Unrechts, trotz der alle irdische und göttliche Gerechtigkeit verhöhnenden Tortur, Christin geblieben ist, also auch weiterhin auf die Gerechtigkeit Gottes vertraut – hat sie dann nicht *auch* um ihres Glaubens willen gelitten? Nein, eben nicht um des Glaubens willen. Sie hat gelitten – und dabei ihren Glauben nicht verloren. Das ist ein Unterschied.

Aber weiter: Da sie gewußt hat, daß sie keine Hexe ist – aber unter der Beschuldigung, eine zu sein, verhaftet und gepeinigt wurde und beinahe verbrannt worden wäre: was, außer dem Bewußtsein ihrer Unschuld, konnte ihr beigestanden haben in ihrer Not? Der Christ, der um seines Glaubens willen von Heiden gefoltert wird, hat immerhin die große Christengemeinde, der er zugehört und für die er stellvertretend leidet. Der Kriegsgefangene, der wider das Kriegsrecht gefoltert wird, hat zur moralischen Stütze den Gedanken an sein Volk oder seine Truppe, der er zugehört und die ihn vielleicht heraushauen wird. Die »Hexe« hat nichts außer der Hoffnung auf einen gnädigen Gott, der, anders als die Menschen, die sie in ihrer Verblendung quälen, weiß, daß sie unschuldig ist. Das ist viel – und das ist, wenn die Qual überhand nimmt, auch sehr wenig . . .

Und wie übersteht eine Barbara, wenn sie überlebt, wenn sie *so* überleben muß, das Wissen, daß sie – sagen wir's rundheraus: für nichts und wieder nichts, um keines Glaubens, keines Volkes, keines Ideals willen ihren Leib zerfleischen lassen mußte? ». . . Daß keiner sie mehr freit, noch bräutlich sie befraget . . .«

Mag sein, daß Spees Gedanken sich beim Einschlafen verwirrten. Aber – wie wäre es, wenn es ihm gelänge, aus Barbara, sozusagen im nachhinein, doch noch eine christliche Märtyrerin zu machen? Damit sie weiterleben konnte.

Es war im Jahr 1611 zu Paderborn gestorben Herr Doktor Jacobus Theodori, ein Arzt und hochgelehrter Mann. Nicht einmal der Fürstbischof hatte auf den Rat des Medicus verzichten wollen – und dies, obwohl der Doktor Theodori gottlos war. Jedenfalls mochte der störrische Witwer sich zu keiner Relgion, weder zur katholischen noch zur lutherischen, noch auch zum Glauben des Zwingli oder des Calvin bekennen. Ganz ausbündig beschlagene Theologen hatten sich um ihn bemüht; ein Doktor Pistorius soll, eigens für diesen Ungläubigen, eine Epistel verfaßt haben, »die einen Juden, Heiden oder Türken zur Einkehr in Gott hätte bewegen müssen«, wie man ihr noch lange nachrühmte. Doch diesem Mann, der vielen half, war nicht zu helfen. So kam's, wie's jedermann erwartete: Eines Nachts, mitten auf der Domfreiheit, traf ihn der Zorn des Herrn. Wie vom Blitz getroffen fiel Doktor Theodori um und hinterließ einen Knaben von kaum drei Jahren.

Dieser, Albert, wuchs heran. Sein Onkel, ein Apotheker, ließ ihn in einer der vielen wenig glaubenstreuen Winkelschulen unterrichten, die damals, ehe der Bischof seine Stadt aufs neue wetterfest katholisch machte, ihr Unwesen trieben. In solch eine private Schule, die des Herrn Homberg, ging der Knabe, bis sie auf fürstlichen Befehl, wie alle anderen ihrer Art, geschlossen wurde. Inzwischen nämlich hatten die Patres der Gesellschaft Jesu mit Gottes und des Fürsten Hilfe ihr Gymnasium in Paderborn eröffnet, und auch den Knaben Albert hätten sie, des schlimmen Vaters aus Barmherzigkeit nicht achtend, aufgenommen.

Doch Albert wollte nicht. Der Junge, damals zwölf, vergaß den Jesuiten nie, was sie mit der Leiche seines Vaters angestellt hatten. Vom Onkel hatte er es allzuoft gehört: Sie hatten den toten Mann vom Domplatz nächtens abgeholt, hatten ihn seinem Bruder vors Apothekerhaus geschleppt und dort hingesetzt auf einen hölzernen Bock! Das gab am Morgen einen schönen Aufruhr! Der geweihte Gottesacker blieb dem Leichnam verschlossen. Als er sich nach abgeklungener Starre manierlich legen ließ, wurde er nach Schlangen überführt, wo man's bekanntlich mit Ketzern, Heiden und Gottesleugnern hält.

Dies also hatte der Knabe Albert den schwarzen Patres nie verziehen. Jeglichem Drängen dieser frommen Männer widerstand er, und weil er nicht ins Gymnasium gehen wollte, verscherzte er sich auch das Studium an der Universität.

So wurde er, leider, kein Arzt, jedoch mit der Zeit absonderlich. In Zotteln hing das Haar ihm auf die Schultern, tagein, tagaus trug er die abgeschabten Lederhosen, im Sommer wie im Winter dasselbe Hemd. Meistens ging er barfuß und hielt die Augen auf der Erde. Dies nicht aus Demut.

Wenn einer Gottes Schöpfung lobt, pflegt er nichts auszulassen, er lobpreist alles, was da kreucht und fleugt. Albertus Theodori aber, jetzt zweiundzwanzig, fand Spaß und Wissen, Trost und Einsicht beim Kriechenden allein! Ob Lerche, Adler, Hirsch und wilde Sau – er sah sie nicht. Er sah nur, was da kroch. Und es kriecht viel. Frosch, Kröte, Schlange, Feldmaus, Salamander, Eidechs und Tausendfuß, Maulwurf und Raupe, Käfer und Gewürm. Oft lagt er auf dem Bauch, der junge Mann, und lauerte begierig auf alles, was ihm an Krauchendem durchs Gras entgegenkommen mochte. Das fing er ein, verwahrte es in einem Büchslein oder trug es, wenn die Kreatur im Wasser heimisch war, im Ledereimer nach Hause.

Der greise Apotheker-Onkel schmunzelte, sah wohl auch zu, wenn Albert mit zierlichen Stiletten die Beute obduzierte. Meist stand er schon am Fenster und harrte des Neffen, dem er's schon von weitem ansah, ob sich der Gang verlohnt hatte. Dann tänzelte Albert nämlich: in einer Hand den Fang, mit der anderen ein ungesungenes Lied taktierend, wobei er allenfalls den Kopf zurückgelegt und in den Himmel blinzelnd, mit schnutenhaften Lippen summte. Ein Heidenkind, zufrieden mit der Welt.

Friedrich Spee hatte von dem jungen Sonderling gehört. Und weil dessen Vater ihn falsch erzogen hatte und die Jesuiten in der Tat pietätlos mit dem Leichnam umgegangen waren, sah er ihm einiges nach, hoffte natürlich auch, ihn zu bekehren. Während Spees erstem Paderborner Aufenthalt war der Junge siebzehn gewesen. Damals hielt er's mit den Weinbergschnecken, die er sammelte, aber nicht verspeiste – in Westfalen kannte man die welsche Sitte nicht. Vielmehr versah er jedes Schneckenhäuschen mit einer Zahl, wozu er eine regenfeste Liguster-Tinte benutzte. Nach Jahresfrist suchte er seine Schnecken wieder zusammen und legte für jede ein Kärtchen an, auf dem die mutmaßlich von ihr zurückgelegte Wegstrecke eingezeichnet war.

Ein Kauz, fand Spee, aber ein liebenswerter. Und da Albertus, obwohl für die Vögel keinen Blick, doch auch etwas von Spees Lieblingsheiligem hatte – nur daß er offensichtlich nicht begriff, wie franziskanisch fromm er bereits war –, ließ Spee ihn gelten, ja es fiel ihm ein, daß er selbst als Dichter den »Kriechenden« bisher unrecht getan hatte, da sie von ihm noch in keiner seiner Strophen zu des Allmächtigen Lob erwähnt worden waren. Und waren doch Gottes Geschöpfe wie andere auch.

Spee hatte in jener Nacht alle im Geist vorbeiziehen lassen, die er in Paderborn und auf dem Lande ringsum kannte: die Frommen, die weniger Frommen, die verkappten Lutheraner, die Reihe der Adligen, die er teils bekehrt oder auch nur ein wenig irre an ihrem Luthertum gemacht hatte: Keiner, auch keine der Frauen, deren Beichtvater er gewesen war, schien ihm geeignet, Barbara zu helfen. An christlicher Barmherzigkeit fehlte es nicht, aber sie hat ihre Grenzen, wenn man sich die Gefahr ins Haus holen soll. Und die Wahrheit ließ sich nicht zerreden; sollte er vielleicht selber die törichte wie gotteslästerliche Geschichte vom Martyrium bei den Türken auftischen? Wer aber beherbergt eine als Hexe Verdächtige? Wenn man sie auch freigelassen hat – etwas wird schon dran sein, sagen die Leute. Und wahrscheinlich ist sie sogar ausgebüchst, denn wer läßt schon eine Hexe frei, und da hätte man sich ja einen schönen Segen ins Haus geholt.

So kam Spee zu der beschämenden und unbehaglichen Erkenntnis, daß unter all den Leuten, von denen er hier wußte, einzig dieser Heidenjüngling samt seinem manchmal schon etwas hirnschwach anmutenden Apotheker-Onkel Gewähr dafür bot, daß Barbara und ihr Neffe für die nächsten Tage Kost und häuslichen Frieden finden würden. In der Apotheke gab's auch genug Salben und Tinkturen für die Wunden der armen Frau, ein Apotheker ist bald so viel wie ein Arzt, er würde ihre Knochen betasten, würde ihre Gliedmaßen mit Hilfe der beiden kräftigen Burschen wieder einrenken können.

Am Tage, der seinem Besuch in der Trümmerstadt folgte, machte Spee sich auf zu jenem Albertus Theodori, dem gelehrten Freund der Schnecken und anderen Gewürms.

In der folgenden Woche rief Rektor Lennep alle Professoren, aber auch die anderen Pater des Kollegs zu einer Sitzung in den Kapitelsaal. Nach dem gemeinsamen Gebet kam er zur Sache:

»Meine Brüder! Ihr alle wißt, was wir unserem Kurfürsten Ferdinand, diesem gottbegnadeten Völker- und Seelenhirten aus dem fernen Bayern zu verdanken haben. Es hätte in Paderborn nach dem Ableben des großen Bischofs Dietrich Fürstenberg auch anders kommen können. Nicht jeder Landesherr liebt Jesuiten! Der unsre aber tut's. Er hat in Köln eine neue Kirche bauen lassen, eine Jesuitenkirche in der Marzellenstraße neben dem Kolleg! Auch uns in Paderborn hat er schon mehr als tausend Taler zugeschanzt. Wie gerne würden wir ihm unseren Dank erweisen, sichtbarlich! In wie so inniger Demut wollen wir die Knie vor ihm beugen, den Fischerring zu küssen! Nur, liebe Brüder, er läßt sich ja nicht blicken, leider, leider. Gewiß, er hat hier einen Stellvertreter, den Weihbischof und Generalvikar. Doch der ist oftmals unterwegs. Und wenn man Jesuit ist – und nicht gerade wie unser lieber Bruder Fridericus seine Gunst genießt –, wird man von ihm nur selten wahrgenommen, es sei denn, er plane einmal eine neue Beschränkung unserer Rechte.«

Spee hatte schon darauf gewartet. Es war keine Rede Lenneps denkbar, ohne daß er den ihm von Pelking wider Brauch und Ordnung zugewiesenen Ordensbruder verspottete oder verdächtigte. Die Brüder saßen steif mit durchgedrücktem Rücken auf der rings an den Wänden entlanglaufenden Bank und hoben die Blicke nicht. Lenneps schlohweißer Haarkranz über der von grandiosen Falten geadelten Stirn leuchtete vor dem Fensterlicht wie ein Heiligenschein. Mit geschmeidigem Baß fuhr der Rektor fort:

»Nun aber, Brüder, bietet sich Gelegenheit, uns dankbar zu bezeigen. Zwar nicht vor unserem Fürsten selbst, wohl aber vor seinem Abgesandten. Wie jeder weiß: Herr Doktor Schultheiß ist unterwegs. Er ist beauftragt, die strengen Verfügungen des Hexendekrets, das Kurfürst Ferdinand im Jahre 27 aus gutem Grund, will heißen: aus bösem Anlaß, erneuern mußte, in praxi durchzuführen. Dabei darf er, wie anderswo, auch hier auf unsere Hilfe bauen, auf den Beistand der Gesellschaft Jesu. Da er in direktem Auftrag unseres Landesherrn reist, bedeutet jede Unterstützung, die wir ihm gewähren, nichts anderes, als bäte uns der Kurfürst selbst um einen Dienst, und wir erfüllten – wie selbstverständlich! – seinen Wunsch. Was also will's besagen? Erstens . . .« Er hob den Daumen. »Wir tun uns alle mal ein bißchen um in unserer Stadt. Horchen mal da, mal dort, in Kirchen, auf dem Markt, wo Frauen sind – und Männer auch, versteht sich –, die sich der Zauberei verdächtig machen. Das können sein: Solche, die nicht oft zur Heiligen Messe gehen. Auch solche, die verdächtig oft zur Messe gehen. Solche, die sich dirnenhaft betragen. Auch solche, die im Ruf ausnehmend reinen Wandels stehen. Solche, die abstoßend häßlich sind. Auch solche, die durch ihre Schönheit blenden. Solche, die sich ganz dumm und tölpelhaft gebärden. Auch solche, die klug und vielbelesen sind. Kurzum: Man habe acht auf jede, die, auf welche Weise immer, *auffällt* und sich dem Herdendienst, dem Herdenglück beim Guten Hirten, zu dem der Mensch von Gott geschaffen ist, durch *Andersartigkeit* entzieht. Zum zweiten« – er hob Daumen und Zeigefinger – »die Namen dieser Weiber – der Männer auch, versteht sich – verzeichnen wir in einer Liste. Ein jeder gehe mit seiner Liste dann zum Bruder . . .« – Lennep schien kurz zu überlegen, während sein Blick auch Spee streifte –, »zum Bruder Turck. Der wiederum – das wäre dann das dritte – fertigt aus diesen Listen eine neue Liste. Und wenn Herr Doktor Schultheiß oder einer seiner Kommissare eintrifft, dann werde ich als Willkomm des Kollegiums sozusagen und zu gedeihlichem Gelingen ihres schweren Werkes den Abgesandten Seiner Durchlaucht diese Liste im Rahmen eines festlichen Empfanges überreichen. – Noch Fragen?«

Als sich niemand meldete, klatschte er zufrieden in die Hände und hob die Versammlung auf.

Kurz darauf kam Pater Turck zu Spee. Der zierliche Mann mit dem schmalen Gelehrtenkopf und dem ausladenden Hinterhaupt, der nie ein Wort zuviel sagte, aber im Kreise dieser Kollegen sehr viel Worte hinunterschlukken mußte, klagte sein Leid:

»Mit dieser Aufgabe komme ich nicht zurecht. Soll ich herumgehen und Gerüchte sammeln? Natürlich gibt es Hexen und Zauberer auch in Paderborn. Aber wer bürgt dafür, daß man mir die richtigen Namen nennt?«

Spee sah, daß der Bruder in Gewissensnot war. »Es könnte ja auch sein«, sagte er, »daß es zur Zeit gar keine Hexen in Paderborn gibt.«

»Das ist aber doch ganz unwahrscheinlich«, sagte Pater Turck. »Sie kennen doch das Hexendekret. Nach Auffassung des Kurfürsten gibt es in seinen Landen viele Hexen. Warum also nicht in Paderborn?«

»Nun«, sagte Spee, »sie könnten ausgeflogen sein zu einer abgöttischen Versammlung. Nach dem Blocksberg zum Beispiel . . .«

Er hatte es halb im Scherz gesagt, aber Turck nahm das Argument ernst: »Nein, nein, das hilft mir nichts. Mit solchen Sophistereien kann ich mich nicht drücken.«

»Nehmen Sie die Namen entgegen, tragen Sie sie zusammen und verlieren Sie die Liste rechtzeitig, ehe die Herren Kommissare kommen.«

»Auch das nützt nichts. Rektor Lennep kann sich die Namen von jedem einzelnen wieder besorgen.«

Er schüttelte trübsinnig den Kopf und schlurfte davon.

Das ist unsere Obrigkeit! dachte Spee. Auf ein Gerücht hin setzt sie die Verfolgung in Gang. Ein Gerücht genügt zur Gefangennahme, zur Folterung. Gerüchte aber werden nur allzuoft von Leuten ausgestreut, die jeden, dem sie nicht gewogen sind, der Hexerei verdächtigen. Deshalb müßte die Obrigkeit Sorge tragen, daß diese giftigen Mäuler, die nur Gestank, Qualm und Lügen aushauchen, gestopft werden. Tut sie das nicht, nimmt sie Gerüchte solcher Art als Beweis, dann sind ihre Prozesse auf lügnerischen Schein gegründet.

Und wie schon einmal in Köln, als er mit dem Kommissar Glimbach disputiert hatte, erschrak Friedrich Spee und entsetzte sich vor den Schlüssen, zu denen seine Vernunft ihn unweigerlich führte.

Genügte es nicht schon, sehen zu müssen, wie ein heiter in Selbstbescheidung dahinlebender Mensch, dem Gott Gesundheit, Selbstvertrauen und das Vermögen, anderen Menschen zu helfen, mitgegeben hatte – wie dieser Mensch von einer rechtmäßig eingesetzten Obrigkeit im Laufe weniger Stunden zum jammervollen Krüppel zerschlagen wurde? Und diese Obrigkeit berief sich, durfte sich nach hergebrachtem Recht und Glauben berufen auf eine höhere Obrigkeit: einen Fürsten, der, was er war, von

Gottes Gnaden war, und was er tat, mit Gottes Segen oder doch mit Gottes Zulassung tat. Da war es wieder, das furchtbare Problem der »Zulassung Gottes«, was soviel bedeutet wie: Gott sieht den Teufel seine schändlichen Werke in Szene setzen, aber Er greift nicht ein, Er hält ihn nicht auf, Er läßt diese »Werke« zu. Wie – wenn Er gar nicht eingreifen könnte? Aber dann wäre Er nicht allmächtig – und dann wären wir beim Manichäertum eines Aschebrock angelangt . . .! Vielleicht will Er nicht eingreifen, weil Er auf den Eingriff der Menschen wartet, auf die Guten, die von der Erkenntnis, was Gut und Böse ist, jener Erkenntnis, die sie einst in Sünde fallen ließ, den einzig rechten Gebrauch machen, indem sie das Gute tun und das Böse verhindern? Vielleicht wartet Gott, indem Er das Böse die ersten schlimmen Schritte tun läßt, auf den guten Menschen, der sich ihm entgegenstellt. Und wenn Er vergeblich wartet? Dann geschieht das Böse ungehindert – und eine Barbara wird sein Opfer. Ist das Gerechtigkeit? Ist das Gottes Gerechtigkeit?

Es wäre nicht auszudenken, wenn die Vergeltung im Jenseits nicht wäre. Der Ausgleich beim Jüngsten Gericht: die ewige Seligkeit für die einen, die ewige Verdammnis für die anderen: zugeteilt nach der Qualität ihrer Werke, ihrer Gedanken und ihres Glaubens.

Und Spee erinnerte sich an die Nacht nach dem Gang in die Trümmerstadt, an die seltsam beruhigende Überlegung, ob es nicht doch möglich wäre, dem sinnlosen Leiden einen Sinn zu geben und aus dieser um eines Wahnes willen gepeinigten Frau noch nachträglich eine Märtyrerin Christi zu machen.

Im Hause des Apothekers Theodori, am Lager der Hebamme Barbara, saß Friedrich Spee und war beinahe glücklich. Hatte die Frau den nicht ungefährlichen Transport an einem frühen, düsteren Sonntagmorgen, als Paderborns Straßen menschenleer waren, noch im Zustande der Verwirrung und zeitweisen Bewußtlosigkeit erdulden müssen, so war sie nun, seit sie in Theodoris und seines Neffen Albert Obhut war, nicht nur von Schmerzen so gut wie frei: Es hatte auch ihr Geist zu ihr zurückgefunden; sie wußte wieder, wer sie war, sie begriff, wo sie sich befand, und bei seinem ersten Besuch hatte sie auch Spee wiedererkannt, und diesmal war es wirklich ein Lächeln gewesen, das ihre Lippen geöffnet hatte.

Sie konnte nicht wissen, daß Spee bereits überlegte, wohin er sie nun noch verbringen könnte, da Doktor Schultheiß schon in Lippstadt wirkte und sein Vorkommando das Dorf Störmede erreicht hatte. In der letzten Nacht hatte er sich geschworen und Gott und Seine Heiligen zum Zeugen angerufen, daß er diesmal nicht kapitulieren, sondern das Leben dieser Frau retten werde – wenn's sein müsse um den Preis seiner Existenz.

Es ging ihm nicht um Barbara allein. Es ging auch darum, daß sich um seiner Selbstachtung willen ein zweiter Fall Katharina Henot nicht wiederholen durfte, nicht vor seinen Augen, nicht mit *seiner* »Zulassung« . . . Wenn er es aber *so* meinte, dann mußte er mehr tun als eine Hebamme vor dem erneuten Zugriff der Schergen zu bewahren. Dann mußte er niederschreiben, was er schon in Köln, später in Corvey, zuletzt durch Adam Tanners mutige Worte an Erkenntnissen gewonnen hatte. Die »Cautio Criminalis« durfte kein Torso bleiben; sie mußte mit der überzeugenden Logik, mit der er sie begonnen hatte, zu Ende geführt und unter die Leute gebracht werden. Wie aber gerade das anzustellen wäre: dies Unter-die-Leute-Bringen, darüber machte Spee sich noch immer wenig Gedanken. Nur, daß an eine Drucklegung nicht zu denken war, darüber bestand für ihn nicht der geringste Zweifel.

Doch davon durfte die Frau nichts wissen, die in einem der zum Hof hinaus gelegenen Zimmer der verwinkelten, wiederholt umgebauten Apotheke von ihrem Neffen Konrad und von Albert Theodori betreut wurde.

Angstvolle Vorsicht, strenge Abschirmung war geboten. Die Mägde, die im Haushalt der Apotheke Dienst taten, durften von Barbaras Anwesenheit nichts erfahren; sie wären wohl die ersten gewesen, die sich geweigert hätten, mit einer »Hexe« unter einem Dach zu wirtschaften. So durfte kein Räuspern, kein Bohlenknarren zur Unzeit aus dem Zimmer dringen, und auch das Heimlichgemach im Erdgeschoß konnte nur unter besonderen Vorkehrungen aufgesucht werden.

Die Jungen hatten, unter Anweisung des Apothekers, die grausam gedehnten Sehnen und Gelenke einigermaßen ins Lot gebracht, wobei Albert, der noch nie eine Frau angefaßt hatte und sich an seine Mutter nicht erinnern konnte, allzu behutsam vorging, so daß Konrad ihn auslachte und seine Muskelkraft anzweifelte. Wütend, da er sich vor Barbara bloßgestellt fühlte, jagte Albertus die Treppe hinunter und aus dem Haus, vor dem er frierend eine Weile herumstand. Er kehrte bald zurück, denn er war auf Konrad eifersüchtig. Dieser übrigens auch auf ihn, aber das wußte keiner vom anderen, und nicht einmal von sich selbst wußten sie's, und es wurde immer schlimmer, je mehr das junge Weib zu sich fand und sich erinnerte, daß sie einmal eine Frau gewesen war.

Das Martyrium um Christi willen . . . Spee dankte immer wieder dem Schöpfer, daß ihm dieses hochbedenkliche Unterfangen einer nachträglichen Sinngebung des Leidens dank Barbaras überaus gesunder Konstitution erspart geblieben war. Denn selbst wenn die »Umwertung« gelungen wäre – vom theologischen Standpunkt aus gesehen, wäre das Verfahren doch einigermaßen dubios gewesen. Nur die Gewißheit, der Mißhandelten damit einen späten Trost spenden zu können, hätte ihn zu diesem Schritt ermutigen können.

Von den Rangeleien der jungen Leute bemerkte Spee wenig. Wenn er zu Besuch kam, herrschte Eintracht zwischen dem Sechzehn- und dem Zweiundzwanzigjährigen. Spee saß dann mit Barbara nicht in der vorübergehend mit einem Bett ausgestatteten Bibliothek, sondern im ansehnlichen Speisezimmer des ersten Stockwerks. Wenn es sich einrichten ließ, traf man sich zu den Mahlzeiten, dann waren auch der Onkel und die Jungen anwesend. Aber manchmal gab Barbara den anderen zu verstehen, daß sie mit Spee als ihrem Beichtvater allein sein wolle, und dann trollten sie sich, ohne auf den Pater eifersüchtig zu werden. Er genoß in ihren Augen das Privileg seiner Jahre und seines Berufs, und sie unterstellten ihm nicht, daß er Barbara zu seiner Konkubine machen könnte. Abwegig war dieser Gedanke nicht – keineswegs nur für überhitzte Knabengemüter. Denn was da in Paderborn immer noch und trotz strengster kirchlicher Erlasse und Verwarnungen als quasi Praepositissa, Decanissa, Cantrix, Custrix hochhackig herumstolzierte, war ein Ärgernis und eine Versuchung zugleich.

Der Versuchung, die, unwillentlich, auch von Barbara ausgehen mochte, wußte Spee zu widerstehen. Doch oft, wenn er sie ansah, ging ihm wiederum ein Vers aus dem Hohen Lied durch den Kopf: »Siehe, meine Freundin, du bist schön! Siehe, schön bist du!« Jedoch er kam nur selten ins Apothekerhaus; jedes Aufsehen, jeder Verdacht mußte vermieden werden.

Manchmal, wenn er den Jüngling Albertus betrachtete, wie der Kurzsichtige mit den leicht vorquellenden Augäpfeln auf Barbara starrte und die Blicke zum Ansatz ihres Busens abirren ließ, tat ihm das Herz beim Gedanken an Philipp weh.

Immer öfter – wohl auch weil er so viel an die unglückliche Katharina Henot denken mußte – wurde sein ehemaliger Lieblingsschüler zum geheimen Gesprächspartner; war er doch auch in Köln der einzige gewesen, dem Spee gelegentlich seine schweren Bedenken nicht nur gegen den Henot-Prozeß, sondern gegen alle Hexenprozesse hatte anvertrauen können. Er empfand Philipps Nähe so stark, daß er sich nicht gewundert hätte, wenn der Junge plötzlich in ihre Runde getreten wäre. Der »Junge« – nun, er mußte auch schon einundzwanzig sein.

Eines Tages erhielt Rektor Lennep den folgenden Brief:

Köln, am 2. April 1630

Pater Adrian Horn SJ, Regens des Gymnasiums Tricoronatum zu Köln, an Pater Christian Lennep SJ, Rektor des Jesuitenkollegs zu Paderborn.

Lieber Bruder in Christo!

Mit wachsender Bewunderung spricht man im Kölner Kolleg, wie auch besonders in dem von mir geleiteten Gymnasium Tricoronatum, von Ihren so vielfältigen Eroberungen an Liegenschaften, Benefizien und Seelen. Paderborn, so ist zu hören, komme, was die Zahl der Gymnasiasten betrifft, mit deren 600 gleich hinter Köln und übertreffe noch die Schule von Münster, über deren Disziplin freilich Schlimmes berichtet wird.

Um so mehr bedauere ich, daß es mir auf meiner Visitationsreise im verflossenen Frühjahr nicht vergönnt gewesen ist, Ihnen, lieber Bruder, meinen Besuch abzustatten. Ich war damals bereits vom Bruder Provinzial zum Nachfolger des abgegangenen Regens Kasen bestimmt worden, so daß mir keine Zeit verblieb, den Umkreis meiner Reise, welche ich im persönlichen Auftrag Seiner Durchlaucht unternahm, auszuweiten. Gewiß hätte auch ein Mann von meinen nicht eben geringen pädagogischen Erfahrungen von Ihnen noch einiges lernen können. Bleibt zu hoffen, daß Sie, liebwerter Bruder, in abzusehender Zeit ins heilige Köln kommen, welches, bislang durch Gottes Fügung vom Kriege verschont, nun womöglich doch noch des grimmen Feindes Beute werden könnte. Der Herr wolle es verhüten.

Eigentlicher Grund meines Schreibens ist ein Gespräch, das ich unlängst mit unserem Pater Provinzial Hermann Baving führte, dem sowohl die Paderborner Verhältnisse, wie auch die Lebensumstände eines Mannes besonders vertraut sind, der in Ihrem Kollegium eine neue Ordensheimat gefunden hat. Ich meine Fridericus Spee. Der Provinzial war von der Tatsache äußerst betroffen, daß Spee ohne seine Anordnung, lediglich auf Weisung des dortigen Generalvikars, aus dem Hildesheimer Kolleg nach Paderborn geschickt wurde. Besagter Spee (den ich gut kenne; er weilte bis Sommer 28 in Köln) hat sich in unserer Stadt mit Gottes Zulassung einen unrühmlichen, leider auch unseren Orden befleckenden Namen gemacht, indem er beim Prozeß gegen eine abgefeimte Zauberin, eine gewisse Katharina Henot, Stellung nicht allein gegen Richter und Schöffen, sondern bedauerlicherweise auch gegen zwei seiner Ordensbrüder, den Pater Mohr und mich, bezog. Fehlte nicht viel, und er wäre selbst in den Verdacht der Hexerei geraten, was Gott jedoch fürs erste nicht zugelassen hat.

Gott duldete auch nicht, daß unsere kölnische Obrigkeit in ihrer Wachsamkeit gegenüber dem Hexengesindel ermattete oder sich gar durch die leichtfertig geäußerten Skrupel unseres Bruders irritieren ließ. So gelang es ihr, in kurzer Zeit weitere dieser Teufelsweiber aufzuspüren und mit dem Feuer zu bestrafen, wie denn geschrieben steht im 2. Buch Mose: »Du sollst die Zauberer nicht leben lassen.«

Besagter Spee hat sich später in Paris haereticorum nicht übel bewährt und auf dem Weg von Peine nach Woltorf sogar im Kampfe mit Ketzern eine Schädelwunde davongetragen, von der nur Böswillige behaupten können, er habe sie sich, um als Märtyrer zu gelten, selber beigebracht.

Und damit komme ich zum endlichen Anliegen meines Schreibens. Wollen Sie, lieber Bruder, doch bitte im Hinblick auf die zu erwartende Ankunft des Kurfürstlichen Kommissars Doktor Heinrich Schultheiß, herzoglichen Staatsanwalts zu Werl, Sorge tragen, daß unser mehrfach apostrophierter Bruder die von Durchlaucht persönlich angeordnete Verfolgung dieser abscheulichen Sonderverbrechen nicht durch unangemessenes Betragen, ehrfurchtlose Zweifel an der Rechtlichkeit der Exekution oder gar durch Schlimmeres verhindert.

Gott mag alles zum Guten wenden.

Adrian Horn SJ
Regens des Gymnasiums Tricoronatum zu Köln.

Postscriptum: Nicht in Unkenntnis, lieber Bruder, sollte ich Sie darüber lassen, daß ein ehemaliger Schüler Spees, ein gewisser Philipp von Kronthal, vor einiger Zeit an das Gymnasium geschrieben hat. Er sei jetzt Offizier in kaiserlichen Diensten und wünsche zu erfahren, wo Pater Spee sich aufhalte. Kronthal, der gut daran täte, sich in der Stadt Köln nicht mehr blicken zu lassen, wird also, nachdem der gewesene Regens Kasen ihm leider geantwortet hat, bei sich bietender Gelegenheit Verbindung mit Spee aufnehmen. Es handelt sich um ein unbotmäßiges, zu Gewalttaten neigendes Subjekt, vor dessen Auftreten Sie, verehrter Pater Lennep, in brüderlicher Sorge gewarnt sein mögen.

D. O.

Rektor Lennep hielt den Brief noch eine Weile in der Hand, ehe er ihn auf seinem blanken, von keiner Akte beschwerten Schreibtisch ablegte. Da hatte er nun was Rechtes! Einerseits war es Material, bedeutete eine geringe Erweiterung seiner Kenntnisse von Spees Vorleben, die er sich längst besorgt hatte. Dieser reichlich perfide Hinweis auf die Schädelwunde . . . Andererseits: Was fiel dem Horn eigentlich ein? Den kannte er nämlich sehr wohl – aus zahlreichen Berichten, die über ihn eingelaufen waren. Neuerdings sprach man sogar davon, er habe einen leiblichen Sohn besessen und sich nicht entblödet, diese Frucht eines sündhaften Konkubinats, natürlich wohlbemäntelt, in dasselbe Gymnasium aufnehmen zu lassen, in welchem er als Lehrer tätig war. Bis Gott dann allerdings hart zuschlug und den Bankert, der zu allem Überfluß auch noch den verehrungswürdigen Namen Ignaz trug, sechzehnjährig sterben ließ. Nein, Horn war nicht der Mann, einem Lennep Warnungen oder Belehrungen zu erteilen. Und was sollte das: »Der Provinzial war äußerst betroffen . . .?« Wenn er es war, konnte er ja wohl selber nach Paderborn schreiben, brauchte nicht den Bruder Horn als Zwischenträger!

Verdrossen faltete Lennep den Brief wieder zusammen und verwahrte ihn in der Lade.

Ob Spee, gegen den sich im Grunde wenig vorbringen ließ – Lennep störte lediglich die beispiellose Methode, mit der man ihm hier ein Lehramt besorgt hatte, welchem er von seiner mangelhaften Ausbildung her gar nicht gewachsen sein konnte –, ob dieser Spee wirklich eine so dubiose Rolle beim Kölner Henot-Prozeß gespielt hat? Je nun, man wird der Sache nachgehen. Aufsässig ist er, das ist wahr. Und sehr oft aushäusig, läßt sich merkwürdig oft in die Stadt beurlauben. Man wird sehen.

Daß ein ehemaliger Schüler sich nach ihm erkundigt hatte, teilte Lennep dem Pater bei sich bietender Gelegenheit mit. Spee nahm die Nachricht mit großer Freude auf.

Doktor Heinrich Schultheiß, Westfälischer Rat und Fiskaladvokat, will sagen Staatsanwalt für das Herzogtum Westfalen, hatte wie so oft eine unruhige Nacht hinter sich. Nicht, daß ihn bedrückende Träume gequält hätten – er träumte nie, weder schreckhaft noch anmutig –, auch seine Verdauung war ungestört, und an den häufigen Wechsel der Schlafstätte hatte er sich in den drei Wochen, die er bereits unterwegs war, gewöhnt. Was ihn jedoch in der Nacht immer wieder erwachen ließ, war das lästige Kribbeln in den Extremitäten. Er erwachte, weil sie einschliefen, und jeden Morgen besah er seine weißlichen, kaum behaarten Arme und rätselte an den Mustern herum, die ein faltiges Kopfkissen oder andere Unebenheiten seines Lagers eingedrückt hatten.

Manchmal waren es leicht deutbare Zeichen, das versöhnte ihn dann mit der gestörten Nachtruhe: ein Kreuz, ein Mistelzweig, ein fischförmiges Ornament. Er war dankbar für jeden Hinweis, jeden Befehl, den der Herr ihm auf solch signifikante Weise schickte, und um so dankbarer, als er nicht träumte und also des Mediums entbehrte, durch welches Gott zu vielen Menschen spricht. Es waren übrigens keineswegs nur diese Hautsignale, mit denen Gott ihm seinen Willen mitteilte. Schultheiß achtete gleichermaßen auf die Lage von Strohhalmen an der Türschwelle, auf die

Muster, welche eingetrocknete Säfte in einer Tasse hinterließen, oder auf den wiederholten Ruf des Wiedehopfs. Er wußte die *Zeichen* zu deuten.

An diesem Morgen hatte sich auf seinem rechten Oberarm in zarten, rötlich getönten Bälkchen ein lateinisches G abgezeichnet. Erst dachte er natürlich an GOTT, aber das erschien ihm doch sehr vermessen: zu wähnen, daß Gott der Herr über Nacht auf des Doktors Schultheiß sündigen Leib gleichsam sein Initial geprägt hatte. So kam er auf Näherliegendes, Demutvolleres: G hieß GESEKE – und das war der Name dieser kleinen, von wehrhaften Mauern umgürteten Stadt zwischen Soest und Paderborn, in der sich Doktor Schultheiß vor drei Tagen niedergelassen hatte.

»Nun denn! Das ist keineswegs nur ein Hinweis, das ist ein Gebot!« sagte er nicht unzufrieden, als er auf den Hof trat, um trotz der Kälte seinen nackten Oberkörper vom eisigen Pumpenstrahl bespülen zu lassen; ein Diener drückte den Schwengel!

Es kam ihm gelegen. Denn die Prozedur der »heimatgebundenen Vollstreckung«, wie er das bisher geübte Verfahren nannte, wies Mängel und sogar Risiken auf. Mögen die Leute mancherorts noch so sehr überzeugen, daß die Trine Möllers eine Hexe ist, mögen sie die Folter gutheißen, auch noch das Urteil mit Befriedigung zur Kenntnis nehmen – es gibt, wenn's dann zum Brande kommt, doch immer wieder Angehörige und von diesen irregemachte Inkonsequente, die Ärgernis verursachen: Da wollen manche als Gegenzeugen dienen, andere tragen des Nachts klammheimlich den Scheiterhaufen ab, ganz Widerborstige, nicht achtend, daß sie sich damit selbst als Teufelsbrut entlarven, gehen gar mit Knüppeln und Forken gegen die Diener des Gerichtes vor.

Aus diesem Grunde ist die heimatgebundene Vollstrekkung eine Erschwernis. Viel besser wär's, die Inculpatinnen aus vielen Orten in einer Stadt, in einem Dorf fern ihrer Heimat dem Brand zu übergeben. Das schaffte dieses Lästig-Familiäre der Heimatbrände ab, es sparte Holz und Teer und Stroh, und auch die Henkers- und Schergenkosten reduzierten sich um einiges; darauf hatte schon Johannes Romeßwinkel hingewiesen.

Für einen Mann wie Romeßwinkel, der ihm bei dem neuerdings geübten Verfahren so nützlich war, empfand Doktor Schultheiß nur Verachtung, obwohl er sich seiner bedienen mußte und von von ihm auch gut bedient wurde. Er hatte ihn wiederholt bei Folterungen beobachtet und mit Entsetzen wahrgenommen, daß dieser Mensch pures Vergnügen an diesen allein der Wahrheitsermittlung förderlichen Maßnahmen zu empfinden schien, und zwar um so mehr, je jünger und hübscher das Opfer war. Zur Rede gestellt, stritt der unwürdige Inhaber des Doktorgrades dies zwar ab, aber es war – Schultheiß schüttelte sich, wenn er daran dachte –, es war unübersehbar.

Jedoch: Die Hände waren ihm gebunden. Der Kurfürst persönlich, wie so oft falsch beraten, hatte die Gerichts-Equipe zusammengestellt, hatte auch ihn selber, Schultheiß, zum »Sonderkommissar zur Bekämpfung des Hexenunwesens« für das Herzogtum Westfalen sowohl wie für das Hochstift Paderborn ernannt, und daran gab's ja wohl nichts zu bekritteln. Aber daß dem Fürsten solch ein Peiniger aus niederer Lust, daß ihm ein Romeßwinkel unterlaufen war, blieb unentschuldbar.

Zu allem Überfluß war Romeßwinkel, als ihn der Kurfürst zum Schultheißschen Kommando befohlen hatte, darauf erpicht gewesen, seine Ehefrau Theresa mitzunehmen, und die war schwanger. Nun vermutete in Köln zwar jeder, der in den Belangen der guten Gesellschaft nur halbwegs beschlagen war, daß Romeßwinkel mit seiner Gattin, wenn denn überhaupt noch, nur äußerst selten ehelichen Verkehr pflog – ein Umstand, den manche einer den fleischlichen Freuden zunehmend abholden Frömmigkeit, andere übermäßigem Branntweingenuß, Kundigere jedoch gewissen seltsamen Lustgewohnheiten zuschrieben, über die mindestens soviel bekannt war, daß sie ihn zu außerordentlicher Tractation seiner weiblichen Folteropfer befähigten. Immerhin: Frau Theresa Romeßwinkel, die in Kölns Breite

Straße einen scheinbar zurückgezogenen Lebenswandel führte, war gesegneten Leibes, und so mußte denn – wollte man nicht Unausdenkbares denken! – beider Gattenliebe noch nicht vollends erloschen sein. Wurde gelegentlich auch nur hinter vorgehaltener Hand gemunkelt, Theresa Romeßwinkel pflege geheime Buhlschaft mit Melchior Geil, einem der beiden Bürgermeister, die bis vor kurzem in Köln regiert hatten, und treffe sich mit ihm im Gasthaus Ursulinenhof zwei Meilen vor der Stadt: zu Romeßwinkels Ohren war dieses schändliche Gerücht noch nicht gedrungen – und die Obrigkeit hätte sich, sollte sie Wind bekommen haben, vermutlich taub gestellt. ein Ehebruchsverfahren mit seinen entwürdigenden Strafen – im Büßerhemd durch die Stadt, vom Pöbel verspottet! – konnte Kölns achtbare Bürgerschaft nur äußerst unwillkommen sein. Wie nähmen die Hüter des Rechtes sich dann wohl aus vor dem gemeinen Mann! Es war durchaus nicht zumutbar.

Von diesen Hintergründen hatte Doktor Schultheiß aus Werl nicht die geringste Kenntnis. Er wohnte in der Stadtkirchen-Vikarie, auch Regentenhaus genannt, und im gleichen Haus, ein Stockwerk höher, hatte Romeßwinkel Quartier bezogen.

Nachdem Schultheiß – spätestens in Soest bei der Tortur der Agatha Landmann – dahintergekommen war, welch schlimmen Wicht Durchlaucht zu Bonn ihm zugeordnet hatte, überlegte er, auf welche Weise er sich seiner entledigen könnte, ohne ihn allzu sichtbarlich zu degradieren. Mit dem Einfall, ihn vom eigentlichen Vollzuge dadurch auszuschließen, daß er ihn vom Ort der Folter entfernte, und zwar unter einem gewichtigen, höchst ehrenvoll anmutenden Vorwand, hatte er sich von seiner beschämenden Gegenwart befreit. Assistiert von einer subalternen Kreatur namens Rotaug, reiste der kölnische Schöffe dem Gericht voraus und stellte in den Dörfern und Städten jeweils die zur »Abschaffung« in Frage kommenden Opfer bereit. Das machte er gut, da ließ er nichts aus, da war er gründlich. Und sollte er etwa auch bei diesem doch streng wissenschaftlichen Geschäft sträfliche Emotionen haben – der Doktor Schultheiß sah sie nicht und brauchte also sein Gewissen nicht beschweren zu lassen. Auf den Gedanken, das Verfahren, welches Romeßwinkel bei der Selektion anwandte, könne fehlerhaft sein oder willkürlich falsch angewendet werden, kam Doktor Schultheiß nicht. Das hing einmal zusammen mit seiner Hochachtung vor der Wissenschaft (die er etwa mit dem kölnischen Hexenkommissar Glimbach teilte), zum anderen aber auch mit seinem schlichten Gottvertrauen: eine bei solch gelehrten Männern sehr seltene Kombination guter Gaben, aus der sich manches, was bei Doktor Schultheiß rätselhaft oder unstimmig oder einen besonders kritischen Geist schlechthin albern anmuten könnte, ohne weiteres erklärt.

Er war gelehrt, war von seiner Ausbildung, von seiner jahrzehntelangen richterlichen Erfahrung her der gegebene Mann, die Durchführung des kurfürstlichen Hexendekrets nun endlich einmal zu garantieren. Die Obrigkeit von Gottes Gnaden hatte ihn bestallt. Gott selber sprach zu ihm durch eingedrückte Bälkchen auf seinem weißen, haarlosen Leib: Es war alles im Lot, war in der Ordnung.

Schon halb verblaßt unterm Wasserschwall waren die Zeichen auf dem Oberarm. Doch deutlich war das G. Ich will heute alles richten lassen, dachte Doktor Heinrich Schultheiß, für einen großen Brand zu Geseke.

Spee ging durch den Kötterhagen zum Marktplatz, um nach Barbara zu sehen. Er wunderte sich, daß vor der Apotheke mit dem vergoldeten Zunftschild so viele Leute standen. Und dann sah er zwischen fleckigen Platanenstämmen die Kutsche und am Wagenschlag die Initialen IP und den Adler, das Tier des Evangelisten Johannes: die Kutsche Pelkings.

Der Schreck fuhr ihm ins Herz.

Am Hause des Bäckers Strothotte, dort, wo der Kötterhagen auf den Marktplatz mündete, schob sich die Backstube, statt wie sonst üblich zum Hof hin, ein Stück in die Straße hinein. Im Schutz dieses Anbaus konnte Spee das Geschehen vor der Apotheke beobachten, mit bis zum Hals klopfendem Puls und verzweifelt bemüht, alle Möglichkeiten zu durchdenken, die sich daraus ergaben, daß der Weihbischof Barbaras Unterschlupf ausfindig gemacht hatte. Daß Pelking sein Verhalten in Hildesheim toleriert hatte, bedeutete ja keineswegs, daß er nun auch das Verstecken einer »Hexe« in Paderborn billigen mußte.

Die Leute standen wie zwischen die groben Pflastersteine gepflanzt. Der Kutscher, es war wohl derselbe, der sie damals nach Burg Steuerwald gefahren hatte, saß kerzengerade und unnahbar auf dem Bock; die Grauschimmel warteten würdig mit sanft wedelnden Schweifen.

War nicht zu befürchten, daß der Weihbischof auf Grund einer Denunziation . . . Spee verbot es sich, weiterzudenken. Er mußte warten. Es war ja auch nicht gesagt, daß im Hause sein Name fiel. Der Apotheker und die Jungen würden dichthalten, von Barbara ganz zu schweigen. Die Mägde wußten nichts von dem Gast – hoffentlich nicht. Das beste war, abzuwarten, bis die Tür sich öffnete. Kam Pelking alleine, durfte man hoffen. Erschien mit ihm Barbara, womöglich von Schergen begleitet, wäre immer noch Zeit, dem Bischof entgegenzutreten und alle Schuld auf sich zu nehmen. Bei dem Gedanken, die schon einmal unmenschlich Entstellte erneut der Folterjustiz ausgeliefert zu wissen, mußte er sich ans Herz fassen. Und plötzlich wußte er, was er zu tun hatte: Wenn Barbara erst verhaftet ist, dann ist es zu spät. Wenn du was retten willst, mußt du es gleich tun.

Mit ruhigen, nur leicht beschleunigten Schritten ging er auf die Apotheke zu. In diesem Augenblick, als bereits einige der Wartenden auf ihn aufmerksam wurden, öffnete sich die Tür, und die hohe Gestalt des Weihbischofs erschien. Er war allein. Der Kutscher sprang vom Bock, zwei Frauen sanken in die Knie, in der Hoffnung auf einen Segen. Noch ehe der Bischof einsteigen konnte, stand Spee ihm gegenüber.

Als Pelking erkannte, wen er vor sich hatte, zog er die Mundwinkel ein und sagte: »Also gut! Gehen wir noch einmal ins Haus.« Vor der Tür wandte er sich um und hob die Hand zum Segen.

Albert und Konrad wuchteten gerade den Sessel, den man für den Weihbischof in die Offizin gestellt hatte, über die Theke. In ihrer Überraschung ließen sie ihn auf dem Ladentisch stehen. Der alte Apotheker kam aus dem Hinterzimmer und fragte unter Bücklingen: »Haben Exzellenz noch einen Wunsch?«

»Lassen Sie uns allein«, gebot Pelking. Darauf verschwanden alle drei.

»Sie wundern sich, was ich hier mache, Spee? Nun, es liegt eine Anzeige gegen Sie vor. Sie sollen eine Konkubine im Hause des Apothekers versteckt haben. Ich bin der Sache nachgegangen und überzeugte mich, daß hier wohl eine Frau wohnt – aber es ist die von Ihnen in meinem Namen beschützte Hebamme aus Hildesheim. Ich habe nichts dagegen, wenn Sie in diesem Fall konsequent sind. Die Frau steht ab sofort auch unter meinem persönlichen Schutz. Halten Sie Ihre Beziehung so einwandfrei, daß die Schmutzfinken keinen Grund zum Lästern haben.«

Er wandte sich zur Tür. Da fiel Spee – er konnte nicht anders – vor ihm aufs Knie und küßte seinen Ring. Pelking ließ es mit der gleichsam rituellen Gelassenheit geschehen, mit der er die Neugierigen gesegnet hatte.

Als Spee aufstand, sagte der Generalvikar:

»Noch etwas. Ich habe von Ihrem Besuch bei Brambach gehört. Das war sehr ungeschickt. Ich halte es Ihrer Unerfahrenheit in politicis zugute. Da ich noch immer einiges mit Ihnen vorhabe, muß ich Sie ersuchen, sich künftig solcher Aktionen zu enthalten. Haben Sie Brambach zur Flucht verholfen?«

Es klang nicht anders, als hätte er gefragt: Wie ist der kürzeste Weg zum Generalvikariat?

»Nein«, sagte Spee.

»Ich glaube Ihnen. Er wird unserem Fürsten und mir

noch viel Verdruß bereiten. Bis nach Wien, bis zum Reichshofrat wird er reisen, um sein vermeintliches Recht durchzusetzen. Ein unangenehmer Mann.«

Er reichte Spee die Hand und fing ihn gleichzeitig am Ellbogen auf, um den Kniefall zu verhindern. Spee küßte den Ring. Er kam nicht mehr dazu, die Tür zu öffnen, so schnell war Pelking wieder draußen.

Im nächsten Augenblick füllte sich die Apotheke mit Menschen. Nicht allein, daß der alte Theodori hereinkam und die beiden jungen Leute: die Müßiggänger, welche die Kutsche belagert hatten, auch Lohndiener, Marktfrauen, Handwerksgesellen, zwei Kapuziner – alle drängten in den Laden mit vielen »Was gab's denn?«, »Was wollte der Dortmunder?«. Und einer fragte sogar: »Stimmt's, daß hier eine Hexe versteckt wird?« Das wiederholte er hartnäckig; vielleicht war's der Denunziant.

Aber der alte Apotheker, der sich immer, wenn's hoch herging, als gar nicht so tapsig im Geiste erwies, hob die vom Umgang mit seinen vielen Tinkturen fleckig gewordenen Hände.

»Nur eine Behandlung! Ein kleines Leiden, nicht wert, den Arzt zu befragen. Geringe Mühe für einen kundigen Apotheker!«

Obwohl die Natur des bischöflichen Leidens zu erfahren auch nicht ohne Reiz gewesen wäre, machten sich die Leute allmählich davon, zumal der langmähnige Albert mit würdiger Famulusmiene sie abzufragen begann: »Ihr Wunsch? Womit können wir dienen?« Für unnötige Medizinen wollte niemand berappen.

Als man endlich unter sich war, begann Albert zu tanzen. Er hob, während er die Arme mit hängenden Händen in Brusthöhe führte, die Schenkel, stampfte wie ein Bär an der Kette, drehte sich mit schaukelndem Oberkörper im Kreise, machte sich, schneller werdend, an Konrad heran, hakte sich bei ihm ein und riß ihn mit, und der wagte sich an Spee, während Albertus den alten Onkel in den Reigen schleppte, so daß sie schließlich zu viert herumtanzten, indes Albertus, schon leicht außer Atem, unentwegt skandierte:

»Wenn jeder wie der Bischof wär,
dann gäb's bald keine Hexen mehr!«

Und Konrad, der als Dichter nicht zurückstehen wollte, fand nach zwei weiteren Runden eine Fortsetzung:

»Dann stünden alle schuldlos da
wie unsre Hexe Barbara!«

Und sie freuten sich, daß der alte Onkel sich mitschleifen ließ und auch der bärtige Pater, nicht im mindesten geniert, die Beine unter der Soutane hob.

Als erster scherte der Apotheker aus. Schwindelig geworden, hielt er sich am Fensterknauf fest, und da mußte er etwas gesehen haben, denn er riß den Flügel auf und wies auf den Marktbrunnen.

Dort verhielt in diesem Augenblick ein Reitertrupp. Angeführt wurde er von einem vornehmen Herrn, der einen schwarzen breitrandigen Hut trug. Er sprang vom Pferd, während seine Begleiter im Sattel blieben, schlug, indem er den Degengriff faßte, den Umhang zurück, so daß eine rot-weiße Schärpe sichtbar wurde, stakste in Stiefeln, deren Schäfte bis hoch über die Knie gezogen waren, ein paar Schritte auf die Apotheke zu, blieb stehen und breitete, während er sich seiner Begleitung wieder zuwandte, die Arme, als wolle er sagen: Da wären wir nun also in Paderborn!

Spee hatte ihn schon erkannt, als er noch im Sattel saß. Es war der Anführer des Schultheiß'schen Vorkommandos: Herr Doktor Johannes Romeßwinkel.

Zweites Buch

Der Auftrag

Geseke

Wir sehen immer wieder, wie ein einmal begonnener Hexenprozeß sich durch mehrere Jahre hinzieht und die Zahl der Verurteilten derart anwächst, daß ganze Dörfer ausgerottet werden, während doch nichts ausgerichtet wird, als daß sich die Protokolle mit den Namen weiterer Verdächtiger anfüllen. Wenn das weiter so fortgehen soll, so ist kein Ende der Hexenverbrennungen abzusehen, bis nicht das ganze Land menschenleer geworden ist.

. . .

Ich höre, daß an manchen Orten als Gehalt für die von den Fürsten für die Prozesse eingesetzten Richter und Inquisitoren eine nach der Kopfzahl der Verurteilten bestimmte Summe festgesetzt ist, so zum Beispiel vier oder fünf Taler für jeden Schuldigen. Wer sieht hier nicht, wie sorgfältig schon allein aus diesem Grund darüber gewacht werden muß, daß nicht die Hoffnung auf Gewinn das Verfahren beeinflußt.

Friedrich Spee
»Cautio Criminalis«

Dann muß Gott sich erbarmen, wenn wirklich der Teufel seinen Schwanz an mir abgewischt hat . . .

Ausruf einer als Hexe
verdächtigen Frau zu Geseke

Seit drei Tagen weilte Dr. Heinrich Schultheiß schon in Geseke, diesem schmucken, von wehrhaften Mauern umschlossenen Ackerstädtchen, das sich mit seinen knapp zweieinhalbtausend Einwohnern und einer über siebenhundert Jahre alten Stiftskirche der Schirmherrschaft des heiligen Cyriakus anheimgegeben hatte und dabei nicht schlecht gefahren war. Vor dem Kriege, als Geseke noch blühte, vermeinte mancher Reisende, wenn er sich einem der sechs Tore näherte, die Stadt sei belagert – nicht von Menschen zwar, doch von ganzen Heerhaufen blökender Schafe, die sich vor und auf den Wällen gütlich taten. An die zweitausend meinte ein Zeitgenosse gezählt zu haben, dazu noch zahlreiche Mühlenesel. Damit war's längst vorbei; nicht allein der Werwölfe wegen, die, in menschlicher Gestalt, doch mit großen Hauern bewaffnet, nächtens die Schafe rissen. Wer heutigentags heimlich ein Schwein halten konnte, war schon gut dran in dieser schlimmen Hungerzeit.

Im Krieg jedoch war Gott mit Geseke gewesen, bislang. Vor acht Jahren erst hatte der Tolle Christian im Land gewütet, hatte das Hochstift Paderborn besetzt, saß in eigener Person in Lippstadt und drangsalierte das Volk, das nach den unverschämten Spaniern den Braunschweiger nur zähneknirschend ertrug. Der warf ein Auge auch auf Geseke, umringte und belagerte die Stadt mit zehn Fähnlein Fußvolks, vierundzwanzig Reiterkompagnien und vier Geschützen. Da war es der Reiteroberst Dietrich Otmar von Erwitte mit seinen tausend Kürassieren gewesen, der ihm die Beute streitig gemacht hatte. Paderborn, Peckelsheim, Borgentreich, Warburg, Brakel, Lippstadt – sie alle hatte Christian eingenommen. Doch Geseke blieb ihm versagt. Seither feierte man zu Gottes Lob, der die Stadt vor dem Tollen bewahrt hatte, jeweils am Dienstag nach Misericordia Domini mit einer Prozession nach Lobe- oder Tollentag.

Durfte die Stadt sich nun, im Frühling 1630, einer neuen Gunst erfreuen?

Seit Doktor Schultheiß durchs Lüdische Tor Einzug gehalten, der Äbtissin des Kanonissenstiftes seine Aufwartung gemacht und sein Quartier im Regentenhause bezogen hatte, waren die Tage mit Besuchen, Konferenzen, abendlichem Bechern und nicht zuletzt mit der Entgegennahme von Huldigungen des einfachen Volkes ausgefüllt. Schultheiß kam ja nicht daher als einer der vielen reisenden Hexenrichter, die gleichsamt auf eigene Rechnung richteten und meist ohne ausreichende Bestallung den Zehnten, oft genug auch mehr vom Vermögen verurteilter Hexen und Zauberer einstrichen: Der Kommissar von Werl erschien im Auftrage des Landesherrn, und alles, was er tat, geschah auf Weisung oder mit Billigung Bonns. So trug man dem hohen Beamten an jedem Ort, wo er weilte, hundertfach Beschwerden, Klagen, prozessuale Streitigkeiten vor – sehr zum Verdruß der ansässigen Go- oder Gaugerichte. Die übten ja bereits landesherrliche Funktionen aus und hatten ohnedies schon genug Ärger mit den städtischen Gerichten, die ihrerseits eifersüchtig auf ihre Kompetenzen sahen und sich nur allzu gerne auch bei Kapitalverbrechen, wie etwa Blutrunst auf der Geseker Feldmark, für zuständig erklärt hätten, wozu sie jedoch durchaus nicht legitimiert waren. Da nun sogar die Bauerschaften ihre eigenen Gerichte hatten, war des Richtens und des Streitens ums Richten- und Strafendürfen kein Ende, und mancher Sünder zog seinen Nutzen daraus, indem er ein ungünstiges Urteil mit dem Hinweis auf die Inkompetenz des erkennenden Gerichtes anfechten konnte.

So auch in Geseke. Schultheiß und die Seinen konferierten pro forma mit den ansässigen Richtern, lediglich um ihnen zu bedeuten, daß sie bei der nun bald beginnenden überregionalen Exekution allenfalls Amtshilfe leisten dürften, sich im übrigen aber gefälligst jeglichen Eingriffs zu enthalten hätten.

Das mußte einen würdigen und verdienten Mann wie

Richter Hermann Mattenkloidt vom Go-Gericht erbitten. Von einem jahrelangen Streit mit dem Herrn von Meschede aus Alme, der zu gerne Drost von Geseke geworden wäre, keineswegs zermürbt, eher zu immer neuen Händeln aufgelegt, verwies der selbstbewußte Sechziger auf die Hexenprozesse, die er »vollauf zur Zufriedenheit Seiner Durchlaucht« in den letzten Jahren in Geseke durchgeführt habe. Schultheiß winkte freundlich ab: »Schon recht, lieber Herr. Doch zu wenig, zu wenig!«

Es war eben keineswegs alles im rechten Lot zu Geseke. Vor wenigen Jahren noch hatten kurfürstliche Visitatoren in der Stadt-Parochie an die dreißig Irrgläubige ausfindig gemacht und, kaum glaublich: Von den achtzehn Stiftsfräulein pflegten nur sechs zu kommunizieren. Während des Gottesdienstes saßen manche Männer im Branntweinhaus, bis man sie für einen jeden solcher Besuche mit zwei Talern belegte.

Man hatte seither auch in Geseke gelernt, daß unkatholisches Verhalten sich nicht auszahlte. Und darum ging es ja auch gar nicht bei den Disputations- und Informationsbegegnungen des Doktors Schultheiß mit den städtischen und landesfürstlichen Verwaltungs- und Gerichtsherren. Es ging um etwa noch nicht erkannte und ergriffene Hexen, und Richter Mattenkloidt, in seiner Ehre gekränkt, besorgte die Hebamme Walburga Flinders her, die in der Düsteren Gasse wohnte. Er hatte sie vor Jahr und Tag schon einmal verhört und wieder nach Hause geschickt. Aber verdächtig, das war und blieb sie, und nun bot sie sich gleichsam an, wenn denn schon so gründlich nach Teufelsbräuten geforscht werden sollte. Die also wanderte in den Pulverturm, von wo es nicht weit bis zum Rathaus war, in dem nach altem Herkommen die Prozesse verhandelt wurden.

Sonst noch wer? Mattenkloidt dachte an die alte Pavenstroth im Kotten hinter dem Böddeker Hof, aber er sagte nichts, behielt sie nur im Gedächtnis, falls dieser hergereiste Hexenjägermeister noch mehr von ihm verlangen würde.

Als weit williger, den Abgesandten des Kurfürsten zu

unterstützen, erwies sich Philipp zum Holtze. Er war, seit 1618, in gewissen Abständen vom Rat immer aufs neue zum Bürgermeister gewählt worden; ihm war, als sei sein geliebtes Städtchen durch des Hexenkommissars Entscheidung, den »Groß- und Hauptbrand« in Geseke zu vollziehen, von einer hohen Behörde belobigt worden und unter vielen auserwählt.

So hatte Doktor Schultheiß auch in dieser Stadt Räte und Richter willfährig gemacht und hätte nun in Ruhe auf die Zutreiber warten dürfen, die ihm die Satansbuhlinnen aus Störmede in die Geseker Falle führen sollten. Aber dann trug sich am vierten Tag seines Verweilens das Ärgernis zu mit Pater Roderich, dem Benediktiner.

Getrunken hatte der Mann schon immer. Das ist nichts Ungewöhnliches bei Mönchen, die oft die besten Bierbrauer sind und auch die Rebe anbauen, sogar in westfälischen Landen, wo der Wein freilich stocksauer gerät. Getrunken also hatte Pater Roderich zeitlebens, doch eher aus heiterer Gotteskindschaft, aus schlichter, ungezähmter Lust an einem guten Tropfen. Dies auch eingedenk der Hochzeit zu Kana, da Christus Wasser in Wein verwandelte und somit für alle Zeiten den Rebensaft als einem Christenmenschen zuträglich legitimiert hatte. Bei seinen Beichtkindern in Soest, seiner Heimatstadt, war Roderich sehr beliebt; er war niemals kleinlich. Doch den Ansprüchen seines neuen Amtes, um das er sich keineswegs beworben hatte, war er nicht gewachsen, leider. Er hörte sich die Beichte der Hexen an, sofern sie ihn nicht gleich beschimpften und bespuckten und aus dem Kerker jagten, und verhieß ihnen, falls sie sich bekehrten, göttliche Vergebung. Aber schon vor dem dritten oder vierten Feuer, da noch der Brandgeruch des ersten an seiner Kutte haftete, betrank er sich unmenschlich. Zu sich gekommen und von Schultheiß zur Rede gestellt, behauptete er, nur durch unflätigen Suff seines Jammers Herr werden zu können, und wenn er nicht saufe, kämen ihm sogar Zweifel an der Schuld an dieser verhärmten, zermarterten, von Todesängsten geschüttelten Weiber –

und da sehe der Kommissar ja selber, wohin es führe, wenn er nicht saufe. Er klagte und barmte so lange, bis Schultheiß ihm zu schweigen befahl, und dann verkroch er sich wiederum in sein Quartier und zapfte ein neues Fäßchen an.

So schleppte der unwürdige Mönch sich bis Geseke hin. Klugerweise hatte man ihm nichts vom anberaumten Großbrand erzählt. Den würde er noch früh genug wittern, wenn sie anmarschiert kämen aus allen Winden und auf vielerlei Straßen.

Und dann erfuhr er's, durch einen Zufall, doch vor der Zeit. Er leerte sein Fäßchen zur Neige und hängte sich auf dem Speicher seines Quartierwirts an der Kordel seiner Kutte auf.

So fuhr Roderich im Stande der Todsünde dahin und war ein Ärgernis nicht nur für Schultheiß; er war's auch für Geseke. Stadtpfarrer Bernhard Rogener ordnete an, den Leichnam in ungeweihter Erde zu bestatten, was sich von selbst verstand. Als Grabstätte kam nur die Westenfeldmark südlich der Seuchenlinde in Frage: der Galgenplatz.

Die Hexen aber mußten fortan des geistlichen Beistands entraten. Das war wider das Gesetz, und Doktor Schultheiß war entschlossen, eher einen Brand zu vertagen als Ungesetzlichkeit zu tolerieren. So beauftragte er Doktor Romeßwinkel, der sich ohnehin auf dem Wege nach Paderborn befand, den Rektor Lennep um Entsendung eines Hexenbeichtigers zu bitten. Ein ausgekochter Jesuit, so überlegte Schultheiß, würde dem Amte, das gewiß kein Zuckerschlecken war, eher gewachsen sein als jener Trunkenbold und Selbstentleiber, Gott hab ihn trotzdem selig

*

Wiederholt hatte die Küchenmagd nach dem Herrn Leutenant gefragt, aber Giertchen Kessenich wußte es auch nicht anders, als daß er noch immer im Fälinger Hof zu Büren sein müsse, wohin der Hauptmann ihn zum Rapport bestellt hatte. Endlich, als es eine Stunde über die

Essenszeit war, kehrte Philipp ins Quartier zurück, schnallte den Säbel ab, streifte die Schärpe über den Kopf und ließ sich am gedeckten Tisch nieder. Während er wie verhungert die Suppe schlürfte, gab er Giertchen Auskunft:

»Sie verfolgen mich! Sogar bis hierher, nach Büren! Nein, nicht die Holländer, das ließ ich mir noch gefallen. Die Hexen! Ich werd' sie nicht los. Auf Burg Ringelstein haben sie an die dreißig festgesetzt. Wußtest du das?«

Giertchen nickte. »Ich weiß es von den Nachbarn.«

»Nun kommt es auf mich zu. Morgen muß ich sie nach Gesecke bringen. Sie werden dort freigelassen, sagt der Hauptmann. Der Werler Fiskaladvokat ist im Lande und korrigiert die Urteile. Es ist ein Pro-forma-Akt – sonst könnte man sie gleich von hier aus nach Hause schicken. Aber wenn unsere Beamten schon einmal großzügig sind, dann soll's gleich alle Welt zur Kenntnis nehmen.«

»In Geseke alle Welt?« sagte Giertchen trocken. Aber dann schwieg sie. Merkwürdig, daß Philipp nicht mißtrauisch war. Sie wußte, weshalb sie ihm bislang nichts von den auf der nahe gelegenen Burg Ringelstein inhaftierten Frauen erzählt hatte. Zu oft hatte sie erleben müssen, wie schmerzhaft die Erinnerung an Katharina Henot in ihm brannte und wie maßlos, noch immer, die Wut auf ihre Richter war. Oft genug auf ihrem langen Zug von Jütland bis hinunter ins Würzburgische und wieder hinauf ins westfälische Land bis nach Büren waren sie an den rauchenden Stätten des Gerichts vorbeigekommen, ohnmächtig vor den Brandmalen einer Justiz, die Philipp schändlich und verblendet nannte.

Giertchen war sonst nicht so rücksichtsvoll. Aber an offene Wunden zu rühren, bestand kein Anlaß – und gerade auch dieser Wunden wegen liebte sie ihn. Er war kein in tausend Metzeleien abgestumpfter Kriegsmann wie die anderen; er blieb, obschon meist ohne jeden Erfolg, bemüht, auch als Soldat noch christlich zu handeln. Gewiß: Daß der Auftrag des Heilands – »Liebet eure Feinde, tut wohl denen, die euch hassen!« – auch in Kriegszeiten gültig sein sollte, da er doch schon im Frieden nicht erfüllbar schien, war kaum zu begreifen. Und doch mußte man, so dachte Giertchen Kessenich, die Calvinistin, diese Worte der Bergpredigt gerade in den Schrecken des Krieges unablässig vor sich herbeten. Für sie galt nur das Wort des Herrn, wie es in der Schrift steht. Für Philipp, den Katholiken, gab es viele Instanzen und Befehlshaber in der kirchlichen wie in der weltlichen Hierarchie.

Sie wären ja längst Mann und Frau geworden, wenn die Religion es nicht verhindert hätte. Schon bald nachdem sie Dänemark verlassen hatten und während die Hatzfeldtschen Kürassiere auf ihrem langen Marsch durch Deutschland schon von Mantuas braunhäutigen Weibern träumten, hatte sich Philipp entschlossen, seinen Abschied zu nehmen. Was ging ihn Mantua an? Ihm war es gleichgültig, ob dort ein Franzose oder ein Spanier regierte. Doch eben darum führte man Krieg – mit deutschen Söldnern. Der Kaiser wollte den Spanier haben, der Papst den Franzosen, und so bekriegte die katholische Majestät im Grunde auch den heiligen Vater, und das behagte Philipp, dem Jesuitenschüler, durchaus nicht.

Giertchen ahnte, daß dies nur ein Vorwand war. Er hatte genug vom Krieg, das war's. Und er liebte sie, wäre am liebsten mit ihr nach Burg Kronthal gezogen. Dazu kam es dann eher als gedacht.

Am 20. August des Jahres 29 traf das Hatzfeldtsche Regiment in Nüdlingen vor Schweinfurt ein. Dort erreichte Philipp die Nachricht, daß sein Vater gestorben war. Er kam um Urlaub ein und zog mit Giertchen – sie war im fünften Monat schwanger – nach Burg Kronthal im Würzburgischen. Der Vater lag längst unter der Erde, und was er über der Erde besessen hatte, war hochverschuldet; die Bauern waren in den letzten Jahren bis aufs Hemd ausgeplündert worden, vom alten Grafen ebenso wie von marodierender Soldateska, ein jeder tat's auf seine Weise. Philipp setzte einen Verwalter ins verwahrloste Schloß, nahm das restliche Geld an sich, eh es die Räuber bekamen, und sah zu, daß er sich aus dem Staube machte, solange er Giertchen die Reise noch zumuten konnte. Sie dauerte länger als veranschlagt; in Fulda und Marburg herrschte die Pest, so mußten sie weite Umwege machen.

In Wittgenstein erfährt Philipp, daß die calvinischen Holländer die Festung Wesel genommen haben, provoziert durch den Grafen Ernst Kasimir von Nassau-Diez, einen Wallensteinschen Kriegsobersten, der bis nach Utrecht vorgestoßen war. Im Spätsommer fallen auch Duisburg, Essen und Ruhrort. Die Bürger feiern die Sieger als Befreier vom papistischen Joch. Das macht die Holländer noch kühner. Sie tummeln sich nun auch im Bergischen, lassen Jülich nicht aus, scharmützeln weit hinein ins westfälische Land.

In der Herrschaft Büren sucht der aus Holland verjagte Graf Nassau seine halbverhungerten Krieger wieder zu sammeln, um für den Kaiser ein neues Regiment aufzustellen. Philipp, der nicht warten will, bis Hatzfeldt heimkehrt, kommt gerade zurecht. Der Trauim vom friedvollen Residieren auf der Burg seiner Väter ist dahin; er muß sehen, wie er für Giertchen und sich sein Brot verdient.

Der Krieg will nicht so recht voran. Der Wallenstein sitzt in Prunk und Prächten auf seinem Schloß Gitschin, und wenn ihn wieder das Podagra zwickt, geht er nach Karlsbad zur Kur, indes die Kurfürsten beraten, wie sie ihn loswerden können: ihn, des Kaisers weit über des Kaisers und aller Fürsten Macht mächtig gewordene Kreatur! Und auch vom Tilly hört man seit dem Lübecker Frieden nicht viel; es fürchte er jenen weh zu tun, die sich schon um die deutsche Beute streiten: den Niederländern, Franzosen, Schweden.

Schweden. Ihr König Gustav Adolf hat mit den Polen Waffenstillstand geschlossen. Französische und englische Agenten hatten da fleißig mitgespielt, auf daß der Löwe aus Mitternacht endlich die Pranke wider Deutschland erhebe. So spricht auch in Büren alles davon, daß der Schwede bald landen werde, man weiß nur nicht, wann und wo – aber vor Wismar, Stolp, Kamin und Kolberg liegen schon seine Schiffe, und wenn sie kommen, des Königs lutherische

Armeen, das gelbe Kreuz auf ihren blauen Fahnen, dann werden sie übers Land fallen wie die apokalyptischen Reiter, aber man kann es nicht hindern, nur warten darf man und beten: Gnade Gott uns Katholischen!

Ein Christkind wird Giertchens Kind: am Heiligen Abend 1629. Sie holt einen calvinischen Prediger zur Taufe. Philipp soll der Knabe heißen.

Philipp von Kronthal, der sich als Vater hergibt, so war es schon in Jütland ausgemacht, ziert sich: »Nenn ihn doch Ignaz!«

»Nach euerm Ignatius? Ich denk' nicht daran!«

»Nicht doch! Nach meinem toten Freund. Nach Ignaz Eller.«

Sie kennt die Geschichte, hat sie miterlebt, hat dem Ignaz sogar das Leben gerettet – wenn auch nur für ein paar Stunden –, aber sie läßt sich nicht beirren: »Der hieß Ignaz nach euerm Ignatius!«

Sie streiten sich eine Weile, und dann heißt der Junge Philipp Ignaz.

Sie haben sich arrangiert – wie sie auch ihr Zusammenleben seit dem Rückzug aus Dänemark arrangiert haben.

Er faulenzt nun schon seit vier Monaten, beim Bürgermeister nicht übel einquartiert, mit Giertchen und dem Knäblein in Büren, der Stadt, und kommandiert ein Reiterfähnlein, das sich vor Langeweile dem Spiel, dem Suff und allen Wollüsten ergibt. Er wüßte nicht, wie er's ändern sollte, er trinkt ja selber zuviel, vor allem wenn ihn die Schenkelwunde aus Wolgast plagt. Man hat reichlich Weiber im Troß – wie anders soll man leben als Mann? Konkubinen, Huren, Marketenderinnen, schockweise Kinder dazu. In Zelt und Quartier liegen auch etliche Ehefrauen bei ihren Männern und andere, die's hätten werden können wie Giertchen und doch vor Gott keine Gattinnen sind: wohl aber geachtete Kriegsgefährtinnen, Beutebürgerinnen aus mancher erstürmten Festung, Vergewaltigte erst, dann Verliebte, wie es gelockerte Mannszucht und der Weiber Art so mit sich bringen: Quasi-Ehen, gewiß nicht im Himmel geschlossen, doch hartgeschmiedet in Feuer und Blut.

Giertchen katholisch? Das war undenkbar.

»Sie haben uns aus Köln geprügelt! Mein Vater hat's denen nie vergessen, daß sie ihm sogar seine Bücher zerrissen haben. Ich bin nicht nach Holland geflohen, ich habe keinen ungeliebten Mann geheiratet, Gott hat mir beim Schiffbruch nicht das Leben gerettet, damit ich jetzt, wo ich das Glück gefunden habe, meinen Glauben aufgebe! Das mögen deine Adelsgenossen tun! Denen bedeutet's nicht viel mehr, als wechselten sie nur das Tafeltuch, und handelt es sich um eine lohnende Partie, sieht der Herrgott schon gar nicht hin! Ihr mögt das so halten – ich nicht! Ich zahl' nicht mit meinem Glauben fürs Glück!«

Sie urteilte hart und klar. Sie gab auch zu, daß die Evangelischen, wo sie die Macht hatten, kaum zimperlicher mit den Katholischen umsprangen. Sie hatte nicht mehr viel Achtung vor den Menschen. Sie achtete Philipp, weil er zu den wenigen zählte, die sich überhaupt noch Gedanken machten – nicht nur um ihren Nächsten, sondern auch um den »Übernächsten«, wie Giertchen es ausdrückte. Die Übernächsten, das waren die anderen, die Andersgläubigen, die unter anderen Fahnen kämpften, die Gott mit anderen Bräuchen ehrten. Die Übernächsten mochten ein Ärgernis sein – aber deshalb blieben sie immer noch Menschen, Kinder eines einzigen Gottes. Philipp hatte in Köln eine Verfemte, eine »Hexe« schützen wollen: Das war nicht nur für einen Knaben eine tapfere Tat. Als er zu erkennen glaubte, daß man sich ohne Gewalt nicht gegen Gewalt durchsetzen kann, beschloß er, die Gewalt zu erlernen. Deshalb war er Soldat geworden. Und wollte es bleiben. »Wer so viel Blut an den Händen hat wie ich«, sagte er, »wirkt nur lächerlich, wenn er sich mit frommen Sprüchen durchs Leben lügt.«

»Und der Mann aus Loyola?« fragte Giertchen. »War der nicht auch ein großer Kriegheld – und wurde doch fromm und züchtig?«

»Ignatius ist immer ein Kriegsheld geblieben. Er tauschte nur sein Schwert gegen einen kämpferischen Geist. Er hat mit dem Kopf mehr Häretiker vernichtet als der wildeste Krieger. Man kann Krieg führen auf vielerlei Art. Krieg muß sein.«

»Aber es steht fest: Petrus hat dem Kriegsknecht ein Ohr abgeschlagen. Er hätte auch die ganze Meute der Häscher in die Flucht jagen können. Habe ich recht?«

»Bestimmt!« sagte Philipp. »Denn die anderen Jünger hätten ihm natürlich geholfen.«

»Aber Christus hieß sein Schwert einstecken. Meinst du, das war nur eine Laune des Heilands?«

Er versuchte ihr klarzumachen, daß auch das Christentum bald vom Erdboden verschwunden sein würde, wenn es sich nicht zu wehren wisse.

Sie widersprach: »Es hat die Erde erobert, weil die ersten Christen sich nicht gewehrt haben, sondern sich lieber wie Fackeln verbrennen oder vor die wilden Tiere werfen ließen.«

»Nun gut«, sagte er und wandte das Gespräch ins Scherzhafte, »du willst ja nur, daß ich deinen Holländern nichts tue, wenn sie frech in Deutschland einfallen und bis nach Paderborn scharmützeln. Die werden, wenn du mit deinem Glauben an die Sanftmut recht behältst, also nicht die Erde erobern.«

»Das brauchen sie auch nicht«, sagte Giertchen und ging auf seinen Ton ein. »Die sind schon mit Ostindien zufrieden.«

Darauf sagte Philipp nichts mehr. Es war ihm genug, daß er ihr Glück war und sie das seine. Denn er liebte sie sehr. Ihre Unbeugsamkeit, wenn es um Glaubensdinge ging, ihre Kratzbürstigkeit, wenn sie sich neckten, ihre Zärtlichkeit und Hingabe in den Liebesnächten, ihre Zielsicherheit, wenn es galt, sich dem Geliebten unentbehrlich zu machen und dem Kind des ungeliebten Mannes einen seiner Liebe würdigen Vater zu geben – dergleichen hatte er noch an keiner Frau wahrgenommen, es sei denn einiges davon an Katharina, aber das war lange her.

Eine einzige große Freude erlebte Philipp in diesen Monaten. Das war, als ihn auf Umwegen ein Brief von Spee erreicht hatte, dem ein Kapitel aus seiner begonnenen Schrift »Cautio Criminalis« beigefügt war. Philipp und Giertchen lasen es mit Begeisterung und fühlten sich in ihrem Abscheu vor der Hexenjustiz nun auch durch unwiderlegbare sachliche Argumente bestärkt. Von dieser Schrift, davon waren beide überzeugt, würde den schuldlosen Opfern die Erlösung kommen.

Und wenn er nun schon nach Geseke marschieren mußte – vielleicht ergab sich Gelegenheit, nach Paderborn weiterzureiten, um den geliebten Lehrer endlich wiederzusehen?

Man feierte gern in Paderborn, und besonders viel ließen sich die frommen Brüder der Gesellschaft Jesu einfallen. Ungewöhnliche Erfindungsgabe bewiesen sie bei Prozessionen. Wenn sie mit dem Muttergottesbild am Feste des heiligen Laurentius zur alten Römischen Kapelle zogen, wegen großer Dürre einen Bittgang durch die Felder machten oder am Fronleichnamstag das Allerheiligste, von Blumen streuenden, als Engel verkleideten Knaben begleitet, durch die mit Birkengrün geschmückten Straßen trugen – immer hatten diese festlichen Umzüge den Prozessionen in anderen Städten, wo es keine Jesuiten gab, etwas Unnachahmliches voraus: den mit Geschmack und Sachverstand erzielten Zusammenklang aller Künste zur größeren Ehre Gottes. Auch wenn's ums Theater ging – an Einfällen fehlte es nicht. Man spielte nicht nur auf der Bühne der putzblanken neuen Aula oder unter freiem Himmel im Wirtschaftshof, wo Teufel und böse Geister besonders effektvoll im Brauhaus poltern konnten, sondern gelegentlich inszenierte man lehrhafte Dramen auch im Schloß Neuhaus, der hohen Weltpriesterschaft zu Gefallen, so zu Sankt Nikolaus die Tragödie »Aman und Esther«.

Für Doktor Schultheiß hatte man dergleichen nicht vorbereitet, und das war gut so, denn Romeßwinkel hielt nicht lange hinterm Berg. »Der Kommissar hat keine Zeit«, verkündete er lakonisch, nachdem er mit seinem aufsässig dreinschauenden Gehilfen Rotaug den frommen Patres ohne Umstände ins Haus gefallen war. »Alles konzentriert sich auf Geseke. Wenn Sie also, meine Herren, einen Empfang für Doktor Schultheiß vorbereitet haben sollten – ich bin bereit, die Ehrungen an seiner Statt entgegenzunehmen.«

Das war unüberhörbar. Aber wie, wenn der hohe Richter doch noch käme? Dann wollte man nicht all sein Pulver verschossen haben. Jedoch man verstand zu improvisieren. Vielleicht ein besonders festliches Hochamt, vielleicht auch fiel dem Pater Horrion ein Lobgedicht auf Justitia ein; Buchdrucker Brückner, genannt Pontanus, gleich gegenüber an der Kampstraße, würde es in zierlichen Lettern zu setzen wissen.

Lennep, gefolgt von den älteren Patres, übernahm nun die Führung durchs Haus. Keines der Gebäude, die sich zu einem unregelmäßig geschnittenen Komplex zusammenfügten, war älter als fünfunddreißig Jahre. Von dem mächtigen, mit Helm, Laterne und Wetterfahne den Gesamtbau beherrschenden Turm zweigte der erst 1614 fertiggestellte Aula- und Gymnasialflügel ab und schob sich, im rechten Winkel fortgesetzt, bis an die Straße vor. Dieser Aulaflügel war aus den Quadern des alten Minoritenklosters errichtet worden, das man an dieser Stelle eingerissen und als Steinbruch benutzt hatte, was Weihbischof Josef Pelking den Jesuiten bis heute verübelte. Die Repräsentationsräume waren mit edlen, zum Teil aus Übersee stammenden Hölzern getäfelt, und das Erdgeschoß besaß bereits einen gemusterten Marmorestrich, während man in den oberen Gängen, zu denen ein lichtdurchflutetes Treppenhaus führte, noch über nackte Bohlen schritt.

Mißmutig ließ Romeßwinkel, der nach Bier roch, des Rektors Erläuterungen über sich ergehen. Vor den nachgedunkelten Porträts ehemaliger Jesuitengenerale wollte er durchaus nicht verweilen; für das von Fürstbischof Dietrich geschenkte türmchenhafte Ciborium, welches das Allerheiligste barg, hatte er kaum einen Blick, und auf dem von Äbtissin Ottilie gestifteten Chorgestühl lümmelte er sich herum, als sei's ein Lotterbett.

Das befremdete. Jedoch der Mann war einflußreich. Es hieß auch, nicht Schultheiß, sondern Romeßwinkel werde den Bericht an den Kurfürsten verfassen – und davon hing so vieles ab, nicht zuletzt die Spendenfreudigkeit des hohen Herrn.

So nahm man das plumpe Gebaren des Schöffen als gelinde Heimsuchung hin und beendete die Führung vorzeitig. Rektor Lennep rief laut nach Pater Turck, der sich in seine Zelle im Südflügel zurückgezogen hatte und erst auf wiederholte Mahnung erschien. In der Soutane hielt er die geforderte Liste verborgen, aber es half nichts, er mußte sie herausrücken. Lennep übergab sie dem Besucher mit großer Geste und schwingendem Baß: »Wir waren auch nicht faul, bitte, hier, zur gefälligen Bedienung!« Und was ihm an burschikos-höflichen Floskeln sonst noch einfiel.

Das Papier enthielt nur wenige Namen. Pater Turck war auf einen Ausweg verfallen. Er wußte, daß er Ärger bekommen würde, doch das nahm er seufzend und tapfer in Kauf.

Romeßwinkel faltete die Liste zu Lenneps Enttäuschung liederlich zusammen, steckte sie in die Tasche und wandte sich unaufgefordert dem Refektorium zu. Von dort kam ein Duft nach Salbei, Lorbeer, Puter und Spanferkel.

»Ach ja«, sagte der Schöffe, dem Rotaug, sein Assistent, gerade etwas ins Ohr geflüstert hatte. »Ach ja, Herr Rektor: Da wir mit Hexen gut versorgt sind – auch hier in Paderborn haben wir einige erwischt, wie ich gerade höre –, da wir also viel zu brennen haben, brauchen wir als Beistand einen Priester, der sich auskennt. Der letzte, den wir hatten, hat sich totgesoffen.«

»Im Absolvieren kennt sich jeder Priester aus«, sagte Lennep indigniert und hofierte den Schöffen ins Refektorium. Romeßwinkel stand und schnüffelte. »Wo sitz' ich?«

Lennep geleitete ihn an den Ehrenplatz. Die weißgedeckten Tische mit den silbernen Tafelaufsätzen und schillernden Römern waren hufeisenförmig zusammengestellt.

»Einen Priester, der sich nicht blenden läßt von den Lügereien dieses Teufelspacks!« beharrte Romeßwinkel. »Einen, der sich nichts vormachen läßt. Der die Absolution verweigert, wenn sie ihr Geständnis widerrufen.« Und, wie tadelnd: »Ich denke, man kennt sich aus in diesen Sachen?«

»Ich werde überlegen«, musterte Lennep verstimmt. Von seinen Patres kamen für dieses Amt nur zwei in Frage. Bis nach Tisch würde er sich für einen entschieden haben.

Der vorlaute Gast begann ihn zu verdrießen. Es behagte ihm auch nicht, daß der und sein unsauberer Gehilfe sich aus usurpierter Machtvollkommenheit in Paderborn nach Hexen umtaten. Wozu hatte er ihm die Liste gegeben? Der ignorierte sie. War das Lebensart? Und bald fand er es seltsam, daß er, der sich für einen würdigen Empfang des Doktors Schultheiß eingesetzt und seinem Recht, Paderborn nach Hexen zu inspizieren, nicht im mindesten gezweifelt hatte, nun ein starkes Unbehagen verspürte, da diese zwei schmierigen Gesellen sich in seiner Stadt, wenn auch in höherem Auftrag, derart mausig machten. Und nun sollte er auch noch einen Pater zu Diensten des Herrn Schultheiß abstellen? Wo kommt man da hin! Erst schickt der Pelking, als sei er mein Provinzial, mir den Spee ins Haus – und jetzt kommt der Romeßwinkel und schnappt mir die besten Priester weg! Bei einem bleibt's doch nicht, das kennt man ja! Totgesoffen! Hätten sie besser aufgepaßt auf ihren Hexenpfaffen!

Alle Patres hatten Platz genommen. Nun erhob man sich zum Gebet.

Als der Wein seine Wirkung zeigte, begann Romeßwinkel zu schwadronieren, rühmte sich seiner Sonderaufträge, die ihn, mit dem Vertrauen des Kurfürsten ausgestattet, bereits im Jahre 27 weit ins Kölnische Land geführt und zum Herrn der Brände zwischen Rhein und Rur gemacht hatten, wo es »in summa dreiundvierzig Teuflischen an den Leib gegangen war«. Pater Horrion, der neben ihm saß, konnte nicht genug erfahren von fleischlicher Copulation mit dem Satan und von den Sylvani oder Waldmännlein, auch Incubos oder Aufhocker geheißen, wie denn dies alles, sehr nützlich zu lesen, in dem berühmten Lehrbuch der Hexenverfolger, genannt »Der Hexenhammer«, verzeichnet steht.

Viele selbsterlebte Fälle wußte Romeßwinkel zu berichten: Wie die Lore Mummsaß aus Mantinghausen bei hellem Tage auf dem Felde mit dem leidigen Feinde des Menschengeschlechts Gemeinschaft gepflogen habe, und zwar nackt; wie der Klaus Arnstein aus Rietberg sein eigenes Eheweib mit dem Teufel verkuppelt und wie man unlängst in Kölns Hoher Schule disputiert habe, ob aus solcher Vermischung etwas Menschenartiges könne gezeugt und geboren werden, wozu man den heiligen Thomas ebenso befragte wie das 1. Buch Mosis. Und dann sei ein Streit entbrannt zwischen den gelehrten Doktoren, ob, wenn es denn tatsächlich zur Nachzucht komme, der Teufel das vollbringe dank seinem eigenen Samen, oder ob (wofür etliche Professoren halten) der Satan sich menschlichen Samens bemächtigte und sodann mit diesem, den er von irgendwem gestohlen, seine Buhlweiber schwängere.

»Da kommt's sehr auf die Aussage unserer Hexen an!« triumphierte Romeßwinkel, denn nun vermochte er zum strittigen Thema als Fachmann etwas Apartes beizusteuern. »Du mußt sie nur fragen« – und in rüder Vertraulichkeit wandte er sich an Lennep, als habe der ihn um Rat gebeten, aber schon längst machte er sich auch mit den anderen Patres gemein, versuchte es jedenfalls, und das war den meisten zuwider. Lustlos nagten sie an Flügeln und Beinen, und als Pater Nepomuk die Hände am Tischtuch reinigte, sah es aus, als streife er Ekliges ab. »Du mußte sie nur fragen, die Teufelshuren«, eiferte Romeßwinkel, »wie sie den Samen verspürt haben, ob heiß oder kalt, denn darauf kommt's an. Hast du sie richtig befragt mit geeignetem Gerät, dann gestehen sie dir, daß der eisig wie Schnee ist, der Samen, wie auch des Satans Membrum virile selbst . . .«

»Herr Doktor Romeßwinkel!« Lennep erhob sich, obwohl sie alle noch aßen und tranken. »Wir haben Sie willkommen geheißen bei uns, wiewohl wir, ich wiederhole es, von Herzen bedauern, daß der würdige Herr Fiskal Schultheiß aus Werl, Doktor beider Rechte, ein ebenso gelehrter wie taktvoller Mann, taktvoll, jawohl, so rühmt man allerorten, nicht zu uns kam und statt seiner Sie entsandte, von dem wir mancherlei Wissenswertes erfahren haben. Soeben aber waren wir im Begriffe, weitere Einzelheiten zu vernehmen, welche, so möchte ich denn doch sagen, keineswegs wissenswert sind, sondern überaus widrig und deshalb ohne Nutzen zu hören. Ja, sie könnten sogar geeignet sein, unsere frommen Gemüter heimlicherweis zu erregen. Also, daß wir uns nachgerade an unserer beschworenen Keuschheit versündigen müßten, legten wir nicht Verwahrung ein gegen Ihre Alfanzereien von Hitze und Kälte und aufhokkenden Waldmännlein! Wir wollen dergleichen durchaus nicht erfahren« – und dabei sah er unvermutet den Pater Horrion an, der sich so wißbegierig gezeigt hatte –, »denn wir sind schlichte Gottesknechte und wissen schon lange nicht mehr, daß wir einst Männer waren, wollen's auch nie mehr wissen, und – und – nun weiter guten Appetit!«

Er setzte sich und leerte unter beifälligem Gemurmel den Römer bis zur Neige.

Romeßwinkel war ernüchtert. Wieder einmal mußte er einsehen: Diese Repräsentationspflichten, zumal sie mit dem Betrachten alter Generalporträts und wurmstichiger Chorgestühle verbunden waren, lagen ihm nicht. Er war ein Mann der Praxis wie der Theorie, er wußte die peinlichen Instrumente zu bedienen wie kein zweiter, er hatte mit seinem Kölner Kollegen Walram Blankenberg ein Spezialwerk über Hexenmale verfaßt, den »Processus et forma procedendi per Stigmata contra sagas«; ihm war es auch gelungen, die »Nadelprobe« – wissenschaftliche Stechereien in den nackten Leib der Hexe – zur Vollendung zu entwickeln. Aber wenn es, wie in diesem muffigen Kollegium, darum ging, fromme Sprüche zu klopfen und sich gar als willfähriges Werkzeug dieser falschzüngigen Jesuiten-Bruderschaft zu verhalten, dann war ein Romeßwinkel fehl am Platze. Hätte er nicht den Rotaug bei sich, der ihm die Last der Verhaftungen abnahm, er würde dem Schultheiß die Spürhundtätigkeit aufkündigen, zu der man ihn erniedrigt hatte. Denn auch dazu war Romeßwinkel nicht geboren, er, der erst in Kerker und Kammer so richtig seinen Mann zu stehen wußte! – Und wer war denn das, der Bärtige ganz am Ende der Tafel? Das war doch . . .

»He!« rief er und schwenkte sein Glas. »He, Bruder, Fridericus!« Den hatte er zuletzt in Köln gesehen. Ein aufmüpfiger Pfaff von der weinerlichen Sorte. Hatte des Schöffen wissenschaftliche Methoden als Firlefanz erachtet und sich später, als man die Henot-Schlampe torturierte, ganz ungebührlich aufgeführt, obwohl ihn Romeßwinkel sehr bestimmt gebeten hatte, sich zurückzuhalten. Doch vorbei und vergeben; man trägt nicht nach, schon gar nicht, wenn man Hexenrichter ist; ein solcher hat sich nun einmal mit frömmelnden Phraseuren und tüftelnden Advokaten herumzuschlagen. »Stoßt ihn an!« rief Romeßwinkel über den Tisch, das Glas zum Zutrunk erhoben. »Will er dem alten Freund aus Kölner Tagen nicht Bescheid tun?«

Spee starrte auf den abgenagten Ferkelknochen. Sollte er's zum Eclat kommen lassen – jetzt? Die Confratres würden sein Verhalten nicht verstehen; er konnte nicht jedem erzählen, wie er diesen Mann im Folterkeller erlebt hatte: als erbärmlichen Wüstling, der seine Triebe an hilflosen, bis aufs Blut gepeinigten Frauen befriedigte. Und hatte Rektor Lennep – am Ende doch kein übler Mann? – den Unhold nicht soeben schon abgekanzelt wie einen Schulbuben? Spee hob den Kopf und sah dem ziegenbärtigen Schöffen ins Gesicht. Zutrinken – das war zuviel! Weit ausholend griff er nach seinem Glas und stieß es um. Ein Mißgeschick. Der rote Wein färbte das Tischtuch, auftragende Stipendien eilten beflissen herbei.

Lennep sprach das Dankgebet und hob die Tafel auf. Man schlenderte vom Refektorium auf den geräumigen, mit den Bildnissen der Jesuitenoberen geschmückten Flur hinaus und warf durch die hohen Fenster einen Blick auf den Hof, wo Arbeiter Regenwasser aus einer Baugrube schöpften. Während sich einige Brüder bereits zu stiller Andacht in ihre Zellen begaben, hatte sich um Lennep und Romeßwinkel eine kleine Gruppe gebildet, zu der auch die Patres Falkland und Horrion gehörten. Da vernahm Spee, der mit Turck etwas abseits stand, wie Romeßwinkel sich über die zu Paderborn sistierten Weiber ausließ: »Sogar im Apothekerhaus haben wir eine geschnappt.«

Mehr verstand Spee nicht – aber das war auch genug. Er ließ Turck stehen, schob Falkland beiseite, stand vor dem Schöffen.

»Wen, sagten Sie, haben Sie arretiert?«

»Eine Hexe beim Apotheker«, sagte Romeßwinkel mit etwas unsicherer Stimme.

»Wer hat Ihnen gesagt, daß diese Frau eine Hexe sei?«

»Man hat seine Quellen«, sagte Romeßwinkel. »Fragen Sie Herrn Rotaug, der kann Ihnen Näheres sagen. – Wieso eigentlich? Haben Sie Umgang mit diesem Weib?«

»Jawohl«, sagte Spee. »Ich und Weihbischof Pelking. Sie steht unter seinem Schutz!«

»Aber Spee!« Lennep mischte sich ein. »Eine Hexe – und Exzellenz Pelking?!«

»Barbara ist keine Hexe!« rief Spee außer sich.

»Man kennt sogar ihren Namen? Man ist auf du und du?« spottete Romeßwinkel und blickte lustig auf die konsternierten Patres.

»Haben Sie mich nicht verstanden?!« rief Spee nun so ungehemmt laut, daß auch die entfernter Stehenden aufmerksam wurden und näherkamen. »Der Weihbischof und Generalvikar hat diese Frau unter seinen persönlichen Schutz gestellt! Glauben Sie immer noch, daß sie eine Hexe ist?«

»Es gibt genügend Exempel . . .«

Ehe der Schöffe weitersprechen konnte, hatte Spee ihn an den Schultern gepackt. Er schüttelte ihn, derangierte seine speckige Halskrause und schrie ihm ins Gesicht:

»Wo ist sie? Ich will sehen! Sie werden sie sofort freilassen!«

Romeßwinkel, zornrot, riß ihm die Hände herunter. »Herr

Rektor! Dies dem kurkölnischen Abgesandten in Ihrem heiligen Hause?!«

»Heilig?!« rief Spee. »Unheilig ist dieses Haus geworden!« – »Aber, aber!« rief Lennep dazwischen. – »Jawohl, unheilig durch dieses Mannes Gegenwart! Das ist ein Folterknecht, ein Frauenschänder, ein bestallter Mörder! Pater Rektor! Weisen Sie diesem Stroch die Tür!«

Nun war nichts mehr zu retten. Von allen Seiten kamen die Patres angestürzt, auch die in den Zellen folgten dem Aufruhr, selbst die Küchenjungen wagten sich auf den Gang, und Pater Turck rief nach einem Arzt, denn Spee war weiß und zitterte, während er immer neue Anwürfe erhob und – wer hatte den stillen, in sich gekehrten Mann je so erlebt?! – seine Stimme zu äußerster Lautstärke steigerte.

In Wahrheit war er über das pure Entsetzen, Barbara abermals im Kerker zu wissen, schon hinaus. Denn während er die baßgewaltigen Mahnungen des Rektors überhörte und seinem Ekel und Abscheu ungehemmten Lauf ließ, überwältigte ihn die Gewißheit, zugleich mit der schrecklichen Nachricht den Auftrag Gottes vernommen zu haben. Nicht, daß der Herr ihm Seinen Willen in Worten bekundet hätte. Aber mitten in seinem Zornesausbruch fühlte Spee sich eingebettet in ein Glücksgefühl von überwältigender Kraft: Was Gott ihn soeben auf rätselhafte Weise hatte wissen lassen, war nichts Geringeres, als daß Er seinen Aufstand billigte, ja, daß Er gedenke, Seinen Knecht Friedrich Spee noch tiefer in das Zerwürfnis mit seiner Umwelt zu stoßen. Und also war es, als wollte Er sagen: Nun ist's genug mit deiner Duldsamkeit und übergroßen Vorsicht! Wieviel Unschuldige sollen noch zugrunde gehen, weil du zu feige bist?

Es war schon ärgerlich. Die Patres standen eng im Kreis, und Lennep, der Menschenkenner, sah ihnen an, wie sehr sie sich freuten. Ein Jesuit, ein Gottesmann, einer der Ihren schrie einen fürstlichen Beamten an! Wies ihn, obwohl dazu nicht im mindesten befugt, aus dem Hause! Das war nun einmal ein Höhepunkt im ereignisarmen Leben dieser redlichen Brüder, und es klang ganz anders als Exerzitiengemurmel und fromme Litanei. Lennep mißbilligte zwar ihre glitzernden Augen, ihre klaffenden Münder, die scheu konspierenden Blicke zum Nebenmann – aber er sah's ihnen nach. Zunächst galt es, mit diesem glutäugigen Bruder Schwarzbart ins reine zu kommen, der sich aufführte, als sei er ein rächender Erzengel!

Doch immerhin: Seine Philippika machte in Lenneps und wohl aller Brüder Augen diesen undelikaten Herrn aus Köln noch um einige Grade gewöhnlicher; in seinem Gegengezeter wirkte er noch erbärmlicher, als er sich schon bei Tisch benommen hatte. Was Wunder bei einem, der sich an aufhockenden Waldmännlein delektiert!

Während ihn diese Empfindungen bewegten, hatte Lennep durch beherztes Dazwischentreten die Eifernden voneinander getrennt. Es war auch höchste Zeit; der Schöffe rief bereits nach seinem Degen.

»In Ihre Zelle, Bruder Spee, sogleich!« hatte Lennep gerufen. Spee hatte geziemend die Handflächen auf die Brust gelegt und sich über die Treppe in den Oberstock begeben.

Den Schöffen bat Lennep ins Rektorzimmer, beruhigte ihn mit dem Hinweis auf den geschwächten Gesundheits- und Gemütszustand des Bruders, auf seine anfallweise auftretenden Kopfschmerzen und allerdings auch auf seine betrübliche Neigung zur Unbotmäßigkeit, gegen die man jedoch, zumal nach dem heutigen Vorfall, die segensreichen Mittel mönchischer Disziplinierung anzuwenden wisse. So gelang es Lennep, Romeßwinkel und seinen Gehilfen Rotaug (der, mittlerweile volltrunken, gestützt werden mußte) aus dem Hause zu komplimentieren. Doch an der Pforte fiel es dem Schöffen ein: »Und wann kriegen wir unseren Hexenpriester?«

»Sie sollen ihn haben«, sagte Lennep.

Kopfschüttelnd ging er ins Haus zurück und bat die Brüder, in ihre Zellen zu gehen und gefälligst dort zu bleiben. Dann begab er sich in den Oberstock.

Lennep meinte es nicht schlecht mit Spee. Dieser Bruder

hatte – das war dem Rektor klargeworden – völlig unzureichende Begriffe von der behandelten Materie. Er war sich offenbar der Gefahren nicht bewußt, die von diesen teuflischen Weibern ausgehen. Es fehlte ihm auch an Kenntnis der einschlägigen Literatur. Von der Praxis mochte er gleich gar keine Ahnung haben. Dem wäre abzuhelfen.

Als der Rektor die Zelle betrat, kniete Spee im Gebet vor dem Kruzifix und ließ sich, wie es Brauch war, auch durch den Vorgesetzten nicht stören. Lennep kniete neben ihm nieder und fiel in den Text ein, den Spee halblaut sprach. Nach dem Amen erhoben sie sich. Lennep machte keine Umstände:

»Ich habe, Bruder Fridericus, den Eindruck gewonnen, daß Ihnen vor den Hexenprozessen graust. Das erklärt sich ohne Zweifel daraus, daß es Ihnen bislang vor den Hexen und ihrem Satanswerk noch nicht hinlänglich gegraust hat. Es ist also erforderlich, daß Sie zunächst über das Ausmaß ihrer Untaten belehrt werden. Und da Sie an der Führung der Prozesse oder, noch kurioser, sogar an den Exekutionen Anstoß nehmen, wird es hohe Zeit, daß Sie sich über ihren Verlauf mittels der sinnlichen Wahrnehmung unterrichten. Dazu will ich Ihnen verhelfen. Ich dispensiere Sie für eine gewisse Zeit von Ihrem Lehramt und entsende Sie als Hexenbeichtvater nach Geseke zu Doktor Schultheiß.«

Spee neigte den Kopf. Er war nicht überrascht, viel weniger bestürzt. Er hatte vernommen, daß Gott mit seinem Aufruhr einverstanden war – und nun genoß er, als gehöre eins zum anderen, die Wollust des Gehorsams vor seinen Oberen. Wie es denn auch in den Exerzitien des heiligen Ignatius geschrieben steht: »Indem wir jedes eigene Urteil beiseite setzen, müssen wir unseren Geist willig und bereit halten, in allem der wahren Braut Christi, unseres Herrn, zu gehorchen, die da ist unsere heilige Mutter, die hierarchische Kirche.«

Und wurde ihm der Gehorsam nicht leichtgemacht? Nun war ihm ja durch den Mund des Mannes, dem er Gehorsam schuldig war, zugewiesen worden, wonach er insgeheim verlangte! Hatte es ihn nicht oft verdrossen, daß er so vieles über Rechtsgrundlage und Ablauf der Prozesse noch nicht wußte? Daß es ihm an Wissen über die Realität, die Praxis mangelte? Gewiß, er kannte jene abscheulichen Prozeduren nicht nur vom Hörensagen. Was in seiner Gegenwart im Folterkeller zu Köln der unglücklichen Katharina Henot angetan worden war, mochte sich tausendfach und Tag für Tag im ganzen Reich wiederholen. Aber hatte er Beweise, daß es überall so ungerecht zuging, so grausam, so wider alle Vernunft? War's nicht nur Vermutung – wenn auch sehr nahe der Gewißheit? Und würde er bestehen können, wenn man ihn vor ein hohes Gremium zitierte, vor Richter, Theologen, Hochschullehrer, die sich anschickten, mit dem Gewicht ihrer Autorität seine aufwieglerischen Theorien zu verdammen! Nicht, daß er begonnen hätte, an sich selbst zu zweifeln! Jedoch: sich mit dem besten Rüstzeug zu versehen, war seine Pflicht. Einer weltlichen Obrigkeit Gehorsam zu leisten um den Preis seines Gewissens – und bestünde dieser Gehorsam nur darin, daß er die Augen vor der erkannten Wahrheit verschlösse –, das war undenkbar! Welche Gnade, daß es ihm so leichtgemacht wurde, denen zu gehorchen, denen er Gehorsam gelobt hatte: der Kirche, dem Orden, dem Rektor.

»Ja. Pater Lennep«, sagte er. Und: »Wann muß ich aufbrechen?«

»Sie schließen sich dem Schöffen Romeßwinkel an, der morgen in aller Frühe nach Geseke reitet. Bis dahin verlassen Sie dieses Haus nicht mehr. Ich erwarte, daß Sie den Rest des Tages und die Nacht in Betrachtung des Banners Luzifers und der drei Stufen seiner Versuchungen verbringen. Nennen Sie mir die erste!«

»Die Liebe zu den Reichtümern«, antwortete Spee.

»Die zweite?«

»Die Ehrsucht vor den Menschen.«

»Die dritte Stufe?«

»Der Hochmut vor Gott.«

»Und von diesen drei Stufen aus . . .«

». . . verführt Luzifer zu allen übrigen Lastern.«
»Was aber, mein Sohn, setzest du gegen den Reichtum?«
»Die Armut.«
»Was ziehst du der weltlichen Ehre vor?«
»Die Schmach und die Verachtung.«
»Und womit bekämpfst du den Hochmut?«
»Mit der Demut.«
»Wohlan«, sagte Lennep. »Über diese drei Stufen geleitet Christus der Herr dich zu allen übrigen Tugenden.«

Sie hatten Frage und Antwort in lutherischer Weise gewechselt: längst Vertrautes, doch immer wieder zu Bedenkendes, neu zu Gelobendes als Einstimmung in die nächsten Stunden der Einkehr und Reinigung.

Doch als die Glocke zum Angelus rief und Spee in seiner Zelle das Talglicht entzündete, löste er sich wieder aus den Banden des Gehorsams, die seinen Willen so zärtlich geschwächt hatten. War es denn nichts gewesen als ein Professorenstreit um die rechte Auslegung eines Textes?! Oder eine blutleere Diskussion über die Berechtigung der Hexenprozesse? Was hatte ihn denn dazu gebracht, den Schöffen Romeßwinkel so beispiellos zu beschimpfen? Ganz gewiß nichts Theoretisches! Um Leben und Tod eines Menschen war es ihm gegangen! Um Barbara! Um die Frau, von der er hatte sagen dürfen wie Salomo: Siehe, du bist schön, meine Freundin . . . Und sie, die nach grausam entstellender Peinigung wieder schön geworden war, nun aufs neue ein Opfer der Mordjustiz?

Agatha, Ursula! Margarete! Felizitas! All ihr unsäglich leidenden Heiligen und du, adventliche Barbara, und du, Maria, heilige Mutter Gottes, steh ihr bei! Steht mir bei – um ihretwillen!

Ausgehverbot bis zum anderen Morgen?

Gehorsam?

Hatte er nicht vor wenigen Stunden erst erfahren, um wieviel süßer es sein kann, Gott mehr zu gehorchen als den Menschen? Die Worte Samuels kamen ihm in den Sinn: Meinst du, daß der Herr Lust habe am Schlacht- und Brandopfer? Gehorsam ist besser denn Opfer! – Gehorsam vor *Gott!*

Opfer. Brandopfer?

Gehorsam vor Gott!

Er blies das Licht aus und öffnete vorsichtig die Tür.

Johannes Pelking war müde. Der scharfe Ritt von Osnabrück, zwei Tage im Sattel, hatte ihm zugesetzt. Die Wadenmuskeln schmerzten, er betrachtete seine Hände, spreizte die Finger, sie zitterten. Er ging ins siebenundfünfzigste Jahr. Vor zwei Monaten hatte ihm sein Herr, der Kurfürst, auf seinen Antrag eine neue Kutsche bewilligt, eine mit holländischer Federung, wie sie der Kurfürst auch besaß. Aber Kanzler und Räte in Hildesheim hatten erklärt, sie hätten kein Geld dafür. Auf solch schäbige Art rügten sie seine geistliche Herrschaft, die sie als angemaßt empfanden, weil er den weltlichen Bereich, den ihrigen, nicht respektierte. Die alte Kutsche taugte allenfalls, nach Neuhaus oder Schlangen zu rattern. Über Land, in harter Wagenspur, bräche sie ihm nach zwei Meilen zusammen. So ritt er denn lieber.

Johannes Pelking saß im weitläufigen Arbeitszimmer im Mittelstock des Gröninger-Hauses. Dombildhauer Heinrich Gröninger war noch immer der Besitzer, wenngleich er nur noch das zweite Stockwerk bewohnte. In jüngeren Jahren hatte er den fast doppelmannshohen Raum als Malatelier benutzt; als er in Holland weilte, hatte er sich wohl vom großen Rubens was abgesehen an Würde und Repräsentation. So waren auch hier die Wände durch kannelierte Pilaster gegliedert, die Edelholztäfelung reichte bis hinauf zur Kassettendecke mit ihren gemometrischen Feldern. Durch drei achtfach geteilte Fenster sah man auf die Volutengiebel des neuen Rathauses; sie glühten im letzten Abendschein.

Johannes Pelking war tief verstimmt. Was sollte ihm dieser Bescheid aus Bonn: Der Herr Weihbischof und Generalvikar möge inskünftig bei Visitationen mit der normalen

Klosterkost vorliebnehmen! Wer wollte ihm übel bei Hofe? War er ein Vielfraß? Das konnte sich nur auf das Gastmahl beziehen, das die frommen Fräulein vom Damenstift Schildesche ihm bereitet hatten, und das war, zugegeben, opulent gewesen. Aber was sollte diese Kleinkrämerei? War er beim Kurfürsten in Ungnade gefallen? Sollte am Ende gar Wartenberg, der Fürstbischof, dem zuliebe er doch alles Erdenkliche tat, ihn bei Ferdinand angeschwärzt haben?

Auch Herr von Wartenberg sparte mitnichten. Noch immer war er Obersthofmeister, Erster Minister Seiner Durchlaucht, raunender, eifernder Mund am Ohr des hohen Herrn, obwohl er sich, seit er auch Fürstbischof von Osnabrück war, in der Hauptstadt und bei den Regierungsgeschäften kaum mehr blicken ließ. Doch fällt dem Wartenberg ein Wunsch, ein Vorschlag ein, dann braucht's nur einen Eilkurier nach Bonn, und morgen schon ist sein Wunsch der Wille des hohen Herrn – und übermorgen Landesgesetz! Wen wundert's? Er ist von hohem Adel und blutsverwandt dem Erzbischof: er, Franz Wilhelm von Wartenberg, der Wiederhersteller des Glaubens, als den er sich nur allzu gerne feiern läßt.

Man selbst ist nur Vikar, nur Stellvertreter, ist nicht von Adel, ist nur Weihbischof, wird nie regierender Bischof werden. Man stammt aus Münster, ist eines kleinen Mannes Sohn. Ist auch kein hochfahrender Jesuit geworden, ist immer ein dienender Mönch geblieben, ein Franziskaner, ein Minorit. Man bleibt eine Boten Sohn sein Leben lang. Aber man hadert nicht. Man hat seinen Auftrag; auch in Münster walten Gottes Engel. Großvater hat sie noch hängen sehen hoch oben am Turm von Sankt Lamberti, die abgöttischen Wiedertäufer in ihren eisernen Käfigen: den Leyden, den Krechting, den Knipperdolling. Ich hör's noch, wie der Greis mich beschwört mit dünnen Lippen: »So tut's, so endet's, wenn einer die heilige Kirche verrät!« So ist man denn ihr treuer Sohn geblieben, ein Diener, und wie der Vater ein Bote. Bote des Glaubens. Was anders waren die Apostel?

Es plätscherte so dahin, was Korbinian Zalusa, der schwarzlockige Sekretär, ihm aus den Aktenfaszikeln liest: »Berichte aus den Pfarreien des Archidiakonats: In Türpe, Brenken und Wevelsburg haben sich apostasierte Prädikanten eingeschlichen. Halten in Hegensdorf sektische Kommunikationen.«

»Also gut denn. Schickt ihnen Aufpasser hinterher. Und wenn ihr sie habt, Meldung an mich. Ich weise sie aus, sollen ins Braunschweigische gehen.«

Ich brauche den Wartenberg. Das wurmt mich immer aufs neue – aber ich brauche ihn. Auch für Hildesheim. Die Braunschweiger Herzöge geben uns die geraubten Landstriche nicht zurück. Scheren sich den Teufel ums Urteil des Reichskammergerichtes. Nur der Wartenberg kann die Restitution durchsetzen. Nur er hat die Mittel: Waffen, Soldaten. Sein Name allein macht jeden schaudern, der auf Abfall und Empörung sinnt. Ihn nennen sie den »Diamanten« – ich bin nur der »Dortmunder«.

Johannes Pelking denkt an Dortmund, 1604. Wie sie ihn ein zweites Mal aus der Stadt geprügelt haben. Da steht er, der streitbare Minorit, der Kommissar und Restitutor, steht barfüßig, nicht viel mehr als ein Hemd auf dem Leib, die Schuhe in der Hand, die sie ihm nachts aus seinem Zimmer praktiziert und an die Tür gehängt haben: das Zeichen des Verweises aus der Stadt. Die johlende Meute vor seinem Haus. Und dann der Stein. Sein Beinahe-Martyrium.

Er tastet über die breite bucklige Narbe auf seiner Stirn. Er ist der »Dortmunder«. Der Mann, der weichen mußte, um wiederzukehren. Und mußte doch wiederum weichen. Man nennt ihn den Dortmunder, weil er dort so unbeugsam war, weil er es aber- und abermals versuchte. Weil er aufs neue in die Löwengrube ging. Aber er liebt den Titel nicht. Dortmund – das heißt für ihn Niederlage. Und wenn man einen Menschen nach seiner Niederlage nennt . . .

»Bericht des Domprobstes über den baulichen Zustand der Kirchen und Heiligtümer: Kirchen und Kapellen in Thüle, Delbrück, Salzkotten verfallen, verwahrlost. In Borchen, Hegensdorf, Schwaney verödet, einsturzbedroht. Sakristei in Brenken ausgeplündert, zahlreiche Kirchen ohne heilige Gerätschaften, oft auch entweiht durch Unzucht im Chorgestühl und hinterlassene Exkremente.«

So sieht es im Lande aus mit all unserer Heiligkeit! Doch sei getrost: Sankt Petersburg wird gebaut! Wartenberg, Wartenberg! Dich ficht das alles nicht an!

Johannes Pelking schließt die Augen. Läßt es noch einmal über sich ergehen, das fahnenbunte Spectaculum von Osnabrück. Rings im Lande frißt der Bauer dem eigenen Vieh die Nahrung weg – und ist nicht einmal so schlimm daran wie das Volk in der Pfalz; dort nagen die Leute die Rinde von den Bäumen. Aber Sankt Petersburg wächst! Die Iburg, Schloß und Kloster – dem Bischof Eitel Friedrich, dem Hohenzollern, war sie noch gut genug. Dem Wartenberg, der ihm folgte, ist sie zu ärmlich, zu alt. Nur als Jagdschloß läßt er sie noch gelten. Schützt ihn nicht hinlänglich vor seinen Untertanen. Die sind ja schon mit der Axt auf ihn los! Sankt Petersburg. Trutzburg des Glaubens – so stellt er sie dar, nennt sie in seinem Hochmut nach dem Jünger des Herrn! Er selber, Wartenberg, will der Felsen sein, auf *ihn* soll die Heilige Kirche bauen! Und schon ging's an: Dienste, Fuhren, Lieferungen noch und noch aus diesem zerrütteten Land. Steine karren, Mörtel mischen, graben, hacken, roden, schachten: rings um das Zwinggemäuer nochmals einen Kranz Mauern gebaut: vorkragende Bastionen, schwer bestückte Wälle.

Nein, lieben tun sie ihn nicht, seine Osnabrücker, diesen »weisen Salomo«, wie ihn die Jesuiten nennen, Speichellekker die! Doch man pariert zu Osnabrück, hat's lernen müssen. Genüßlich hat er mir die stolze Liste vorgehalten, mein feister Herr: Vier Kathedralen, fünfzehn Kollegiatskirchen, Hunderte von Klöstern und Pfarrkirchen hat er allein im letzten Jahr dem wahren Glauben zurückgewonnen. Und stets mit Gewalt!

Das Richtfest hat er gerade noch vor den Fasten anberaumt, so durfte man pokulieren im großen Saal. Die Fenster noch ohne Glas, mit dicken Samtbehängen abgeschirmt vor dem eiskalten Aprilwind und dem gaffenden Werkmannsvolk. Nun, Freibier gab's immerhin. Viel hohe Gäste aus Bonn, auch aus Münster, aus Köln. Verdächtig viel aufgeputzte Damen. Und eine schön wie Salome: Maria Clara, des Bischofs Schwester, Äbtissin von Herford. Maria Clara ... Der Gröninger war ganz aus dem Häuschen, als er sie sah, ganz närrisch war der! Schwärmt für Maria Clara! – Aber nun tut er's wohl nicht mehr lang, der alte Heinrich. Hat eine wässerige Lunge heimgebracht aus Osnabrück.

»Wie steht's denn da oben, Zalusa? Geh gleich mal hinauf, erkundige dich in meinem Namen. Gibt's noch was Dringendes?«

»Ich habe es bis zum Schluß aufgehoben. Leider nichts Gutes. Ein Brief aus Wien.«

»Vom Doktor Leucker?«

»Vom Bayerischen Gesandten, jawohl.«

Zalua las vor. Der Brambach sei in Wien eingetroffen, habe seine Sache beim Reichshofrat vorgebracht. Habe Gönner dort gefunden: den Abt von Kremsmünster. Auch der Schreiber dieses Briefes, der Leucker, mache kein Hehl daraus, daß er die Absetzung des Abtes von Corvey und seine Inhaftierung für unrechtmäßig halte. Das Ärgste: Pater Lamormaini, auch Lämmermann genannt, Jesuit und Beichtvater Seiner Kaiserlichen Majestät, habe geäußert, der Brambach sei rechtens Abt von Corvey, und demgemäß solle entschieden werden. So der Lamormaini. –

Werde nach Wien fahren müssen, wieder einmal. Falls Durchlaucht mich beauftragt. Muß mich zuvor mit Wartenberg besprechen. Ich bin getroffen in der leidigen Sache – also befangen, werden sie sagen. Aber Wartenberg könnte es noch zum Guten wenden, der allein. Ich brauche Wartenberg. – »Was poltern sie da oben? So kann der Alte doch nie zur Ruhe kommen.«

»Ich fürchte, eher als Sie denken, Exzellenz.«

»Steht es so schlimm, Zalusa?«

Jetzt geht's da treppauf, treppab. Die Hoftür knarrt, sie

holen wohl frisches Wasser vom Brunnen. Zalusa zündet die Wachskerzen im Leuchter an. Was hat der Kerl für große, schwarze Augen. Wie Kohlen – aber sie brennen ohne Licht. Schwarze Glut. Bildschöner Bursche. Polnisches Blut wahrscheinlich. Ähnlich mag auch dieser Jesuit, der Spee, ausgesehen haben, als er noch jung war. Eindrucksvoller Kopf noch heute – aber so recht in Saft kommt der auch nicht mehr; den haben sie in Peine fürs Leben krank geschlagen. Den brauch' ich aber noch, den auch. Geht mir, blasphemischerweis, nicht aus dem Sinn, das heilige Wort, wenn ich ihn sehe: »Dies ist mein lieber Sohn, an dem ich Wohlgefallen habe . . .« Hab' ich mir den erst mächtig gemacht, dann werd' ich – mit ihm! – dem Wartenberg beweisen, daß man die Ketzer rings im Lande auch ohne Schwert bekehren kann. Besser. Nachhaltiger. Erfolg brauch' ich, Erfolge . . .

Immer wieder, wenn Pelking die dürftigen Nachrichten über zwangsweise vorgenommene Bekehrungen in seinen Diözesen entgegennahm und mit den triumphalen Erfolgsmeldungen Wartenbergs verglich, oder wenn sein Sekretär von der Verwahrlosung der Gotteshäuser und dem moralischen Tiefstand des Klerus berichtete, entschloß sich der Weihbischof, alle gebotenen Mittel zur Beseitigung dieser zum Himmel schreienden Zustände einzusetzen.

Aber welches waren die gebotenen Mittel? Etwa Wartenbergs brutale Niederknüppelung der Häretiker? Oder die Bekehrungswut des niederen Klerus, der Mönchsorden zumal? Mit Weihwasser wie mit Waffengewalt gehen sie gegen die Ketzerkanzeln vor; auch jeder Drost, jeder Amtmann, jeder Abt, jeder Bauernpfaff, jeder falschzüngige Jesuit führt da seinen eigenen Glaubenskrieg – und fehlt nur noch, man zahlt ihnen Prämien!

Für Pelking war das nichts Neues. Er hatte ein Jahrzehnt lang und noch das letzte Jahr fleißig mitgehalten. Ein Wartenberg ist er trotzdem nicht geworden, sosehr er versucht hat, ihm ebenbürtig zu sein. Er schafft es nie, wenn es ihm nicht gelingt, auf *seine eigene* Art zu missionieren. Nicht niederknüppeln – überzeugen! Am Ende zählt nur der Erfolg – nicht die Methode. Und er kennt einen, der die Methode beherrscht, die den Erfolg verspricht.

»Nun geh schon, Zalusa!«

Wäre mir doch leid um den Gröninger. Mochte ihn gern, obwohl er Jesuitenschüler war. Wer was kann, der kommt aus diesem Stall, ist leider so. Nun ringt er um sein Leben, der grimmige Querkopf. Sie haben's ihm weidlich schwergemacht, die lieben Collega, die strohdummen Meisters von der Bildhauergilde. Hat keine Lehrlinge ausbilden dürfen, weil er sein Handwerk nicht zünftig bei ihnen gelernt hat, so Schrittchen für Schrittchen nach Vorschrift, der hochberühmte Mann! Weil er »nur«, wie sie's nennen, ein »selbstgewachsener Meister« ist. So wie die Herren vom Kollegium den Spee nicht lehren lassen wollen an ihrer krüppeligen Universität, obwohl der die Engel was lehren könnte mit seinen Nachtigall-Liedern!

Also Brambach in Wien. Und der Beichtvater des Kaisers auf seiner Seite! Pelking richtet sich auf, reckt die Arme, jetzt spreizt er nicht die Finger, ihr Zittern zu betrachten, jetzt ballt er beide Hände zur Faust, spannt die Muskeln. Er fühlt sich aufgerufen, wieder einmal. Dem Herrn sei Dank! Noch ist er nicht soweit wie der alte Steinmetz da oben. Noch lange nicht! Schwer fällt die Faust auf den Tisch, auf den ärgerlichen Brief. Er nimmt ihn, liest ihn zu Ende:

»Die Sympathie des Jesuiten Lamormaini, ohne welche hier jeder Appellant gar sehr verloren wäre, erwarb sich Brambach, wie es scheint, durch seine Behauptung, er habe mit den Jesuiten, besonders in Paderborn, auf bestem Fuße gestanden. Daraus könne man entnehmen, daß in der Westfälischen Kirche auch noch ganz andere Meinungen über seinen Rechtsfall im Schwange seien als die vom Kurfürsten und seinem Paderborner Weihbischof vertreten.

Wie's denn auch komme – der Herr wende alles zum Guten. Verbleibe Euer Exzellenz zur Erweisung angenehmer Freundschaft wohl zugetaner

Dr. Leucker.

Kurfürstlich-bayerischer Gesandter am Hof Seiner Kaiserlichen Majestät Ferdinands des Anderen zu Wien.«

Mit Jesuiten auf bestem Fuß? In Paderborn? Mit *einem* wohl ganz besonders? Man kennt sich aus Corvey . . .

Nun hält es ihn nicht hinterm Tisch. Er steht auf, geht zum Mittelfenster, blickt auf die trüb von einer Eckenfunzel erleuchtete Gasse, auf den geschweiften Rathausgiebel vor dem bleiernen Abendhimmel. Er beißt sich auf die Lippen. Der Spee? Sollte *er* am Ende dem Brambach zur Flucht . . . Und hat doch, ausdrücklich befragt, von seinem Bischof befragt, sein »Nein!« geschmettert erhobenen Haupts. Man hat ein geheimes Dossier über ihn im Generalvikariat, wie über alle, die einem wert und wichtig sind – in welchem Sinn auch immer. Nichts steht darin, was auf so plumpen Verrat schließen ließe. Nichts! Mein Sohn, an dem ich Wohlgefallen habe . . . Ein frecher Lügner? Nein, es ist offenkundig: Brambach spielt sich auf! Paßt sich den Wiener Gepflogenheiten an; wer flunkert nicht im Bannkreis dieser zaudernden Majestät, wenn's seiner Sache dienlich ist! In Wien lügt und buckelt man sich hinauf – was soll der Brambach dort anderes tun, wenn er sein Recht kriegen will? Vielleicht – auch *so* wär's denkbar –, vielleicht hat dem Brambach ein anderer Schwarzer geholfen, vielleicht dieser Rektor sogar, der Lennep, der schwärzt mich schon lange an, wo er kann, selbst beim Nuntius Carafa zu Brüssel wegen meines Kanzelverbots für die Mönchspriesterschaft. Freilich: Der Spee hat ihn in Neuhaus besucht, hat er mir zugegeben, der Dummkopf, der gottbeseligte Liedermacher . . .

Was soll's! Ich entscheide, nur ich. Ich brauche ihn noch. Ich, kraft der Gewalt meiner Ämter, verfüge, daß dieser Mann schuldlos sei! –

Der Sekretär tritt ein.

»Was ist, Zalusa? Wie steht's?«

Der Schwarzgelockte hebt bedauernd die Hände. »Er fiebert. Es sticht ihm tief in die Lungen mit jedem Atemzug. Der Arzt ist bei ihm. Er hat zum Theodori geschickt. Aber die Apotheke ist geschlossen. Man soll da eine Frau verhaftet haben, als Hexe, wie es heißt.«

»Wer hat verhaftet?«

»Ein Kommando des Doktor Schultheiß.«

»Wo ist die Frau?«

»Wahrscheinlich im Turm. Vielleicht auch nicht. Diese Leute haben einen Käfigwagen mitgeführt. Ja, einen großen Karren mit einem vergitterten Aufbau. Damit bringen sie die Verdächtigen nach Geseke. – Soll ich den Brief zu Ende lesen?«

Pelking winkt ab. »Räum deinen Kram zusammen. Ich möchte allein sein.«

Er nützt die Zeit zur Versenkung, kniet vor der Nische mit dem metallenen Kruzifix, welches, den Blicken verborgen, einen Splitter des heiligen Kreuzes umschließt. Dann erhebt er sich ein wenig mühsam, noch immer schmerzen die Waden. Er tritt ans Fenster und – es überrascht ihn kaum: Da kommt er um die Ecke in großer Eile, kommt ganz ungeziemend angerannt, wer anders als dieser, »sein« Jesuit! Er stemmt sich gegen das Portal, überredet, wie's scheint, die Wachen, jachtert die Treppe hinauf.

Der Mann ist außer sich, das war zu erwarten. Späte Stunde . . . unangemeldet . . . die Dringlichkeit des Falles . . . Ich schenk' ihm seine Entschuldigungen. Soll zur Sache kommen, schnell; ich weiß ohnehin, was er will. Ja, ja, die Frau steht unter meinem Schutz, ich hab's gesagt. Warum hab' ich's gesagt? Aus Laune? Oder um diesen Mann bei Laune zu halten? Wollte wohl auch den Herren von der hildesheimschen Obrigkeit eins auswischen, die mir in all den Jahren mehr verweigert haben als nur eine neue Kutsche. Auch – weil sie wohl wirklich keine Hexe ist, dies Hebammenweib, diese – Barbara, richtig! Und nur um die geht's dem Manne auch jetzt: Barbara und wieder Barbara, eine Litanei . . .

»Sagen Sie, Spee«, Pelking schreitet gesenkten Hauptes, die Handflächen auf der Brust, an seinem aufgeregten Besucher vorbei. »Die stete Gegenwart dieses Weibes – ich sage

›stet‹, denn Sie weilten oft für Stunden in der Apotheke –, hat sie Ihnen nicht zugesetzt? Warum ließen Sie's nicht genug damit sein, das Weib verborgen und somit fürs erste vor Verfolgung bewahrt zu haben? Sind Sie nicht von der Ordensregel gehalten, jede Versuchung zu meiden? *Suchten* Sie etwa ihre Gegenwart?«

»Die Frau ist unbarmherzig gefoltert worden, Euer Exzellenz! Sie schwebte lange zwischen Leben und Tod. Ich habe mich gelegentlich nach ihrem Ergehen erkundigt, das ist alles. Auch mit dem Apotheker und seinem Neffen verstehe ich mich gut.«

»Wie ist das denkbar, da doch sein Bruder ein Gottesleugner war, den der Blitzstrahl des Herrn zu Boden warf?«

»Sein Bruder – nicht er! Er ist, soweit ich sehe, ein gläubiger Katholik.«

»Soweit Sie sehen. Aber Sie sehen nicht sehr weit, Spee. Sie handelten unüberlegt, als Sie sich dieser Hexe annahmen . . .«

»Sie ist keine Hexe!«

». . . dieser der Hexerei beschuldigten Frau. Sie verhielten sich auch unklug, indem Sie das Weib wiederholt besuchten. Wußten Sie nicht, daß Sie beobachtet wurden?«

»Beobachtet?«

»Gott ist allgegenwärtig – und dies nicht zuletzt dank der Wachsamkeit Seiner Diener. – Was also erwarten Sie von mir?«

»Daß Sie die Verhaftung dieser Frau rückgängig machen. Sie können gar nicht anders. Sie haben sie unter persönlichen Schutz gestellt.«

»Wer weiß davon?«

Spee sah ihn verwundert an. »Wer davon weiß? Wir, die Beteiligten. Und wenn nur *ich* es wüßte. Und wenn nur *Sie!*«

»Sie stand unter meinem Schutz, solange sie in der Apotheke war. Nun hat sie sich diesem Bereich entzogen – ob freiwillig oder nicht, tut nichts zur Sache. Wie könnte ich ihr jetzt noch helfen?«

»Aber Sie dürfen doch nicht zulassen, daß sie sozusagen vor Ihren Augen gewaltsam von der Stätte entfernt wird, die Sie ihr als Zuflucht zugebilligt haben! Das ist doch ein ungeheuer Affront. Gegen Sie, Exzellenz! Gegen die Kirche!«

»Und wer beging den Affront?«

»Diese Henkersknechte. Der Romeßwinkel. Die Schergen des Schultheiß!«

»Und wer ist Doktor Schultheiß?«

»Der Staatsanwalt von Werl. Aber Sie könnten doch . . .«

»Zur Zeit in welcher zusätzlichen Funktion?«

»Als Kommissar . . .«

»Hexenkommissar, jawohl. Und in wessen Auftrag?«

»Des Kurfürsten. Aber . . .«

»Des Kurfürsten und des Obersthofmeisters von Wartenberg – seines und *meines* Vorgesetzten, Spee!«

»Dann wenden Sie sich an Wartenberg! Aber beeilen Sie sich! Man schafft sie nach Geseke – Barbara und noch andere Frauen! Tun Sie ein übriges: In Geseke wird – das ist ausgemacht, dieser Romeßwinkel hat im Kollegium ganz unverblümt davon gesprochen –, in Geseke wird ein Riesenbrand gerichtet. Dort will man arme Weiber aus vielen Dörfern gleich schockweis verbrennen! Das werden Sie nicht dulden, Exzellenz! Das werden Sie verhindern! Ich helfe Ihnen. Ich gebe Ihnen, wenn Sie's brauchen sollten, das geistige Rüstzeug in die Hand. Ich hab' es mir, habe es *uns* erarbeitet. Ihre Güte, Ihre wohlmeinende Voraussicht hat mich nach Corvey und nach Falkenhagen geschickt. Ich habe die Zeit genützt. Erlebnisse, die mir sehr zu schaffen machten – in Hildesheim, in Köln –, haben mich nachdenklich gestimmt. Ich habe gewisse Konsequenzen gezogen . . .«

»Ich weiß es, Spee. Sie sind überzeugt, daß diese Barbara unschuldig ist – und daß auch jene Katharina in Köln keine Hexe war. Wir haben bereits darüber gesprochen. Ich weiß es, Spee.«

»Sie wissen noch nicht alles, Exzellenz! Ich – habe Zweifel an der Rechtmäßigkeit des Verfahrens gegen vorgebliche Hexen und Zauberer. Also an den Prozessen überhaupt! Ernsthafte, wissenschaftlich begründete Zweifel. Ich stehe nicht allein. Professor Tanner, mein Ordensbruder in Ingolstadt, hat erst kürzlich ganz ähnliche Einwände gegen die Prozesse erhoben!«

»Sie schweifen ab«, sagte Pelking ungeduldig.

Da kündigte sich etwas an, was zu gegebener Zeit untersucht werden mußte. Wenn, so dachte der Weihbischof, dieser Spee noch immer ausersehen bleiben soll für das wichtige Amt, das ich ihm zugedacht habe, dann darf er sich nicht in Thesen verstricken, die ihn in Konflikt sowohl mit der weltlichen Gerichtsbarkeit als auch mit der Kirche bringen müssen. Es ist gerade genug, daß er Jesuit ist, das macht ihm schon vorab genügend Feinde bei meiner Weltgeistlichkeit, auf die er doch mäßigend einwirken soll. Macht ihm sogar Feinde im eigenen Orden. Denn wenn ich, der Jesuitenfeind, einen Jesuiten zur Mitarbeit berufe, dann wird man, *muß* man schließen, daß dieser Mann kein guter Jesuit ist . . . Nun, mir macht es nichts aus, wenn er den Rückhalt im Orden verliert. Um so mehr wird er auf mich angewiesen sein als mein Geschöpf. Mein Sohn, an dem ich Wohlgefallen habe . . . Also, er hat's wohl begriffen?

»Sie haben recht«, hatte Spee gesagt. »Ich schweife ab.« Und als er merkte, daß Pelking ihm wieder zuhörte: »Natürlich geht es zunächst nur um Barbara. Aber ich dachte auch an Geseke, dachte an die vielen anderen Frauen und Mädchen, die man aus den Familien reißt auf Grund haltloser Verdächtigungen oder weil Prämien auf jeden Kopf gesetzt sind, der dem Teufel gehört! Und solche Köpfe, Exzellenz, die weiß man sich zu beschaffen! Denn sind sie einmal im Kerker, die armen Weiber, dann verhört man sie. Gestehen sie nicht, dann werden sie gefoltert. Gestehen sie auf der Folter, dann sind sie schuldig: Sie haben's ja bekannt! Gestehen sie aber nicht, dann sind sie ebenfalls schuldig. Denn wenn sie trotz so furchtbarer Folterqualen nicht gestehen, kann ihnen nur der Teufel geholfen haben. Ergo: Ob sie gestehen oder nicht gestehen: In jedem Falle hält man sie für schuldig und richtet sie erbarmungslos hin! Diese Methode ist ja auch sehr einleuchtend. Denn haben wir keine Hexen, dann können wir keine Scheiterhaufen mehr errichten. Aber ein alter Brauch will es nun einmal, daß Scheiterhaufen errichtet werden. Also müssen wir Hexen haben. Und so hat man's gelernt, sich Hexen zu besorgen, allen Gesetzen zum Trotz, und ganz gleichgültig auch, woher! Gebrannt muß werden, da darf das Holz nicht fehlen!«

Der Mann ist ja wie besessen von seinem Thema! Der muß eine andere Aufgabe bekommen, es ist hohe Zeit, der Scheiterhaufenqualm vernebelt ihm das Hirn. Ich muß ihn da rausholen, ohne daß er mir mißtrauisch wird.

»Verdienstvoll ohne Zweifel, was Sie da sagen, Spee. Schreiben Sie's nur nieder! Doch fürs erste hab' ich Besseres mit Ihnen vor. Ich machte Ihnen schon im letzten Sommer einige Andeutungen. Jetzt ist es soweit. Nehmen Sie Platz!«

Pelking faßte mit beiden Händen einen Stuhl an der Lehne und setzte ihn vor Spee ab. Der ließ sich, von dieser ganz ungewöhnlichen Geste verwirrt, nur zögernd nieder, erst auf den herrischen Wink Pelkings, der stehenblieb, sich zu ihm herabbeugte und mit verhaltener Stimme verkündete: »Ich berufe Sie, Friedrich Spee, an meine Seite: als Kommissar für die friedsame Rekatholisierung in meinen Diözesen Hildesheim und Paderborn.«

Pelking richtete sich auf, entfernte sich um einige Schritte und beobachtete die Wirkung seiner Worte auf den völlig überraschten Jesuiten.

Merkwürdigerweise waren es hierarische Überlegungen, die Spee als erstes durch den Kopf gingen: Wie vertrug sich diese Berufung mit seiner Bindung an den Orden? Das wäre ja wiederum ein ganz unerhörter Eingriff in die Kompetenzen der Gesellschaft Jesu. Eine massive Provokation. Erst Sekunden später begann er das volle Gewicht dieses Vertrauensbeweises und den Umfang der Aufgabe zu ermessen, die Pelking ihm zu übertragen gedachte: Diese Berufung bedeutete ein Leben ausschließlich im Dienste der Beschlüsse des tridentinischen Konzils, im Dienste Gottes mithin, zwecks Rückführung der abgefallenen Landeskinder zum alleinseligmachenden Glauben. So wie er seinerzeit viele hundert Menschen in Peine, in Woltorf, gleichsam von Tür zu Türe wandernd, bekehrt hatte, so sollte er nun für Tausende zum Bekehrer und Retter werden. Freilich wohl auf andere Weise: Nicht indem er selbst sich Aug in Auge um die Verirrten bemühte, sondern indem er den ihm anvertrauten Klerus unterwies, wie er sich künftig, ebenso behutsam wie – hoffentlich – erfolgreich, bei der Rekatholisierung zu verhalten habe.

Pelking sprach es aus:

»Was ich von Ihnen erwarte, ist Bekehrungsdienst im Geiste Ihres Tugendbuches, in das ich seinerzeit Einblick nehmen konnte – Sie erinnern sich an unser Gespräch in Hildesheim? Die Zeit der gewaltsamen Unterdrückung, der Zwangsbekehrungen, der erpressenden Einquartierungen und Landesverweise ist vorbei. Bischof Franz Wilhelm mag fürs erste mit diesen Mitteln einiges erreicht haben. Lassen Sie aber den Schweden kommen – was meinen Sie, wie lange man katholisch bleibt? Hat dieser Krieg uns etwa weitergebracht? Fällt nicht allerorten der Glaube der Macht zum Opfer? Wer will noch treu bis in den Tod, wer will noch Märtyrer sein? Man streift den Glauben so mühelos ab, wie man ein Hemd wechselt. Aber die Herzen, Spee, die kann man nicht tauschen! Also muß der Glaube seine Wurzeln im Herzen schlagen. Sursum corda! Das vermögen Sie zu bewirken. Wehren Sie nicht so bescheiden ab, ich weiß es. Sie finden den Ton, Sie treffen tief ins Herz. ›Ach wann doch, Jesu, Liebster mein, wann wirst dich mein erbarmen?‹«

Ohne sich diemal von der Liebenswürdigkeit des Weihbischofs beirren zu lassen, der ihn mit seinen eigenen Liedern betören wollte, erkannte Spee doch sofort, welche Möglichkeiten diese Berufung noch zusätzlich bot. Konnte er, ausgestattet mit den Kompetenzen seines neuen Amtes und jetzt wahrhaft »im Namen des Weihbischofs« handeln, nicht auch auf die Führung der Hexenprozesse korrigierend einwirken? Ganz gewiß weit eher, als es dem kleinen, noch nicht einmal voll zur Lehre berechtigten Jesuitenprofessor gegeben war! Vernunft und Gefühl sagten ja zu dieser Ernennung.

Und dann lag es ihm plötzlich wie ein Strick um den Hals: zu spät! Du mußt nach Geseke! Schon morgen früh. Du mußt in die Kerker gehen, mußt trösten, Hoffnung wecken. Sie brauchen den Priester, sie haben ein Recht auf ihn. Niemand kann dich ersetzen! – Wohl überlegte er, daß es Pelking gelingen müßte, Lennep zum Widerruf seines Befehls zu bewegen. Aber – wer rettete Barbara?

»Wie gerne würde ich Eurem Ruf folgen, Exzellenz. Aber ich darf nicht. Noch nicht. Rektor Lennep hat mir befohlen, nach Geseke zu gehen, gleich morgen früh, um den Verurteilten geistlichen Beistand zu leisten . . .«

»Das kann doch jeder Schweinepfaff!« schrie Pelking unbeherrscht. Schließlich, nach einer stummen Wanderung durch das große Zimmer, sagte er: »Gut denn.« Aus einer fernen Ecke, ganz aus dem Dunklen kam seine Stimme, sie klang erschöpft: »Gehen Sie also zu Ihren Hexen. Beeilen Sie sich!«

»Und was tun Sie – für Barbara?«

»Was könnte ich mehr für diese Frau tun als Sie? Sie werden ihr die Pforte zur ewigen Seligkeit öffnen.«

»Das kann nicht Ihr Ernst sein!« rief Spee. »Sie ist jung, sie muß noch nicht sterben! Und sie ist unschuldig!«

Die Tür hinter ihm öffnete sich. Sie hatten Zalusas Klopfen überhört. Der Sekretär suchte mit großen schwarzen Augen nach seinem Herrn. »Es ist soweit«, sagte er. »Der alte Gröninger verlangt nach der letzten Zehrung.«

»Besorg mir, was ich zum Versehgang brauche«, sagte Pelking. »Und weck die Zwillingsknaben nebenan beim Kürschner Volkening, sie sollen mich begleiten.« Zu Spee sagte er, nun wieder Herr seiner Emotionen: »So ist es, lieber Freund. Man wird gebraucht, man muß bereit sein.

Sie haben doch eine gesegnete Zunge, Spee. Vielleicht gelingt es ihr, diese Frau freizubekommen – sie *freizusprechen*, so darf man dann im ursprünglichen Wortsinn wohl sagen. Mein Auftrag an Sie bleibt bestehen. Sofern Sie keine neuen Torheiten begehen. Und Geseke könnte Sie leider dazu verleiten. Also: Bedenken Sie's wohl!«

Eine halbe Meile vor Geseke befahl Philipp eine kurze Rast. Sie hielten nach mühseligem Marsch auf den vom gestrigen Regen noch aufgeweichten Straßen am Rande eines dichten Gehölzes, in das sich nun mit ihren scheppernden Ketten die Frauen schleppten, um ihre Notdurft zu verrichten. Schon als die armseligen Gestalten in Büren eingetroffen waren, hatte Philipp sie von ihren Fesseln befreien wollen. Aber der Vogt von Burg Ringelstein, der den Transport bis Büren begleitet hatte, verwies auf den Marschbefehl, und da stand geschrieben: »In Banden abzuführen.« Philipp wollte die hohen Richter zu Geseke nicht unnötig verstimmen.

Schlimmer als die Belastung durch die Ketten war der leibliche Zustand der Frauen. Einige hatten schon seit Monaten in feuchtkalten Kerkern gelegen, vom Hunger wie skelettiert, von Ungeziefer gequält, durch Beulen und Narben entstellt. Es waren graue, wie alterslose Wesen mit hohen, vom Schluchzen brüchig gewordenen Stimmen; einige hatten Mühe, das Gleichgewicht zu halten nach wochenlangem Liegen auf dem verfaulten, kribbeligen Stroh.

Diese zweiunddreißig Frauen und Mädchen waren Philipp von Kronthal am frühen Morgen des 16. Mai vor seinem Quartier in Büren durch den Burgvogt überstellt worden zwecks Entgegennahme gerichtlicher Entlassungsorder, wie es hieß. Dann saßen sie auf, Philipp mit sieben Reitern, und auch Giertchen Kessenich ritt mit, den kleinen Philipp Ignaz vor sich auf dem Sattel. Sie hielt sich am Ende des Zuges, sprach den dahinschlurfenden Gefangenen zu, leistete fraulichen Beistand und ließ sich von dieser und jener berichten, wie man sie zum Geständnis gezwungen hatte. Die Folter wurde auf Ringelstein, einer neueren Weisung des Edelherrn von Büren gemäß, nur sparsam angewendet; man beließ es im allgemeinen beim Aufziehen über die Rolle und angemessener Geißelung. Nicht einmal die Beinschrauben setzte man an, da mußte denn eine schon sehr störrisch sein. Nein, in Ringelstein hielt man es, seit neuerem anders: Man versprach den Gefangenen, durchweg Mädchen und Frauen aus Dörfern und Flecken der Herrschaft, sie freizulassen; sie brauchten nur ein weniges an Buhlschaft mit dem Teufel und möglichst noch einige andere Verbrechen zu gestehen, dann werde es, so verhieß man ihnen, mit Vermahnung und Strafgeld sein Bewenden haben. Also gestanden sie, was man von ihnen verlangte:

Trine Bobbe bekannte, daß sie das Weib des Kämper Jaspar mit einer Schüssel grünen Muses nahezu vergiftet und sich, noch angesichts der wie leblos liegenden Frau, mit dem Teufel leiblich vermischt habe; Elisabeth Deitlef, daß sie Raupen und anderes Ungeziefer verfertigt und auf Bäume und Sträucher gestreut habe; Waltraud Kakel, daß sie Menschen und Vieh, Wasser und Weide vergiftet und den Pferden der Familie Sengermann einen Wurm in den Bauch gezaubert habe; Sibylle Bröder, daß sie sich in eine Krähe verwandelt und teilgenommen habe an teuflischer Beratschlagung, wie man die Stadt Büren in Brand und Asche legen könne.

Trotz dieser schweren Anschuldigungen, die durch die Geständnisse als bewiesen galten, glaubte Philipp, man werde den Frauen, wie ihm eröffnet worden war, zu Geseke die Freiheit schenken. Er hielt es immerhin für möglich, daß man höheren Ortes nun doch Irrtum und Unrecht vergangener Jahrhunderte einzusehen beginne.

Doch Giertchen glaubte den Ringelsteinern kein Wort. Zuviel Blut war auf jener Feste schon geflossen. Seit einiger Zeit brannte man dort nicht mehr, der Feuersgefahr wegen: Man exekutierte mit dem Schwert, und es waren in den letzten Jahren Hunderte, die dort, als Hexen und Zauberer beschuldigt, ihr Leben gelassen hatten. Sollte unversehens der Herr von Büren anderen Sinnes geworden sein?

Nun saßen die beiden am Rande des Holzes auf einem gefällten Baum nebeneinander, hinter ihnen knackten die Zweige, die Soldaten riefen den armseligen Schlottergestalten, wenn sie aus dem Dickicht herausstolperten, rüde Witze zu, und Giertchen redete auf Philipp ein: »Sie lassen sie nicht frei! Ich sag's dir! Sie werden nur in die landesherrliche Hoheit überstellt oder wie man das nennt. Sie kommen von einem Turm in den anderen, das ist alles. Man hat uns belogen!«

»Selbst wenn man *sie* belügen würde«, sagte Philipp, »*mich* führt man doch nicht hinters Licht! Glaubst du, man gibt einem kaiserlichen Offizier gefälschte Order auf den Weg? Der Hauptmann hat's mir gesagt, nüchtern, unmißverständlich: Sie werden freigelassen.«

Aber während er das sagte, spürte er Schweiß an den Haarwurzeln, ihm war nicht wohl.

»Schick doch einen voraus, den Jürgens vielleicht, der ist gescheit und zuverlässig«, sagte Giertchen. »Er soll erkunden, wie es in Geseke steht. Vielleicht hast du ja recht, und ich bin eine Unke.«

Aber Philipp wandte ein, daß der Unterwachtmeister Jürgens auch nichts ausrichten könnte, denn ein kurfürstlicher Richter werde einem Subalternen schwerlich Rechenschaft ablegen über seine Vorhaben.

Doch nun sprengte ein Fähnlein heran, und das war angeführt von Herrn Bertram, dem Sekretär und Schwager des Geseker Richters Hermann Mattenkloidt. Der dicke Herr plumpste vom Roß und lüftete seinen kegeligen Hut, als Philipp sich erhob und ihm entgegenging. Bertram hatte wohl so etwas wie einen Willkommbecher erwartet, aber als er hinter dem Leutenant all diese verwelkten Satansbuhlinnen mit ihren leichenfarbenen Visagen sah und schon Kerker- und Moderduft zu riechen vermeinte, beschied er sich und wollte nur bald wieder heim.

»Dem Herrn zur gefälligen Kenntnis«, keuchte er, »daß

man ihn und seine Fracht zu Geseke gern erwartet, den Herrn aber bittet, nicht durchs Steintor zu reiten, vielmehr diese Stadt im Süden zu umgehen und an der Störmeder Landstraße unweit der Seuchenlinde vor dem Lüdischen Tor mit seiner Zaubersippschaft zu verharren, wo denn weitere Weisung erfolgen werde.«

»Warum der Umweg?« fragte Giertchen, die Philipp gefolgt war. »Die Frauen sind müde, sie haben kein Schuhwerk, ihre Füße sind voller Blasen.«

»Befehl des Herrn Kommissars«, sagte der dicke Bote.

»Vielleicht, daß Sie uns diesen Befehl erläutern können?« schlug Giertchen vor.

Das fand der stattliche Herr, man merkte es ihm an, ganz überflüssig. Mit verächtlichem Schulterschwung wandte er sich von Giertchen ab und richtete seine Rede allein an Philipp: »Die Türme zu Geseke sind überfüllt. Pulverturm, Schmachtturm, Padbergturm – alles voll! Da hat's Hexen von Soest, von Lippstadt, von Erwitte, weiß Gott von wo noch. Sogar im Weinkeller unterm Rathaus hat man etwelche eingesperrt. Drum läßt man die Euren erst gar nicht hinter die Mauer, man spart ja auch neun Groschen pro Kopf und Tag an Ration. Indem Ihr die Stadt südlich umgeht, kommt Ihr direkt ins hergerichtete Gelände. Da geht denn alles viel schneller vonstatten. Jene dort« – er zeigte auf die Frauen, die erschöpft im Gras lagen – »werden die ersten sein.«

»Die man freiläßt?« fragte Philipp.

»Es wird dort ein Freies Stuhlgericht gehalten werden«, sagte der dicke Bote und faßte sein Pferd am Zügel.

Als er mit den Seinen fortgeritten war, sagte Giertchen: »Weißt du, wie es da aussieht, westlich der Stadt, nach Störmede zu?«

Philipp hob die Schultern.

»Aber ich weiß es«, sagte Giertchen. »Die Frauen von Büren haben es mir erzählt. Vor dem Lüdischen Tor ist das Spital der Aussätzigen. Und den Platz vor der Seuchenlinde nennen sie den ›Galgenpatt‹. Dort also sollen wir unsere Hexen abliefern. Wie hat er gesagt: ein Freies Stuhlgericht?«

»Ja, das ist so eine Einrichtung . . .«, murmelte Philipp. Er kannte sich nicht aus. Sein Mund war trocken, er holte die Flasche aus der Satteltasche und nahm einen kräftigen Schluck. Dem Befehl war zu folgen. Es gab kein Zurück. Dann rief er: »Aufgesessen!«

Aber Giertchen verlor den Satz nicht aus dem Kopf: ». . . kommt Ihr direkt ins hergerichtete Gelände.«

Zu welchem Behufe wohl jenes Gelände hergerichtet war?

Die Regenwolken kamen von Westen, zogen schwarz über Störmede hin, Sturm trieb die Nässe in Schwaden über die Westenfeldmark. Die Herren beugten die Köpfe gegen den Wind, aus den breiten Krempen der Hüte lief das Wasser und sammelte sich in Pfützen. Erst halbverkohlt hing die Walburga Flinders am Pfahl; nur mit Anstrengung ließ sich hinter dem weißlichen Qualm auch der Leichnam der alten Pavenstroth ausmachen.

Das waren die Geseker Frauen, mit denen das Gericht des Doktors Heinrich Schultheiß diesen Tag begonnen hatte.

Die Henkersknechte stocherten in den benäßten Scheiten, sie fragten, ob sie aus dem Schuppen trockenes Brennmaterial holen sollten – die Stadt hatte eigens für diese Tage sechs Wagen Holz vom Gografen auf Wevelsburg gekauft –, aber Richter Mattenkloidt gebot Einhalt aus Sparsamkeit, und schließlich waren sie ja bereits tot, die beiden.

Er befahl, ein paar Bund Stroh heranzuschaffen und für die nächsten Brände auf günstigere Witterung zu warten; es war ohnedies nur ein warmer, stürmischer Mairegen gewesen, eine Husche – und nun brach auch schon die Sonne aus dem glitzernd umrandeten Gewölk.

Unweit des Siechenspitals der Jakobus-Bruderschaft, zwischen Seuchenlinde und Galgenplatz – »Galgenpatt«, wie die Geseker sagten –, auf einem offenen Feld, mit dem Blick auf die heckenbesetzen Wälle und vorgelagerten Astverhaue am Lüdischen Tor, waren die Urteile vollstreckt worden, die ein Kurfürstliches Gericht unter Doktor Heinrich Schultheiß, assistiert von Richter Mattenkloidt und einigen Ratsherren, am Vorabend im Rathaus über die beiden Frauen gefällt hatte. Man war ihnen tags zuvor in der Tortur so ausgiebig und so hart auf Haut und Gebein gefallen, hatte sie dermaßen traktiert und angegriffen, daß sie endlich all ihre Verbrechen eingestanden hatten.

Schon vor einigen Tagen waren vorsorglich die Eigentumsverhältnisse notariell überprüft und aufgezeichnet worden. Denn vom kargen Besitz der Frauen stand ein geringer Anteil – und auch der nur aus Gnade des Doktors Schultheiß – den Hinterbliebenen, ein größerer dem Herzogtum, ein mittlerer den Richtern für ihre Mühewaltung zu, diesen jedoch pro Kopf mindestens vier bis fünf Taler. Größere Beträge waren erst zu erwarten, wenn die im Pulver- und im Padbergturm inhaftierten Hexen aus der Umgebung, darunter einige wohlhabende Bürgerfrauen, exekutiert wurden. Die Beschlagnahme ihres Vermögens war, so befand jeder an der Ausschüttung Beteiligte, eine geringe Entschädigung für geleistete Mühewaltung um Reinigung des Gemeinwesens und, insonderheit, auch für die Gefahr der Ansteckung, in die man sich, dienstlicherweise, durch den Umgang mit diesen teuflischen Weibern begab.

Unterdessen war der Schinderkarren vorgefahren, die Gehilfen des Scharfrichters Michael Berg kletterten auf die wackligen Holzstöße und lösten die Walburga Flinders, gewesene Hebamme zu Geseke, von dem schwarzgebrannten Pfahl, während gleich nebenan die sterblichen Überreste der alten Pavenstroth aufgesammelt werden mußten. Es war ein Geschäft, das die halbnackten Schergen ohne viel Aufhebens besorgten. Und auch wer von den Bürgermeistern, Ratsherren und Juristen, die sich jetzt zu einem Maitrunk ins Zelt des Doktors Schultheiß begaben, im Vorübergehen einen Blick auf diese Verrichtungen warf, fand nichts Erstaunliches oder gar Abscheuliches daran. Man war an öffentliche Exekutionen in den gesetzlich vorgeschriebenen Macharten gewohnt, und ob nun das Abhauen der Hände, das Zwicken mit glühenden Zangen oder die

Auspeitschung bis aufs rohe Fleisch der eigentlichen Hinrichtung – dem Köpfen, Vierteilen, Rädern, Verbrennen – vorausging: es waren nach Recht und Gesetz vollzogene obrigkeitliche Akte. Wie hätte man sich da entrüsten, sich auch nur gruseln mögen vor ein paar kreischenden Teufelsweibern, denen der Schwelbrand ohnedies bald Stimme und Atem benahm?!

So waren denn auch auf der Westenfeldmark, in gebührendem Abstand zur Obrigkeit allerdings, einige hundert Geseker Bürger versammelt, dem vormittäglichen Schauspiel beizuwohnen: Männer, Frauen und Kinder. Die Kleinen nahm man gern zu derlei Spektakeln mit, war ihnen doch auf andere Art kaum anschaulicher darzutun, wohin unrechter Wandel führt. Auf diese Deutung des Geschehens kam es natürlich an – das wußten die Eltern, und das wußte auch Stadtpfarrer Bernard Rogener, der sich, während er im Zelt des Werler Staatsanwalts mit Richtern, Schöffen und städtischen Würdenträgern den Bierkrug schwenkte, im stillen bereits für die Sonntagspredigt in Sankt Petri präparierte. Er war von Herzen froh. Denn es war nun endlich einmal hart durchgegriffen worden nach so viel Geheimbündelei mit dem Gottseibeiuns, diesen abgöttischen Beschwörungen im mondlichtüberfluteten Hagedorn an der Velmeder Linde, nach all den stinkenden Sudeleien in unterirdischen Gewölben, wo diese Weiber aus Zaunrübe und Fliegenpilz, Bilsenkraut, Stechapfel, Tollkirsche und Schierling einen Absud zusammenschmierten, der sie befähigte, auf ihrem Tanzplatz vor Eringerfeld dem Satan abscheulich schönzutun. Man hat ja auch nicht vergessen, wie Heinrich Buschmann – einer der seltenen Satansbündler männlichen Geschlechts – sich unversehens in einen Wolf verändert, etliche Schafe geschlagen und schließlich seine eigenen und anderer Leute Kinder gerissen hat. Man erinnert sich, wie Bauer Tiling eine vorwitzige Krähe mit dem Kopf gegen einen Baumstumpf schlug – und wie ihm anderntags die Trine Iseken begegnete: mit zerschlagenem, geschwollenem Haupte. Wer's aber noch immer nicht wahrhaben wollte, was unsere liebe Stadt Geseke in jüngster Zeit an Heimsuchung hat erleiden müssen – und durch wen! –, der besinne sich doch, wie im letzten Herbst alle Waldpfade übersät waren mit Schleimpilzen, die man auch Hexenbutter nennt, weil sie nichts sind als die Ausleerung übersatter Hexen auf dem Heimweg vom nächtlichen Teufelssabbat.

So überdachte Pfarrer Rogener, was mit Zulassung Gottes dieser Stadt geschehen war. Und während er mit Behagen das hierorts selten gewordene lippische Bier kostete, welches Doktor Schultheiß aus seinen mitgeführten Fäßlein den geladenen Herren spendiert hatte, erinnerte er sich mit Schaudern an die letzte Nacht, da er in den Kerker hatte gehen müssen, die beiden Verurteilten zu Einkehr und Buße zu bewegen. Nichts war ihm gelungen! Kaum daß sie ihn gewähren ließen, als er sich bemühte, ihre Untaten der Reihe nach aufzuzählen, da sie schon selber nicht dazu bereit waren, wie's Beichtkindern doch wohl angestanden hätte. Die eine, Walburga Flinders, die Hebamme, hatte nur unentwegt geschluchzt – doch als der Pfarrer ihr den Kopf am Haar hochriß, hatte sie keine Träne im Gesicht, solch eine Teufelsjüngerin war das! Und die alte Pavenstroth gar schrie ihn an: Sie habe mit ihrem Herrgott Frieden gemacht und brauche ihn, den Pfaffenesel, nicht dazu. Mit »ihrem« Herrgott! Als stünde ihr wie einem Lutheraner eine eigene Pforte ins Himmelreich offen! Nun mag sie sehen, ob der Herr, dessen geweihten Priester sie verschmähte, ihr noch gnädig ist.

Doktor Heinrich Schultheiß, umdrängt von den Geseker Richtern, die wissen wollten, wie es nun weiter geplant sei und welche der Inhaftierten man als nächste aus den Türmen zur Aburteilung und Vollstreckung holen werde – geständig waren sie ja alle –, Doktor Schultheiß sah auf seine silberne, mit dem Arnsberger Wappen geschmückte Taschenuhr. Es ging auf zehn, und die Ringelsteiner Hexen, zu deren Begleitoffizier er den Herrn Bertram entsandt hatte, mußten bald eintreffen. Und der Romeßwinkel würde wohl auch einige Hexen aus Paderborn mit sich führen. Doch auch ohne die Neuankömmlinge war hier noch genug zu tun, und des Romeßwinkelschen Beistands bedurfte Schultheiß nicht, denn die Geseker Richter wie die Bürgerschaft fügten sich auch ohne Nachhilfe widerspruchslos der kurfürstlichen Autorität.

Hinter Salzkotten, wo schon mit sumpfigen Wiesen die Geseker Feldmark beginnt, saß der Käfigwagen im Morast fest. Doktor Johannes Romeßwinkel, der den traurigen Zug anführte, hatte die kleine, wegen ihrer aufmüpfigen Bauern berüchtigte Ortschaft Upsprung umgehen wollen, und da der knochendürre Gaul nicht von der Stelle wich, mühte sich Spee mit Konrad und Albertus, den zweiräderigen Karren aus dem Sumpfloch zu ziehen und zu stoßen. Leichter wär's ihnen geworden, hätte man die drei Frauen aus dem Käfig gelassen, aber Romeßwinkel untersagte es mit schriller Stimme und während er sein über dem schwankenden Boden unruhig tänzelndes Pferd zügelte, ließ er die Reitgerte sausen. »Beeilt euch, Schlappschwänze ihr!«

Schließlich schafften es die jungen Burschen; Spee hatte aufgegeben, die ungewohnte Anstrengung hatte wieder die schmerzende Klammer um seinen Kopf gelegt – und die einzige, die ihm hätte helfen können, saß hinter Gittern, hautnah mit zwei anderen Frauen zusammen. Als Barbara bemerkte, wie er zur Seite trat und sich an die Stirn fuhr, hob sie die Hände und strich über ihre Brauen und von den Brauen hoch an die Schläfen und von dort über den Hinterkopf und wiederholte, ihn anschauend, die Bewegung, bis er begriff und es ihr nachtat; und schon sehr bald spürte er Linderung.

Und war tief beschämt. Da fuhr die Frau einem schrecklichen Sterben entgegen – und nicht allein, daß er ihr nicht helfen konnte: *Sie* war es nun, die ihm half.

Wie bitter hatte ihn Pelking enttäuscht mit der unwürdigen Ausflucht, sein Schutzversprechen habe nur für die Zeit gegolten, da Barbara in der Apotheke verborgen war

– und nun, so hatte er ungerührt hinzugefügt, bleibe Spee nichts übrig, als ihr den Weg in die ewige Seligkeit zu bereiten!

Natürlich hatte er immer wieder mit ihr gesprochen während vieler Stunden auf dem traurigen Weg, obwohl Romeßwinkel maulte und sich auch einmal dick aufspielte. Aber Spee ließ es sich nicht nehmen, seiner Pflicht als Beichtvater nachzukommen. Barbaras Tapferkeit war unnatürlich; ihre Gefaßtheit mutete an, als habe sie einen dämpfenden Trank zu sich genommen. War es denn denkbar, daß eine Frau, die noch nicht einmal genesen war von den Verwüstungen der Tortur, einer Wiederholung so schrecklicher Qualen und sogar dem Flammentod derart gelassen entgegensah?

Es dauerte nicht lange, dann begriff Spee mit steigendem Entsetzen, daß es kein betäubender Trank war, der Barbara so zuversichtlich stimmte. Es war nichts anderes als ihr Vertauen auf ihn; sie war, das sagte sie ihm lächelnd – und wieder fast so, als ob *sie* zu trösten hätte –, sie war überzeugt, war ihrer Sache ganz sicher: Pater Spee würde nicht nur sie, sondern auch alle anderen »Hexen« vor dem Feuer retten. Er war ein Engel Gottes – und ihres Amtes war es, sich um ihre beiden Mitgefangenen zu sorgen, ihnen zuzusprechen, damit auch sie erführen, was nicht zu bezweifeln war: Wo Pater Spee zugegen ist, kann kein Unrecht geschehen.

Sein Entsetzen über soviel ungerechtfertigtes Vertrauen wurde nur noch von seiner Beschämung übertroffen. In welch unwürdige Situation hatte er sich treiben lassen! Als Glaubenskommissar von Paderborn und Hildesheim hätte er über hunderttausend Seelen herrschen können – und nun stolperte er seit vier Stunden neben dem Käfigwagen dahin. Er hätte ein Pferd haben können; Lennep, plötzlich sehr besorgt um ihn, hatte es ihm angeboten, aber sollte es ihm besser ergehen als den jungen Leuten? So hatte er's abgelehnt in törichtem Stolz. Jedoch drei Meilen auf solchen Wegen, das brauchte seine sieben Stunden. Schon sehr erschöpft und wie mit gelähmter Zunge, zu keinem stärkenden Wort befähigt, murmelte er Gebete wie sinnlose Kinderreime, stotterte trockenen Mundes einen Allerweltstrost: Das Gericht wird eure Unschuld erkennen . . . es gibt noch Gerechtigkeit . . . ich selbst werde mich bemühen . . .

Da war es wieder! Ich, ich immer nur ich . . . Wer hört denn auf mich? Wer bin ich denn? Ein Jesuit, der noch nicht einmal zu den letzten Gelübden zugelassen wurde. Ein Universitätslehrer, der mit neununddreißig Jahren noch nicht promoviert hat. Ein Sänger, der's mit der Nachtigall aufnehmen will – und auch nicht das bescheidenste Vers-Büchlein zustande bringt. Ein Wissender, dessen Erkenntnisse Deutschlands stolze Rechtsfakultäten erzittern lassen könnten – und trottet doch nur wie stumpfsinnig neben einem Schinderkarren zur Brandstelle, ein paar Dutzend beschriebene Blätter im Wandersack. Und könnte doch längst ein Buch daraus geworden sein, das dem sinnlosen Morden ein Ende macht! »Ich selbst werde mich bemühen . . .« Bin ich Herr über Leben und Tod? Kann ich Richter und Henker mit akademischen Reden betören? Wie sagte der Romeßwinkel, als ich mich heute früh bei ihm melden mußte, dienstbeflissen – bei ihm, den ich am Vortag noch einen Jungfrauenschänder und bestallten Mörder genannt hatte? Nun wollte ich's anders beginnen, wollte mit wohlüberlegter Beweisführung seine mörderische Mission als Folge einer weltweiten Verblendung entlarven . . . »Sie können mich lecken!« sagte er, der noch halb besoffene Wicht – und da stand ich nun mit meiner Gelehrsamkeit! Und das gleiche, nur mit anderen Worten, werden mir die Richter sagen. Sofern ich's überhaupt wage, mit meiner Ansicht herauszurücken. Und wären sie nicht im Recht? Dies ist ein Kurfürstliches Gericht, das nach den unantastbaren Gesetzen Kaiser Karls verhandelt und sein Urteil spricht wie ein jedes Gericht in Deutschland seit über hundert Jahren. Und diese Deutschen sind ein braves, duldsames Volk, das sich von seiner Pein und Not befreien will. Wer aber strafte dieses fromme Volk mit solch vernichtenden Plagen? Gott? Wirklich? Er selber? Ist das zu denken? Er – der Allgütige? Wie hätt es solches Leid um Ihn verdient? Wer aber war es dann, der dieses Volk mit Mißwuchs und Dürre schlug, mit Hunger, Krieg und Pestilenz? Wer anders als der Teufel? Der aber ist nicht wie Gott allmächtig, allgegenwärtig. Der braucht seine Helfer und Helfershelfer! So erwählt er sich Weiber aus diesem Volke, macht sie sich hörig, indem er Unzucht mit ihnen treibt. Verschwört sich mit Menschenweibern wider Gott und das Menschengeschlecht. Und daher kommt's! Der Satan ist schuld. Die Bräute Satans sind schuld. Die Hexen sind schuld.

Das ist ihre Beweisführung, so urteilt die Obrigkeit. Wen wundert's, wenn auch das Volk so denkt und sich des Schreckens erwehrt? Nach Recht und Gesetz!

Der Karren ist wieder flott. Voran die breiten Pferdeärsche mit Romeßwinkel und zwei Bewaffneten. Dahinter der Käfigwagen; auf dem dürren Zugpferd hält sich mühsam der Rotaug im Sattel, auch er noch voll von der letzten Nacht. Hinter den Eisenstäben Babara. Mit gesenktem Kopf spricht sie begütigend einem sabbernden Weiblein zu, das hat den Kopf in ihren Schoß gelegt, er wackelt mit dem Stuckern des Karrens. Manchmal richtet das Weiblein sich auf, sitzt steif gespannt, schlägt die Augen zum Himmel und jault wie ein Hündchen. Das ist die Ohnhorstsche, die, das weiß man schon lang, ist wirren, verängstigten Geistes, aber der Rotaug wußte es besser: Vom Teufel ist sie besessen. Auf den Knien, die Hände ums Eisen geklammert, hockt mit aufgerisenen Augen, die Haare wie Würmer um den grindigen Kopf, die Friddelsche, die aus dem Lippischen kommt und zum zweitenmal unerlaubt in der Stadt Paderborn angetroffen wurde. Diebische Landstörzerin, stand just am Schandpfahl, als der Rotaug des Weges kam, um sie als Zauberische zu erkennen. Nur diese drei bringt er mit aus Paderborn, und nimmt man's genau, ist's nur eine: Die Friddelsche kommt von außerhalb und die Hebamme auch, aus Hildesheim. So bleibt aus der Stadt nur die

Ohnhorstsche, und die großkotzigen Jesuiten mit ihrer Liste haben den Herrn Romeßwinkel hinters Licht geführt. Das war Pater Turcks mutige Tat: Dreizehn Namen standen auf seiner Liste, doch als man ihre Trägerinnen dingfest machen wollte, waren sieben verstorben, drei schon lange verzogen, der elfte war ein Säugling, die zwölfte lag mit der roten Ruhr im Spital, da steckt sich keiner gern an, und die dreizehnte war die Schwester vom Dompropst, von der läßt man besser die Hände weg.

Die beiden Jungen, links und rechts vom Wagen: Konrad, mit wie witternd erhobenem Kopf, hält Ausschau nach allen Seiten, Gelegenheiten erkundend, Zufälle, Chancen. Der kalkuliert wohl alles, was ihm vor die Augen kommt, in seinen Fluchtplan ein, sei's Hindernis oder Helfer: den Rebhuhnfänger, der über den brachen Acker stiefelt, den Müllerknecht auf seinem Esel, wie er den seltsamen Zug begafft, gewiß auch die wühlenden Schweine auf den sumpfigen Koppelhuden. Flucht mit Barbara – nichts anderes, Spee kann sich's denken, hat der Junge im Sinn. Der gibt nicht auf, ist auch nicht wählerisch, wenn es ums Überleben geht. »Seht an, wie dieses Weib vom Türkenhund zernaget . . .« Oh, du mein Herr und Gott! Es braucht nicht den Türken, um Märtyrer zu schaffen. Nicht in diesem meinem deutschen Vaterland. Vielleicht ist die Stunde schon sehr nahe, da ich um des Trostes und der Barmherzigkeit willen Gott versuchen muß.

Und da geht Albertus. Hat unter dem wirr fallenden Haar die Augen niedergeschlagen, schwerlich aus Demut. Der hat wohl selbst jetzt noch nur Kriechendes im Sinn. Bleibt stehen, bückt sich, stopft was Lebendiges ins Sacktuch, das er verknotet in der Rechten trägt, läuft mit seinen überlangen Beinen dem Wagen nach, könnte auch zurückbleiben, verschwinden; um den kümmert sich keiner, auch Konrad nicht, der rechnet wohl kaum auf Hilfe durch den vernagelten Kerl. Albertus tröstet die Barbara auf seine Weise, umspringt den Käfig wie ein Hündlein, läßt sie ins Sacktuch blicken, wo was Kriechendes sich herausbewegen will, und bringt's fertig, daß sie lächelt, die unglückliche Frau – sei's über das Getier oder eher über den jungen Wunderling.

Nun wird die Straße fester, unter alten Linden führt sie zur Geseker Landwehr, wo sich nach kurzer Prüfung durch die Wachen der erste Schlagbaum hebt. Durchs Osttor rattert der Karren, an wenigen, mißtrauisch blickenden Bürgern vorbei, auf dem uralten Hellweg und nordwärts dann über Steinweg und Bachstraße zum Rathausplatz. Nur ein paar Gassenjungen folgen ihm.

Die Stadt mutet an, als sei sie von Angst gelähmt, aber Romeßwinkel weiß es besser, weiß, wo ihre Bürger sind, weiß was sich vor dem Lüdischen Tor zuträgt, wie seit Stunden schon, so auch in dieser Minute.

Romeßwinkel verhandelt auf der Rathaustreppe mit einem Herrn vom Amt, läßt seine Bewaffneten absitzen und den Käfig öffnen. Erst mußten sie die Ohnhorstsche mit Gewalt von Barbaras Schoß entfernen, dann torkelte die verwahrloste Friddelsche heraus, endlich die Hebamme, sie allein scheinbar ungezeichnet von Wahn und Entsetzen. Und als der Pater zu ihr tritt, weist sie auf die anderen und sagt: »Die haben's nötiger.«

»Wir sind jetzt am Ort des Gerichts«, sagt Spee. »Ich werde mich sofort bei Doktor Schultheiß melden. Ich bin überzeugt, daß er dich freilassen wird – dich und die anderen.« Er sagt längst du zu ihr, seit sie bei ihm gebeichtet hat.

Es bedrückt ihn, daß Barbara zustimmend nickt. Sie hat nicht den geringsten Zweifel an seinen Worten.

Dann werden die Frauen durch das um einige städtische Bedienstete verstärkte Begleitkommando abgeführt in den Padbergturm, wie Spee den Anweisungen des Schöffen entnimmt. Die Jungen trotten hinterher, sie wollen sehen, wohin man ihre Barbara verschleppt. Auch Albertus hat den Kopf erhoben. In den leicht vorquellenden Augen steht das helle Wasser. Der begreift wohl erst jetzt, was mit der Frau geschieht, der einzigen, die ihn nie verspottet hat.

Romeßwinkel tritt auf den Pater zu und legt ihm, schrecklich kumpanenhaft, die Hand auf die Schulter, spielt mit der anderen in seinem schütteren Ziegenbart, knurrt mit verlegenem Grinsen:

»Tut mir leid, Hochwürden, was ich heute früh zu Ihnen sagte. Ich krieg' diesen verdammten Paderborner Schnaps erst jetzt aus dem Schädel. Wir müssen zusammenhalten, wir zwei. Sind ja jetzt beide in seinen Diensten.« Er meint den Kommissar.

»Wo ist Doktor Schultheiß?« fragt Spee. Er ist froh, daß Romeßwinkel die Hand von seiner Schulter genommen hat. Der will ihn herabziehen zu sich, zu seinesgleichen, will Halbpart mit ihm machen bei seiner Mordbrennerei.

Der Schöffe zeigt mit dem Kinnbart nach Westen. »Im Dienst.« Er hebt bedeutungsvoll die Stimme: »Auf der Westenfeldmark. Ich zeige Ihnen Ihr Quartier, und dann machen wir uns auf den Weg. Muß nur erst nach meiner Frau sehen. Ich hole Sie ab. Habe den Eindruck, Sie werden dort« – der Bart weist die Richtung – »dringend gebraucht.«

Dann blickt er zum Himmel. Es steigt über den Dächern der Weststadt eine leicht zerzauste Rauchsäule auf und vermischt sich mit dem grauen Regengewölk.

Spee folgt seinem Blick. Aber er will nicht begreifen, was er sieht.

Die ehrbare Hausfrau Annegret, Ehegattin des Ratsschreibers und Kamerarius Wulbert Nolte, schätzte die Ehre hoch ein, dem gelehrten Pater aus Paderborn das Quartier bereiten zu dürfen. Derart ausgezeichnet, sah sie sich wiederum in ihrem rechtschaffenen Wandel bestätigt und gewürdigt – wie schon so oft in diesen Tagen, da sie an den nun ruchbar gewordenen Untaten jener Zauberweiber, an dieser Schande ihres Geschlechts, den eigenen Wert, die eigene Würde um so beglückender ermaß.

»Man war sein Lebtag um Sitte und Ans-tand bemüht«, sagte sie, das s sorgsam vom t trennend, denn sie stammte aus Bremen. »Unsereins darf wohl ein wenig stolz sein auf seine Tugend, in aller Demut, versteht sich. Und da hat man nun eine Nachbarin wie diese Hebamme Flinders, die einem alle elf Kinder geholt hat, und nur vier sind gestorben mit den Jahren, und war eine redliche Frau, so stellte sich das dar. Und doch wird sie eines Morgens abgeschleppt und ist eine Hexe. Da steht nun einer doch ganz bestürzt. Sie nicht auch, Hochwürden?«

Spee auch. Er sagte, während er sein behaglich eingerichtetes Zimmer besah: »Geben Sie acht, daß es Ihnen nicht so ergeht!«

Da setzte sich Frau Annegret Nolte auf das gemachte Bett und faltete die Hände. »Mir?« Ihre Lippen bebten. »Ja – halten Sie mich für eine Hexe, Hochwürden?«

»Eben nicht«, sagte Spee. »Deshalb sind Sie besonders verdächtig. Es kann durchaus sein, daß Sie morgen oder übermorgen abgeholt werden. – Haben Sie einen Schluck zu trinken?«

Er wußte nicht, weshalb er das arme Weib so erschreckte. Vielleicht, weil sie so pharisäisch dumm war, vielleicht deshalb. Oder einfach nur, weil ihm schon jetzt alles zuviel wurde. Weil ihn die seltsam menschenleere Stadt bedrückte, weil Romeßwinkel das Wort »Westenfeldmark«, so eigentümlich betont hatte, weil Barbara so überzeugt war, daß er alles zum Guten wenden werde – er, dem nichts gelingen wollte!

Die Frau saß noch immer auf der Bettkante. »Aber ich bin doch keine Zauberische!« beteuerte sie. »Ich habe doch nie mit dem Teufel etwas Unanständiges . . . habe nie mit ihm unter einer Decke gesteckt . . . also nie und nimmer, das schwör' ich bei Gott und allen Heiligen!«

Spee legte den Finger an die Lippen. »Ich habe nicht gesagt, daß Sie eine Hexe sind. Ich habe gesagt, es wäre denkbar, daß man Sie abholt. Und ich sage Ihnen weiter, daß Sie dann wie jetzt alles ableugnen werden. Denn Sie sind ja unschuldig. Dann werden Sie gefoltert. Dann werden Sie gestehen. Dann werden Sie verurteilt. Und dann werden Sie verbrannt.« Und als die Frau ihn immer noch ohne Verständnis mit ihren wasserblauen Augen anglotzte, ging's mit ihm durch: »Wann werdet ihr törichten Weiber kapieren, daß ihr eines Tages allesamt Hexen sein werdet! Ihr alle, ohne Ausnahme! Wenn's dann aus Millionen Scheiterhaufen zum Himmel stinkt, mag der Herrgott sehen, wie Er ohne euch dieses Menschengeschlecht erhält. Aber wahrscheinlich« – das murmelte er nur – »liegt Ihm dann schon nichts mehr daran. – Kommen Sie!« Er griff der Frau unter die Achseln und stellte sie auf die Beine. »Verzeihen Sie mir bitte! Ich hatte nicht bedacht, daß Sie mich nicht verstehen können. Haben Sie keine Furcht, ich werde für Sie beten.«

Sie sah ihn kummervoll an und schüttelte den Kopf. »Ich bin des Herrn Ratsschreibers Wulbert Nolte rechtmäßig vor Gott und den Menschen angetraute Ehehausfrau. Ich gehe jeden Mittwoch zur Beichte bei Herrn Stadtpfarrer Rogener.« Sie hatte ihre Sicherheit wiedergewonnen und musterte ihn betulich wie eine besorgte Muter. »Was trinken Sie denn?«

Spee bat um ein Tasse Kräutertee.

Als sie das Zimmer verlassen hatte, ließ er sich aufs Bett fallen. Im Erdgeschoß tobte ein Rudel Kinder. Er hatte nicht übertrieben; sie konnten schon morgen mutterlos sein.

Nur mit Mühe sammelte er sich zum Gebet. Er betete zu Gott um Stärke. Wenn er nicht erhört würde, wäre er dem, was sich auf jener Westenfeldmark abspielte, nicht gewachsen. Er brauchte Kraft. Die Kraft, das Unterträgliche zu bestehen.

»Als ich ihm den Tee brachte«, konnte Frau Annegret ihrem Mann am Abend dieses Tages berichten, »hatte er ganz und gar rote Augen. Ich war schon sehr bes-türzt, muß ich sagen. Ein Priester, der weint?«

Philipp von Kronthal hatte mit seinem Reitertrupp und den Gefangenen die Stadt Geseke, wie ihm befohlen war, im Süden umgangen. Eine Viertelmeile vor der Umwallung erhob sich eine gemauerte Schanze, die, da mit kriegerischen Angriffen derzeit nicht gerechnet werden mußte, von der Wachmannschaft verlassen war. Philipp erlaubte den Gefangenen, sich hinter dem Vorwerk zu lagern. Er selbst ritt mit Giertchen, die das schreiende Kind beschwichtigte, über die aufwärts führende Rampe auf den Wehrgang. Von hier aus ließ sich das Gelände zwischen Galgenpatt und Seuchenlinde bis zu den Mauern der in einer sanften Mulde gelegenen Stadt überblicken. Auf den Wiesen der Westenfeldmark standen viele Menschen, sicher mehrere hundert. Sie wandten ihnen den Rücken zu und verfolgten reglos wie Puppen ein Schauspiel, dessen Bewandtnis sich durch zwei Qualmsäulen verriet, aus denen es schrie. So hatte Philipp nicht einmal zu Wolgast schreien hören.

Er und Giertchen rührten sich nicht im Sattel, erstarrt wie die Menge. Sie kniffen die Augen gegen die Blitze, die aus dem üppig quellenden, lilafarbenen Rauch schossen; man hatte die Holzstöße mit Pulversäckchen gespickt. Während die gräßlichen Schreie in Gurgeln und Röhren erstickten, wurde das Knistern und Aufbrechen der Scheite vernehmbar, und endlich, nach einem letzten unsäglichen Röcheln, löste sich der Bann, die reglose Masse zersplitterte in gestikulierende Gestalten, und es begann ein schwirrendes Geschwätz.

Giertchen warf einen scheuen Blick über die rückwärtige Mauer des Wehrgangs, hinab auf die gefangenen Frauen. Zu Tode erschöpft, waren sie ins Gras gesunken, aber schon richteten einige sich auf, sie schienen von Unruhe gepackt, die Mauern nach Luken und Durchbrüchen abzusuchen, um mit eigenen Augen zu erkunden, woher die schrecklichen Schreie kamen. Es war keine Zeit zu verlieren.

»Der Brief«, sagte Giertchen, ohne Philipp anzusehen. »Du mußt den Brief öffnen!«

»Darf ich doch nicht! Er ist versiegelt«, sagte Philipp.

»Man hat dich betrogen! Hier wird nicht begnadigt, hier wird gerichtet. Willst du Henkersknecht sein? Du mußt den Brief öffnen!«

Er biß sich auf die Lippen, schüttelte den Kopf und ließ

den Blick nicht von diesem Volksfest eigener Art. Er wollte vielleicht nicht wahrnehmen, daß Giertchen ihr Pferd noch dichter an das seine führte, daß ihre Hand in die Satteltasche griff und den Brief »An das Hohe Kurfürstliche Gericht zu Geseke« herauszog. Als er sich erlaubte, es zu bemerken, war Giertchen schon die Rampe hinunter. Sie riß ohne Sorgfalt das Schreiben auf, überflog es und ritt zu Philipp zurück.

Er nahm und las. Der Edelherr von Büren entbot dem Kurfürstlichen Kommissar seinen Gruß und führte ihm »zweiunddreißig zauberische Weiber« zu. Des Näheren erläuterte er:

»Es handelt sich durchweg um Teufelsbuhlinnen. Meine Richter versprachen ihnen die Freiheit, wenn sie gestehen würden, und sie taten es. Dieses Verfahren, welches inzwischen von zahlreichen Autoritäten bestätigt und angewendet wird, ist, auch nach dem Dafürhalten der gelehrten Verfasser des ›Hexenhammers‹, der Herren Sprenger und Institoris, eine legitime Methode zur Erzielung von Geständnissen, wie Ihnen, hochverehrter Herr Doktor, wohlbekannt sein dürfte. Bedenkt man zudem, daß den Inculpatinnen durch dieses Verfahren die Folter weitgehend erspart bleibt, so darf die Prozedur bis zur nachfolgenden Hinrichtung als durchaus gnädig empfunden werden.«

Es folgte unter Hinweis auf frühere Vereinbarungen die Versicherung, daß man bürenerseits die Hälfte der anfallenden Kosten für Holz, Teer, Schergen und Scharfrichter übernehmen werde; für letzteren die Hälfte des Höchstsatzes von sechs kölnischen Reichstalern pro Verbrennung bei lebendigem Leibe, zuzüglich zwei Gulden kölnisch Reise- und Tagegeld, entsprechend dem Punkt 31 der Kurfürstlich-kölnischen Verordnung über den Scharfrichter-Tarif.

Die beträchtlichen Kosten für Gewahrsam und Hinrichtung, so schloß der Edelherr, seien es ja vor allem gewesen, die ihn bewogen hätten, die Exekutionen dem hohen Beamten aus dem Herzogtum Westfalen anzuvertrauen, wiewohl eigentlich das Hochstift Paderborn sie hätte übernehmen müssen, doch dessen Knauserigkeit sei ja bekannt.

Noch während Philipp die letzten Zeilen las, brach es hinter ihm los. Einigen Frauen war es gelungen, von den Wachen unbemerkt auf die Mauer des Vorwerks zu klettern, um selber zu sehen, was sich vor der Stadt tat. Da hub nun auch bald bei den anderen ein Wimmern und Schreien an, sie deuteten auf die Pfähle, die hinter dem verblassenden Qualm erkennbar wurden, sie schrien vor Entsetzen über die schwärzlichen Gebilde, die an den Pfählen hingen, und ohne recht zu wissen, welche schreckliche Wahrnehmung ihre Leidensgenossinnen so verstört hatten, warfen sich die am Lagerplatz Verbliebenen auf den Boden und wühlten mit den Händen, als wollten sie sich eingraben. Die Soldaten warteten keinen Befehl ab, sie sprangen von den Pferden und hieben mit dem flachen Degen auf die Verzweifelten ein.

Erst dadurch kam Philipp zur Besinnung. Er hatte eine Minute gebraucht, um zu begreifen, daß er nun wohl seinen Abschied nehmen mußte. Er wagte es nicht, Giertchen darzulegen, was sie mit dem Öffnen des Briefes angerichtet hatte. Nicht jetzt. Es war, als habe sie das Kommando übernommen. Aber sie stellte ihn nicht vor seinen Soldaten bloß. Sie sagte nur: »Du mußt etwas tun!«

Er stopfte den Brief in die Satteltasche, riß das Pferd herum und schrie die Soldaten an. Zu den Frauen sagte er, weithin vernehmbar: »Was da drüben geschieht, soll euch nicht ängstigen. Es sind schlimme Weiber gewesen, überführte Mörderinnen vermutlich, die man gerichtet hat. Ihr kommt frei! Es ist euch versprochen, und es wird gehalten.«

Er ließ die Soldaten aufsitzen und befahl Rückzug bis auf den Eichenhain, den sie auf dem Herweg zur Linken gelassen hatten. Er ritt neben Giertchen, suchte ihre Hand.

In dem Wäldchen ließen sie sich nieder. Philipp befahl, die Verpflegung auszuteilen und den Frauen die Ketten abzunehmen. Eine Korbflasche mit Branntwein ging reihum, auch die Frauen bekamen ihren Teil. Sie beruhigten sich.

»Am besten, du reitest zu Schultheiß und besprichst dich mit ihm«, sagte Giertchen. »Du hast Befehl bekommen, die Frauen zu übergeben, damit sie freigelassen werden. Von dem, was in dem Brief steht, brauchst du nichts zu wissen, darfst es gar nicht wissen. Wer also kann dich tadeln, wenn du dem mündlichen Befehl deines Hauptmanns nachkommst? Und sollte etwas anderes von dir verlangt werden, wer kann dich zwingen, etwas auszuführen, was diesem Befehl widerspricht?«

Ihre Logik war überzeugend, er hatte wieder Anlaß, sie zu bewundern. Aber was sollte er bei Schultheiß?

»Natürlich mußt du zu Schultheiß gehen! Was du hier gesehen hast – daß die Frauen verbrannt wurden –, beweist noch nicht, daß es unseren hier ähnlich ergehen soll. Und vom Inhalt des Briefes darfst du ja nichts wissen. Du mußt also, um vor deinen Vorgesetzten bestehen zu können, erst von Schultheiß Gewißheit bekommen, daß er unsere Frauen wirklich hinrichten will. Er muß es *ausgesprochen* haben. Erst wenn er das getan hat, kannst du dich auf den gegenteiligen Befehl deines Hauptmanns berufen.«

Es fiel Philipp nicht leicht, Giertchen und das Kind mit den Soldaten zurückzulassen. Sie zerstreute seine Bedenken. Er übergab das Kommando dem bewährten Unterwachtmeister Jürgens und machte sich auf den Weg zum Richtplatz.

Als Romeßwinkel nach einer Stunde noch nicht gekommen war, ihn abzuholen, hielt es Spee nicht länger im Haus. Von Frau Nolte erfuhr er, wo Doktor Schultheiß wohnte. Aber dort sagte man ihm, und er hatte es kaum anders erwartet, der Herr Kommissar weile noch immer dienstlich auf der Westenfeldmark. Der Hausknecht erbot sich, den Pater mit dem Wagen dorthin zu fahren, aber Spee zog es vor, zu Fuß zu gehen.

Der Ausbruch in der stillen Kammer, den er sich gleichsam »gewährt« hatte, war seiner Verfassung zuträglich gewesen. Der Heilige Ignatius, dieser Menschenkenner, hatte seine Schüler gelehrt, Christi Passion in allen ihren Stationen nicht nur mit den Sinnen der Einbildungskraft nachzuerleben, sondern auch mit staunenden, teilnehmenden Ausrufen, mit Seufzern und Tränen zu begleiten. Und in seinen Exerzitienregeln schrieb er sogar vor, wann man zu staunen und wann zu seufzen habe. Derart ermuntert, mit ihren Gefühlen nicht zurückzuhalten, ja, sie zu jedem angemessenen Zeitpunkt *darzustellen*, waren diese Jünger Jesu allesamt vollendete Schauspieler geworden, was sie nicht allein durch ihre Vorliebe fürs Theater, sondern auch durch die Fähigkeit bewiesen, mittels perfekter Darstellung wiederum erst – und zwar durchaus echte! – Gefühle in sich zu erzeugen, sie gleichsam *abzurufen*, wenn nur ein würdiger Anlaß gegeben war.

Spees Tränen allerdings, wiewohl »gewährt«, waren aus seinem Herzen gekommen; da war nichts zu erzeugen, nichts darzustellen gewesen. Aber er hatte es nun fürs erste hinter sich gebracht, und das war wichtig. Denn ein weinender Pater wäre nicht nur für Frau Annegret beunruhigend, sondern für einen Mann wie Schultheiß kein ernstzunehmender Gegner gewesen.

Über die Zugbrücke, durch Schlagbaumpforten, Wälle hinauf und hinab passierte er ohne Beanstandung die Wachen, bemüht, alles, was sich auf freiem Felde seinen Blicken bog, lediglich nüchtern zu registrieren. Und das gelang ihm, mit großer Anstrengung. Wie mit dem Stichel in die Kupferplatte gruben sich diese Bilder seinem Gedächtnis ein: die schwarzen Pfähle mit halbverbrannten, herabbaumelnden Stricken, die zusammengefallenen, noch glimmenden Holzstöße – Schergen stießen mit Feuerhaken und Harken Fleisch- und Knochenreste hinein –, nur wenige Schritte daneben stand schon die Nahrung des nächsten Brandes: drei ältere Frauen und ein blutjunges Mädchen, mit aschgrauen Gesichtern, in zersplissenen Ker-

kerhemden, die Hände auf den Rücken gebunden und bewacht von gesindelhaftem Kriegsvolk, das ihnen, wenn der Wachtmeister nicht hinsah, roh an die Brüste griff. Zwischendrein, wie spazierend, Herren mit Amtsmiene in schwarzen Röcken und blütenweißen Faltenkragen.

Es hatte mit der Zurichtung der Delinquentinnen seine Art nach Recht und Brauch gehabt: Sie hatten Butterbrote mit Fleisch bekommen und Wein aus hölzernen Bechern, wie man sie auch von hölzernen Tellern hatte essen lassen; die ließen sich verbrennen, so daß niemand sich später am Geschirr der Hexen anstecken konnte.

Nun war Pause im feurigen Vollzug; man wartete auf den Karren, der aus dem Schuppen neues Brennholz brachte.

Neugierig gemustert, von einigen höflich gegrüßt, näherte Spee sich dem in kölnischem Rotweiß gestreiften Zelt, vor dem zwei Wachtposten standen. Sie ließen ihn, nachdem sie ihn angemeldet hatten, eintreten, und dann sah er sich seinem neuen Dienstherrn gegenüber.

Doktor Schultheiß hatte gerade ein zweites Frühstück beendet; er trocknete die Hände am Tafeltuch, erhob sich und verabschiedete zwei Heren, die ihm Gesellschaft geleistet hatten: den Bürgermeister mit der goldenen Amtskette und den Richter Hermann Mattenkloidt. Der Kommissar leerte den Pokal, ehe er ihn einem der Diener in die Hand drückte, die nun das Tischtuch mitsamt Gedeck und Speiseresten zusammenrafften und sich aus dem Zelt entfernten.

»Sie sind also mein neuer Seelsorger«, sagte Doktor Schultheiß und ersuchte Platz zu nehmen. »Ich bin sehr froh, daß Ihr Rektor, Pater Lennep, meiner Bitte entsprochen hat. Bis zu diesem Augenblick habe ich immer noch fürchten müssen, er werde mich im Stich lassen.«

»Hat Rektor Romeßwinkel Ihnen noch nichts aus Paderborn berichtet?« fragte Spee. Er schöpfte Hoffnung. Der Mann sah nicht übel aus: Gelehrtenkopf. Allerdings – was er in seinen »Instruktionen«, diesem in Juristenkreisen gerühmten Buch, von sich gegeben hatte, war hahnebüchen . . .

»Ist er denn schon zurück?« fragte Schultheiß. Es wunderte

ihn, von Spee zu hören, daß Romeßwinkel mit dem Pater und drei gefangenen Weibern bereits am Vormittag in Geseke eingetroffen war.

Sie unterhielten sich über den Jesuitenorden, den Schultheiß zu schätzen schien, und wechselten mehrmals das Thema. Der Kommissar erwies als als ein rundum gebildeter Mann. Seine Augen blickten matt, wie vom vielen Studieren ermüdet; zuweilen strich er sich mit Daumen und Zeigefinger über Lider und Nasenrücken.

»Zu diesen Gefangenen, die Ihr Vertreter mit sich geführt hat und die jetzt im Padbergturm einsitzen, hätte ich zu bemerken . . .«

»Darauf kommen wir noch«, unterbrach Schultheiß. »Mein Gott, wie unaufmerksam! Sie haben einen strapaziösen Marsch hinter sich – und ich sitze hier satt und voll des guten Weines.« Er rief nach der Ordonnanz. Spee wehrte ab, aber Schultheiß befahl dem Diener, Krug und Gläser zu bringen. Sie tranken einander zu.

»Wie alt sind Sie, Pater?« fragte Schultheiß.

»Vierzig«, sagte Spee.

»Ihr Lehrfach?«

»Moraltheologie.«

»Kennen Sie meine Arbeiten über das Hexenproblem?«

»Zum Teil.«

»Ihr Eindruck?«

»Sie sind – sehr ausführlich«, sagte Spee ausweichend.

»Können Sie sie – aus Ihrer Sicht – näher charakterisieren?«

Ich bin im Examen, dachte Spee. Ich könnte ihn dazu bringen, daß er mich als ungeeignet zurückschickt; ich brauche nur zu sagen, was ich in Wahrheit denke. Aber die Wahrheit zu sagen, ist gefährlich – und, was hier mehr zählt: sie ist unangemessen. Wenn er mich zurückschickt – wer hilft dann der Barbara und den anderen? Wollte ich nicht sogar *allen* helfen? Er sah die unglücklichen Frauen vor sich, die draußen auf ihre Verbrennung warteten. Ein Mädchen, kaum sechzehn . . .

»Sie gehen«, sagte er, »in Ihren Schlußfolgerungen, besonders in den Anweisungen für die Durchführung der Prozesse, noch erheblich über den ›Malleus Maleficarum‹ hinaus.«

»Der ›Hexenhammer‹ ist einhundertfünfzig Jahre alt«, sagte Schultheiß nachsichtig. »Ich mußte den Erfahrungsschatz von fünf Generationen verarbeiten.«

»Es sind – sehr deprimierende Erfahrungen.«

»Als Wissenschaftler darf man nicht werten; man hat die Tatsachen zu respektieren.« Der Kommissar legte die Fingerspitzen aneinander und drehte die Hände. »Als Jurist muß man sie, sofern sie dazu angetan sind, die menschliche Gesellschaft zu zerstören, klassifizieren und das Kriminalgesetz um die nötigen Paragraphen ergänzen. Ich meine den Begriff des Sonderverbrechens – crimen exceptum – und die daraus abzuleitende Sonderbehandlung. – Aber ich hoffe, Sie beschränken sich auf die Moraltheologie.«

»Das war meine Absicht«, sagte Spee. »Aber meine Oberen denken wohl anders über meine berufliche Zukunft. Man hätte mich sonst kaum zu Ihnen geschickt.«

»Nun, nun!« sagte Schultheiß. »Sie werden Erfahrungen sammeln. Das kann nicht schaden. Die Praxis! Hier wird zwar nicht Theologie getrieben, wohl aber moralisch gehandelt. Und dies mit jener letzten Konsequenz, die uns Menschen eben noch erlaubt ist. Ein noch höheres Maß an Bestrafung steht allein bei Gott. – Sie wissen, daß unser alter Hexenbeichtiger gestorben ist?«

»Sein Herz war den Belastungen dieses Amtes nicht gewachsen, hörte ich.«

Schultheiß lachte. »So?« Und immer noch lachend: »Man könnte auch sagen, er hat sich totgesoffen. Blicken Sie nicht so bestürzt, Hochwürden. Allerdings: Die Arbeit, die hier geleistet werden muß, ist kein Hallelujasingen. Sie erfordert Männer, die stark im Glauben sind und harte Herzen haben. Unser alter Bruder Roderich war nicht nur weichherzig und lässig im Glauben – er war auch ein Rebell von jener Art, die seit Jahrhunderten bewährte Gesetze nicht mehr gelten läßt. Stellen Sie sich vor« – er beugte sich über den Tisch und senkte die Stimme, als habe er selber Repressalien zu befürchten –, »dieser Mönch, ein Benediktiner, es ist eine Schande, äußerte Zweifel an unserer Justiz! Er behauptete, manche der von mir verurteilten Hexen seien unschuldig! Mit anderen Worten: Sie seien gar keine Hexen gewesen. Als ob ich Unschuldige ins Feuer schickte!« Er schnalzte empört mit der Zunge.

Spee hatte einen Verdacht: War Schultheiß vor ihm gewarnt geworden? Hatte er Romeßwinkel wirklich noch nicht gesprochen? Auf jeden Fall wußte Spee jetzt, was er zu erwarten hätte, wollte er Zweifel äußern. Dennoch sah er eine Chance, zumindest für die Frauen von Paderborn. Denn sie waren ja noch nicht verurteilt, schon gar nicht von Schultheiß.

»Dieses Amt – Sie merken es – ist gefährlich«, fuhr der Kommissar fort. »Im geistlichen Sinne. Und auch sonst. Sie wissen, was ich meine? Wollen Sie es übernehmen?«

»Ich wurde nicht gefragt«, erwiderte Spee.

»Deshalb frage ich Sie jetzt.«

»Der Orden hat es mir befohlen.«

»Sie haben einen freien Willen, so lehrt es die Kirche. Sie hätten ablehnen können.«

»Mein Entschluß, Jesuit zu werden, war eine freie Willensentscheidung. Sie bedeutet, daß ich mich verpflichtet habe, gehorsam zu sein, also meinen freien Willen hintanzustellen.«

»Das gilt nicht nur für den Ordensmann. Es ist auch die Erklärung dafür, daß *ich* in meinem Amt ausharre. Denn ich bin meinem Landesherrn Gehorsam schuldig.«

»Sie sind nicht aus freiem Willen Hexenkommissar geworden?«

»Wo denken Sie hin! Glauben Sie, das sei ein Vergnügen für mich? Ich wurde Jurist aus freien Stücken, das wohl! Aber Kommissar? Ein so blutiges Amt? Abend für Abend, eh es zum Angelus läutet, grüble ich über den verflossenen Gerichtstag nach. Überdenke jeden einzelnen Fall. Lasse die

Gerichteten vor meinem geistigen Auge vorüberziehen. Gehe sogar soweit, wie es der Henker tut, ehe er seines Amtes waltet: Ich bitte meine Opfer um Vergebung. Postum. Eine menschliche Schwäche, wenn Sie so wollen . . .«

»Das Gewissen – wäre eine Schwäche?«

Dieser Mann, so schien es Spee, war guten Glaubens. Kein Einzelfall. Sie waren fast alle guten Glaubens – das mußte er in seiner Schrift an geeigneter Stelle hervorheben. Es gab gewissenlose Wüstlinge wie diesen Romeßwinkel, es gab von ihren eigenen Ängsten und Unvollkommenheiten Gejagte wie jenen Kommissar Glimbach in Köln. Und es gab solche frommen, guten Männer wie diesen Schultheiß. Was soll man mit ihnen anfangen, da sie doch nur das Allerbeste wollen? Wenn sie wüßten, wie sehr all diese Prozesse von Bosheit und Dummheit, nicht zuletzt von ihrer eigenen Dummheit, beherrscht werden, so würden sie das Unkraut getrost neben dem Weizen wachsen lassen und die Lese einem Höheren anheimstellen, wie denn auch Christus gesagt hat: »Lasset beides zusammen wachsen bis zur Ernte!« Denn man soll es den Engeln überlassen, das Verborgene zu erkennen, das Unkraut vom Weizen zu scheiden und es in den Feuerofen zu werfen. Aber soviel sehe ich jetzt: Ein Mann wie dieser Schultheiß ist zu rechtschaffen und zu einfältig, um das einsehen zu können. Er ist vor lauter Gelehrsamkeit töricht geworden.

»Natürlich ist das Gewissen keine Schwäche!« hatte Schultheiß inzwischen festgestellt. »Im Gegenteil: Es ist der Ausweis der rechtgläubigen Christen. Aber es gibt genug Kollegen, die keine Skrupel haben. Sie kassieren ohne Gewissenserforschung den ihnen gesetzlich zustehenden Anteil am Vermögen der Verurteilten und lassen Asche bei Asche. – Ja, was ist denn?«

Ein Soldat war ins Zelt getreten. »Eine Nachricht für Euer Wohlgeboren!«

Schultheiß winkte ärgerlich ab und führte seine Rede zu

Ende: »Ich weiß um den Segen der Gewissenserforschung! Ich wäre kein schlechter Jesuit geworden. – Was gibt's?«

»Der Herr Hauptmann meldet, daß man das Kommando mit den Ringelsteiner Hexen gesichtet hat.«

»Na und? Es wird höchste Zeit, daß sie kommen.«

»Der Herr Hauptmann meldet, man habe sie beim lüdischen Vorwerk gesichtet, aber wieder aus den Augen verloren.«

»Ja, was soll denn das heißen! Aus den Augen verloren? Sind wir im Wald – oder auf hoher See? Also was?«

Man habe die Soldaten mit den Hexen südlich der Seuchenlinde gesehen, aber dann hätten sie sich wieder zurückgezogen, und nun wisse man nicht, wohin, erklärte der Soldat.

Schultheiß erwog, ihnen ein paar Reiter entgegenzuschikken, doch dann verzichtete er; er hatte ohnedies zu wenig Wachen für die Gefangenen.

»Sie machen sich von der Dummheit meiner Leute keine Vorstellung«, seufzte er entschuldigend. »Sogar die Richter, die ich hier vorfinde . . . Im Vertrauen: Dieser Mattenkloidt ist ein armseliger Ignorant. Aber eben um solch tölpelhaften Richtern beizubringen, was Rechtens ist, da sie's schon selber nicht wissen – dazu hat unser Kurfürst das Amt der Kommissare geschaffen.«

Er wurde abermals gestört. Diesmal gab es ein Geschrei vor dem Zelt, und offenbar ohne daß es die Wachen hatten verhindern können, erschien ein aufgeregtes Weib vor dem Kommissar, Annegret Nolte, Spees Zimmerwirtin.

Zunächst beschwerte sie sich, daß man sie gezwungen habe, »um Haaresbreite« an den zauberischen Weibern vorbeizugehen – ja, ob es denn keinen anderen Weg zum Zelt gebe als in der Nähe solcher Verturteilter, denen die Verderbtheit ins Gesicht geschrieben sei, so daß ein ehrliches Weib in die Gefahr der Ans-teckung gerate, aber das sei es nicht, weshalb sie komme, sie wolle nicht über ihr Kommen, sondern über den Grund ihres Kommens berichten, und was sich in dem Hause, wo der Herr Romeßwinkel mit seiner Ehefrau wohne, abspiele, sei allen Jammers wert, und sie habe es sich nicht nehmen lassen, nunmehr beim Herrn Hexenkommissar selber um Hilfe einzukommen, denn nur er, kraft seiner Ämter und Würden, sei befähigt, die alte Flinders freizugeben, vorübergehend, versteht sich, denn wer sonst vermöge der armen Frau Theresa Romeßwinkel zu helfen, die sich in unfruchtbaren Wehen winde, und viele Frauen aus Geseke, die schon geboren hätten, umstünden ihr Lager, zu schweigen vom ratlosen Gatten, doch keiner geläng's, das Kind aus dem Leibe zu holen, das liege so falsch und verquer, als sei's mit der Forke gewendet.

»Ja, liebe Frau«, sagte Schultheiß, sichtlich verlegen, »da ist guter Rat teuer. Ich würde Euch ja gern helfen und natürlich besonders meinem Schöffen und seiner liebwerten Ehehausfrau. Wenn ich Euch recht verstanden habe, verlangt Ihr nach der Walburga Flinders, weil sie eine Hebamme ist. Aber, wenn man's genau betrachtet, *war* sie das, denn die haben wir heute morgen als erste verbrannt. Ruft eine andere!«

»Es gibt keine mehr in Geseke und auch in Störmede nicht«, klagte Frau Nolte, nicht sonderlich überrascht von dem, was sie eben erfahren hatte. »Die Liese Andernach, die wir noch hatten, ist aus der Stadt geflohen, als Ihr die Flinders verhaftet habt. Sie fürchtete wohl, sie werde die nächste sein.«

Spee begriff, was hier geschah, als Fügung Gottes. Er überlegte keinen Augenblick – erst hinterher sollten ihm einige Bedenken kommen. So sagte er Schultheiß, was hier zu sagen war, und er hatte die Genugtuung, daß der Mann auf ihn hörte.

Als er mit dem Kommissar vor das Zelt trat, waren die Holzstöße bereits für den nächsten Brand präpariert, und die vier Frauen wurden, da die Pfähle schon brüchig geworden waren, auf Leitern gebunden, um dem Feuer übergeben zu werden.

»Nun sind *Sie* an der Reihe«, sagte Schultheiß. »Ich lasse inzwischen Ihre Hebammenhexe aus dem Kerker holen.«

Kaum hatte er diesen Befehl weitergegeben, wurde er wieder ins Zelt gerufen. Vor der Absperrung, hieß es, warte ein Offizier aus Büren; er wünsche den Kommissar wegen der Ringelsteiner Hexen zu sprechen.

Spee beugte sich über die erste der auf die Leitern gebundenen Frauen und erteilte ihr die Absolution.

Barbara fand die Frau Romeßwinkel in Angst und Verzweiflung. Doktor Maternus, Arzt aus Störmede, hatte mit allzu lauter Stimme eine bereits eingetretene Fäulnis des Kindes diagnostiziert. Die Mutterscheide, befand er, sei angeschwollen, trocken und heiß, man müsse zur Ader lassen, um einer Entzündung vorzubeugen. Auch sei ein Klystier aus Fleischsuppe, Öl und Honig zu empfehlen, am besten gewürzt mit zwei Gran Bibergeil. Sodann bleibe nichts anderes mehr zu besorgen als, nach ausgiebigem Einschmalzen der Geburtsteile, das »stückweise Herausholen der Frucht«, um das Leben der Mutter zu retten.

Da kam er aber bei Romeßwinkel, der doch Vater werden wollte, schlecht an! Der ziegenbärtige Schöffe, auch ein Studierter, wiewohl in weiblicher Anatomie nur als Autodidakt bewandert, wies den Geburtshelfer kurzerhand aus dem Hause, nachdem er erfahren hatte, daß ihm von anderer Seite, aus dem Kerker, nämlich, Hilfe kommen würde.

Allein gelassen mit den schwatzenden Frauen am Bett der armen Theresa, die in der Tat gottserbärmlich aussah, führte Romeßwinkel sich nun höchst äffisch auf – so meinten die einen, während Frau Nolte sein Verhalten »fein und vers-tändig« fand, mit einem Wort rührend. Der Schöffe konnte sich seinem Vaterstolz und Vaterkummer in Geseke, wo keiner wußte, wie übel er mit seinem Weib in all den Jahren umgesprungen war, ganz unbefangen hingeben. Er wünschte sich so sehr einen kleinen Romeßwinkel, und wenn es ihm gelegentlich einfiel nachzusinnen, wann und wie er wohl den Keimling gesetzt haben mochte, und sich dann durchaus nicht an Tag und Stunde erinnern konnte, beschied er aufkommende böse Verdächte mit dem Trost, er müsse, wie so oft, eben auch bei jener Verrichtung betrunken gewesen sein, so daß er sich an nichts mehr erinnern könne. Dies, was da kommen wollte und nicht kam, was sein schönes Weib so jammervoll entstellte, was es in schweren Wehen fast von der Bettstatt schleuderte und ihr den kalten Schweiß aus allen Poren trieb: dies sollte, so hatte es Romeßwinkel mit seinem Herrgott ausgehandelt, sein Sohn Hieronymus werden. Der aber streckte sein winziges Haupt nicht aus der mütterlichen Höhle, vermochte es trotz heftigen Umtriebs nicht, denn er lag mit dem Steiß zum Muttermund. Eine zeitige Wendung hatte man verabsäumt, weil Gesekes derzeit einzige Hebamme in den Zustand der Asche versetzt worden war.

Nun aber kam Frau Barbara aus Paderborn, auch eine Hexe, wie man hörte, als solche vieler Künste kundig und insofern als Hebamme zumindest ebenso tüchtig wie andere, die der Satan noch keine bösen Wissenschaften gelehrt hatte. So wich man wohl scheu zurück, als sie eintraf, von einem verlegen grinsenden Soldaten ins Wöchnerinnenzimmer geleitet, aus dem er sich, erschrocken vor so viel Weiberdunst, schleunigst wieder entfernte – man wich zurück, folgte aber wie dienstbeflissen ihren knappen Weisungen. Mit Essig getränkte Bäusche, einen Eichenschwamm und eine Tasse Eibischtee verlangte sie sogleich, auch Butter, Öl, warme Milch und ein Fläschen Hirschhorngeist. Ein Zuber mit heißem Wasser war schon gerichtet, aber die Schlinge fehlte. Eine Frau, die sich im Haushalt der judizierten Flinders auskannte, eilte sofort in die Düstere Gasse, das wichtige Instrument herbeizuschaffen.

In der Zwischenzeit machte sich Barbara daran, die Lage des Kindes festzustellen. Sie ließ sich von der betrüblichen Diagnose des Arztes nicht beirren, fettete die Hand mit Butter und führte sie in die Gebärmutter ein, wobei sie erheblichen Widerstand verspürte, da das Wasser schon abgeflossen und die Federkraft der Gebärmutter so außerordentlich war, daß Barbara Mühe hatte, die Hand zur Seite des Kindes einzuschieben. Dennoch gelang es ihr, die Lage zu erfühlen – sie fand einen Fuß, den sie an seiner Ferse leicht von einem Händchen zu unterscheiden wußte, umfaßte ihn und zog ihn, wobei sei, um das Bein nicht zu brechen, behutsam das winzige Knie gegen den Bauch des Kindes beugte, bis in die Beckenhöhle. Doch gerade in diesem kritischen Augenblick schrie Frau Annegret Nolte: »Die Taufe! Ihr müßt es mit Bedingnis taufen!«

Tief aufatmend zog Barbara die Hand aus der Scheide. Daran hatte sie nicht gedacht – das war ihr noch nie unterlaufen. Und sie war doch wie jede Hebamme darauf eingeschworen worden, vor einer schwierigen Geburt dem Kindlein im Mutterleibe aus Not und Vorsicht das heilige Sakrament der Taufe zu spenden. Sie begriff sofort, daß dieses Versäumnis bei dem kurzen Prozeß, den man mit ihr machen würde, als weiteres Indiz für ein Bündnis mit dem Teufel geltend gemacht werden konnte.

Man hatte aber kein geweihtes Wasser zur Hand. So erbot sich eine Nachbarin, aus der Kirche des heiligen Cyriakus welches zu holen; im Hinausgehen stieß sie fast mit jener anderen zusammen, die, keuchend vor Hast, die Schlinge brachte und gleich noch ein Salbtiegel dazu, man konnte ja nie wissen.

Barbara wollte sofort mit der Schlinge hantieren, aber die Frauen verboten ihr das; es bestand , so meinten sie, die Gefahr, daß das Kind dennoch in Stücken abging, und dann wäre es ungetauft dahingefahren. Man mußte also warten, bis das heilige Wasser eintraf, und legte die zinnerne Taufspritze schon immer bereit.

In seiner Ecke, ein bebendes Bündel, hockte Romeßwinkel. Er richtete kein tröstendes Wort an seine Frau, die schon kaum mehr bei Bewußtsein war, weshalb ihr Barbara eine Essenz aus Wasser und Hirschhorngeist zwischen die Lippen träufelte und mit der anderen Hand besorgt den immer schwächer werdenden Puls fühlte. Nur an den Sohn dachte Romeßwinkel. »Hieronymus soll er heißen«, flüsterte er. Und: »Wenn er nur erst aus seinem Gehäuse käm . . .« Und weil ihm das wie ein Witz erschien, geriet er in ein schütterndes, glucksendes Lachen, das ihm befremdete Blicke eintrug, aber man hütete sich, ihn zu tadeln, denn er war des Hohen Kommissars Gehilfe, und zuweilen, in ihren Träumen, wenn auch, bei Gott, nur geringfügig, hatte sich jede dieser Frauen schon einmal als Hexe gefühlt.

Endlich erschien das Weib mit dem geweihten Wasser. Barbara entnahm ihm eine Handvoll mit der Taufspritze und führte diese in die Scheide ein, wobei sie den Text der Nottaufe sprach: »Ich taufe dich im Namen des Vaters und des Sohnes und des Heiligen Geistes.«

»Aber sie ist doch eine Hexe! Wie kann eine Hexe ein Kind taufen!« hörte sie murmeln. Auch Romeßwinkel hörte es. Da erhob er sich zum Entsetzen aller, denn er sah gar nicht mehr hilflos und ängstlich aus, sondern mannhaft und grimmig, und sagte mit fester Stimme: »So wahr ich kurfürstlicher Schöffe bin: Wenn dieses Weib meinen Sohn lebendig aus der Mutterhöhle holt, soll es frei und aller Schuld ledig sein und mag sich wenden, wohin es ihm beliebt!«

Er setzte sich und verfiel bald wieder in seine bebende Angst.

Jetzt endlich konnte Barbara beginnen. Sie nahm die aus roter Seide gestrickte Schlinge, führte sie langsam in die Gebärmutter ein bis zu dem herabgezogenen Füßchen, schob die Schlinge über den Knöchel, hielt mit dem Mittelfinger den Vorderfuß und zog nun von außen die Schlinge fest zu. Und während sie den angeschlungenen Fuß vorsichtig in die Mutterscheide zog, schob sie gleichzeitig mit gemäßigter Kraft und äußerster Behutsamkeit den Kopf des Kindes zurück, sorgsamst darauf bedacht, die Gebärmutter nicht von der Mutterscheide abzureißen, was den Tod der Mutter wie des Kindes hätte bedeuten müssen.

Nach einiger guter Mithilfe der wieder zu vollem Bewußtsein erwachten Frau Theresa gelang es Barbara, das Mittelfleisch vollständig zu dehnen und die unzureichend gelagerte Frucht herauszuheben, indem sie ihren Zeigefinger in den Kindesmund einhakte und den Kopf herauszog.

Hieronymus Romeßwinkel erblickte, während kräftige Klapse auf sein winziges Gesäß ihn unbändig brüllen ließen, das Licht der Welt.

Die Unterhaltung, die Philipp von Kronthal mit Doktor Schultheiß im Zelt des Kommissars führte, setzte ihren Stimmbändern zu. Zeitweise war das Gejammer der Frauen, die man, jede auf eine Leiter gebunden, in die noch nicht zu voller Flamme gediehene Glut geworfen hatte, so unerträglich laut, daß Richter und Leutenant sich anschreien mußten, um einer den anderen zu verstehen. Freilich: Was sich da draußen nach ehrwürdig schauerlichem Brauch vollzog, war für Philipp ohnedies Grund genug, vor dem selbstgefälligen Herrn in der Richterrobe lauthals seinen Standpunkt zu vertreten. Auf dem Weg zum Zelt war er Zeuge der letzten Zurichtungen geworden, hatte auch einen Geistlichen gesehen, der sich im Knien über eine Gefesselte beugte, hatte in die gutmütig stumpfen Gesichter der Henkersknechte geblickt, für die das jammervolle Aufbegehren der Verurteilten ganz selbstverständlich zum hundertfach geübten Zeremoniell einer Exekution gehörte. Und so gewiß es für Philipp war, daß er diesen Weibern nicht mehr helfen konnte, so entschlossen war er, jene, die *ihm* anvertraut waren, nicht in diese Hölle zu schicken.

So war er dem Kommissar gleich mit der Mitteilung gekommen, er habe sich zu Geseke eingefunden, um zweiunddreißig Frauen und Mädchen aus der Festung Ringelstein dem Kurfürstlichen Fiskaladvokaten zwecks sofortiger Freilassung zu überliefern. Schultheiß hatte nachsichtig den Kopf geschüttelt und mit der Zunge geschnalzt – was schwätzte der kleine Leutnant da? Ob er denn kein Schreiben des Edelherrn zu überbringen habe? Nein, sagte Philipp, ein Schreiben habe er nicht (und besaß es ja in der Tat nicht mehr, das ließ sich behaupten, wozu war er Jesuitenschüler?), wohl aber folge er seiner Order. Und die besage, daß er die vorgeblichen Hexen zwar abzuliefern habe, jedoch zwecks Freilassung und zu nichts anderem. Schultheiß wurde patzig, er pflegte mit Obristen, allenfalls mit Hauptleuten zu verhandeln, was mutete man ihm zu, was erlaubte sich dieses Milchgesicht! »Sie werden Ihre Weiber sogleich hier abliefern!« schrie er. »Und dann scheren Sie sich nach Büren zurück! Ich werde mich bei Ihrem Kommandeur beschweren!« Der letzte Teil des Satzes tönte überlaut in die Stille. Die drei Frauen und das junge Mädchen hatten wohl ausgelitten.

Philipp stand mit halb geschlossenen Lidern und sah nur eine vor sich: Katharina. Sah sich im nächtlichen Köln, von betrunkenen Kumpanen begleitet, den Domplatz anpirschen, sah das Tor des Hachtkerkers aufspringen, sah in ohnmächtiger Wut, wie sie, die scheu Verehrte, die heimlich Geliebte, von den Schergen herausgeführt wurde, und dann stürmte er mit den Seinen brüllend gegen Schwerter und Hellebarden an, jagte, kläglich in die Flucht geschlagen, die Stadtmauer entlang, kaperte ein Boot, trieb rheinabwärts, während die pfeifenden Kugeln vor ihm, hinter ihm ins Wasser schlugen, trieb hinaus in die Nacht, in eine unbekannte, fragwürdige Existenz. Er hatte Katharina nicht retten können. Die »Hexe« wurde verbrannt.

Und nun sollte er zweiunddreißig Frauen, die – er war überzeugt – so unschuldig waren wie die Kölner Postmeisterin, in die Flammen schicken? Sollte selber Scherge sein?

Er nahm sich zusammen. Er war nicht mehr achtzehn. Es empfahl sich, nicht zu widersprechen. Schultheiß hatte gedroht, ihn bei seinen Vorgesetzten anzuschwärzen; der Mann rechnete wohl damit, daß vor einer solchen Gefahr auch dem tapfersten Haudegen das Herz in die Hose fällt. Also verhielt Philipp sich, wie es von ihm erwartet wurde: »Wenn es auf Ihre Verantwortung geschieht, Herr Kommissar, bin ich bereit, die Frauen auszuliefern . . .«

Aber da war sein Entschluß schon gefaßt.

Schultheiß lächelte. »Dachte mir, daß Sie vernünftig sind. Liefern Sie die Hexen ab, und unsere kleine Meinungsverschiedenheit soll vergessen sein.«

Ein Diener riß die Plane vom Zelteingang zurück. Philipp

trat hinaus, wandte sich um; Schultheiß folgte ihm nicht. Draußen qualmte es. Ein unerträglicher Gestank nach Holzkohlenfeuer, verbranntem Tuch und süßlichem Bratendunst verschlug ihm den Atem. Er wollte sich zwingen, nicht nach den Scheiterhaufen zu sehen. Aber die Augen ließen sich nicht kommandieren. Verqueres, Gebäumtes, schwarz Verbrutzeltes lag da herum. Gliedmaßenhaftes, umspielt von bläulichen Flämmchen. Im Grunde nichts Neues, er war ja Soldat; in Wolgast hatte, was Mensch gewesen war, am Ende kaum anders ausgesehen.

Und dann kam ihm dieser totenbleiche Pater entgegen – du gütiger Himmel, was war der alt und grau geworden!

»Pater Spee!«

Sie fielen sich in die Arme, legten Wange an Wange, traten zurück, packten sich an den Schultern, sahen sich in die Augen. Es war eine Begegnung, auf die hier in Geseke keiner vorbereitet war, und doch kam sie beiden nicht ganz überraschend. In Paderborn, so hatte Philipp sich's immer vorgestellt, würden sie einander wiedersehen. Nun trug sich's hier zu, im ekligen Dunst einer Untat, gegen deren unentwegte, länderweit praktizierte Wiederholung sie beide aufbegehrt hatten, jeder auf seine Weise. Beide hilflos, erfolglos. Aber nun würde es anders werden. Philipp glaubte zu wissen, weshalb Spee nach Geseke gekommen war. Die »Cautio Criminalis« war fertiggeschrieben, vielleicht schon gedruckt – und Spee hatte dem Kommissar seine Schrift übergeben! Hatte zwar den schrecklichen Brand nicht mehr verhindern können, natürlich, das setzte ihm zu, mein Gott, wie sah der Mann nur aus! – aber es würde, im Kurkölnischen zumindest, der letzte Brand gewesen sein. Schon dieses eine Kapitel, das Philipp gelesen hatte, war so überzeugend, daß für keinen, der Vernunft besaß, noch Zweifel oder Widerspruch denkbar war.

Sie suchten sich unauffällig aus der Umgebung der Richtstätte zu entfernen. Die Schergen und Hilfsarbeiter räumten die Holzstöße ab, warfen die glimmenden Überreste auf einen Karren, um sie in die Westernschelde zu versenken.

In Kürze würde der Schauplatz für den nächsten Brand präpariert sein.

Spee und Philipp wechselten noch kaum ein Wort; erst als sie sich in der Menge der Zuschauer, die befriedigt zum Mittagsmahl in die Stadt aufbrachen, unbeobachtet fühlten, schilderte einer dem anderen die Situation, in der er sich befand: Philipp in Eile, mit hastig hingeworfenen Worten; er mußte ja zu Giertchen zurück, zu seinen Reitern, die womöglich schon Anstalten trafen, die Frauen gegen seinen Befehl dem Kommissar auszuliefern.

Spees Nerven bebten, seine Stimme hatte keinen Halt. Zum erstenmal war er aus solcher Nähe Zeuge einer Exekution geworden, hatte – anders als damals bei Katharina, deren Hinrichtung beizuwohnen er sich nicht hatte zumuten wollen – mit einer ihm selbst unheimlichen, geradezu wissenschaftlich engagierten Neugier jede Phase des qualvollen Verbrennens registriert, war also, wie schon auf dem Weg zur Richtstätte, bemüht geblieben, jede Emotion als unzulässig, zumindest unzweckmäßig auszuschalten. Wie anders sollte er diesen Schrecken, der Tage, vielleicht Wochen währen würde, bestehen? Woher sollte er, wenn Mitleid und Grauen ihn übermannt hatten, noch die Kraft nehmen, zitternde, Gott und die Schöpfung verfluchende Frauen zu beschwichtigen, ihnen den Glauben an Gottes Gerechtigkeit wiederzugeben, ihnen die Wonnen der ewigen Glückseligkeit zu verheißen?

Es war ihm nur bei einer der Verurteilten gelungen; nur das junge Mädchen schied versöhnt mit Gott. Die Frauen jedoch hatten unter Tränen und Flüchen nur immer ihre Unschuld beteuert, und eine hatte sich, noch auf dem Holzstoß brüllend, dem Satan verschrieben, da man sie schon als Satansbraut umbringen wollte. Es war zuviel für diesen sanften Mann. Sein »Neugierpanzer« war bald zerbrochen. Die Tränen liefen ihm über die Wangen, unaufhörlich.

Anders war Philipp gerüstet für diese Welt des Wahns: Bestürzt erkannte er, in welcher Verfassung sein Lehrer, sein Vorbild und Mentor, sich befand. Der hatte nur die Augen niedergeschlagen, als Philipp ihn nach der »Cautio« fragte, hatte mit einer kaum merklichen Kopfbewegung verneint.

»Sie müssen das Buch vollenden!« mahnte Philipp. »Alle Welt wartet darauf.«

Spee: »Die Welt wartet? Wer weiß, daß ich schreibe?«

»Keiner. Aber viele warten auf ein solches Buch. Es kann das Leben von Tausenden retten!« Er mußte zurück zum Vorwerk, Giertchen war bestimmt schon in Sorge. »Wir sehen uns wieder, Pater Spee! Und seien Sie klug! Es kann sein, daß es hier in wenigen Minuten etwas unordentlich zugehen wird. Halten Sie sich da heraus, entfernen Sie sich, eh Sie mir ins Getümmel geraten!« Er wandte sich um, wollte nicht deutlicher werden.

»Wo sehen wir uns wieder?« fragte Spee, ohne auf die seltsame Warnung einzugehen.

»Kehren Sie nach Paderborn zurück?«

Spee nickte. »Irgendwann. Ich hoffe bald.«

»Dann sehen wir uns dort!«

Philipp ging zur Seuchenlinde, wo ein Reitknecht mit den Pferden auf ihn wartete. Als er im Sattel saß, sah er, wie ein Ochsenkarren weitere Frauen brachte. Drei Bewaffnete ritten voran. »Euch seh' ich bald wieder«, murmelte Philipp.

Der Taufrosch lugt im jungen Jahr als erster aus dem Eise. Unverzüglich macht er sich an sein Laichgeschäft und quakt dabei so laut, daß es seinen weitläufig Verwandten in Teich und Sumpf, in Schlamm und Schilf wie ein Wecksignal in die verborgenen Ohren klingt. Nun regen und wickeln sich die Reptilia aus ihrem winterlichen Schlaf. Es quaddelt, paddelt, quakt und rülpst, der geile Frosch umarmt die Fröschin, die Knoblauchkröte läutet hochzeitlich, und alles Kriechende, Schwimmende, Schleichende, Hüpfende jagt und besamt einander, neckt sich und heckt.

Albertus Theodori hatte seine helle Freude daran. Doch

nicht nur deshalb war er guten Mutes. Mit dem schweigsamen, dennoch unentwegt Fluchtpläne schmiedenden Konrad hatte er sich einige Stunden in der Nähe des Padbergturmes herumgedrückt, immer wartend auf ein Zeichen, eine Botschaft oder gar auf das Erscheinen des Paters, der Barbara die Freiheit bringen würde, obwohl keiner wußte, wie er das anstellen sollte.

Endlich ließen sich ein paar Bewaffnete blicken, schlossen die Pforte auf und kamen kurz danach mit Barbara aus dem Turm.

»Wohin führt ihr sie?« fragte Konrad.

Barbara antwortete selbst: »Macht euch keine Sorgen. Man braucht mich. Es gibt eine schwierige Geburt.«

Konrad blieb skeptisch, er kalkulierte immer das Schlimmste mit ein; wenn sie als Hebamme versagte, war ihr der Tod noch gewisser als zuvor. Albertus dagegen gab sich auch mit dürftigem Trost zufrieden. Zumal die Sonne durchs Gewölk brach und das Weideland rings um Geseke, er hatte es unterwegs wahrgenommen, voller Teiche und Tümpel war. So ließ er in stiller Zuversicht Konrad mit Barbara und den Soldaten zum Haus der Wöchnerin marschieren, versprach bald nachzukommen und machte sich auf die Suche nach einem dieser Eimer, die jeder Bürger für den Fall einer Feuersbrunst im Hause bereithalten mußte. Im Geräteschuppen eines Gärtchens an der Stadtmauer fand er einen aus Leder, und durch die Mauerpforte ließ man ihn auch, nach einigem Woher und Wohin.

Das Jagdglück war ihm hold. Er fing eine Ringelnatter, ein paar Tritone, zwei Kröten, eine Unke und eine zierliche Zaun-Lacerta. Dann verfolgte er das Liebesspiel des gelbgefleckten, wie aus schwarzem Erz gegossenen Feuersalamanders, sah ihn das Weibchen hetzen und erhaschen, beobachtete mit angehaltenem Atem, wie er es von hinten bestieg und ihm, so wütig wie lüstern, in die Flanken biß, und endlich, wie er sich die Ermattete auf den Rücken lud und, das winzige Maul an ihre Kehle stupsend, mit seiner Fracht in den Teich platschte. Da fing Albertus beide ein, schöpfte ein wenig Wasser in den Eimer und tat einen großen Stein hinzu, damit Eidechs und Natter sich aufs Trockene retten konnten. Frohgemut kehrte er nach einer guten Stunde zurück, wußte freilich noch nicht, wo er die Tiere lassen sollte, denn bislang hatten weder er noch Konrad einer Unterkunft in der Stadt.

Als er das Haus, in dem die Wöchnerin Quartier genommen hatte, erreichte, stand dort hinter zwei Grauschimmeln eine vornehme Kutsche, vom Wagenschlag leuchtete in Rot und Weiß das kurfürstliche Wappen. Der Kutscher ließ wortkarg erraten, daß dies der Wagen des Kommissars Doktor Schultheiß war.

Albertus hatte kaum den Hausflur betreten, da hörte er schon ein aufgeregtes, unzweifelhaft heiter-ausgelassenes Schwatzen, ein vielstimmiges Lachen und Rufen, ein Preisen und Frohlocken, und so wagte er sich einige Stufen die knarrende Treppe hinauf. Jetzt plärrte auch ein Säugling, doch ein Mann übertönte Quäken und Weibergeschnatter, und Albertus erkannte sogleich die Stimme Romeßwinkels:

»Sie sei frei! Frei, frei! Sie hat meinem Sohn Hieronymus das Leben geschenkt. Also schenke ich *ihr* das Leben!«

Eine andere Männerstimme antwortete, das konnte nur der schreckliche Doktor Schultheiß sein: »Es steht dir nicht zu, Romeßwinkel, Gnadensprüche zu verkünden! Indes: Auch ich fühle mit dir. Und sollte uns gerade hier ein junges Leben nicht erfreuen – nach so viel Sterben, das wir, dem Herrgott sei's geklagt, dieser unserer lieben Stadt Geseke bereiten müssen?!«

Jetzt hielt es Albertus nicht länger. Er stürmte die Treppe hinauf und öffnete die Tür. Ein Dunst aus Wasserdampf, Schweiß und verbrauchter Luft schlug ihm entgegen. Er sah, als läge sie auf einem hochgestellten Totenbrett, die Wöchnerin, bleich und wie ausgeblutet, aber mit übergroßen, lebendigen Augen; um sie herum hilfreich bemühte Frauen. Er sah das quakende Würmchen, wie man's in den Bottich tunkte, erfaßte mit einem Seitenblick Konrad, in eine Ecke gedrückt, mit zweiflerisch gekrauster Stirn, und dann hatte er nur noch Augen für Barbara, die verschwitzt, mit aufgekrempelten Ärmeln, ein wenig verlegen, aber mit einem entspannten Lächeln zwischen ihren Richtern stand. Romeßwinkel, von Vaterstolz gebläht, tätschelte ihr die Hinterbacken, was sie klugerweise duldete, und in angemessenem Abstand führte der hohe Kommissar, der die Mittagspause nutzte, um sich von den Fähigkeiten der Hebammenhexe zu überzeugen, seinen Gedankengang in wohlgesetzter Rede zu Ende:

»Denn Gott der Herr läßt das Volk nicht zugrunde gehen, wie denn auch bei Jesaia geschrieben steht: Ich tilge deine Übertretungen um meinetwillen und gedenke deiner Sünden nicht.«

Albertus, der seinen Ledereimer abgestellt und die Tür hinter sich geschlossen hatte, war kaum beachtet worden. Zu wunderbar mußte allen Anwesenden erscheinen, was sich hier dank Gottes Barmherzigkeit hatte ereignen dürfen: eine Hexe, die ein für tot erklärtes Kind samt seiner Mutter lebendig erhalten hatte, ein Richter, der die Hebamme ins Feuer hatte werfen wollen und sie nun pries, als sei sie, wenn schon kein Engel Gottes, so doch zumindest eine der drei Nothelferinnen, und ein ob seiner Bluturteile gefürchteter Kommissar, der mit feuchten Augen über das Wunder des Lebens predigte – höchst wunderbar dies alles in der Tat und eigentlich zuviel für diese Frauen, die heute morgen aufgestanden waren in freudiger Erwartung des feurigen Vollzuges der Gerechtigkeit, die sich aber fürs erste mit Handreichungen am Wochenbett hatten begnügen müssen, bis es dann ebenso unverhofft zu solch hohem Besuch und zu dieser alle Herzen tief bewegenden Begnadigung gekommen war.

Und da stieß jemand an den Eimer, und der kippte um.

Zunächst wäre das wohl kaum bemerkt worden, denn ein Ledereimer macht, auch wenn er mutwillig umgestoßen wird, keinen Lärm. Die kleine Lache auf dem Estrich war nicht der Rede wert. Jedoch: Obgleich im Zimmer jedermann beschäftigt war, sei es mit Säuglingsbad und Kinderpflege, Lobpreis des Herrn oder Gnadenerweis – eine sich ringelnde Schlange zwischen den Füßen, ein Eidechs in glitzerndem Schuppenkleid, warzige Kröten und feuerflekkige Salamander, die molchigen Tritone nicht zu vergessen, sie alle nur für Sekunden benommen, gleich darauf im Zimmer herumwuselnd, die Natter gar schnellend und flitzend: das war nicht allein verwirrend und unbequem, es rief bei jedermann das kalte Grausen hervor.

Frau Nolte hatte die Untiere als erste bemerkt, sie sprang auf einem Stuhl und schrie ganz herzzerreißend nach der Dreieinigkeit und der Gemeinschaft der Heiligen. Alle folgten ihrem Blick, der starr auf die behäbig vorankriechenden Salamander gerichtet war, und dann erst bemerkten sie, was sich an Gruseligem sonst noch im Zimmer regte. Man tat es ihr nach und sprang auf Stühle und Tische. Die Kindbetterin hob den Kopf und stöhnte. Sie konnte von ihrem Lager aus nichts sehen, aber da nun alles schrie »Teufelsbrut! Molchesgeziefer! Zauberei!«, fürchtete sie Schlimmes für sich und ihr Kind. Dem wäre es allerdings übel ergangen, hätte Barbara es nicht aus dem umkippenden Bottich gerettet. Während ein Schwall heißen Wassers den Raum überschwemmte, so daß trockenen Fußes nur blieb, wer sich auf ein Möbel hatte retten können, fischte die Hebamme den Säugling aus der stürzenden Wanne und drückte ihn an ihre Brust. Dies nicht für lange.

Denn nun machte sich mannhaft der Kindsvater aus seiner Fluchtecke auf. Peinlich genau die Schritte setzend, um keines der Reptilia zu zertreten – wer weiß, in was es sich dann verwandeln mochte?! –, näherte er sich Barbara und forderte ihr mit dumpfer Stimme seinen Hieronymus ab. Dieser Vorgang fesselte alle so sehr, daß sie bis auf die noch immer kreischende Frau Nolte verstummten, schon voller Neugier auf eine spektakuläre Wende. Die aber, das wußten alle, konnte nur von Doktor Schultheiß kommen.

Des Kommissars besonders ansprechbare Haut hatte ein Schauer überlaufen, und auch nach wiederholtem Schlagen des Kreuzes blieb's eine Gänsehaut. Schließlich wußte gerade er weit besser als die hier Versammelten, was es mit diesem Molchs- und Otterngezücht auf sich hatte.

»Kapitel neununddreißig . . .«, sagte er mit bebenden Lippen vor sich hin. Tatsächlich hatte der gelehrte Mann in seinen »Instruktionen« auf einen von vielen Hexen geübten Brauch verwiesen. »Sie hat Molche gemacht«, sagte er mit vernehmlicher Stimme. Und dies schon sehr laut: »Ich habe es in meinem Buch beschrieben. Kapitel neununddreißig. Hexen machen Molche. Und Kröten. Verfertigen sie mittels übler Zaubersprüche, die sie vom Satan lernten. Auch Salamander übrigens.«

Betreten blickten alle auf das gefleckte Pärchen hinab, das sich, von der warmen Wasserflut wollüstig angeregt, ganz ungeniert zu neuerlicher Unzucht anzuschicken schien.

»Sie hat es gemacht, die Hexe!« schrie Frau Nolte auf ihrem Stuhl. Die Kindbetterin, um die sich keiner mehr gekümmert hatte, wimmerte. Romeßwinkel, das krebsrote, krähende Wurm im unbeholfenen Arm, begab sich zu Schultheiß und sprach auf ihn ein.

Barbara stand wie vereinsamt und wischte langsam die feuchten Hände an der ohnehin klitschnassen Schürze ab. Endlich fiel es Albertus ein, daß nun er an der Reihe war; Konrad hatte ihm vor Wut über seine Tapsigkeit in die Rippen geknufft. Albertus bückte sich, richtete den Eimer auf und hielt ihn hoch. »Die Tiere sind von mir! Ich habe sie mitgebracht. Hab sie gesammelt am Teich vor der Mauer!«

Aber er überzeugte keinen mit dieser absurden Behauptung. Wer sammelt schon Molche? Und zu welchem Nutzen denn wohl? Zum Verspeisen? – Albertus wurde niedergeschrien, und man nahm keine Notiz mehr von ihm.

»Zum Teufel mit der Hex!« riefen die Frauen im Chor, und sie sahen nicht die Hebamme an, sondern den hohen Kommissar, von dem nun das Heil kommen mußte, und immer wieder suchten ihre Augen auf dem Boden herum wo sich die beiden Kröten mühsam vorwärtsbewegten und die Salamander sich immer schamloser gebärdeten.

»Zum Teufel mit der Hex! Ins Feuer mit ihr!«

Doktor Schultheiß, den der umkippende Badebottich bis zu den Knien benäßt hatte, trat vor. Und während er noch Luft holte, um, daran bestand kein Zweifel mehr, die Hebamme endgültig als Hexe und abscheuliche Molchsmacherin zum Tode zu verurteilen, verschwand Barbara. Man kann es kaum anders ausdrücken: Sie war weg!

Sicher nicht vom Fußboden verschluckt, denn die Tür schwang in den Angeln, und auf der Treppe verklangen jagende Schritte. Einige liefen ihr nach, mit viel Geschrei und wenig Atem. Und als man später den schläfrigen Kutscher befragte, erfuhr man, daß ihm die Grauschimmel bald durchgegangen wären, als ein weißer Blitz an ihnen vorüberhuschte. Und das mußte wohl die Barbara gewesen sein.

Sie wurde nicht mehr gesehen, auch Konrad und Albertus hörten nichts von ihr, bis nach einigen Jahren Friedrich Spee erfahren würde, daß es dazumal auch in der Stadt Geseke einige beherzte und sogar mit Vernunft begnadete Menschen gegeben hat.

An diesem ersten Montag im Mai um die Nachmittagszeit, als Schultheiß und Romeßwinkel, die sich beide, der Geburt und ihrer Folgen wegen, arg verspätet hatten, im Rathaus mit Gesekes angesehenen Bürgern zu Tische saßen und über die Wiederergreifung der Hebamme berieten, stürmte Leutenant Philipp von Kronthal mit seinen sieben Reitern die Richtstätte.

Es war der günstigste Zeitpunkt. Vor dem Zelt des Kommissars lümmelten sich Diener und Soldaten in der Frühlingssonne; an die Holzstöße gelehnt, saßen die Schergen und verzehrten ihre Brote; nur wenige Schritte entfernt stand der zweiräderige Karren mit den sechs Frauen, die als nächste in die Flamme sollten. Die Deichsel wies schräg in die Luft, der Wagenkasten stand schief, nur mühsam, zumal sie gefesselt waren, hielten sich die Gefangenen an den Seitenwänden fest, immer wieder rutschten sie übereinander, keiner störte sich an ihrem Wimmern und Weinen. Nur der Jesuit stand bei den Frauen und suchte sie durch Zuspruch und Gebet zu beschwichtigen.

Trotz dieses unverhüllten Elends. ungeachtet auch der frisch gesetzten Pfähle, die aus den Scheiterhaufen ragten, lag über der mit Gänseblümchen und rotem Klee gesprenkelten Wiese der Friede großer Teilnahmslosigkeit. Es war die Stunde des Atemholens im harten Geschäft der Exekution.

In diesen Frieden fegten Philipps gepanzerte Reiter. Sie machten keine Umstände, forderten nicht erst Ergebung, sondern schlugen gleich alles zusammen; nicht nur, was sich ihnen entgegenstellte, auch die Dösenden und Essenden, sie alle bekamen die Klinge in ihre verdutzten Köpfe oder eine Kugel in den Leib, denn auch geschossen wurde nicht schlecht.

Nach zwei Minuten lagen die Schergen und Wachsoldaten in ihrem Blut, und als, eine unerwartete Erscheinung, der Richtergehilfe Rotaug aus dem Zelt wankte – er mußte, vom Morgentrunk ermüdet, den Aufbruch in die Stadt verschlafen haben –, fuhr ihm ein Schwert in die Rippen, und er würde nun kein Weib mehr zur Hexe machen.

Alles niedergehauen.

Philipp sprang vom Pferd und ging, den blutigen Säbel noch in der Faust, auf den Karren zu, wo zwei seiner Reiter den gefangenen Frauen die Fesseln lösten. Als der Pater ihn ansah, hielt Philipp seinem Blick stand.

»Das hast du also gelernt inzwischen?« fragte Spee.

»Heute war ich zum erstenmal froh, daß ich's gelernt habe«, sagte Philipp. »Es tut mir leid: Den Schultheiß habe ich nicht erwischt.«

»Diese Menschen waren nicht schuldiger als wir«, sagte Spee.

»Sie sorgten dafür, daß Unschuldige sterben mußten. Hätten Sie einen anderen Weg gewußt, das zu verhindern, Pater Spee?«

»Ich habe für ihre Seelen gebetet. Mehr kann unsereins nicht tun.«

»Sie irren sich Professor Spee. Sie tun ja nicht einmal das, was Sie tun könnten!«

Spee kam nicht zum Antworten. Die befreiten Frauen umdrängten ihn, fielen auf die Knie, küßten seine Soutane. Eine stimmte das Te Deum an.

Spee schob die Frauen zur Seite. Einer der am Holzstoß niedergestreckten Schergen bewegte sich noch. Spee ging zu ihm und spendete ihm mit dem Krankenöl die Salbung. Dann ging er reihum zu den Toten und gewährte ihnen den Sterbeablaß.

Philipps Reiter nahmen die Frauen vor sich auf den Sattel. Auch er lud sich ein altes Weiblein auf. Dann lenkte er das Pferd zu Spee, der, vor einem Erschlagenen kniend, zu ihm aufsah.

»Sie dürfen mir's glauben, Pater Spee: So leicht ist es mir nicht geworden.«

»Was willst du jetzt anfangen?« fragte Spee. »Das – hier – kannst du vor keiner Obrigkeit verantworten.«

»Aber vor Gott, allenfalls«, sagte Philipp. Er riß das Pferd herum und galoppierte mit den Seinen dem Vorwerk zu.

Nein, so leicht war es ihm nicht geworden. So schnell er sich auch nach der deprimierenden Unterredung mit Schultheiß zur Tat entschlossen hatte (den letzten Anstoß hatte der Anblick der Scheiterhaufen mit den qualmenden Überresten gegeben), so schwer war es ihm gefallen, seine Reiter, sogar Giertchen, zu überzeugen, daß die Attacke geritten sein mußte. Aber er wußte: Wenn sie mich alle im Stich lassen sollten, unternehm' ich's allein.

Er hatte die Niederlage von Köln noch keineswegs verwunden. War er Mann geworden, hatte er deshalb das Töten gelernt, um, wiederum mit mörderischem Unrecht konfrontiert, tatenlos zu kapitulieren? Ohne auch nur den Versuch gemacht zu haben, es zu verhindern? Damals in Köln hatte sich ein Knabe im Grunde ohne jede Hoffnung gegen eine Übermacht aufgelehnt. Und war die Befreiung Katharinas auch mißlungen, so hatte er sich doch sagen dürfen: Ich hab's gewagt! Hier auf dem Feld vor Geseke hatte ihn die Unschuld wiederum zu Hilfe gerufen, und diesmal hatte er eine Chance gehabt. Denn das Wagnis bestand nicht in der Ausführung der Attacke – es war keine Kunst, ahnungslose, kaum bewaffnete Mittagsschläfer zu überrumpeln –, sondern in ihren Folgen. Mochte er es vor seinen Vorgesetzten noch eben rechtfertigen können, daß er die Ringelsteiner Frauen nicht ausgeliefert hatte, konnte er sich allenfalls darauf hinausreden, den Brief des Bürener Edelherrn verloren zu haben, so war ein Überfall, bei dem es Tote gab, war die Befreiung rechtmäßig Inhaftierter aus kurkölnischem Gewahrsam nichts anderes als Rebellion. Mochten Philipp und seine Reiter auch dem Grafen von Nassau dienstverpflichtet sein, so war dessen Regiment doch nur aufgestellt worden, um so bald als möglich der kaiserlichen Streitmacht eingegliedert zu werden. Alleine die Ungewißheit, ob des Kaisers Generalissimus Wallenstein die Befehlsgewalt behalten oder auf dem Kurfürstentag zu Regensburg seines Amtes enthoben würde, hatte die reguläre Überstellung bislang verhindert. Einzig dieser Umstand: daß Philipp noch Angehöriger einer gleichsam privaten Söldnertruppe war, bot ihm – vielleicht – eine Lücke im Gesetz, durch die er schlüpfen konnte.

Doch wie auch immer: Er hatte es getan. Um die Schergen und Büttel war's ihm nicht leid, hier gab's für ihn nichts über Schuld und Unschuld zu meditieren; das überließ er dem einst so verehrten Professor. Der hatte ihn tief enttäuscht. Sollte Spee doch erst einmal nach *seiner* Schuld suchen – vielleicht hatte er's auch so gemeint mit seinem »Diese Menschen waren nicht schuldiger als wir!« Denn schuldig war Spee in Philipps Augen. Einer, der alles so klar durchschaute; einer, dem die Gabe verliehen war, seine Erkenntnis in Worte zu fassen, die auch den ärgsten Ignoranten überzeugen mußten; einer, der gleichsam den Zauberspruch kannte, mit dem er das Unrecht von einhundertfünfzig Jahren mit einem Schlage aus der Welt schaffen und unzählige Menschen vor Folter und Flammentod bewahren könnte – und der ihn doch nicht auszusprechen wagte, ja, der, immer nur zaudernd, sein Buch, das erlösende, nicht einmal zu Ende schrieb! Jedoch für die befreiende Tat seines Schülers, die, zugegeben, nur sechs Frauen, statt, wie Spee es vermöchte, Hunderttausenden das Leben rettete, hatte dieser Mann nichts übriggehabt als ein säuerliches »Das hast du also gelernt?«.

Verdammt! Wie hatte er sich auf dieses Wiedersehen gefreut!

Giertchen hatte vom Vorwerk aus das Gemetzel beobachtet. Sie erwartete ihn zu Pferde, fluchtbereit, den kleinen Philipp Ignaz vor sich auf dem Sattel. Sie war mit dem Kind allein geblieben. Die Frauen aus Ringelstein hatten sich, kaum daß ihre Bewacher davongestürmt waren, in das Wäldchen verzogen, waren wohl auch noch weiter gelaufen, einige mochten schon auf dem Weg in ihre Heimatdörfer sein.

Als die acht Reiter den Hügel heraufsprengten, sah's aus, als kehrten sie vom Frauenraub zurück. Sie wollten die Befreiten absitzen lassen, aber Philipp wandte sich um und sah, was nun aus dem Lüdischen Tor an Volk und Berittenen hervorbrach.

»Nichts wie fort!« rief er. Die Frauen krallten sich in die Mähnen, und sie jagten davon.

Eine halbe Meile südlich von Geseke, in einem Buchenwald, sammelten sie sich um Philipp. Er wartete, bis Roß und Reiter zu Atem gekommen waren. Dann sagte er:

»Was heute geschehen ist, habt ihr nicht gewollt . . .« Einige versuchten, zu protestieren, aber Philipp hob die Hand und bekräftigte: »Ihr habt es nicht gewollt! Ihr habt euch gegen meinen Befehl gewehrt, wolltet den Gehorsam verweigern!« Er versuchte ihnen einzureden, was nicht stattgefunden hatte; alle hatten ihm schließlich doch gehorcht. Aber sie sollten ein sauberes Gewissen haben, wenn sie in Büren zur Rede gestellt wurden. »Ich habe euch bedrängt, hab' euch als Meuterer und Deserteure beschimpft, habe gedroht, euch durch die Ruten zu jagen. Erst dann habt ihr pariert! – Gib mir das Schreibzeug, Jürgens!«

Er stieg vom Pferd, kümmerte sich nicht um das Gebrumm der Leute, setzte sich auf einen Baumstumpf und schrieb. Er mußte sich beeilen, man würde sie auch hier bald finden.

»Das ist euer Freibrief!« sagte Philipp und saß wieder auf. »Ich habe dem Grafen von Nassau geschrieben, daß allein ich zu verantworten habe, was geschehen ist.« Er drückte dem Unterwachtmeister Jürgens Brief und Schreibzeug in die Hand. »Und nun seid ihr in Ehren entlassen. Macht euch so schnell wie möglich nach Büren! Ja – und viel Glück weiterhin!«

Die Männer ließen die völlig erschöpften Frauen von den Sätteln gleiten; zwei Jüngere, Hübsche hatten sich überreden lassen, mit den Reitern nach Büren zu ziehen. Die anderen wohnte nicht allzu weit entfernt, begriffen aber, daß an Heimkehr vorerst nicht zu denken war.

Es blieb nichts anderes übrig, man mußte sie Gottes Gnade anvertrauen. Giertchen verschenkte ihr letztes Brot, Philipp riet ihnen, sich bis zur Dunkelheit im Wald zu verbergen und in der Nacht zu versuchen, Delbrück zu erreichen. Vielleicht daß sie dort eine erste Unterkunft fänden.

»Ich weiß, wohin wir gehen« sagte Giertchen. »Zu Leocadia.«

»Nach Rinteln?« fragte Philipp. Er überlegte. Ins Schaumburgische also. »Das sind gut drei Tagesreisen.«

»Meine Schwester kann uns bestimmt unterbringen.«

»Rinteln ist protestantisch?«

»Ja«, sagte Giertchen. Sie legte das Kind in einen Tuchsack und knotete ihn wie einen Tornister auf den Rücken. »Sie sind dort Lutheraner. Auch mein Schwager.«

Philipp war einverstanden. Bis in die Grafschaft Schaumburg reichte der rächende Arm des Kurfürsten nicht.

Der Wärter murrte, als Spee am dritten Abend nach dem Überfall das »Pothuiseken«, das westliche Torhaus am Filerturm, betrat, wo die Verurteilten die letzte Nacht vor der Hinrichtung verbrachten. »Die führt kein Engel Gottes mehr zu unserer Heiligen Kirche zurück. Auch kein schwarzer Todesengel wie Sie, Hochwürden, denn was sind Sie für die schon anderes? Hören Sie nur, wie's wieder tobt! Daß Sie es da drinnen so lange aushalten können bei dem Geschrei und Gestank . . .«

Spee beachtete ihn nicht. Der Wärter hatte Order, ihn jederzeit zu den Gefangenen zu lassen – das hatte Doktor Schultheiß dem Pater zugebilligt.

Der Kommissar war in den ersten Tagen nach dem Überfall doch etwas bedenklich geworden. Wie es zu dieser blutigen Attacke hatte kommen können – Schultheiß begriff es ganz und gar nicht. Er hatte am Abend jenes Tages Tränen vergossen, jedoch nicht aus Kummer um die Niedergestreckten. Sieben Schergen und Diener waren das Opfer der Meute geworden, dazu der stets betrunkene Hilfsrichter Rotaug; die waren nun bei Gott, da gab's für einen frommen Mann wie Schultheiß nichts zu hadern. Nein, er hatte geweint über den Unverstand von Menschen, die sich Katholiken nannten wie er und sich doch anmaßten, Kreaturen zu befreien, deren irreparable Schlechtigkeit gerichtsnotorisch festgestellt war und an deren Bündnis mit dem Satan nicht der geringste Zweifel bestand.

Den einzigen Zeugen der Untat – Spee – hatte er gründlich befragt, jedoch nicht mehr erfahren, als er ohnehin schon wußte. Im Gegenteil: Der Jesuit – er hatte wohl in seiner Angst die Augen zugekniffen – erwies sich als unfähig, auch nur einen einzigen der Marodeure zu beschreiben, während es für Schultheiß feststand: Es waren die Bürener Dragoner unter Führung jenes aufsässigen Leutenants gewesen, mit dem er sich im Zelt herumgestritten hatte. Da gab's kein Rätselraten, der Bursche hatte sich sogar vorgestellt, ein Fronthal oder Kronthal, man würde es bald aus Büren erfahren. Erwischen konnte man ihn ohnehin nicht mehr; zu nah waren die Grenzen, kaum länger als einen Tagesritt brauchte man ins Braunschweigsche, Waldecksche, Lippische.

Drei Tage lang setzte Schultheiß die Brände aus. Sechs Hexen waren befreit, zwei allerdings im Wäldchen an der Schledde wieder eingefangen und, zuvor gehörig verprügelt, in den Padbergturm gesperrt worden. Dort und in den anderen Kerkern hockten noch zweiundzwanzig, und morgen schon, nachdem die Opfer des Unglückstages mit den gebührenden Exequien unter die Erde gebracht waren, würde es weitergehen. Oder sollte auch nur ein einziger in Geseke geglaubt haben, der kurfürstliche Kommissar werde an seiner richterlichen Unfehlbarkeit zu zweifeln beginnen und gebrochenen Mutes nach Werl zurückkehren?

Spee hatte es gehofft. Er hatte Schultheiß zur Mäßigung ermahnt, hatte auch – obwohl er selbst nicht so recht an diese Deutung zu glauben wagte – auf die »wundersame Flucht« der Hebamme Barbara verwiesen, deren Errettung man als einen Wink Gottes verstehen müsse, sich künftig vor Urteil und Vollstreckung ein wenig gründlicher zu bedenken.

Doch dieser Hinweis beeindruckte Schultheiß nicht im geringsten. Auf Winke Gottes verstand er sich besser; gerade diesen Morgen hatte er auf seiner zarten Armhaut ein Druckmal entdeckt, das einem zierlichen Flämmchen glich, und wenn das nun kein Wink gewesen war!

So war auch der Pater gezwungen, seinen düsteren Dienst wieder aufzunehmen, ja, der begann nun erst richtig. Spee beschränkte sich nicht allein auf eine letzte, geistlichen Trost anbietende Vermahnung unmittelbar vor dem Brand, sondern schon Tage vor der Vollstreckung ging er in die Türme, predigte vielen, besänftigte Tobende, versammelte die Trostbedürftigen in Gruppen um sich und empfand in all diesem Elend von Mal zu Mal mehr eine Art von Genugtuung, die ihm die Kraft verlieh, auch die folgenden Tage leidlich zu überstehen.

Denn in diesen finsteren, eiskalten Gelassen, wo die in

Lumpen gehüllten Opfer auf feuchtem, von Läusen wimmelndem Stroh hockten, viele in Ketten an die nassen Mauern geschmiedet, stinkend von Urin, Kot und Tageblut – in diesem Vorhof der Hölle, wo Hoffnung nur ein Indiz des Irrsinnes sein konnte, gelang es Friedrich Spee, einige der in Todesangst bebenden Beichtkinder vertraut zu machen mit seiner unerhörten Idee.

Immer wieder hatte sie ihn beschäftigt, seit er sich in Paderborn, wo Konrad die Barbara zu Unrecht als Märtyrerin ausgegeben hatte, zum erstenmal mit ihr auseinandergesetzt hatte. Dem Gotteswissenschaftler tat sich ein Zugang zu ihr durch den Begriff des »Martyriums in voto« auf. Bedeutende Theologen wie Suarez, Gregor von Valentia, auch Tanner übrigens, bestätigten, daß dieses »Verlangen nach dem Martertod« als ein gangbarer Weg zur ebenbildlichen Verschmelzung mit dem leidenden Heiland, zur »Configuratio Christi«, zu akzeptieren sei, ja, daß es kaum ein weniger fehlbares Mittel gebe, dem Fegefeuer zu entgehen. Wenn aber bereits das *Verlangen* nach dem Martyrium so hoch zu bewerten war (zumal man es einem frommen Christen nicht gut als Schuld oder Versäumnis ankreiden darf, wenn sich ihm keine Gelegenheit bietet, den gewünschten Martertod auch wirklich zu erleiden) – um wieviel eher war es denkbar, ein leibhaft geleistetes Martyrium als ein um Christi willen erlittenes anzusehen!

Spee wußte natürlich, wie empört rechtschaffene Theologen auf eine solche These reagieren würden, wenn er es wagen sollte, sie auf Folter und Exekution der Hexenprozesse anzuwenden. Wie durfte er sich erlauben, Menschen, die von einer christlichen Gerichtsbarkeit und gerade wegen ihres Bündnisses mit Satan verurteilt worden waren, als beispielhafte Christen hinzustellen, die um ihres Glaubens willen Verfolgung erleiden?! Das war ja wohl ganz unerhört – und auch Spee hätte dem Tadew beipflichten müssen, wären die Verurteilten des Verbrechens, für das man sie anklagte, in der Tat schuldig gewesen.

Da Spee aber, wie schon bei Katharina und Barbara, so

auch hier in Geseke nach dem Studium der Akten und langen Gesprächen mit den gefangenen Frauen in jedem einzelnen Fall von ihrer Unschuld überzeugt war, stand für ihn der Sinngebung ihres Opferganges als christliches Martyrium nichts mehr im Wege. Ja, dieser kühne Gedanke erwies sich bald als der einzig wirksame Trost in dieser irdischen Verdammnis.

»Hört«, sagte er zu den Frauen, »da ich euch unschuldig weiß, mir aber nicht die Macht gegeben ist, eure Bande zu lösen, blieb mir nichts, als mich an Gott den Herrn selbst zu wenden.

Ich stellte Ihm dar, wie nichts schrecklicher sei auf Erden als einen martervollen Tod in Unschuld zu erleiden, denn es sei ein sinnloser Tod in Unschuld zu erleiden, denn es sei ein sinnliser Tod. Da hielt Gott mir entgegen, wieviel Unschuldige um Seinetwillen grausame Pein haben erdulden müssen: wie sie an Pfähle, Säulen Bäume gebunden und genagelt wurden, wie man sie mit eisernen Kämmen und Haken, mit Ruten, Riemen und Peitschen zerfleischte, mit Pfeilen durchschoß oder reißenden Tieren zum Fraß vorwarf – so Markus, Blandina, Marcellinus und unzählige andere. Wie man sie auf Folterbänke spannte, an Galgen hängte, sie übergoß mit siedendem Öl und Blei, sie mit Fackeln sengte, mit Rädern, Walzen, Schrauben dehnte, preßte, zerquetschte – so Felix, Fortunatus, Servus, Jonas und zahllose andere. ›Und wie man sie‹ – so sprach der Herr – ›auch ans Kreuz schlug wie meinen eigenen Sohn, so Andreas Philippus und Sankt Petrus zu Rom!‹ –

Als Gott mich so beschämte, indem Er mir nachwies, daß dieses grausame Sterben in Unschuld durchaus nicht so sinnlos war, denn nur diesen Blutzeugen verdankt es ja unsere Religion, daß sie Europa gewann und sich nun anschickt, die ganze Welt, auch Indien und Japan, zu erobern – da fragte ich den Herrn, wie es denn nun um euch bestellt sei, die ihr doch wie jene fromme Christen seid und in Unschuld sterben werdet. Da sprach Er zu mir:

›Ich habe ihr Bildnis in meine Hände gezeichnet, wie

denn auch in der Schrift gesagt ist. Ich habe auch jegliches ihrer Haare gezählt, so daß kein einziges ohne mein Wissen und Wollen aus ihrem Haupte fallen kann.‹

Ich hätte mit dieser Auskunft zufrieden sein können, aber es gelüstete mich, noch eine Frage an Ihn, unseren Gott und Herrn, zu stellen, da Er mir schon gnädig Rede und Antwort stand.

Ich werde, sagte ich, Dir nicht immer sanfte und wohlvorbereitete Dulderinnen vor Dein Gericht führen können. Ich habe sie zweifeln und jammern gehört und auch wie sie auf der Folter Deinen Namen verflucht haben in ihrer grenzenlosen Pein. Wie willst Du ihnen, nachdem sie Dich verleugnet haben, ja oft genug unter Zangen und Schrauben bekannten, daß sie des Satans Bräute sind – wie willst Du ihnen da noch gnädig sein?

Da sprach der Herr zu mir: ›Stelle dir einen Haufen Pulver vor, groß wie ein Berg, und halte ein Flämmchen daran. Er wird explodieren, und nichts mehr wird erinnern an ihn. Also möge der Mensch seine Sünden häufen vor mir, indem er sie reuig bekennt. Es wird meine Barmherzigkeit sich entflammen, und ein Funke meiner Barmherzigkeit wird genügen, den Berg seiner Sünden zu vertilgen, und nichts mehr wird erinnern an ihn.‹

So sprach Gott zu mir. Wenn also der Richter euch ruft, geht in die Flammen wie jene Christen, die ins Martyrium gingen. Wenn es euch ernst ist, dieses für Gott zu erleiden und im Leiden des leidenden Heilands Ebenbild zu werden, dann seid ihr, indes euer Leib verbrennt, schon Kinder des ewigen Lebens geworden.«

An diesem Tag hörte der Wärter aus den Modergrüften Gesang. »Te Deum laudamus« sangen die Hexen.

»Er muß ihnen was vorgekohlt haben«, murmelte er. »Hat ihnen sicher was von Begnadigung erzählt. Nun, wenn er's damit erreicht daß sie sich endlich nach der Ordnung verhalten, bis man sie holt – mir soll es recht sein.«

Rinteln

Wie macht man sich an fremden Sünden, die nicht wir, sondern andere begehen, dennoch mitschuldig und strafwürdig, ganz so, als hätten wir selbst sie persönlich begangen? Wie steht da geschrieben? Es steht, daß man sich der fremden Sünden schuldig macht, wenn man:

zu der Sünde rät,
einen anderen auffordert, zu sündigen,
in anderer Sünden einwilligt,
andere zur Sünde anreizt,
anderer Sünden lobt,
oder dazu stillschweigt . . .

Friedrich Spee
»Güldenes Tugendbuch«

Gutmütig lästernd ließ der Ritter Johann von Rietberg auf Schloß Holte die »Heilige Familie« in einer unbewohnten Kemenate nächtigen. Spätabends unter Fackelschein war er von der Jagd zurückgekehrt mit einer stattlichen Strecke und aufgekratzten Gesellen. Ein Betrunkener sprang von der Brücke in den Graben, wollte der Küchenmagd eine Teichrose pflücken und verfing sich kläglich im Geschling, seine Kumpane bogen sich vor Lachen. Philipp watete ins Wasser und zog den Ernüchterten an Land. Da hieß der Herr auf Schloß Holte ihn willkommen, und Philipp mußte ihm die ganze Nacht vom Krieg in Jütland erzählen, erst bei Morgengrauen entließ der Ritter seine Gäste ins Bett.

Anderntags ging's über Senne und Lippischen Wald bis nach Lemgo. Das war eine bunte, selbstbewußte Stadt mit reichgegliederten Fassaden unter Treppengiebeln; auf der Brüstung über den spiegelblanken Fenstern der Ratsapotheke standen in Stein gemeißelt berühmte Ärzte: Galen, Avicenna, Paracelsus. Im Rottmannschen Gasthof fanden sie Quartier. Sehr früh brachen sie auf, am Begafluß klapperte ein großes Wasserrad, der winzige Philipp Ignaz quietschte vor Freude. Sie ritten weiter nach Norden, erreichten bei Alemna die Exter und drückten sich an einem Waldlager vorbei, wo allerlei unheimlich Volk eine Sau überm Feuer wendete.

Als sie am frühen Abend des dritten Tages auf Rinteln herniedersahen, hatten sie seit Geseke gute sechzehn Meilen zurückgelegt und waren nun dicht vor dem Ziel. Doch als sie auf die Landstraße kamen, die längs des Exterflusses über Außenwälle zum Ostertor führt, hatte Giertchen Kessenich Grund, um das fröhliche Wiedersehen mit Schwester und Schwager zu bangen.

Denn Rinteln war, so schien es auf den ersten Blick, belagert von einem feindlichen Heer. Es mußten Flüchtlinge sein, die mit hochbeladenen Wagen, mit Schub- und Ochsenkarren die Straßen verstopften. Und schon kamen aufgeregte Reiter im Küraß herangetrabt, schrien die Wagenführer an, forderten Umkehr, zeterten »Diebstahl!« und »Unterschleif!«. Und als das nichts nützte, zogen sie blank und riefen: »Befehl vom Grafen Jost Hermann!«

Erst jetzt gaben die Flüchtlinge, die Diebe oder Räuber oder was sie nun sein mochten, auf, ließen umständlich wenden mitten auf der schmalen Straße zwischen den alten Ulmen, so daß sie alles noch mehr verstopften, und zurück ging's aufs Ostertor zu. Das war gepfropft zum Erbarmen, es war ein Geschrei und Geflenn im Durchgang und auf der Brücke, und dazwischen rüde Soldaten, die mit ihren Hellebarden auf krumme Rücken klopften und »Vorwärts! Vorwärts!« schrien, aber bald gelang ihnen auch das nicht mehr, denn sie waren selber so eingekeilt, daß sie um Luft und Leben japsten.

Jetzt ließen sich auf dem kleinen Balkon über der Toreinfahrt sogar ein – ja, war das zu glauben im lutherischen Rinteln?! – ließ sich ein schwarzer Benediktiner blicken, der rief:

»Unrecht geraubtes Gut zurück in die Stadt! Alles Gestühl zurück in die Hörsäle! Alle Bücher gefälligst zurück in unser Jakobskloster! Herr Graf hat's befohlen, weil's der Kaiser so will, und wenn ihr nicht folgt, Ketzerpack freches, dann holt euch der – na, ihr wißt schon wer!«

Man schrie den Mönch nieder. Zornig die gereckten Arme schüttelnd, verschwand er vom Balkon.

Giertchen, das von dem Lärm erwachte Kind vor sich auf dem Sattel, neben ihr Philipp, beide wie eingepflanzt in die Menge, die so heftig ins Tor drängte wie andere heraus wollten, begriff, daß es mit dem protestantischen Rinteln, auf das sie sich gefreut hatte, so weit her nicht sein konnte. Freilich, dachte sie verächtlich, es sind ja auch nur Lutheraner; die lassen sich viel gefallen, sind richtig servil geworden, seit der Kaiser sie anerkannt hat zu Augsburg vor einhundert Jahren. Wir vogelfreien Calviner würden uns nicht von schwarzen Mönchen – ja, was denn eigentlich? . . . Sie blickte nicht durch, und wer konnte das von ihr verlangen, nach drei Tagen im Sattel, mit schmerzendem Hintern, das durchgerüttelte brüllende Knäblein im lahmen Arm, nun fast ohne Hoffnung aufs freudige Wiedersehen.

Ein Torwächter herrschte sie an: »Herunter von den Gäulen!« – aber sie scherten sich nicht darum, ließen den Pferden, die schon bös die Ohren stellten, die Zügel und erlaubten ihnen, ihrer Angst nachzugeben. Schon warfen die Tiere sich mit Gewieher und gefletschtem Gebiß gegen die Menge und drängten sich zwischen dem Mauerwerk der Toreinfahrt und der lebendigen Mauer, die Schenkel ihrer Reiter nicht schonend, derart wütend hindurch, daß Giertchen laut fluchte, zo zerschunden fühlte sie ihre Hüfte.

In der Stadt sah es nicht friedlicher aus, es waren wohl alle Einwohner auf der Straße. Wieder schwankten beladene Wagen heran, kamen über den Kirchplatz gerattert, wurden aber vor Sankt Nikolai von Soldaten sistiert, und aus dem Rathaus trat mit blinkender Amtskette Bürgermeister Tönnies Hasphurt heraus und schaffte sich mühsam Gehör:

Es sei nun mal das bewußte Edikt zu erfüllen, und dem Kaiser müsse sogar der Herr Graf von Schaumburg, ihr Landesherr, parieren; müsse, Gott sei's geklagt, dieser katholischen Majestät noch immer folgen, zumal in den Landstrichen rings um Rinteln katholische Ligatruppen in Masse lägen, und so sei es nun einmal bestimmt, daß alles ehemals kirchliche Gut, welches zu Passau 1552 verweltlicht worden sei, der katholischen Kirche zurückerstattet werden müssen, und eben das heiße ja »Restitution«. Hier in Rinteln sei das nun besonders schmerzhaft, dieweil ja leider die junge Universität, unsere edle Academia Holsato-Schaumburgica, auf die man mit Recht so stolz sei, bis zum heutigen Tage im nunmehr wieder den Benediktinermönchen gehörenden Jakobskloster untergebracht gewesen sei. Nun aber müsse sie ihr schönes Quartier auf kaiserliche Weisung Hals über Kopf räumen, und zwar unter Zurücklassung des gesamten Inventars, weshalb alle Wagen, die voreilig mit Gestühl, Kathedern, Schränken, Regalen, Truhen, Teppichen und etwa noch kostbareren Gütern befrachtet worden seien, wieder umkehren und schleunigst entladen werden müßten. Das gab nun auf dem Kirchplatz ein großes Murren und Fluchen, es ging auch plötzlich ein Wogen durch die Menge, als habe sich einer hingestellt und offenen Aufruhr gepredigt, aber es war nur ein zartes Männchen, ein Professor, der lauthals den Bürgermeister attackierte: »Und wo sollen wir unsere Vorlesungen halten?!«

»Fürs erste muß in den Wohnungen der Herren Professoren gelesen werden!« rief der Bürgermeister. Dann verstand man ihn nicht mehr vor Gelächter und Pfiffen.

Endlich fanden Giertchen und Philipp, die auf ihrem Weg durch die Stadt immer wieder als berittene Fremde bestaunt wurden, in einer stilleren Straße die Buchhandlung des Herrn »Philipp Wagner aus Frankfurt«, wie ein Schild über dem Haustor vermeldete. Frankfurt, die Stadt der Buchmesse, als Herkunftsort des Inhabers, das bürgte für Fachkenntnis und erhöhte die Reputation.

Als sie abstiegen und die Zügel durch die eisernen Ringe an der Hauswand zogen, sahen sie sich durch große vielfach geteilte Fenster im Erdgeschoß beobachtet; es schienen etliche Leute im Laden zu sein, und man hörte ein Lachen, ein Giertchen wohlvertrautes, und bald kam auch eine lachende Frau heraus, und das war Giertchens Schwester Leocadia.

Giertchen, aufs Wiedersehen vorbereitet, erkannte sie sofort. Die beiden hatten sich seit bald zwölf Jahren nicht mehr gesehen, und seit im Jahre 27 die calvinischen Kessenichs aus Köln verjagt worden waren, war die Verbindung zwischen der verheirateten Schwester und ihrer ins Ungewisse vertriebenen Familie abgerissen.

Frau Leocadia begrüßte Philipp als Giertchens Mann und den Kleinen als beider Kind, ohne daß es gleich zur Richtigstellung kam. »O weh«, sagte sie, »jetzt haben wir drei Philipps im Haus, wie soll man sich da noch auskennen!

Ach, nennen wir *ihn*« – sie wies ins Haus – »Philippus; das hört er gern, mein versierter Lateiner. Ihr Lieben habt euch einen schlimmen Tag für die Ankunft ausgesucht. Fast alle Bürger unserer Stadt sind seit über hundert Jahren gut lutherisch – und plötzlich fallen hier ganze Schwärme schwarzer Mönche aus Corvey ein, einige auch aus Frankreich, sogar aus England, wie man hört, und spielen sich auf die die Würgeengel.« Leocadia hatte eine wohlakzentuierte Sprache, sie verschluckte und vernuschelte nichts, gefiel sich vielmehr in fein konstruierten Sätzen, und selbst Unangenehmes wußte sie mit einem beschwichtigenden Lächeln zu präsentieren: Da ich's dir so hübsch sage – was gäbe es dagegen noch einzuwenden? – »Aber nun kommt!« sagte sie. »Gewiß, Herr Philipp, für eure Pferde wird gesorgt. Aber erst ist Klein-Philipp an der Reihe. Hat er nicht noch einen zweiten Namen?«

Sie schüttelten den Kopf. »Ignatius« war zu entlarvend.

»Und nun kommt endlich ins Haus! Das ist so ein Treffpunkt für Unzufriedene, und heute gibt's davon so viele, da fallt ihr gar nicht auf, euch platzt der Frohsinn auch nicht aus den Knopflöchern.«

Die Frau gefiel Philipp, sie hatte fröhliche Augen, war gut zehn Jahre älter als Giertchen, schien jedoch nicht so schlimme Erfahrungen gemacht zu haben wie ihre Schwester – aber diese Ansicht mußte er bald revidieren; vor vier Jahren hatte die Pest in Rinteln gehaust und dem Ehepaar Wagner zwei seiner vier Kinder genommen.

Im Laden saß man zwischen Büchertischen und Regalen, im hinteren Teil brannte schon eine Kerze. Als die Gäste mit der Hausfrau eintraten, erhob man sich, Philipp Wagner ging ihnen entgegen, ein fülliger Mann mit schweren Lidern, die wie kleine Helme die Augen fast zur Hälfte bedeckten. Er schnaufte, als habe das Aufstehen ihm Mühe gemacht. »Mein Haus ist das eure«, sagte er und fügte mit biblischem Ernst hinzu: »Der Herr segne euren Eingang.«

Die anderen nickten und machten sich bekannt: ein Drukker aus dem benachbarten Stadthagen namens Reineking, zwei Universitätsprofessoren und der schlanke, elegante Professor der Medizin Arnold Lotichius. In seinem gegen Brauch und Mode auf Taille geschnittenen Talar sah der Lutheraner fast wie ein Jesuit aus. Als der Professor das adrette Giertchen erblickte, ließ er fast ungezogen laut ein »Fürtrefflich!« vernehmen, und das sollte man im Laufe des Abends noch öfter von ihm hören.

Die Ankömmlinge erfrischten sich zunächst an der Pumpe im Hof, dann ging Frau Leocadia mit Giertchen ins Obergeschoß, wo ihre Kinder, zwei Jungen von acht und sechs, auf einem hölzernen Pferd ritten und ein Schmählied auf die »Papistenbrut« schmetterten. Die Frauen versorgten den kleinen Philipp. Leocadia holte eine alte, schöngeschnitzte Wiege vom Speicher.

»Ich bring euch drei schon unter«, sagte Leocadia. »Ich weiß nur noch nicht, wie.«

»Wir wollen nicht länger als zwei, drei Tage bleiben«, sagte Giertchen schnell.

»Und dann? Wohin?«

Sie hob die Schultern, sagte aber gleich darauf: »Wir wohnten zuletzt in Büren. Es gab dort Ärger für Philipp, er überwarf sich mit seinem Hauptmann. Aber unser bißchen Besitz ist dortgeblieben. Wir wollen bald wieder zurück.«

»Bald heißt für mich: drei Monate mindestens. So wünsch' ich's mir wenigstens. Einigen wir uns darauf?« sagte Leocadia und zog eine Schublade auf, um ihrer Schwester Laken und Windeln zu zeigen. Dann trat sie ans Fenster. Auch Giertchen hatte es schon gehört: Es kam Gesang die Straße herauf, und nun sah man eine Schar Studenten, alle mit dem kleinen Degen an der Seite, dem Abzeichen ihrer akademischen Würde. Voran, im schwarzen Talar, das bleiche, hagere Gesicht über dem weißen Umlegekragen stolz erhoben, schritt – Leocadia nannte den Namen – Professor Josua Stegmann. Er sang mit seinen Theologiestudenten einen der feierlichen Choräle, die er, der Stolz der Rintelner Lutheraner, selbst gedichtet hatte:

»Ach bleib mit deiner Gnade
bei uns, Herr Jesu Christ,
daß uns hinfort nicht schade
des bösen Feindes List.
Ach bleib mit deinem Worte
bei uns, Erlöser wert,
daß uns – beid, hier und dorte –
sei Güt und Heil beschert . . .«

Giertchen erschrak vor der Wunde, die Stegmanns Gesicht von der rechten Schläfe bis hinunter zum Kinn blutig entstellte. Sie legte das Kind in die Wiege, küßte es und eilte noch einmal zum Fenster. Die Studenten standen im Halbkreis vor dem Professor und sangen die letzte Strophe, als brächten sie dem Lehrer ein ehrendes Ständchen dar:

»Ach bleib mit deiner Treue
bei uns, mein Herr und Gott;
Beständigkeit verleihe,
hilf uns aus aller Not!«

Dann verliefen sie sich in verschiedene Richtungen.

Wenig später wurde Stegmann in der Buchhandlung mit Teilnahme empfangen; man ließ sich von seiner melodischen Kanzelstimme gern erzählen, wie es zu der Blessur gekommen war. Der Theologe und Poet hatte sich mit seinen Studenten geweigert, den seit zehn Jahren angestammten Hörsaal zu verlassen, sich jedoch zu einer Disputation mit den Benediktiner bereit erklärt. Die aber hatten darauf beharrt, daß *sie* jetzt die Rintelnsche Universität darstellten, und folglich hätten *sie* die Einladenden zu sein. Und zu einer Disputation empfänden sie schlankweg keine Lust. Darüber kam es zu einem hitzigen Streit, unversehens bekam Professor Stegmann von einem der rüden, unlängst aus Corvey hier eingetroffenen Mönche sein Leidensmal ins Gesicht gewischt.

»Die Corveyer sind schlimm«, sagte Professor Lotichius. »Es heißt, daß ihr Hildesheimer Bischof sie auf die Galeere schicken wollte, weil das Gesindel sogar ihm zu widerborstig war. Offenbar sind sie wieder zurückgekehrt.« Er hatte dem Gelehrten ein Pflaster aufgepappt. »Und Ihre Schüler haben Sie nicht besser beschützt? Ich frage mich: Was ist aus unseren Studenten geworden? Zu meiner Zeit wäre das undenkbar gewesen. Wir hätten eher die halbe Stadt angezündet, als uns wie geprügelte Hunde davonzuschleichen.«

»Man muß sie verstehen, die jungen Leute«, sagte Josua Stegmann ernst. »Einmal wollten sie mir wohl nicht verwehren, als rechter Christ auch den anderen Backen hinzuhalten. Zum anderen aber hütet sich heute ein jeglicher, der Obrigkeit ein Ärgernis zu bieten. Ein Wink an den Landesherrn – und schon ist einer relegiert, da kann auch unsereins nichts mehr machen.«

»Eine Studentenrevolte«, sagte Philippus Wager, »das wäre genau das, was dem Adel hierzuland noch fehlte! Auf so etwas warten die doch nur!« Er besann sich, daß ein Adeliger neben ihm saß, und beugte sich zu ihm. »Ich wollte Sie nicht verletzen, Herr von Kronthal, Sie waren nicht gemeint. Aber Sie müssen wissen: Unsere schaumburgische Ritterschaft war von Anfang an gegen die Rintelner Universität eingestellt. Bildung gilt bei denen nichts. Meinen Sie, es hätte sich einer von denen schon mal ein Buch bei mir gekauft?«

Der Eindruck, den Philipp und Giertchen an diesem Abend gewinnen mußten, bestärkte sie in der Auffassung, daß die katholische Kirche im Vormarsch war und daß jenes kaiserliche Edikt auch in den protestantischen Landesteilen konsequent durchgeführt wurde. Rinteln lieferte dafür ein nachgerade groteskes Exempel mit seiner erst zehn Jahre alten Universität, der »Ernestina«, wie man sie nach ihrem Gründer nannte, die nun von heut auf morgen gleichsam in den Lüften schwebte: eine schöne Allegorie, nicht mehr.

Inzwischen hatte Professor Lotichius ohne erkennbaren Anlaß – wollte man nicht den Umstand, daß er fortwährend Giertchen anblickte, als solchen gelten lassen – das Loblied des weiblichen Geschlechts zu singen begonnen: Im Weibe stimme inwendig alles höchst wunderbar zusammen; man möge sich nur einmal sinnenhaft vorstellen, wie so ein Kindlein gedeihe im Mutterschoß, wie all die mütterlichen Sehnlein und Stränglein und Nervlein und Äderlein sich dehnten und streckten und wüchsen, ihr Teil zu geben der reifenden Frucht. »Jawohl!« schloß der Professor. »Das Weib ist fürtrefflich und perfekt vom Schöpfer erdacht!«

»Ein Mann, der die Frauen lobt, ist schon etwas Seltenes«, flüsterte Giertchen ihrer Schwester zu.

»Doch, der Professor tut das gern«, sagte Leocadia. »Er ist in unsere Anatomie verliebt – von unserem Verstand hält er nicht soviel. Sein Hauptwerk – wir haben's im Laden – heißt ›Gynäcologia. Von der Perfektion und Fürtrefflichkeit des Frauenzimmers‹.« Sie kicherte. »Übrigens hast du wohl bemerkt: Er hat sich in dich vergafft. Bisher war ich sein Idol. Nun, ich werd's überstehen.«

Lotichius hatte sich inzwischen einem neuen Thema zugewandt: »Ich darf Ihnen mitteilen, daß ich mich entschlossen habe, Feldchirurgus zu werden. Auf dem Schlachtfeld kann ich mich nützlicher machen, und Sie werden sehen: An Schlachtfeldern wird kein Mangel sein.«

»Aber Rinteln kann nicht auf Sie verzichten!« rief Frau Leocadia entrüstet. »Ob evangelisch, ob katholisch: Die gleichen Leiber und die gleichen Gebresten sind's doch allemal!«

Und Philippus Wagner brummte: »Was ist eine Hohe Schule ohne Medizinische Fakultät? Sie sind unentbehrlich, Professor Lotichius!«

Lächelnd erwiderte der Professor: »Nehmen Sie's als gewiß, verehrter Freund: Sobald man einen Chirurgus römischen Glaubens gefunden hat, wird mein Theatrum Anatomicum für mich verschlossen bleiben. Dann muß ich Sie, meine Lieben, alle – ob als Patient oder Leiche – daheim auf dem Eßtisch tranchieren.«

Philippus Wagner hatte weitere Kerzen anzünden und Bier aus dem Keller holen lassen. Die Köchin und eine Magd brachten die Krüge und boten Mandeln und Rosinen zum Knabbern an. In Rinteln lebte man noch leidlich.

Philipp kam ins Gespräch mit Reineking, der seine Offizin im benachbarten Stadthagen hatte. Der Buchdrucker sagte, er habe sich all die Jahre vergeblich bemüht, mit der Universität ins gute Geschäft zu kommen. Aber seit sich in Rinteln vor ein paar Jahren ein Drucker Lucius aus Gießen niedergelassen habe, der sich auch stolz »Verleger« nenne, gingen die Aufträge nach Stadthagen nur noch spärlich ein.

»Dieser Lucius hat sich frech im Gebäude der Universität einquartiert, also im Jakobskloster. Da hat er natürlich alles zu drucken gekriegt, was da so anfällt: Dissertationen, Habilitationen, Disputationen. In Stadthagen habe ich nur eine Hochdruckpresse. Das ist natürlich ein Nachteil, ich kann nur Holzschnitte drucken, keine Kupferstiche. Und die sind im Kommen, der Holzschnitt ist passé. Und Lucius, natürlich, der hat alles, auch Tiefdruck. Aber jetzt wird er, der bislang nur protestantische Schriften gedruckt hat, die Katholiken kennenlernen! Die werden seine Maschinen konfiszieren – und ihn werden sie hinauskomplimentieren. So wird es kommen, und es wäre nur gerecht!«

Von der Straße her kam ein Hornsignal.

»Die Post!« sagte Leocadia. »Eine letzte Erinnerung. Morgen früh reitet der Kurier nach Frankfurt – ja, durch Paderborn kommt er auch.«

Philipp beschloß, ihm einen Brief an Pater Spee mitzugeben. Er sollte erfahren, wohin es ihn verschlagen hatte.

Friedrich Spee an Philipp von Kronthal
Paderborn, am 29. August 1630
Decollatio Johannis baptistae
Mein lieber Philipp!

Wie sollte ich leugnen, daß die Nachricht, die ich von Dir erhielt, mir eine Last von der Seele nahm! Du bist also mit Deiner Gefährtin, der Du in Deinem Brief so liebevolle Worte widmest, unbeschädigt ins Schaumburgische entkommen und wohnst nun schon seit drei Monaten bei Verwandten. Daß Du des Kriegshandwerks nun für immer überdrüssig geworden bist – wer verstände das besser als ich?

Ich habe oft über das nachgedacht, was ich Dir auf dem Schlachtfeld von Geseke, wenn man die Stätte der Metzelei so nennen will, glaubte sagen zu müssen. Ging es mir damals allein um die Frage, ob es notwendig war, Menschen zu opfern ohne Ansehung ihrer persönlichen Schuld, so haderte ich in den folgenden schrecklichen Wochen mit dem Problem: Ob es denn überhaupt gestattet oder gar geboten sei, unrechte Gewalt, die sich im Schein des irdischen Rechts brüstet, mittels Gegengewalt, die sich auf höheres Recht beruft, zu brechen. Obwohl ich in der Schrift und bei den Kirchenvätern keine erlösende Antwort fand, muß ich doch bekennen: Fern jeder theoretischen Überlegung und unbeschwert von moralischen Skrupeln, habe ich vor jeder Exekution, der ich beiwohnen mußte, Ausschau gehalten nach einer rettenden Reiterschar. Ja, ich habe Dein Erscheinen oder die Ankunft eines Dir vergleichbaren Racheengels in Wut und Tränen von Gott *erfleht*. Vergebens. Bis ich mit Schultheiß Geseke verließ, haben wir in dieser Stadt noch zweiundzwanzig Unglückliche – Frauen zwischen zwanzig und achtzig, dazu drei Mädchen von kaum mehr als fünfzehn Jahren – zum Tode bereitet. Ich sage *wir* – denn ich diente dem Kommissar dazu, sein Gewissen, sofern es je beunruhigt gewesen sein sollte, zu befrieden: Indem ich die Ärmsten mit geistlichem Zuspruch versah, erlaubte ich jenem Mann, sich der Zustimmung, zumindest der Toleranz des Höchsten versichert zu fühlen. Durch mich, den Priester, so dachte dieser Verblendete und sprach es gegen meinen Protest gelassen aus, nahm Gott als wohlgefällig nickender Zeuge an seinen schlimmen Handlungen teil.

Ich muß Dir sagen, daß ich die Frage nach der Rechtmäßigkeit von Gewalt, die zur Verhinderung einer von Gott offenbar zugelassenen Untat geschieht und die durch den Erfolg beweist, daß Gott eben doch nicht gewillt war, Unrecht geschehen zu lassen – daß ich diese Frage noch immer als schmerzenden Stachel empfinde. Für Dich war's ein wilder Triumph, zumal Du als Dank für Deine Tat den

Jubel der Befreiten und Bewahrten erleben durftest. Ich aber ging in dieser Stunde von einem der Toten oder Sterbenden zum anderen. Diese Schergen und Knechte, sie alle, das weiß ich, fühlten sich als rechtschaffene Diener der Obrigkeit, und keiner war sich einer Schuld oder gar einer schweren Sünde bewußt.

Ich darf Dir, glaube ich, mit solchen Nachdenklichkeiten um so eher kommen, als in diesen Monaten kein Tag verging, an dem ich mich nicht Deines bitteren Satzes erinnert hätte: »Sie tun ja nicht einmal das, was Sie tun *könnten.*« Wenn etwas geeignet war, mich für meine Saumseligkeit zu bestrafen, dann dieses Wort. So ist denn seit Deinem Eingreifen in Geseke auch kein Tag, besser: keine Nacht vergangen, ohne daß ich an der »Cautio« gearbeitet hätte.

Der Auftrag war allein durch Deine Attacke und das, was sie an Überlegungen in mir bewirkte, so dringlich geworden. Wie, so dachte ich, sollen die Hexenprozesse jemals aufhören, da allein die Denunziationen, die den in Folterqual befragten Menschen über die Lippen kommen, ausreichen, um des Denunzierens, Verhaftens, Torturierens und Brennens auch in hundert Jahren noch kein Ende zu machen? Wäre es denn denkbar, daß beherzte Männer wie Du, Philipp, überall, wo im deutschen Reich dies flammende Unrecht geschieht, also an tausend Orten zugleich, wie die Reiter der Apokalypse hereinbrächen und dem Spuk ein Ende machten? Nein, dies wäre unmöglich. Mit anderen Worten: *Gewalt im Großen ist durch vereinzelte gewalttätige Aktionen nicht zu beseitigen* – allenfalls kann hie und da eine Hinrichtung durch derartige Unternehmungen verhindert werden. Das Übel von Grund auf und im Großen wäre nur zu beseitigen, wenn einer es vermöchte, *seine geistigen Wurzeln auszureißen,* indem er bewiese, daß jene Thesen, die den Richtern zur Legitimation ihres Handels dienen, irrig sind und der Vernunft, die Gott dem Menschen verliehen hat, widersprechen. Nur wenn es gelingt, alle, die als Fürsten, Richter, Priester oder untergeordnete Beamte Verantwortung tragen, durch unwiderlegbare Beweisführung zur Vernunft zu bringen, kann dem Morden Einhalt geboten werden.

Es blieb mir also gar nichts anderes übrig, als »zu tun, was ich tun kann« – und das heißt: die »Cautio Criminalis« zu Ende zu schreiben. Und heute nacht ist dies geschehen. Und Du, Philipp, bist der erste, der das Werk zu lesen bekommt; keinem unter meinen Ordensbrüdern und sonstigen Bekannten hier in Paderborn traue ich, auch den verständigsten nicht. Es wird auch Dir bald klarwerden, daß in diesem Buch viele Thesen aufgestellt werden, die scheinbar gesicherten, ich möchte fast sagen, geheiligten Ansichten und Bräuchen widersprechen. Das Urteil erhabener Autoritäten vergangener Jahrhunderte wird in Zweifel gezogen, unsere Gesetze und ihre Auslegung durch den Richter erfahren strenge Kritik, und die für die Prozesse Zuständigen werden mit herben Worten an ihre Verantwortung erinnert.

Dabei scheue ich, Du wirst es sehen, auch nicht davor zurück, hohen und höchsten Beamten, selbst unseren Fürsten, und nicht zuletzt den Geistlichen ins Gewissen zu reden und sie an die Stunde zu mahnen, da sie vor Gottes Richterstuhl treten müssen.

Nun, ich will Dein Urteil abwarten und Fehler, die du entdecken magst, korrigieren. Freilich werde ich mich bis zu unserem Wiedersehen noch gedulden müssen, denn ich fürchte, du darfst Dich in unserer Gegend nie mehr blicken lassen. Die Erregung über Deine Attacke empörte auch unsere Stadt, und Dein Name (den Schultheiß bald ermittelte) ist hier so bekannt, daß ich nicht einmal weiß, wem ich diesen Brief zur Beförderung anvertrauen soll, ohne befürchten zu müssen, daß er von Amts wegen geöffnet wird. Gott, der über Raum und Zeit herrscht, wird einen Weg wissen.

Der Herr sei mit Dir, Deiner Gefährtin und eurem Kind.

Friedrich Spee

Postcriptum

Du wirst dich wundern, daß ich mich so bald von dieser Schrift trenne, zumal ich doch ihren Verlust auf dem Postweg riskieren muß. Nun, ich habe jedes Kapitel, nachdem ich es beendet hatte, gleich abgeschrieben, so daß ich immer eine Zweitschrift besaß, die ich an einem sicheren Ort verwahrte. Diese Abschrift ist es, die ich Dir schicke. Du wirst sie nicht leichtfertig herumliegen lassen. Unausdenkbar, was mein Rektor Lennep mit mir anstellen würde, bekäme er dieses Manuskript zu Gesicht.

Spee faltete den Brief, versiegelte ihn und adressierte ihn, ohne Philipps Namen zu nennen, an den Rintelner Buchhändler Wagner. Er würde versuchen, ihn einem Benediktinerbruder mitzugeben. Seit Rinteln wieder unter katholischen Einfluß geraten war, wurden einzelne hervorragend befähigte Mönche des Paderborner Klosters Abdinghof nach Rinteln zur «Congregatio Anglicana geschickt, um von den gelehrten Brüdern in Moraltheologie und Dogmatik unterrichtet zu werden.

Im Kollegienbau hatte der Tag mit der morgendlichen Andacht längst begonnen; bis zum gemeinsamen Frühstück blieb noch etwas Zeit. Spee ließ den Brief auf dem Stehpult liegen und setzte sich auf sein Lager. Er hatte ein niedriges Tischen davorgestellt, darauf lag ein Stoß Papier, über dreihundert Blatt: der in tadelsfreiem Latein verfaßte Text seines »Warnbuches gegen die Hexenprozesse« oder wie immer man »Cautio Criminalis seu de processibus contra sagas liber« übersetzen mochte. Er nahm den Stoß in die Hände, stellte ihn aufrecht und schüttelte und stieß die Blätter zurecht, bis sie säuberlich wie die Seiten eines gehefteten Buches aufeinanderlagen. Er war stolz auf sein Werk.

Er lehnte den Rücken an die Wand, schloß die Augen. Gegen welche Widerstände hatte er kämpfen müssen . . .

Wie er eintraf an einem heißen Julitag, von Soest kommend, wo Pater Nußbaum ihm die Rückberufung nach Paderborn im Auftrag des Rektors überbracht hatte: der wortkarge, ernste Johannes Nußbaum, der erst nach Spees Abreise ins Kolleg gekommen war, Moraltheologe auch er, offiziell als Vertreter Spees für die Zeit seiner Abwesenheit ans Gymnasium berufen, in Wahrheit – das erkannte Spee bald – sein designierter Nachfolger. Nußbaum kam aus Köln, er wußte einiges vom Tricoroatum zu erzählen, und wie der neue Regens, Pater Adrian Horn, dort ein strenges Regiment errichtet, die Schüler zu Buße und Askese angehalten und sogar das Einstudieren frommer Dramen, sonst stolzer Leistungsnachweis jeder Jesuitenschule, für ein volles Jahr untersagt habe.

Sie trafen, obwohl sie die Pferde auf der letzten Meile nur noch im Schritt hatten gehen lassen, verschwitzt und staubverkrustet in Paderborn ein. Lennep begegnete ihnen auf der Treppe – doch keineswegs, um Spee zu begrüßen. Johannes Nußbaum nickte er freundlich zu, Spee nahm er sofort in sein Zimmer.

Der mächtige Weißkopf mit den blauen, vor Sendungsbewußtsein strahlenden Augen hielt Spee für eine knappe Viertelstunde alle Verstöße gegen die Pflichten seines Lehramtes und die Regeln des Ordens vor, die er sich hatte zuschulden kommen lassen, und das waren nicht wenige.

Es begann damit, daß Spee sich seinerzeit, obwohl von Lennep mit strengem Ausgehverbot belegt, spätabends aus dem Kollegienbau entfernt und zum Generalvikariat begeben hatte, um den Weihbischof gegen Lenneps Entscheidung, ihn nach Geseke zu schicken, einzunehmen. Eine grobe Insubordination, leider zu spät entdeckt und mittlerweile – man ist nicht kleinlich! – sozusagen verjährt. Dann in Geseke der wiederholte Versuch, den Hohen Kommissar bei der Ausübung seines schwierigen Amtes zu behindern, Zweifel an der Rechtmäßigkeit der Prozesse auszusäen, mit ausgemachten Hexenweibern im Kerker zu konspirieren, ja, sogar, es ist nicht zu fassen, ihren verdienten Flammentod mit dem Martyrium christlicher Blutzeugen gleichzusetzen!

»Ich habe mir – weil ich's einfach nicht glauben mochte, daß ein Jesuit derart, ich muß schon sagen, lästerliche

Gedanken entwickeln kann, eine Abschrift Ihres ›Güldenen Tugendbuchs‹ besorgt. Spee, Sie haben eine Art, sich auszudrücken, ein vulgäres, der Sprache des niederen Volkes entlehntes Vokabular, das Sie allenfalls anwenden können, wenn es um sehr iridische Belange geht – aber doch nicht, wenn Sie von heiligmäßigen Dingen sprechen! Sie fühlen sich bemüßigt, sogar unserem Heiland Worte in den Mund zu legen, die er *so* nie gesagt haben kann. So behaupten Sie einmal« – er blätterte in einem Manuskript, das er aus der Lade geholt hatte –, »Christus habe vom Kreuz herunter den Trauernden bedeutet, sie ›sollten das Maul halten‹! Unerhört! Aber kein Wunder wiederum, wenn Sie an anderer Stelle sich erkühnen, zu Gott zu sprechen wie folgt: ›Wenn ich in den Himmel kommen werde, will ich wider Dich murren, will ich wider Dich klagen, o Herr!‹ ... Ja, Spee, um unseres gepeinigten Herrgotts willen, was nehmen Sie sich eigentlich heraus? Das ist ja ganz schrecklich! Und woher, wenn ich fragen darf, haben Sie denn *diese* Weisheit: ›Gott hat mehr Engel erschaffen als alle Sandkörner am Meeresstrand, alle Blätter auf den Bäumen, alle Stäubchen in der Sonne‹? Haben Sie die Engel gezählt? Oder die Sandkörner? Oder beides? Sehr anmaßend, Spee. Und nun wirklich nicht mehr auf dem Boden der Wissenschaft! Wundert mich aber gar nicht, wenn ich lesen muß, daß Sie Ihren Beichtkindern – es sind wohl immer nur Mädchen und Frauen, wie? – empfehlen, auf eigene Faust in der Heiligen Schrift zu schmökern! Vielleicht gar in der Luther-Bibel ...«

Erst jetzt gelang es Spee, dem aufgebrachten Rektor zu widersprechen: »Ich habe ausdrücklich auf die von der geistlichen Obrigkeit approbierten und zugelassenen Übersetzungen von Dietenberger und Ulenberg verwiesen ...«

»Spielt doch keine Rolle!« rief Lennep und fuhr mit der Zunge über die schwellenden Lippen. Auf seinen gesund durchbluteten Wangen traten die Äderchen bläulich hervor. »Wer Laien unberaten in der Bibel lesen läßt, verleitet sie auch zu unberatenem *Denken*! Das ist der direkte Weg in die Häresie!«

»Ein theologisch so versierter Kirchenoberer wie Weihbischof Pelking schätzt mein ›Tugendbuch‹, Pater Rektor!«

»Hat mal ein bißchen drin gepickt, das wird alles sein!« rief Lennep. »Genug jetzt, Sie werden mir gelegentlich noch von diesem blutigen Vorfall erzählen, dem Sie selber durch die Gnade des Herrn unversehrt entronnen sind. Nun, immerhin haben Sie dabei Mut bewiesen und unbeirrt von dem mörderischen Kriegsvolk die Sterbesakramente gespendet. Ich werde das dem Pater Provinzial und dem Pater General in Rom schreiben – genauso wie ich beiden leider meine tiefe Betrübnis über Ihr enttäuschendes Verhalten nicht länger habe verbergen können.«

»Sie haben sich – beim Pater General über mich beschwert?!«

»Ich habe ihn *informiert,* das ist ein Unterschied. Wir haben die Pflicht, unsere Oberen über Entwicklungen zu unterrichten, die uns Kummer machen. Wenn ein so begabter Mensch wie Sie Sorglosigkeit im Glauben und mangelnden Gehorsam erkennen läßt, dann ist nicht nur die Harmonie im Kollegium, sondern die Ordensdisziplin überhaupt gefährdet. Sie sollten das einsehen. Und nun gehen Sie und schlafen Sie sich erst einmal aus!« – Doch dazu kam es nicht.

Denn was sich nun ereignete, entsetzte nicht nur die Patres im Kolleg. Es schreckte die gesamte Bevölkerung der in der Mittagshitze dösenden Stadt Paderborn auf, als sei eine Kanonenkugel ins neue Rathaus eingeschlagen.

Keuchend brach – man kann es wirklich kaum anders ausdrücken –, brach Pater Horrion ins Rektorzimmer ein und stieß mit allem Pathos, das dem Poeten zu Gebote steht, die Worte heraus:

»Es ist gelandet!« Und auf verwirrte Nachfrage: »Nun, *er!* Der Löwe aus Mitternacht!«

Wenige Tage später wurde die Nachricht auch behördlicherseits bestätigt. Am 6. Juli 1630 hatte der Schwedenkönig Gustav Adolf mit dreizehntausend Mann die Insel Usedom besetzt. Er befand sich bereits auf dem Vormarsch nach Stettin.

Nun würde, so mußte man befürchten, das Kriegsglück auf protestantischer Seite sein.

An einem späten Vormittag im September hielt Friedrich Spee, wie jeden Donnerstag und Freitag, im Kleinen Auditorium mit seinen hoch gestaffelten Bank- und Pultreihen Unterricht bei der Elite des Gymnasiums, den sechzehn- bis siebzehnjährigen Schülern der Octavia-Metaphysica, die ausersehen waren, dereinst in den Jesuitenorden aufgenommen zu werden. Gleich zu Beginn der Stunde fiel den Jungen auf, daß der Lehrer einen dickleibigen Faszikel im Kasten des Katheders verstaute, ehe er mit dem Unterricht begann. Ungewöhnlich war auch, daß er sehr bald vom eigentlichen Thema – den Begriffen der »curiositas« und der »studiositas« beim heiligen Thomas von Aquin – abwich, um mit den Schülern ein juristisches Problem zu erörtern. Es ging um das sogenannten »Sonder- oder Ausnahmeverbrechen«, das gerade in den letzten Monaten dank der Aktivitäten des Kommissars Schultheiß viel im Gespräch gewesen war.

Dem Schüler Wilhelm Radbruch gelang eine zutreffende Definition: »Das Sonderverbrechen ist ein so schweres, so schreckliches Verbrechen, daß alle Mittel erlaubt sind, die Schuldigen aufzuspüren, sie zum Bekenntnis ihrer Schuld zu zwingen und sie abzuurteilen.«

»Das Sonderverbrechen«, ergänzte Spee, »bedarf also zu einer Sühne des Sonderverfahrens. Ist das richtig?«

Die Schüler stimmten zu.

»Und welches sind die klassischen Merkmale des Sonderverfahrens?«

»Verhaftung auf bloße Denunziation. Verweigerung des Rechtsbeistandes. Erzwingung des Geständnisses durch die Tortur.«

Spee lobte den Schüler Hermann Busenbaum für diese

Antwort. Dann verlangte er, daß man ihm einige besonders charakteristische Sonderverbrechen nenne.

»Ketzerei! Majestätsbeleidigung!« riefen die Schüler. »Hexerei! Falschmünzerei!«

Von diesen Antworten befriedigt, sagte Spee: »Es sind also jene Verbrechen, die unmittelbar auf eine Schädigung des Gemeinwesens ausgehen und die Staatssicherheit besonders gefährden. Greifen wir nun eins dieser Verbrechen heraus: die Hexerei. Hier also sind wie bei den anderen Sonderverbrechen Denunziation, Verweigerung des Rechtsbeistandes und Folter erlaubte Mittel zur Wahrheitsfindung. Allerdings ist, seit man so rigoros vorgeht, die Zahl der verurteilten Hexen und Zauberer immer größer geworden. Bleibt man nun weiter so konsequent: denunziert, foltert, verurteilt und brennt – was geschieht dann?«

»Dann wird unser Land bald von Hexen befreit sein«, sagte Wilpert Schaffner, Sohn eines Paderborner Ratsherrn.

«Kommt uns nun angesichts der riesigen Zahl verurteilter Hexen nicht gelegentlich der Gedanke, es könnten sich darunter auch Unschuldige befinden?« Spee wandte sich an Beatus Westerhellweg, der wegen seines asketischen Lebenswandels und seiner in allen Fächern herausragenden Leistungen bei den Professoren sehr, bei den Mitschülern weniger beliebt war.

»Dieser Gedanke kommt uns nicht«, sagte Beatus überzeugt. »Denn schließlich haben wir unsere Beamten, die als Juristen und Gutachter auf das Phänomen der Hexerei spezialisiert sind!«

»Aber wäre es nicht denkbar«, wandte Spee ein, »daß solch ein Richter oder Sachverständiger sich auch einmal irrt – oder sogar böswillig handelt?«

Beatus Westerhellweg schüttelte den Kopf und schnalzte empört mit der Zunge. »Das kann nicht sein, da ein Beamter ja von seinem Fürsten kontrolliert wird!«

»Wenn dieser Fürst sich aber einmal irren sollte . . .«

»Ein Fürst irrt sich nicht«, erklärte Beatus und setzte sich wieder. Er konnte sich offenbar nicht vorstellen, daß dagegen noch etwas einzuwenden wäre. Zur geheimen Freude der Klasse schien der Lehrer jedoch nicht aufgeben zu wollen.

»Er könnte aber, überlastet wie unsere Fürsten nun einmal sind, zumindest etwas unaufmerksam sein?«

Unlustig erhob Beatus sich noch einmal. »In diesem Fall hat er ja seine Beamten, auf die er sich verlassen kann.«

Spee hatte die Genugtuung, daß einige lachten. Zur Klasse gewandt, sagte er: »Dieser – logische Purzelbaum wird nicht jedes Gewissen befriedigen können . . .«

Nun lachten alle bis auf Beatus Westerhellweg, der sich aufs Pult duckte.

»Wie erfährt man denn überhaupt, ob eine Frau, die der Hexerei verdächtigt ist, auch wirklich eine Hexe ist?« Wieder fragte er, während er durch den ansteigenden Mittelgang und wieder zurück zum Katheder ging, einen nach dem anderen ab, und keiner zögerte mit der Antwort:

»Man muß sie zum Geständnis bringen.«

»Und wenn sie nicht gesteht?«

»Muß man sie foltern.«

»Und wenn sie auch dann nicht gesteht?«

»Muß man so lange foltern, bis sie gesteht.«

»Aha . . .« sagte Spee. Er ließ den Blick wie in großer Ratlosigkeit über seine Schüler gleiten, und während sie tuschelnd die Köpfe zusammensteckten, klappte der den Pultdeckel auf, holte das dicke Manuskript hervor und sagte: »Ich habe hier eine Schrift. Der Verfasser schreibt – recht kühn, wie ich finde – folgendes: ›Die Obrigkeit ist offensichtlich der Meinung, unsere Prozeßordnung lasse dem Angeklagten durchaus die Möglichkeit, seine Unschuld zu beweisen. Mit dieser Ansicht aber gibt sie nur zu erkennen, daß sie überhaupt nicht weiß, was hier in Deutschland vorgeht. Weiß einer *das* aber nicht, so ist sein Seelenheil in Gefahr. Denn *er sollte es wissen!*‹ Und an anderer Stelle noch deutlicher: ›Wenn einer hierzulande nur wagt, den Angeklagten beizustehen, dann macht er sich schon selbst verdächtig. Verdächtig oder verhaßt macht er sich auch, wenn er es nur wagt, in aller Freundschaft die Richter zu warnen. So ist es heutzutage um die Freiheit bestellt!‹«

Dergleichen hatten die Schüler des Gymnasiums Theodorianum noch nie vernommen. Sie vergewisserten sich, daß soeben wirklich von der deutschen Obrigkeit und von der Freiheit in Deutschland die Rede gewesen war. Als der Lehrer ihnen das bestätigte, wurden sie neugierig und verlangten mehr zu hören.

»Dieser Autor behauptet, er habe – als Hexenbeichtvater – noch keine als Hexe verurteilte Frau zum Scheiterhaufen geleitet, von der er unter Berücksichtigung aller Gesichtspunkte aus Überzeugung hätte sagen können, sie sei wirklich *schuldig* gewesen.«

»Widerspruch! Verurteilt – und unschuldig? Das paßt doch nicht zusammen!« Beatus Westerhellweg hatte den Zwischenruf gewagt.

»Weiter! Weiter!« riefen die Schüler.

Spee hob die Hand, mit der anderen blätterte er im Manuskript. »Hier steht etwas Ungeheuerliches: ›Zunächst habe ich nie daran gedacht, zu bezweifeln, daß es viele Hexen auf der Welt gibt. Nun aber, da ich die Tätigkeit unserer Gerichte näher kennengelernt habe, beginne ich zu zweifeln, ob es *überhaupt* Hexen gibt!‹«

Das schien nun selbst den eigenwilligsten Schülern etwas zu weit zu gehen. Doch als Beatus Westerhellweg den Finger hob und, von Spee aufgerufen, mit scharfer Stimme erklärte: »Dieser Autor muß selbst ein Hexenmeister sein!«, wurde er von seinen Kameraden niedergezischt. Sie fanden diesen vom Lehrplan abweichenden Unterricht großartig, wollten noch mehr Zitate aus dem ungewöhnlichen Werk hören, und tatsächlich vermochten sie mit klugen Einwürfen und Fragen ihren Lehrer zu bewegen, die ganze Stunde dem aufregenden Thema zu widmen. Doch als der Schüler Christoph Kattenstroth wissen wollte, ob dieses Werk käuflich zu erwerben sei, verwies Spee auf die schon zitierte

Absicht des Verfassers, seine Niederschrift nur im Freundeskreis zirkulieren zu lassen.

»Er wird sich ans ›Buch der Sprüche‹ erinnert haben«, sagte er nicht ohne Sarkasmus. »Dort heißt es: ›Wer seinen Mund hütet, der bewahrt sein Leben. Wer seine Lippen aufreißt, dem droht Einsturz.‹ Und noch etwas findet sich dort: ›Ein kluger Mann verbirgt sein Wissen.‹«

Aber sosehr ihm die Schüler daraufhin Beifall trampelten – Friedrich Spee wagte zu bezweifeln, ob die Anwendung dieser Bibelsprüche auf ihn und seine »Cautio Criminalis« vom moralischen Standpunkt aus gerechtfertigt wäre.

Rinteln, am 17. September 1630

Philipp von Kronthal an Pater Friedrich Spee.

In vielen Nächten geschrieben – in einer einzigen Nacht gelesen: Dies ist das Buch, das den Unglücklichen Erlösung bringt! Denn so töricht kann kein Ankläger, so schlecht kein Richter sein, daß er diese Schrift zur Seite legen und in seinem verblendeten Tun fortfahren könnte, als habe er sie nie gelesen. Von dem Tage an, da dieses Manuskript ein Buch geworden und damit jedermann zugänglich sein wird, kann es für die Hexenbrenner keine Entschuldigung geben; Nichtwissen kann keinen Dispens mehr von der Verantwortung erteilen. Denunziation und Folter werden jegliche Beweiskraft verloren haben und deshalb auch nicht mehr angewendet werden. Ihr Buch, verehrungswürdiger Pater, den ich nun mit doppeltem Recht meinen Lehrer nennen darf, wird das Gesetzbuch der Zukunft sein, das die überlebten, unmenschlichen Gepflogenheiten der Peinlichen Halsgerichtsordnung Kaiser Karls ad absurdum führt!

Ich lebe hier mit meiner Gefährtin und unserem Kind bei guten, gebildeten Menschen, wenn auch in etwas beengten Verhältnissen. Im Kreise meines Gastgebers, eines Protestanten, tut sich auch ein glaubenseifriger Theologe hervor, der Lieder dichtet – nicht zu vergleichen mit den Ihren: dürr und bilderarm, wie diese lutherischen Choräle nun einmal sind. Angenehmer als dieser hagere Tugendbold ist mir Professor Lotichius, ein Chirurgus, und dies, obwohl er meinem Giertchen schöne Augen macht. Er geht in diesen Tagen ein und aus bei uns; der kleine Philipp ist krank und fiebert, aber Lotichius müht sich sehr um ihn, wofür ihn denn Giertchen mit noch schöneren Augen belohnt.

Am ehesten findet sich Giertchen in dieser mir manchmal allzu traulichen Enge und Beschränktheit zurecht. Es sind ihre Verwandten, bei denen wir leben; und daß sie wieder frisch gedruckte Bücher riechen, in Quart- und Foliobänden blättern, kunstvolle Holzschnitte und Stiche bewundern darf, das gibt ihr ein Stück ihrer kölnischen Heimat in der Lintgasse zurück, aus der sie von unseren Glaubensgenossen vertrieben wurde; das haben wir ja seinerzeit mitansehen müssen.

Doch zurück zu Ihrem Manuskript; es gibt nichts, was wichtiger wäre. Ich lernte einen Drucker Reineking aus dem benachbarten Stadthagen kennen. Zwar nehme ich an, daß Sie den Druck der »Cautio« in Paderborn (bei Pontanus?) besorgen lassen, bin andernfalls aber mit Eifer bereit, das in meinem Besitz befindliche Exemplar diesem Reineking zu übergeben, gedächte auch den Druck zu beaufsichtigen und die Kosten zumindest vorzuschießen.

Ich höre eben von Giertchen, Professor Lotichius sei mit dem Befinden des kleinen Philipp Ignaz sehr zufrieden. Schade, daß dieser tüchtige Mann solch ein Schürzenjäger ist.

In treuer Verbundenheit und tiefer Bewunderung Ihres segensreichen Werkes bin ich

Ihr Philipp von Kronthal

Postscriptum:

Das Vordringen des Schwedenkönigs wird von den hiesigen Lutheranern mit unverhohlener Freude begrüßt – wie begreiflich! Giertchens, der Calvinerin, Gefühle sind eher zwiespältig. Die wenigen Katholiken, mit denen wir hier bislang zu tun hatten, dürfen sich wieder einmal daran delectieren, daß der Protestantismus in einander so mißgünstig gesonnene Sekten zerfallen ist.

Paderborn, am 29. September 1630
Michaelis archangelus.
Friedrich Spee an Philipp von Kronthal.

Lieber Philipp, was Du gegen Ende Deines Briefes, für den ich Dir herzlich danke, andeutest, veranlaßt mich, Dir noch heute zu antworten. Ich entnehme Deiner Bemerkung über den Drucker aus Stadthagen, daß Du offenbar der Meinung bist, ich wolle mein Manuskript nun auch drucken lassen.

Lieber Philipp, das kann nie und nimmer sein! Wie könnte ich, der Ordensmann, ein Schriftwerk ohne kirchliche Druckerlaubnis, ja, ohne die prononcierte Zustimmung meiner Ordensoberen, in Druck geben?! und gar dieses, das so gefährlichen Inhalts ist! Hast Du Dir überlegt, was geschehen würde, wenn dieses Manuskript als Buch erschiene? Die Ausstoßung aus dem Orden wäre noch nicht einmal das Schlimmste. Dieses Buch, gespickt mit schärfsten Angriffen auf eine schlafende oder gewissenlose Obrigkeit, voll des Hohns auf törichte oder pflichtvergessene Richter und Beamte, nicht ohne bittere Vorwürfe auch gegen manche Fürsten, gelegentlich sogar, kaum verhüllt, den Kaiser tadelnd, vor allem aber auch die Geistlichkeit nicht schonend – wo, glaubst Du, werde ich enden, wenn ruchbar wird, daß ich der Autor bin?

Schon jetzt habe ich unter dem Mißtrauen, um nicht zu sagen der Mißgunst meiner Oberen und meiner Brüder zu leiden. Ein Versuch, Probleme des Hexenprozesses im Unterricht zu erörtern, wurde mir, nachdem ein Schüler mich beim Rektor angeschwärzt hatte, von diesem als Unbotmäßigkeit und Aufstachelung zum Aufruhr ausgelegt. Beschwerdebriefe wegen angeblicher Insubordination gingen schon vor Monaten an den Provinzial und sogar an den Pater General in Rom. Letzterem habe ich allerdings, kaum daß ich von diesen Verleumdungen erfuhr, meinen

Standpunkt in einem Verteidigungsbrief deutlich gemacht. Ich bin gespannt, ob Pater Vitelleschi mir antworten wird. Wie auch immer: Du siehst, man hat mich und meinen Eigensinn bereits wahrgenommen – weit mehr, als mir lieb sein kann.

Ich weiß, ich weiß, was Du erwidern könntest, ich kenne die Waffe, mit der Du mich entwaffnen willst. Habe ich doch, in der Vorrede zu meinem Buch, selbst geschrieben, daß jene Obrigkeiten, die so sorglos vorgehen, mein Buch gewiß nicht lesen wollen, obwohl gerade sie es bitter nötig hätten, ›um aus ihm Sorgfalt und Behutsamkeit zu lernen‹. Wie aber – so dürftest Du mit vollem Recht fragen – sollen die Obrigkeiten mein Buch lesen, wenn es nicht gedruckt vorliegt?

Nach dem oben Ausgeführten wird Dir dennoch verständlich sein, daß ich, jener Frage ungeachtet, das Manuskript nicht in Druck geben darf. Andererseits weiß ich – Du hast es mir geschrieben –, daß Du in beengten Verhältnissen lebst, keinen Schreibtisch, keine Truhe Dein eigen nennst. Wie leicht könnte da mein Manuskript ganz ohne Dein Verschulden abhanden kommen. Oder ein flinker Drucker, der im Rufe steht, sich schnell entscheiden zu können, findet solch ein besonders brisantes Manuskript schon einmal auf der Schwelle seiner Tür. Das wäre allerdings eine Fügung, die Gott zugelassen und die man in Demut anzunehmen hätte.

Ich hätte noch viel mit Dir zu reden, aber die Zeit will es nicht leiden.

Weshalb ich Dich, lieber Philipp, samt Deiner Gefährtin, Eurem Knaben, Deinen Gastgebern und allem Hausgesinde nunmehr in den Schutz und Schirm des Allerhöchsten befehle.

Friedrich Spee

Philipp las den Brief dreimal hintereinander. Dann ging er in das Hinterzimmer der Buchhandlung, wo sich der Benediktiner, der ihm die Post gebracht hatte, bei Bier und

Schmalzbroten stärken durfte. Der hatte es verdient; er war auf dem Weg durch die Stadt von aufgebrachten Rintelner Bürgern beschimpft und ums Haar mißhandelt worden. Sie mochten die schwarzen Kutten in ihren Straßen noch nicht dulden, und so taten die Mönche im Jakobskloster gut daran, sich fürs erste nicht zu weit über ihren Bereich, den sie stolz ›Campus‹ nannten, hinauszuwagen. Philipp setzte sich zu dem Boten und Schwieg eine Weile, ehe er übers Wetter und die Strapazen der Reise sprach. Er hatte gehofft, der Mönch werde dem Schreiben eine mündliche Botschaft, eine Erläuterung folgen lassen; und mochte sie auch chiffriert sein, er würde sich schon seinen Reim darauf machen. Der Brief allein jedoch . . .

Als der Mönch gegangen war, beriet Philipp sich mit Giertchen.

»Hier, gleich anfangs, steht es unmißverständlich: Er will sein Werk nicht drucken lassen: ›Wie könnte ich, der Ordensmann, ein Schriftwerk ohne kirchliche Druckerlaubnis, ja, ohne die prononcierte Zustimmung meiner Ordensoberen, in Druck geben?›«

»*Er* will es nicht in Druck geben«, sagte Giertchen, die ihm über die Schulter sah. »Das allerdings unmißverständlich.«

»Aber weiter, hier: Er schreibt doch ganz allgemein, daß Schlimmes geschehen würde, wenn das Buch im Druck erschiene. Also auch wenn nicht er selber, sondern ein anderer den Druck veranlaßt. ›Wo, glaubst du, werde ich enden . . .‹, schreibt er!«

»›. . . wenn ruchbar wird, daß ich der Autor bin›«, ergänzte Giertchen den Satz. Und bemerkte kühl: »Das muß er in Kauf nehmen! Nennen sich die Jesuiten nicht Soldaten Christi? Und hier geht's nicht um irgendeine Festung, um Suff und Beute und Weiber – hier geht's – wie schreibt er? – ›um anhaltenden Segen für die Ärmsten und Elendesten‹!«

»Du hast keine Ahnung, wie sie ihn quälen werden«, murmelte Philipp. Dieser Brief war zum Verzweifeln. Und was sollte das nun wieder heißen: Ein Drucker könne auch einmal ein Manuskript vor seiner Tür finden? Es war nicht Spees Art, sich so dubios auszudrücken. Daß er es in diesem Brief trotzdem tat, konnte keinesfalls aus Nachlässigkeit geschehen sein.

Giertchen sah ein, daß jener Friedrich Spee, vielleicht ohne sich dessen bewußt zu sein, ihrem Philipp eine Verantwortung aufbürdete, für die er nicht hinlänglich gerüstet war. Obwohl er wußte, daß die Drucklegung des Werkes vielen tausend unschuldigen Menschen das Leben retten konnte, mußte er doch gleichzeitig um das Leben des verehrten Lehrers besorgt sein, mit dem man kurzen Prozeß machen würde. Denn was in de »Cautio Criminalis« stand – und Giertchen hatte das Buch wie im Fieber gelesen –, war ja nichts Geringeres als die Bankrotterklärung der deutschen Justiz. Die *»Cautio Criminalis«* war der kühne, lebensgefährliche Versuch, die deutschen Fürsten, ihre Richter und Gutachter zum Eingeständnis zu zwingen, daß ihre seit Jahrhunderten vertretene Theorie und geübte Praxis nichts als ein schauriger Irrtum war, der Ströme von Blut entfesselt und Hunderttausende menschlicher Fackeln entzündet hatte.

Wer, so fragte sich Giertchen, wird schon zugeben, daß er sein Leben lang ein Verblendeter war, ein Dummkopf – oder gar ein gemeiner Mörder?

Spee war also ernstlich in Gefahr, denn eine Gewähr, daß sein Name geheimblieb, gab es nicht. Allzuoft schon hatte dieser Mann Zweifel an den Prozessen geäußert; der Verdacht würde sofort auf ihn fallen.

Dennoch: Wenn Giertchen erwog, daß es um die Rettung Hunderttausender, vielleicht, bis in die fernere Zukunft gerechnet, von Millionen ging – und auf der anderen Seite um das Leben eines einzigen Mannes, der gewiß in einer späteren Zeit, wenn schon nicht von seiner Kirche, so doch von freien, vernunftbegabten Menschen mit der Krone des Märtyrers geschmückt werden würde, dann konnte sie nicht im Zweifel sein, wie sie sich, läge es in ihrer Hand, zu entscheiden hätte. Sie stand, das Manuskript an die Brust gepreßt, mit erhitzten Wangen vor Philipp und bläffte ihn an:

»Treibt's nur so weiter in eurem traurigen Deutschland! Daß ihr euch nicht in Grund und Boden schämt! Ich habe zwei Jahre in einem freien Land gelebt, wo man schon lange keine Hexen mehr verbrennt! Wo's auch gar keine gibt! Weil's nämlich überhaupt keine Hexen gibt, nirgendwo auf der Welt. Weil alles ein dummer, schändlicher, verbrecherischer Aberglaube ist! Und was in Holland jedes Schulkind weiß, das traut sich ja nicht einmal dein Pater auszusprechen. Jedenfalls nicht so klar, daß man's auf Anhieb kapierte. Versteh' ich ja auch! Er hat keine Lust, selber zu brennen. Aber warum, wenn er's nicht drucken lassen will – warum hat er's dann überhaupt geschrieben? Damit es Leute lesen, die ohnedies schon lange so denken wie er selber? Es müßten doch aber gerade die anderen lesen! Aber wie? Denk doch mal nach, Philipp! Mir ist schon klar: *Er* kann's nicht drucken lassen! Er muß, wenn seine Oberen ihn fragen, mit gutem Gewissen sagen können: ›Nein, ich war es nicht!‹ – Aber warum hat er's dir geschickt? Warum wohl? Warum beläßt er's bei dir? Warum fordert er es nicht zurück? Hat er dir nicht geschrieben, daß Gewalt gegen Gewalt auf die Dauer nichts ausrichten kann? Daß nur der Geist die Gewalt besiegt? Du mußt dafür sorgen, daß der Geist nicht in Rinteln vermodert! Du mußt ihn befreien! Und der befreite Geist wird die Frauen befreien – all diese armen, gemarterten Weiber, die zu Zehntausenden in euern Kerkern auf die Hinrichtung warten!«

»Du redest, als seist du keine Deutsche mehr«, schimpfte Philipp. Zur Sache selbst wußte er nichts zu sagen.

Giertchen antwortete: »Es wird mir auch schwerfallen, eine zu bleiben – wenn ihr so weitermacht.«

Der kleine Philipp wurde munter in seiner Wiege. »Als ob er wüßte, daß der Professor gleich nach ihm sehen wird«, sagte Giertchen und stand auf. Philipp entging nicht, daß sie die Schürze abband und sich das Haar richtete. »Auf dem Titelblatt dürfte nur stehen ›Von einem römischen Theologen‹ – oder so ähnlich. Du wirst das schon machen!«

Als er erstaunt aufblickte, war sie schon aus dem Zimmer.

Unten ging die Ladentür. Des Buchhändlers sonore Stimme begrüßte Professor Lotichius. Leichtfüßig kam der elegante Mann die Treppe empor. Philipp stand auf und schloß verdrossen die Tür zum Nebenzimmer. Er hörte, wie der Kleine, der kein Fieber mehr hatte, in dieses kekkernde Lachen verfiel, das ihm weder seine Mutter noch Philipp zu entlocken vermochten – nur der Professor verstand es dank einer, wie Philipp meinte, besonders albernen Geste. Aber er hatte den Jungen gesund gemacht, und so war ihm einiges nachzusehen, woran zumal Giertchen es nicht fehlen ließ; sie unterhielt sich nun einmal gern mit gelehrten Leuten. Was, dachte Philipp, habe ich, ein entlaufener Jesuitenschüler, ein desertierter Totschläger, ihr schon zu bieten!

Und plötzlich wurde ihm bewußt, daß er sich ihr in diesem Augenblick genauso unterlegen fühlte wie nun vor bald vier Jahren, als ihn die kleine Buchhändlerstochter zum erstenmal, wenn auch gutmütig, verspottet hatte. Giertchen ließ nicht locker. Zwei Tage darauf traf sie auf der Weserbrücke den Drucker Reineking aus Stadthagen. Der Mann sah unter seinem übergroßen Hut aus wie ein ambulanter Krämer; er trug einen Korb mit Flugschriften, die er gedruckt hatte und nun auf eigene Rechnung verkaufte, es fehlte ihm ja an Aufträgen. So verwunderte es Giertchen nicht, daß Reineking, als sie ihn fragte, ob er geneigt sei, ein Manuskript anzunehmen, freudig zustimmte. Doch ebenso schnell lehnte er mit erhobenen Händen, ja, geradezu angewidert ab, als er erfuhr, daß es sich um ein Werk aus katholischer Feder handelte. Giertchen hatte das nicht verschweigen können; schon nach flüchtigem Durchblättern konnte es keinen Zweifel über das Bekenntnis des Autors geben. Es war nichts zu wollen; Reineking verriet seinen Glauben nicht, obwohl Giertchen ihm einen ansehnlichen Vorschuß geboten hatte.

So fragte sie am Abend dieses Tages wie beiläufig den Professor, was er von dem Drucker und Verleger Lucius halte.

»Lucius? Du lieber Himmel!« Lotichius, der sich, seit der kleine Philipp Ignaz wieder pudelgesund und somit ein Grund für häufige Visiten in der Buchhandlung entfallen war, auf einmal für die »Annalen der brabantischen Herzöge« mit dem Titelkupfer des Peter Paul Rubens interessierte, dem derzeitigen Prunkstück auf Philippus Wagners Büchertisch, welches ihm glaubhafte Veranlassung gab, wiederholt die Buchhandlung aufzusuchen und beiläufig auch den Damen seine Aufwartung zu machen – Professor Lotichius zeigte sich auf Giertchens Frage amüsiert und gern zur Auskunft bereit.

»Peter Lucius? Ach, entschuldigen Sie mich! Ich lache zwar – doch ich lache nicht herzlos! Sie müssen verstehen, daß es einem Mediziner possierlich erscheint, wenn ein einigermaßen gebildeter Mann wie dieser Drucker sich vor einem sauber zubereiteten Leichnam fürchtet. Nun, ich nehm's dem Mann nicht übel, er macht sich nur selber das Leben schwer.«

Lotichius erzählte Giertchen und Leocadia, der das nichts Neues war, daß Lucius, ein begabter, fleißiger, allerdings auch vom Ehrgeiz gebeutelter, reichlich hiddeliger Mann, seit bald zehn Jahren mit ihm, Lotichius, einen zermürbenden Kampf um die Räumlichkeiten im Südflügel des Jakobsklosters ausfocht, der, wie das ganze Gebäude, noch vor wenigen Wochen Eigentum der Evangelischen Universität gewesen war. Lucius wollte seine Druckerei, der Professor sein Theatrum Anatomicum auf Kosten des anderen erweitern. Wand an Wand belästigten sie einander durch Lärmentfaltung nach Kräften: Lucius den Mediziner mittels seiner Druckerpressen, deren mächtige Holzschrauben er niemals schmierte – und Lotichius den Drucker dank seiner stets zu trampelndem Beifall aufgelegten Hörerschaft.

Seit der Besetzung des Klosters durch die Benediktiner

hätten die beiden Lutheraner allen Grund gehabt, Frieden zu schließen. Lotichius war gern dazu bereit, zumal er Lucius aufrichtig bedauerte. Denn während die neuen Herren in ihrem Ehrgeiz, so schnell wie möglich eine vollwertige Katholische Universität zu werden, mit ihm, einer Leuchte der medizinischen Wissenschaft, behutsam und höglich umgingen, reizten sie den unglücklichen Lucius durch tölpelhafte Drohungen bis aufs Blut. Er war ihnen ein Stachel im Fleisch, eine stete Erinnerung an die unzähligen protestantischen Bibeln, Katechismen, Gesangbücher, Traktate und Dissertationen, mit denen er »jahrelang ganz Schaumburg verseucht« hatte. Und nur der Umstand, daß es rechtlich noch ungeklärt war, wem eigentlich die technische Einrichtung der Druckerei gehörte – der Evangelischen Universität oder der Congregatio Anglicana oder gar Lucius persönlich –, hatte bislang eine Austreibung des Druckers aus dem Jakobskloster verhindert.

So behalf und rächte man sich fürs erste mit Schikanen, deren abgefeimteste darin bestand, daß man dem Lucius das Tor zur Straße verriegelte. Nun hatten er und seine Gesellen keine andere Möglichkeit, die Druckerei zu verlassen oder zu betreten, als durch das angrenzende Anatomicum, einem Saal mit amphitheatralisch ansteigenden Bänken, dem breiten, für Operationen wie Obduktionen geeigneten Tisch als zentralem Blickpunkt und mit Wandschränken, hinter deren Glastüren in einer gelblichen Flüssigkeit schwimmende mißgestaltete Kleinkörper mit wie schützend vor dem Schädel erhobenen Pfötchen ihr lautloses Unwesen trieben und dem armen Drucker, wenn er sich schon einmal nach draußen wagte, eine Gänsehaut über den Rücken jagten.

»Aber selbstverständlich, meine liebe Frau Giertchen, führe ich Sie zu Lucius!« sagte der Professor auf ihre vorsichtige Anfrage. »Mit dem größten Vergnügen! Ich werde auch dafür sorgen, daß alles, was Ihren zarten Sinnen zuwider sein könnte, durch meine Schüler rechtzeitig abgeräumt wird – seien es nun amputierte Beine, konservierte Innereien, enthäutete Schädel oder . . .« Auf einen strafenden Blick Leocadias brach er die Aufzählung ab und schloß: »Wann darf ich Sie zu Herrn Lucius geleiten?«

Doch während Giertchen noch überlegte, wie sie dem Professor begründen könnte, weshalb sie so dringend mit dem Drucker zu sprechen wünschte, schlug er sich an die Stirn. »Wie töricht von mir! Daß ich daran nicht dachte! Wie soll ich ein Frauenzimmer, und sei es noch so fürtrefflich – oder besser: gerade ein so fürtreffliches –, in ein Mönchskloster schaffen?! Schon beim Pförtner müßten wir scheitern!«

»Kloster?« sagte Giertchen. »Die wollen doch eine Universität sein!«

»Ändert nichts! Haben Sie schon einmal einen weiblichen Studenten gesehen? – Zu schade!« Der vielbewanderte Mann kaute auf seiner Lippe. »Es sei denn, Sie wären tot . . .«, sagte er dann wie aus tiefem Nachdenken.

»Wen – meinen Sie?« fragte Leocadia.

»Sie, Frau Giertchen!« – Er begriff, was er gesagt hatte, und flüchtete sich in ein breites Lächeln. »Ja, gewiß, wenn ich Sie als Leiche in die Anatomie brächte . . . Tote Frauen, so sie nur wohlverhüllt sind, läßt man ein!«

»Nun hören Sie aber auf!« schimpfte Leocadia. »Wäre das nicht wirklich eine Möglichkeit, an diesen Lucius heranzukommen?« scherzte Giertchen, nachdem sie Philipp von dieser Unterhaltung erzählt hatte.

»Es gibt noch eine andere«, sagte Philipp und stand auf. Er war wütend auf sie, wütend auf sich. Er hatte sich in diesen Tagen zaudernd und weibisch verhalten, bestimmt nicht wie ein Soldat. Diese Frau beschämte ihn mit ihrer Unbeirrbarkeit. Das würde nun so weitergehen. Sie fing ja schon an, ihm vorzurechnen, wieviel verbrannte Weiber er sich Tag für Tag durch seine Unentschlossenheit auf sein Gewissen lade.

Er ging in den Oberstock, nahm das Manuskript aus

dem Alkoven und ging an Giertchen vorbei und ohne noch ein Wort zu verlieren aus dem Laden.

Er kam aber nicht weit. Noch vor dem Markt stießen zwei Offiziere vom fürstlichen Leibregiment zu ihm, die während der unruhigen Wochen von Bückeburg nach Rinteln abkommandiert waren. Philipp hatte vor vierzehn Tagen einen Wirtshausabend mit ihnen verbracht, schließlich auch ausgeplaudert, daß er mit den Kaiserlichen in Dänemark gewesen war. Aber die beiden hatten's nicht krummgenommen; der eine war selber dem Pappenheim ausgerückt und lutherisch geworden, der andere fluchte auf die Dänen, die vor fünf Jahren das Schaumburger Land kaum weniger schlimm als nachmals der Tilly geplündert hatten. Was die Kriegsläufte und -zufälle da so zueinander spülten, vertrug sich in der Regel nicht übel, schon gar, wenn's bei Rintelner Bier ans Bramarbasieren ging. Philipp hatte seinen katholischen Glauben schon längst nicht mehr verheimlichen können, auch bei seinen Gastgebern nicht, denen er nie zu Professor Stegmanns Predigten in die Nikolaikirche gefolgt war. Wie sollte er auch über so viele Wochen Beichte und heilige Kommunion entbehren, ohne Schaden an seiner Seele zu nehmen? So schlich er sich sonntags zu den Benediktinern in die Klosterabtei; daß er dort wohlgelitten war, würde ihm bald noch auf andere Weise nützlich sein.

Das Manuskript unter den Arm geklemmt, tratschte er mit den Kumpanen, bis sie ihn überzeugten, daß sich's im »Löwen« weit besser tratschen ließ. So machte er kehrt, lud die »Cautio« bei Giertchen ab, wohl wissend, daß sein pompöser Abgang nun im nachhinein ganz und gar lächerlich wirkte. Aber Giertchen musterte ihn besorgt, Er war in den letzten Wochen dicklich geworden; schon in Büren war er ans Saufen geraten, und hier in Rinteln gab es noch weniger zu schaffen für einen gesunden kräftigen Burschen, der von der Fahne gelaufen war – weniger noch als in Büren, wo er immerhin sieben Reiter zu kommandieren hatte.

Als er ihr, Ausreden murmelnd, das Manuskript in die

Hand drückte, begriff sie, daß es lieber morgen als übermorgen ein Ende haben mußte mit dem Rintelner Etappenlager, wie sie es nannte; auch Leocadia war reizbar geworden, zwar sagte sie nie ein böses Wort, aber das Haus in der Ostertorstraße war zu klein für so lange währende Einquartierung.

»Verdammt!« fluchte Giertchen unchristlich, als Philipp wieder gegangen war. Sie spazierte im Laden auf und ab, griff nach diesem Buch und nach jenem, fand alle langweilig, stampfte endlich sogar mit dem kleinen Fuß auf und schnaubte: »Dann eben doch als Leiche!«

Sie ging früh zu Bett; sie wußte, daß Philipp kaum vor Mitternacht, natürlich betrunken, heimkehren würde, und dann war's mit dem Schlaf erst einmal vorbei. Lange lag sie noch wach mit unter dem Kopf verschränkten Händen. Plötzlich vernahm sie Unruhe in den Straßen, ein Wehgeschrei vom Markt her, und sie fuhr hoch im Bett und hatte Angst um Philipp und wußte wieder einmal, wie sehr sie ihn liebte.

Um diese Zeit gingen, gefolgt von Männern und Frauen, die zum Teil nur notdürftig bekleidet waren, zwei Männer durch die nächtliche Stadt, die auf einer Bahre den zerschmetterten Körper eines jungen Mädchens trugen. Das Haupt war fast unversehrt; bald hatte man das arme Ding als Roswitha, Tochter des Bäckermeisters Wilsnack, erkannt. Vom Marktplatz, wo man sie nach vernehmlichem Aufprall zu Füßen des Turms der Stadtpfarrkirche aufgelesen hatte, ging, auf Weisung des alarmierten Ratsschreibers, der Weg zum Jakobskloster, zur Anatomie. Es bestand Übereinkunft mit der Universität, wonach jeder Selbstmörder wie auch jeder Gerichtete der Wissenschaft zu dienen hatte, ehe man ihn verscharrte.

Wenig später hatte man die Eltern des Mädchens aus den Betten geholt, und da kam denn, bei Fackelschein und mitten auf dem Marktplatz, aus dem Geschluchze der Frau Wilsnack heraus, daß die Roswitha sich hatte vom Teufel besessen gewähnt, und mehr noch: geschwängert! Überfallsweise natürlich, nicht einverständig, vergewaltigt von Junker Eisenschwanz; und wenn's auch nur ein törichtsündhafter Jungmädchenwahn gewesen sei – schwermütig sei sie doch darüber geworden, und gewandelt sei sie bei Mondschein bis zum First und nun, wie man sehe, sogar den Kirchturm hinauf.

Warum sich die Eltern nicht dem Pfarrer anvertraut hätten oder, besser, gleich der Juristenfakultät; man habe doch wohl die drei Taler Gebühr für ein Gutachten noch aufbringen können? »Zum Goehausen?« schrie die Frau. »Da hätt' ich mein Kind wohl gleich aus dem Fenster stürzen mögen!«

Was aber die Schwangerschaft betraf, man würde ja sehen; Professor Lotichius, Chirurg und Gynäkologe, würde schon fündig werden, wenn denn tatsächlich Satans Same aufgegangen sein sollte.

Als Philipp mit seinen Zechbrüdern, vom Lärm und Getrappel und Nachtwächterhorn aufgeschreckt, aus der Kneipe trat, verhuschten die Fackeln und Windlichter schon um die Ecke. Ein altes Ehepaar, sie in der Nachthaube, blieb zurück und erstattete freudig Bericht.

Als er von Teufelsspuk und Zaubereiverdacht hörte, verging Philipp der Durst. Ihm war, als trage er Schuld am Tod des Mädchens, als könnte das arme Geschöpf noch leben, wenn er nur das Manuskript, wie er's doch so mannhaft vorgehabt, noch diesen Abend zu Lucius getragen hätte. Und so abwegig dieser Gedanke auch sein mochte, er wurde ihn nicht mehr los, und kein Versuch einer vernunftgemäßen Korrektur schlug durch.

»Natürlich ist sie schwanger gewesen, die Roswitha«, sagte noch in der Nacht Philippus Wagner. »Aber der Teufel war es nicht. Einer von den Corveyer Benediktinermönchen, ein junger Blonder mit nußbraunen Augen, ist es gewesen, und ehe das ruchbar werden konnte, hat der Prior ihn nach Frankreich geschickt.«

Sie wollten hören, woher er das wisse, aber das gab er nicht preis, und man beschied sich damit, daß Philippus

Wagner schon immer etwas mehr gewußt hatte, als auszuplaudern er für angemessen hielt.

»Was blieb der Roswitha übrig? Die Schande, wenn man sie dick werden sah – nun, ihr wißt ja selbst. Verliebt, verführt und endlich bitter enttäuscht, mußte sie den Galan in der Kutte wohl für den Teufel halten. Ließ sich auch von der Mutter nicht abbringen von ihrem Wahn. Vielleicht – so ein blutjunges Ding ist ja halb töricht, halb auch verschlagen – dachte sie, man werde nachsichtiger mit ihr verfahren, wenn's der Teufel gewesen war.«

»Aber warum, wenn sie denn schon den Teufel bemühte und deshalb meinte, als unschuldig davonkommen zu dürfen – warum hat sie sich dann umgebracht?« Frau Leocadia stellte die Frage.

»Vielleicht ist ihr heute nacht erst klargeworden, daß sie's dann auch mit Professor Goehausen zu tun kriegen würde, schließlich wohnt er ja gleich nebenan im Noellenbeckschen Stadthof. Und was der angestellt hat in all diesen Jahren mit Frauen, die erst gar nichts und dann auf der Folter alles gestanden, brauche ich euch nicht zu sagen. Ja, so wird es gewesen sein: Sie hat erst spät, leider zu spät, an den unausweichlichen Herrn Goehausen gedacht.«

»Treten Sie näher, junger Freund!« sagte Professor Lotichius, als Philipp am folgenden Tag vorsichtig die Tür zum Hörsaal der Anatomie öffnete. Der Chirurg und einige seiner Schüler umringten den Sektionstisch, der, da Philipp angeklopft hatte, eilig mit einer Decke verhüllt worden war. Unter ihren sanften Hügeln durfte man die armseligen Reste der unglücklichen Roswitha Wilsnack vermuten.

»Leider darf ich Sie nicht zu meinen Schülern zählen«, fuhr der Professor fort, »auch sind Sie keine schaumburgische Amtsperson; also ist es mir nicht gestattet, Sie mit dem Ergebnis der Autopsie vertraut zu machen. Doch immerhin soviel: Von einer außernatürlichen Zeugung der Frucht, gar einer satansmäßigen, wie hierorts manche argwöhnen, kann keine Rede sein. Weder weist der Fötus eine klümpchenhafte Verhufung der Füße auf, noch lassen etwa kleine Wucherungen der Stirn auf das Wachstum von Hörnern schließen; auch einen Schweif, und wäre er noch so zierlich, vermochten wir nicht einmal im Ansatz zu entdecken.«

Die Schüler, wahrend sie Lotichius die Ärmel aufkrempelten, nickten zustimmend. Dann beugte sich der Professor über einen Zuber und wusch sich Hände und Arme bis zu den Ellbogen. Während er sich abtrocknete, entließ er die Studenten und lud Philipp zu einem Rundgang durch das Theatrum Anatomicum ein.

»Wenigstens den Sündenfall müssen Sie sehen!« beharrte er, als Philipp gestand, daß er nicht ihn, sondern den Drucker Lucius hatte besuchen wollen.

Sie stiegen die Treppe zur Galerie hoch und zwängten sich durch die Bankreihen bis zur Rückwand, wo, eingelassen in die Mauer, vergleichbar einer der großen Weihnachtskrippen in den Kirchen, die Szenerie des Paradieses, im Mittelpunkt, plastisch und bunt bemalt, der Baum der Erkenntnis mit der sich aus dem Gezweig herausringelnden Schlange zu sehen war. Zu beiden Seiten des Baumes standen zwei menschliche Skelette: Adam und ihm gegenüber Eva, welche mit anmutig gespreizter Knochenhand den Apfel zum nahezu vollständig erhaltenen Gebiß führte.

»Schaudervoll!« bekannte Philipp.

»Aber auch lehrreich!« korrigierte der Professor. »Wir hatten etwas Verdruß mit dieser Darstellung, die noch mein Vorgänger, ein eigentümlich gearteter Herr, erdacht hatte. Unser lutherischer Rektor befand eines Tages, den beiden müsse ein Tuch um die Lenden geschlungen werden, des Anstands halber. Da ist der neue Prior großzügiger. Als er mit mir zum erstenmal den Saal besichtigte, fragte er mich, auf die Lendentücher deutend: ›Sie vermuten doch wohl nichts Anstößiges mehr darunter?‹ – ›Nein, Hochwürden‹, erwiderte ich. ›Einmal in diesen Zustand versetzt, hat der Mensch dergleichen für immer abgelegt.‹ – ›Recht gesprochen!‹ erwiderte der Prior und befreite die Gerippe mit eigener Hand von der Verhüllung. ›Nur, freilich‹, sagte er, als wir die Treppe hinuntergingen, ›stellt sich dem Theologen die Frage, ob es denn überhaupt denkbar sei, daß ein Knochenmensch in Sünde fallen könne. Sie verstehen: nichts als Knochen! – Und ob dann dies Bild vom Sündenfall nicht eigentlich eine contradictio in adjecto sei . . .‹ – Ich zog es vor, darauf zu schweigen; es ist nicht mein Fach.«

Die Porträts bedeutender Wundärzte schmückten die Wände, vor allem aber die weißlich in Spiritus schwimmenden Zeugnisse »so manchen Mißgriffs der Natur«, wie Lotichius das ausdrückte: diese unförmigen Föten, diese Wasser-, Kiel- und Kropfköpfe, diese Händchen und Füßchen mit Überbeinen und Schwimmhäuten: »Es sind«, versicherte der Professor nicht ohne Stolz, »Präparate, wie sie in gleicher Fülle und Qualität allenfalls noch in Amsterdam bei Professor Tulp zu besichtigen sind.«

Philipp nickte bemüht. Er suchte sich so schnell es ging von den spiegelnden Schränken und Vitrinen zu entfernen und unauffällig in die Nähe des Zubers zu gelangen; es war ihm recht elend zumute.

Endlich hatte der Professor ein Einsehen und öffnete ihm die schmale Tür, hinter der ein enger dunkler Gang abwärts in die Druckerei führte. Der überraschend groß bemessene Raum mit den vier hohen, zu einem spitzen Bogen verjüngten Fenstern aus undurchsichtigem Glas ließ zwischen Regalen, Pressen und Bindemaschinen, gestapelten Rohbögen und scharf riechenden Farbtiegeln nur schmale Gassen frei. Philipps Schritt auf den gerillten Fliesen widerhallte von der nackten Bretterdecke; kein Setzer stand vor den Regalen, keine Hand griff in die Schriftkästen, kein Farbmischer mengte Ruß und Firnis, und über die Zahnräder der größten Druckerpresse spannten sich Spinnenfäden.

»Herr Lucius!« rief Philipp, es hallte nach. Er blieb ohne Antwort. Er durchschritt den Saal in seiner ganzen Länge, bis einige Stufen wiederum abwärts zu einer Holztür führten, in die ein Klappfenster eingelassen war. Als Philipp ans Glas klopfte, wurde die Klappe geöffnet, und es erschien das Gesicht eines alternden Mannes mit abstehenden

Ohren und nervös zwinkernden Augen. Philipp nannte seinen Namen, erklärte, er wohne beim Buchhändler Wagner und habe einen Druckauftrag zu überbringen.

»Um Himmels willen!« sagte der Mann. »Sie kompromittieren mich. Bitte entfernen Sie sich, und machen Sie keinen Lärm, ich bitte doch sehr!«

Er schlug die Klappe nicht zu; offenbar wünschte er Gewißheit zu haben, daß der Besucher sich davonmachte.

»Ich will Sie nicht kompromittieren. Ich habe ein Manuskript, das ich Ihnen zum Druck anbiete.«

Der Mann wirkte übernächtigt, die eingefallenen Wangen waren ein graues Stoppelfeld, auch die Nasenflügel zuckten.

»Ich bin hier nur noch geduldet, das sehen Sie doch. Meine Gesellen sind auf und davon, ich konnte sie nicht mehr bezahlen.«

»Die Benediktiner«, sagte Philipp, »sind von jeher Freunde der Wissenschaft gewesen. Sie werden Ihre Druckerei nicht verrotten lassen.«

»Aber mich!« sagte Lucius. »Mich lassen sie verrotten. Was die Benediktiner zu drucken haben, geben sie nach Höxter oder zu Pontanus nach Paderborn, jedenfalls nicht zu mir. Und Protestantisches darf ich schon gar nicht mehr drucken, das macht der Reineking in Stadthagen. Gehen Sie zu Reineking, verehrter Herr!«

»Ich habe nicht Zeit noch Gelegenheit, mein Manuskript nach Höxter oder Paderborn zu geben«, sagte Philipp und gab damit zu erkennen, daß er Lucius' Hinweis auf den protestantischen Kollegen bewußt ignorierte. »Die Sache eilt. Lassen Sie mich nicht länger vor der Tür stehen.«

Die Klappe schlug zu, ein Schlüssel drehte sich, die Tür wurde geöffnet. Es roch nach Druckerschwärze und ungelüfteten Betten. Philipp befand sich in einem Gewölberaum, dessen Wände bis ans Gesims mit aufgestapelten Büchern verstellt waren. Auch Tische und Stühle waren belegt; Lucius mußte erst eine Bank freimachen, ehe Philipp sich setzen konnte. Wo keine Bücher lagerten, standen Gerätschaften, technische Werkzeuge herum: ein Globus, Zirkel und Winkelmaß, ein Sextant, eine Wanduhr mit zersprungenem Zifferblatt, ein Tischregal mit Phiolen aus buntem Glas, auch ein getrockneter Seestern, Schneckenhäuser und perlmuttene Muscheln hatten zwischen quarzglimmernden Steinen Platz gefunden. Von der Decke herab hing das Modell einer Korvette mit bemalten Segeln.

»Höxter und Paderborn? . . .« Lucius wiederholte Philipps Worte. Im verschlissenen Schlafrock stand er vor seinem Besucher, ein kleiner, grauer, von Nachtwachen, Enttäuschungen und Zweifeln beschädigter Mann. »Wollen Sie damit sagen, Sie hätten etwas Katholisches zu drucken?«

»Das will ich«, sagte Philipp. »Sie dürfen gern einen Blick hineinwerfen.« Er übergab ihm das lose geheftete Manuskript.

Der Drucker stellte sich unter das Oberlicht; man befand sich hier wohl bereits im Keller. »Gutes, flüssiges Latein«, murmelte er, nachdem er einige Seiten überflogen hatte. »Und katholisch, das will ich meinen!« Er hörte auf zu lesen und zwinkerte in den Sonnenschein, der sich in einem dünnen Streifen durchs Fensterchen schob. »Katholisch!« wiederholte er. »Und so viel Seiten! Das gibt ein ansehnliches Oktavbuch. Katholisch! . . . – Wer sind Sie?«

»Der Beauftragte eines bedeutenden Autors«, sagte Philipp. »Sie bekommen einen Vorschuß von hundert Reichstalern. Dafür verpflichten Sie sich, das Werk innerhalb von drei Monaten setzen und drucken zu lassen. Auch die Festlegung des Preises und der Vertrieb ist Ihre Sache. Danach erhalte ich von Ihnen die Summe von insgesamt dreihundert Reichstalern, sobald Sie die ersten Exemplare ausgeliefert und dafür gesorgt haben, daß das Werk in den wichtigsten Buchhandlungen des katholischen Deutschlands vorrätig ist. Was Sie über die dreihundert Reichstaler hinaus erlösen, ist Ihr Gewinn.«

»Ein theologisches Werk, wie es scheint?« vergewisserte

sich Lucius. Das unwahrscheinlich günstige Angebot seines Besuchers stimmte ihn bereits euphorisch.

»Ein Buch, das sich mit dem Verfahren bei Hexenprozessen beschäftigt. Aus katholischer Sicht. Sein Verfasser ist ein Priester.«

»Ein römischer Priester . . .«, sagte Lucius. Es klang fast andächtig.

»Ein Jesuit.«

»Ist das wahr? Ein Jesuit!«

»Das scheint Sie zu beglücken?«

»Ja – wie denn anders?« sagte der Drucker. Wiederholt strich er sich über das stoppelige Kinn, die tiefliegenden Augen glitten unruhig hin und her, vielleicht suchte er im Geiste bereits seine entlaufenen Gesellen wieder zusammen.

»Ich sitze hier, vergessen, gefangen, verrottet: ein protestantischer Verleger im katholischen Kloster, ein geprügelter Hund, dem keiner mehr was zu beißen gibt. Evangelisches ist mir verboten – Katholisches kriege ich nicht! Und da kommen Sie und bringen mir das Buch eines katholischen Priesters! Eines Jesuiten! Dem Herrn sei Dank – und der Heiligen Maria Mutter Gottes auch schon mal immer!« Er blätterte wieder im Manuskript. »Hexen – Teufelsspuk . . . Vor einiger Zeit habe ich das Werk unseres großen Goehausen über die Hexenprozesse gedruckt. Es war mein letzter Auftrag für die evangelische Universität. Sie kennen Goehausen? Ein bedeutender Mann. Der erste gelehrte Jurist, der es fertiggebracht hat, Ankläger, Gutachter und Richter in einer Person zu sein! Er verstand es, den Behörden im Schaumburgischen und besonders hier in Rinteln das Verfahren aus der Hand zu nehmen. Sie zeichnen zwar noch pro forma verantwortlich, aber tatsächlich erledigt hier alles die Juristenfakultät, und das will sagen: Professor Goehausen ganz allein!«

Lucius war von einer kumpanenhaften Schwatzhaftigkeit befallen worden. »Sehen Sie«, sagte er, »zu uns nach Rinteln kommen Anfragen aus allen Landesteilen, auch aus anderen Fürstentümern, sogar aus Hessen oder Magdeburg – von wo Sie wollen. Man erbittet ein Gutachten über beschuldigte Weiber. Goehausen erstattet es, so auf die Ferne hin, das kann er, für gutes Geld. Und nach seinem Gutachten werden die betreffenden Weiber dann von den Richtern verurteilt. Das kann man bei uns einfacher haben, sagten sich unsere Behörden. Wer in der Lage ist, durch ein Gutachten nachzuweisen, daß eine Beklagte schuldig sein muß, der kann sie dann auch gleich als Richter schuldig sprechen und hinrichten lassen. Das hat Goehausen hundertfach getan. Und das vereinfacht und verbilligt das Verfahren.«

»Das wird sich bald ändern«, sagte Philipp und erhob sich.

»Das fürchte ich auch«, sagte Lucius. »Wir werden eine katholische Universität in Rinteln bekommen, und dann muß auch unser vortrefflicher Goehausen das Feld räumen. Und sein Buch – ich habe – wenn Sie's nicht weitersagen – noch über zweihundert Druckbogen, die nicht aufgebunden sind – wird leider Makulatur.«

»Wie gut, daß Sie dann an seiner Stelle ein neues, katholisches Buch zum gleichen Thema anbieten können«, sagte Philipp.

»Ja«, erwiderte Lucius und seufzte. »Die Hauptsache bleibt: Man geht mit der Zeit!«

[illegible]

[illegible]

[illegible]

[illegible]

[illegible]

Paderborn

Kann denn ein deutscher Fürst so gesonnen sein, daß es ihm gleichgültig ist, ob ordnungsmäßig verfahren werde, wenn nur eifrig verfahren wird? . . . Sollten deutsche Fürsten solche Diener, und dazu deutsche haben, die auch gegen ihr eigenes Gewissen die Prozesse fortführen, nur um ihren Fürsten zu befriedigen?

Friedrich Spee
»Cautio Criminalis«

Wann schon bist jung an Jahren,
Wann schon bist hübsch und fein,
Doch mußt von hinnen fahren,
Fort, fort muß dennoch sein.

Friedrich Spee
»Trutznachtigall«

Seit Beatus Westerhellweg seinen Lehrer beim Pater Rektor angezeigt hatte, waren einige Brüder im Kollegium um noch mehr Distanz zu Spee bemüht und versuchten nun auch, andere Professoren gegen ihn einzunehmen. Weniger der Umstand, daß Spee seine Schüler an Recht und Gesetz hatte zweifeln lassen, als vielmehr der Verweis, den Rektor Lennep ihm erteilt hatte, war es, der einige Mitglieder des Lehrkörpers bewog, nun auch ihrerseits dem irrenden Bruder Enttäuschung und Mißbilligung zu bekunden. Friedrich Spee, der ohnehin von diesen Herren nie ohne Vorbehalt akzeptiert worden war, machte sich nicht viel daraus. Um so mehr beglückte ihn das feine, ermunternde Lächeln des zartgliedrigen Paters Turck oder die bedächtig motivierte Zustimmung des Johannes Nußbaum, der es sogar wagte, sich auf einer Konferenz in Gegenwart des Rektors Spees Zweifeln an der Rechtmäßigkeit der Hexenprozesse anzuschließen.

»Hat denn keiner von Ihnen gemerkt, daß dieser Romeßwinkel nichts als ein versoffener Mörder ist?« erdreistete sich Nußbaum zu fragen. »Wie konnte man diesem Burschen einen solchen Empfang bereiten?«

Nußbaum hatte allerdings gut reden; er war ja erst lange nach jener Affäre in Paderborn eingetroffen. Deshalb verschmähte man es auch, ihm auf diese Ungezogenheit zu antworten. Lennep nahm sich immerhin vor, den respektlosen Bruder bei der ersten Verfehlung zu maßregeln.

Mehr noch als über die offen bekundete Sympathie einiger Brüder oder das geheime Einverständnis anderer, die es auf ein Zerwürfnis mit dem Rektor nicht ankommen lassen wollten, freute sich Spee über seine Schüler. Er hatte die Jungen seiner Metaphysica für sich gewonnen, und zwar so gründlich, daß er eingreifen mußte, um zu verhindern, daß der von allen Klassenkameraden verachtete »Verräter« Beatus Westerhellweg aus der Schule lief oder sich gar ein Leid antat. Spee benutzte eine Erkrankung des Schülers (die sich leicht aus seinem Seelenzustand erklärte), um die Klasse auf Vergeben und Vergessen einzuschwören.

»Ihr müßt zusammenhalten, jetzt besonders. Ihr wißt schon, warum!« sagte er zu ihnen. Und sie wußten, warum.

Vor einem Vierteljahr war zur Entlastung des Rektors ein Pater Felix Hudrich eingetroffen, der als Studienpräfekt die noch vakante Position des Gymnasialregenten vorübergehend besetzen sollte. Dieser herbe Asket zeichnete sich durch eherne Prinzipien und eine gnadenlose Strenge gegen jene aus, die sie mißachteten. Kein Tag verging, ohne daß Schüler mit der Rute gestrichen wurden, und keineswegs nur vom Stockmeister, sondern oft genug vom Studienpräfekten mit eigener Hand. Bald verliehen die Schüler dem Pater Hudrich mit verzweifeltem Witz den Necknamen Pater Huldreich.

Es war allerdings, das mußte auch Spee einräumen, in den letzten Monaten reichlich lotterhaft zugegangen, weniger in der Schule als in der Stadt, wo die älteren Schüler durch nächtliches Umherschwärmen, Kartenspielen und Saufen in übel beleumundeten Kneipen, durch pöbelhafte Belästigung ehrenwerter Bürger, selbst durch unsittlichen Umgang mit anderen Knaben, ja durch unmäßigen Branntweingenuß sogar in der Kirche von sich reden machten. Am schlimmsten verhielten sich die Pensionäre, also jene Schüler, die nicht im Gymnasium, sondern bei Quartiergebern in der Stadt wohnten. Da hatten zwei aus der Rhetorca eine Magd des Bürgermeisters (bei dem sie wohnten) trunken gemacht, in einer Scheune entblößt und sündhaft berührt; gezüchtigt wurde auch der Logiker Pape, der zum Unterricht des Studienpräfekten eine Katze mitgebracht und dieselbe zu lauthalsigem Miauen veranlaßt hatte, wie später im Tagebuch des Präfekten verzeichnet stand. Sein Klassengefährte Lothar Wilhage wurde von Nachbarn angezeigt, weil er mit seiner Hauswirtin, zu allem Überdruß einem alten und häßlichen Weibe, verbotenen Umgang pflog. Nur weil er ein Neffe des hochwürdigen Abtes in Hardehausen war, wurde er von der Rutenstrafe befreit (die den adeligen Schülern im allgemeinen erspart blieb). Während einige bedürftige »Pauperes«, also Stipendiaten, welche Fleischreste aus der Küche stibitzt hatten, hart gestrichen wurden, begnügte der Präfekt sich bei Lothar Wilhage mit einer saftigen Geldstrafe, die der bedauernswerte Abt bezahlen mußte.

Gewiß mangelte es vielen Schülern an Einsicht und Disziplin, aber Spee war sich mit Pater Turck darüber einig, daß wahrhaft schlimme Streiche und Verstöße gegen die Sittlichkeit erst an der Tagesordnung waren, seit der neue Studienpräfekt sein Amt angetreten hatte. Schon in den ersten Wochen seines Wirkens hatte er ein Dutzend Schüler wegen Bagatellvergehen auspeitschen lassen. Es blieb nicht aus, daß der Präfekt sich mit Spee anlegte, sich auch einmal unangemeldet in seine Klasse setzte und ihn nach Schluß der Stunde wegen »allzu eigenwilliger Auslegung« eines Thomas-Textes rügte.

Einige Wochen nachdem Pater Felix Hudrich das Paderborner Gymnasium übernommen hatte, hieß es bereits, Spee wiegele seine Klasse auf, und zwar sowohl gegen Recht und Gesetz (Beispiel: seine mehr als eigentümliche Einstellung zu den Hexenprozessen) als auch gegen gewisse Lehrmeinungen der Kirche (Beispiel: die Interpretation des heiligen Thomas von Aquino), wie, nicht zuletzt, gegen den Studienpräfekten selbst, dem es dann auch nicht schwerfiel, den Rektor Lennep vor diesem unbotmäßigen Bruder zu warnen.

Im November 1630 änderten sich die Verhältnisse am Paderborner Kolleg wie im Gymnasium mit einem Schlage. Dafür hatte der Pater General in Rom gesorgt.

Noch vor den Herbstferien war in einer würdigen Feier Rektor Christian Lennep verabschiedet worden. Der blutvolle Schlohkopf hatte seine Versetzung nach Speyer hinnehmen müssen; er ging nicht gern, beschied sich aber in der Gewißheit, auf diese anständige Weise, nämlich befehlshalber, den immer näher rückenden Schweden zu entkommen.

Der General hatte in der Rheinischen Ordensprovinz noch

weitere Umbesetzungen veranlaßt. So war die Amtszeit des Paters Provinzial Hermann Baving in Köln abgelaufen; an seine Stelle trat der hochangesehene, vielseitig gebildete, ob seiner Sanftmut weithin gepriesene Pater Goswinus Nickel. Versöhnlichkeit und Menschenliebe – diese Eigenschaften vor allem waren es, die Nickel von seinem Vorgänger Baving unterschieden, dem man ebenfalls vorzügliche Qualitäten, aber gewiß nicht jene, nachzurühmen wußte. Hermann Baving aber wurde vom Pater General nach Paderborn entsandt als Nachfolger von Christian Lennep – und damit wiederum an das Kolleg, das er in den zwanziger Jahren schon einmal geleitet hatte.

Ein solches Revirement war in der Gesellschaft Jesu nichts Ungewöhnliches. In ihrer Weisheit sorgten die frommen Väter an der Spitze des Ordens dafür, daß allzu enge Bindungen, Freundschaften, undurchsichtige Verfilzungen, auch kleinliche Rangeleien oder gar Feindschaften, wie sie im engen Wirkungskreis eines Kollegiums im Laufe der Jahre natürlicherweise entstehen, durch Ablösung und Austausch der Führenden sowohl wie auch der Lehrkräfte gegenstandslos wurden.

Spee hatte keinen Grund, Lennep nachzuweinen. Daß dieser Mann sich beim Provinzial Baving und beim General Mutius Vitelleschi über ihn beschwert hatte – darüber war er nicht hinweggekommen. Er hatte die ohne jede »Vorwarnung« erfolgte Maßnahme als groben Vertrauensbruch empfunden. So hätte Friedrich Spee sogar froh sein dürfen, daß dieser Obere, der ihm Leben und Lehre sauer gemacht hatte, ihn nicht mehr plagen konnte, hätte nur der Nachfolger nicht Hermann Baving geheißen. Mit Baving nämlich kam für Spee die Vergangenheit nach Paderborn: die Erinnerung an Köln, an das Jahr 1627, an sein Versagen, seine Demütigung, seine Niederlage. Die Erinnerung an Katharina Henot.

Es sollte nicht nur die Erinnerung sein, die ihn bedrückte. Auch die Gegenwart, die Hermann Baving durch sein Erscheinen nach Paderborn brachte, war schlimm genug.

Als das Gymnasium am 4. November, dem Montag nach Allerheiligen, seine Pforten öffnete, sehr zum Verdruß der achthundert Schüler, die lärmend Einzug ins Gymnasium hielten, wurde Friedrich Spee zum Rektor befohlen.

Spee hatte im Oktober, während der Ferien also, die er mit dem Ordnen seiner Lieder und mit der Arbeit an neuen Gedichten verbracht hatte, wiederholt versucht, sich endlich in aller Form bei Weihbischof Pelking zurückzumelden. Das war jedesmal mißlungen. Entweder residierte Pelking in Hildesheim – er war ja auch der Generalvikar jener Diözese –, oder er hielt sich in Osnabrück bei seinem Vorgesetzten, Bischof Franz Wilhelm von Wartenberg, auf oder er weilte, wie sein Sekretär, Kaplan Zalusa, freimütig bestätigte, im Gröninger-Palais zu Paderborn, ließ sich aber, und das war beunruhigend, von Spee durchaus nicht sprechen – wenn auch unter Vorwänden, die darauf angelegt zu sein schienen, den Bittsteller nicht zu verletzen. Da hieß es einmal, der Bischof verharre im vierzigstündigen Gebet, ein andermal war er leidend, und bei Spees drittem und vorläufig letztem Versuch bedeutete ihm Zalusa, der Generalvikar sei mit der Vorbereitung einer großartigen Heiligenfeier auf Schloß Neuhaus befaßt. »Und das ist eine Sache«, betonte der Kaplan mit hochgezogenen Brauen, »von der Sie, Pater Spee, mit Sicherheit und auf bevorzugte Weise noch hören werden. – Wie meinen? Aber selbstverständlich erinnert Exzellenz sich an Sie – und wie gut!«

So blieb Spee nichts anderes übrig, als abzuwarten, bis Pelking ihn »auf bevorzugte Weise« von »einer Sache« hören lassen würde.

Zunächst aber verlangte Pater Baving nach ihm.

Der ehemalige Provinzial und nunmehrige Rektor war erst vor drei Tagen nach beschwerlicher Reise in Paderborn eingetroffen, jammervoll erkältet. Gerade noch, daß Lennep ihn eilfertig in die Belange des Kollegiums hatte einweisen können, und eben, daß er's noch vermochte, dem Weihbischof einen Höflichkeitsbesuch abzustatten – schon fiel Baving in die Kissen und überließ sich schnaubend und röchelnd der Betreuung des heilkundigen Paters Damianus, der ihn vor allem über einen Punkt beruhigte: Es waren keineswegs die Vorboten der Pest, die seine Nase schwellen und seinen Rachen schmerzen ließen. Bavings Sorge war so unbegründet nicht. Doch immerhin hatte er vermuten dürfen, Gott der Herr sei ihm wohlgesinnt, indem er den General bewogen hatte, ihn just im Herbst dieses Jahres 1630 nach dem Norden zu versetzen. Denn schon seit April hatte die Pest zu Köln ihren ersten Tribut gefordert, und im September, als Baving die Order aus Rom erreichte, holten die Schlepper in jeder Woche an die einhundertachtzig schwarze Leichen aus den Häusern; ein Ehrsamer Rat zählte gewissenhaft die Opfer. Bereits im August war das Gymnasium Triconoratum geschlossen worden. Allzu viele Schüler, vor allem mittellose Franzosen und Luxemburger, pflegten von Haus zu Haus ihren Unterhalt zu erbetteln; es konnte nicht ausbleiben, daß sie unwissentlich auch verseuchte Wohnungen betraten.

Auch auf dem letzten Stück des Weges wollte Rektor Baving nicht leichtfertig sein. Er suchte in Soest einen weithin gerühmten Arzt auf, der ihn mit den für nötig erachteten Prophylaktika versah: Pomus ambrae, Riechäpfel – aber auch eine holländische Pfeife, da der Tabak, wie der Doktor erklärte, »die infizierten Atomi abzuführen geneigt« sei. Als weitere Präparatorien solle er Wacholderfeuer in Zimmern und Fluren entzünden oder des Abends mit Rautenessig auf einem glühenden Ziegelstein Dampf erzeugen, um ihn zu inhalieren. Auch das Räuchern mit Majoran, Birkenrinde, Kampfer und Lorbeer schien dem Doktor empfehlenswert. Befragt, was er wohl vom vielerorts gepriesenen wohltätigen Einfluß des Latrinenunflats halte, verwahrte sich der Arzt: Er zähle nicht zu den Schmutzdoktoren, die dem Verzehr der eigenen Ausscheidung vorbeugende Wirkung zuschrieben. Dringend warnte er jedoch davor, der Geilheit nachzugeben. Denn »in peste Venus pestem provocat«, was bedeutet, daß in Pestzeiten körperliche Vermischung der Leiber zur Pestilenz besonders tauglich mache, wobei es verwunderlicherweise keine Rolle zu spielen scheine, ob die Copulatio unter dem Sakrament der Ehe oder im Stande der Todsünde vollzogen werde.

Diese Warnung vor der Geilheit mochte Pater Baving allerdings nicht auf sich bezogen wissen. Voller Empörung brach er auf, nachdem er die stattliche Liquidation beglichen hatte, und vergaß sogar, die Tonpfeife mitzunehmen.

Nun also spuckte und hustete er lediglich, der große ernste Mann, und als Friedrich Spee ihn auf seinem Lager sah, den Rücken mit dicken Kissen abgestützt, die Arme auf dem weißen Linnen ruhend, das kaum merklich gealterte Cäsarenhaupt von ritterlich fallendem, leicht ergrautem Haar umrahmt, mußte er sich eingestehen, daß Hermann Baving, auch wenn er wie bei Spees Eintritt wiederholt und heftig nieste, nichts von seiner Würde und Autorität verloren hatte.

Während der Rektor sich mit der Linken schneuzte, winkte die Rechte den Pater ans Fußende des Bettes heran. Der Rede wieder mächtig, begrüßte er Spee mit freundlichen, ermunternden Worten, erinnerte daran, daß er in Köln einigen Ärger mit ihm gehabt, verschwieg aber auch nicht, daß Spee ihm trotz allem stets den gebührenden Respekt und Gehorsam erwiesen hatte.

Spee hatte sich nicht erklären können, wieso Baving ihn vor allen anderen Brüdern zu dieser »Privataudienz« gerufen hatte. Sollte es ihn wirklich nur aus einer melancholischen Laune heraus verlangt haben, den einst so unbotmäßigen Bruder bald wiederzusehen? Schon nach wenigen Minuten indes mußte Spee erkennen, daß Rektor Lennep, der nun bereits auf dem Wege nach Speyer war, nichts versäumt hatte, um Hermann Bavings altes Mißtrauen erneut zu schüren.

»Die Weisung aus Rom hat uns wieder zusammengeführt«, sagte Baving. »Und ich bin Gott und dem Pater General dankbar dafür. Nun versetzen Sie sich aber bitte in meine Lage: Nach strapaziöser Reise komm' ich hier an, durchblasen vom rauhen Nord über dem Rhein – ich fuhr ja zu Schiff bis Wesel, dann ging's zu Roß den Lippefluß entlang –, und freue mich, bald unter all den fremden Gesichtern, die mich in Paderborn erwarten werden, ein vertrautetes, das Ihrige, zu finden. Doch als ich mich bei Bruder Lennep nach Ihnen erkundige, bekennt er mir kummervoll, wieviel Sorgen Sie ihm bereitet haben. Sie enttäuschen und beleidigen einen gelehrten Richter zu Geseke, Sie zweifeln am kaiserlichen wie am landesherrlichen Recht, Sie wiegeln Ihre Schüler auf, indem Sie aus dubiosen Manuskripten vorlesen, Sie . . .«

»Pater Rektor!« unterbrach Spee. »Diese Vorwürfe können Ihnen so neu nicht gewesen sein. Pater Lennep hatte sich brieflich nicht nur beim General, sondern auch bei Ihnen über mich beschwert.«

»Das wissen Sie also?« fragte Baving. Er schien über Lennep verärgert zu sein.

»So gut wie ich weiß, daß ich selber an den Pater General geschrieben habe!«

»Ach?« Baving stemmte sich hoch. »Das ist ja genau wie damals! Sie können es nicht lassen. Sie haben sich vor Jahren beim General beschwert, weil Sie Ihr Tertiat lieber in Italien als in Speyer zu absolvieren gedachten. Sie haben später wieder an ihn geschrieben, weil Sie in Indien missionieren wollten. Es hat Ihnen nichts genützt.«

»Aber nicht, weil der General meine Wünsche abgelehnt hätte!« trumpfte Spee auf. Es erschreckte ihn, wie schnell Baving in den alten befehlsgewohnten Ton verfiel, und er beabsichtigte, ihn merken zu lassen, daß er auf solche Weise nicht mehr mit sich umspringen ließ, daß er reifer und selbstbewußter geworden war. »Der General hat meinen Wunsch in beiden Fällen befürwortet. *Sie* waren es, der mir Italien und Indien verboten hat!«

»Aus gutem Grund, wie Sie mittlerweile wohl eingesehen haben.« Baving ließ sich in die Kissen zurückfallen, sein Atem ging laut und schwer. »Hat der General Ihnen geantwortet?«

»Ja«, sagte Spee. Er stand noch immer am Fuß des Bettes, die eine Hand flach aufs Herz, die andere daneben gelegt.

»Wann?« fragte Baving.

»Gestern kam der Brief.«

»Und? Was schreibt er?«

»Er schreibt, er werde meine Oberen bitten, die gegen mich erhobenen Vorwürfe sorgfältig zu untersuchen. Sollte die Untersuchung Tadelnswertes ergeben, würde ich – so drückte er es aus – zur Besserung vermahnt werden. Sollten sich die Vorwürfe jedoch als haltlos erweisen, werde er Sorge tragen, daß – auch dies ist seine Formulierung – diejenigen bestraft werden, die meinem guten Namen zu Unrecht Schaden zugefügt haben.«

Baving lag unbeweglich. Er hatte die Augen geschlossen, seine Stirn glänzte. Endlich fragte er leise:

»Was macht Ihre Verwundung, Bruder Spee? Es war ohne Zweifel ein arges Martyrium damals in Peine, wie?«

»Ich habe noch sehr oft Kopfschmerzen«, sagte Spee. Er verriet nicht, wie es wirklich um ihn stand. Seit er von der Blutreise mit Schultheiß zurückgekehrt war, wiederholten sich die Schmerzanfälle in immer kürzeren Abständen. Manchmal kamen sie unvermutet, ohne jede Warnung, so daß es ihm während des Gehens oder am Katheder plötzlich den Kopf herumriß; er wähnte, es stünde da jemand, der ihm einen Keil ins Hinterhaupt trieb. Er suchte dann seine Zelle auf, aber das war nicht immer möglich, und auch wenn er schließlich im abgedunkelten Raum auf der Pritsche lag, versagten die Griffe, die Barbara ihn gelehrt hatte; es waren nicht die Griffe, die ihm geholfen hatten, es war ihre Gegenwart gewesen.

»Setzen Sie sich doch«, sagte Baving sanft. »Wird Ihnen die Arbeit hier zuviel? Ich könnte dafür sorgen, daß Sie entlastet werden.«

Spee verneinte. Er setzte sich auf einen geflochteten Schemel. »Ich bin sehr glücklich mit meinen Schülern.«

»Das überrascht mich nicht«, sagte Baving und schlug die Augen auf. »Wenn Sie sich sogar außerhalb des Unterrichts mit ihnen treffen! Heimlich sozusagen. Im Hausgärtchen beispielsweise. Und dort predigen Sie über dasselbe leidige Thema, das in der Klasse zu behandeln man Ihnen verboten hat.«

Das war der alte Baving, auch in der Krankheit. Scheinbar sanftmütig, verständnisvoll zumindest, schoß er unvermittelt seine unfehlbaren Pfeile ab.

Spee versuchte nicht, sich zu verteidigen. »Ich bin betrübt«, sagte er nur, »daß mich abermals einer meiner Schüler angeschwärzt hat.«

»Angeschwärzt?« Baving stützte sich wieder auf die Ellbogen, ganz aufgeräumt gab er sich. »Oh, nein, Spee, Sie irren sich. Sie irren sich sehr! Nicht daß sie Anstoß nahmen, Ihre Schüler! Die Zustimmung, die Begeisterung ist es, die ihre Zunge nicht im Zaume hält! Und glauben Sie, die Professoren, Ihre Kollegen, wären blind oder taub? Ich bin keine drei Tage hier – und doch werden Sie zugeben, daß ich gut unterrichtet bin. Ihre Schüler rühmen sich, Ihre seltsamen Ansichten zu teilen! Sagen Sie, Spee, was ist es, daß Sie noch immer an diesen elenden Verdächtigungen unserer Justiz festhalten läßt? Sind Sie denn seit damals um keinen Schritt weitergekommen? Gehen Sie mal nach Köln, sehen Sie sich an, wie's die Hexen mittlerweile dort treiben! Herrgott, Spee, diese schrecklichen Weiber haben uns sogar die Pest in die Stadt gezaubert! Und Sie weinen noch immer ihrer verfluchten Asche nach!«

Ein heftiger Anfall schüttelte ihn, er mußte mehrmals niesen. Während er sich das Gesicht mit dem Bettlaken abwischte, sagte Spee leise: »Erzählen Sie von Köln, Pater Rektor. Aber nur, wenn es Sie nicht zu sehr anstrengt.«

»Was wollen Sie hören?« fragte Baving.

Spee war froh, daß es ihm gelungen war, den Rektor abzulenken. Hätte Baving ihn gezwungen, auf seine Vorwürfe einzugehen – Spee wäre nicht bereit gewesen, auf den Zustand des Kranken Rücksicht zu nehmen. Er gedachte keine Konzessionen mehr um des lieben Friedens willen zu machen. Nicht vor den Mitbrüdern, nicht vor

Baving, nicht vor dem Pater General. Er hatte die Folterkammern von Geseke, von Lippstadt, von Meschede betreten. Er hatte die weißen gebrechlichen Leiber gesehen, wie sie unter den furchtbaren Zangen, den Schrauben, den glühenden Klammern Unsägliches erlitten. Er verlor aus den Ohren nicht das Gebrüll der Geschundenen. Er fühlte sich oft nicht mehr in der Lage, zu argumentieren. Seine Argumente waren zu Papier gebracht. ›Es steht geschrieben‹, dachte er manchmal verwegen, als spreche er von Gottes Wort. Es steht geschrieben. Wenn es auch keiner liest . . . So angegangen wie eben von Baving, blieb auch ihm kaum anderes mehr übrig als zu schreien. Aus Qual und Widersinn, aus Überdruß vor Ingnoranz und Dummheit. Aus Gottverlassenheit. Und wenn er's mit aller Kraft und Gewalt zuwege brachte, nicht zu schreien – was blieb ihm noch? Nur eben ganz bescheidentlich zu bitten: Erzählen Sie von Köln, Pater Rektor . . .

Verstummt war der fröhliche Hörnerklang, das Horodohohaho der Schweinehatz und das Geläut der Rüden. Allein das Rattern der Jagdwagen, die in den Hof der Iburg rollten, lockte die Herren immer wieder von der üppig bestellten Tafel ans Fenster. Rötlicher Fackelschein huschte über die bleigefaßten Scheiben: Treiber und Jäger, viele mit schweißigem Bruch an den Hüten, marschierten durchs Burgtor. Waldknechte zerrten Hirsch, Rehbock und Schwein von den Wagen herunter, reihten sie weidgerecht aufs gebukkelte Pflaster, legten auch einen Wolf, einen Fuchs dazu.

Die bieden geistlichen Herren waren mit der Jagdbeute zufrieden: dreiundzwanzig Hirsche, dreiundvierzig Stück Kahlwild, fünfzehn Rotwildkälber, zwölf Rehe und sechs Wildschweine. Das konnte sich gewiß nicht messen mit des Kurfürsten Strecke, die er so stolz dem Vetter Wartenberg vermeldet hatte: einhundertdreißig Hirsche und vierzig Sauen an einem einzigen Tag! Aber es war doch gesorgt für die Tafel der nächsten Wochen. Und die fronenden Bauern sollten, fällt gleich kein Stück für sie ab, dennoch dem

Fürsten Dankbarkeit schulden: Weniger Wild ist Segen für Acker und Weide.

Sie haben gejagt, die Bischöfe; der Heilige Stuhl sieht's nicht gern, doch der Papst und sein Legat sind weit – und wer sonst dürfte Ärgernis nehmen? Sie haben feine Ragouts nach französischer Art, ein Frikassee von jungen Hühnern und ein gebratenes Geißlein in Rotweinsoße verspeist. Des Fürstbischofs Schwester, Maria Clara von Wartenberg, Äbtissin zu Herford, weltlich prangend in Brokat und Brüsseler Spitze, hatte die beiden zu Tisch gebeten: den Paderborner Johannes Pelking, der noch immer, obschon ein hoher Fünfziger, nur ungelenk posierte vor schönen Frauen, und ihren Bruder Franz Wilhelm, den Bischof zu Osnabrück, Schloßherr auf Iburg am Teutoburger Wald.

Bald nach dem Mahl erklang von nebenan ein zaghafter Anschlag auf dem Kavicimbel. Das Stiftsfräulein von Roseneck bekundete seine Anwesenheit mit einem Thema des Girolamo Frescobaldi. Maria Clara erhob sich. Die Männer wollten jetzt ohnehin unter sich sein; auch war ihr der Pelking zu plump galant, gaffte sie an, als sei sie ein Marmorbild – doch als der blutjunge Page mit dem Weinkrug gekommen war, hatte er ihm verstohlen das Händchen getätschelt.

Die Herren traten vom Fenster zurück und setzten ihr Gespräch fort. Ernste Probleme bedrückten sie: die Kriegsläufte – schlimm genug; die Restitution – verschleppt und allzuoft rechtlich blockiert; der beständige Ärger mit dem Domkapitel zu Minden; und heut auch noch die traurige Nachricht vom Lungentode des Anholt, Feldherrn der Liga, der vor zwei Jahren die Unterweser so glorreich vom Dänen gesäubert hatte. Zu schweigen, ach, von Frankreichs Allianz mit dem Schwedenkönig, der sich nun sogar mit dem Türken verbündete, dem Erbfeind der Christenheit! Dem Wartenberg tat das weh, er hatte ein Faible für die Franzosen – aber jetzt steckten sie mit Hugenotten, Calvinisten, Rebellen, Malcontenten unter einer Decke! Näherliegendes sodann, nicht minder verdrießlich:

»Sie müssen meiner Schwester helfen, Pelking! Der Kaiser selbst hat sie zur Äbtissin ernannt – und nun macht ihr die lippische Gräfin, die Magdalena, die Würde streitig. Eine Protestantin in Herford, denken Sie nur! Nehmen Sie sich Soldaten, zieh'n Sie nach Herford, gehen Sie rücksichtslos vor! Wie Sie's zu Marsberg und Höxter hielten. Ganz unvergeßlich auch, wie Sie in Minden die Ketzerkanzeln mit Ruten gestrichen haben, grad als wenn das leblose Holz gesündigt hätte! Großartig, Pelking! Und damals in Corvey, mit Waffengewalt gegen Brambach! Nicht minder wirksam und konsequent!«

Pelking nickte, aber er antwortete nicht. Zu schmerzlich war die Erinnerung. Es mußte heraus, lang schon plagte er sich mit dem Verdacht: »Ist Kurfürstliche Durchlaucht wirklich ungehalten? Ich meine: zornig auf mich?«

Wartenberg schenkte nach, wich aus. »Sie taten, was Sie konnten. Daß Brambach entfloh, daß er in Wien gewann, daß er als Triumphator zurückgekehrt ist nach Corvey – Ihre Schuld ist es nicht! Nein, Pelking, wegen Brambach machen Sie sich keine Sorge mehr, das ist vergessen. Sie sollten . . .« Er hob das Glas. »Trinken wir! Trinken wir unsere Hirsche tot!« Er schluckte, setzte ab, strich sich den Kinnbart. »Nur künftig sollten Sie ein wenig – behutsamer sein.«

Pelking ahnte, was auf ihn zukam. Er hatte kein Wohlgefallen mehr an seinem Sohn zu Paderborn.

»Sie haben mir, es war im April oder Mai, einen Jesuitenpater ans Herz gelegt. Wollten ihn beachtlich erhöhen, rühmten seine ›sanfte Überredungskunst‹, so drückten Sie's wohl aus. Hielten ihn für befähigt, Glaubenskommissar zu werden, die Diözesen Paderborn und Hildesheim zu reformieren: auf andere Weise, als Sie und ich das bisher zu vollbringen pflegten. Ohne Zwang. Mit Gesang!« Er unterbrach sich, sah Pelking groß an, lachte dröhnend. »Ohne Zwang, mit Gesang!« Lachte, verschluckte sich, hustete, ließ sich vom Weihbischof den Rücken klopfen. Die Tür zum Nebenraum öffnete sich. Maria Clara schaute herein, schüttelte lächelnd den Kopf über den Bruder, zog sich wieder zurück.

»Nichts für ungut, Pelking!« Er spülte den Anfall mit Wein hinunter. »Aber wenn ich an Ihren zündenden Brief von damals denke – und mir den anderen daneben halte, den mein Hexenkommissar, der Doktor Schultheiß, mir schrieb aus Geseke . . . Da hat derselbe Mann, der uns so viele gute Katholiken machen sollte – ohne Zwang, mit Gesang! –, hat dieser holdselige Poet und Gottesminner meinem Kommissar gar gewaltig ins Handwerk gepfuscht! Unserer Heiligen Kirche, lieber Pelking, hat das *nicht* gedient!«

Unwillig wandte er den Kopf. Nebenan malträtierten sie das Klavicimbel. Er ist ein Freund der Musen, schätzt auch den Meister aus Ferrara – aber wie seine Schwester die Toccata über die Tasten quält . . . Oder spielte die spillrige Roseneck?

»Ich war es nicht, der den Jesuiten zu Schultheiß schickte«, sagte der Weihbischof. »Ich habe es verhindern wollen. Lennep, der Rektor, der war's! Der hat das Lamm in den Löwenzwinger gejagt!«

»Kam aber fein ungeschoren wieder heraus! Und die Löwen lagen in ihrem Blute! – Pelking, ich habe einen bösen Verdacht! Es gab ein Gemetzel, dem dieser Spee als einziger entkam. Wir wissen, wer die Attacke ritt. Ein Leutenant aus dem Regiment des Grafen von Nassau. Tat zuletzt Dienst in Büren.«

»Ich verstehe nicht . . .«

»Sie verstehen sofort. Dieser Leutenant kannte Ihren Pater Spee. Er ist zu Köln sein Schüler gewesen.«

»Woher – wollen Sie das wissen?«

»Wir haben's ermittelt, Pelking. Er hat sich im Bürener Quartier seiner Bekanntschaft gerühmt, der junge Mann! Und nun sagen Sie mir – aber nein, das ist unerträglich!« Er stürmte ins Nebenzimmer. »Hört endlich auf mit dem Gedudel!«

Maria Clara protestierte. »In Rom, zu Sankt Peter kamen dreißigtausend, dies ›Gedudel‹ zu hören!«

»Ja«, schimpfte Wartenberg, »da hat auch der Meister selber gespielt! Und auf der Orgel!« Er zog die Tür wieder zu, feixte Pelking an, nahm seine Rede wieder auf: »Und nun sagen Sie mir: Soll das noch Zufall sein, daß dieser junge Mann die Hexen befreit hat? Dieselben, gegen deren Verbrennung jener Spee beim Kommissar Einspruch erhoben hat?«

»Ein ungeheuerlicher Verdacht!«

»Für mich Gewißheit. Aber gut, Pelking, beweisen kann ich's nicht. Jedenfalls nicht, solange wir diesen Herrn von Kronthal nicht nachdrücklich in Gewahrsam haben. Ich laß ja schon längst nach ihm spüren in meinen Krummstabslanden, seit Wochen schon. Was hilft's! Halten wir uns an den, den wir haben! Was gedenken Sie mit diesem Spee zu tun? Wollen Sie ihn mir noch immer als Glaubenskommissar empfehlen?«

Anfang Dezember, am Barbaratag, der ihn am Morgen inbrünstig für die geflüchtete Hebamme hatte beten lassen, wurde Friedrich Spee zum Weibischof gerufen. Kaum hatte der Pater das Vorzimmer betreten, zog ihn Kaplan Zalusa in ein Gesprach über das deutsche Elend. Der schwarzlockige Sekretär durfte sich für besser informiert halten als andere Gebildete in Paderborn. Er führte nicht nur Pelkings Korrespondenz mit Wartenberg und anderen Kirchenfürsten, gelegentlich auch mit den Obristen der Liga – er hatte auch Einblick in die Diplomatenpost zwischen Bonn, München und Wien, ja, er kannte sogar den Code der Geheimschrift, in welcher der Kurfürst-Erzbischof und der Bischof von Osnabrück miteinander verkehrten. Zalusa malte ein düsteres Bild der politischen Lage.

»Wenn der Schwedenkönig schlau ist, woran wohl keiner zweifelt, dann nimmt er sich zunächst *der* deutschen Länder an, die vor nicht langer Zeit noch protestantisch waren. Die fallen ihm wie reife Äpfel in den Schoß. Ja, verehrter Freund, eines nicht zu fernen Tages werden auch Sie mit Ihren frommen Brüdern das Bündel schnüren müssen.«

Und in der ihm eigenen Art fügte er nachdrücklich hinzu: »O doch, das werden Sie!«

»Vom Tilly halten Sie wohl nicht viel?« fragte Spee.

»Ein alter, müder Mann«, sagte der Sekretär.

»Und von der kaiserlichen Armee?«

»Noch weniger. Nicht einmal auf den Kaiser halt' ich noch große Stücke, seit die Majestät sich von gewissen Kurfürsten beschwatzen ließ, ihren besten General in die Wüste zu schicken! Den Wallenstein! Den grandiosesten Feldherrn unter Deutschlands Sonne. Und der Schwede im siegreichen Vormarsch!«

Der schöne Jüngling bespiegelte sein rosenfarbenes Antlitz im Glas des Aktenschrankes.

»Fast könnte man an Sabotage denken«, sagte er leise. »O doch, das könnte man!«

Trotz Zalusas Beschlagenheit in politischen Dingen hatte Spee nur unaufmerksam zugehört. Er grübelte darüber nach, was ihm bevorstehen mochte, denn daß er von Pelking nicht viel Gutes zu erwarten hatte, war ihm bewußt. Seit Zalusa so geheimnisvoll angedeutet hatte, der Generalvikar wolle ihn über »eine Sache« informieren, und zwar »auf bevorzugte Weise«, waren schon wieder Wochen verstrichen, und Geseke, das ahnte Spee, war noch längst nicht ausgestanden.

Eine Glocke unterbrach Zalusas Analyse; der Sekretär eilte ins Nebenzimmer, kehrte sofort zurück, ließ Spee eintreten und zog die Tür hinter ihm zu.

Das war das große, üppig ausgestattete Zimmer, eher ein Saal, in dem Pelking ihn in jener Nacht empfangen hatte, als Barbaras und der anderen Frauen Schicksal entschieden werden sollte. Hier hatte ihn der Weihbischof mit seiner und der angeklagten Frauen Not alleingelassen – und hier hatte er ihm den ehrenvollen Auftrag erteilt, als Glaubenskommissar mit Milde und Überredungskunst die noch verirrten Bürger der Diözesen Paderborn und Hildesheim in den Schoß der Heiligen Kirche zurückzuführen. Würde er sein Angebot erneuern?

Pelking trug bereits zum feierlichen Einzug in den Dom die violette Chorkleidung: Talar, weißes Rochett und umgehängt die Manteletta, dazu rote Handschuhe und auf dem Haupt eine kleine Kappe, den Solideo. Mitra und Stab lagen neben ihm auf einem Stuhl. In einer knappen Stunde begann die Heilige Messe im Dom. Über der feingewebten bunten Gewandung nahm sich das »erzene« Antlitz mit den drei geschwungenen Stirnfalten seltsam robust aus – nicht anders, als habe man Physon, den paradiesischen Taufschalenträger aus Hildesheim, an den sich Spee beim Anblick Pelkings stets erinnert fühlte, in ein ungehöriges Kostüm gesteckt.

Pelking vermied eine wortreiche Begrüßung, er deutete auf zwei Stühle, sie nahmen Platz, und der Weihbischof erkundigte sich nach den Verhältnissen im Kolleg und Gymnasium seit Lenneps Verabschiedung. Er begrüßte es, daß der bisherige Ordensprovinzial nun »in die Sielen« zurückgekehrt sei – und dann bewies Pelking wieder einmal, wie eingehend er sich mit Spees Gedichten beschäftigt hatte. Dies war um so erstaunlicher, als diese Lieder, von wenigen Strophen im neuesten Paderborner Gesangbuch abgesehen, im Druck, oder gar gesammelt unter dem Titel »Trutznachtigall«, wie Spee es sich wünschte, noch gar nicht erschienen waren.

»Man hört jetzt gelegentlich Ihr sehr poetisches Gedicht vom Seligen Franz Xaver singen. Sehr hübsch, wie Sie eingangs die Feiglinge verspotten, die sich vor der Seerreise nach Japan fürchten. ›Lasset Wind und Wetter blasen, Flamm der Lieb vom Blasen wächst. Lasset Meer und Wellen rasen . . .‹ Sehr hübsch, sehr moralisch, wie Sie gleichsam die Elemente zum Blasebalg Gottes machen, der das Flämmlein der Menschen- und Gottesliebe zur Lohe entfacht. Und wie fordernd, wie besessen von gottseliger Gewinnsucht zu Nutzen unserer Heiligen Kirche erklingt es da, so trochäisch befeuernd: ›Seelen, Seelen muß ich haben! . . .‹ Ja, Spee, wenn ich das höre, frage ich mich, ob Hermann Baving, den ich sehr schätze, recht getan hat, als er Ihnen damals die Missionsreise nach Indien verweigerte. Man muß doch wissen, mit wem man's zu tun hat, ehe man solche folgenschwere Entscheidungen trifft. Und sehen Sie: Auch ich habe einen Fehler begangen. Wußte ich, als ich mir einfallen ließ, Sie zum Glaubenskommissar ernennen zu wollen, wirklich, wer Sie sind und wo Ihre wahren Talente liegen? Gewiß, Sie haben damals in Peine große Erfolge gehabt. Aber das verdanken wir Ihren feinsinnigen Gesprächen, den Einwirkungen und Überredungen von Mensch zu Mensch. Und gerade dazu hätten Sie doch keine Gelegenheit mehr, wenn Sie hinter dem Schreibtisch sitzen müßten – von nichts als lauter Rechtsgläubigen umgeben. Irre ich mich, oder darf ich Ihr Kopfnicken als Zustimmung deuten?«

Spee war allerdings erleichtert. Es war damals eine Verlockung gewesen. Wer die Qualen wie die Wonnen des Gehorsams erfahren hat, ist den Versuchungen, die der Besitz der Macht an ihn heranträgt, am hilflosesten ausgeliefert. Aber seit Geseke wußte Spee, daß auch jenes Argument, das allenfalls für das Pelkingsche Angebot gesprochen hätte, nicht mehr stichhaltig sein würde, sobald er ein Funktionär der kirchlichen Verwaltung geworden wäre: die Einbildung, er könne in dieser Position das Unrecht der Hexenprozesse lindern. Es wäre ihm ähnlich ergangen wie dem Helden eines derzeit in Spanien vielgelesenen Ritterromans: Da reitet ein verwirrter Edelmann auf einer lahmen Mähre gegen Windmühlen an, in der Meinung, es werde ihm ein leichtes sein, diese »Riesen« zu bezwingen. Gegen die Übermacht des Bündnisses arroganter Juristen mit verblendeten Kirchenmännern und der Unwissenheit des Volkes konnte ein kleiner Glaubenskommissar von Hildesheim und Paderborn, der für jeden seiner Schritte dem Generalvikar Rechenschaft schuldig wäre, nichts ausrichten. Nein, es gab nur den Weg, den er gegangen war: mit geistiger Disziplin, mit streng logischer Beweisführung die morsche Bühne zu zertrümmern, auf der sich über Jahrhunderte jene schreckliche Tragödie aus Wahn und Mord zugetragen hat.

Das hatte er vollbracht, aber er wußte auch, daß wenig getan war, solange seine Stimme nur ein Flüstern war, das bestenfalls ein paar Freunde vernehmen konnten, die ohnehin nicht anders dachten als er.

»Exellenz«, sagte er. »Ich weiß, daß ich seit jener Nacht in Ihrer Schuld stehe. Sie erwiesen mir unverdiente Zuneigung, wollten mir ein Amt anvertrauen, dem ich wahrscheinlich nicht gewachsen wäre. Sie hätten mich zwingen können. Aber Sie ließen der Menschlichkeit den Vortritt; ohne Ihre Genehmigung hätte ich mich nicht um die unschuldig Verdächtigen kümmern können.«

»Sie überschätzen meine Möglichkeiten«, sagte Pelking. »Sie folgten dem Befehl Ihres Ordensoberen. Man weiß, daß ich die Jesuiten nicht sonderlich liebe. Aber so töricht, in die Interna des Ordens einzugreifen, bin ich nicht. Lenneps Weisung hatte Priorität. Ob sie vernünftig war, das steht auf einem anderen Blatt.« – Spee senkte den Kopf. »Ich weiß«, sagte er. »Ich habe meine Aufgabe als Beichtvater der Verurteilten nur unvollkommen erfüllt. In Geseke . . . «

Er kam nicht weiter. Er hatte gar nicht bemerkt, daß Pelking sich erhoben hatte, jäh – er sah nur, als er den Kopf hob, daß der Generalvikar vor ihm stand und mit vor Zorn verdunkelten Augen auf ihn niederblickte. Als Spee sich, wie es die Form verlangte, ebenfalls erheben wollte, drückte Pelking ihn an den Schultern auf den Sitz zurück.

»Unvollkommen!« rief er und wandte sich ab. »Das kann ich mir denken!« Er machte einige Schritte, dann sagte er, ohne sich umzuwenden: »Sie hätten dem Herrn von Kronthal einen weit größeren Erfolg gegönnt. *Alle* Hexen hätte er befreien sollen, auch die in den Türmen und Kerkern von Geseke, Lippstadt, Meschede? Vielleicht auch alles, was einsitzt in kurkölnischen Landen? In ganz Deutschland vielleicht? Alle, alle!« Er fuhr herum und schrie: »Also haben die Protestanten recht? Jesuiten sind – Teufelsgenossen?!«

Als Spee, der nun doch aufgestanden war, darauf nichts erwiderte, fuhr Pelking, während er den Schreibtisch umkreiste, in gemäßigtem Ton fort: »Sie haben sich in Ihrem Wahn, es handle sich nicht um überführte Zauberinnnen, sondern um die blanke Umschuld, auf ein Abenteuer eingelassen, das Sie Kopf und Kragen kosten kann. Die Entscheidung über Ihr weiteres Schicksal liegt schon gar nicht mehr bei mir – sie wird in Osnabrück gefällt. Bischof Franz Wilhelm ist genau unterrichtet, dafür haben andere gesorgt. – Sie sind sehr blaß geworden, Spee. Nun, wen soll's wundern! Der Verdacht einer Verschwörung mit Ihrem ehemaligen Schüler ist bestürzend! Allerdings hat Wartenberg, solange man dieses Herrn von Kronthal nicht habhaft wird, keine Beweise. Und ich – darauf können Sie sich etwas zugute halten, Spee –, ich habe keine *Lust*, nachzuforschen. Mir genügt, daß ich Ihre Einstellung zu den Prozessen kenne. Sie wissen, daß ich sie eine gute Weile toleriert habe. Solange sich Ihr Einsatz gewissermaßen aus – wie soll ich sagen? – aus sehr privaten Motiven erklären ließ: eine Frau in Köln, eine andere in Paderborn und beide wohl nicht ohne menschliche, auch weibliche Qualitäten – unterbrechen Sie mich nicht! Solange das mitfühlende Herz, das auch unter eine Soutane zuweilen etwas leidenschaftlicher schlagen darf, für die Unschuld dieser Weiber plädierte, solange habe ich auch Ihre weit über den privaten Bereich hinausweisenden Theorien toleriert. Sollte es aber wahr sein, daß Sie begonnen haben, diese Theorien in der Praxis zu erproben, indem Sie sich auf meuterische, blutrünstige Weise gegen Kaiser und Landesfürst erheben – dann würde meine Güte zur Sünde wider Gott und sein von ihm auf Erden eingesetztes Regiment. Und nun reden Sie, wenn Ihnen noch etwas einfällt!«

»Sie stellen es so dar, Exzellenz, als hätten mich unerlaubte Bande mit diesen Frauen verknüpft. So war es nicht . . .«

»Ach, spielen Sie sich nicht auf!« unterbrach Pelking. »Warum sollte ich einem kleinen Pfaffen nicht eine Liebschaft nachsehen, wenn fast alle Prälaten im Konkubinat leben!«

In seinem Ärger gefiel sich Pelking in jenem Zynismus, der in diesen Zeiten die Rede kirchlicher Würdenträger, sofern sie unter sich waren, beherrschte. Der Krieg, der die Sitten verrohte, war auch ein Feind bequemer Lügen; er, der das wahre Wesen des Menschen enthüllte, ließ keine Illusionen mehr aufkommen. Und obwohl Spee sich von Pelkings Unterstellung verletzt fühlte, empfand er doch die tiefe Resignation dieses Mannes und das – trotz allem – immer noch wache Vertrauen zu seinem einstigen Schützling. Deshalb antwortete er so behutsam, wie es ihm in seiner Erregung möglich war:

»Das Herz, das auch unter einer Soutane leidenschaftlich schlagen darf – ja, Exzellenz, für dieses Wort danke ich Ihnen, das akzeptiere ich. Auch dem ungerechtfertigten Verdacht auf Unkeuschheit beuge ich mich – mit Überwindung, aber ohne Widerspruch. Warum sollten Sie mich für besser halten als andere Sünder? Nicht hinnehmen aber kann ich, daß Sie der Vermutung Raum geben, die Attacke sei mit meinem Wissen und Einverständnis geschehen. Obwohl . . .« Er stockte.

»Obwohl!« fragte Pelking.

»Obwohl ich – und das ist jetzt wohl die Stunde der Beichte –, obwohl ich, als alles vorüber war, Gott gedankt habe, daß es geschah.«

Pelking blieb vor Spee stehen. Die Stirnfalten, die sich während seines zornigen Ausbruchs vertieft hatten, glätteten sich. In unverhohlenem Erstaunen betrachtete er den Pater.

»A la bonheur!« – die Wendung hatte er von Wartenberg übernommen. »Ehrlich sind Sie!« Er gebot Spee, sich zu setzen; er selbst ließ sich hinter dem Schreibtisch nieder. Mit der veränderten Position wechselte er wiederum den Ton, und Spee ging darauf ein. Sie gaben sich wie zwei Gelehrte, die ohne sonderliche Emotionen über ihr Fachgebiet diskutierten.

»Sie haben also Gott dafür gedankt, daß Er dieses eine Mal verhindert hat, was Er im allgemeinen geschehen läßt?«

»Ja«, sagte Spee. »So kann man es ausdrücken.«

»Wenn ich Ihre Auffassung richtig verstehe, läßt Gott in vielen anderen Fällen zu, daß Unschuldige sterben?«

»Er läßt es zu – in der Hoffnung, daß wir Menschen es dennoch zu verhindern wissen.«

»Also Gott korrigieren?«

Spee mußte vorsichtig sein. Er wußte nicht, ob der Weihbischof ehrlich diskutieren – oder ihm eine Falle stellen wollte. »Gott wünscht, daß wir Seinen wahren Willen erkennen – und die Konsequenzen daraus ziehen«, sagte er.

»Und Sie haben Gottes wahren Willen erkannt?« Es klang nicht nach Spott.

»Ich weiß«, sagte Spee, »daß es Gottes Absicht nicht sein kann, Unschuldige vor der Zeit sterben zu lassen.«

Pelking lehnte sich zurück und spielte mit dem diamantenbesetzten Kreuz auf seiner Brust. »Sie sollten andere Bereiche unserer irdischen Wirklichkeit nicht außer acht lassen. Gott, nach Seinem unbegreiflichen Willen, schlägt Schuldige und Unschuldige, Verbrecher und Heilige. Denken Sie nur an die Pest! Und an den Krieg. Säuglinge verhungern an der verdorrten Mutterbrust, Jungfrauen werden geschändet und ermordet. Kindlein und alte Weiber ans Scheunentor genagelt. Muß ich Ihnen die Grausamkeiten des Krieges ausmalen? Das kann ein Künstler wie jener Callot um vieles besser. Aber ist Gott deshalb weniger groß? Weniger anbetenswert? Im Gegenteil. Je unverständlicher Er uns ist, um so mehr beweist Er, daß Sein Verstand weit verständiger ist als der unsere. Aber wie wollen Sie das der Masse des Volkes klarmachen? Der einfache Mann muß Fakten haben, an die er sich halten kann. Und eindeutige moralische Kategorien, nach denen sich in seiner Vorstellung auch Gott zu richten hat. Der einfache Mann glaubt, daß die Gesetze Mose oder Christi Gebote aus der Bergpredigt auch für Gott selber zu gelten hätten. Welcher Unverstand, die Macht des Allmächtigen durch moralische Vorschriften beeinträchtigen zu wollen, mögen sie gleich von

Ihm selber stammen! Da den Menschen diese Einsicht fehlt, denken sie: Man kann doch nicht alles, was sich hier an Unrecht und Plagen begibt, Gott anlasten!«

»Nicht Gott – aber dem Teufel«, wandte Spee ein.

»Sehr richtig! So un-faßlich, so un-anschaulich Gott für die meisten Menschen ist, so greifbar, so durchschaubar in seinen Manipulationen muß ihnen der Satan werden. Wie aber das? Wer hat ihn denn schon gesehen? Er ist so unsichtbar wie Gott. Man kann ihn aber nur bekämpfen, wenn man seiner habhaft wird – und wenn schon nicht Satan selbst, so doch seiner Helfershelfer. In dem Maße, wie er sich gewisser Menschenweiber als Vollstrecker seines Willens bedient, ist Satan verwundbar geworden.«

»Wäre wirklich bewiesen, daß der Teufel Gottes Weltordnung mit Hilfe armseliger Weiber gefährdet«, erwiderte Spee, »dann hätte auch ich gegen die Prozesse nichts einzuwenden. Aber eben daran zweifle ich. Mehr noch: Ich habe einwandfrei festgestellt, daß alle, mit denen ich zu tun hatte, unschuldig waren!«

»Und? Was wollen Sie damit sagen? Daß es Hexen gibt – darüber brauchen wir wohl nicht zu streiten. Ob es so *viele* gibt, wie in den letzten Jahrzehnten verurteilt wurden – das ist eine andere Frage.« Pelking machte eine kleine Pause, um dann im gleichen Ton fortzufahren: »Ich sage Ihnen ehrlich: Auch ich bin überzeugt, daß sehr viele, vielleicht sogar die meisten, unschuldig waren.«

Hatte Spee richtig verstanden? War das denkbar? War Pelking sich so einig mit ihm? Er mußte sich vergewissern.

»Und das sagen Sie so gelassen? Nehmen es ohne weiteres hin, daß Unschuldige sinnlos sterben?«

Pelking lächelte, nachsichtig, wie es Spee schien. »Aber lieber Pater! Wer ist schon unschuldig! Wer wollte das wissen? Denken Sie an die Frage des Pilatus. Oder muß ich Sie an Ihren Ordensstifter erinnern: ›Was meinen Augen weiß erscheint, halte ich für schwarz, wenn die hierarchische Kirche so entscheidet.‹ Sie glauben doch nicht, daß Ignatius das nur auf die sinnliche Wahrnehmung bezogen hat. Gemeint sind ebenso die moralischen Kategorien. Wenn also die Heilige Kirche erklärt, daß ›unschuldig‹ in Wahrheit ›schuldig‹ sei oder aus höherer Einsicht hinfort als schuldig zu *gelten* habe – dann haben wir diese Entscheidung zu respektieren.«

»Aber die Kirche erklärt das ja gar nicht!« rief Spee. »Die Richter, die Schöffen, die Gutachter, die Juristen in den Universitäten – alles *weltliche* Personen! –, *sie* sind es, die Unschuldige für schuldig erklären!«

»Und die Kirche, sofern sie erkennt, daß es ihr und Gott dienlich ist, akzeptiert diese Entscheidungen. Und damit wären wir an dem wichtigsten Punkt: Es ist nicht wahr, daß diese Menschen, wie Sie vorhin gesagt haben, *sinnlos* sterben. Ihr durch die Folter befördertes Eingeständnis, daß sie Sklaven des Teufels waren, erfüllt einen heiligen Zweck: Mit diesem Geständnis ist die moralische Weltordnung wiederhergestellt. Sie sterben in Wahrheit für Gott. Indem sie sich als Diener Satans bekennen, verhindern sie, daß die Menschheit *Gott* die Plagen dieser Erde anlastet. Sie werfen sich für *Gott* in die Bresche.«

Wiederum lächelnd, beobachtete Pelking die Wirkung seiner Worte. Mit Genugtuung bemerkte er, daß der Pater verwirrt, ja für einige Sekunden der Rede nicht mächtig schien. Endlich formulierte Spee mit großer Behutsamkeit: »Wenn die Unschuldigen, wie Sie sagen, Exzellenz, in Wahrheit für Gott sterben, wenn sie für Ihn in die Bresche springen – was sind sie dann anders als Märtyrer?«

»In gewissem Sinne sind diese ›Unschuldigen‹ in der Tat Märtyrer«, sagte Pelking ohne zu zögern. »Das sollte Sie doch sehr beglücken, Spee! Verderben Sie den Menschen künftig nicht mehr die Gelegenheit zum erhabenen Opfer. Lassen Sie sie als Erwählte Gottes sterben! Das ewige Heil ist ihnen gewiß. Weshalb sonst legt denn die Kirche Wert darauf, daß alle Verurteilten vom Priester geleitet und mit der himmlischen Wegzehrung versehen werden?«

Daß Pelking zu einer Theorie über die Märtyrerschaft der Hingerichteten gefunden zu haben schien, ohne daß Spee die seine bislang preisgegeben hatte, vermochte den Pater allerdings nur für Augenblicke zu beeindrucken. Es bestand ein gravierender Unterschied zwischen Spees und Pelkings Hypothesen. Denn Spee *rechtfertigte* ja nicht, was an Unrecht geschah. Er hatte die Märtyrer-Theorie nur aus *Not* erdacht, aus Verzweiflung über das geschehene Unrecht, in dem Wunsch, der Ungerechtigkeit, wenigstens postum, so etwas wie einen Sinn zu geben und damit zugleich die Opfer zu trösten. Nach Pelkings Auffassung jedoch war es nur richtig, wenn man mehr und mehr Unschuldige »für Gott in die Bresche springen« ließ. Spee wollte das Unrecht austilgen. Pelking ließ es nicht nur geschehen, er hieß es ausdrücklich gut. Er warf Unschuldige einem Moloch, den er Gott nannte, zum Fraße vor! Er drückte jedem dieser Unglücklichen einen Heiligenschein aufs Haupt und glaubte sich auf diese Weise moralische Skrupel ersparen zu können. Wenn man *so* dachte, konnten die Prozesse in alle Ewigkeit weitergehen. Dann war es den Henkern sogar erlaubt, sich als »Heiligmacher« zu brüsten. Und als ob es noch einer Unterstreichung seiner zynischen Theorie bedurft hätte, sagte Pelking:

»Die Quintessenz lautet also: Man muß die Hexenverfolgung billigen, solange sie Gottes Ansehen bei den Menschen nützt. Und das tut sie, indem sie Zweifel an Seiner Güte und Gerechtigkeit beseitigen hilft. Sollten die Prozesse eines Tages diesen Zweck nicht mehr erfüllen, könnten sie sofort eingestellt werden. Vielleicht wird man dann, dem löblichen Zweck zuliebe, etwas anderes ersinnen müssen. Und wer weiß, lieber Bruder, ob das dann Ihren Augen nicht genauso ungerecht erscheinen wird?«

Spee erhob sich, obwohl es ihm nicht zustand, die Unterredung zu beenden. »Ich habe Ihnen eines voraus, Exzellenz. *Ich habe die Schreie der Opfer gehört.*«

Er verneigte sich steif und wollte sich gegen alle Etikette entfernen. Aber Pelking hielt ihn zurück.

»Bleiben Sie noch!« Er folgte Spee bis zur Tür und berührte ihn an der Schulter. »Ich habe ein Herzensanliegen

– und Sie müssen mir helfen. Meine Mutter, die ich sehr liebte, wurde am Tage der heiligen Agatha geboren, am 5. Februar. Deshalb habe ich zu ihren und Agathas Ehren ein großes Heiligenfest auf Schloß Neuhaus anberaumt – zumal ich zu Allerheiligen nicht in Paderborn sein konnte. Wir holen also das Märtyrerfest nach. Und ihr Jesuiten müßt mir behilflich sein. Die Heiligen erwählen Sie aus Ihren Oberklassen – an Milchgesichtern für die Märtyrerinnen wird auch kein Mangel sein. – Was sagen Sie dazu?«

»Sie denken an Lebende Bilder?« fragte Spee. Er war mit seinen Gedanken noch bei Pelkings unglaublicher Märtyrer-Theorie.

»So ungefähr. Wir werden die Martyrien unserer bedeutendsten Heiligen gefällig demonstrieren lassen – der Apostel Andreas, Bartholomäus, Petrus – kurz, solcher, die hingerichtet wurden – und noch vieler anderer. Agatha, Katharina, Sankt Georg, Stephanus, Virginia – wen Sie wollen. In kostbaren Gewändern und würdigen Posen, ein jeder mit seinem Leidenswerkzeug, so wünsche ich das dargestellt zu sehen; ein Henkersknecht, die Marterung vollziehend, mag diesem oder jener beigesellt werden. Ihrer Phantasie sei keine Fessel auferlegt. Und da Sie wissen, wie hoch ich Ihre Dichtkunst schätze, wird es Sie nicht wundern, wenn ich Sie beauftrage, die Verse zu unserer Figuratio zu ersinnen. Ich wünsche mir zu jedem Martyrium etliche Strophen. Sie sollen erkennen lassen, wie der Heilige zum Christen und wie er zum Blutzeugen Christi wurde. Und sie sollen dem Hörer frommen Schauder bescheren, indem sie die Art der Folter und die Qualen, die sie verursachen, präzise beschreiben und sie zugleich, dank der Zauberkraft der Poesie, aufs anmutigste verklären. Machen Sie sich sofort ans Werk; wir haben nur noch wenige Wochen bis zum 5. Februar. Gleich nach dem Weihnachtsfest sollten Sie mit der Einstudierung beginnen.«

Christi Nagelwunden an Händen und Füßen, die Spur der Dornenkrone und die Lanzenwunde nächst dem Herzen –

nicht nur Friedrich Spee: viele Christen verehrten die blutigen Male und suchten in mystischer Versenkung die Leiden des Herrn nachzuempfinden, aber auch tröstende Wohltat zu erfahren, die seine Wunden dem Gläubigen bescheren. Dazu jedoch bedurfte es fürs erste einer Vision von unbarmherziger Deutlichkeit: Hier war nichts zu verniedlichen, zu bekränzen, zu versüßen. In seiner zergeißelten, zergerbten Nacktheit, gleichsam umhüllt von Pein und Tod, von Ruten aufgerissen, von Blut überflutet, die Lippen vom falben Tod gebleicht, hängt der Schmerzensmann am Marterholz – und nur wer den Anblick des grausig zerstörten Fleisches nicht scheut, kann der zweiten Erfahrung teilhaftig werden: der Gnade, diese Wunden als Kelch begreifen zu dürfen, in dessen Blut sich Sünde und Laster aller Welt versenken lassen. Daß Seine Marter für uns nicht verloren sei, löscht der Erlöser mit dem eigenen Blut des Vatergottes Zorn auf die mißratene Menschheit aus. Getrieben von der Geißel der Liebe, sucht die verirrte Menschenseele den Leichnam des Herrn als ein Herbergslicht am Ende ihres Lebensweges: Im Wundenblut Christi wird sie von den Schlacken der Sünde gereinigt.

So wandelte sich in den Versen des Dichters Spee um Jesu Leiden und um die Suche der »Gespons Christi« nach ihrem geliebten Herrn der abscheulich verwüstete Corpus Domini in den im purpurnen Wundenglanz am Kreuz erglühenden Triumphator.

Solche Betrachtungen waren Friedrich Spee seit früher Jugend nicht fremd; die Ignatianischen Exerzitien hatten seine Vorstellungskraft noch geschärft und »abrufbar« gemacht, vornehmlich die Übung des Fünften Tages der Dritten Woche, die dem Leiden Christi gilt, hatte ihn gelehrt, den geschundenen Leib des Herrn so deutlich wahrzunehmen, daß er die Blutstropfen hätte zählen können, die aus Seinen Wunden flossen.

Und doch war es eines: das Leiden des Mannes am Kreuz in der Vorstellung nachzuvollziehen im seligen Bewußtsein, daß dies Gottes Sohn ist, von dessen Qualen der Welt das

Heil kommen wird – und ein anderes: in Qualm und Gestank der Folterkammern der Zerfleischung eines armseligen Menschen beiwohnen zu müssen, sein Gebrüll, sein Flehen um Gnade, seine erpreßten »Geständnisse« anhören, die Lüsternheit, das schadenfrohe Grinsen der Henkersknechte ansehen und schaudernd die Augen schließen zu müssen, wenn unter den Hieben der Knute ein weißer Leib aufplatzt in blutige Striemen.

Was hatte Pelking gefordert? Die Leiden der christlichen Märtyrer »in würdigen Posen gefällig zu demonstrieren . . .«, Strophen zu dichten, die ihre Qualen »präzise beschreiben und sie zugleich aufs anmutigste verklären« . . .

Seit Spee erfahren hatte – in Köln, aber auch in Geseke und den anderen Städten, deren Kerker er im Gefolge des Richters Schultheiß hatte betreten müssen –, wie irdische Wundenqual und Verzweiflung beschaffen sind, auf die kein Glanz von oben fällt – seither wußte er auch, daß Maler und Dichter sich's allzu leicht machten mit ihren »anmutigen« Folter- und Hinrichtungsdarstellungen. Bilder brüllten nicht – und Verse verhehlen die Passion, die zu schildern sie vorgeben, durch ihre harmonischen Rhythmen und Reime. Dies aber war es, was Pelking wollte: Lebende Andachtsbilder und lehrhafte Strophen, die der schreienden Qual der Märtyrer allenfalls die Qualität einer behutsamen Mahnung verliehen, über das Ausmaß des leibhaftigen Schmerzes jedoch so gut wie nichts aussagen konnten.

Es hätte nicht des Zufalls bedurft – wenn es denn einer war –, daß Spee für ein erstes Märtyrergedicht die heilige Katharina erwählte, um ihn erkennen zu lassen, daß er der gestellten Aufgabe nicht gewachsen war. Richtiger: daß sie ihm, erhob man den Anspruch auf Wahrhaftigkeit, unlösbar schien. An ihr mochte sich versuchen, wer wollte: Ein jeder, wenn er aufrichtig war, mußte vor der Realität dieser gnadenlosen Torturen kapitulieren; Vers und Reim würden den Dienst verweigern.

Unmutig wischte Spee das Papier, auf das er die ersten

Strophen hatte schreiben wollen, vom Tisch. Das konnte nicht mehr Sache des Mannes sein, dem widerfahren war, was ihn die »Cautio Criminalis« schreiben ließ. Der Versuchung, sich seiner Aufgabe mit einigen Versen herkömmlicher Art zu entledigen, um den mächtigen Mann, dessen Geduld er schon allzusehr strapaziert hatte, nicht noch mehr zu verstimmen, würde er widerstehen. Eitelkeit half ihm dabei: Niemand sollte Unvollkommenes aus seiner Feder lesen dürfen.

Als Friedrich Spee sich Hermann Baving anvertraute, rechnete er mit einer heftigen Reaktion. Zu seinem Erstaunen erwies sich der von seiner Krankheit genesene Rektor als einsichtig, ja er bestärkte ihn sogar in seinen Skrupeln.

»Wenn Ihnen nichts einfällt, können Sie auch nichts niederschreiben«, sagte er. »Dazu kann man doch keinen Menschen zwingen. Nein, Sie brauchen sich nicht beim Weihbischof zu entschuldigen, das übernehme ich gerne für Sie. Meine Schüler, wenn es denn schon sein muß, will ich allenfalls für das Spectaculum zur Verfügung stellen. Und einen Bruder, der uns schöne Verse schreibt und sie mit den Jungen einstudiert, haben wir ja auch: Pater Horrion! Der kümmert, wie ich mir sagen ließ, als Dichter nur noch so dahin, seit Sie hier aufgetaucht sind. Der Mann ist viel geringer begabt als Sie – aber für Pelking gut genug. Wenden Sie sich nur wieder Ihrem Unterricht zu, Bruder Spee. Und, bitte: korrekt nach dem Lehrplan! Was Sie und Pelking betrifft – ich veranlasse alles Notwendige.«

Spee schrieb trotzdem, gegen Bavings Rat, an Pelking einen ehrlichen Brief, in dem er seine seelische Verfassung schilderte und höflich um Dispens von seiner Aufgabe bat. »Bilder brüllen nicht« – den Satz ließ er nicht aus.

Einige Tage wartete er sorgenvoll auf Antwort aus dem Generalvikariat. Als zwei Wochen verstrichen waren, wollte er nicht mehr daran denken. Jedoch die Vorbereitungen für die Märtyrerfeier beeinträchtigten den geregelten Tagesablauf erheblich. Pater Johannes Horrion, dem Baving nicht verriet, daß er als Dichter nur »zweite Wahl« war, blähte sich vor Stolz und ließ Spee fühlen, daß man in Paderborn endlich begriffen hatte, wer der wahre Poeta laureatus dieser Stadt war. Seine Darsteller wählte er vorzugsweise aus Spees Metaphysica; in manchen Stunden war nur die Hälfte der Klasse anwesend, weil Horrion die Schüler mitten aus dem Unterricht zu den Proben holte.

Nachdem sich bei allen Patres die Meinung festgesetzt hatte, Spee sei, aus welchem Grunde auch immer, beim Generalvikar in Ungnade gefallen, sahen auch die vorsichtigsten Brüder keinen Anlaß mehr, dem schwarzbärtigen Sonderling freundschaftliche Gesinnung vorzutäuschen. Schon allzuoft hatte er bewiesen, daß er nicht gewillt war, sich in die Disziplin der Gemeinschaft einzufügen. Unvergessen war der häßliche Auftritt gegenüber dem Agesandten des Kommissars Schultheiß, sein nächtliches Ausbüchsen gegen den Befehl des Rektors, seine Strafversetzung nach Geseke und seine seltsame Auslegung des Lehrplans, in dem doch von Hexenprozessen kein Wort zu lesen war.

Dies alles aber war nichts gegen den abscheulichen Verdacht, der eines Tages wie ein seuchentragender Wind fast alle Brüder des Paderborner Kollegiums vergiftete: diese beklemmende Mutmaßung, der Pater Friedrich Spee könne, wenn schon nicht Urheber, so doch verschwörerischer Mitwisser jener Bluttat in Geseke sein. Der Offizier jedenfalls, nach dem man seit Monaten vergeblich fahndete, war sein Schüler gewesen – und schon erhoben sich Stimmen, die sich für eine Durchsuchung von Spees Zelle aussprachen. Eine solche Maßnahme wurde bei den Jesuiten gar nicht so selten getroffen; meistens ging es dabei um den Verdacht auf Besitz häretischer oder unsittlicher Bücher. Wer weiß, vielleicht würde man Beweise dafür finden, daß die Verbindung zwischen Lehrer und mörderischem Schüler noch immer bestand?

Pater Turck war es, der Spee warnte. In der Tat sah Spee sich daraufhin veranlaßt, Philipps Briefe zu vernichten. Schon seit vielen Wochen hatte er nichts mehr von ihm gehört. Ein Schreiben nach Rinteln war unbeantwortet geblieben; er wußte nicht einmal, ob Philipp und seine Gefährtin diese Stadt schon wieder verlassen hatten. Beunruhigt war er auch über den Verbleib seiner Manuskript-Abschrift; Philipp hätte sie längst zurückschicken müssen.

Um nicht auch noch das Original zu verlieren, brachte Spee die Urschrift der »Cautio Criminalis«, die er inzwischen mit Korrekturen und etlichen noch schärfer formulierten Thesen versehen hatte, zu einem der wenigen Menschen in Paderborn, denen er vertraute: zum Apotheker Theodori. Dort hielt er sich mit Vorliebe auf, sprach über die von Angst und mancher beglückenden Heimlichkeit erfüllten Tage mit Barbara, Albertus und Konrad und rätselte mit dem alten Herrn über den Verbleib der schönen Hebamme.

Albertus war nicht mehr im Hause. Als Barbara in Geseke plötzlich das Weite gesucht hatte, war er ihr nachgefolgt; jedenfalls hatte man ihn, wie auch Konrad, von Stund an dort nicht mehr gesehen. Einige Tage später erschien er in Paderborn bei seinem Onkel, ohne »Kriechendes«, jedoch mit einem permanent verschmitzten Lächeln. Die Begegnung mit der schönen Hebamme hatte ihn männlicher und selbstbewußter gemacht. Er stand unmittelbar vor der Wende seines Lebens. Ein durchreisender Arzt, Doktor François Kesselmann, fand Gefallen an dem Burschen, der ein waches Auge hatte für die unscheinbare Kreatur; er pfiff darauf, daß der Junge kein Studierter war, nahm ihn mit des Onkels Segen nach Frankreich mit und würde, so stand zu vermuten, im Laufe der Jahre einen tüchtigen Famulus aus ihm machen.

Als Professor Adrian Horn, auf dem Heimweg von beschwerlicher Mission zu Pyrmont, im Paderborner Kolleg eintraf, war für den unangemeldeten Bruder kein Zimmer, keine Zelle, kein Notbett mehr frei. Seit Tagen schon hatten sich Gäste hohen Ranges, die klirrende Februarkälte nicht scheuend, in der Domstadt eingefunden – viele auf Einladung des Weihbischofs, andere, die sich, obwohl nicht ausdrücklich gebeten, das festliche Spectaculum des Agatha-Tages nicht entgehen lassen wollten, endlich auch manche, die in Geschäften oder auf zielloser Flucht vor Krieg und Pest unterwegs waren.

»Eine Bodenkammer allenfalls . . .«, stellte Rektor Baving anheim. »Hätte ich nur geahnt, daß Sie uns besuchen würden, lieber Bruder! Aber wen soll ich jetzt ausquartieren? Es sind ja alles Prälaten – sogar den flandrischen Provinzial habe ich zu Gast!«

Der Kölner Jesuit wehrte ab. Obwohl todmüde und von der Kutschenfahrt durchfroren, verbat er sich jeglichen Umstand und folgte Bavings Rat, im Benediktinerkloster Abdinghof vorzusprechen, wo noch Gastzimmer frei sein sollten.

Die schwarzen Mönche, die nicht selber brauten, aber ein vorzügliches Bier aus Warstein bezogen, hatten während der Festtage aus dem Kloster eine Herberge und aus dem Refektorium eine Wirtsstube gemacht. So saß auch der Pater, nachdem er eine bescheidene Zelle hatte beziehen dürfen, mit Mönchen, reisenden Kaufleuten, kirchlichen Würdenträgern und anderen Hausgästen an einem langen Tisch und wandte das faltenreiche Gesicht dem Bruder Kellermeister zu, der ihm den Bierkrug brachte.

Adrian Horn, in Köln und Bonn dank seiner Zuverlässigkeit und seinen Lebensprinzipien ein vielbegehrter Mann, den sogar der Kurfürst schätzte – er hatte ihn wiederholt mit delikaten Sonderaufgaben betraut –, durfte auch diesmal mit dem Fazit seiner Erkundungen zufrieden sein. Obwohl Horn kein Jurist war, hatte der Erzbischof ihn beauftragt, die komplizierte Rechtslage in Pyrmont zu prüfen, aus der kein Geringerer als der Feldherr der Katholischen Liga, der Generalleutenant Tilly, Besitzansprüche herzuleiten glaubte. Genauer gesagt: der große Soldat begehrte das ehemals fette, noch immer ergiebige Pyrmont zum Lehen als angemessenen Dank für seine Verdienste – und das Geplänkel zwischen ihm und anderen scheinbar Berechtigten zog sich schon lange hin; auch Weihbischof Pelking hatte seine Finger im Spiel. Der Kurfürst wollte

Klarheit, ehe er sich entschied, und so hatte er den glaubensstrengen, niemals lächelnden Jesuiten in das umstrittene Ländchen entsandt, um dort mit Dompropst und Domdechant zu verhandeln – so wie er ihn vor drei Jahren schon einmal nach Peine und anderswohin geschickt hatte, über die Durchführung des Restitutions-Ediktes zu wachen. Daß er mit solchen Aufträgen die Kölner Schule nur zu oft ihres Oberhauptes beraubte, focht den hohen Herrn zum Kummer des Ordens wenig an.

Wie Adrian Horn zur Abendstunde in dem überfüllten, von Bier- und Bratendunst gesättigten Refektorium des Klosters Abdinghof saß und bei all dem Kommen und Gehen, Plaudern und Bramarbasieren, überlegte, was er dem durchlauchtigsten Ferdinand zu berichten haben werde, bemerkte er, daß an einem der entfernteren Tische ein junger Benediktiner Platz nahm, dessen intelligent anmutendes Gesicht ihm bekannt vorkam. Als der Mönch sich hungrig über den dampfenden Teller mit Hafergrütze beugte, streifte Horns prüfender Blick ihn ein zweites Mal – und da war es eine merkwürdige Bewegung, die ihn mißtrauisch machte. Der junge Mann fuhr sich bedächtig unters Kinn, als wolle er einen Spitzbart durch die Hand gleiten lassen – dann, als stelle er erst jetzt fest, daß da kein Härchen zu finden war, ließ er die Hand wie erschrocken fallen und nach dem Löffel greifen. Und als der Fremde nun die Augen hob und nach dem Brotkorb Ausschau hielt, zweifelte Adrian Horn nicht mehr daran, daß dies sein ehemaliger Schüler Philipp von Kronthal war: im Jahre 27 aus Köln nach blutigem Aufruhr entlaufen und für Jahre verschollen geblieben – bis zu seinem unrühmlichen Wiederauftauchen als Deserteur, Rebell und Gefangenenbefreier, als der Mordbube von Geseke, den die Polizei des ganzen Landes ebenso suchte wie der Graf von Nassau, seinen Regimentskommandeur.

Wenn dieser Mann Philipp war, dann war er auch kein Benediktiner, dann war er in einer Vermummung nach Paderborn gekommen und führte wiederum Schändliches im Schilde – wie damals, wie neulich, wie immer!

Was Adrian Horn noch zögern ließ, war eine zärtliche Erinnerung, welcher er wissentlich niemals Macht über sich eingeräumt hätte, die aber auch unreflektiert wirksam genug war, seinen Entschluß um einige Sekunden hinauszuschieben: Er dachte an Ignaz Eller, seinen Lieblingsschüler im Tricoronatum, der in Wahrheit die verbotene Frucht seiner Lenden und einer schönen Simone gewesen war: seinen heiß und verschwiegen geliebten Sohn, um dessen Geheimnis in Köln nur einer gewußt hatte: Horns uralter Beichtvater Roestius. Philipp von Kronthal, Ignaz Ellers Freund, war es gewesen, der den Jungen ins Unglück gestürzt hatte – so jedenfalls sah es Horn. Und während ihn das Vorgefühl der Rache schon kitzelte, mußte Horn zugleich dem Drang widerstehen, sich dem ehemaligen Schüler und Hexenfreund zu erkennen zu geben, ihm den Arm um die Schulter zu legen und zu bitten: ›Erzähl von damals! Erzähl von Ignaz! Ich kannte ihn ja viel zu wenig, obwohl er doch mein . . . Erzähle! Alles, alles will ich wissen, erzähl aus deiner knabenhaften Sicht von einst! . . .‹

Nein. Das verbot er sich. Gott hatte ihn, den Vielgeprüften, sichtbar ausgezeichnet, indem er ihn an diesem Tag nach Paderborn geführt hatte: also daß er offenbar der einzige in dieser Stadt war, der den gesuchten Rebellen kannte und auf Anhieb trotz mönchischer Vermummung zu identifizieren vermochte. Da hatte der sich, darauf bauend, daß ihn das hierzulande vollends unkenntlich machen werde, seinen Kriegerbart abrasiert – und konnte nicht ahnen, daß er ebendeshalb erkannt werden würde: von seinem alten Lehrer, der ihn nur ohne die männliche Zier im Gedächtnis haben konnte. Und abermals schloß Horn: Wenn ein so Vielgesuchter, der weiß, daß der Tod auf sein Vergehen steht, sich als ein gejagtes Wild in des Löwen Höhle begibt, dann muß er einen gewichtigen Grund haben, der den Einsatz seines Lebens lohnt.

Nach dem Essen ging Horn zum Abt und fragte ihn, ohne seinen Verdacht zu äußern, um welchen Jünger des heiligen Benedikt es sich da handeln könne. Der Abt hob die Schultern und verwies ihn an den Bruder Cirkator, der die Aufsicht über die Schlafsäle hatte. »Ein Bruder Bernardus aus Rinteln«, sagte der Mönch.

Horn beschloß, bis zur Morgenandacht zu warten. Nach einer unruhigen Nacht, in der er sich wegen seines Zauderns Vorwürfe machte und fürchtete, der Verbrecher könne Lunte gerochen haben und ihm entwischen, machte er sich auf den Weg zu Baving. Dann fiel ihm ein, daß Hermann Baving schließlich kein Provinzial mehr war und somit auch nicht mehr sein Vorgesetzter – warum also der Umweg? Baving, wie er ihn kannte, würde die Festnahme des Deserteurs doch nur als sein Verdienst ausgeben.

So kam es, daß Pater Adrian Horn von der Gesellschaft Jesu zu Köln sich am Morgen des Märtyrerfestes zum Bürgermeister der Stadt Paderborn begab, auf daß er seine Knechte schicke, den Philipp von Kronthal, einen entlaufenen Jesuitenschüler und desertierten Offizier, um der irdischen Gerechtigkeit willen zu verhaften.

Feierte man in Paderborn ein Fest, so gedachte man auch stets des heiligen Liborius, des Schutzpatrons dieser Stadt, dessen Gebeine vor vielen hundert Jahren der Bischof Badurad dem Volk und Klerus der Franzosenstadt Le Mans – ja, man muß schon sagen abgeschwätzt hatte. Seither hatte der Heilige, sieht man einmal von seiner Verschleppung durch den verrückten Christian ab, sich nicht nur in vielerlei Stürmen und Drangsalen als nutzbringend erwiesen: Sankt Liborius bewährte sich auch als Heilkundiger, und zwar vornehmlich bei Steinleiden aller Art.

So sang man denn auch dieses Mal, als die Prozession nach der Messe im Dom zum Liboriusberg an der Stadtmauer zog, zu Ehren des Wundertäters, obwohl es nicht der 23. Juli, sondern ein bitterkalter 5. Februar war:

»Du großer Hirt und Gottesmann,
Liborius, halt für uns an,
auf daß nicht Gries und Nierenstein
die Strafe unserer Sünden sein.«

Auf dem Rückweg – den bei Liborius-Feiern üblichen Weg um die Mauern ersparte man sich – hielt die Prozession vor dem mit Girlanden behängten Rathaus, wo sich das Volk zur Festpredigt versammelt hatte. Weihbischof Pelking stieg auf eine improvisierte Kanzel und rühmte »die jedermann sichtbare Devotion, Untertänig- und Ehrerbietsamkeit des Volkes«, die man Liborius zu verdanken habe – wie übrigens auch der heiligen Agatha. Und damit hatte er dem Tag den ihm gebührenden Namen gegeben.

Pelking widerstrebten die frommen Übertreibungen mancher Kanzelredner, der Klostergeistlichen zumal, die da kühnlich behaupteten, jedermann gehorche dem heiligen Liborius: sogar das Meer samt allen Walfischen, der Tod, der Teufel und die anderen höllischen Geister ebenfalls.

Um solche Auswüchse gar nicht erst sprießen zu lassen, ließ Pelking die Reliquien des Heiligen in den Dom zurücktragen; ein Alumnus des Priesterseminars schritt mit einem großen Pfauenschweif voran.

Nach kurzer Rast und wiederholtem Te Deum brachen die Bürger und Bürgerinnen Paderborns nach Schloß Neuhaus auf, angeführt vom Bürgermeister und dem Ehrbaren Rat, von der hohen Geistlichkeit, den fürstlichen Beamten, der Ritterschaft, den Drosten, dem Domkapitel und den Amtsleuten des Bistums, gefolgt von Bruderschaften, Kongregationen und Sodalitäten, von Nonnen, Mönchen – darunter dem Jesuitenkolleg und allen Lehrkräften und Schülern des Gymnasiums –, von Zünften, Gewerbetreibenden und Kriegsleuten. Den Beschluß machten, als ein Orden der Demut und der Arbeit, die Benediktiner des Klosters Abdinghof in ihren schwarzen Kutten.

Zwar würden nur Auserwählte zum Spiel ins Schloß gelassen werden, doch lag für die Ausgesperrten ein großes Faß Freibier bereit. Es gab freilich unter den Teilnehmern viele, denen es schlichtweg zu kalt war, so daß sie, die kein Fett auf den Rippen hatten, schon kurz hinter den Toren der Stadt umkehrten und ihre Behausungen aufsuchten, wo sie fröstelnd in den erloschenen Feuerstellen stocherten.

Zwischen Paderborn und Neuhaus war mit vielerlei Stationen ein Kreuzweg aufgebaut: Da sah man Christus, wie er am Ölberg Blut schwitzte, sah ihn bei Annas den Backenstreich erleiden, vor Kaiphas angespien, vor Herodes verspottet und von Pilatus zum Kreuz verdammt, sah ihn siebenmal niederfallen unter des Kreuzes Last und endlich sterben am Marterholz auf dem Berge Calvariä. Daran zogen, hinter den farbenfroh bemalten Kirchenfahnen, die Gläubigen mit vielen Fußfällen vorbei, sangen Lieder auf die Gottesmutter, die Domina, die Kaiserin, beteten ungezählte Rosenkränze und beugten das Haupt beim Klang der Fanfaren und Posaunen.

Das Laudate pueri Dominum nach dem 112. Psalm aus der Marienvesper des begnadeten Italieners Monteverdi, des »divino Claudio«, wie man ihn sogar in Paderborn nannte, leitete die Märtyrerfeier im überfüllten Festsaal des Schlosses Neuhaus ein. Pelking hatte keine Kosten gescheut; aus Münster, aus Telgte, aus Minden und Lippstadt waren die leuchtendsten Tenöre, die süßesten Knabenstimmen gekommen. Wartenberg hatte sein Osnabrükker Orchester und seinen Kapellmeister zur Verfügung gestellt; beide strengten sich vernehmlich an, um den unkonventionellen Neuerungen des Italieners einigermaßen gerecht zu werden. Der geübte Chor jedoch fing ihre Schwächen auf. Wie aus Himmelsfernen, so silberzart, setzt er ein, engelhaft preist der Sopran den Namen des Herrn, als nähere er sich in feierlichem Aufschwung dem Thron des Allmächtigen: Deus noster, qui in altis habitat, gefolgt von einem triumphierenden Tenor, welcher mit Liebeskraft die Armen und Hilflosen aus dem Staube hebt. Und nun schweben, ja hüpfen die Stimmen, freudig bewegt ob der Verheißung, daß dereinst auch die Unfruchtbaren der Gnade der Mutterschaft teilhaftig werden sollen, von ihren Kindern umspielt: matrem filiorum laetantem. Und als auch das Gloria fast allzu munter von den Lippen geht, hält ein ernster Tenor dagegen: Würdig zelebriert er den Lobgesang, bis aus der Tiefe der sieben Himmel das Saecula saeculorum ertönt und ein vielfältig aus dem Chor erblühendes Amen den Psalm beschließt.

Die Musiker stimmten ihre Instrumente aufs neue, geheimnisvoll bauschte sich der Vorhang der improvisierten Bühne. Den Augen der erwartungsvollen Menge noch verborgen, traf man dort letzte Vorbereitungen zum Märtyrerspiel.

Friedrich Spee hatte mit den anderen Professoren in den hinteren Reihen Platz genommen. Er versuchte, da er Horrions Verse bereits kannte und wußte, daß sie ihn nicht andächtig stimmen konnten, sich auf andere Weise dem Ernst der ihn umgebenden Gemeinde anzupassen. Er erinnerte sich, wie er in manchen seiner Gedichte zur Andacht vor Christi Wunden aufgerufen hatte. Jetzt war ihm, als habe er geradezu leichtfertig über sie *verfügt*. Im Entwurf seines »Tugendbuchs« hatte er geschrieben: »Wenn nach der Elevation der Priester still betet, sollst du die ganze Welt in die fünf Wunden Christi legen« – und dann hatte er alle Menschen, vom Papst bis zum letzten Sünder, gleichsam auf die gnadenreichen Wundmale verteilt. Dafür hätte er von den Oberen und Zensoren, die seine Texte beurteilten, wohl nur Lob geerntet – wäre es ihm nicht eingefallen, auch »Ungläubige, Juden und Türken« in die Obhut der vierten Wunde zu betten, womit er wieder einmal bewiesen hatte, daß er, wo immer sich Gelegenheit bot, aus der Reihe tanzte.

In dem bis auf den letzten Platz mit auserwählten Gästen besetzten Theatersaal, den zwei mit Kerzen bestückte Kandelaber zu beiden Seiten des Proszeniums nur notdürftig beleuchteten, klangen nun die Stimmen gedämpfter. Drei Posaunenstöße kündeten den Beginn der Vorstellung an – dann tat sich der Vorhang ratschend und etwas schwerfällig nach beiden Seiten auf, und vor einem aus vielen hundert brennenden Kerzen gefügten Prospekt war die Heilige dieses Festtages zu sehen: Agatha, die keusche Patriziertochter aus Sizilien. Wunderlieblich dargestellt von Benno Östersötebier, einem Schüler der Octavia Metaphysica, saß sie züchtig, an die Maria der Verkündigungsbilder erinnernd, vor einem aufgeplatzten Marterholz in Form des Buchstabens T. Aus den Seitenkulissen, die, bemalt mit römischen Säulen und Arkaden, die Szenerie bis hin zur flimmernden Rückwand perspektivisch vertieften, trat nun ein Herold an die Rampe: Hendrik Vordermann, auch er, wie fast alle Darsteller, ein Jesuitenschüler. Er entrollte ein langes Pergament, hielt es, da er kurzsichtig war, dicht vor die Augen, so daß sein niedlicher Pagenkopf fast dahinter verschwand, und trug mit freudigem Pathos das erste der Märtyrergedichte des Paters Johannes Horrion vor:

»Agatha, edler Sproß der vornehmsten Familien,
begehrt von Quintian, Statthalter von Sizilien!
Doch sie war fromme Christin – dieser war ein Heide,
unstatthaft war somit der Ehebund für beide.
Er stellt ihr lüstern nach, die Jungfrau zu verführen,
zuchtlosen Sinns die Unberührte zu berühren . . .«

Bereits bei »er stellt ihr lüstern nach« schlich sich ein durch stechenden Blick und ungepflegten Bart als Bösewicht erkennbarer Quintian an Agatha heran und machte in der Tat Anstalten, »die Unberührte zu berühren«. Immerhin streifte er ihre Schulter. Agatha sprang auf und folgte der Beschreibung des Gedichtes mit abwehrenden Gesten, zumal jetzt auch einige halbnackte Schergen überraschend die Bühne betreten hatten.

»Sie weist ihn kühnlich ab. Da legt er sie in Eisen,
nun muß das edle Weib des Glaubens Kraft beweisen!
Und sie vollbringt's getrost in heitrem Gottverlangen!
Doch des Verruchten Knechte schüren schon die Zangen.«

Das taten sie. Zwei Knechte packten die holde Agatha und spannten und fesselten sie auf das Marterholz, während zwei andere eine langstielige Zange in einen dampfenden Tiegel tunkten. Und während Agatha-Bennos rosiges Antlitz sich in rührender Angst verzerrte, triumphierte der jugendliche Herold:

»Und da sie immer noch sich sträubt, ihn zu erhören,

läßt dieser Elende Agathas Brust zerstören.
Da sie verscheidet nun mit unbefleckter Ehre,
hebt Gott der Herr sie auf zur Ehre der Altäre!«

Das Martyrium gerade der heiligen Agatha hatte Pater Horrion vor eine fast unlösbare Aufgabe gestellt. Wußte er dank seiner Imagination und Könnerschaft als *Dichter* das Grausige noch mit Anstand zu schildern, so hatte er sich's als Leiter des Spieles doch zu versagen, die Zerfleischung der Jungfrauenbrust mit glühender Zange anschaulich darstellen zu lassen. Wie denn auch? Das Äußerste, was in diesem Falle denk- und machbar war, hatte die Kostümierung des Benno Östersötebier schon gewagt: Unter dem fließenden Gewand war mit Hilfe geballter Tücher eine weibliche Brust angedeutet worden. So mußte es denn mit einer furchterregenden Gebärde sein Bewenden haben: Einer der Schergen riß die Zange aus dem Tiegel und näherte sich der Unglücklichen mit überlautem Gebrüll, während der Vorhang eilig zugezogen wurde und der Organist von Sankt Pankraz einige versöhnliche Akkorde auf dem Cembalo griff. Schon nach wenigen Sekunden öffnete sich die Bühne aufs neue, und die Zuschauer, noch seltsam angerührt von dem erbarmungslosen Martyrium, dessen Zeuge sie – beinahe – geworden waren, sahen nun einen fast unverhüllten Jünglingskörper vor sich, der, an einen Pfahl gebunden, den Schießkünsten martialischer Legionäre ausgeliefert war: der heilige Sebastian.

Als jedoch der Herold begann, auch dieses Schauspiel mit Versen aus seiner Schriftrolle zu begleiten, entstand Unruhe im hinteren Teil des Saales.

Die Ehrengäste versuchten, die Störung zu ignorieren, verboten sich, den Kopf zu wenden, blickten starr auf das anmutige Opfer der Bogenschützen – aber dann hörte man Rufe »Mordanschlag!« – »Blut!« – »Ein Arzt!« –, und jetzt zog es kalt von draußen herein, offenbar war das Treppenhaus voller Leute. Und schon standen die ersten auf und zwängten sich durch die Reihen, als fürchteten sie um ihr eigenes Leben. Und als der Vorhang sich schloß – wenn auch unvollkommen, so daß man noch sehen konnte, wie Sebastian sich kopfschüttelnd vom Pfahl entfernte –, tat sich gleichsam ein anderer Vorhang auf, und einige, die bislang wie blind gewesen waren, erkannten, wer unter ihnen geweilt hatte.

Rings um den zugefrorenen Graben des Wasserschlosses hatten sich etliche hundert Gläubige eingefunden. Die Sonne war durch die bislang noch geschlossene Wolkendecke gedrungen, und als sie auf den patinagrünen Turmhelmen und auf den versilberten, über die Eisdecke hängenden Weidenzweigen glitzerte, sah es schon ein bißchen nach Vorfrühling aus. Wer es hier in dem am Vortag aufgeschlagenen Zelt oder draußen vor dem großen Bierfaß noch aushielt, obwohl sich – es war ja Notzeit – kein Ochse am Spieß drehte, der begehrte nichts anderes, als die hohen Herrschaften wieder aus dem Tor kommen zu sehen, einen Hauch von Glanz und Gnade zu verspüren, vielleicht eine Neuigkeit vom Kriegstheater aufzuschnappen oder gar vom Weihbischof einen persönlich gemeinten Segen zu erhaschen.

Auch die Kapuziner, Franziskaner und Benediktiner, die, anders als die stets privilegierten Jesuiten, keinen Einlaß gefunden hatten, standen in Gruppen herum, bewegten die von Lappen umwickelten Füße in den ärmlichen Sandalen und schlugen weit ausholend die Arme über der Brust zusammen. Einige scharten sich um einen purzelbaumschlagenden Gaukler oder lauschten für geringe Münze einem Bänkelsänger.

Philipp von Kronthal fühlte sich in seiner Verkleidung sicher. Als nützlich erwies es sich nun, daß er in Rinteln bei den Benediktinern die Messe gehört hatte, daß er das »Anatomicum« des Professors Lotichius und die Druckerei beschreiben konnte und auch einige der Brüder mit Namen kannte. Keiner der Mönche, die ihm hier seit gestern Gastrecht gewährten, zweifelte daran, daß er einer der Ihren vom Rintelner Bruderkloster war.

Das Abenteuer, auf das Philipp sich eingelassen hatte – nein, es war kein Abenteuer! Er war schon zu alt, als daß er's noch nötig gehabt hätte, sich seinen Mut durch Tollkühnheit zu bestätigen. Und er fühlte sich für Giertchen und das Kind verantwortlich, er liebte sie beide. Leichtsinnig durfte er nicht sein. Er lebte auch viel zu gern.

Aber man kann nur gern leben, wenn man seine Würde und seine Ehre nicht verspielt. Und so befriedigt er gewesen war, als er das Manuskript der »Cautio Criminalis« endlich zum Drucker Lucius getragen hatte, um so bedrückter hatte er sich zwei Monate später gefühlt, als er wieder in die Druckerei geschlichen war. Stolz hatte ihm Peter Lucius die Druckbögen gezeigt, ein gebundenes Vorausexemplar konnte Philipp gleich mitnehmen, und in wenigen Tagen würde ein Wagen die Hälfte der Auflage zu den Buchhändlern ins Paderbornsche bringen. Denn dort sollte mit dem Verkauf begonnen werden: im flammenden Wirkungskreis des Doktors Schultheiß aus Werl.

So war also alles nach Wunsch gegangen – und doch war Philipp niedergeschlagen und voller Sorgen. Er sprach mit Giertchen darüber, aber sie verstand ihn nicht.

»Du willst Pater Spee vorbereiten? Warum? Waren wir uns nicht einig, daß ihm am besten gedient ist, wenn er mit reinem Gewissen sagen kann: Ich weiß von nichts?«

»Er muß erfahren, was ihn erwartet. Er muß sich präparieren können, muß Antworten zur Hand haben, die nicht gleich als Ausflüchte entlarvt werden!«

»Dann schickt ihm doch das Buch! Das erste Exemplar. Schick es ihm – und erkläre dich in einem Brief!«

Er zögerte einen Augenblick. »Nein«, sagte er dann. »Das kann man nicht schriftlich machen. Ich habe ihn furchtbar enttäuscht, ich habe sein Vertrauen mißbraucht – ich stehe dazu, nach wie vor, aber ich kann ihn nicht blind ins Unglück tappen lassen. Giertchen, es kann sein Verhängnis sein, wenn er sich ungeschickt verhält!«

Er hatte sich entschlossen. Er war kein Feigling. Was er begonnen hatte, konnte nur er selbst zu einem guten Ende führen. Natürlich wußte er, daß er noch immer der meistgesuchte Mann im Paderbornschen war. Aber wer kannte ihn dort schon? Und schließlich würde er nicht gerade hoch zu Roß als kaiserlicher Offizier daherkommen . . . Und länger als einen Tag, höchstens zwei, brauchte er sich nicht in Gefahr zu begeben – wenn es denn überhaupt gefährlich war.

Um ganz ehrlich zu sein: Er war des faulen Lebens in Rinteln längst überdrüssig. Auch das Saufen bekam ihm nicht mehr. Den gelehrten Gesprächen mit Lotichius, Philippus Wagner und den verbitterten Professoren der theologischen Fakultät war er auf die Dauer nicht gewachsen; er war ein entlaufener Schüler, hatte seit Jahren kaum mehr ein Buch gelesen. Es wurde aus mancherlei Gründen Zeit, Rinteln zu verlassen.

Es war nicht schwierig, sich eine Benediktinerkutte zu besorgen. Eines frühen Morgens verabschiedete er sich von Giertchen und dem Kind und ritt, als Offizier gekleidet, die Kutte in der Satteltasche, nach Süden.

Pater Horn hatte auf das Schauspiel verzichtet; er gedachte anderer Märtyrer: der braven Henkersknechte zu Geseke, die, so war's ihm ausgemalt worden, mit dem Rosenkranz auf erbleichender Lippe jenem Mordbuben zum Opfer gefallen waren. Pater Horn, hier nichts als ein unscheinbarer Priester in der frierenden Menge vor Schloß Neuhaus, mußte den Bütteln der Paderborner Gewaltrichter, die da mit Spießen und langen Schwerten aufwendig herangeklirrt kamen, den Weg zum Mörder weisen. Mit ausgestrecktem Arm wies er auf ihn, mit der anderen Hand packte er den Büttelmeister am Ellbogen und stieß ihn, nicht etwa konspiratorisch flüsternd, sondern mit einem schrillen »Den holt euch!« gegen den Delinquenten.

Da senkten sie ihre Spieße, der Büttelmeister und sein Stellvertreter zogen das Schwert, und nun brachen sie auf den jungen Benediktiner ein. Der, noch im Disput mit einem seiner vorgeblichen Ordensbrüder, fuhr herum, sah, was da, fünf Männer stark, auf ihn zukam – und dahinter das faltige Antlitz des alten Lehrers, und aus dessen Augen eiferte der Haß. Schon beim Umwenden war Philipps Hand zum Griff des kurzen italienischen Stiletts gefahren – er riß es aus der Kutte, sprang drei Schritte zurück gegen eine Mauer, um sich den Rücken zu decken. Aber sie hatten ihn schon umzingelt, und der Büttelmeister rief: »Ergib dich, Mörder von Geseke!«

Damit war's heraus. Es konnte keine törichte Verwechslung sein, ging nicht um Zollvergehen oder sonst eine Bagatelle. Sie hatten erwischt, wen sie haben wollten; sie wollten sein Blut, ob unterm Rad oder auf dem Block. Aber so kriegt ihr mich nicht! Ade nun, Giertchen, Klein-Philipp, ade, ade, Rinteln und alle Zukunft ade, ade auch Pater Spee – und nur eine halbe Stunde hätte ich noch gebraucht, und mein Auftrag wäre erfüllt . . .

Sie zögerten. Das blitzende Stilett in der Hand eines Mönchs befremdete die Büttel für eine Sekunde. Das war die Chance zur Flucht. Doch da war kein Weg durch die Menge. Der »Mörder von Geseke« – das hatte sie alle wachgemacht: Bürger, Mönche, Lumpenbrüder, Gaukler, Wirtsknechte, Mägde, Pfaffen und Landstreicher – da war kein Durchkommen mehr, die waren allesamt nur darauf aus, ihn zu erwürgen.

Nun denn, Soldat Philipp von Kronthal, alter Wallensteiner, Gott befohlen, stell dich zum Kampf und wage du getrost den ersten Stich! Es hätte am Schluß noch können ein sinnvolles Leben geworden sein – durch eine einzige Tat. Vorbei.

Sie zerhauen ihm die Schulter, den Arm, zerschlagen die Rippen, durchbohren den Bauch, und als er ihnen in einer verzweifelten Fluchtgebärde hilflos den Rücken kehrt, geben sie ihm den Rest. Vornüber mit der Stirn schlägt er auf den Boden.

Als sie meinten, es sei kein Leben mehr in ihm, wichen die Büttel und die Zuschauer etwas zurück. Adrian Horn stand vereinsamt im Hintergrund, die anderen umstanden das blutende Bündel in der schwarzen Kutte mit der Betroffenheit voreiliger Täter. Nahezu schüchtern machten sie Baving Platz, der als einer der ersten aus dem Schloß gekommen war. Der Rektor war sich nicht zu schade, neben dem Bewußtlosen hinzuknien.

»Einen Priester brauchst du, mein Sohn«, sagte Hermann Baving. »Aber nicht *einen* Priester wirst du verlangen, sondern einen ganz bestimmten. Doch bis der kommt, sollst du nicht ungetröstet bleiben.«

Er schickte nach Spee ins Schloß. Dann machte er über der zerschundenen Stirn des Sterbenden die Geste der Salbung.

Im Theatersaal hatte Pelking sich machtvoll erhoben und Ruhe geboten. Doch auf die Nachricht, es sei ein »feindlicher Anführer« erschlagen worden, legte sich niemand Rechenschaft ab, woher der wohl gekommen sei und welchem Volk er angehören mochte: Die würdigsten Priester stolperten über die Bänke, zankten sich mit bunt kostümierten »Märtyrern«, deren junge Beine sie von der Bühne geschwinder ins Treppenhaus trugen, und trippelten, Soutanen und Chorröcke raffend, die Stiegen hinunter ins Freie, in die aufgerührte Menge hinein. Dort jedenfalls gab's Blut zu sehen, und echteres als auf der Bühne. Unter ihnen war auch Spee; Pater Turck hatte ihm zugerufen, man habe den Leutenant von Geseke aufgegriffen.

Nun kniete er sich neben dem Sterbenden hin. Es kam kein Leuchten des Erkennens mehr in die schon erloschenen Augen, aber ein paar Worte vernahm der Pater noch, das Ohr nahe an Philipps Mund: »Es mußte sein . . . die Opfer . . .«

»In nomine Patris et Filii et Spirtus Sancti . . .« Spee sprach die uralten Worte und machte die geheiligten Zeichen. »Der allmächtige Gott erbarme sich deiner. Er lasse dir die Sünden nach. Absolvo te. Ego te absolvo.«

Und noch ehe er um Phillip weinen konnte, legte sich ihm von hinten eine Hand auf die Schulter. Hermann Baving war es, der ihm väterlich riet:

»Steig in meinen Wagen, Bruder Fridericus. Der Kutscher wird dich zum Kolleg fahren. Begib dich in deine Zelle und warte ab, was man dir auftragen wird. Bete viel und erforsche, wo du gefehlt hast. Wenn du Bedürfnisse hast: Der Bruder Circator wird jede zweite Stunde nach dir sehen.«

Als Spee in die Kutsche stieg, begab sich Rektor Baving ins Schloß zurück. Dort sollte nach dem Willen des Weihbischofs das Märtyrerspiel seinen Fortgang nehmen. Auf der Brücke kamen ihm jedoch noch immer aufgeregte Gäste entgegen. Und wer von denen Glück hatte, erspähte eben noch den Saum eines Mönchsgewands und ein Paar Füße, die über den Rand des Planwagens hinaushingen, mit dem der Mörder von Geseke zu näherem Befund nach Paderborn gekarrt wurde.

Pater Adrian Horn, der mit einigen anderen den Verendeten noch einige Schritte begleitete, sah aus dem Leiterwagen ein Büchlein fallen, vielleicht das Brevier des vorgeblichen Mönches. Er hob es auf, blieb stehen und tat, während die anderen mit Verwünschungen dem Wagen folgten, einen Blick hinein. Über sein von zahllosen Falten und Fältchen durchzogenes Gesicht ging ein erstauntes Lächeln.

Adrian Horn hatte eine unruhige Nacht hinter sich. Er war spät ins Bett gekommen, hatte noch lange im Refektorium des Klosters Abdinghof gesessen, wo es hoch herging; allzu turbulent war der Tag gewesen. Nach all dem schön gemalten Marterblut hatte das wahrhaftige Blut eines einzigen, der wie ein Soldat im Kampf gefallen war, die Paderborner erinnert, daß Krieg im Reiche tobte, wenn auch noch weit im Nordosten, im Brandenburgischen, doch immerhin. Der Schwedenkönig griff sich dort oben eine Stadt nach der anderen und preßte sie aus in seiner gepanzerten Faust, und über geschleiften Mauern und brennenden Schlössern sangen die Seinen das deutsche Lutherlied »Ein feste Burg ist unser Gott«.

Horn saß vor seinem Bier und grollte. Obwohl sie alle vom gerechten Tod des Mörders von Geseke sprachen, gesellte sich doch kaum einer zu ihm, seinem Entlarver, ohne den der falsche Mönch auch heute noch sein Unwesen treiben würde. Man wußte nichts von Horns Wachsamkeit – das war es! Vergeblich wartete er auch auf einen Abgesandten des Bürgermeisters, der ihn zu Lob und Ehrentrunk in Rathaus lüde. Bis gegen Mitternacht brütete der einsame Mann an seinem Tisch. Zum Glück besaß er das Büchlein, an das er sich halten konnte. Wo er's auch aufschlug – bald verwunderte, bald entsetzte es ihn: klein, doch umfangreich, vierhundert Seiten stark, betitelt: Cautio Criminalis seu de processibus contra sagas liber. Sein Autor stellte sich vor – oder besser verbarg sich als »ein unbekannter rechtgläubiger Theologe«.

Dieses in einundfünfzig Kapitel eingeteilte Buch, in dessen Beschnitt ein frischer roter, ins Bräunliche spielender Fleck an den erinnerte, dem es gehört hatte, zwang Adrian Horn, auch inmitten des Lärms halbtrunkener Gäste und oftmals von ahnungslosen Tischgenossen bedrängt, zu einer Disziplin des Denkens, die ihn frösteln machte, obwohl doch sein Hauptfach am Gymnasium die Logik war. Denn – davon war er überzeugt – auch das Denken mußte sich, um des Bestandes der gottgesetzten Ordnung willen, in Grenzen bewegen, die, wenn schon nicht von einer weisen und strengen Obrigkeit, so doch von Takt und Selbstbescheidung des Denkers gezogen werden mußten. Davon war in diesem beunruhigenden Buch nichts zu bemerken. Der Autor, der aus gutem Grunde anonym blieb, griff nämlich sowohl die Ordnung wie die Obrigkeit, welche sie garantiert, mit einer Vehemenz an, die allenfalls einem Propheten des Alten Bundes gegenüber Baalspriestern angestanden hätte. Zudem war dieser Anonymus ein hochgebildeter Mann; sein Latein war einwandfrei, für die vielen Druckfehler konnte er nichts, und seine literarische Beschlagenheit erwies sich an vielen Zitaten und gelehrten, oft in Kursivschrift gesetzten Noten und Verweisen.

Gerade der Umstand, daß Adrian Horn die fachliche Qualifikation des Autors anerkannte, ja bewunderte, war es, der ihn nicht auf den Gedanken brachte, sein Ordensbruder Spee könne der Verfasser sein. Dabei lag der Verdacht doch wirklich nahe. Das Buch setzte sich mit der Hexenverfolgung auseinander, mit einem Thema also, das Spee seit dem Prozeß der Katharina Henot beschäftigte; und – ein zweites Indiz – es war gefunden worden bei Philipp von Kronthal, Spees Schüler, der ihn ohne Zweifel in Paderborn hatte aufsuchen wollen. Gewiß um ihm dieses Buch zu bringen, das offenbar einen wichtigen Beitrag zu Spees eigenen schändlichen Theorien leistete. Und damit gab Horn sich zufrieden, in einer Verblendung, die sich nur daraus erklären läßt, daß er, wie es häufig geschieht, diesem ihm in seiner Alltäglichkeit allzu geläufigen Bruder gar nicht die Fähigkeit zutraute, ein so bittergescheites Buch zu schreiben. Es fehlte nicht viel, und Adrian Horn hätte sich das Büchlein angeeignet; es reizte ihn, des Verfassers Thesen dubio pro dubio zu widerlegen.

Am anderen Morgen jedoch glaubte er sich verpflichtet, das Fundstück abzuliefern, zumal es geeignet war, den verhaßten Bruder Spee zu belasten. Bewies es doch, daß die Verbindung zwischen ihm und dem ehemaligen Schüler auch nach dem Mord von Geseke noch immer verdächtig eng war. So beschloß er beim Frühstück, das Buch zu Baving zu bringen und ihn gleichzeitig auf die heimlichen Aktivitäten des unseligen Bruders aufmerksam zu machen. Aber schon als er den Mund abwischte und von der Tafel aufstand, hatte er sich's wieder anders überlegt. Rektor Baving war ihm nicht konsequent genug. Schon einmal hatte er sich als zu weich erwiesen: damals, als er in Köln den renitenten Spee, statt ihn ernsthaft zu maßregeln, lediglich zur Missionsarbeit nach Peine geschickt und ihm damit nur Gelegenheit geboten hatte, sich gewisse Meriten zu erwerben. Nein, viel besser war es, zum Weihbischof und Generalvikar zu gehen. Johannes Pelking hatte als Vertreter des Fürstenbischofs Wartenberg auch weltliche Macht; der wüßte wohl besser, wie man mit aufsässigen Pfäfflein verfährt.

Als Weihbischof Pelking an diesem Morgen von seinem Sekretär Zalusa vernahm, daß Regens Horn aus Köln um Vorsprache bitte, beschied er den Wartenden ungnädig. Er habe keine Zeit, sei im Aufbruch nach Herford begriffen; der Herr solle schriftlich hinterlassen, um was es ihm zu tun sei; man gedenke wohlwollend zu befinden.

»Das fehlte mir noch, diesen intriganten Jesuiten zu empfangen!« polterte Pelking. »Daß er die Stirne hat, sich zu melden! Ich weiß doch, daß er im Auftrag des Kurfürsten die Angelegenheit Pyrmont betreibt. Er steht auf Tillys Seite, will ihm mit einem geschönten Gutachten dies fette Lehen zuschanzen. Und wagt sich zu mir!«

»Er wir nicht wissen, Exzellenz«, wandte Zalusa vorsichtig ein, »daß Sie selber an Pyrmont interessiert sind . . .«

»Sollte er das nicht wissen?« Pelking stutzte. »Mag sein. Woher auch? Aber empfangen tu ich ihn trotzdem nicht!«

»Er betonte, daß es allein seiner Aufmerksamkeit zu verdanken sei, daß man den Kronthal erwischt habe.«

»Ein Grund mehr, ihn nicht zu sehen. Ich hasse Denunzianten.«

Zalusa blickte verwundert auf. Sein Vorgesetzter verstand es immer wieder, mit neuartigen Ansichten zu überraschen.

»Aber Exzellenz! Dieser Kronthal war ein Deserteur und Mörder!«

»Es gab einmal eine Zeit«, erwiderte Pelking nachdenklich, »da fanden auch Mörder im Gotteshaus Schutz vor Verfolgung. Erst den englischen Ketzern blieb es vorbehalten, sogar einen Bischof im Dom umzubringen. Man hätte es mit jenem Kronthal eleganter anfangen sollen. Ganz Paderborn samt Neuhaus war gestern, zu Ehren der Märtyrer, ein riesenhafter Dom.«

So blieb Pater Horn nichts übrig, als das Büchlein mit submissester Empfehlung dem Sekretär zu überreichen, der es, den Blutfleck entdeckend, mit spitzen Fingern entgegennahm und zunächst einmal in eine Lade schloß. Als Pelking nach Herford aufbrach, gab er es ihm als Reiselektüre mit. Sie wiegte den Bischof auch in der stuckernden Kutsche nicht in den Schlaf. Denn besser, als es Horn vermochte, wußte Johannes Pelking den Friedrich Spee einzuschätzen.

Zeit genug für Tränen und Selbstvorwürfe im Arrest, in welchen Rektor Baving den durch die Umstände des gestrigen Tages abermals schwer belasteten Bruder verbannt hatte. Tränen um einen begabten, um Recht und Gerechtigkeit besorgten Schüler, um einen unbeugsamen Gegner der schrecklichen Prozesse. Tränen auch um den ruhelosen Mahner, ohne den Friedrich Spee vielleicht niemals seine Warnschrift zu Ende gebracht hätte. Tränen um einen, um seinen einzigen Freund. Tränen endlich um eine junge Frau und ein Kind, die dieser Mann geliebt und, wie er wohl hatte glauben dürfen, nur für ein paar Tage verlassen hatte, um . . .

Ja, warum? Spee würde versuchen, mit dieser Frau, von der er wußte, daß sie die Tochter des ehemaligen Kölner Buchhändlers Kessenich war, Verbindung aufzunehmen – vielleicht, daß *sie* ihm sagen konnte, was er hier vorgehabt hatte.

Seit zwei Tagen grübelte Spee in seiner Zelle darüber nach. Und das Ergebnis, zu dem er kam, konnte ihn nur beunruhigen. Es gab keinen anderen Grund für Philipp, die Gefahr des Entdecktwerdens in Paderborn auf sich zu nehmen, als diesen: Er hatte Spee das Manuskript der »Cautio« zurückbringen wollen! Diese Schrift der unzuverlässigen Post oder einem Boten anzuvertrauen, war ihm zu leichtsinnig erschienen. Gewissenhaft, wie der Junge war, durfte er nur dem Autor zubilligen, ein solches Risiko einzugehen – er selber hatte den sichersten Weg zu wählen.

Nun würden sie längst in seiner Hinterlassenschaft, dort, wo er in Paderborn sein Quartier gehabt hatte, gewühlt und die »Cautio« entdeckt haben. Die »Cautio Criminalis« – in

Spees Handschrift. Kein Leugnen würde helfen. – Nun gut, warum auch leugnen? Wenn das schreckliche Sterben dieses tapferen Jungen einen Sinn haben sollte, dann konnte er nur darin bestehen, daß der Mann, für den er sein Leben gewagt und geopfert hatte, von jetzt an unerbittlich blieb: genauso tapfer und bereit zur letzten Konsequenz wie Philipp.

Und es gingen ihm auch die Worte nicht aus dem Kopf, die Worte des Sterbenden, der ihn nicht mehr erkannt und doch etwas gesagt hatte, das nur Friedrich Spee begreifen konnte:

»Es mußte sein . . . die Opfer . . .«

Am Abend erinnerte sich Spee an die Tröstung, die er einmal für einen Schüler gefunden hatte, dessen Vater im Krieg geblieben war:

»Mag unser Leib auch zerschlagen werden, gevierteilt oder verbrannt: Am letzten aller Tage wird er sich schöner und reiner als zuvor zusammenfügen – und nicht nur er: alles, alles! Gottes Schöpfung, vom Menschen zertrümmert, auferstehen wird sie vor unserem beseligten Blick: herrlich und vollkommen wie einst, da das *Wort* den Anfang machte.«

Am Abend des zweiten Tages holte ihn Baving zum Verhör. Spee gab sofort zu, daß er auch nach dem Vorfall von Geseke mit Philipp Verbindung gehabt hatte. Vom Inhalt ihres Briefwechsels sagte er freilich nichts. Als Baving wissen wollte, was ihn denn bewogen habe, mit einem vielfachen Mörder Kontakt zu halten, sagte Spee:

»Mit wem anders als einem Priester soll einer reden, den die Gemeinschaft ausgestoßen hat?«

Damit gab Baving sich zufrieden. Von der Hexenschrift schien er nichts zu wissen – und solange Spee nicht danach gefragt wurde, brauchte er auch nichts zu offenbaren.

Baving entließ ihn aus dem Arrest und erklärte den Brüdern, Spee sei rehabilitiert.

Gezwungen, den Unterricht wiederaufzunehmen, meinte Friedrich Spee in den Augen seiner Schüler Philipps vorwurfsvollem Blick zu begegnen. Die behutsamen Hinweise auf den verbrecherischen Leichtsinn der Hexenprozesse, wie er sie sich gelegentlich erlaubt hatte, wollten ihm nun wie eine Verhöhnung der Kompromißlosigkeit seines toten Schülers erscheinen, der ihm vorgemacht hatte, auf welche Weise allein man offenbar die Untaten jener Richter verhindern konnte: mit Gewalt.

Das Elend seines Zauderns, seiner Unentschiedenheit, seines Schwankens zwischen Aufruhr und Unterwerfung überfiel ihn unbarmherzig, als Philipp zu Grabe getragen wurde.

Man hatte einen stillen Winkel auf dem Friedhof der Jesuiten für ihn ausgesucht, doch auch dies war geweihte Erde. Der »Mörder von Geseke« war gewiß ein großer Sünder gewesen – doch unbestritten Katholik, Ordensschüler zumal, wenn auch kein entlaufener, und wohlversehen war er dahingefahren. So nahmen sich denn auch die Jesuiten wie selbstverständlich des Leichnams an, und zu Spees Überraschung hielt Baving selbst die Trauerrede. Er machte das sehr geschickt. Nur von »Verirrung nach einem tapferen Leben im Dienste der Kirche« sprach er, und die Kriegstaten des Leutenants Philipp von Kronthal, diese vor allem, wußte er nicht genug zu rühmen. Bei der behördlichen Nachforschung nach dem Verbleib des Attentäters war man bis zum Kommandeur seines Bürener Regimentes vorgedrungen, und der hatte einiges aus Philipps Soldatenlaufbahn erzählen können.

Er sei also, belehrte Baving das knappe Dutzend Patres, die er zum Leichenbegängnis befohlen hatte, ein wackerer Kriegsheld im Dienste des Generalissimus Wallenstein gewesen, habe sich zu Wolgast im edlen Streit Mann gegen Mann ausgezeichnet, sei in Jütland den flüchtenden Kohorten des Dänenkönigs dicht auf den Fersen geblieben, und alles wäre weiterhin gutgegangen, wenn er nicht – auch das wisse man jetzt! – einem ketzerischen Weibsbild ins

Garn gegangen wäre, das ihn zu Desertion, zu Aufruhr wider Gott und die Obrigkeit und endlich zu vielfachem Mord verleitet habe. Des ungeachtet, Friede seiner Asche, und der Herr lasse ihm die Sünden nach und requiescat in pace.

Als Spee nach der Bestattung, von zwiespältigen Gefühlen bedrängt, dem Pater Rektor immerhin dankte für seine christliche Barmherzigkeit, die er auch einem, der in seinen Augen ein Mörder war, nicht versagte, gelang es ihm, einigermaßen unverfänglich nach Philipps Hinterlassenschaft zu fragen. Da sei nichts gewesen, sagte Baving – ein Hemd zum Wechseln, ein Paar Wanderschuhe, ein geschnitzter Stock – nein, nichts.

Professor Lotichius hatte die Kutsche besorgt – wer sonst. Philippus Wagner weilte mit seinen Gedanken schon nicht mehr in Rinteln; es traute sich ja kaum noch einer in seine Buchhandlung, die von den die Stadt kujonierenden Benediktinern als »lutherische Giftküche« verschrien war, übrigens zu Unrecht, denn Philippus Wagner war zwar gottesfürchtig, aber auch ein Freund der Philosophen, Astronomen und Mystiker, ein universaler Kopf, und entsprechend sah auch sein Sortiment aus. Natürlich hatte er auch schon etliche Exemplare der »Cautio Criminalis« verkauft. Bis eines Tages Professor Goehausen im Laden stand. Der gefürchtete Jurist und Autor eines mörderischen Hexenbuches mache Spektakel, fand es unerhört, daß Wagner das Machwerk eines anonymen katholischen Theologen verkaufte, während seine, Goehausens, grundlegende Schrift verramscht worden sei – drohte auch, er werde sowohl ihn wie den Drucker Lucius anzeigen, und gab im übrigen zu erkennen, daß er sich mit den Benediktinern arrangiert hatte. Denn der evangelische Herr Goehausen, das erboste die Rintelner, hatte sich schon wieder als Gutachter empfohlen. Diesmal bereitete er einen Prozeß gegen die unglückliche Frau Wilsnack vor, die als Mutter jener in Sünden vom Kirchturm gesprungenen Roswitha nun selbst in den Verdacht der Hexerei geraten war.

Philippus Wagner entledigte sich des bösartigen Alten,

indem er ihn aus dem Laden wies. Das mußte Folgen haben. Und so ist doppelt verständlich, daß der Buchhändler keine Zeit gefunden hatte, sich um eine Kutsche für Giertchen zu bemühen, zumal seine Schwägerin für den Vorschlag, sie solle »wohlgefedert« nach Paderborn schaukeln, nur Verachtung übrig hatte. »Warum nicht gleich auch geteert?« ulkte sie, nur allzu sichtbar um Haltung bemüht. Sie wollte keine Kutsche. Sie wollte zu Roß nach ihrem Philipp sehen; was bedeuteten ihr, die mit ihm durch halb Deutschland geritten war, lächerliche fünfzehn Meilen! Und daß sie alleine reiten wollte – was regten sie sich so auf: Leocadia und ihr Schwager, sogar Josua Stegmann, der Theologe? Aber das war nichts gegen die Lamentatio des Professors Lotichius:

»Ja, wissen Sie denn, was das heißt: eine so wohlgeratene Frau auf Pferderücken mitten durch Feindesland?! Doch, doch, dies alles ringsherum ist Feindesland – wie auch unser Rinteln, leider, seit die Schwarzen hier das Sagen haben. Hinter jedem Busch, in jeder Hütte lauert der Feind! Ja, wollen Sie denn, Frau Giertchen, Ihre – wenn ich mich so ausdrücken darf –, Ihre gesamte Fürtrefflichkeit aufs Spiel setzen?«

»Sie vergessen, weshalb ich reiten muß«, sagte Giertchen kurz angebunden.

Es war der zehnte Tag seit Philipps Fortgang. Nach drei Tagen, längstens vier, hatte er zurück sein wollen. Als der fünfte Tag zu Ende ging, wurde Giertchen unruhig. Am siebenten Tag ging sie vors Tor hinaus und ihm entgegen, wie sie meinte, beinahe bis Langenholzhausen.

Am folgenden Tag traf sie alle Vorbereitungen für einen Ritt nach Paderborn. Sie mietete ein Pferd, versah sich mit Mundvorrat und erklärte Leocadia, wie der kleine Philipp zu ernähren sei.

Ihr Schwager war auch an diesem Tag kaum zugänglich; er hatte Post aus Frankfurt erhalten. Ein ehemaliger Geschäftsfreund teilte ihm mit, daß er dort sein Auskommen finden könne; er solle nur so bald wie möglich die

Buchhandlung auflösen und in die Freie Reichsstadt zurückkehren. Die werde vermutlich dem Schwedenkönig als Winterquartier dienen, so daß mit unverschämten Mönchen dort keinesfalls zu rechnen sei. Philippus Wagner hatte also nur mit halbem Ohr zugehört und auch nur halbherzig vor den Gefahren des Rittes gewarnt.

Doch dann griff Professor Lotichius ein. Der elegante Mann, diesmal in Wams und Koller, fallendem Spitzenkragen und einer Bandrosette in Höhe des Knies, nahm die Sache in die Hand. Binnen weniger Stunden hatte er die Kutsche beschafft, zwei rüstige Grauschimmel mit einem verläßlichen Kutscher dazu, und er selbst würde am Reisetag auf einem Rappen daherkommen, bewaffnet mit zwei Pistolen, um, bald vorne sichernd, bald als Nachhut trabend, der tapferen Dame das Geleit bis Paderborn zu geben.

Er hatte nicht lange überlegt. Als er, am sechsten Tag, Giertchens verweinte Augen gesehen und ihr übertrieben burschikoses Gebaren nicht ohne männliche Rührung durchschaut hatte, war sein Entschluß gefaßt. Er dachte sogar noch weiter, gewissermaßen über Paderborn hinaus. Aber als Mann von Anstand und Takt verbot er sich solche Visionen und hielt sich ans Nächste. Und das waren Kutsche, Pferde, Pistolen. Die Vorlesungen sagte er ab. Er würde vielleicht noch viel mehr, und dies dann endgültig, absagen müssen.

Am Morgen des Reisetags – Giertchen hatte sich endlich gefügt und auf den einsamen Ritt verzichtet – stand die Kutsche vor der Buchhandlung; den Pferden, darunter auch des Professors Rappen, wölkte es aus den Nüstern, der Kutscher schlug weit ausholend die Arme um den Leib. Es war ein kalter Februar. Professor Lotichius, im pelzgefütterten Mantel, öffnete den Wagenschlag und ließ Giertchen, die einen Umhang ihrer Schwester trug, einsteigen. Dann sah er den Benediktiner.

Der Mönch kam die Ostertorstraße hoch und hielt, Lotichius bemerkte es sofort, einen Brief in der Hand. Es war der gleiche Mann, der schon einige Briefe von Spee nach

Rinteln gebracht hatte. Sie waren immer an Philippus Wagner adressiert gewesen – denn an Philipp von Kronthal zu schreiben, hätte Spee in Paderborn nicht wagen dürfen.

Lotichius öffnete noch einmal kurz die Wagentür und behauptete, während er Giertchen die Decke über dem Schoß zurechtzupfte, er habe noch etwas vergessen. Inzwischen waren auch der Buchhändler und Leocadia, die den dick eingewickelten Philipp im Arm hielt, zur Verabschiedung auf die Straße getreten. Der Professor ging dem Benediktiner entgegen, nahme ihm den Brief ab, entlohnte ihn großzügig und winkte das Ehepaar Wagner in den Laden zurück.

Nachdem sie den Brief überflogen hatten, erschien auch Giertchen, die nicht zu täuschen war.

Der Professor, sonst allen Lebenslagen gewachsen, versagte. Er postierte sich hinter einen der Büchertische, blätterte in den »Annalen der Brabantischen Herzöge«, empfand das als ungezogen, setzte sich, fand dies noch ungehöriger, stand schließlich nur so herum, schlug mit der rechten Faust in die geöffnete Linke und vermied es, Giertchen anzusehen; er wollte nicht vollends die Fassung verlieren.

Giertchen, von ihrer Schwester gestützt und, halb flüsternd, in das Schreckliche eingeweiht, stand mit hängenden Armen, die blauen Augen füllten sich mit Wasser, sie atmete einmal tief durch, aber nur mit Mühe, setzte mehrmals zu einer Klage an, zu einem Schrei oder sonst einem Ausbruch – aber dann sah sie auf dem Büchertisch das kleine Buch, die »Cautio Criminalis«, liegen, ergriff es, schlug es auf – und zerriß es mit Kraft. Und so stand sie, die beiden Hälften in den Händen, eine Weile fast unbeweglich. Dann brach das Schluchzen aus ihr heraus – sie blickte auf das zerrissene Buch – erst auf die eine, dann auf die andere Hälfte, und fügte endlich, als wollte sie die Hände zum Gebet falten, die Teile wieder zusammen, drückte das Buch, als wär's ihr Kind, fest an die Brust und ließ sich mit gesenktem, Kopf von Leocadia die Treppe hinauf in ihr Zimmer führen.

Professor Lotichius trat hinaus zu dem frierenden Kutscher und sagte die Fahrt nach Paderborn ab. Und sicher nicht nur, um, den Mann zu versöhnen, fügte er hinzu: »Wir fahren ein andermal. Und dann sehr viel weiter. Nach Holland vielleicht.«

Der Chirurg war kein Träumer. Nach einigen Tagen – der Buchhändler hatte sich jetzt endgültig entschlossen, nach Frankfurt zu ziehen – erklärte Giertchen bei Tisch, daß sie, da nun doch kein Bleiben in Rinteln mehr möglich sei und alles hier sie nur an Philipp erinnerte, nach Amsterdam zurückgehen werde. Dort warte ja auch die Erbschaft ihres Mannes, die sie schon des kleinen Philipps wegen nicht ausschlagen wolle.

»Amsterdam?« wiederholte Professor Lotichius, der sich in den letzten Tagen öfter an den Wagnerschen Mittagstisch hatte einladen lassen. »Wie sich das trifft! Auch ich bin drauf und dran, nach Amsterdam zu verziehen!«

Alle waren überrascht.

»Habe ich Ihnen nicht wiederholt von Professor Tulp, dem hochberühmten Chirurgen, erzählt? Ich bin überzeugt, er würde für mich – was sag' ich: Es ist sozusagen alles nahezu perfekt . . . Wenn Sie also, Frau Giertchen, in der Tat nach Amsterdam reisen wollen und Ihnen meine Begleitung konvenieren sollte: Mich hält in Rinteln nichts mehr!«

»Ich dachte, Sie wollten Feldchirurgus werden?« fragte Leocadia. Der Professor überhörte die kleine Bosheit. Er blickte scheu auf Giertchen, die ihm weder zustimmte noch widersprach.

»Und Ihr Anatomicum?« fragte Philippus Wagner.

»Einige meiner schönsten Präparate nehme ich natürlich mit«, entgegnete Lotichius eifrig. »Besonders für den Fötus mit zwei Köpfen dürfte sich mein Kollege Tulp . . .« Er brach ab und errötete.

Aber Leocadia konnte nach Tisch dem Professor vertraulich bestätigen, daß Giertchen, als von seiner Begleitung die Rede gewesen war, wirklich für einen Augenblick den Kopf gehoben und ihm zugenickt hatte.

Seit dem unglückseligen Agathentag waren bald vier Wochen vergangen, und während dieser Zeit war es Spee, als fresse sich das Feuer der Wahrheit an einer Zündschnur entlang: Nichts war ausgestanden, im geheimen bereitete sich, daran zweifelte er nicht mehr, eine Katastrophe vor.

Vieles erregte sein Mißtrauen. Die Süffisanz der Kollegen war nichts Neues – nur daß sie jetzt auch einen Anflug von Nachsicht bekam, wie man sie gegenüber jemandem aufbringt, dem im Grunde nicht mehr zu helfen ist. Selbst ein so eigenwilliger Kopf wie Pater Nußbaum suchte Spee nicht mehr als Gesprächspartner, und nur Pater Turck, mit feinem Lächeln auf den dünnen Lippen und schon sehr gelichtetem Haupthaar, gesellte sich gern und ohne Scheu vor den Augen der anderen Brüder zu Spee. Er informierte ihn über wichtige Vorgänge in der Diözese, und von ihm erfuhr Spee auch, daß die Rückkehr Pelkings sich verzögerte; freilich jetzt, Mitte März, dürfe man mit ihm rechnen.

Dann kam der Tag, da schien es Friedrich Spee, als sei der zündende Funke nun dicht vor dem Pulverhaufen angelangt.

Er hatte im Unterricht vor seiner Klasse der Fünfzehn- bis Siebzehnjährigen schon lange nicht mehr über die Hexenprozesse gesprochen. Das Pensum – das Geheimnis des Dreieinigen Gottes – war auch nicht dazu angetan. Da meldete sich an diesem Morgen der Schüler Beatus Westerhellweg, derselbe, der ihn damals bei Lennep angezeigt hatte, und fragte ohne erkennbaren Bezug auf Vorangegangenes: »Ist es wahr, Professor Spee, daß in Deutschland niemand wagt, die Hexenprozesse anzufechten? Ist es wahr, daß man zu glauben hat, daß in der Prozeßführung alles seine Ordnung hat? Stimmt es, daß wer in einem Prozeß zur Hexe erklärt wird, auch wirklich eine ist? Und ist es wahr, daß, wer zu widersprechen wagt, selber in Verdacht gerät?«

Das trug er so fließend vor, als habe er es auswendig gelernt. Und als Spee, der nur mit Mühe seine Irritation verbarg, ausweichend antwortete, stieß der Schüler nach:

»Ist es wahr, daß lüsterne Wüstlinge sich an angeblichen Hexen gern mit unzüchtigen Berührungen vergreifen? Und daß es ihnen nicht an Vorwänden fehlt, wenn es sie reizt, ihrer Zügellosigkeit noch mehr nachzugeben?«

Die Klasse begann zu kichern; allzu selten wurde im Unterricht von den Verlockungen des Geschlechts geredet. Man nickte dem Westerhellweg zu und blickte gebannt auf den Lehrer, der sich vom Kathedersitz erhoben hatte und ans Fenster getreten war.

Konnte nach den ersten Sätzen mit ihren allgemeinen Formulierungen noch an eine zufällige Ähnlichkeit gedacht werden – die weiteren Fragen, da gab es nicht den geringsten Zweifel, waren wortwörtlich der »Cautio«, und zwar dem 31. Dubio, entnommen. Und das konnte nur bedeuten: Der Schüler besaß das vermißte Manuskript, Philipps Exemplar! Hatte es zumindest gelesen.

Spee mußte antworten.

»Der Mensch, wenn er seinen Gelüsten folgt, verliert sehr leicht die Kontrolle über sie. Das gilt besonders, wenn er Macht über Wehrlose hat.«

Dann fuhr er eilig im Pensum fort.

Noch am selben Tag ging er zur Apotheke und vergewisserte sich, daß sein Manuskript noch am Platz lag. Der alte Theodori schwor, daß es auch niemand abgeholt und wieder zurückgebracht hatte. Das war der Beweis. *Philipps* Exemplar war in unrechte Hände geraten! Es blieb Spee nichts anderes übrig: Er mußte mit Beatus Westerhellweg vertraulich sprechen und ihm die Schrift wieder abspenstig machen.

Doch dazu kam es nicht mehr.

Da Friedrich Spee der kranken Witwe Reifferscheidt auf Bitten ihres Beichtvaters Turck ein Fläschen mit heilsamem Wasser aus Fieberklee ins Heisingsche Haus bringen wollte, nahm er nicht den gewohnten Weg zum Generalvikariat, der ihn an der Druckerei in der Kampstraße vorbeigeführt hätte. So entging ihm, daß an diesem Morgen die Offizin

Pontanus im Haus an der Stegge einer Inspektion der kirchlichen Behörde unterworfen war. Sie endete damit, daß Arbeiter einige Kisten mit konfiszierten oder fürs erste verdächtig erscheinenden Büchern aus dem Lager schleppten und auf einen Wagen luden. Nachdem der Drucker, in der Tür seines Ladens stehend, mit betrübtem Kopfschütteln die Beraubung hatte dulden müssen, warf er sich in seinen guten Rock und machte sich auf den Weg zum Generalvikariat. Denn die Herren Inspektoren hatten ihm eine Vorladung des Weihbischofs überbracht, der man, wie die Erfahrung lehrte, am besten ohne Einspruch folgte.

Auch einige andere waren geladen worden. Auch Friedrich Spee.

Die Bediensteten im Gröninger-Haus wiesen ihn nicht, wie sonst üblich, zum Sekretariat oder zum Amtszimmer Pelkings, sondern eine Treppe höher, und als er den mit heidnischer Marmorpracht ausgestatteten Sitzungssaal betrat, sah er sich nicht nur Pelking gegenüber, der, am Ende des Saales hinter einem quergestellten Tisch thronend, allein noch auf ihn zu warten schien: Zu seiner linken, scheinbar in einem Buch lesend, saß Rektor Baving, zu seiner Rechten saß jemand vor dem überhohen, in viele kleine Quadrate gegliederten Fenster, der sich im Gegenlicht erst allmählich als Rektor Augustin Turrianus vom Hildesheimer Kollegium entpuppte. Er sah aus, als wisse er nicht, wie er an diesen Tisch geraten sei, vermied es auch, Spee in die Augen zu sehen, und blickte immer wieder ängstlich auf den Weihbischof.

Spee befand sich unversehens vor einer Art Tribunal. Abseits an einem Schreibpult spitzte der Sekretär Zalusa eine Feder, und ihm gegenüber, auf der anderen Seite, stand der Buchhändler und -drucker Pontanus; mit einer Hand klammerte er sich an eine Stuhllehne, in der anderen hielt er ein kleines Buch.

Der Weihbischof bedeutete Spee, er möge bis auf zehn Schritte an den Tisch herantreten.

»Ich habe es für richtig befunden, unser heutiges

Gespräch in Gegenwart einiger ehrenwerter Zeugen zu führen. Unsere letzten Unterhaltungen, Pater Spee, fanden unter vier Augen statt. Sie sind nicht eben von nachhaltiger Wirkung gewesen. Es war mir offenbar nicht vergönnt, meine Ansichten mit den überzeugenden Argumenten zu stützen, auf die Sie, ein Mann von bewundernswerter Intelligenz, Anspruch haben. So mußte ich mir diese Ihnen gut bekannten, wahrhaft vorzüglichen Männer zur Assistenz erbitten. Soviel zur Form dieser Vernehmung – nein, sagen wir besser: dieser Disputation.«

Er blickte die Beisitzer an, als wolle er sich vergewissern, ob er auch in ihrem Sinne gesprochen habe. Turrianus nickte heftig; Bavings ernsten Zügen war weder Zustimmung noch Kritik zu entnehmen.

»Wir ließen Sie kommen, Pater Spee«, fuhr Pelking fort, und dabei nahm er Baving das Buch aus der Hand und schlug es auf, »um Ihnen ein Buch zu zeigen. Es heißt ›Cautio Criminalis seu des Processibus contra sagas liber‹. Der Verfasser ist – so steht es jedenfalls hier – ›ein unbekannter rechtgläubiger Theologe‹. Bitte, bestätigen Sie mir, daß ich richtig gelesen habe.«

Er reichte Spee das Buch. Der nahm es, es war noch aufgeschlagen, er starrte auf das Titelblatt. Es gab keinen Zweifel. Es war sein Manuskript – nein: sein *Buch*. Die Cautio Criminalis – *gedruckt*!

Jetzt ruhig bleiben . . . ruhig, besonnen, überlegen . . . Er sagte sich alle Vokabeln vor, die seiner Lage angemessen waren. Grübeln kannst du später, du wirst genug Zeit zum Nachdenken bekommen . . .

»Nun, Pater Spee?« Bezwingend sanft fragte der Weihbischof. »Haben Sie dieses Buch schon einmal gesehen?«

»Nein!« Die Antwort kam ohne Überlegung, klang fast empört. Sein Blick fiel auf Pontanus. Der war's! Deshalb stand der hier – angeklagt wie er! Aber wie kam Pontanus an sein Manuskript?

»Wir möchten, daß Sie erst nach sorgfältiger Prüfung

Ihres Gewissens antworten«, sagte Pelking ruhig. »Ich wiederhole meine Frage.«

»Dieses Buch, Exzellenz, habe ich nie zuvor gesehen.«

Leicht verstimmt entgegnete Pelking: »Ich wünsche keine Haarspaltereien. Ich weiß, daß Sie Jesuit sind, aber wir sind in gewisser Weise unter uns. Sie besitzen natürlich ein Exemplar des Werkes – wenn auch ein anderes als dieses hier.«

»Nein«, sagte Spee.

Pelking schien zu überlegen, ob er den Ton wechseln solle. Doch entschloß er sich offenbar, es weiter im Guten zu versuchen. »Aber gewiß kennen Sie das Werk?«

»Ja«, sagte Spee.

»Sie erweckten aber vorhin den Eindruck, als hätten Sie das Buch noch nie in der Hand gehabt. Täusche ich mich da? Oder wie soll ich mir den Widerspruch erklären?«

Spee hielt dem Blick des Weihbischofs stand. Dann sagte er langsam: »Ich kenne – das Manuskript.«

»Vielleicht kennen Sie auch den Verfasser?«

Es war im Grunde ein törichtes, sinnlos verzögerndes Versteckspiel. Dennoch: Jede Sekunde war wertvoll, die ihn noch nicht in der kläglichen Position des Entlarvten sah. Während er scheinbar nach einer Antwort suchte, verarbeitete sein Gehirn die Überraschung und stellte sich auf die Herausforderung ein. – Ob er den Verfasser kenne?

»Ja«, sagte er.

»Wer also ist dieser ›unbekannte rechtgläubige Theologe?«

»Ich bin es«, sagte Friedrich Spee.

Die Herren reagierten unterschiedlich. Während Pelking das Buch von Spee zurückforderte, um es mit einer verächtlichen Handbewegung auf die Tischplatte fallen zu lassen, hob Baving, dem Pilatus gleich, beide Hände und ließ sie resigniert sinken. Turrianus, von Ängsten gejagt, hatte ein lautloses Stoßgebet auf den Lippen.

»Wie kommen Sie dazu, Pater Spee, ein solches Buch

ohne Erlaubnis des Ordens drucken zu lassen?« fragte Pelking mit bedrohlicher Ruhe.

»Ich ließ es nicht drucken!«

»Ach? Ist das so? – Es ist bei einem Drucker und Verleger Peter Lucius in Rinteln, Grafschaft Schaumburg, gedruckt worden.

Philipp . . . Er hat erreicht, was er wollte . . . Also Philipp!

»Da Sie den Druck nicht veranlaßt haben, wie – wie soll ich sagen? –, wie ›ereignete‹ sich dieses Buch?«

»Ich weiß es nicht.«

»Wollen Sie uns weismachen: Der Drucker Lucius empfing eines Tages eine Eingebung von oben, seine Setzer griffen frohgemut in die Setzkästen – und unversehens war die Schrift gedruckt, gebunden und ausgeliefert?«

»Ich vermisse das Manuskript seit einiger Zeit . . .«

Philipp tat nur, was ich selbst längst hätte tun müssen. Er hat mich gezwungen, endlich die Wahrheit zu bekennen. Er hat dieser unwürdigen Halbheit ein Ende gesetzt.

»Vielleicht – ist es mir entwendet worden?«

Es *war* mir ja »entwendet« worden. Philipp hatte es mir entzogen, hatte es weitergegeben ohne mein Wissen.

»Aha. Vielleicht – pium furtum?«

Ein frommer Diebstahl? Das trifft ziemlich genau.

»Und Sie wollen nicht wissen, daß es dieses Buch gibt?« Nun schien Pelking doch die Geduld zu verlieren. »Wollen nicht wissen, daß es seit Wochen auf dem Markt ist! Daß dieser Herr« – er wies auf den Buchhändler –, »dieser unser Meister Pontanus Ihr Buch in zwanzig Exemplaren auf Lager hat und weitere fünf bereits verkaufte?! Und an wen? Nun, zum Beispiel, Herr Pontanus?«

»An – den Herrn Prior vom Kloster Abdinghof«, stammelte Pontanus. »Und an den Guardian der Kapuziner . . .«

»Und an wen noch?«

»An den Schüler Westerhellweg.«

»Ihre Schüler, Pater Spee«, höhnte Pelking, »besitzen Ihr

Buch! Und Sie – wissen es nicht! Sie selbst besitzen kein einziges Exemplar, haben es bis zum heutigen Tag nicht gesehen, haben keine Ahnung, daß das Buch zu Hunderten, vielleicht zu Tausenden in Deutschland verkauft wird? Ich selbst habe in Herford fünfunddreißig Stück beschlagnahmt! Und Sie wissen nicht einmal, daß es dieses Buch gibt!«

»Ich werde Ihnen berichten, auf welche Weise es – vielleicht – dazu gekommen ist, Exzellenz. Wenn ich mir nur erst einmal selber ein Bild gemacht habe. Aber bitte unterstellen Sie, daß mir selbst an der Aufklärung liegt! Ein Jesuit, der seinen Oberen gegenüber unaufrichtig wäre, müßte sich an den Geboten versündigen, denen er sich freiwillig unterworfen hat.«

»Ich danke Ihnen für die Belehrung in Sachen Ordensdisziplin«, sagte Pelking grimmig. Doch dann erklärte er unvermittelt, es sei schließlich gar nicht so wichtig, auf welche Weise es zum Druck gekommen sei. »Uns, die wir auf die Reinheit der Lehre und auf die Wahrung der von uns gebilligten staatlichen Gesetze zu achten haben, sollte eher interessieren, wie Sie sich einfallen lassen konnten, ein Buch so aufrührerischen Inhalts zu *schreiben*!« Als Spee antworten wollte, hob Pelking abwehrend die Hand. »Ersparen Sie uns Ihre Theorien! Die können wir ja nun nachlesen. Ich will mich deutlich ausdrücken: Ich möchte wissen, wie Sie unter Aufsicht Ihrer Oberen« – er sah Baving an, der trotzig auf den Tisch blickte – »ein Buch schreiben durften, das an die Grundfesten unserer Justiz rüttelt. So ist es mir unbegreiflich, daß – nach Ihren eigenen Worten, Rektor Turrianus! – in Hildesheim vor bald zwei Jahren bereits ganze Kapitel dieses Manuskriptes unter Pater Spees Habseligkeiten registriert wurden. Registriert – und gelesen! Auch von Ihnen, Pater Turrianus!«

Der Hildesheimer Rektor stotterte: »Es ist mir heute auch rätselhaft, daß wir die wahre Tendenz nicht erkannten. Pater Silvester und ich glaubten, wir hätten es mit einer Schrift gegen das Übel der Hexerei zu tun. Wie soll man auch darauf kommen, daß jemand die *Richter* ein Übel nennt?!«

»Sie machen in Ihrem Buch an einer Stelle eine sehr gescheite Bemerkung.« Pelking wandte sich wieder an Spee. »Da heißt es, es gebe Dummköpfe auch in unserem Stande, also unter den Priestern. Es tut mir leid, daß ich Ihnen in diesem Punkte nicht widersprechen kann.«

Turrianus bekam einen roten Kopf. Er kam sich verprügelt vor und wußte nicht, ob er sich das als Rektor und Jesuit gefallen lassen mußte, oder ob er es dem Ansehen der Gesellschaft schuldig sei, sich zu verwahren. Er hoffte auf einen ermunternden Blick Bavings, aber der hatte Pelkings Anwurf anscheinend – und offenbar gern – überhört.

»Ich warte noch auf Ihre Antwort. Wie konnten Sie es wagen, diese Schrift unter den Augen Ihrer Oberen zu verfassen?«

»Es ist nicht verboten, sich über weltliche Einrichtungen wie etwa unsere Justiz Gedanken zu machen und sie zu notieren. Ich dachte ja nicht an Druck und Veröffentlichung. Und im übrigen: Ich habe sogar Ihnen, Exzellenz, als Sie mich zum . . .« Er stockte. Nein, zu welchem Amt Pelking ihn damals ausersehen hatte, durfte er in diesem Kreis nicht erwähnen. »Als ich zu Ihnen flüchtete, ehe ich nach Geseke mußte, da habe ich Ihnen ganz offen gesagt, daß ich dabei bin, meine Gedanken über die Hexenprozesse aufzuschreiben. Und ich habe Ihnen damals – und auch später noch! – bekannt, welcher Art diese Gedanken sind! Und Sie? ›Schreiben Sie's nur nieder!‹ haben Sie gesagt!«

»So kommen wir nicht weiter«, sagte Pelking verärgert und erhob sich. »Ich danke Ihnen, meine Herren. Ich wünsche mit Pater Spee allein zu sein.«

Turrianus ging gern, Pontanus auch. Einzig Baving erhob Einspruch: »Wenn Sie, Exzellenz, mit Pater Spee allein zu sein wünschen, so bietet sich dazu noch hinlänglich Gelegenheit. Da Sie mich jedoch zu sich gebeten haben und ich zudem der disziplinarische Vorgesetzte dieses meines Ordensbruders bin, habe ich Anspruch darauf, bei einer Vernehmung gegenwärtig zu sein.«

Es war gewiß nicht leicht, Pelking zu widersprechen. Baving, der noch vor kurzem Provinzial gewesen war, unterstrich jedoch auch vor dem Generalvikar die Eigenständigkeit seines Kollegiums, das letzten Endes nur dem Ordensgeneral in Rom Gehorsam schuldig war.

»Sie haben vollkommen recht«, sagte Pelking unbeeindruckt. »Selbstverständlich können Sie bei Vernehmungen zugegen sein. Ein solche Vernehmung – ich nenne es lieber Disputation – hat soeben stattgefunden. Anschließen wird sich ein persönliches Gespräch zwischen meinem alten Bekannten, um nicht zu sagen, Schützling, und mir. Sie werden verstehen . . .«

»Ohne Frage, Exzellenz.« Baving erhob sich und griff, erleichert über diese Wendung, die ihn das Gesicht wahren ließ, nach seinem Birett. Als auch Zalusa seinen Platz geräumt hatte, blieb Spee mit Pelking allein.

Langsam schritt der Generalvikar vor der Wand mit den hohen Fenstern hin und her und gedachte offenbar nicht, das qualvolle Schweigen abzubrechen. Spee sah sein Profil als Schattenriß, wenn Pelking vor einem der blendend hellen Fenster erschien. Von einer Seite gesehen, wirkte es fast erschreckend in seinem brutalen Zuschnitt, von der anderen eher zart und empfindsam. Endlich blieb der Weihbischof stehen und machte eine unwirsche Geste: Spee sollte Platz nehmen.

Er wollte sich auf den Stuhl setzen, an dem Pontanus sich festgehalten hatte. Dort hatte der Drucker das Buch – Spees Buch – liegengelassen. Es überkam ihn eine fast unbezwingbare Lust, es anzufassen, einzustecken, damit zu verschwinden. Er war ein Autor, der sein eigenes Buch nicht lesen, nicht darin blättern, nicht daran riechen durfte. Wer weiß, ob er jemals ein Exemplar besitzen würde.

Da er sich setzen sollte, mußte er das Buch vom Stuhl nehmen. Er preßte es an seine Brust und beließ es dort, als der Weihbischof endlich seinen Gang unterbrach und auf ihn zukam. Seine Stimme bebte vor Erregung und Zynismus:

»Ein wahrhaft Rechtgläubiger, ein Missionar, ein kritischer Menschenkenner: ein Jesuit, wie er im Buche steht! Ein Lehrer der Tugend in Prosa und Vers. Ein virtuoser Lateiner, ein Dichter der deutschen Sprache, so mächtig wie keiner seit Luther! Freund und Führer seiner Schüler, böses Gewissen gottverlassener Priester, leichtfertiger Richter, pflichtvergessener Fürsten . . .« Er schien nach weiteren Charakteristika zu suchen. Dann kehrte er sich schroff ab und nahm seine Wanderung wieder auf.

»Ich frage mich«, sagte er, als spräche er zu sich, »wie so ein Mann bestehen will, wenn er selber in den Prozeß gerät. Sie sind doch auch nicht gerade aus Stahl und Eisen. Ich habe Ihr Buch sehr aufmerksam gelesen. Ich frage mich, wie ein Mensch, der ganz unmißverständlich schreibt, er sei körperlichen Quälereien nicht im mindesten gewachsen und werde, wenn man ihn foltert, alles, aber auch alles bekennen, was man von ihm verlangt – ich frage mich, woher ein so schwacher Mensch den Mut nimmt, eine solche Situation vorsätzlich zu provozieren. Allenfalls könnte ich mir vorstellen, daß man am hellichten Tag noch stolz und unbeugsam sein kann – wenn man noch nicht entlarvt ist . . . Aber wie sieht es mit Ihren Nächten aus, Spee?«

»Ich vertraue darauf, daß, sollte ich vor Gericht gestellt werden, Gott mir zur Seite stehen wird. Er wird mir eingeben, was ich zu sagen habe.«

»Wie es geschrieben steht, ja, ja, ja . . . Aber es gibt Situationen, Spee, da ist es – ein wenig laut um einen herum. Man hört dann nicht gut, was Gott zu einem sagt, und Er selbst zieht es in Seiner Unbegreiflichkeit vor, gerade in solchen Momenten nicht besonders deutlich zu reden. Spee, ich sage Ihnen: Mögen Sie bis heute noch gut geschlafen haben – jetzt, da dieses Buch vieltausendfach in ganz Deutschland Unruhe stiftet, ist es mit Ihrem Seelenfrieden vorbei!« Er blieb stehen und schüttelte den Kopf. »Sie tun mir fast leid. Ich frage Sie noch einmal: Wie sieht es in Ihren Nächten aus?«

»Ja«, sagte Spee gequält. »Ich habe zuweilen Angst.«

»Sie haben – zuweilen – Angst! Seit Ihnen diese Schrift, wie Sie es ausdrücken, abhanden gekommen ist, stellen Sie sich jede Nacht vor, was geschehen wird, wenn *Sie* eines Tages in die Gewalt jener Fürsten und Richter, jener Henker und Schergen geraten, die Sie so gnadenlos schmähen und kritisieren. Sie schreiben es ja: Wer die Rechtmäßigkeit der Verfahren bezweifelt, ja, wer Hexen und Zauberer auch nur zu verteidigen wagt, setzt sich sehr schnell dem Verdacht aus, selber ein Hexenmeister zu sein. Nun also! Nehmen wir an, es wäre soweit!«

Er rückte sich einen Stuhl zurecht und setzte sich dicht vor Spee.

»Sie werden eines Tages abgeholt. Mit Zustimmung Ihrer Oberen natürlich. Ihrer *ehemaligen* Oberen – denn man wird Sie aus dem Orden entfernt haben; ein ansteckendes Geschwür brennt man aus. Des einzigen Schutzes verlustig, den Sie noch hatten, werden Sie befragt, wer Ihnen Ihre aberwitzigen Thesen eingegeben hat. – Nun also, Spee: Wer hat sie Ihnen eingegeben?«

»Meine Vernunft. Und meine Liebe zu den Menschen.«

»Das werden Sie auch Ihren Richtern antworten, ich zweifle nicht daran. Nur – Ihre Richter werden mit dieser Antwort nicht zufrieden sein, genausowenig wie ich es bin. Man wird Sie in den Kerker werfen, und anderntags wird man Ihnen die Instrumente zeigen. Sie werden noch immer auf Ihrer Antwort beharren. Also wird man Ihnen die Daumenschrauben und die Wadeneisen ansetzen. Ihr Blut wird durch die malmenden Zähne quillen. Sie werden schreien, Sie werden brüllen. Man wird Sie an den Seilzug hängen und Ihnen die Arme aus den Gelenken zerren. Der Henker bestürmt Sie: Wer hat's dir eingegeben? Noch immer die Vernunft? Die Menschenliebe? Er nimmt die Peitsche. Er zeichnet Ihre nackte Haut mit feurigen Striemen, reißt sie in Fetzen. Nun? Wer hat's dir eingegeben? Was wirst du sagen, Delinquent?«

Spee stöhnte. Pelkings Visionen konnten morgen Wirklichkeit sein.

»Der Teufel hat es mir eingegeben! Jawohl, das werde ich sagen! Ich werde alles sagen, was sie hören wollen. Ich werde genauso lügen, wie hunderttausend Hexen in ihrer Not gelogen haben!«

»Der Teufel also! Das wollten wir hören! Und nun wir's gehört haben, wissen wir, daß du selber ein Zauberer bist, ein Teufelsknecht, und noch weit schlimmere Qualen verdienst!

Man wird dich mit schwefligen Bränden versengen, Friedrich Spee, wird dir das Fleisch mit glühenden Zangen reißen, wird . . .«

»Hören Sie auf!« schrie Spee. Schweißtropfen traten auf seine Stirn. »Sie versündigen sich! Sie sind nicht Gott! Er allein darf mich so quälen!«

»Er quält Sie durch Seinen Diener«, sagte Pelking kalt. »Sie haben gestanden, wessen Diktat Sie Ihre Theorien verdanken. Und schon schichtet man die Scheiter, auf denen Sie brennen werden. Freilich, den Unglücklichen, die Ihr Buch gelesen haben, hilft das wenig. All diesen redlichen Christen, die Sie in schwere Gewissenskonflikte stürzten. Was wird man also von Ihnen abverlangen, damit diese Verführten wieder Vertrauen gewinnen zu Kirche und Obrigkeit? Was wird von Ihnen gefordert werden, Spee?«

Erst nachdem Pelking die Frage wiederholt hatte, kam die Antwort, fast tonlos: »Daß ich – widerrufe . . .«

»Daß Sie bekennen vor Gott und den Menschen: Ich habe geirrt! Bekennen Sie es vor mir, Spee, hier und jetzt; das ist soviel wie vor Gott und den Menschen! Sprechen Sie mir nach: ›Ich, Friedrich Spee, bekenne . . .«

Aber der Mann, der vor ihm saß, wiederholte die Worte nicht. Er saß auch nicht mehr aufrecht; der Kopf war nach vorn gesunken, die zur Faust geballten Hände auf seinen Knien stützen die Stirn.

»Machen Sie mir nichts vor!« rief Pelking erzürnt. »Sehen sie mir gefälligst in die Augen!« Er sprang, als Spee sich nicht rührte, auf, packte ihn am Haarschopf, riß den Kopf hoch. Er sah in ein totenbleiches Gesicht, in das Weiß der Augäpfel.

»Das wollte ich nicht . . .«, sagte er betroffen. »Daran habe ich nicht gedacht . . .« Er eilte zur Kredenz, schenkte aus einer Karaffe Wein in ein Glas und brachte es Spee. Der trank fast gierig. Er tastete mit der Rechten über den Hinterkopf.

»Danke«, sagte er. »Es hat nur im Augenblick etwas weh getan . . .« Er lächelte sogar.

Pelking nahm das Lächeln auf: »Wir zwei mit unseren Schädelnarben . . .« Er schritt zum Fenster und blickte hinaus.

»Ich habe es jetzt begriffen«, sagte er nach längerem Schweigen. »Sie sind nicht der Mann, mit dem man so verfahren darf. Sie sind einer, den man nicht zu zwingen braucht. Denn Sie – Sie werden *beschenkt*! Von Gott. Und wissen Sie, womit Er Sie beschenken wird?«

Ratlos hob Spee die Hand.

»Mit der Gnade des Widerrufs«, sagte der Weihbischof. »Nicht heute, nicht morgen. Aber so gewiß, wie Ihre Todesangst wachsen wird von heute an Nacht um Nacht bis ins Unerträgliche, so gewiß werden Sie eines Tages widerrufen. Nein, nein, Sie sind nicht verloren. Unsere Heilige Kirche wird Ihnen verzeihen und den verirrten Sohn aufs neue in ihre Arme schließen. Ich danke dir, Friedrich Spee.«

Er stand und winkte ihn gleichsam von sich weg, als dränge er einen Menschen aus dem Saal, den er so, wie er bislang gewesen war, nicht wiederzusehen wünsche. Gehen Sie, gehen Sie! hieß dieses Winken – und wenn ich Sie wieder wahrzunehmen geruhe, werden Sie ein demütiger, der Hoffart für alle Zeit lediger Diener unserer Heiligen Kirche geworden sein. Sie werden tun, was von Ihnen verlangt wird, und eine eigene Meinung werden Sie nicht mehr besitzen.

Als Spee sich verneigte – ohne zu denken, ohne zu fühlen, wie ausgelöscht –, sagte der Weihbischof auf eine sehr persönliche Art und in einem traurigen Ton: »Sie haben mich neulich sehr enttäuscht. Ich hatte Sie so herzlich gebeten, die Märtyrerverse zu schreiben. Die Reimereien dieses Horrion, oder wie er heißt, waren geradezu erbärmlich!«

Erst im Treppenhaus kam Spee wieder zu sich. Er hörte Musik, ein Klavichord. Und Gesang. Betroffen blieb er stehen. Der Weihbischof spielte, ungeschickt, vertat sich mehrmals. Aber seine Stimme war kräftig, traf sicher den Ton:

»Geschwind, geschwind, all Uhr und Stund
der Tod auf uns kommt eilen.
Ist ungewiß, wen er verwundt
mit seinen bleichen Pfeilen.
Wer Buß zu rechter Zeit verricht,
der soll in Wahrheit leben.
Gott will den Tod des Sünders nicht.
Wann wirst du dich ergeben!«

Es war Spees Lied, das der Weihbischof sang.

Spee aber hielt noch immer Philipps Geschenk an sein Herz gepreßt: das Buch »Cautio Criminalis«, gedruckt in diesem Jahr 1631 bei Peter Lucius in Rinteln.

Rektor Baving konfiszierte es nicht. Doch am folgenden Tag enthob er Spee mitten im Schuljahr seines akademischen Amtes, entzog ihm die Lehrbefähigung und beließ ihn lediglich als Beichtvater im Ordenshaus. Zu seinem Nachfolger ernannte er den Pater Nußbaum. Dem Provinzial Goswinus Nickel in Köln erstattete er schriftlich Bericht.

Friedrich Spee schrieb einen langen Brief an seinen höchsten Vorgesetzten: an Mutius Vitelleschi, den Jesuitengeneral in Rom.

Ich mueß bekennen, unser armee hat ein grobe Kappen vom Feindt bekommen, aber es ist, Gottlob, noch so desperat nit. Tilli ist ubel bei dem rukhen gradt geschlagen, der linke arm mit einer pistoll (:wie er unbekhandt gefangen war:) übel zuschlagen, aber Gottlob nunmehr gantz auß der gefahr, frisch und gesund, wie ich gleich in diser stundt schreiben bekommen, und daß er jetzt gegen Hessen marschire, nimbt den weg uber Hoxar auf Marburg, E.c.Dt. stifft Paderborn zu versichern und Cur-Mentz Fritzlar und Naumburg wieder ein zu gewinnen . . . Gott gebe gnadt . . .

Fürstbischof Franz Wilhelm von Wartenberg
an Kurfürst Ferdinand, Petersburg (Osnabrück)
am 4. Oktober 1631

Wer sich im Zustand des Trostes befindet, möge erwägen, wie er sich zur Zeit der Trostlosigkeit, die später über ihn hereinbrechen wird, verhalten werde, und für jene Zeit neue Kräfte sammeln.

Ignatius von Loyola
»Geistliche Übungen«

Am 25. September des Jahres 1631, im vierzehnten Jahr des Krieges, bat der Generalleutenant der Katholischen Liga, Feldherr des Kurfürsten Maximilian von Bayern und seit Amtsenthebung des Generalissimus Wallenstein auch Oberbefehlshaber der Kaiserlichen Truppen, Graf Tserclas von Tilly, die hochwürdigen Patres der Gesellschaft Jesu zu Paderborn um Entsendung einiger Priester, die das Zeug zum Feldgeistlichen hätten. Von solchen könne er nicht genug bekommen, denn seine Soldaten seien nach der schrecklichen Staubschlacht auf dem Breiten Felde zwischen Leipzig und Düben totaliter in Desordre geraten, viele wüßten nicht einmal mehr, weshalb sie kämpften, und was den leidigen Krieg angehe, so sei dieser, da Sachsen und Brandenburg nun doch zum Schweden hielten, nur noch mit Gottes allmächtigem Beistand zu gewinnen.

Einige Priester gedachte Rektor Baving nicht zu entsenden, wohl aber einen, der sowieso nichts Rechtes mehr tat, kaum noch aus seiner Zelle kam und nicht einmal in der ihm verbliebenen Rolle als Beichtvater seiner ehemaligen Schüler untadelig, da viel zu nachsichtig war. Den wollte Baving dem alten Haudegen ins Feld schicken, zumal es nur wenige Meilen ins »Feld« waren: Unweit Höxter, bei Corvey, war Tilly mit seinen zerrütteten Haufen auf einer Schiffsbrücke über die Weser gegangen.

Der greise Feldherr war ein Cunctator, ein Zauderer geworden; auch die ihn stets bewundert hatten, mußten sich's eingestehen. Es war wohl, seit er im Mai zu Magdeburg so gewaltig und furchtbar gesiegt hatte, etwas zerbrochen in seinem ohnehin nicht gar so robusten Gemüt. Sein Unterfeldherr Pappenheim, der den Wallenstein – und nur ihn! – verehrte, hielt nicht länger mit seinem Spott zurück, zumal in seinen Augen nicht der Tilly, sondern er selbst es gewesen war, der Magdeburg, die

»stolze Magd bezwungen und gedämpfet hatte, so daß ihre Jungfernschaft endgültig dahin«.

Nun sah sich der große Alte, vom Schwedenkönig verjagt aus Sachsens fetten Fluren, mit den zehntausend Mann, die ihm nach der jüngsten Schlacht geblieben waren, im ausgepowerten Lande links der Weser dem nackten Hunger konfrontiert, und wußte nicht recht, wohin. Angeschossen war er auch, doch hatte Gott ihn so weit behütet, daß er mit zwei Quetschungen, einer am Arm und einer an der Lende, glimpflich davongekommen war. Der Wundarzt faselte von »magisch gefrorenem Leibe« und »talismanischen Zeichen«, die den großen Mann so gut wie unverwundbar gemacht hätten. Doch der Alte verbat sich solch gotteslästerliche Sprüche. Er hatte brennende Schmerzen, nichts war gefroren.

Vor Wochen noch hatte Rektor Baving sich Hoffnung auf erneuten Besuch Tillys im Paderborner Kolleg machen können, wo der Feldherr, im Jahre 25, schon einmal geweilt und, als flandrischer Jesuitenschüler, der er einst war, vielerlei Ehrung empfangen hatte. Diesmal, nach dem Triumph von Magdeburg, wollte er den General bitten, den Verlauf der Belagerung und des Sturms vor den versammelten Schülern aufs anschaulichste zu demonstrieren. Zu diesem Zweck ließ Baving die handwerklich geschicktesten Schüler kleine Häuser aus Holz und Papier bauen; Drucker Pontanus, seit seinem »Sündenfall« den Jesuiten willfährig, wo er nur konnte, beschaffte einen Plan von Magdburg mit allen Fortifikationen, und so wurden auch diese nachgebaut, und in die Mitte setzte man mit seinen beiden Türmen den Dom, der in der verbrannten Stadt allein unversehrt geblieben war. Wehrhafte, schön bemalte Männlein aus Ton, bald zu Fuß, bald zu Pferde, stellten die Feldherrn dar: den Tilly, den Mansfeld, den Pappenheim auf ligistischer, den Gouverneur Falkenberg, den Generalwachtmeister Amsteroth und den Markgrafen von Brandenburg auf evangelischer Seite. So hätte Tilly prächtig dartun können, wie dank seiner Kriegskunst in Magdeburg an die dreißigtausend Menschen auf der Strecke geblieben waren, also daß alle Glocken im katholischen Deutschland ein Gloria und Jubilate singen durften.

Aber leider, der Feldherr kam umständehalber nicht nach Paderborn. Doch Spee zu ihm.

Biwak am Weserstrom. Manches, was er hier sah, erinnerte ihn an Kindheit und Jugend, an waffenstarrende Besucher auf Burg Kaiserswerth, wo sein Vater herzoglicher Amtmann gewesen war. Da fanden sich Obristen, Söldnerführer, wappenstolze Adelige zu harten Gelagen ein, während ihre Mannschaft am Rhein kampierte und bis in die Nacht alte Landsknechtslieder sang; da war auch der Kurfürst mit seinem militärischen Stab hin und wieder zu Gast gewesen.

Doch als er nun Höxter betrat, erkannte er die Stadt kaum wieder: Im Schatten von Sankt Kilian streunte arg gebeuteltes Kriegsvolk, klirrten gespornte Stiefel, tappten barfüßige Bettler, stolzierten in blinkendem Harnisch, die weißen Kennbinden der Liga noch am Helm und Arm, Offiziere und Weibel, standen auch Schlange vorm Feldbordell beim Roten Turm, wo manche unbescholtene Hausfrau aus Not zur Hure geworden war. Manche stolperten in monströsen Wundverbänden einher, auf krummen Rücken ein Bündel mit Leipziger Beutegut; das meiste freilich war längst verloren.

Auf den Weserwiesen und, weil's dort bald zu naß wurde, auch weiter ins Land hinein wurde gehämmert und gepflockt, und da nicht nur ein Drittel der Artillerie nebst Fahnen und Standarten, sondern auch Hunderte von Bagagewagen mit Decken und Zelten in Leipzig geblieben waren, mußte mancher unter dem Herbsthimmel frieren. Überall aber, in Häusern und Zelten und selbst in der bewegten Luft, nistete sich der Geruch des Krieges ein, er quoll aus Kübeln mit miesen Wassersuppen, dünstete aus schweißdurchtränkten Kollern, aus Stiefelschäften, schnapsschwitzenden Poren und gebeulten Hosenlätzen, mischte sich mit dem Qualm der Lagerfeuer und dem Stank aus Kot, Urin und eiterigen Wunden.

Im »Krokodil-Haus« zu Höxter, wo Tilly vor Jahren schon

einmal Quartier bezogen hatte, meldete sich Spee zur Audienz. Seinen seltsamen Namen verdankte das Haus einem Spruch auf dem Erker:

»Ruhm ist wie ein Krokodil, die himmlische Kraft liegt in der Tugend.«

Tilly, der wohl wußte, daß der Ruhm seinen Mann auch fressen kann, empfing den Pater in papageienhafter Montur: Lederweste, rote Schärpe, bunter Federhut, Stiefel bis hoch übers Knie und Spitzenmanschetten – es wollte so recht nicht zueinander passen. Gleichwohl, dieser kleine, zerknitterte Mann war nun leibhaftig der Tilly, und auch Spee konnte sich der, wenngleich ermatteten, Strahlkraft des alten Helden nicht entziehen.

Der humpelte, die Hand auf der Lende, hinter seinem Kartentisch hervor und besah sich mit verzerrter Miene den bärtigen Priester, den ihm die Paderborner für seine Soldaten geschickt hatten. Dann lud er Spee zum Sitzen ein; er selber stelzte, trotz erkennbarer Schmerzen, steifbeinig auf und ab.

»Siebentausend Tote hab' ich bei Leipzig gelassen. An die dreitausend haben vor dem Schweden kapituliert – schlechte Völker, um die ist's mir nicht leid. In Merseburg wurden mir nochmals tausend erschlagen, und ebensoviel von den Meinen hat mir der Schwede umgedreht, die fechten jetzt unterm König.«

Er spricht von seinen Soldaten, als seien sie sein Eigentum, dachte Spee. »Ich hab' Tote gelassen . . .« Als hätten sie *ihn* zur Ader gelassen, als wär's sein eigen Blut, das da geflossen ist. Vielleicht nicht die übelste Einstellung für einen Feldherrn. Nur: Dieses »eigene« Blut kostet *ihn* keinen Tropfen . . .

»Was mir blieb, das sehen Sie in Höxter und auf den Weserwiesen. Gute, tapfere Völker, viele marod. Haben auch manche den Glauben verloren, wissen nicht mehr, wofür sie Soldat geworden. Dabei hatten wir immerhin zu Leipzig wie auch in Magdeburg eine verläßliche Losung: ›Jesus Maria!‹ Hilft wohl auch nicht mehr viel. Haben alle verlernt, sich in Gottes Ratschluß zu schicken. Auch ich hab' niemals wollen ein Feldherr sein – doch, leider, der Herr hat's anders mit mir versehen, bin zum Kampf genötigt, gezwungen worden. So hilft uns nur noch der Glaube. Uns allen, ob Feldherr, ob Mann. Nur noch der Glaube. Ein Rosenkranz. Ein Ave Maria. Gebet, viel Gebet. Gut, daß Sie hier sind. – Was starren Sie mich so an?«

»Ich – habe eine Frage«, sagte Spee. Und als Tilly nickte: »Ich habe schon mit einigen Ihrer Soldaten gesprochen, Exzellenz. Sie meinten, es habe wohl ein Gericht Gottes über die Armee kommen müssen – wegen des Blutbads von Magdeburg.«

»Magdeburg! Magdeburg! Wer spricht von Wolgast, von Neubrandenburg! Auch da ist Blut übers Maß geflossen. Exorbitantien gibt's allerwege. Und was erst der Schwede zu Frankfurt an der Oder getan! Magdeburg! Ich hab's mit stürmender Hand genommen. Angesteckt hab' ich's nicht. Wär ja auch ohne Verstand gewesen; zündet man an, was man plündern will?«

»Wenn ich Ihren Soldaten helfen soll, Exzellenz, dann muß ich wissen, ob sie Grund haben, bedrückt zu sein, sich schuldig zu fühlen. Sie müssen mir die Wahrheit sagen. Ich weiß, daß der Krieg schrecklich ist. Aber mußten auch Greise, Frauen, Kinder ermordet, geschändet werden? Zu Tausenden?«

Der Feldherr unterbrach seinen Humpelgang und zupfte an seinem weißen Spitzbart. Wurde der Pfaffe unverschämt?

»David erschlug am Jordan vierzigtausend Aramäer an einem einzigen Tag«, sagte er grimmig. »Meinen Sie, das waren alles Soldaten?« Er merkte, daß Spee sich nicht zufriedengab. »Im übrigen – es waren die Kroaten.«

»Auch die kroatischen Musketiere standen unter Ihrem Befehl.«

»Drum steh' ich auch für sie gerade. Aber nicht vor Ihnen, hochwürdiger Herr!« fauchte der Alte. »Vor Gott!«

»Wie rechtfertigen Sie sich vor Gott?«

»Mit keinem Wort.«

»Wie sonst?«

»Gar nicht. Überhaupt nicht.« Der General blickte den Pater böse an, machte wieder einige Schritte, die Federn seines Hutes streiften das Ölbild an der Wand, ein Porträt des Kurfürsten Maximilian von Bayern, des Herrn der Liga, das ihn, wie jedermann wußte, auf allen Feldzügen begleitete. Dann blieb er stehen und schüttelte, ohne sich nach Spee umzuwenden, den Kopf. »Es gibt nichts, was man da vorbringen könnte. Man tut das – hier unten. Ich sage dem Herrn allenfalls: Man tat das hier. Es war hier üblich. Man besteht hier nicht anders. Man muß es tun. Der Herr weiß es. Der Herr ist gnädig.«

»Und Sie werden gerechtfertigt sein?«

»Gott kann alles verzeihen. Das sollten *Sie* doch wissen!«

»Auch Magdeburg?«

»Ich habe den Krieg nicht gemacht. Der geht noch lange, und Deutschland hat noch viele Magdeburgs. Und Feldherrn genug. Selbst wenn es eines Tages den Tilly nicht mehr gibt – das ist kein Grund zum Verzagen. *Das wächst nach! . . .*«

Die Audienz war beendet.

Als Spee sich an der Tür noch einmal umwandte, hatte der Generalleutnant sich über den Kartentisch gebeugt und fuhr mit den Zeigefinger darauf hin und her.

»Man muß es tun . . .«, hörte Spee.

Erst später wurde ihm klar, daß es ihm bei seinen bohrenden Fragen gar nicht allein um Tilly und Magdeburg gegangen war. Da man ihn hierhergeschickt hatte, um Soldaten zu trösten, Verwundete, Amputierte, Demoralisierte, gewiß auch solche, die des ewigen Mordens müde waren, wollte er erfahren, wie sich der Krieg und das Töten in den Augen eines Kriegers rechtfertigten. Tilly machte es sich wohl zu einfach. Der schob alles auf Gott und Seine Einrichtung der Welt. Die Menschen aber begriffen nicht, daß Gott die Welt nur *entworfen* hatte, und zwar *gut*. Diesen Entwurf auszuführen – und zwar *gut* –, war Sache des Menschen. Der

Mensch besitzt alle Eigenschaften, die ihn dazu befähigen würden. Aber er tut es nicht.

Auf kleinstem Raum, in bescheidenstem Rahmen Gottes Schöpfergedanken widerzuspiegeln – das war der Ehrgeiz des Christopf Brambach, Abtes von Corvey. Als Spee ihm, vom nahe gelegenen Höxter kommend, seine Aufwartung machte, fielen die beiden Männer sich in die Arme.

Spee sah es auf den ersten Blick: Brambach hatte wieder »glückliche Augen«. Er hatte einen harten, guten Kampf am Kaiserlichen Hof zu Wien gekämpft – und hatte ihn gewonnen. Zu Kreuze kriechen mußte der stolze Kurfürst-Erzbischof Ferdinand zu Köln, der ihm die Abtei Corvey streitig gemacht hatte; zu ohnmächtiger Duldung verurteilt war auch sein Vollzugsgehilfe, Weihbischof Johannes Pelking. Lange, fast ein Jahr, war Brambach unterwegs gewesen. Als er nach Corvey heimgekehrt war, hatte er als erstes seine alten Mönche von Pelking zurückgefordert. Der hatte sie weder zum Türken noch auf die Galeere, sondern in ein Kloster strengster Observanz geschickt. Geläutert und gezähmt freilich kehrten sie nicht zurück; Brambach war nicht traurig, daß er sie gleich nach Rinteln entsenden mußte, wo man fromme und forsche Brüder brauchte, um das von den Evangelischen geräumte Kloster der Benediktinerinnen wieder in Besitz zu nehmen. Dazu mochten sie geeignet sein, die allzu rüden Brüder: als großspurig auftretende Usurpatoren in einer eroberten Stadt.

So wüst es am Westufer aussah, dort, wo Tillys Regimenter über den Strom gegangen waren, so peinlich sauber und korrekt ging es jetzt im Kloster zu: eine Gemeinschaft auserlesener Brüder aus allen Ständen hatte hier in den letzten Monaten aus der verrotteten Abtei eine Insel der Arbeit zu Gottes Ehre gemacht. Im Kapitelsaal, wo einst nächtliche Orgien gefeiert wurden, versammelten sich die Mönche allmorgendlich, um Brambachs Weisungen zu empfangen. Er selbst sprach nur von »Vorschlägen«, aber es wäre keinem der Brüder eingefallen, sie nicht gutzuheißen. Zur

Auswahl seiner Mönche hatte Brambach strapaziöse Reisen durch den Niedersächsischen Kreis nicht gescheut; es lag ihm daran, tüchtige Handwerker und in Wissenschaft und schönen Künsten bewanderte Jünger des heiligen Benedikt zu gewinnen. Ihm schwebte eine Gemeinschaft auserlesener Gottesdiener vor. Für ihn hieß das ›Ora et labora‹ des heiligen Benedikt von Nursia: Laborando Oramus: Bete, indem du arbeitest! Arbeit, wie Brambach sie verstand, war Lobpreis der Schöpfung durch Wissenschaft und Künste.

So wurde das Kloster von weltlichen Dienstleuten unabhängig, und ob es galt, ausgeblichene oder zerstörte Gemälde zu restaurieren, zerbröckelnde Mauern zu stützen, ein Saiteninstrument zu bespannen, zu stimmen, zu spielen oder ein Loch im Kochkessel zu flicken: Immer fand sich unter den Brüdern einer, der die Sache verstand. Pater Severus ordnete die verbliebenen achthundert Bände der Bibliothek nach einem neuen Prinzip (vor der unseligen Herrschaft des Aschebrock waren es über fünftausend gewesen); Frater Maurus legte ein Herbarium an (auch im sinnvollen Bau der Pflanzen bekundete sich Gottes Weisheit) und Bruder Thomas kümmerte sich um die Bienenvölker, für die der Abt kaum mehr Zeit aufwenden konnte.

Brambach sah aber auch darauf, daß einer aus des anderen Kenntnissen Gewinn zog. Er ließ Studierte bei den Handwerkern lernen und hielt diese an, nicht nur das Brevier, sondern ebenso die alten Philosophen und Dichter zu lesen. Er folgte auch damit getreulich den Regeln des heiligen Benedikt, seiner Ermahnung an die Mönche, sie sollten »Gott mit gutem Eifer suchen«.

Nun also das Wiedersehen nach zwei Jahren!

Als sie den altvertrauten Weg am Weserufer entlangschritten – im Bereich der Abtei hatte man keine Zelte aufgeschlagen, doch lag dort allerlei Gerümpel von Tillys zerlumpten Dragonern herum –, befreite sich Spee von der Qual der letzten Monate in einer »Generalbeichte«, die kaum eine Zwischenfrage duldete.

Er schilderte dem Abt die zermürbenden Vorwürfe, die er

sich nach Philipps Tod gemacht, die Verzweiflung, in die Pelkings Aufforderung zum Widerruf ihn gestürzt hatte, er ließ nicht aus, wie nach seiner Rückkehr vom Weihbischof die Brüder im Kollegium sich buchstäblich von ihm abgewendet hatten, wie einige sogar noch beim Gebet auf den Knien von ihm abgerückt waren, wie Rektor Baving ihn gar nicht mehr wahrnahm, wie Gespräche verstummten, wenn er eintrat, wie man Schüler gegen ihn aufgehetzt hatte, so daß sie mit frechen, zotigen Worten an ihm vorbeischlichen, um dann lachend davonzulaufen – nur ganz wenige, wie der begabte Hermann Busenbaum, hielten noch zu ihm –, und wie man endlich sogar das ihm verbliebene Amt des Beichtvaters im Ordenshaus zur Farce machte, indem kaum einer noch den Weg zu ihm fand.

»Wenn aber doch jemand unverhofft mit mir spricht, dann scheinbar um mich besorgt, mit hochgezogenen Brauen: ›Ich fürchte, lieber Bruder, Ihre Angelegenheit wird noch böse Folgen zeitigen. Fürstbischof Wartenberg soll ja getobt haben.‹ So, auf diese Art. Und der einzige, der auch jetzt noch zu mir stand, Pater Turck, wurde, als wolle man *mich* damit strafen, vor einigen Wochen nach Trier versetzt.«

»Und der Widerruf?« fragte Brambach.

»So einfach geht das nicht«, sagte Spee. »Ich habe nicht zugestimmt. Obwohl Pelking mich nach jenem Verhör, als ich alleine mit ihm war, auf eine infernalische Weise entwürdigt, ja entblößt hat. Er hat mich – davon bin ich heute überzeugt – mit unmenschlichen, ich meine mit unheimlichen, eines normalen Menschen Kräfte übersteigenden Mitteln in den Stand abgründiger Trostlosigkeit versetzt. Er ist ein Seelenmörder.«

»Ein Zauberer – wie?« Brambach lächelte.

»Wenn es nicht so absurd wäre – selbst ich könnte an dergleichen glauben nach dieser Erniedrigung. Sie sollte mir den Dünkel austreiben. Aber sie hat mich beinahe vernichtet.«

»Du hast dem Widerruf nicht zugestimmt«, sagte Brambach. Sie sagten jetzt du zueinander, es hatte sich wie selbstverständlich ergeben. »Aber sie könnten dich zwingen.«

»Soweit ist es noch nicht. Sie können von sich aus keine Entscheidung treffen, auch Pelking kann es nicht. Es ist eine Sache der Ordenszensur, und die übt in meinem Falle nicht einmal der Provinzial aus. Ich weiß, daß sie in dieser Angelegenheit an den General geschrieben haben. Aber auch von mir hat Mutius Vitelleschi einen Brief bekommen. Und ich habe bereits seine Antwort.«

Spee zeigte Brambach den Brief aus Rom. Das schrieb der Ordensgeneral unterm Datum des 2. August 1631:

»Sehr aufmerksam habe ich trotz seiner Länge das Schriftstück gelesen, das Euer Hochwürden zu Ihrer Rechtfertigung verfaßt und mit dem Briefe vom 22. März hierhin geschickt haben. Infolgedessen geht mein Urteil über die Ihnen gemachten Vorwürfe dahin, daß Sie zu Unrecht bei den Oberen verdächtigt worden sind. Deshalb habe ich vor einigen Tagen dem Pater Provinzial geschrieben, daß er, wenn nichts anderes vorliege, Euer Hochwürden von jeder Verdächtigung befreien und zu den letzten Gelübden zulassen solle.«

»Das ist doch großartig!« rief Brambach. »Damit bist du rehabilitiert!«

»Dieser Brief bezieht sich noch nicht auf mein Buch«, schränkte Spee ein. »Davon konnte der General noch nichts wissen. Er ist lediglich die Antwort auf meine Beschwerde über die ungerechten Verdächtigungen wegen meiner Tätigkeit in Geseke. Nein, jetzt werden sie erst recht nicht lockerlassen – ich meine Rektor Baving und auch der Weihbischof. Sie werden mir stets die letzten Gelübde verweigern; ich werde ewig Scholastiker bleiben, werde nie Profeß, nie Koadjutor werden!«

Brambach überlegte einige Sekunden. »Kann sein«, sagte er dann, »daß jene Brüder ›mit den erhobenen Augenbrauen‹ so unrecht nicht haben. Ausgestanden ist das alles noch nicht. Aber du darfst dich nicht entmutigen lassen.

Denke daran, wie es mir erging. Ich saß schon im Turm, war ein verlorener Mann. Wenig später war ich in Wien und bekam doch noch mein Recht.«

In den folgenden Tagen traf Spee, der im Kloster wohnte, erst abends mit Brambach zusammen. Sie saßen dann beim Wein vor dem Kaminfeuer; die Nächte waren schon sehr kühl. Spee brauchte lange, bis er zu einem Gespräch imstande war. Was er tagsüber zu sehen und zu hören bekam, war so entsetzlich, daß ihm oft genug auch kein geistlicher Trost mehr wirksam, ja auch nur angemessen schien. Es fiel ihm, wie seinerzeit auf dem jammervollen Marsch nach Geseke, nichts mehr ein.

Sein tägliches Ziel – so grauenhaft, daß die wenigen Feldkaplane, die noch bei der Armee geblieben waren, einen Bogen um die Zelte machten – war die Infirmerie, das Wundspital. Hier wimmerten in ihrem Kot, vom Brand zerfressen, gepeinigt von Fliegen und Maden, die armseligen Heldensöhne des Tilly, mit Kugeln und Splittern im Leib, oft auch erblindet und heiser vom Schreien und Fluchen. Nicht anders, das ließ sich denken, verkamen unweit von hier die Schlachtopfer des ehrgeizigen Schweden in Blut und Dreck. Wie der Florentiner durch das Inferno schritt Spee, mit würgender Kehle, stammelnder Zunge, von Ekel geschüttelt und zugleich vom Mitleid wie auf einer Wolke getragen und wie besessen von der Vorstellung, es müsse ihm gelingen, die Elendesten dieser Kreaturen neben sich zu betten, sich aufzuschwingen mit ihnen, sie aus der Hölle in die Wonnen des Paradieses zu entführen. Doch es blieb ihm nichts, als sich von Lager zu Lager zu schleppen, sich hinzuknien vor den Krüppeln und Sterbenden, ob sie auch brüllten und um sich schlugen, ihm ihre zerschmetterten Gliedmaßen drohend entgegenreckten oder ihn mit Fluch und Lästerung überschütteten.

Er versuchte ihnen darzustellen, daß keine Nacht so dunkel, kein Wetter so ungestüm, keine Kälte so bitter sein könne, als daß nicht Gottes Liebe die Sonne herbeizurufen vermöchte. Er beschwor sie, ihm zu glauben, daß der Schmerz grausam und kurz, Gottes Liebe aber süß und ewig sei; er tröstete die wenigen, die zerknirscht den Lohn ihrer Sünden fürchteten, indem er auf Gottes Gnade verwies: »Und hättest du alle Sünde der Welt auf deinem Hals, nicht nur der Menschen, auch aller verdammten und bösen Geister – es brauchte dennoch nichts, als daß dein Herz in Liebe zu Gott erglühte, und du wärest gerechtfertigt und im Stande der Gnade.«

Bei einigen verfing dieser Trost, bei vielen verschlug er nicht: da war nur Klage und Aufruhr gegen Gott als dem Verursacher allen Elends –, und daß sein geliebter Sohn am Kreuz sein Blut zu unser aller Heil vergossen hat, auch diese frohe Botschaft war nur ein machtloses Lispeln vor den Chören der Agonie.

Und dennoch und trotz allem: Wenn Spee an die Verzweiflung in den Hexentürmen und Folterkammern dachte, dann das Elend dieser von aller Welt Verstoßenen, denen keiner in ihrer Todesqual den süßen Trost einredete, sie stürben für einen Kaiser, ein Reich, einen Glauben oder gar für Gott – dann wollte ihm scheinen, als hätten diese Männer hier doch noch ein besseres Los gezogen. Jedoch die schwere Last ihrer Gegenwart verschlug ihm den Atem und ließ letzten Endes jedes Abwägen, jeden Vergleich der Qual als frivol, als freventlich erscheinen. – Die Rückkehr in den Abendfrieden der Abtei, die stillen Wege durch den Kreuzgang, wo noch die Rosen blühten, die Zwiesprache mit dem Freund, der, wie Spee manchmal meinte, vom Leid der Welt kaum mehr angerührt wurde – es waren Stunden der Erholung, aber auch der Einsicht, daß kein Wort aus der Welt des Friedens die Opfer des Krieges erreichen kann und daß, noch schrecklicher, die Stimme Gottes nicht in die Abgründe der irdischen Hölle dringt.

Noch vor Ablauf der Woche wurde Friedrich Spee abermals zum Generalleutenant befohlen. Der alte Soldat war diesmal von seinen Obristen umgeben; die Audienz fand auch nicht im Krokodilhaus statt, sondern im standartengeschmückten Zelt, und ringsum sah alles nach Aufbruch aus.

»Sie haben meinen armen Völkern himmlischen Trost gespendet«, sagte Tilly. »Das habe ich hier« – er schwenkte einen bereits versiegelten Brief – »vor Ihren Oberen gerühmt. Würde Sie gerne mitnehmen, wenn ich nun nach Süden ziehe. Aber damit wäre Hochwürden Baving wohl kaum einverstanden; tüchtige Priester braucht man auch in Paderborn. Allerdings« – er sah reihum seine Obristen an, die seinem Blick mit großem Ernst begegneten –, »allerdings, und darum geht es nun: In Paderborn wird Ihres Bleibens nicht länger sein. Hier« – er klopfte auf den Brief – »steht's geschrieben. Packt eure Koffer, schickt eure Schüler nach Haus! Der Tilly zieht davon, der kann euch nicht mehr vor den Schweden schützen, auch vor den Sachsen und Hessen nicht. Ich weiß zwar nicht, was der Herr Landgraf im Schilde führt. Aber daß ihm Paderborn vor der Nase liegt, das weiß ich immerhin. Machen Sie sich auf den Heimweg, Hochwürden, noch heute. Es geht um Tage, wenn nicht um Stunden.«

»Aber wohin?« fragte Spee. »In welcher Richtung sollen wir fliehen? Was raten Sie uns?«

»Es steht im Brief«, sagte Tilly. »An den Rhein. Am besten nach Köln, in die Stadt. Euerm Kurfürsten ist es sogar in Bonn schon zu heiß geworden. Zieht nach Köln! Das ist eine Freie Reichsstadt, wohlbefestigt, hat sich bislang neutral gehalten. Da überlegt der Schwede sich's gründlich, ob er die knacken will. Geht nach Köln!«

Am frühen Nachmittag verabschiedete Spee sich von Brambach. »Und was wird aus dir und der Abtei, wenn die Schweden kommen?«

»Ich bleibe«, sagte Brambach. »Und ich halte auch Tillys Rat nicht für gut. Es ziemt sich nicht für euch, eure Schüler im Stich zu lassen. Was sollen sie von euren Beteuerungen halten, der Herr werde alles zum Besten wenden, wenn ihre Priester und Lehrer auf bloßen Verdacht hin wie die aufgescheuchten Hühner das Weite suchen?«

»Wir Jesuiten sind dem Schwedenkönig besonders verhaßt«, wandte Spee ein. »Er wird ein blutiges Gericht halten.«

»Weißt du, wie er's in anderen Städten mit ihnen hielt? Eine Strafpredigt haben sie zu hören gekriegt – das war alles. Und – gewiß auch das: gehörige Kontributionen gezahlt. Sie sollten sich ›nicht in Staatshändel mischen und aus der Welt keinen Blutsee machen‹, das hat der König ihnen gesagt. Wenn sie sich brav und fromm wie andere katholische Christen gebärdeten, würde ihnen kein Haar gekrümmt.«

»Wir verhalten uns aber nicht brav und fromm, wie dieser Herr aus Schweden sich das vorstellen mag. Und was den Blutsee betrifft: Wie mag dieser lutherische Gott wohl beschaffen sein, der einem derart mit Blut besudelten Mann ein so sündhaft gutes Gewissen beschert?«

»Leb wohl, mein Freund!« Brambach lächelte. »Es steht mir wohl nicht an, euch von der Flucht abzuraten. Mir – der ich sogar vor einem katholischen Bischof geflohen bin . . .«

Seit der Unbotmäßige Paderborn verlassen hatte, in diesen wenigen Tagen hatte Rektor Baving einige Beobachtungen gemacht, die ihn beunruhigten. War es bisher gelungen, dem irrenden Bruder durch distanziertes Verhalten oder demonstrativ bekundeten Unwillen deutlich zu machen, in welche Betrübnis er Professoren und Zöglinge mit seiner Schrift versetzt hatte, so bahnte sich jetzt ganz unübersehbar vor allem unter den Schülern eine Wendung an. Man traf sich in den Pausen und diskutierte; der Aufsicht führende Lehrer vernahm immer wieder die gleichen Worte: Hexe, Zauber, Folter, Juristen, Fürsten, Henker – die Terminologie der »Cautio«. Und was sich weiter aus Worten und Mienen der Schüler erraten ließ, war dies: Sie hatten inzwischen alle das Buch gelesen und, weit schlimmer noch: Sie hießen gut, was sie gelesen hatten!

So wunderte es allenfalls nur Spee selber, als er zurückkehrte, vor der Schule aus dem Wagen stieg und sich umringt sah von den Schülern seiner ehemaligen Klasse, und nicht nur von diesen. Sie kamen aus dem Hof auf ihn zugerannt, drückten ihm die Hand, lachten ihn aufmunternd an, verrieten mit schelmischem Augenzwinkern, sie hätten inzwischen »ein gutes Buch gelesen«, kurzum: sie freuten sich über alle Maßen, daß er wieder da war. Es war ein Wandel, der dem Pater das Wasser in die Augen trieb, und als in dem Gewühl einige ein Buch in die Höhe hoben, unverkennbar das seine, und als er sich überlegte, wieviel Exemplare mittlerweile in ganz Deutschland von Hand zu Hand gehen mochten, da war er sehr glücklich.

Kein Wunder, daß Baving ihn mit aller Strenge empfing.

»Jeglicher Kontakt mit den Schülern ist Ihnen untersagt. Sie werden schon an einem der nächsten Tage Ihre verhängnisvollen Irrtümer feierlich widerrufen. Bis dahin begeben Sie sich in Klausur. Über Ihre Erfahrungen als Feldkaplan können Sie mir schriftlich berichten.« Er drehte sich brüsk um und wartete darauf, daß Spee das Zimmer verließ. Als das nicht geschah, polterte er: »Haben Sie mich nicht verstanden?«

»Doch«, sagte Spee. »Aber wir werden jetzt jeden Mann und jede Hand benötigen. Vor Paderborn steht der Feind!«

Er zog den Brief aus seiner Reisetasche. Baving erkannte Tillys Siegel, ging wortlos zum Schreibtisch und brach es auf. Spee kannte Baving. Für diesen Mann, der seine Macht immer nur als ein Lehen der wahrhaft Mächtigen dieser Welt verstanden hatte, würde der Rat des Feldherrn den Rang eines Befehls haben. Er täuschte sich nicht.

»Der Herr sei mit uns!« flüsterte der Rektor. »Die Zeiten des Tollen Christian kehren wieder. – Sie wissen also, was in diesem Schreiben steht?«

»Der Herr Generalleutenant, mit dem mich ein Vertrauensverhältnis verbindet, hat es mir gesagt.«

Ein Vertrauensverhältnis . . . Endlich begann auch er jene Spielarten der Lebenskunst zu beherrschen, denen sein Orden den Ruf der Weltläufigkeit, ja der Durchtriebenheit verdankte.

»So?« Baving schien aufs neue irritiert. »Dann wissen Sie vielleicht auch, was nicht in diesem Brief steht? Warum verläßt er unser Land? Und wohin begibt er sich?«

»Er glaubt, woanders nötiger gebraucht zu werden. Er muß vor allem Bayern schützen; sein Herzog erwartet es von ihm. Zunächst geht er nach Warburg, seine Regimenter aufzufüllen. Dort stoßen fünftausend Mann kurkölnischer Völker zu ihm. Dann wohl nach Fritzlar über Volkmarsen. Bis er an Kassel vorüber ist, wird Wilhelm von Hessen stillhalten. Aber danach wird den Landgrafen nichts mehr hindern. Dann ist der Weg nach Paderborn für seine Truppen frei.«

Er hatte von den Offizieren einiges über Tillys Pläne gehört.

Baving entsann sich, daß er Spee in Klausur hatte schikken wollen, zur Vorbereitung auf seinen Widerruf. Die Hiobsbotschaft aus Höxter ließ nicht nur dieses Vorhaben als inopportun erscheinen. Der Krieg stand vor den Toren. Und Baving war der Herr über fast tausend Seelen – Lehrer, dienende Brüder und Schüler zusammengenommen. Das Kollegiatsgebäude mußte evakuiert werden. Lieber heute als morgen. Und mit dem geringsten Aufsehen!

»Wir packen und räumen!« entschied er. »Aber keiner erfährt den Grund! Ich sage den Brüdern, der Provinzial habe uns nach Köln gerufen. Aus – ordensinternen Überlegungen . . . Würden wir den wahren Grund nennen – was meinen Sie, was dann in Paderborn geschieht? Natürlich werde ich den Bürgermeister verständigen.« Er sprach mehr zu sich selbst. »Und den Generalvikar. Aber erst später. Vielleicht übermorgen. Fürs erste müssen wir Pferde und Wagen beschaffen. In ausreichender Zahl. Nur unentbehrliches Mobiliar nehmen wir mit. Und natürlich die Bibliothek, die Akten. Pater Laurentius muß sich um die Bagagewagen kümmern, das ist das wichtigste. Er soll im Land ringsum anmieten, was er nur kriegen kann. – Und Sie, Spee, Sie sagen kein Wort! Das ist Ihre Chance. Ein Prüfstein – ob ich Ihnen künftig wieder vertrauen darf. Gehen Sie und rufen Sie die anderen ins Patres Zimmer!«

Baving wußte mehr als seine Schutzbefohlenen, mehr auch als Spee: Wilhelm, der Landgraf von Hessen – wenn *der* Paderborn eroberte, von dem war nur das Schlimmste zu erwarten. Dieser rabiate Calviner war den Schweden hörig – und konsequenter und grausamer als diese! Der hätte am liebsten ganz Deutschland reformiert; der hatte gedroht, er werde die geistlichen Kurfürstentümer abschaffen und, horribile ductu, »die überwitzige jesuitische Rotte« aus dem Reich verjagen! Da sollte wohl ein Gottesknecht der Societas Jesu das Fürchten lernen.

Johannes Pelking stöhnte, wand sich in seinen Kissen, rang mit dem Übermächtigen, umklammerte seine Gelenke, suchte die würgenden Hände zu lösen, die Finger zu brechen – und sank doch nur röchelnd aufs Lager zurück. Für eine Sekunde lockerte der Schwarze, der über ihm hockte, den Drosselgriff – doch auch jetzt versagte der Schrei, der Atem entlud sich, aber kein Laut entfuhr den Lippen. Gelähmt lag Johannes Pelking und mußte dem Alp in die leblosen Augen sehen: dem erstandenen Geist aus Burg Steuerwald, hohlwangig, kahlgeschoren, die Finger wie skelettiert – mußt ihn ertragen ohne Widerspruch, ohne Schrei, diesen toten Mann, der Bissendorf hieß und begehrte: »Gib mir mein ehrlich anständiges Sterben zurück, Dortmunder! Meinen *wahrhaftigen* Tod!«

Mit Urkraft drehte Pelking den Kopf zur Seite, entwich den blicklosen Augen, hob, vom Ärgsten befreit, unendlich mühsam, als müsse er einen Sargdeckel durchstoßen, die Arme, schaufelte, ruderte, schlug um sich, riß die Lider auf. Begriff nicht, wer vor ihm stand.

»Die Jesuiten ziehen davon!«

Zalusa war froh, die Exzellenz von ihrem bösen Traum erlöst zu haben; der Mann sah ja aus, als käm er aus einer Schlacht! Zerrte, noch immer nicht hell im Kopf, am Klingelzug, fiel wieder in die Kissen. Allmählich nur festigte sich sein Blick, die Stirn entspannte sich.

»Ja, wie denn wohl?« fragte er. Und: »Sag's noch einmal!«

»Die Jesuiten brechen auf!«

Jetzt endlich war er wach, sprang auch gleich aus dem Bett.

»Der Landgraf? Schon in der Stadt?«

»Der hält erst bei Buke«, sagte Zalusa, wie stets wohlinformiert, und legte alle Verachtung, die er den schwarzen Brüdern gegenüber empfand, in seine Stimme.

»Und die entblöden sich nicht . . .« Pelking spürte das Blut in seiner Stirnnarbe klopfen. »Halten sich für kostbar genug, ihr verlogenes Leben zu retten, dünken sich besser als meine braven Paderborner?! Wer hat das angeordnet?«

»Ihr Rektor«, sagte Zalusa.

»Und die Stadt? Die Leute? Was sagen sie?«

Der Sekretär berichtete, das Gerücht vom Aufbruch sei schon gestern umgegangen. Die Patres hätten sich in der Stadt und auf dem Lande wie ein kurfürstliches Requisitionskommando aufgeführt, hätten Pferde und Wagen und Hafer und auch noch zwei Kühe und ein paar Ziegen gekauft als Wegzehrung für den Notfall. Aber das sei gleichsam ein Kauf mit aufgesetzter Pistole gewesen, nur daß sie statt mit der Kugel mit der ewigen Verdammnis gedroht hätten, wenn einer ihre Preise nicht akzeptieren wollte.

»Die halbe Stadt ist in Aufruhr«, sagte Zalusa. »Es gab auch schon Tätlichkeiten. – Hören Sie!«

Am Gröningerhaus zog eine aufgebrachte Menge vorbei; sie strömte zum Rathaus.

»Sie werden vom Bürgermeister wissen wollen, ob die Stadt übergeben wird.«

»Untilgbare Schmach!« stöhnte Pelking. »Sie wissen nicht einmal, ob der Landgraf überhaupt angreifen will – und schon denken sie an nichts als an Flucht und Übergabe!«

Pelking hatte sich angekleidet, Zalusa richtete ihm den Kragen.

»Und die Kapuziner?« fragte der Weihbischof. »Die Benediktiner von Abdinghof?«

»Die bleiben allem Anschein nach.«

»Wenn das stimmt, hebe ich das Kanzelverbot für sie auf.« Er verzog den Mund. »Es wird ihnen freilich nichts mehr nützen, wenn der Hesse im Lande ist . . . Sagen Sie« – er trat ans Fenster, blickte auf die Vorüberziehenden –, »ist dieser Spee schon vom Tilly zurück?«

Zalusa nickte. »Er soll sogar Baving eine spezielle Warnung übermittelt haben.«

»Wissen Sie, ob er wiederrufen hat inzwischen?«

Das wußte nicht einmal Zalusa.

Pelking riß das Fenster auf, atmete tief, winkte, ehrfürchtige Grüße erwidernd, hinunter.

»Also die Hessen kommen«, sagte er, ohne daß Zalusa ihn verstehen konnte. »Da werden denn auch die Toten wach. Es wäre kein Wunder. Kein Wunder . . .«

Im Hof des Kollegiengebäudes, vor dem Aula- und dem Gymnasialtrakt und bis weit übers eingefriedete Gelände hinaus standen Wagen und Pferde, stauten sich Fahrzeuge, die vom Lande zum Markttag in die Stadt gekommen waren, stapelte sich Hausrat und persönliche Habe. Hudrich, der Pater Präfekt, berichtete dem vor Aufregung unaufmerksamen Rektor, daß außer den Gespannpferden zehn Reittiere, zwei Kutschen, fünf Planwagen und etliche Zieh- und Schubkarren, sogar ein Hundewägelchen bereitstünden. Und das war nicht zuviel. Denn die frommen Brüder gedachten nicht nur einen großen Teil ihrer Bibliothek mitzunehmen, sondern, versteht sich, auch alle Devotionalien und Paramente, das Tafelsilber, die Porträts der Generale und Rektoren, das überlebensgroße Bildnis des heiligen Ignatius, die geschnitzten, schön bemalten Statuen der Apostel, auch jenes Reliquiar des heiligen Liborius, ein Fingerknöchlein enthaltend, das man vor dem besitzgierigen Stadtklerus immer eifersüchtig verborgen hatte, ferner alle Urkunden über Belehnung, Benefizien, Legate. Und Geld natürlich, beträchtliche Summen.

Dem Feind sollte nichts in die Hände fallen, was ihm nützlich sein oder womit er seinen unchristlichen Schabernack treiben könnte; man hatte aus den Tagen des Tollen Christian gelernt.

Am Rande des Hofes ließ der Präfekt die Schüler antreten. Nur an die dreihundert waren es noch; viele hatten sich schon aus dem Staube gemacht. Es galt, die in Paderborn und Umgebung Ansässigen nach Hause zu schicken, andere, die irgendwo auf der Wegstrecke nach Köln daheim waren, fürs erste mitzunehmen, um sie am geeigneten Ort in die Obhut ihrer Eltern zu entlassen, schließlich jene, die aus anderen Gegenden des Reiches stammten, bis in die Freie Reichsstadt mitzuführen in der Hoffnung, sie werde noch nicht überfüllt mit Flüchtlingen sein.

Die Nachrichten, die von dort durchsickerten, waren erschreckend genug. Es bestätigte sich: Sogar der Kurfürst-Erzbischof hatte sich aus seiner Residenz Bonn hinter die schützenden Mauern der ungeliebten Stadt begeben, die ihm in all den Jahren immer nur Verdruß bereitet hatte. Wenn also selbst Ferdinand – das erwog Baving gegenüber dem Pater Hudrich mit gekrauster Stirn – sich überwinde, ins noch neutrale Schlupfloch zu kriechen, dann müsse es ringsum hoch hergehen.

In den ersten Vormittagsstunden des 23. Oktober 1631 erkannte Baving, daß seine Hoffnung, die Paderborner könnten den Auszug als »organisatorisch bedingt« akzeptieren, nichts als Illusion gewesen war. Er mußte jetzt, da es schlicht hieß »Die Jesuiter verdrücken sich«, sogar einen Wutausbruch der Bevölkerung befürchten, mit all den Schrecknissen, die eine solche Explosion mit sich bringen würde: Plünderung des allzu sichtbar aufgehäuften Ordensschatzes, Zertrümmerung der Fahrzeuge, Mord und Totschlag womöglich. Daß es dazu nicht kam, war vermutlich nur den Eltern der hiesigen Schüler zu verdanken, die es mit den Professoren im Hinblick auf bessere Zeiten nicht verderben wollten und die erbitterten Paderborner nach Kräften beschwichtigten.

Am Nachmittag des folgenden Tages wurde die Lage kritisch. Unvermutet schnell war Landgraf Wilhelm mit seinen Hessen auf den Hängen des Egge-Gebirges erschienen und hatte, noch ehe seine Hauptmacht um ihn versammelt war, einen Herold in die Stadt geschickt. Trompetend ritt dieser hochnäsige Herr durch die Straßen, ließ sich nicht einmal vom Roß herab und motzte den erschrockenen Bürgermeister auf der Rathaustreppe an:

Der Herr Landgraf Wilhelm lasse ihm bestellen, er sei vor Paderborn erschienen mit dreitausend Mann, mit Feldschlangen auch, mit Haubitzen und Falkaunen, und die seien schon aufgebaut und ausgerichtet auf die ersichtlich schwachen Fortifikationen. Wenn also der Bürgermeister seine Stadt nicht augenblicklich übergebe, werde Wilhelm, des Herolds hoher Herr, der nicht ein beliebiger Landgraf sei, sondern den Respekt und Furcht erweckenden Titel eines »Schwedischen Obergenerals zwischen dem Rheine und der Weser« führe, sich gezwungen sehen, mit Feuer und Schwert gegen die Widerspenstigen vorzurücken.

Soweit der Herold, der, als er das trotzige Kopfschütteln des Bürgermeisters und seiner Räte bemerkte, hier nichts mehr verloren hatte, auch wohl um seine Sicherheit bangte und deshalb mit seinem Gefolge, von erhobenen Bürgerfäusten pathetisch bedroht, durchs Ostertor die Stadt verließ.

Nun war mit dem Schlimmsten zu rechnen. Bürgermeister und Rat hatten es mit ihrer stummen Ablehnung gar so ernst nicht gemeint; man hatte sich, der Nachrede kommender Geschlechter wegen, nur geziemend standhaft aufführen wollen, um endlich doch in Verhandlung und Übergabe einzuwilligen. Zumindest eine Bedenkfrist hätte man sich gern erbeten – aber nun war's verspielt. Sogleich wurden alle männlichen Bürger über fünfzehn, soweit sie nicht schon auf den Wällen waren, zu den Waffen gerufen; die

Frauen ließ man Wasser kochen und Teer erhitzen; kriegerisch aufgeputzte Greise schulterten Hellebarden und Äxte, Knaben mit Forken, Bratenspießen und schartigen Säbeln formierten sich zu Rotten und sangen trutzige Lieder.

Um so kläglicher erschien den tapferen Paderbornern der Anblick der scheinbar ziellos herumwuselnden Jesuiten inmitten ihrer aufgetürmten, über Nacht gehörig verregneten Schätze. Immer noch fanden sich ausreichend Schüler zum Verladen; sie freuten sich auf den Marsch zum vielgerühmten heiligen Köln und fürchteten nur, der Hesse werde Paderborn bald umzingelt haben, so daß kein Entkommen mehr wäre.

Ein letztes Mal vor dem Aufbruch versammelte Baving die Seinen um sich zum Gebet. Und als wollte Gott selber diesen Männern mit donnernder Stimme bewußt machen, wie weise ihr Rektor beraten war, als er den Befehl zum Abzug gegeben hatte, brachte ein explosionsartiger Knall die Fensterfront zum Erbeben. Einige fielen in die Knie, andere drückten die Nasen an die Scheiben und sahen, wie sich hinter dem neuen Rathaus, etwa dort, wo sich das Gröningerhaus befand, eine dunkelgraue Wolke erhob.

»Das, meine Brüder«, sagte Baving nach einigen Sekunden mit beschlagener Stimme, »war eine Bombe. Der Landgraf nimmt die Stadt unter Beschluß. Alles zu den Wagen und auf die Pferde, sofort! Wir ziehen durchs Westerntor, der Herr möge uns weiterhelfen!«

Als sie auf die Straße rannten, waren all die Müßigen und Neugierigen, die in den letzten Tagen die Aufbruchsvorbereitungen mit Spott und Verachtung begleitet hatten, verschwunden; etliche sah man eben noch zum Gröningerhaus enteilen. Schüler und angemietete Troßknechte, die bei den vollbepackten Wagen ausgeharrt hatten, verbreiteten das Gerücht, die Residenz des Weihbischofs sei durch eine schwere Eisenkugel, eine einzige nur, aber gewiß war's ein Sechzigpfünder, getroffen worden. Eine ermüdete Kugel offenbar, denn sie sei nicht ins Dach, sondern seitlich in das erste Stockwerk eingebrochen und müsse wohl auch die darunter gelegenen Wohnräume des Weihbischofs beschädigt haben. Nun werde man sich wohl auf ein Bombardement schwedischen Stils einrichten müssen, meinten die Leute.

Sie wußten noch nicht, daß Bürgermeister und Rat, als das Geschoß so nahe beim Rathaus eingeschlagen war, einen schnellen Entschluß gefaßt hatten; jetzt konnten sie reinen Gewissens vor der Nachwelt bestehen: Nur unter hartem Beschuß ergab sich Paderborn schwedisch-hessischer Übermacht.

Wenig später ritt ein Parlamentär durchs Ostertor.

Mit Ellbogenstößen erzwang sich Friedrich Spee den Weg zum Gröningerhaus. Die edle Fassade war erheblich beschädigt; eingestürzt war, man sah es von außen, ein Teil der Decke des prächtigen Arbeitszimmers, in dem Pelking seine Besucher zu empfangen pflegte. Vor dem Haus, den Zugang halb versperrend, türmte sich der Schutt, die bronzenen Arme eines Kandelabers ragten heraus, und die Luft war getrübt von einer beharrlichen Wolke feinen Staubs aus Kalk und Mörtel. Vielleicht wagte sich deshalb die Menge – einige husteten – nicht näher an das Haus heran; es hieß aber, man habe nach einem Wundarzt geschickt; der Sekretär habe aus dem Fenster geschrien, der Weihbischof sei verletzt, und auch Zalusa habe reichlich ramponiert ausgesehen. Da hätten einige den Weihbischof rausholen wollen, aber der Kaplan habe abgewehrt: Der hochwürdigste Herr liege unter einem Balken und sei nur mit ärztlichem Beistand zu befreien, wenn seine Schulter nicht vollends zerquetscht werden solle.

Spee wollte Zalusa sprechen. Er balancierte über den Schutthaufen ins Haus, im Pförtnerzimmer hockten zwei verängstigte Mönche, und eben kam der Kaplan die Treppe herunter. In diesem Augenblick erschien von der Straße her auch Doktor Nottbrock mit zwei athletisch gebauten Männern. Zalusa nötigte sie, ohne den Pater wahrzunehmen, sofort die Treppe hinauf.

Spee hatte sich schon auf dem Wege gefragt, was ihn

trieb: War es nur Neugier, von der er sich nicht frei wußte, war es die Sorge um einen vielleicht verwundeten Christenmenschen – oder war es nicht eher der kaum eingestandene Wunsch, von dem Mann, der sein Leben in diesen Jahren im Guten wie im Bösen so verändert hatte, nicht ohne ein letztes Wort zu scheiden? Auf jeden Fall wollte er Näheres über die Art der Verwundung erfahren. Er lauschte nach oben, hörte ein Poltern, hörte, wie Zalusa »Vorsicht!« und »Behutsamer!« rief – und dann ein schmerzliches Stöhnen. Endlich schoben sich doch einige aus der wartenden Menge in den Hausflur, andere folgten nach und wollten sogar die Treppe hinauf, so daß Spee sich als ein Cerberus vor den Aufgang stellen und lauthals gegen die Leute angehen mußte. Um sie zur Einsicht zu bringen, schwindelte er sogar: »Der Weihbischof hat nach einem Seelsorger schicken lassen – nun laßt mich zu ihm gehen und folgt mir nicht!«

Und als stehe es wirklich so schlimm um Johannes Pelking, erschien in diesem Augenblick einer der kräftigen Männer auf dem Treppenabsatz und rief: »Sind Sie Pater Spee? Kommen Sie bitte; Exzellenz verlangt nach Ihnen.« Dann übernahm er die Wache an der Treppe.

Spee ging hinauf, fand an der Tür zum Arbeitszimmer den Doktor Nottbrock, der ihn in den gegenüberliegenden Raum wies. Dort lag der Weihbischof mit nacktem Oberkörper auf seinem Bett. Die Schulter war ihm verbunden, die Leinenstreifen waren über der Brust verknotet. Sonst schien er nicht verletzt zu sein.

»Sie haben eine gute Kanzelstimme«, sagte Pelking. »Was Sie betrifft, da lerne ich nie aus.« Er klopfte auf die Matratze. »Bleiben Sie ein paar Minuten!«

Spee setzte sich zögernd. Die Frage, ob er Schmerzen habe, wischte der Weihbischof mit einer Handbewegung weg.

»Natürlich tut's ein bißchen weh, es war ein kapitaler Balken. Kein Kreuzbalken allerdings . . . Ich mußte an unser Märtyrerspiel denken, bei dem Sie mich leider im

Stich gelassen haben. Die Verse waren doch dürftig – was meinen Sie?«

»Pater Horrion gilt als begnadeter Poet«, sagte Spee.

»Nicht in meinen Ohren«, sagte der Weihbischof. »Ja, ich mußte, als ich unter dem Plafond lag, den Mund und die halbe Kehle voll Dreck, an jene so anmutig dargestellten Leiden denken. Viel mehr als ein Darsteller bin ich jetzt wohl auch nicht. Wie sagten Sie so schön von den Gemälden? Sie schreien nicht . . . Nun, das wahre Martyrium bleibt mir versagt. Es sei denn« – er richtete sich mit großer Mühe auf –, »es sei denn, der Herr Landgraf hätte einiges mit mir vor . . .«

»Kommen Sie mit uns!« sagte Spee. »Im Westen sind die Straßen noch frei. Die Stadt gibt uns bis« – er stockte –, »bis Geseke gibt man uns bewaffnete Reiter mit.«

»Sie können sich wohl nicht von mir trennen?« sagte Pelking grimmig. »Was hat Sie überhaupt hierhergeführt? Ich hörte Ihre Stimme. Unser Honigmond ist doch wohl vorbei?«

Ächzend ließ er sich zurücksinken. Das war keine »Darstellung«.

»Ich werde Ihnen, Exzellenz, obwohl Sie meinen Ansichten nicht mehr folgen konnten, nie vergessen, was Sie für mich getan haben.«

»Und noch tun wollten! Vergessen Sie das nicht, Spee. – Mein Sohn, an dem ich Wohlgefallen habe . . .«

»Wie meinen Sie?«

Aber was er nur gemurmelt hatte, wiederholte der Weihbischof nicht. »Nein«, bekräftigte er, »Ihren Ansichten kann ich allerdings nicht folgen. Ich habe zu spät erkannt, daß Sie kein Mann sind, der die große Linie hält. Sie verkrampfen sich in einen Teilbereich, der nicht unwichtig sein mag, aber doch in Ansehung der gewaltigen Aufgabe, vor die unsere Kirche gestellt wurde, ganz irrelevant ist. Ich habe Ihr Schicksal sein wollen. Davon mußte ich Abstand nehmen. Nun sind Sie das meine geworden. – Doch, doch. In einem gewissen Sinne. Auch ich habe Vorgesetzte, vor denen ich bestehen muß. Als Ihr Buch erschienen war, habe ich lange gezögert, zu lange. Fürstbischof Wartenberg, der längst alles wußte, demütigte mich: Er bestand auf einer amtlichen Meldung. Ich selber hatte zu Protokoll zu geben, wie unachtsam ich als Hirt meiner Diözese gewesen war. – Zalusa!«

Der Sekretär steckte den Kopf zur Tür herein. Pelking verlangte die Abschrift seines letzten Briefes nach Osnabrück.

»Und nun hören Sie!« sagte der Weihbischof, als er mit Spee wieder alleine war. »Das habe ich Wartenberg schreiben müssen.« Er las: »›Das überaus verderbliche Buch Cautio Criminalis, dessen Verfasser ein Pater Friedrich Spee von der Gesellschaft Jesu ist, wurde bereits in zahlreichen Exemplaren in ganz Deutschland verbreitet und übt einen schädlichen Einfluß vor allem auf die Jugend aus. Leider hat dieser Autor Gönner – wenn auch von einer sehr verdächtigen Sorte . . .‹ Nun, wie gefällt Ihnen das?«

Spee stieg das Blut zu Kopfe. »Gönner!« sagte er abschätzig. »Von einer verdächtigen Sorte? Ich wäre schon froh, wenn ich nur einen einzigen Freund hätte – von ›Gönnern‹ zu schweigen!«

Er wollte aufstehen und sich entfernen – aber es war etwas im Gesicht Pelkings, das ihn zum Bleiben bewog. Es wurde immer deutlicher, daß der Weihbischof von Schmerzen gepeinigt wurde.

Zwei Einschläge kurz hintereinander! Aber diesmal mußten die Kugeln ein entfernteres Ziel gefunden haben. Vom Hausflur hörte man Schreien und Fluchen. Spee trat ans Fenster und sah, wie die Menge auf der Straße sich zerstreute. Die Leute – fast nur noch Frauen – hatten Angst um ihre Häuser.

»Sie wollen gehen?« sagte Pelking. »Es wird auch Zeit für Sie. Der Sturmtrupp des Heiligen Vaters ergreift das Hasenpanier. Aber ehe Sie mich verlassen, sollen Sie erfahren, daß Sie mindestens *einen* Gönner haben – wenn auch« – er zog die Mundwinkel ein – »von einer verdächtigen Sorte.«

Er klopfte ungeduldig auf die Matratze, Spee setzte sich wieder zu ihm. Pelking richtete sich mit Anstrengung auf, griff nach Spees Arm, zog sich daran empor, näherte das Gesicht dem seinen. Auch das Sprechen schien ihm jetzt Mühe zu bereiten.

»Einen Gönner«, wiederholte er heiser, »einen dem Fürstbischof Wartenberg schon längst Verdächtigen. Ich werde es Ihnen beweisen durch meinen Rat: Gehen Sie nicht nach Köln, Spee! Sie werden dort umkommen! Bleiben Sie in Paderborn. Gehen Sie gar nicht erst zu Ihren Leuten zurück! Bleiben Sie bei mir! Wir werden uns gemeinsam dem Landgrafen stellen. Mag sein« – es kam ein Flackern in seine Augen –, »mag sein, wir werden dann gemeinsam untergehen!«

Spee schwieg. Unter allzu vielen Widersprüchen in Pelkings Handlungen hatte er in diesen Jahren zu leiden gehabt; so schnell löste sich das Rätsel nicht, das diesen Mann umgab.

»Sie antworten mir nicht? Ich will Ihnen noch etwas anvertrauen. Heute nacht hatte ich einen Traum. Jener Bissendorf – Sie erinnern sich? – setzte mir gewaltig zu. Er wollte – auf was so ein Toter nicht kommt! –, er wollte sein anständiges Sterben von mir zurückhaben. Als ich unter dem Balken lag, ging es mir wieder durch den Kopf. Es wird sich machen lassen. Ich werde, wenn der Landgraf kommt, die Legende, die immerhin sehr nützlich war, vor ihm und seinen Pfaffen korrigieren. Ich hoffe, Herrn Bissendorf wird dann von oben auch Gelegenheit gegeben werden, mir zuzuhören . . .«

»Sie haben den Wunsch, Ihr Leben zu bereinigen – soweit das einem Menschen möglich ist«, sagte Spee und erhob sich. »Ich verstehe das gut; ich habe ihn auch. Und eben deshalb kann ich Ihrem Vorschlag nicht folgen – obwohl ich dankbar für Ihre Warnung bin.«

»Sie werden umkommen in Köln«, wiederholte Pelking. Er stöhnte, seine Schmerzen schienen immer qualvoller zu werden. Spee fragte, ob er den Arzt rufen solle. Aber

Pelking schüttelte den Kopf, fuhr fort, beschwörend fast; es erinnerte Spee daran, wie dieser Mann ihm vor wenigen Wochen mit seiner unerbittlichen Inquisition zugesetzt hatte.

»Wartenberg hat durch meinen Brief alles in der Hand, was er braucht, um den Kurfürsten zu überzeugen, wer der Verfasser dieses Buches ist. Ein Buch, in dem nur allzu deutlich durchscheint, wer vor allen anderen mit den ›schlafenden‹ und ›pflichtvergessenen‹ Fürsten gemeint ist. Und dieser Fürst ist in Köln. Die Falle ist weit geöffnet. Wenn sie erst zugeschnappt ist, Spee, dann rettet Sie nichts mehr. Gehen Sie nicht nach Köln!«

Friedrich Spee erhob sich, neigte sich zu dem Leidenden und küßte ein letztes Mal den Fischerring. Dann verließ er das Zimmer und bat Zalusa, den Arzt zu unterrichten.

Es war ein mühseliges Vorwärtskommen auf den Straßen, aus denen ein weinerlicher Herbstregen Sümpfe und Tümpel machte. Immer wieder mußten die Brüder aussteigen, absitzen, den verschlammten Rädern in die Speichen greifen. Manchmal mußte sogar die Fracht abgeladen und am Wegrand gestapelt werden, bis eine gebrochene Achse ersetzt, ein umgestürztes Fahrzeug aufgerichtet war. Gottlob waren Schüler dabei, so hatte man kräftige Arme zur Hilfe.

Als die frommen Brüder Paderborn um etwa zwölf Meilen hinter sich gelassen hatten – es war am späten Nachmittag des zweiten Tages ihrer Reise –, kam der Reiter, den sie, ein Nachtquartier zu erkunden, ins nächste Dorf vorausgeschickt hatten, zurück und meldete dem Rektor: »Die Leute dort sind so gut wie verhungert. Sie stellen auch nur Quartier bereit, wenn sie von unseren Vorräten bekommen, reichlich. Geben wir ihnen nichts, werden sie sich's holen mit ihrer letzten Kraft. Ich habe sie gesehen. Sie haben Gesichter wie zerknülltes Papier.«

Da machten sie einen Bogen um das Dorf und verbrachten, in Decken gehüllt, die Nacht auf den Wagen unter der schützenden Plane.

Am anderen Morgen ließ der Regen nach. Sie zogen weiter durch Wüstungen, verödete Felder, verkarstendes Land, durch zu Feuerholz geschlagene Waldruinen und totenstille Weiler, wo die Verhungernden gelb und hohläugig im fauligen Stroh kauerten und Rinde mümmelten, und auf der Straße lag einer bleich, dem hing ein Büchel Gras aus dem Mund.

Hier nun, bedenkend, daß sie nur noch zwanzig Meilen bis Köln hatten und für die äußerste Not ja immer noch die Kühe und Ziegen im Gefolge, besannen sich die frommen Väter auf ihre Christenpflicht und speisten die Entkräfteten mit Brot und Speckseiten, obschon sie wußten, daß die entwöhnten Mägen solche Kost nicht vertragen konnten.

Zwei Dörfer weiter betraten sie einen Bauernhof. Die Scheune war abgebrannt, und im Wohnhaus lag eine ganze Familie in ihrem Blut. Schränke und Truhen waren geplündert, und ans Hoftor, wie der heilige Petrus kopfunter, war der Bauer genagelt.

Wenig später kamen sie durch ein fast wohlhabend anmutendes Städtchen. Das gehörte zu den Kuriosa des Krieges, der keine Fronten kannte: Da und dort behauptete sich selbst noch in einem mörderisch verheerten Landstrich eine Insel des Friedens – manchmal unter dem Schutz eines vom Glück oder durch gescheite Verträge begünstigten Grundherrn oder auch nur durch Zufall verschont von den mächtigen Kriegsobristen und streunendem Raubgesindel. Das war eine Gnade auf Frist, und die es betraf, dankten dem Herrn Tag um Tag. Die calvinischen Gemeinden allerdings, deren es hier einige gab, hielten sich ihren Verdiensten gemäß, an denen sie nie zweifelten, für auserwählt von Gott. Bis dann etwa ein Spinola kam und dem Auserwähltsein ein Ende machte, auf seine spanische Art.

Als der Zug der Vertriebenen sich den zerschlissenen Bollwerken der Stadt Lennep näherten, war keine Wache zu sehen, und auch als sie vor dem Tor standen, hielt sie kein

Posten auf. Beklommenen Herzens lugten sie in die Torgasse, da kam aus einem Haus ein Mann heraus, der hatte statt eines menschlichen Hauptes einen Vogelkopf und stieß, als er am Nebenhaus pochte, mit seinem langen Schnabel an die Tür.

Da wußten sie, daß sie den Pestdoktor mit seiner Schnabelmaske gesehen hatten. Und damit hatte auch Baving genug gesehen. Die Angst, die ihn auf der Reise nach Paderborn begleitet hatte, war ihm noch allzu gegenwärtig. »Zurück!« rief er. »Zurück!«

Entsetzt rissen sie die Pferde herum, schoben, zerrten, stießen mit aller Kraft die Wagen aus der Spur, zogen sie seitab übers Feld wieder auf die Straße und machten sich mit Peitschenknall davon.

Nichts hatte sie gewarnt vor der Weißgewandeten, Flügelstarken, die ihre rote Schärpe im Seuchenwind flattern läßt. Es war die Unbarmherzige, die Unbestechliche, die heidnisch Gefräßige, die ihnen den Zutritt in die Stadt verwehrte: Es war die Pestjungfrau!

Einer der Schüler, der in Lennep zu Hause war und dem die Vorfreude auf Eltern und Geschwister schon bis an den Hals klopfte, hatte natürlich auch »Pest« und »Ansteckung«, all das Geschrei gehört. Da hielt ihn nichts, er rannte aufs Tor zu, aber zwei Patres erwischten ihn noch am Rockzipfel, er schrie und bettelte, doch Baving legte die Hände auf seine Schultern und ermahnte ihn, sich dem Willen des Herrn zu fügen.

Jetzt, auf dem ratlosen Rückzug, kam ihnen einer entgegen, den sie auf dem Herweg nicht wahrgenommen hatten. Er war wohl abseits der Hauptstraße marschiert und kehrte nun, sichtlich erschöpft und enttäuscht, zurück: ein müder Mann um die sechzig. Der bat sie um Gottes willen, da sie doch allesamt Priester wären und er nur ausgezogen sei, einen einzigen zu finden – bat sie um Christi Blut, doch wenigstens diesen einen in seine sterbende Stadt zu entsenden. Der Pfarrer von Lennep sei vor drei Tagen der Seuche erlegen, und wer nähme nun den Verscheidenden die letzte Beichte ab und söhne sie aus mit Gott?

Baving, auf dem Fahrerbock des ersten Wagens hockend

wandte sich um. Sie alle hatten gehört, was der Alte sich erbeten hatte.

Pater Nepomuk, der fürchtete, daß der Ruf an ihn ergehen könnte, empfahl dem Alten zungenfertig einen in seiner Heimat, der Lausitz, bewährten Brauch: Die Lenneper sollten sechs reine Jungfrauen, dazu zwei junge keusche Knechte und eine Witwe, die seit sieben Jahren in diesem Stande lebe, um Mitternacht vor den Mauern der Stadt versammeln. Darauf sollte ein Pflug gebracht werden, und die sieben Frauen sollten sich splitternackt entkleiden. Sodann hätten sie sich vor die Pflugschar zu spannen und eine Furche um die ganze Stadt zu ziehen, wobei sie sprechen sollten: »Jesus Christus, natus est; Jesus Christus crucifixus est; Jesus Christus sepultus est. Amen.« Dies unentwegt, während die Knechte ihre Kleider hüteten. Ein dergestalt umpflügter Ort verwehre der Pestjungfrau unfehlbar den Eintritt.

Doch Rektor Baving hielt nichts von dem geschwätzig vorgetragenen Rezept. Wo sollten auch die Lenneper zwei keusche Knechte und sechs reine Jungfrauen hernehmen?

»Wer geht?« fragte Baving und wandte sich abermals zu seinen Fratres um. Es meldete sich nur einer: Spee. »Wer noch?« fragte der Rektor. Zögernd hob sich noch eine Hand, nur eine. Es war Pater Horrion, der sich auch hier zum Wettstreit aufgerufen fühlte. Und Baving wählte ihn. Es ärgerte den Rektor, daß Spee sich wieder »hervortun« wollte. Konnte dieser Mann denn nie beim Fußvolk bleiben?

Pater Horrion ging. Beklommen sahen sie ihn durch die Allee mit den gekappten Weiden dem unheilvoll klaffenden Tor entgegenschreiten. Der Mann aus Lennep tappte zufrieden hinterdrein.

Die Brüder kampierten auf dem Feld. Es war ein schöner Tag geworden.

Nach drei Stunden kehrte Horrion zurück. Keiner sprach mit ihm. Durch abweisende Winke, und indem man sich Tücher vor Mund und Nase hielt, wurde er bewogen, im Abstand von dreißig Schritten hinter dem Zug herzugehen.

Bis Köln würde sich erwiesen haben, ob er den giftigen Keim gefangen hatte und also eine Leibesgefahr für seine Brüder wäre. Er fügte sich, hatte wohl auch nichts anderes erwartet. Er mußte Schreckliches in der Stadt gesehen haben; viel später erst erzählte er davon. – Sein Mut wurde belohnt; nach drei Tagen erwies sich, daß er nicht befallen war.

Spee begegnete ihm von nun an nie mehr ohne Beschämung und tiefen Respekt. Pater Horrion war wohl ein schlechter Verseschmied, eitel und selbstgerecht. Doch er war auch ein tapferer Mann und ein wahrer Christ.

Als sie bei Fröndenberg über die Ruhr setzten, kamen sie ins Herzogtum Berg, das 1614 nach blutigem Streit dem katholisch gewordenen Pfälzer Wolfgang Wilhelm zugefallen war. Im Krug zu Iserlohn prasselte das Kaminfeuer, und Küche und Keller waren wohlbestückt. Während die Patres bei Bier und fälischem Rauchspeck schon von Köln schwadronierten, diesem deutschen Rom, auch »Mariens Zwillingsschwester« genannt, unterhielt sich Spee mit einem jungen Juristen aus Lüdenscheid. Man kam auch aufs Hexenthema, und da wußte der Advokat eine Neuigkeit.

Der Herzog von Pfalz-Neuburg, Herr auch von Jülich-Berg, habe vor wenigen Tagen verfügt – und das habe in Juristenkreisen erhebliches Aufsehen erregt –, daß bei künftigen Hexenprozessen »mit großer Behutsamkeit« zu verfahren sei. Und dies, obwohl man bislang in Jülich-Berg auch nicht eben sparsam gebrannt hatte.

Wie diese Sinneswandlung sich wohl erkläre, wagte Spee, seine Aufregung mühsam verbergend, den jungen Mann zu fragen.

»Wahrscheinlich hat er die ›Cautio Criminalis‹ gelesen«, erwiderte der Jurist, als setze er voraus, daß ein gebildeter Mann wisse, wovon die Rede sei.

Spee schluckte. »Und Sie meinen, die Lektüre eines einzigen Buches könnte ihn zur Einsicht gebracht haben?«

»*Dieses* Buches – ja«, sagte der Mann aus Lüdenscheid.

Im übrigen war er an der Sache nicht sonderlich interessiert, und Spee verzichtete auf weitere Fragen. Was er gehört hatte, war genug. Es waren Schlüsselworte, die ihm die Pforte zur Hoffnung, vielleicht sogar zum Triumph öffneten. Sein Buch, die »Cautio Criminalis«, hatte Herz und Verstand eines deutschen Fürsten angerührt! Und bei diesem einen würde es nicht bleiben.

Am Abend des 2. November 1631, Allerheiligen, trug die Fähre bei Worringen die Paderborner Jesuiten über den Rhein. Nicht weit nördlich von hier war Spee zu Hause. Er freute sich auf einen Besuch bei seinen Schwestern, die noch auf Burg Kaiserswerth wohnten. Und er fürchtete sich ein wenig vor den Erinnerungen, die ihm in Köln zusetzen mußten. Er würde wiederum trauern um Katharina Henot, die Postmeisterin, deren Leben er nicht hatte retten können, und um Philipp von Kronthal, der für ihn und die Opfer, denen sein letzter Gedanke gegolten hatte, gestorben war.

Aber seit wenigen Tagen wußte Friedrich Spee, daß er vor diesen Erinnerungen, auch wenn sie ihn noch immer anklagen sollten, würde bestehen können. Und nicht nur vor den Erinnerungen – auch vor allem, was ihn in dieser Stadt noch erwarten mochte.

»Gehen Sie nicht nach Köln . . .« Er dachte an den einsamen Mann in Paderborn, der vielleicht doch noch das Martyrium erleiden mußte. Er aber stand nun – und sein Herz schlug schneller – vor diesen ungeheuren Wällen, die drohend vor ihm aufragten, grau und glatt und unersteigbar: ein schlafender Leviathan.

Nachwort

»Der Hexenanwalt« ist die auch ohne Kenntnis des ersten Bandes lesbare Fortsetzung meines Romans »Die Hexe« (München 1976). Ein dritter, abschließender Band soll folgen.

Wie schon im ersten Buch habe ich auch im »Hexenanwalt« versucht, die liebenswerte Gestalt des Priesters und Dichters Friedrich Spee von Langenfeld (1591–1635) dem Leser mit meinen Mitteln nahezubringen. Das Leben dieses Mannes, der, zweifellos nach schweren Gewissenskonflikten, gegen den Zeitgeist und eine vielhundertjährige Tradition aufstand, darf wohl als exemplarisch auch für unsere Zeit gelten, die keine Heroen, wohl aber Bekenner nötig hat.

Die Romanerzählung folgt im wesentlichen den überlieferten Stationen, die Spees Leben durchlaufen hat. Auf die Wahrnehmung »dichterischer Freiheiten«, auf Vereinfachungen und Zeitverschiebungen, konnte jedoch nicht verzichtet werden. »Der Hexenanwalt« ist keine Biographie, auch keine »Roman-Biographie«, sondern ein Roman, der sich im Rahmen der Möglichkeiten dieses Genres darum bemüht, die »weißen Flecken« in dem von der Geschichtsschreibung erarbeiteten Lebensbild Spees glaubhaft auszufüllen.

Bis heute weiß man nicht, wo und bei welchen Gelegenheiten Spee seine Erfahrungen und Erkenntnisse über die

Hexenprozesse erworben hat. Die Vermutung, er habe bereits als sehr junger Mann in Würzburg als Hexenbeichtvater gewirkt, hat sich nicht bestätigt. Spee selbst vermeidet es aus begreiflichen Gründen, in seiner »Cautio Criminalis« Orts- oder Personennamen zu nennen. Daß es ihm jedoch an »praktischer Erfahrung« nicht fehlte, geht eindeutig aus der »Cautio Criminalis« hervor, nicht zuletzt aus diesem vielzitierten Satz der »30. Frage«:

»Persönlich kann ich unter Eid bezeugen, daß ich jedenfalls bis jetzt noch keine verurteilte Hexe zum Scheiterhaufen geleitet habe, von der ich unter Berücksichtigung aller Gesichtspunkte hätte sagen können, sie sei wirklich schuldig gewesen.«

Im Roman habe ich Spees entscheidende Begegnung mit den Hexenrichtern und ihren Exekutionen nach Geseke verlegt, wo der Überlieferung nach während seines Aufenthalts in Paderborn große Hexenbrände stattgefunden haben.

Ungeklärt ist auch, wie es zum Druck der »Cautio Criminalis« kam. Mit der Tat Philipp von Kronthals versuchte ich eine Lösung, die freilich dem Historiker nichts bedeuten kann – denn diese Figur ist frei erfunden. Immerhin gilt es auch der Forschung als wahrscheinlich, daß ein Bekannter Spees den Druck ohne dessen Wissen, zumindest ohne seine ausdrückliche Genehmigung, veranlaßt hat.

Wer sich für die wissenschaftlich verbürgten Tatsachen interessiert, sei vor allem auf die erst kürzlich erschienene verdienstvolle Biographie des Übersetzers der »Cautio Criminalis«, Joachim-Friedrich Ritter, verwiesen. Sein Buch ist eine wichtige Ergänzung der Biographie von Emmy Rosenfeld und anderer Publikationen, die sich mit Spees Leben und Werk befassen (vgl. das Literaturverzeichnis).

Kein Buch jedoch kann die Lektüre jenes Werkes ersetzen, das man mit Recht »eines der mutigsten Bücher der Weltliteratur« genannt hat: Friedrich Spees »Cautio Criminalis«.

W. L.

Literatur

Für Leser, die sich eingehender über die historischen Hintergründe informieren wollen.

Friedrich Spee von Langenfeld. Werkausgaben
Trutznachtigall. Hrsg. von Rudolf Jardon. Köln 1947
Cautio Criminalis oder Rechtliches Bedenken wegen der Hexenprozesse. Deutsch von Joachim-Friedrich Ritter. Köln/Graz 1967
Güldenes Tugendbuch. Hrsg. von Theo G. M. van Oorschot. Zweiter Band der Historisch-kritischen Ausgabe der sämtlichen Schriften Friedrich Spees. Deutsche Barock-Literatur, hrsg. von Martin Bischer und Friedhelm Kemp. München 1968

Spee-Biographien, Gesamt- und Einzeldarstellungen
Rosenfeld, Emmy. – Friedrich Spee von Langenfeld. Berlin 1958
Ritter, Joachim-Friedrich. – Friedrich von Spee. Ein Edelmann, Mahner und Dichter, Trier 1977
Keller, Karl. – Friedrich von Spee, Kevelaer 1968
Zwetsloot, Hugo. – Friedrich Spee und die Hexenprozesse. Trier 1954
Honselmann, Klemens. – Friedrich von Spee und die Drucklegung seiner Mahnschrift gegen die Hexenprozesse. Westfälische Zeitschrift, 113. Band, Münster 1963

Zur Geschichte des Dreißigjährigen Krieges
Wedgwood, C. V. – Der Dreißigjährige Krieg. München 1967
Mann, Golo. – Wallenstein, Frankfurt 1971
Franz, Günther. – Der Dreißigjährige Krieg und das deutsche Volk. Stuttgart 1961
Krebs, Julius. – Aus dem Leben des Kaiserlichen Feldmarschalls Grafen Melchior von Hatzfeldt. Breslau 1926
Forst, H. (Hrsg.) – Politische Correspondenz des Grafen Franz Wilhelm von Wartenberg 1621–1631, Leipzig 1897

Zur Geschichte der Hexenprozesse
Jakob Sprenger/Heinrich Institoris. – Malleus Maleficarum. Der Hexenhammer. Deutsch von J. W. R. Schmidt. Berlin 1922/23
Döbler, Hannsferdinand. – Hexenwahn. München 1978
Soldan, Wilhelm Gottlieb, und Heppe, Heinrich. – Geschichte der Hexenprozesse. Bearbeitet von Max Bauer. Berlin 1911/Hanau 1965
Baschwitz, Kurt. – Hexen und Hexenprozesse. München 1963
Hartmann, Wilhelm. – Die Hexenprozesse in der Stadt Hildesheim. Hildesheim und Leipzig 1927
Duhr, Bernhard, S. J. – Die Stellung der Jesuiten in den deutschen Hexenprozessen. Köln 1900

Zur Geschichte einiger Städte
Köster, August. – Geschichte der Stadt Peine 1937
Müller, Theodor, und Zechel, Arthur. – Die Geschichte der Stadt Peine. Band I. Peine 1972
Troitzsch, Reinhold. – Peine während des 30jährigen Krieges
Bessen, G. J. – Geschichte des Bistums Paderborn, Paderborn 1820
Evelt, Julius. – Die Weihbischöfe von Paderborn. Paderborn 1869
Richter, W. – Geschichte der Paderborner Jesuiten. Paderborn 1892
Dunker, Alfons (Hrsg.) – Geseker Album, Geseke 1976
Schröder, Edward. – Die Universität Rinteln. Rinteln 1927
Feige, Rudolf. – Das akademische Gymnasium Stadthagen und die Frühzeit der Universität Rinteln. Beiträge zur Geschichte, Landes- und Völkerkunde des Weserberglands. Hameln 1956

Gerne bedanke ich mich für wertvolle Hinweise und Ratschläge bei Herrn Studienrat Kurt Bachmann, Rinteln; Herrn Dr. Heinz-Günther Borck vom Stadtarchiv Hildesheim; Herrn Dr. Nino Erné, Mainz; Frau Lieselotte Hendricks, Gütersloh; Herrn Dr. med. Hermann Hinteler, Geseke; Herrn Werner Lenz, Gütersloh; Herrn Karl-Ludwig Leonhardt, Hamburg; Frau Christel Rost, Hamburg; Herrn Buchhändler Rudolf Scholz, Hildesheim; Frau Dr. Thierfelder vom Stadtarchiv Rinteln; Herrn Pfarrer Walter Wahle, Störmede, sowie bei Frau Hilde und Herrn Kurt Wiedenroth vom Stadtarchiv Peine. Meine Frau hat meine Arbeit aufmerksam und teilnehmend unterstützt.

W. L.

Bitte beachten Sie
die folgenden Seiten

Wolfgang Lohmeyer

Die Hexe

Roman

Ullstein Buch 30390

Die Frau in der Literatur

Köln im Dreißigjährigen Krieg: Korruption, Machtgier und finsterer Aberglaube beherrschen die Stadt – Frauenhaß, Lüsternheit und Brutalität sind Quellen eines mörderischen Hexenwahns. Dies wird auch Katharina Henot, der schönen Postmeisterin, zum Verhängnis. Zwischen Festen und Gewaltverbrechen wächst der authentische Roman aus zeitgenössischen Briefen und Dokumenten.

Wolfram von Eschenbach

Parzival

In Prosa übertragen
von Wilhelm Stapel

Ullstein Buch 23908

Ullstein

»Was hätte wohl Nietzsche gedacht, wenn er diesem Parzival und nicht dem Richard Wagners begegnet wäre? Hier hätte er auch das Pathos der Distanz gefunden, das er an der griechischen Klassik liebte, und ihm wäre ein Christentum offenbar geworden, das mit dem sentimentalen seines Elternhauses nur die Ursprünge gemeinsam hat. Es ist ein Verdienst Wilhelm Stapels, in Anmerkungen und Nachworten einesteils behutsam den dichterischen Gehalt, andererseits die Fülle solcher Beziehungen, wenn nicht ausdrücklich, so doch implizit angeschlagen zu haben.«

Badische Neueste Nachrichten